恋爱的寿司

［爱尔兰］玛丽安·凯斯——著
朱建迅 潘稚萍——译

新星出版社 NEW STAR PRESS

楔　子

"糟糕，"她心里暗忖，"看来我的精神正在崩溃。"
她四下打量着她刚刚一头扑上去的这张床。她的身体迟迟未经洗浴，手足摊开，倦怠乏力地躺在早该换洗的床单上。羽绒被上到处扔着一团团黏糊糊的卫生纸。五斗橱上一大堆久遭遗弃的巧克力沾满了灰尘。横七竖八地摊在地板上的，是一本本她早已不能凝神阅读的杂志。角落里的那台电视机，无情地对着她的床头播放白天的节目。哎，整个地方都让人精神崩溃。
但是有什么地方不对劲。是什么呢？
"我一向以为……"她想，"你知道，我总是期待……"
她恍然大悟。"我一向以为事情终将发生转机……"

第 一 章

《佳人》杂志社。这里连续数周一直笼罩着异常的气氛,一股大势不妙的情绪正在悄悄蔓延。有人瞧见美方总经理凯尔文·卡特在办公楼顶层慢悠悠地寻找洗手间。消息一经证实,怀疑终成燎原之火,一发不可收拾。显然,他刚从纽约总部来到伦敦。

来了。丽莎激动地攥紧拳头。的的确确,终于来了。

当天晚些时候,有人打来电话,问丽莎是否愿意上楼拜见凯尔文·卡特和英方总经理巴里·霍林思华斯。

丽莎砰的一声摔下话筒。"我当然愿意!"她大声嚷道。

几个同事连头也懒得抬一下。干杂志编辑这行,摔话筒,大声嚷嚷,全都不足为怪。再说,眼下交稿期限迫在眉睫,他们正为此忙得不可开交。倘若时至傍晚本月期刊仍不能如期付梓,他们最大的竞争对手《嘉人》(*Marie-Claire*)便会再度抢先。可这关我啥事呢,丽莎一边想着,一边步履蹒跚地走进电梯。今天过后,她就不在这里干了。她将去别处另有高就。

丽莎被挡在会议室门外,等了足有二十五分钟。巴里和凯尔文毕竟都是大人物。

"要不让她进来?"巴里问道,他觉得时间已经消磨够了。

"从我们叫她开始,才过了二十分钟。"凯尔文傲慢地说道。显然巴里·霍林思华斯并没意识到他凯尔文·卡特是何等重要的人物。

"不好意思,我还以为过了很久了。没准你还能再教我几个挥杆击球的诀窍呢!"

"没问题。好,低头,别动。别动!站稳了,左臂伸直,挥杆!"

丽莎最终获准进来时,只见巴里和凯尔文坐在那张仿佛长约一千米的胡桃木桌后面。他俩皱着眉头,一副大权在握的派头。

"请坐，丽莎。"凯尔文气度高雅，朝她颔首致意，他那覆满银发的硕大脑袋很是醒目。

丽莎坐了下来，往后拢了拢她的深褐色头发，恰到好处地露出其中几绺免费染的蜜黄色秀发。之所以免费，是因为她在专栏"时尚排行榜"中对某某美发厅不吝溢美之词的缘故。

她舒舒服服地坐在椅子上，双脚优雅地交叠着，脚上是一双帕特里克·考克斯[①]皮鞋。这双鞋的尺码小了一号——多少回她嘱咐帕特里克·考克斯公司公关办公室给她寄六号的鞋，可他们偏偏寄来五号的。不过免费的帕特里克·考克斯鞋毕竟是馈赠之物，脚趾夹得生疼这种无关宏旨的细节又有何碍呢？

"谢谢你的到来。"凯尔文笑着说道。丽莎决定最好还是报以一笑。同其他交易一样，微笑也是一种商品，仅仅用以交换有用之物。不过她认为自己眼下这么做很值得。再怎么说，一个姑娘被派驻纽约出任《曼哈顿》副主编一职，这样的好事可不是天天都有的。她因而咧开嘴，露出一口珍珠般细密洁白的牙齿。（她的牙齿保护得这么好，得益于本年度供应的伦勃朗[②]牌牙膏，这种牙膏曾经用于赞助一次读者竞赛，不过当时丽莎觉得，这些牙膏若是搁在自家的盥洗间，准会令她倍加珍惜。）

"你在《佳人》工作了多久？"凯尔文翻看着面前装订好的几页纸，"四年？"

"到下个月满四年。"丽莎低语道，透出惯于审时度势的老手不卑不亢的语气。

"你任编辑差不多有两年了？"

"两年的美好时光。"丽莎语气肯定地说，强忍着没将手指戳进喉咙呕出来。

"你才二十九岁，"凯尔文惊叹道，"哦，你知道，在我们伦道夫传媒，辛勤工作的员工终将得到丰厚的回报。"

听到这个不加掩饰的谎话，丽莎漂亮的双眸倏地一亮。与西方世界的众多公司一样，伦道夫传媒给辛苦工作的员工的回报是：低得可怜的薪水，不断增加的工作量，降级，出人意料的裁员通知单。

可是丽莎却不一样。一天的工作大多始于早晨七点半钟，白天一干就是十二三四个小时，等她最终关闭电脑，已是晚间新闻的时间。她经常在周六、周日甚至银行休业的周一赶来上班。看门人都讨厌她，因为她无论何时打算来办公室，

[①] 帕特里克·考克斯（Patrick Cox）：专营箱包皮具的时尚品牌。（本书注释除标明为编者注外均为译者注）
[②] 伦勃朗（Rembrandt）：加拿大牙膏品牌，主要功能为美白。

都得专门有人过来为她开门，同时被迫放弃观赏周六足球赛或周一全家周游布伦特十字区①的度假计划。

"伦道夫传媒有一个空缺，"凯尔文郑重其事地说，"这是一次很好的挑战，丽莎。"

知道了，她的心情有些急躁。有话直说好了。

"担任此职需要移居海外，这对当事人的配偶有时可能会带来不便。"

"我单身一人。"丽莎不耐烦地说。

巴里惊讶地蹙起额头，想起几年前他不得不如数奉送的那张十英镑大钞，作为不知何人的结婚礼金。他那时也许可以断定此人必是丽莎无疑，当然也许不会，因为当时他大概已经不像以前一度那么有见识了……

"我们正在为一家新的杂志物色一位编辑。"凯尔文继续说。

一家新的杂志？丽莎不由得心头一惊。《曼哈顿》可是七十年来一直都在发行呵。就在她凝神思索对方的话到底有什么言外之意时，凯尔文给了她沉重的一击："这需要你迁居都柏林。"

这一打击震得她脑袋嗡嗡作响，耳鼓似要爆裂。茫然恍惚间，唯一真实可感的只是受到挤压的脚趾一阵钻心的疼痛。

"都柏林？"她依稀听见自己喑哑的嗓音问道。兴许……兴许……兴许他们说的是纽约的都柏林。

"爱尔兰，都柏林。"凯尔文·卡特的声音仿佛透过长长的、荡着回声的隧道，摧毁了她的最后一线希望。

我无法相信此事居然发生在我身上。

"爱尔兰？"

"爱尔兰海对岸那片狭小而又潮湿的地方。"巴里出于好心在一旁提醒道。

"那儿的人好喝酒。"丽莎有气无力地说。

"对，还总爱唠叨个没完。就是那儿。经济繁荣，年轻人居多。市场调查显示，在那里创办一家新潮的女性杂志的条件已经成熟。所以我们想请你出任此职。丽莎。"

他俩满含期待地瞅着她。她知道，照理她得眼含热泪、结结巴巴、怀着难以

---

①布伦特十字区：伦敦市区北部地名，以购物中心著称。

遏抑的激情大声表白一番，说她多么感激二位对自己的信任，多么希望她能不辜负这种信任。

"呃，好的……谢谢。"

"我们在爱尔兰的投资业务十分可观，"凯尔文夸夸其谈地说，"我们有《爱尔兰新娘》、《凯尔特健康指南》、《盖尔室内艺术》、《爱尔兰园艺》、《天主判官》。

"不，《天主判官》就要停刊了，"巴里打断他说，"销售量直线下滑。"

"《盖尔编织艺术》。"凯尔文对坏消息一概没兴趣，"《凯尔特车市》、《私房菜》——这是我们出版的爱尔兰美食杂志、《爱尔兰风格DIY》，还有《爱尔兰美男》。"

"《爱尔兰美兰》？"丽莎费力地吐出这两个词。眼下明智的做法是继续对方引出的话题。

"《爱尔兰美男》，"巴里纠正道，"小伙子们看的杂志。吸收了《百科概览》和《竞技场》两家之长。接下来要由你创办它的女性版本。"

"名字呢？"

"我们考虑用《妙龄女郎》。年轻，活泼，时尚，性感。这就是我们的定位。尤其是性感，丽莎。越巧妙越好。不谈女性割礼那些消极方面或是没有人身自由的阿富汗妇女。那不是我们所关注的读者群。"

"你们要的是一本对重大话题坚决保持沉默的杂志？"

"正是！"凯尔文面露喜色。

"不过，我从没去过爱尔兰，对这个地方我一无所知。"

"正是！"凯尔文附和道，"这正是我们求之不得的。没有先入为主的印象，只有一次新鲜而认真的接触。薪水照旧，调派福利优厚。两个星期后周一上任。"

"两个星期？那几乎就没有什么时间让我……"

"听说你有超强的组织协调能力，"凯尔文两眼炯炯有神，"我对此印象深刻。还有什么问题吗？"

丽莎不能控制自己。换作平时，即便是心如刀绞，她也照样面带微笑，因为她能看清形势。可她眼下却慌了神。

"那么《曼哈顿》副主编一职呢？"

巴里和凯尔文互相交换了一下眼色。

"《纽约人》的提亚·西沃洛是合格的人选。"凯尔文傲慢地道出实情。

丽莎点点头，心里陡然生出末日来临的感觉。她僵硬地站起身准备离去。"我什么时候必须做出决定？"她问。

巴里和凯尔文再度交换了一下眼色。

最终还是凯尔文开了口："我们已经让人顶了你的现任职务。"

世界在她眼前慢慢消失，丽莎知道这是既成事实。此事她别无选择。一声尖叫憋在心里，她怔住了，停了好几秒，方才缓过神来明白这儿没她什么事了，她只有摇摇晃晃走出这个房间的份。

"想去打局高尔夫吗？"丽莎刚走，巴里便问凯尔文。

"想去，但是不能。马上得去一趟都柏林，还有其他几个职位要面试呢。"

"现在谁是爱尔兰地区的总经理啊？"巴里问。

凯尔文皱了皱眉头。巴里应该知道此事。"一个叫杰克·迪瓦恩的家伙。"

"噢，他呀。挺有主见的一个人。"

"我可不这么认为。"凯尔文非常讨厌自行其是的人。"至少他最好别那样有主见。"

丽莎试图对此解释一番。她从来不肯坦承自己的失望。尤其是在作出这许多牺牲之后。

可是劣材难成器啊。都柏林毕竟不是纽约，任你使尽浑身解数。享受"优厚"的调派津贴还有可能因违反《贸易说明条例》而遭到起诉。更糟糕的是，她必须放弃自己的汽车。她的车！这真像是被截去一条腿啊！

没有哪个同事对她的离开真正感到惋惜。她从来不准任何人说帕特里克·考克斯鞋的不是，即便是那些穿五号鞋的姑娘们。加上她惯于不吝言辞发表对别人刻薄而不负责任的议论，因而赢得了"多嘴婆"的雅号。尽管如此，在丽莎的最后一个工作日，《佳人》的员工们还是被召集起来，老大不情愿地到会议室参加例行的送行晚会。塑料杯里盛着可以兼作脱漆剂的温吞的葡萄酒，托盘上零乱摆放着甜甜圈和跳跳糖，还有一则（无望成为现实的）传言——鸡尾酒香肠就要新鲜出炉了。

就在大伙儿纷纷举起第三杯酒，全都喝得酒酣耳热之际，有人喊道"静一静"，随后巴里·霍林思华斯开始照本宣科地致辞：感谢丽莎所做的一切，祝她一切顺利。大家认为他的发言很精彩，尤其是他说对了丽莎的名字。在上次的送行会上，巴里作了一段催人泪下、长达二十五分钟的演讲，盛赞某位名叫海瑟的人才华骄人、业绩出众，让这位名叫菲奥纳的即将离职的人窘迫地站在一旁。

接下来有人送给丽莎几张面值总计共达二十英镑的玛莎百货商店①代金券，还有一张上面印有色彩鲜艳的河马图案和"舍不得你走"字样的大卡片。丽莎的前任助理爱丽·本恩可是费尽心思才选定这份送行的礼物。她冥思苦想，用心琢磨什么东西最让莉莎反感，最后才得出玛莎百货商店代金券将令她难堪至极的结论（爱丽·本恩正好是五号的脚）。

"为丽莎干杯！"巴里结束了发言。此时，在场的人全部兴奋得直嚷嚷，他们乘兴举起白色塑料杯，任酒汁和软木塞碎屑溅到衣裳上，一边暗自窃笑，互相捅捅胳膊肘，大声喊道："为丽莎干杯！"

丽莎被迫一直待到她能够体面退场的时候。她对这次离任期待已久，但她一直盼望着能像冲浪般荣耀体面，嗖的一下往前冲去，很快离纽约仅剩一半路程。孰料她却被打发到一个闭塞落后的地方去办杂志。这不啻一场噩梦。

"我该走了，"她对十几位过去两年在她手下供职的女人说。"我还得收拾行李呢。"

"那是，那是，"她们附和道，然后醉醺醺、闹嚷嚷地表达自己的美好祝愿。"好吧，祝你好运，愿你喜欢爱尔兰，愿你开心，保重，工作悠着点……"

丽莎走到门口时，爱丽尖叫道，"我们会想你的。"

丽莎机械地点点头，关上门。

"像是脑子有毛病。"爱丽没有片刻犹豫。"还有酒剩下吗？"

他们迟迟不散，直到喝干最后一滴酒，用刚被吮净汤汁的手指拈起托盘上甜甜圈的最后一粒碎屑。接着，他们一个个兴致高到了危险的地步，互相对视片刻，大声问道，"下面干什么？！"

这群突然造访索霍②的客人，在星期五晚上出入于一个个酒吧，畅饮墨西哥龙舌兰酒。身材矮小的谢里夫·梦塔姬（特写助理）不慎跟其他人走散，在一个好心男士的护送下回到家里，九个月后成了他的妻子。珍妮·杰弗里（时装专栏助理编辑）接受了一位男士掏钱为她买下的一瓶香槟，此人尊称她为"女神"。加比·亨德森（健康和美容专栏）的手提包给人偷了。爱丽·本恩（最近刚被擢升为

---

①玛莎百货商店：玛莎百货是英国最大的跨国零售商业集团。
②索霍：伦敦的商业娱乐中心，英国最大的夜生活所在地。

编辑）在奥德杜尔街一家气氛最热烈的酒吧费力地爬上一张桌子，疯狂地跳起摇摆舞，直到摔倒在地，右足多处骨折。

换句话说，一个美妙的夜晚。

第 二 章

"特德，你来的可真是时候！"艾什林用力推开自己的房门，这回没有吐出经常挂在嘴边的那几个词儿，而那几个词可是"咦，该死，是特德。"

"真是时候？"特德侧着身子小心翼翼地挪进艾什林的房间。他平素不会受到如此热烈的欢迎。

"我要你说，我穿哪件外衣最合身。"

"愿意效劳，"特德那张黝黑的瘦脸绷得更紧了，"可我是个男的。"

不完全是，艾什林一时颇觉怅然。真没劲，半年前搬进楼上寓所、并随即将艾什林视为知己的这个人，并不是一个身材高大、待人和善、令她怦然心动的男子汉。只是一个叫做特德·马林斯的精瘦结实的小个头男子，经济拮据的办事员，异想天开的搞笑单人秀艺人，并且有一辆自行车。

"先瞧瞧这件黑色的。"艾什林抬臂耸肩穿上黑色外衣，罩住原先的"面试专用"白色丝绸上装，下面是一条穿上立显奇瘦的黑色长裤。

"有什么大事？"特德坐在一张椅子上，不住地扭来扭去。他的胳膊、肩膀和膝盖，无不线条分明，轮廓清晰，犹如一张本人的全身素描画像。

"求职面试。今天上午九时三十分。"

"又一次面试！这回是什么工作？"

过去两周艾什林已经申请了好几份工作，从马林加西大荒一家牧场的驯养员到一家公关公司的接线员。

"一家叫做《妙龄女郎》的新杂志的助理编辑。"

"什么？一份正儿八经的工作？"特德阴沉的脸上顿时泛出光彩。"我真不明白你干吗要去申请之前那些工作，你干那些，可是太委屈自己了。"

"我对自己没有多少信心。"艾什林粲然一笑。

"我更没有什么信心。"特德不甘示弱地回敬对方一句。

"一家女性杂志，"他若有所思地说，"你要是被人家录用，不妨给《妇女天地》的那帮家伙一点颜色看看。报复好比盘中菜，冷了再上不嫌晚！"他仰起脑袋，模仿文森特·普雷斯[①]发出一长串沉闷的笑声："嘿嘿嘿嘿嗬嗬嗬嗬哈哈哈哈哈！"

"其实，报复压根不能算作一道菜。它是一种感情，或是别的什么。不值得你费神琢磨。"

"可你想想他们是怎么对待你的，"特德有些吃惊地说。"那个女人的沙发被糟蹋了，又不是你的错！"

艾什林为《妇女天地》这家用普通纸印刷的爱尔兰周刊工作了多少年，她已懒得去想了。艾什林身兼多职，小说编辑，时装编辑，健康与美容编辑，手工艺编辑，厨艺编辑，文字编辑，心理咨询阿姨，精神顾问。听起来名目繁多，事实上并非如此。因为《妇女天地》每期的编排，全都根据一套极为严格、经过反复检验的程序。

每一期的封面设计都是如出一辙——清一色的一幅南方美女的肖像，几乎全能用作卫生卷纸的封面包装。然后是烹饪专栏，介绍如何掩盖买来的廉价肉的特有的味道。每期都刊登一篇短篇小说，讲的是一个男孩和他的祖母，一开始是不共戴天的对头，到最后成了意气相投的朋友。接着是问题专栏，当然无一例外皆以一封信的形式出现，数落一个脸皮特厚的儿媳妇的种种不是。第二第三页登载了读者的孙子孙女的"滑稽"故事，以及他们那些讨好卖俏的行为和话语。封三是一封充满陈腐说教的信，写信者名义上是一位牧师，实则总是由艾什林在截稿最后期限前十五分钟草草拟就。接下来是"读者建议"，其中一条建议令人不可思议地使艾什林身败名裂。

"读者建议"是用约瑟芬·索普斯这个普通名字向其他读者提供的生活小窍门。这些窍门总是围绕如何量入为出节省开支，如何不花钱照办事。它们一般基于这样一个理念：你不需要购买任何东西，因为一切皆可利用家中现成之物动手造出

[①]文森特·普雷斯（1911～1993）：美国著名恐怖片演员，曾在《蜡像馆》、《蝙蝠》等片中饰演重要角色。

来。柠檬汁就可以发挥重要的作用。

比如，既然你可以利用柠檬汁和洗衣液调制洗发水，为何还要购买价格不菲的洗发香波？想让秀发亮丽生辉吗？你只需将两只柠檬的汁液挤在头发上，然后暴晒在阳光下，坚持一年。想要除去哔叽布沙发上的蔓越橘汁吗？将柠檬汁和酸醋一起调和即可。

可惜这一招实际上并不管用。至少在安娜·奥沙利文太太的沙发上未能奏效。整个事情错得离谱——蔓越橘汁变得越发顽固，甚至连除渍大王也奈何不了它。尽管用了大量的格莱德除味剂，整个房间仍然弥漫着浓浓的酸味儿。作为一名虔诚的天主教徒，奥沙利文太太笃信恶行必遭报应的道理。她扬言势将诉诸法律手段。

《妇女天地》的编辑萨莉·希利启动对此事的调查程序之后，艾什林承认这些点子纯系她本人杜撰，因为那个星期的读者来稿为数甚少。

"我本以为不会有谁对这些点子信以为真的。"艾什林小声替自己辩解。

"我真得对你刮目相看，艾什林，"萨莉说，"你总是说你没有想象力。班内特神父的来信倒没有什么，我知道你是从《天主判官》上剽窃的，好在这家杂志——你暂时不要对外声张——就要破产停刊了。"

"我很抱歉，萨莉。这种事以后绝不会发生了。"

"该说抱歉的是我，艾什林。我不得不让你走人。"

"就因为一个小小的过错？我不相信！"

她有理由不相信。她遭到解雇的真正原因，是《妇女天地》编委会对杂志发行量急剧下跌深表忧虑，认为该杂志正渐现"颓势"，因此得找一个替罪羊。艾什林这回出错，可谓正当其时。现在他们只需将她解雇即可，否则还得向她支付一笔裁员赔偿金。

萨莉·希利心里很苦恼。艾什林是你能碰到的最可靠、最尽职的雇员。整个编辑部全赖她一人勉力支撑，萨莉自己却是迟来早走，周二、周四下午干脆不露面，去接她那上芭蕾舞课的女儿和参加足球训练的儿子。可是编委会已经明确表态，艾什林和她两人当中必须走一个。

考虑到艾什林多年来一直兢兢业业地工作，为了安抚她的情绪，编委会允许她在找到新的工作前继续留任现职。好在她别处履新的日子已是屈指可数。

"怎么样？"艾什林伸手抚平外衣的前胸部位，转身问特德。

"不错。"特德的肩胛骨鼓起复又缩回。

"这件是不是更好些？"艾什林穿上另一件在特德看来几乎一模一样的外衣。

"不错，"他重复道。

"哪一件？"

"无论哪一件。"

"哪一件更能显出我的腰身？"

特德局促不安地说："你又来了，你心里老是惦记着自己的腰身。"

"我没有腰身可以惦记。"

"你就不能像正常女人一样接着谈谈你的臀围？"

艾什林的腰身委实乏善可陈，但是正如人们对与己有关的坏消息总是难以接受一样，她迟迟不能了解真相。直到她十五岁那年听到她最好的朋友克洛达赫叹着气说："你真走运，没有腰身。我的腰围很小，这样臀部就很显眼。"她这才发现了这个惊人的秘密。

但凡处在身体发育期的女孩，大多会站在镜子面前为两只乳房是否一般大小伤透了脑筋。艾什林的目光关注的，却是比这更低的身体部位。最后她搞到一只呼啦圈，在自家的后花园带着极大的热情苦练不辍。整整两个月的时间，她夜以继日乐此不疲地转着圈，舌头耷拉出来。邻家的母亲们全都双臂交叉放在胸前，从自家花园的墙上看过去，互相会意地点点头，"像她那样拼命地玩呼啦圈，准会早早地玩进坟墓。"

永不停歇，走火入魔似的旋转并没有带来任何起色。即便是在十六年后的今天，依然无法否认，艾什林的身材轮廓是直统统的，没有一点线条。

"没有腰身，并不能算是一个人的最大不幸。"特德从局外人的角度对她好言劝慰。

"的确不是，"艾什林带着意犹未尽的热情附和道，"可能还长了两条难看的腿。我就很倒霉，的确长了两条丑腿。"

"你没有。"

"谁说没有。这两条腿是我妈妈遗传给我的……不过她遗传给我的，也就仅此而已，"艾什林愉快地补充道，"我看我的个人形象还不算怎么差。"

"我昨晚跟女朋友一起待在床上……"特德急欲改变话题。"我告诉她，地球是平的。"

"什么女朋友？地球怎么啦？"

"哦，不对，"特德自言自语地说，"我昨晚跟女朋友一起躺在床上……我跟她说地球是平的。[①]哇喔！"

"哈，哈，挺好。"艾什林有气无力地说。

做一个深受特德赏识的人，这其中的最大坏处，莫过于耐心倾听他那些新鲜的搞笑段子并评判其优劣。"修改一下如何？昨晚我跟女朋友一起躺在床上，我告诉她我将永远爱她，对她不离不弃……哇喔。"她以挖苦的口吻补充道。

"我要迟到了，"特德说，"需要坐我的自行车吗？"

特德骑自行车去农业部上班时，经常顺路搭载去她公司上班的艾什林，让她坐在车后座上。

"不，谢谢。我跟你不同路。"

"祝你面试成功。今晚我顺路来看你。"

"我一刻也不怀疑我会走好运。"艾什林暗自说道。

"噢！你耳朵发炎好了吗？"

"好些了，差不多要好了。又能自个儿洗头发了。"

第 三 章

艾什林最终选定一号夹克衫。她发誓她能在双乳和腹部之间居中部位发现一条轻轻的凹痕，这对她来说就够好了。

她苦苦思索，吃不准究竟该如何打扮自己。一番斟酌之后，决定还是朴素着装为佳，以免给人家留下愚蠢轻浮的印象；但又唯恐看上去过于单调，遂又拎上心爱的黑白双色小马皮手提包。接着她揉揉幸运佛，拍拍口袋里的幸运卵石，有些懊恼地瞅着那顶红色的幸运帽。纵使你戴上一顶缀有小羊绒球的帽子去参加

[①]此句中的 lying 又可解读为"我昨晚跟女朋友在床上时对她说了谎……"。

面试，又能给你带来多少运气？不管怎么说，她不需要这顶帽子——根据她的星象推算，今天应该是个吉利日子。

出门走上大街时，她得抬脚跨过一个躺在前门口熟睡的男人。然后，她看准伦道夫媒体公司都柏林办事处的方向，步履轻快地与都柏林市中心密集的车流并排而行，同时，按照路易丝·L.海①的建议，在心中一遍遍地默念我能得到这份工作，我能得到这份工作，我能得到这份工作……

但是倘若得不到又当如何？艾什林忍不住暗自寻思。

没事，我不会在意，没事，我不会在意，没事，我不会在意……

尽管艾什林表面上显得镇定自若，但是奥沙利文太太的沙发引发的一连串事件，已经把她折磨得身心交瘁，致使她处在压力之下每每流脓的耳朵此番再度流脓。

保不住自己的饭碗，只能说明你幼稚，令你尴尬，这种事不应发生在一个三十一岁、有房贷要还的女人身上。

为了不使自己的人生就此沉沦下去，艾什林开始怀着极大的热忱寻找工作。任何稍稍说得过去的工作，她都从不言弃。不，她无法套住脱逃的种马，她在应聘西大荒牧场的工作时坦言相告——她事先估计场方招聘的是一份行政职务——但她愿意学习。

每次参加求职面试，她都一遍遍地重复她愿意学习这句话，但在她申请的所有工作中，只有《妙龄女郎》的岗位真正遂她心愿。她喜欢杂志社的工作，而杂志社的工作在爱尔兰极为稀缺。艾什林不是当记者的料，她只不过是一个出色的组织者，对细节极为留意。

伦道夫传媒公司的杂志分部位于码头边一幢办公楼的第三层。艾什林已经知道伦道夫传媒公司同时拥有"九频道"这家规模虽小、但发展势头不错的电视台，还有一家高度商业化的电台，但它们显然都在别处运营。

艾什林走出电梯，沿着走廊朝接待处疾速走去。这地方似乎一片忙碌，人人手上拿着一叠纸步履匆匆走来走去。艾什林兴奋得难以自制，继而又紧张得直犯恶心。接待桌前，一个头发蓬乱的高个男子跟一个娇小的亚洲姑娘聊得正欢。他们都压低了嗓门，不过根据两人那互不相让的架势，艾什林知道他们都恨不能冲对

---

① 路易丝·L.海（1926~　）：美国最负盛名的心理治疗专家，著名作家和演讲家，主张使用心理暗示拯救自己的心灵。

方大吼一气。艾什林继续快速前行。她不喜欢争吵，即便是其他人的争吵。

她刚刚朝接待员瞥了一眼，便立即明白自己当初对化妆一事的估量实在是错得离谱。特丽克丝——她的胸牌上是这个名字——眼里流露出闪亮、性感而又抑郁的目光，看来此人信奉浓妆艳抹多多益善的原则。她的眉毛拔得几乎一根不剩，唇线涂得又浓又暗，恰似唇边的一圈胡髭，满脑袋金色秀发被几十只均匀分布闪闪发亮的微型蝶状发夹绾住。艾什林对此触动很深，不禁心里暗忖，若是这样打扮，她每天准得提前三小时起身。

"你好。"特丽克丝的声音有些嘶哑，听起来像是每天要抽四十根烟——她碰巧就是一个每天得抽四十根烟的女人。

"我今天早晨九点有一场面——"听到身后有人尖叫一声，艾什林骤然打住。她扭头循声望去，只见刚才那个头发蓬乱的男人正在护理自己的拇指。

"你咬我！"他大声嚷道，"麦，你还吸了血！"

"但愿你打的破伤风预防针还没有过期失效。"亚洲姑娘的笑声里透出几许嘲讽。

特丽克丝咂咂舌头，两眼朝天咕哝了一句，"一对活宝，从来就没有消停过。请坐，"她对艾什林说，"我马上告诉凯尔文说你来了。"

她消失在双层门后，艾什林瑟瑟颤抖着跌坐在一张沙发上，旁边的咖啡桌上散乱摆放着许多种当期杂志，乍一见到这些杂志，她顿时绷紧了神经——这份工作她实在太需要了。她的心儿激动得怦怦狂跳，胃里泛起一股苦味。她失神地用拇指和食指揉了揉幸运卵石，焦虑引起的一阵战栗从她身上掠过，恍惚间，她依稀觉得那个刚才挨咬的男人大步走进洗手间，体型娇小的亚洲姑娘噔噔噔踩着重步踏上电梯，幕帘般厚密的长发在她脑后甩来甩去。

"卡特先生让你进去。"特丽克丝回来时，脸上浮现出难以掩饰的惊讶表情。最近几天，那些应试人员真是让她伤透了脑筋。他们每人在她桌前等候召见的时间足有半个钟头之久。在此期间，特丽克丝不得不推迟打电话给自己的男女朋友们，一边倾听这些人用殷殷求教的口吻提出的问题，一边帮助分析他们得到工作的把握有多大。凯尔文·卡特和杰克·迪瓦恩在面试室里的全部工作，就是玩拉米纸牌①游戏，这一点更是让她受伤的心灵进一步蒙受了耻辱。

---

①拉米纸牌：这种游戏的基本玩法，是形成三四张同点的套牌或不少于三张的同花顺。

但是已被杰克·迪瓦恩抛开的凯尔文·卡特此时备感孤独无聊，不妨将测试某人的工作视为儿戏。

艾什林胆怯地敲了敲门，随即他发出"进来"的指令。

他朝这个一身黑色套装、头发深褐色的女人瞟了一眼，心里当即决定将她淘汰出局。对于《妙龄女郎》来说，她缺乏足够的魅力。他对姑娘的发型所知甚少，但他认为一般而言要比眼前这位的发型精巧雅致。让头发看上去像是定期受到打理，难道不是很正常吗？既然是褐发，那就肯定不应披到肩头。倘若你是一名挤奶女工，清新脱俗的脸颊也许再好不过，但你此刻是一家性感女性杂志的一位抱负不凡的助理编辑，则应另当别论……

"坐吧。"他觉得他最好应该在五分钟内完成这场面试的例行程序。

一心只想拿出最佳表现的艾什林惴惴不安地坐在屋子正中那张孤零零的椅子上。

"爱尔兰分部的总经理杰克·迪瓦恩稍后就来，"凯尔文解释说，"不知道有什么事情耽搁了。首先，"他将注意力转向她的个人简历，"告诉我，你的名字怎么发音。"

"艾什——林。艾什与cigarette ash（烟灰）中的ash同音，林与sing（唱歌）尾音相同。"

"艾什——林，艾什林。嗯，我会念了。好吧，艾什林，过去八年你曾先后供职于几家杂志社……"

"准确地说，是一家杂志社。"艾什林听见有人紧张地咯咯直笑，旋即又无助地意识到，此人正是她自己。"只是一家杂志社。"

"那你为什么离开《妇女天地》呢？"

"我在寻求一个新的挑战。"艾什林紧张地答道。这是此前萨莉·希利教她这么说的。

门开了，走进来刚才挨咬的那个男人。

"噢，杰克，"卡尔文·卡特蹙了一下眉头。"这位是艾什林·肯尼迪。"

"情况怎么样？"杰克心里有其他事要考虑。他情绪低落。他夜半起身，与电视台的一些技术人员开展谈判，几乎同时又与美国的一个电视网进行谈判，旨在说服对方勿将他们获奖的电视连续剧播映权出售给RTE[①]公司，而是出售给九

[①] RTE：爱尔兰国家广播电视公司。

频道。仿佛沉重的工作负担尚不足以令他精神崩溃，他又受命创建这家愚蠢的新杂志。这个世界最不需要的就是另一家妇女杂志！不过，如果要他实话实说，真正让他满腹抑郁的根子还是在麦身上。他简直要被她逼疯了，他恨她。他对她恨之入骨。他当初居然认为他会因她而疯狂！他再也不会接她的电话了，再也不会，那是最后一次，最后最后一次……

他在桌子后面晃荡着身子，试图将注意力集中到眼前这场面试上。凯尔文真是个好家伙，找了这么一帮人接受面试。他很快知道自己照理得问一些听起来稍稍沾得上边的问题，但他此刻唯一想到的却是自己可能会流血而亡。或者死于狂犬病。过多久他的嘴角会开始泛白沫？他心里暗暗想道。

他身子朝后倾斜，重量压在后面两只椅脚上，将那只受伤的手指伸到眼前一阵打量。他无法相信她居然张嘴咬他。又一次。她上回已经保证……他撕开指头上用卫生纸临时裹起的止血带，殷红的鲜血顿时喷涌而出。

"说说你的长处和弱点。"凯尔文对艾什林说。

"我得实话实说，我最不擅长于编务，我能撰写结束语，标题和短篇稿件，但对于长文的写作却没有多少经验。"

其实，如果她过于坦承，那反而不妙。

"我的长处是，注重细节，服从组织，工作勤奋。我是一个合格的二把手。"艾什林的这番真情表白，完全照搬了萨莉·希利的原话。说着说着她蓦然停住，问道："对不起，你的手指需要一张邦迪创可贴吗？"

杰克·迪瓦恩心里一慌神，蓦地抬起头来。"谁，是说我吗？"

"我看这屋里没有第二个人在流这么多血。"艾什林试图挤出一丝笑容。

杰克·迪瓦恩使劲摇摇头。"不必，谢谢。"他傲慢地说。

"为什么不呢？"凯尔文·卡特存心干预此事。

"我没事。"杰克用另一只未受伤的手做了个手势。

"把邦迪拿出来吧，"卡尔文说道。"这主意听起来不错。"

艾什林将手提包置于膝头，在里面稍加摸索，掏出一盒创可贴，她揭开盖子，手指轻轻一弹，抽出其中一张交给杰克。"试试大小。"

杰克脸上一片迷茫，似乎不知道该拿它怎么办。凯尔文·卡特也帮不上忙。

艾什林强咽下一声叹息，站起身，从杰克手上接过创可贴，撕开上面的防粘油纸。"伸出你的手指。"

"是，太太。"他的声音里带有挖苦的意味。

她动作麻利地用胶带裹住那只仍在滴血的手指。她故意装出要让胶带粘牢的样子，顺势稍稍用力捏了捏那只指头。眼见对方脸上肌肉抽搐了一下，她心里愧疚之余又平添了些许快慰。她不禁吃了一惊。

"你还带了些什么？"凯尔文·卡特好奇地问道，"阿司匹林？"

她拘谨地点点头。"你需要来一片吗？"

"不需要，谢谢。一支笔和一个记事本？"

她再次点点头。

"大概还有——这样猜可能有点不靠谱，我承认——一只针线包？"

艾什林窘迫地顿了顿，脸上微漾笑意，表示默认，内心感到轻松，情绪也开朗了许多。"确实如此，我带了针线包。"她粲然一笑。

"你可真有条理，"杰克·迪瓦恩的这句插话听起来不无讽意。

"总得有这种人。"凯尔文·卡特已经修正了自己原先对她的看法。她挺有魅力，虽说牙齿沾上了唇膏，可毕竟还是涂了唇膏嘛。

"谢谢你，艾什林，我们会跟你联系的。"

艾什林跟这两个男人依次握手，再次趁机用力捏了捏杰克·迪瓦恩的伤口。

"嗨，我喜欢她。"凯尔文·卡特说。

"我不喜欢。"杰克·迪瓦恩闷闷不乐地说。

"我说我喜欢她，"凯尔文·卡特重复道。他不习惯别人对他的意见提出异议。"她为人可靠，头脑灵活。让她干吧。"

第 四 章

克洛达赫早早醒来。家里没有任何新鲜事发生。克洛达赫一向醒得很早。有了孩子就得这样身不由己。他们不是大声嚷嚷着要吃东西，就是爬上床，挤在你和丈夫中间，要么在星期六早晨六点半钟跑进厨房，把平底锅弄得当啷当啷直响，让你听了一阵阵揪心。

今天早晨，轮到他们施展那预兆不祥似的、当啷当啷弄响平底锅的本领。她最后会发现她五岁的儿子克雷格正在教两岁半的女儿莫莉怎样炒鸡蛋。他们用的原料有面粉，水，橄榄油，番茄酱，棕色调味汁，醋，可可粉，生日蜡烛，当然还有鸡蛋。一共九样，再加上蛋壳。楼下传来的噪音告诉克洛达赫，此时厨房里正在发生一件可怕的事情，但她觉得太累或是出于别的什么原因懒得起身去干涉他们。

克洛达赫散漫失神的目光没有聚焦于任何物体，她躺在床上，听着楼下厨房里几张椅子被两个孩子在瓷砖地面上吱嘎吱嘎地拖来拖去，刚买回一个月的西曼帝克①碗橱的门被他们砰砰啪啪地打开又关上，乐克勒塞②煎锅连续不停地遭到当啷当啷的敲击。

身边，仍在鼾睡的迪兰动弹了一下，伸出胳膊搂住她，她舒适地依偎着他的身体，寻求片刻的慰藉。接着，就在她感到他勃旺的性欲渐渐漫溢到她腹部之际，一阵惯常的勉强迟疑使她动作僵硬，疲倦地挪开身体。

不要做爱，她受不了这个。她需要他的爱抚。但是每当她转过身子紧贴着他寻求安慰时，他的性欲便被陡然激发起来，尤其是在早晨。每当她偏转身子背对着他时，心里都会浮起几分歉疚，但并不足以令她顺从对方。

夜里他的机会较好，特别是在她几杯酒落肚之后。她剥夺他"性福"的时间从来不会超过一个月，因为她十分惧怕由此可能引起的后果。于是，当最后期限逼近之时，她总是巧妙地装扮成一副醉醺醺的样子，表现出的床上功夫、热情程度和创造性，都与灌入肚中的杜松子酒量成正比。

迪兰又朝她挨过来，她倏地钻过被单，让他扑了个空，透出一股历经数月训练养成的灵巧劲儿。

一阵歇斯底里的煎锅和铲子互相撞击的哐当哐当声从厨房里传上来。

"这两个小兔崽子，"迪兰睡眼蒙眬地咕哝着。"他们非把我们的房子震垮不可。"

"我去喝住他们。"现在起身没什么问题了。

等到艾什林当天早晨晚些时候登门时，梦魇般的炒鸡蛋事件早已成为遥远的

---

① 西曼帝克（SieMatic）：老牌德国高级厨柜品牌。——编者注
② 乐克勒塞（Le Creuset）：老牌法国高级珐琅铸铁厨具品牌。——编者注

记忆，眼下令人头疼的是早餐桌上的棘手难题。

克洛达赫去开门时，正跟模样讨人喜欢、一头亚麻色秀发的莫莉就羊毛开衫的穿着问题进行一场颇为复杂的谈判。莫莉执意要穿那件橘黄色的。

"你好，艾什林，"克洛达赫心不在焉地打了个招呼，继而又倏地垂下脑袋，盯着莫莉的脸，恼怒而坚定地说，"可你个头长高了，穿不下了。那件衣裳你很长时间都没穿过。你干吗不穿这件漂亮的粉红色羊毛衫呢？"

"不不不不不！"莫莉想要挣脱妈妈的胳膊。

"可你会着凉的。"克洛达赫紧紧抓住莫莉的胳膊。

"不嘛！不嘛！不嘛！"

"进厨房来吧，艾什林，"克洛达拽着莫莉走过客厅。"克雷格！快从木马上下来！"

同样招人喜爱、满脑袋亚麻色头发的克雷格已经费力地钻进厨房角落里的碗橱，骑在下面垫有米袋和面袋的金属搁板上前后摇晃着身子。

艾什林走到水壶旁，插上插头。艾什林和克洛达赫从小就是仅隔两扇门的邻居。到后来，艾什林待在克洛达赫家比待在自家还要安全，打那以后，她俩一直都是最好的朋友。

向艾什林透露她没有腰身这一秘密的是克洛达赫。启发艾什林使她对自己的其他方面有所认识的还是克洛达赫。当时克洛达赫对她这样说，"你很幸运，你有自己的个性，我呢，我唯一拥有的只是自己的外表。"

艾什林并没有因此生克洛达赫的气。克洛达赫并无恶意，她只是心直口快罢了，况且硬要否认克洛达赫长得多么漂亮也是枉然。她身材娇小匀称，生就斯堪的纳维亚人特有的光洁肤色，还有几根闪耀着金色光泽的长长的发辫，走在街头，确能造成"停车赏美"的效果。不过在车行经常受阻的都柏林，这一比喻没有任何意义。

艾什林带来了重要消息。"我找到工作了！"

"什么时候？"

"我一个多星期前得到消息，"艾什林直言不讳地说。"不过我当时每晚都要加班到半夜，为《妇女天地》新来的人做好交接。"

"我还觉得奇怪你怎么没跟我联系。快点跟我说说。"

但每当艾什林正要开口讲的时候，克雷格就硬要她读一本上下倒置的书，艾什林刚把注意力从他身上移开,他便开始不依不饶了。

"到外面去荡秋千吧。"克洛达赫哄他。

"外面在下雨。"

"你是爱尔兰人,你要习惯这种天气,去吧,去吧!"

克雷格刚走开,莫莉就成了中心人物。

"我要!"她大喊一声,用手指着艾什林的咖啡。

"不成,那是艾什林喝的,"克洛达赫说,"你不能喝。"

"她要是想喝就给她喝……"艾什林觉得自己还是少开口为妙。

"我要!"莫莉越发来了犟劲。

"你不介意吧?"克洛达赫问道,"我再给你泡一杯吧。"

艾什林把桌上的咖啡杯朝前面推过去,但不等莫莉接住,就被克洛达赫拦下,结果引来她宝贝女儿一阵刺耳的哭嚎。

"我就是朝它吹吹气,"克洛达赫解释说,"不然你会烫到嘴的。"

"我要!我要!我要!"

"可它太烫了!你会烫伤嘴的。"

"我要喝。现在就喝!"

"哦,好,好。慢点,别洒出来。"

莫莉刚将嘴唇凑到杯沿上,就忙不迭地缩回去,口里连声尖叫。"烫!疼!哇!哇!哇!"

"嗨,真见鬼。"克洛达赫嘟囔了一句。

"真见鬼。"莫莉用水晶般清澈的嗓音重复道。

听到女儿的哭闹声,迪兰急急走进厨房。

"艾什林!"他笑着招呼道,同时伸出一只大手将垂到脸上的一缕金黄色头发用力撩开。"你看上去挺好啊!工作有着落了吗?"

"已经有了!"

"在牧林格农场套住那些逃脱的种马?"

"在一家杂志社。一家年轻妇女杂志。"

"可真不赖。工资比以前高了?"

艾什林骄傲地点点头。虽说没涨多少,但比起她过去八年间在《妇女天地》挣的那份常常令她入不敷出的菲薄的薪水,已经很不错了。

"再也没有班内特神父的来信啰——还有你瞧见《天主判官》关闭的消息了吗？报上登出了这一消息。"

"所以，熬到最后，总算有了最好的结果，"艾什林喜形于色，"沃特福德的奥沙利文太太让我有了一次也许是最棒的经历！"

见到园子里突然变得乱糟糟的情景，迪兰先是忍俊不禁，继而又感到震惊。克雷格从秋千上跌倒在地，听到他的大声哭闹，便可断定他这下子摔得不轻。艾什林赶紧在包里寻找急救物品。

为她自己。

"你去一下好吗？"克洛达赫将厌倦的目光投向迪兰。"他俩缠了我整整一星期。非得让我知情时再来告诉我克雷格伤势如何。"

迪兰转身离去。

"你是否需要我察看一下克雷格的伤情……？"艾什林焦急地询问。"我身边有邦迪创可贴。"

"我这儿也有，"克洛达赫恼怒地瞅了她一眼。"跟我聊聊你的工作吧，拜托。"

"好吧。"艾什林心有不甘地最后瞧了瞧园子。"它是一家通俗杂志，比《妇女天地》气派多了。"

当她说到杰克·迪瓦恩如何跟一个亚洲姑娘吵得不可开交、后来又被她咬了一口时，克洛达赫终于来了兴致。

"说下去，"她催促道，一双眼睛炯炯有神。"快跟我们说说！天底下最能让我心情开朗的事情，莫过于无意间听到旁人吵架吵得不可开交。上周有一天，我从健身房出来，瞧见一男一女待在路边停着的一辆车里，冲着对方大声吼叫。真是吼叫耶。车窗关着，我还是能听见他们的吵架声。那天余下的时间我一直心情愉快。"

"我不喜欢这个，"艾什林坦言相告，"这太烦人了。"

"为什么？哦，我猜，大概是因为你的，呃，个人经历……但对大多数人而言，这都是一件好事。他们会觉得生活不如意的并非只有自己，还有其他人。"

"谁的生活不如意啦？"艾什林脸上愁云密布。

克洛达赫显得颇不自在。"没有谁。不过，我挺羡慕你的！"一串话从她嘴里倏地迸了出来。"单身，刚刚开始新的工作，多么激动人心。"

艾什林一时语塞。在她看来，克洛达赫的生活堪称完美。帅气、忠诚、事业有成的丈夫；位于唐尼布鲁克①时尚住宅区的一幢品位不俗、爱德华时代式样的红砖住宅；用微波炉烹煮巴尼恐龙意大利面②，制订重新装饰已臻完美的屋子的计划，等待迪兰回家，便是她每天的全部工作。

"你昨晚肯定去夜总会了。"克洛达赫用几近指责的腔调说。

"没错，可是，不过是舒伯夜总会罢了，凌晨两点回家。独自一人。"她特别加重了语气，"克洛达赫，你什么都有，两个顶呱呱的孩子，一个挺出色的丈夫……"

他挺出色吗？克洛达赫心里暗吃一惊，意识到这不是她最近才开始考虑的问题。她心存疑虑地承认，作为一个三十五六岁的中年男人，迪兰的体形并不算差——他不像许多同龄人一样，上腹部已经消失，只剩下一堆柔软而多余的锥形赘肉——嗜饮啤酒造成的产物。他对服装的兴趣并不亚于当年——坦率地说——目前这段时间比她更热衷于穿衣打扮。理发他也专挑那种很上档次的美发厅，而不是当地技艺平平的剃头店。无论谁进了这种剃头店，出来时的发型都会像自己的老爹一样土里土气。

艾什林继续说："……还有，你的模样有多漂亮！你有两个孩子，身材比我好看——我没有孩子，也不大可能有孩子，除非我很快交好运，得到男人的青睐。哈哈哈。"

艾什林很想让克洛达赫发出会心的微笑，可她只是说了句："我觉得一切都是老一套，尤其是跟迪兰在一起的时候。"

艾什林情急之中想出两句出自肺腑的忠告。"你只需重新焕发魅力。试着回忆你们最初相识时的情景。"

这番说辞从何而来？呃，对了，正是出自她的手笔，作为她在《妇女天地》上对一封读者来信的回应，写信的女人因为丈夫退休以后处处跟她作对几近崩溃。

"我甚至记不清我是在什么地方跟他相识的，"克洛达赫说，"哦，不对，我当然记得，你带他参加洛克兰·哈葛蒂二十一岁生日聚会，还记得吗？现在想起来真是恍如隔世。"

"你得设法让什么事情都保持一股新鲜劲儿，"艾什林继续引述她信中的话。"在外面饭店浪漫的氛围里共进晚餐，甚至周末一起外出游玩，无论何时需要我都可以帮你带孩子。"做出这个轻率的承诺之后，她感到一阵惊讶。

---

①唐尼布鲁克：爱尔兰首都都柏林的一个区。
②巴尼恐龙意大利面：巴尼是美国儿童电视节目《巴尼和朋友们》中的主角小恐龙。——编者注

"我想嫁人，"克洛达赫仿佛是在自言自语。"我跟迪兰似乎很般配"。

"这样讲可是有点轻描淡写。"艾什林想起克洛达赫和迪兰目光初次相遇的一刹那，让在场所有人心中掠过一阵战栗。迪兰在他那帮平时混得很熟的哥们儿中间是长的最帅的，克洛达赫在她平素时常来往的姑娘们当中无疑是长得最美的，与他们般配的异性，总能吸引人们的目光。就在迪兰和克洛达赫命中注定似的目光交会的那一刻，艾什林其实正在跟迪兰约会——她第一回，同时正如事态后来的发展一样，也是仅此一回。随着他俩目光相遇，艾什林情场失意。她倒并不因此记恨他俩当中的哪一个。他们注定要结为夫妻，因此她大可不必为此耿耿于怀。

克洛达赫疲倦地咯咯一笑。"一切都正常，真的。或者至少说，我改变前屋的色调以后，一切都将正常。

"又要装饰！"克洛达赫装饰厨房好像就是最近的事，她上回装饰前屋，好像也就比装饰厨房稍早一些。

当天下午，艾什林从克洛达赫家出来，在回家途中匆匆拐进乐购超市买食物。她飞快地将一袋用于微波炉加热的玉米放进购物筐，然后去付款。

排在她前面的那个女人风姿绰约，十分出众。艾什林不由自主地仰起脑袋，以便将她仔细打量一番。跟艾什林一样，她也身穿羊毛开衫，宽松式运动裤，足蹬一双软底运动鞋。跟艾什林不同的是，她身上的所有衣物都很有质感和亮度，是那种未经漂洗、尚未褪去全新光泽的样子。

她脚上穿的运动鞋，是艾什林在一家杂志上见过、但在爱尔兰却无处可觅的粉红色耐克鞋。她肩上挎的粉红色降落伞绸布背包，与她运动鞋后跟的粉红色胶体十分协调。她的头发也很秀美——光润，浓密，飘逸——这种美的境界你永远无法企及。

艾什林入神地察看女人购物筐里的东西。七罐草莓酱，七只烘烤用的土豆，七只苹果，还有四……五……六……七小块单独包装的方形巧克力。她还没有将巧克力悉数装入一只袋中，好像是将其视为七种不同的商品。

某种不可抗拒的直觉告诉艾什林，筐中这点东西便是这位女人一周所购的全部东西。看来她正要用这些给白雪公主的小矮人们——爱生气、喷嚏精、糊涂蛋、开心果，还有三个天知道叫什么的——准备一个安乐窝。

第 五 章

丽莎乘坐的客机在都柏林机场降落时，外面大雨如注。飞机从伦敦起飞时，她愚蠢地认为今后无论何时自己的心情都不会比此刻更糟，但在瞥了一眼雨幕笼罩下的都柏林后，才知道她实在是想错了。

送她去市中心的出租车司机德尔莫特，更增添了她的愁绪。此人性情温厚，十分健谈，但丽莎眼下并不需要性情温厚、十分健谈的人。她不无期待地想道，倘若她此刻人在纽约，开车送她去旅馆的，兴许是个有点精神错乱、疯疯癫癫的家伙。

"你家在这儿吗？"

"不在。"

"有一个男朋友？"

"没有。"

她不愿意谈自己的事，可他倒是乐此不疲。"我喜欢开车。"他像是在倾吐一个秘密。

"嗯—呃—哼。"丽莎不怀好意地说。

"你知道我休息日都做些什么吗？"

丽莎假装没听见。

"我开车兜风！我就干这个。不是只开到威克洛，而是开很长一段距离。开到贝尔法斯特，开到戈尔韦，或者开到利默里克①。有一天我把车一直开到莱特肯尼②，这地方在多尼哥尔郡，你知道……我喜欢我的工作。"

他一边喋喋不休地说着，一边驱车缓缓驶过湿滑的街道。抵达哈考特街上的

---

①威克洛、贝尔法斯特、戈尔韦、利默里克 分别为爱尔兰东部港市、北爱尔兰东部港市、爱尔兰西部一郡级市、爱尔兰中南部一郡级市。

②莱特肯尼：爱尔兰一著名旅游胜地。

那家旅馆后，他帮她拿下几只旅行袋，祝她在爱尔兰一切如意。

马隆尼·阿帕特旅馆是一家新奇的客栈——没有酒吧，没有餐厅，没有客房服务，没有任何设施可言，只有三十间客房，每间都有一个小小的地方可以做饭。丽莎预定了十四天的居住期，指望到时候能够找到别的住处。恍惚间，她挂起几件随身携带的衣物，注视着窗外灰暗而繁忙的街道，旋又急急走到潮湿的街上，仔细察看这座自己将栖居于此的城市。

置身于这座城市，她感到自己的心灵受到一股前所未有的巨大力量的沉重撞击。她的生活何以发生如此可怕的错误？她此时本该信步徜徉于纽约的第五大道，而不是在这个被雨水浸透的乡村踽踽独行。

旅游指南称，游客仅需半天，即可走遍都柏林，游览所有的重要景点——这似乎是一件好事！确实不假，两小时不到，足可将所有重要景点尽收眼底——逛遍利菲河①南北沿岸地区的所有商店。情况之糟，完全出乎她的预料：没有一家商店出售蓓丽产品②，斯特凡·凯利安③鞋，薇薇恩·韦斯特伍德④或奥斯华·宝顿⑤的衣服。

"一个土得掉渣的地方！一个乡村小镇，"她的思绪有些紊乱，"而且镇上的人穿的是过时的希尔菲格⑥服装。"

她想回家，她极度渴望重返伦敦。接着，透过街上的雾霭，她看到的东西让她疲惫的精神顿时重又振作——玛莎百货商店。

此类商店她平素甚少光顾，服装式样陈旧，食物口味过重。今天她却一反常态，急急走进店门，犹如一个遭到通缉、寻求外国使馆庇护的持不同政见者。她拼命压抑急欲倒地躺下、斜倚在门内侧大口喘气的冲动，仅仅因为那是扇自动门。少顷，她全副身心沉浸在食品区里，因为这里没有窗户，正好任由她驰骋想象。

我此刻是在玛莎百货店肯辛顿大街分店，她的脑中倏地冒出这个虚幻的念头。再过一会我就要离开这里顺路走进城市奥特菲特店。

她在新鲜水果柜前懒洋洋地踱着步子。不，我改主意了。我眼下在大理石

---

① 利菲河：流经都柏林市中心的主要河流。
② 蓓丽产品（La Prairie）：又译作莱珀妮，是瑞士高级美容品牌，明星产品是抗衰老鱼子精华系列产品。
③ 斯特凡·凯利安（Stephane Kélian）：罗马高级男鞋品牌，1978年开始生产女鞋。
④ 薇薇恩·韦斯特伍德（Vivienne Westwood）：英国朋克风格高级女装品牌。
⑤ 奥斯华·宝顿（Ozwald Boeteng）：英国高级定制时装品牌。
⑥ 希尔菲格（Tommy Hilfiger）：美国休闲服饰品牌。

拱门①分店。这边结束之后,我就去莫尔顿南街。"

当她知道眼前的柠檬沙拉伦敦各分店全都有售时,她心里蓦然涌起一阵奇特的快慰。她轻轻捏了捏一个紧绷绷的薄膜盖,产生了一种归属感——些微但却真实的归属感。

心情恢复平静以后,她前往一家普通超市,采购一周所需的物品。日常琐事能使她头脑保持清醒——不错,过去这一招的确屡试不爽。她拖着疲惫的脚步朝住处走去,拉起夹克衫的风帽,遮挡头顶已经开始飘洒的雨丝。她取出七罐草莓,整整齐齐地摆放在餐橱里,土豆和苹果放进微型冰箱,七块巧克力则放进一只抽屉。现在干什么?星期六夜晚。独自一人置身于一个陌生的城市,百无聊赖,只能待在屋里睁着眼睛发愣……这时她才注意到屋里没有电视。

这不啻沉重的一击,她一时情难自禁,灼热的泪水似洪流决堤般簌簌涌出。她现在要做什么呢?她已经读过本月度的《ELLE 世界时装之苑》、《红装》(*Red*)、《新女性》(*New Woman*)、《伴侣》(*Company*)、《时尚》、《嘉人》、《Vogue》、《尚流》(*Tatler*),以及她一直视为竞争对手的那些爱尔兰杂志。她想她可以读一本书,如果手头有书的话。或者是一份报纸,只是报纸过于无聊,令人意绪消沉……至少她还有一些衣裳得挂起来。楼下的街道上熙熙攘攘,挤满了准备今宵花钱买醉的年轻人,丽莎则在屋里一边抽着烟,一边将连衣裙和外衣逐一挂上衣架,将开襟毛衣和上衣叠好抹平放入抽屉,将一双双皮靴和皮鞋排成受阅部队似的整齐美观的一长列,再将几只手提包依次挂上墙……电话铃骤然响起,她闻声一怔,刚才这种张弛有度、令人心神舒缓的节奏也随之被打断。

"喂?"很快她后悔接了电话。"奥利弗!"噢,这家伙。"你从哪儿……你是怎样搞到这个号码的?"

"你妈妈。"

爱管闲事的老太婆。

"你原来准备什么时候主动告诉我,丽莎?"

"很快。一旦我找到自己的住处。"

"我们的公寓你是怎么处理的?"

"租给了别人。别担心,你会得到你的那份租金。"

---

①大理石拱门:伦敦市内著名的标志性建筑。

"干吗去都柏林?我寻思你想去的是纽约。"

"这倒像是一次更加体面的工作调动。"

"唉,你可真不容易。好吧,但愿你幸福如意,"他说话的腔调听起来像是他内心的希望与其口头祝福正好相反。"但愿你的辛苦不会白费。"

随后他挂上电话。

她俯瞰着楼下都柏林的街道,浑身一阵战栗。这值得吗?她最好确保自己的辛苦不会白费。她将使《妙龄女郎》成为杂志出版业的佼佼者。

她深吸了一口烟,复又将其点燃,因为她觉得烟已熄灭。烟没有熄灭,但它并未平息她内心的伤痛。她需要什么东西。巧克力隔着抽屉向她发出呼唤,但她竭力抵御这种诱惑。因为她觉得不能以心绪恶劣为由,听任自己每天摄入的卡路里超过一千五百。

最后她终于撑不住了。她蜷缩在扶手椅上,慢慢揭开外层的包装纸,牙齿紧贴巧克力侧边慢慢挪移,一点点磕去那一个又一个微型螺旋状花纹,直至整块巧克力完全消失。

这花去她一个钟头的时间。

第 六 章

艾什林住所的门外响起一阵酒瓶互相撞击的叮当叮当声,宣告乔伊驾到。

"特德已经动身了。门不要锁上。"乔伊将一瓶白葡萄酒砰的一声重重放在艾什林狭小厨房的台板上。

艾什林有心理准备。她不感到失望。

"菲尔·科林斯[1],"乔伊说着,眼里闪过一丝淫邪的光亮,"迈克尔·波顿[2],或

---

[1]菲尔·柯林斯(1951~):英国著名摇滚乐歌手。
[2]迈克尔·波顿(1954~):美国著名摇滚乐歌手。

者迈克尔·杰克逊，你必须跟他们当中哪一个上床。"

艾什林脸部肌肉抽搐了一下。"拜托，绝对不要菲尔·科林斯，绝对不要迈克尔·杰克逊，绝对不要迈克尔·波顿。"

"你一定得挑一个。"乔伊一边说，一边忙着用瓶塞钻开瓶。

"天哪，"艾什林厌恶地扭歪了脸。"我看那就是菲尔·科林斯了，我很久没有选他了。好吧，该你了。班尼·希尔[①]，汤姆·琼斯[②]，或者……让我想想，谁真正令人作呕？保罗·丹尼尔斯[③]。"

"全套做爱或者只……"

"全套做爱。"艾什林坚定地说。

"那就选汤姆·琼斯，"乔伊叹了口气，递给艾什林一杯葡萄酒。"现在让我瞧瞧你身上穿了什么衣裳。"

这是星期六晚上，特德准备在一场群星荟萃的喜剧演出中"试验性"地登台亮相。这是他首次面对亲友以外的观众饰演角色。艾什林和乔伊打算到时给他捧捧场，继而不经邀请闯入随后举行的朋友聚会。

乔伊——她的姓是容易记住的莱德[④]，住在艾什林楼下的公寓里。她矮小，丰满，一头卷发，是个危险人物——因为她对酒精、毒品和男人的胃口都大得吓人，加上她又担负起教唆艾什林与她共同堕落的使命。

"到我房间里来，"艾什林发出邀请，乔伊和她一道侧着身子慢慢走进房间，"我准备穿这件小号上装和这条米色裤子。"艾什林从衣橱前陡然转过身子，没留神踩了乔伊的脚背。乔伊一个趔趄，胳膊肘给那台袖珍型电视机狠狠撞了一下。

"哎哟！难道你就没觉得住在这种鞋盒般大的鬼地方有多憋闷？"乔伊一边叹着气，一边揉自己的胳膊。

艾什林摇摇头。"我喜欢住在城里。你总不可能样样都称心吧。"

转瞬间，艾什林换上了她出门穿的衣裳。

"我要是穿上那样的衣裳，保准像是一个吉普赛人。"乔伊瞅着她，眼中流露出艳羡和留恋的神情。"身材长成梨子形状，真是一件可怕的事情。"

[①]班尼·希尔（1924～1992）：英国著名喜剧演员。
[②]汤姆·琼斯（1940～ ）：英国著名老牌歌手。
[③]保罗·丹尼尔斯（1938～ ）：英国著名魔术师。
[④]莱德是以卡车租赁著称的美国知名物流公司，同时也是高尔夫球赛事的名称。——编者注

"可你至少还有腰身。现在我得弄一下头发。"

看见特丽克丝头戴彩色蝶形发卡风韵独具的样子，艾什林也去买了几只。可是当她将同样的发卡插入垂在前额的短发，将拖到脸上的两绺发丝箍到头顶时，效果却截然不同。

"瞧我这不伦不类的样子！"

"一点不假，"乔伊语气温和地附和道。"我说，你看那个半人半獾的家伙[①]表演结束后会参加晚会吗？"

"有可能。你以前遇到特德，就是在一次为他举行的晚会上，对不对？他跟一帮喜剧演员是朋友，对吧？"

"嗨，"乔伊若有所思地点点头。"不过那是两周前的事情，打那以来我就再也没有跟他照过面。他躲哪儿去了，这个半人半獾、行踪诡秘的家伙？快点拿出一副塔罗牌[②]，我们看看接下来会发生什么事情。"

她俩懒洋洋地走进狭小逼仄的起居室。乔伊从一叠牌中抽出一张，转身对艾什林说，"十把剑，一张臭牌，是不是？"

"臭牌。"

乔伊抓起那叠牌，啪啪啪飞快地在指间逐一掀过，直到发现自己中意的一张。"权杖女王，嗯，差不多！现在你抽一张。"

"三只圣杯，"艾什林抽出其中的一张牌。"开始发生。"

"这就是说，你马上也会碰到一个男人。"

艾什林笑出声来。

"费利姆去澳大利亚也有很久了，对吧？"乔伊问道，"你该彻底忘掉他了。"

"我已经把他忘了。是我主动跟他了断的，还记得吗？"

"仅仅因为他不愿从事体面的工作。就算男人不愿干那种照我看来是很体面的工作，尽管对我有利，我也不忍心给他们下逐客令。你挺厉害。"

"这不是厉害。是因为我无法忍受等他最后拿定主意的那份辛苦劲儿。我觉得我的精神都快崩溃了。"

费利姆断断续续当了她五年的男朋友。他们在一起度过了许多美好的和不太

[①]半人半獾是动物装备公司的动物幽默口号之一，该公司将此类口号印制在T恤、帽子、杯子等物品上，表达对动物的热爱。——编者注

[②]塔罗牌：一种用于占卜命运的特殊纸牌。

美好的时光，因为费利姆总是在艾什林需要他毫无保留地履行自己义务的关键时刻丧失勇气。

为了维系他们之间的关系，艾什林平时竭力避免踩到人行道上的裂缝，遇到单独栖息的喜鹊也要向它行个注目礼，拾起地上零散的分币，察看费利姆和她本人的星象。她口袋里总是沉甸甸地装满如意卵石、蔷薇石英和显灵牌，幸运佛表层的金漆也在她的频频摩挲下几乎全部脱落。①

每回他们刚刚重归于好，希望之泉又再度枯竭，直到艾什林的爱情的火焰终因他的一次次踌躇延宕黯然熄灭。他们关系的最后终结也像每次关系的破裂一样不带任何讥讽之意。艾什林平静地说："你口口声声说你是多么讨厌老是待在都柏林不挪窝，你如何喜欢周游世界，现在你尽可自便了。请吧。"

时至今日，纵然相隔一万二千英里②，他俩依然保持着若即若离的联系。他今年二月回来参加他弟弟的婚礼，到家后第一个拜访的就是艾什林。他俩先是各自走向对方的怀抱，然后站住，紧紧相拥足有几分钟之久。屋内室闷但并无雪茄烟雾的空气憋得他们眼泪直流。

"这个混蛋。"乔伊用力骂了一声。

"他不是混蛋，"艾什林语气强硬地说，"他虽然无法满足我的要求，但我并不因此恨他。"

"我恨我以前所有的男朋友，"乔伊大大咧咧地说，"我真恨不得那个半人半獾的家伙也在其中，那他就不会这样纠缠我了。今晚他若露面该如何是好？我得制造出我不能奉陪的样子。要是……不，一枚订婚戒指兴许太离谱了。一道爱痕倒是恰到好处。"

"那这道爱痕从何而来呢？"

"从你这儿！喏，"乔伊撩开自己颈旁的一绺发丝。"你不介意吧？"

"没事。"

"来吧。"

艾什林平素乐意施惠于人，此时她打消了顾虑，假戏真做似的照准乔伊的脖颈使劲儿咬了一口，留下一道红色的齿痕。

就在留下这道爱痕的一瞬间，有人说了声"啊呀"，她俩蓦然抬头，只见特德

---

① 以上皆为祈求好运的迷信做法。
② 一万二千英里：一英里约合一点六公里，一万二千英里约合一万九千多公里。——编者注

做出一副满含歉疚的姿势，原地呆立不动，打量着她们。他好像有些慌乱。"门开着……我没想到……"少顷他镇定下来，"祝你们二位永远幸福。"

艾什林和乔伊面面相觑，哈哈大笑起来。直到艾什林对特德心生怜意，向他解释了事情的原委。

特德瞅见桌上的塔罗牌，立刻奔过去。"八根权杖。艾什林，这张牌是什么意思？"

"事业有成，"艾什林答道，"你今晚的演出将令全场观众为之倾倒。"

"是吗，可我能够迷住那些姑娘吗？"

特德成为一名搞笑单人秀艺人，只是出于一个目的，仅有的一个目的——搞到一个女朋友。他见识过那些女人对参加都柏林巡演的搞笑艺人趋之若鹜的情景，认为自己赢得她们青睐的可能性，比在婚姻介绍所要高。这并不是说，他准备去一家真正的婚姻介绍所。他与之有些联系的仅有艾什林·肯尼迪婚姻介绍所——艾什林致力于为其所有的单身朋友牵线保媒。但是艾什林的朋友中特德只喜欢克洛达赫一人，可惜她早已嫁为人妇了。

"再抽一张牌。"艾什林怂恿他。

他抽出的是"倒吊人"。

"你今晚肯定走运。"艾什林向他保证。

"可这是倒吊人！"

"没关系。"

艾什林知道，只要你让一个男人出现在舞台上，无论他长相有多丑——无论他是在弹吉他，还是穿着紧身上衣紫色长筒袜在台上蹦蹦跳跳，或是认定你有几年等一辆公交车的耐性，甚至同时施展这三种本事，女人肯定觉得他风姿迷人，就算他站在狭窄场子里那高仅一尺、满是尘土的舞台上，举手投足也会透出一股令人如痴如醉的奇妙魅力。

"我已经决定改变我的演出套路，稍稍带点离奇荒诞的风格。趣话猫头鹰。"

"猫头鹰？"

"猫头鹰为很多人工作过，"特德的话里带有自我辩解的意思。"比如哈里·希尔，凯文·麦克阿利尔[①]。"

[①] 哈里·希尔（1964～　）：英国喜剧演员，善于模仿恶搞上周刚刚播出的电视节目；凯文·麦克阿利尔（1956～　），爱尔兰搞笑单人秀演员。

哦，天哪，艾什林的心陡然往下一沉。"好了，我们走吧。"

出门时，由于他们争着去摸幸运佛，客厅里一时有点混乱。

滑稽表演的地点是在一家拥挤而喧闹的夜总会。特德要等到演出过半时才登台亮相，虽说那些正式演员演技娴熟堪称老到，艾什林却难以释怀无法尽兴。她很担心观众将对特德的演出作何反应。

另一位首度登台的演员委实乏善可陈。他是一个模样古怪留着长发的小男孩。他的表演几乎是清一色的模仿弱智与丧门星①。台下观众毫无宽容怜悯之意。他们发出一阵嘘声，嚷着"滚下来，别胡扯！"这时艾什林为特德揪紧了心。

接着轮到特德上场。艾什林和乔伊鼓着掌，如同自豪而又有理由为子女担心的家长。一眨眼的工夫，便拍得掌心汗津津、湿黏黏，只好停止。

在仅有的一只聚光灯下，特德显得特别脆弱无助。他漫不经心地揉揉肚子，撩起T恤衫，让台下观众瞥见他的内裤裤腰和那瘦巴巴毛茸茸的腹部。艾什林感到很满意。这招兴许能吸引女孩子。

"这只猫头鹰走进一家酒吧，"特德开始讲故事。观众们心里充满希冀，一张张仰起的脸上神采焕发，"见他点了一瓶牛奶，一包薯片，十根香烟，酒吧间招待转身对朋友说，快瞧，一只会说话的猫头鹰。"

除了出自内心困惑的一两声尴尬的窃笑之外，全场沉浸在一片有所期待的寂静里。他们仍在等待演员说到这个笑话的关键之处。

特德急不可耐地开始新一轮的插科打诨。"我的猫头鹰没有鼻子。"他煞有介事地宣称。

更加深沉的寂静，艾什林紧张得几乎快要抠掉掌心的痣。

"我的猫头鹰没有鼻子。"特德又说了一遍，声音里透出些许绝望。

艾什林这回听懂了。"他身上发出什么气味？"她颤声喊道。

"难闻极了！"

全场茫然不解的气氛愈加深沉。人们纷纷转向邻座，满脸疑问："到底是他妈的什么……？"

特德仍在继续努力。"我遇到一个朋友，他问我，'那天我看到跟你一起

---

①弱智与丧门星：美国搞笑动画电视剧，主人公也就是弱智与丧门星这两个不良少年。

走在格拉夫顿街上的那位女士是谁？'我说，那可不是什么女士，那是我的猫头鹰！"

霎时间，他们似乎听懂了这个笑话，开始发出轻轻的笑声，继而音量提高，直到变成一阵猝然爆发的狂笑。说句公道话，今天是星期六，他们喝得有些过量。

艾什林听到身后有人喘息着说，"这小子挺搞笑的。完全是即兴发挥！"

"什么东西颜色发黄而又聪明？"特德脸上笑容可掬。

观众们完全听凭他的摆布，兀自屏住呼吸，等着他抖出笑料。特德微笑着环视全场。"刻满猫头鹰的蛋奶沙司！"

一阵狂笑的声浪几乎掀翻了房顶。

"什么东西颜色发灰且带有一只箱子？"

一阵令人眩晕的停顿。

"一只外出度假的猫头鹰。当然，是一只灰色的猫头鹰。"[①]

又是一阵几乎掀翻屋顶的大笑。

"你招聘一名员工。"特德一发而不可收，观众们也全都受到他快活情绪的感染。"你挨个面试三只猫头鹰，让他们说出罗马的首都是哪里。第一只猫头鹰说她不知道，第二只猫头鹰说是意大利，第三只猫头鹰说罗马是一个首都。你打算聘用哪只猫头鹰？"

"奶子最大的那只！"有人从后排扯着嗓子吼道。

掌声和笑声再度汇成一股喧腾的声浪，在场内久久回荡。那些稍有名气的喜剧演员允许特德登台，本来只是为了对他稍施恩惠，以免被他纠缠不休，这时全都焦急地面面相觑。

"让他下来，"自行车王比利嘟囔着，"这个臭小子。"

"我得下去了。"看到马克·迪南迅速做了个用刀抹脖的手势，特德带着哭腔对台下观众说。

"啊啊啊啊啊噢噢噢噢噢——"台下观众全都痛苦而失望地大声抗议。

"是我们把这个讨厌透顶的怪物推上舞台的！"自行车王比利对阿奇·阿切（真名布赖恩·奥图尔）附耳低语。

[①] 此处关于猫头鹰的笑话，颇有些类似于我国春晚赵本山与范伟的"脑筋急转弯"。由于中西文化差异，读者可能初听并不觉得有多好笑，但细细琢磨，当不难领略其中之妙。

"本人特德·马林斯，喜剧演员，讲过许多猫头鹰笑话。我能说它们是猫头鹰笑话吗？"特德眼里闪烁着光芒。"你们是一帮猫头鹰观众。"

在歇斯底里般的欢呼声、口号声、跺脚声和雷鸣般的掌声中，特德走下舞台。

后来，就在人们争相出场的当儿，艾什林听见不少人在议论特德。

"什么东西颜色发黄而又聪明？我觉得我快要笑晕了。"

"那个特德，太神奇了，而且很性感。"

"我喜欢看他的那种姿势，看他撩起他的——"

"T恤衫。对，我也喜欢。"

"你看他有女朋友吗？"

"肯定有。"

晚会在码头边一幢现代公寓楼里举行。艾什林心想，这里是马克·迪南的寓所，加上其他不少客人也都是喜剧演员，只好整整一夜听任这帮人疯狂胡闹了。可是尽管房间拥挤而喧闹，却始终弥漫着一种阴郁怪诞的气氛。

"他们全都沉默不语，生怕有人剽窃自己的台词和思路，"乔伊作为这种社交聚会上的常客解释道。"没有掏钱买票的观众，就不能指望这帮家伙使出博人一乐的绝招。他在哪里？"

乔伊开始寻找那个半人半獾男，艾什林在厨房里给自己斟了杯葡萄酒，自行车王比利正在那里卷一根大麻烟卷。由于他个子矮小，颇似那种友善而爱好恶作剧的侏儒，她愿意微笑着对他说，"今晚你可真逗。你肯定从你的所作所为中获得了极大的满足。"

"呃，并非如此，"他有些愠怒地说，"我在写一部小说。这才是我真正乐意从事的工作。"

"挺好。"艾什林赞许地说。

"呃，不，不对，"比利特别加重了语气，"它极其真实，极其令人沮丧，极其冷酷。我的打火机呢？"

"让我来。"艾什林"嗤"地一擦火柴，点燃他的大麻卷。她觉得他很需要自己这样做。

透过起居室里的人群，她瞅见特德端坐在一张扶手椅上，被他迷住的姑娘们排成整齐的一列曳步而行，前去向他邀宠。一个陷入沉思的身影凝视着利菲河乌黑油亮的水波，额前长长的黑发间，露出宽宽的一绺灰白发丝①。啊哈，艾什林暗想。这个半人半獾行踪诡秘的家伙。乔伊还在旁边，努力无视他。

在这个半人半獾的家伙出现的情形下，艾什林决定让乔伊独自待在一边。就在艾什林大口喝着葡萄酒，一边四下转悠的当儿，她一眼瞥见马克·迪南。他身高接近七英尺②，一双只有刚被勒死的人才会拥有的暴突的眼睛。她也愿意跟他闲聊片刻。

孰料他不耐烦地一挥手，打断了她对自己表演的夸赞。"我的小说发表之后，我的演出就不会有任何价值。"

"哦，你也在写一部小说。那么，呃……它写的是什么？"

"它说的是一个人见到一个腐朽到极点的世界。令人沮丧至极。"马克的两只眼珠显得更加鼓胀了，仿佛稍有不慎，它们就会蹦到地毯上。艾什林提心吊胆地想。马克夸夸其谈，"沮丧到难以置信的程度。他仇恨人生到了无以复加的地步。"

马克意识到自己适才所言堪称睿智妙语，赶紧朝四周溜了一眼，唯恐让谁偷听了去。

"呃，祝你好运。"可悲的家伙。艾什林转身离去，却被一个态度热情两眼明亮的男人挡住，此人认定特德是喜剧演艺界的一个离经叛道者，他那后现代风格的讽刺表演，摧毁了喜剧表演这整个艺术样式在人们心目中的自我建构。"他吸收了传统意义上的插科打诨，对它进行了彻底的颠覆。挑战我们心目中有关滑稽的观念。顺便问一下，你想跳舞吗？"

"什么？这儿？"艾什林完全怔住了。一个陌生人请她跳舞，这是很久以前的事了。尤其是在某人的客厅里。尽管她看上去不情愿，人们——当然是清一色的女性——全都跟着胖男孩斯立姆③的乐曲节奏蹦蹦跳跳。"呃，对不起，"她表示歉意。"现在时间太早，我还感到很拘谨。"

"没关系，一小时后我再来请你。"

"很好！"她瓮声瓮气地喊道，一边打量着那张热切期盼的脸。一个钟头不足以让她喝得酩酊大醉。一生一世都不够。

过了一会儿，她瞥见乔伊正在吻那个半人半獾的家伙，心里大为惊喜。

---

①獾是一种全身黑色，背部有纵贯全身的白条纹的动物。"半人半獾男"外号由发色而来。
②七英尺：一英尺约合三十厘米，七英尺约二点一米。——编者注
③胖男孩斯立姆（1963～　）：英国著名流行歌手。

她又在客厅里转悠了一阵。虽然这种聚会档次很低，她还是吃惊地发现自己居然乐意与一群人待在一起，乐意在他们面前表现出优越感。如此知足在她确为难得；艾什林知道她几乎从未觉得自己是完整的，即便是在最有成就感的时候，什么东西永远是缺失的——她内心深处的什么东西。犹如夜里关掉电视机一切陷入黑暗的瞬间，屏幕正中依然存在的那个小圆点。

今晚她却神情安详，心态平和，独自一人但并不孤单。虽然对她有意的男人跟她不是一号人，但她决定回家时并不认为自己是个失败者。

她在门口和热情先生再度相遇。"这就走了？再待一会嘛。"他在一张纸上草草写了什么，然后交给她。

她一直等到走出门外，才打开这张揉成一团的纸条。上面写着一个名字——马库斯·瓦伦丁——一个电话号码，还有一句指示语"给我打电话①"。

这是整个晚上她见识到的最可笑的事情。

步行回家用去她十分钟时间——好在雨已停歇。她走到公寓楼自家单元的前门，看见有一个人躺在门口。

还是那天躺在此处的那个人，只是比她原先想象的要年轻一些。苍白、瘦小的他紧紧裹在肮脏的橘黄色厚毛毯里，看上去不比一个孩子大多少。

艾什林在帆布背包里摸索了一阵，掏出一英镑悄悄地放在他脑袋旁边。继而她又担心被贼偷去，于是又将它挪到毯子下面。她从他身上跨过，走进前门。随着门在身后喀哒一响，她听到一声"谢谢"，如此细弱好似耳语一般，她甚至不能确定它是否出自幻觉。

特德在那个疯狂农场②一般的地方恣意闹腾之时，杰克·迪瓦恩来到他那位于林森德③一个临海的阴暗角落里的住宅，打开前门。

"你为什么没给我打电话？"麦质问道。

"你从来没有多少时间陪我。"麦一把推开他，径直朝楼上走去，一边解开睡衣纽扣。

杰克直视着窗外的大海，夜间几乎全黑的海水跟他的双眼一样深邃，然后他

---

① 给我打电话：原文为法语。
② 疯狂农场：美国1988年发行的一部喜剧片，意为精神病院。
③ 林森德：位于都柏林南郊的一个地区。

关上门，跟在她身后慢吞吞地走上楼梯。

此时，在唐尼布鲁克一幢爱德华时期风格的红砖楼房里，克洛达赫喝下她的第四杯杜松子酒，振作起精神。已经二十九天了。

第 七 章

周日十二时艾什林醒来时，感到心里轻快了许多，只是体内尚有几分残留的醉意。她躺在沙发上，一根接一根地抽着烟，直到《正义前锋》[①]播映完毕。随后，她出门买了一些面包、橙汁、香烟和两份报纸——一份浅薄无聊的小报，一份助人脱俗的大报。

她贪婪地饱览那些经过大肆渲染的绯闻，直到生出些许倦意之后，决定清理自己的住处。主要工作包括：将二十只粘满残屑的餐盘和半空的水杯从卧室拿到水池里；从沙发下捏住哈根达斯冰淇淋卷起的空壳，将它拾起来；打开几扇窗户。她平素反对给地板上蜡，但她向房间四周喷了一些希恩先生[②]，那股气味顿时让她感到自己的品行高尚了不少。她小心翼翼地嗅了嗅床单。很好，又能挨过一周了。

然后，尽管她知道自己干洗的套装绝不至于长腿跑到哪里去，还是检查了一番，以确保它未被贼人窃走。它依然挂在衣橱里，旁边是一件干净的上装。明天是个重要的日子，顶顶重要的日子，星期一开始从事新的工作，她一生中不会有多少这样的经历。时隔八年有余她才等来这样的一天，她感到紧张得出奇，同时也很兴奋，想竭力忘却那隐隐作痛的胃部。

现在做什么？吸尘清扫。她心里打定了主意，因为只要你操作得当，便可令其成为一种很好的腹肌练习。她拿出她的品红与酸橙绿两色相间的戴森牌真空吸尘器——直到此刻她也不敢相信她居然在一件家用电器上舍得如此破费，像购买

[①]《正义前锋》：美国华纳兄弟公司摄制的一部影片。
[②] 希恩先生：一种上光蜡。

手提包或瓶装酒一样出手大方。她唯一能够确定的是她已经终于长大成人。这事说来有些滑稽，因为她总以为自己年仅十六，正在试图决定高中毕业后应该做什么。

她喀哒一声拧开开关，伴随着一阵剧烈的弯腰提臀的动作，将客厅地板真空吸尘了一遍，没花多少时间，这让她那位住在楼下的宿醉未醒的邻居（乔伊）如释重负——艾什林寓所之小，到了荒唐可笑的程度。

地方虽小，她却爱得不行。丢掉饭碗最令她担忧的是无法继续支付房贷。三年前她买下这套公寓，那时她总算明白自己跟费利姆无法共同申请购买一座门边缀满玫瑰的乡间别墅。这种做法确实有点孤注一掷的味道——原本她理所当然地指望随着贷款额源源不断的增长，费利姆最终会激动地冲进来，气喘吁吁地答应购买一座位于远郊的半独立式三卧室住宅。但费利姆并没有这样做，令她大失所望，她这才只好买下这套公寓。此举当时无异于承认失败，现在可不一样了。这套公寓房是她的庇护所，她的安乐窝，是她第一个真正意义上的家。自打十七岁起，她便一直栖居于那些租来的简陋小屋里，睡在别人睡过的床上，屁股底下坐着高低不平的沙发，全是房东图便宜而不是为舒适购置的。

刚刚搬进来时，这里没有一件家具。除了一只熨斗，一堆破旧的毛巾，几套与床不般配的床单和枕套以外，其他东西一概得买。这让艾什林难得动了一次肝火。想到自己月复一月地将服装费改作他用，添置各种愚蠢的东西，比方说椅子，心中积郁已久的愤懑便化为喷涌而出的怒火。

"可我们总不能坐在地板上吧。"费利姆朝她吼道。

"我知道，"艾什林承认道，"我只是没想到事情会是这个样子……"

"可你做事条理分明到令人意外的地步，"他困惑地说，"我原以为你擅长处理此类事务。这类事务叫什么来着？安家。"

瞧见她满脸的迷茫和冷峻，费利姆轻声说道。"哎，小乖乖，让我帮点忙吧，我给你买点家具。"

"准是一张床。"艾什林鄙夷地说。

"既然你提到床……"费利姆喜欢跟艾什林做爱，替她买一张床并非难事。"我买得起吗？"

艾什林稍作沉吟。费利姆的财务状况经她重新打理之后已经大有起色。"应该可以，"她绷着脸说道，"如果你使用信用卡消费。"

她一怒之下申请了一笔银行贷款，然后给自己买了一张沙发，一张餐桌，一只衣橱和两把椅子。就这些,她心里拿定主意,一切到此为止。有一年多的时间她拒不购买窗帘。"反正我不洗窗户。"她说。这样没有人能看到房间里。盥洗间地面的一滩滩积水漏到楼下乔伊的地面上,她也只是买来一幅浴帘了事。但她家务事处理的先后顺序不知不觉发生了一些变化。虽说她与克洛达赫那样家居布置的高手不可同日而语,但在这方面当然还是挺费心思的。比方说她拥有两套而不是一套像模像样的床单和枕套,一套是朴素无华的粗斜棉布料,另一套则是凉爽棉料,全都配有格子纹罩巾。最近她又花四十镑买下她其实并不需要的一面镜子,仅仅因为她觉得这面镜子挺漂亮。就算她是在经期之前头脑有些失常,但她经期过后依然我行我素。在她用二百四十镑买下一只吸尘器的当天,她情绪的巨变显然达到了极致。

外面传来敲门声。一身素服如鬼一般的乔伊侧着身子走进来。

"对不起,我刚才打扫房间的动静大了些,"艾什林忽有所悟。"把你吵醒了吧?"

"没关系。我得去霍思看我妈妈。"乔伊脸上露出一副苦相。"我这回不能再取消约定了。最近接连四个星期天我都推托没去。我还能有什么招呢?她要给我做一顿丰盛的烤肉大餐,硬逼着我吃这吃那。整个下午她还会缠住我问这问那,一个劲儿地要逗我开心,你知道母亲们全都这样。"

是,又不是,艾什林暗暗想道。她很熟悉"你幸福吗"这样的问题。只是以往都是由艾什林监控她母亲的幸福程度,而不是相反。

"但愿她能把周日午餐定在一个别人更为方便的时间。"乔伊发出一句牢骚。

"比方说周二晚上,"艾什林咧嘴笑道,"嗯,我估摸你今天到现在为止还没见到特德吧?"

"没有。我猜他昨夜交了好运,现在还不肯离开那个可怜姑娘的卧室。"

"他昨夜的表现棒极了,简直令人吃惊。这么说你是准备告诉我那个半人半獾的家伙干的好事,还是得让我从你嘴里一点一点地抠出来?"

乔伊顿时来了兴致。"他跟我一起待了一夜。我们并没有真正做爱,但我爱抚了他。他说他会打电话来。可我不知道他是否说话算数。"

"独燕难结欢。"艾什林的告诫带有人生智慧的感悟。

"你想算什么命?把牌给我——"乔伊俯身向前去抓那叠塔罗纸牌,"——我看看运气怎样。王后?这是什么意思?"

"生育。记住一定要继续服用避孕药。"

"天哪。你昨夜情况怎么样？可曾碰见哪个好人？"

"没有。"

"你真该抓点紧了。你三十一了，那些好男人眼看就要脱销了。"

我不需要老妈提醒我了，艾什林心想，有乔伊在身旁就够了。

"你也已经二十八了。"艾什林尖刻地说。

"不假，可我跟无数男人上过床。"少顷，乔伊语气温和了些。

"我刚刚结束了一段历时五年的感情——得有一段时间，才能从中恢复过来。"

费利姆并非冷酷无情之人，但他无力承担义务，这对艾什林的爱情观产生了一种过于极端的负面影响。自从他离去以来，孤独感便像一阵呼啸的冷风时时掠过她的心灵，但她无论怎样都无意结交新欢。这倒不是说，各种邀约已经到了令她应接不暇的地步。

"已经快一年了，你早就跟费利姆没关系了。新的工作，新的开端。我在什么地方看到过，说大多数人是在工作单位遇到自己的配偶。你在参加面试时可曾遇见什么性感的男人？"

艾什林立刻想到杰克·迪瓦恩。一个不好对付的家伙。此人惯于折磨人的神经。

"没有。"

"挑一张王牌。"乔伊撺掇她。艾什林摊开一叠纸牌，从中抽出一张。"八把剑，什么意思？"乔伊问道。

"变化。"艾什林勉强承认道。

"唷，耽搁了不少时间。好吧，我得走了，我得摸摸幸运佛，但愿今天我不晕车……借我一点钱打的如何？"

艾什林递给乔伊一张十镑的钞票和两大袋似在叮当作响令人尴尬至极的垃圾。

"替我扔到垃圾槽里，谢谢。"

四分之一英里之外的马隆尼·阿帕特旅馆，随着星期天时间的流逝，丽莎的心情越发沉重。她已经读了几份爱尔兰报纸——呃，全是社会专版。它们是那么无聊！上面似乎只有一些照片，表现的是体态臃肿、血管破裂的政客，欢乐温馨的气氛，为座上客斟酒的酒杯。这些东西不可能登在她的杂志上。

她点燃另一支烟，心情郁闷一步一拖地在屋里走来走去。人们不工作时都在干些什么？他们跟自己的情人约会，去酒吧，去健身房，上街购物或装饰自己的住所，或携家人外出溜达。她想到这么多消闲的方式。

她渴望有人出于怜悯听她倾诉一番，于是想给菲菲打电话，这是她与最知心的朋友之间最密切的交流方式。多年前她俩同是《十六岁花季》(Sweet Sixteen)的低等文员。后来丽莎调到《少女》(Vogue Girl)，又替菲菲设法谋到美容助理编辑一职。菲菲任《潇洒》(Chic)杂志长篇专稿作者一职时，又在编委会四下物色一名助理编辑之际主动向丽莎透露消息，丽莎离开《潇洒》成为《佳人》的助理编辑之后，菲菲接替了丽莎《潇洒》助理编辑的职务。丽莎升任《佳人》编辑十个月之后，菲菲也成为《潇洒》的编辑。丽莎总是能向菲菲大谈苦经——她深知在这表面风光的职业背后的酸甜苦辣，而其他人则因心生妒火而丑态毕露。

但是丽莎忽有所思，没有用手抓起话筒，她心里颇觉尴尬，甚或有些愠怒。尽管她俩的职业轨迹极为相似，但丽莎始终领先一步。菲菲的职场生涯历尽艰辛，而丽莎却能不露声色地一路逐级升迁。她早于菲菲近一年担任编辑，虽说《潇洒》和《佳人》堪称势均力敌的竞争对手，但《佳人》的发行量却高出《潇洒》十万余册。丽莎曾经乐观地估计，荣任《曼哈顿》编辑之后，她在两人的较量中将遥遥领先，令菲菲望尘莫及。孰料她却被发配到都柏林，而菲菲却阴差阳错地陡然成为赢家。

奥利弗，丽莎急促地喘着气，心头蓦然掠过一阵快慰。我马上给他打电话。但是这股由美好感情催生的甜蜜的暖流转瞬之间又染上了苦涩的滋味。她记忆中出现了短暂的一片空白，我不是想念他，她告诫自己。我只是厌倦了，受够了。

思来想去，她打电话给她妈妈——也许因为是星期天，习惯使然吧——但事后她的心情糟到了极点，因为她妈妈波琳·爱德华兹急欲知道奥利弗为何打电话给她，打听丽莎在都柏林的电话号码。

"我们已经分手了。"丽莎的胸口犹如塞进一颗胡桃，变得紧绷绷的，心绪纷乱纠结。她不愿谈论这个话题——既然妈妈对她如此关心，为什么不打电话给她呢？为什么非得总是由她打电话呢？

"可你们干吗分手呢，乖乖？"

丽莎依然无法十分确定。"谁知道呢。"她语气唐突地说，急欲撇开这个话题。

"你有没有找过那个婚姻咨询师？"波琳试探性地问道。她还不愿意因丽莎动气就跟她较真。

"当然找过。"丽莎极不耐烦地说。是的，她俩曾经参加过一期咨询，但后来丽莎工作太忙，就没有坚持下去。

"你们准备离婚吗？"

"我想是的。"其实丽莎并没有拿定主意。他们在气头上互相冲着对方嚷嚷"我要跟你离婚！""不，你不能，是我跟你离婚。"除此之外，他们尚未讨论任何具体细节。其实，自打分居以来，他俩很少搭腔，但不知何故她硬要说自己打算离婚，以此伤她母亲的心。

波琳颇为不悦地叹了口气。丽莎的大哥奈杰尔五年前离的婚。她这些子女出生较晚，她无法理解他们的行为做派。

"他们说世上三分之二的婚姻都以离婚而告终。"波琳说。丽莎恨不能冲着她大吼一气，说自己根本无意离婚，她妈妈就是仅仅提到离婚，也是个顶顶讨厌的老婆子。

波琳对丽莎的担心与对她的恐惧交织在一起。"是不是因为你们……与众不同？"

"与众不同，妈妈？"丽莎的话里带有几分刻薄。

"嗯，因为他是……有色人种？"

"**有色人种！**"

"这词欠妥，"波琳赶紧改口，旋又试探性地问道，"黑人？"

丽莎咂咂舌头，大声叹了口气。

"非裔美籍人？"

"哎呀我的天啊，妈妈，他可是英国人！"丽莎知道自己此刻很是尖酸刻薄，但却难以改变一生的习惯。

"非裔美籍旅英人士，好了吧？"波琳气急败坏地说，"不管他是什么人，他长得还是挺好看的。"

波琳常将这话挂在嘴边，以此显示她没有种族偏见。头一回跟奥利弗见面时，她的心因极度惊骇几乎停止了跳动。若是她预先得到提醒就好了，那样她就能知道女儿的男朋友是一个身材结实、令人瞩目、身高六英尺的黑人男子，有色男人，非裔美籍人士，无论正确的名称是什么，她都不抱敌视态度。

平心静气地说，一旦她认可了这位女婿，她便能撇开肤色看出他果真是一个相貌英俊的男子。

他身材壮实，颧骨有些倾斜，脸上的皮肤紧绷、平滑而有光泽，眼睛形似杏仁，不停摇摆的稀疏的"骇人"长发绺[1]拖到下巴颏上。走起路来手舞足蹈，浑身散发着阳光的气息。波琳还觉得——虽说她从未有意识地去想象——他的下体肯定又粗又长。

"他是不是遇到别的什么人了？"

"没有。"

"但他有可能，丽莎乖乖，像他那样长相英俊的小伙子。"

"照我的眼光还可以。"如果这话屡经重复，兴许终将变成事实。

"你不觉得孤单吗，亲爱的？"

"我才没时间感到孤单呢，"丽莎厉声说道，"我得想想自己的职业。"

"我不知道你干吗需要一个职业，我没有职业，这也没有给我带来任何危害。"

"哦，是吗？"丽莎咄咄逼人地说，"你本来可以在爸爸摔伤了腰、一家子都得靠他伤残抚恤金度日之后从事一项职业。"

"可是金钱并非一切，我们一直都很幸福。"

"我不幸福。"

波琳陷入沉默。丽莎能够听见她对着话筒发出的喘息声。

"我得挂上了，"波琳终于开口说道，"这种电话得你付费。"

"对不起，妈妈，"丽莎叹息道，"我并不是那个意思。收到我寄给你的包裹了吗？"

"哦，收到了，"波琳紧张地说，"面霜和唇膏。挺好的，谢谢你。"

"这些你用了吗？"

"唔，唔——"波琳欲言又止。

"你没有用。"丽莎指责道。

丽莎送给波琳许多她利用工作之便搞到的各种昂贵的香水和化妆品，一心想让母亲感受一番奢侈生活的味道。但是，波琳拒绝放弃使用自己的旁氏护肤品和芮谜睫毛膏[2]系列产品。一次她甚至说，"哦，你那些东西太好了，我不配用，亲爱的。"

"它们根本就没有好到你不配用的地步。"丽莎怒气冲冲地说。

波琳实在搞不懂丽莎因何动怒。她只知道自己平时顶顶害怕的，莫过于邮递

---

[1] 长发绺：牙买加黑人、雷鬼音乐乐师等的一种发式，通常由湿发纠结成辫，四下散垂。
[2] 旁氏，芮谜：二者皆为平价美容护肤品品牌。

员敲敲门、然后愉快地说"你女儿又寄来一只包裹"的那些日子,迟早女儿总会要求她提交一份化妆品使用进度报告。

幸好寄来的不是一包书,丽莎倒是给她妈妈寄过凯瑟琳·考克森[1]和约瑟芬·考克斯[2]的几本小说,都是出版社供评论用的赠阅本。她错误地相信她妈妈肯定爱读那些从赤贫到巨富的浪漫故事。直到有一天波琳说,你寄给我的书简直太棒了,书中讲到伦敦东区的那个恶棍喜欢把被他制服的对手钉在桌球台上,丽莎这才知道她的助手寄的是另一本书,同时这也表明波琳·爱德华兹的阅读趣味发生了新的变化。这既表明现如今她嗜读歹徒恶棍的生平传记,惊险刺激的美国恐怖小说,场面越血腥越合胃口,也表明另有某个人的母亲收到了凯瑟琳·考克森的书。

"很想你回来看看我们,亲爱的。好久没回来了。"

"嗯,好的,"丽莎淡淡地说,"我尽快回来。"

不要惧怕!每次回家,她生长于斯的那座房子都越发显得狭窄逼仄,阴森寒碜,令她惊讶不已。待在家中那塞满廉价家具的斗室,她俨然是个光彩照人的异域来客。手上戴着假指甲,足蹬明晃耀眼的皮鞋,想到她的手提包的价格,兴许高于她屁股下这张特拉伦[3]沙发,心里很不舒服。虽说父母对她离经叛道的扮相表示惊讶和赞叹,但在她身边时还是感到特别紧张。

每次回家她的着装打扮理应随意一些,以尽量弥合她与父母之间的隔阂。但她又需要尽量张扬一些,需要穿上一层保护服,竭力避免被重新拉回到过去的年代。

"你们为什么不来看我呢?"丽莎问道,如果他们不愿从赫默尔亨普斯特德[4]乘半小时火车去伦敦,坐飞机来都柏林就更不可能了。

"可是你爸爸身体不好,而且……"

星期日早晨克洛达赫醒来时,还是感到有点醉意,但精神状态极佳。她惬意地

---

[1] 凯瑟琳·考克森(1906~1998):英国当代女作家,她的小说多以十九世纪生活为背景,描写英格兰东北部人民的生活。
[2] 约瑟芬·考克斯(1941~):英国当代女作家。
[3] 特拉伦:德国拜尔公司生产的晴纶纤维,性质与纯棉接近。
[4] 赫默尔亨普斯特德:英格兰东南部赫特福德郡的一个镇。

44

偎依在迪兰身边，没有注意到他的那话儿正在天真无邪地勃起。

当莫莉和克雷格出现在房间里时，迪兰睡眼蒙眬地催促他们快走，"下楼去玩玩，让我和妈妈再打个盹。"

他们乖乖离开了房间，克洛达赫和迪兰恍恍惚惚地进入梦乡，又渐渐醒过来。

"你的气味真好闻，"迪兰脸颊紧贴着克洛达赫的秀发喃喃地说，"像是饼干一样。甜丝丝……甜丝丝的。"

少倾，克洛达赫对他悄声耳语，"只要你帮我找一点吃的来，我就给你三英镑。"

"你喜欢吃什么？"

"咖啡和水果。"

迪兰走开以后，克洛达赫舒展着身体，像只海星似的横卧在床上，直到他一手握着一只圆桶形大杯，另一只手拿着一根香蕉走来。他将香蕉头朝下置于胯部，被克洛达赫看到时，他假装一阵喘息，忽地将香蕉朝上举起，像是一只颤晃的那话儿。"嗨，凯利太太，"他叫了一声，"你真是个美人儿！"

克洛达赫哈哈一笑，但又觉得一阵熟悉的负疚感重又开始无情地袭上心头。

过后他们出去吃午餐，去的是那种不会让你因为带上两个小孩而感到不如自家方便的地方。迪兰去取一只椅垫给莫莉坐在屁股下面。克洛达赫从莫莉手中抢过来一把小刀时，瞥见迪兰正和一名女招待兴致勃勃地聊着什么——她是一个年方十七八岁、胳膊腿像芭比娃娃一样稚嫩的小姑娘——脸蛋也因自己过于挨近一位英俊男士而羞红了。

那位英俊男士是自己的丈夫，克洛达赫意识到。一时间，说也奇怪，她居然有些认不出他了，在心里那种因对某人过于熟稔而产生的起伏不定的古怪情绪的作用下，不知何故她竟然完全不认识他了。那暖色调的金黄色头发，微笑时嘴角边缓缓漾开的一圈圈形似括号的纹路，一双几乎永远溢满风趣的眼睛，这其中透出的独特魅力，随着两人相知甚深，渐渐不为她觉察。她对丈夫的英俊容貌感到意外和不安。

艾什林昨天说什么来着？重现魅力。

她脑海深处浮现出一幅画面：她欲火攻心，气息急促，她那因兴奋而肿胀的私处……沙滩？不，等一等，那不是迪兰，那是让·皮埃尔，床上功夫了得、善于勾引对方的法国男人，她为他失去了贞节。上帝，她暗暗叹息着，那是多么美妙的情景。十八岁，沿着法国若干海滨游憩胜地一路投宿旅馆，他可是她见过的最性感的男人。她自视甚高，在家里甚至从未吻过哪个经常跟自己厮混在一起的男孩子。但就在她看见让·皮埃尔的瞬间，他那炽热而多情的凝视，漂亮而抑郁的嘴唇，法国人放荡不羁的肢体语言，让她即刻认定此人可以接收她的童贞这样一份无比珍贵的礼物。

她又回想起迪兰早年的个人魅力。嗯，不错。当初她曾经几乎噙着眼泪乞求他跟自己发生性关系。"我等不及了，请你现在就来吧。"身子顺着车后座滑动，让两个膝盖岔开……不，等等，那也不是迪兰。那是戈雷格，美国足球运动员，获得都柏林三一学院一年奖学金的进修机会。他是个英俊潇洒自以为是的家伙，浑身肌肉结实饱满，出于某种原因，她发现他有一种完全不可抗拒的诱惑力。

当然她对迪兰也有类似的感觉。她在以往经历中梳理具体的印象，重温她弥足珍贵的回忆。她第一次见到他的情形。他们两人的目光相距很远——确确实实——在一屋子人的注视下相遇，虽说她对迪兰还没有任何了解，但对自己需要了解的一切情况已然心知肚明。

他年长克洛达赫五岁，相形之下，其他男孩全像是满脸粉刺、稚气未褪的小家伙。他稳重，自信，温文尔雅，周身透出一股超强的人格魅力。他发出微笑，他令人陶醉，他的仪表风范温暖人心，催人振作——也能消除疑虑：尽管他的事业才刚刚起步，她却坚信他能把任何事务处理妥当。他是那么令人赏心悦目！

她当年二十岁，她陶醉于他那金发白肤碧眼的美男形象，为自己的好运感到目眩神迷。他是她再合适不过的伴侣。她即将嫁给他，这是毋庸置疑的。虽然父母执意认为她年纪太轻，想法未免幼稚，她却对此不屑一顾。迪兰适合她，她也适合迪兰。

"这给你，莫莉！"迪兰回来时，手上拿着三个小姑娘刚才争相拿给他的椅垫。这时克洛达赫才发现莫莉将一半盐倒进了糖钵里。

午餐后他们驱车去海滨。这是一个晴朗但风儿劲吹的日子，天气温暖的程度足以让他们脱掉鞋子，赤足踏浪嬉水。迪兰找到一个正在遛狗的男人，给他们拍了一张全家合影，四个人簇拥在一起，背衬洁净空旷的沙滩，微微露出笑容。风儿将他们的亚麻色头发吹拂到脸上。克洛达赫紧紧揪住裙子的一角，不让它粘在湿漉漉的腿上。

第 八 章

周一早晨八点丽莎来到办公场所。像一般人所说的那样从头干下去。可办公楼依然锁着，这令她很反感。她在湿润的空气里四下溜达了一阵，直到意绪索然，才决定去买一杯咖啡。可就连买咖啡也并非易事。伦敦的咖啡店天亮时分门已敞开，而这里的咖啡店门还没开。

九点从咖啡店出来时，天上下起了雨。她用胳膊护住头发疾速前行，高达四英寸①的鞋后跟在湿漉漉的人行道上直打滑。她蓦地止步，忍不住用刺耳的嗓音冲着一位裹着厚厚夹克的男青年发问："这个国家是不是经常下雨？"

"我不知道，"那人紧张地答道，"我才二十六岁。"

在办公楼前门口，一个叫特丽克丝的姑娘跟她打招呼。她穿着一件极薄的无袖吊带裙，身上冒出一粒粒的鸡皮疙瘩，肥厚而笨重的双脚在地面上蹦跳着取暖。乍一瞧见丽莎，她心里顿生倾慕，脸上泛起光彩，忙不迭地掐灭香烟。

"你好，"她瓮声瓮气地说着，吐出最后一缕烟雾，"该死的鞋子！我叫特丽克丝，你的私人助理。我先介绍一下自己，我的真名叫帕特丽夏，你可别这样称呼我，因为我是不会答应的。我原先叫特蕾克谢，后来跟我相隔两户人家的邻居家养的鬈毛狗也叫这名字，所以我现在就叫特丽克丝。我从前是这儿的接待员和勤杂工，因为你的缘故现在得到提拔。不过他们还没有换下我……这边走，从这儿上电梯。"

"我愿意痛痛快快地承认，我的打字技术不是最好，"上电梯时特丽克丝对她透露秘密，"可是我吹牛撒谎的本领无人可及，一分钟六十个词儿毫不费劲。我要是说你参加某次会议无论跟谁都不愿搭腔，他们绝不会怀疑，除非你存心要让他们怀疑。我还能使出恐吓威胁的手段，你信吗？"

---

①四英寸：一英寸约合二点五厘米，四英寸约合十厘米。——编者注

丽莎相信她的话。

特丽克丝虽说仅有二十一岁，人出落得像桃子似的鲜嫩，身上却有一股傲慢任性的做派，丽莎觉察到这点，是因为她年轻时也是如此。

当天她受到的第一个严重打击，是伦道夫传媒公司爱尔兰分公司只占了一层楼——而伦敦总部的办公场所却独占一幢足有二十层的大楼。

"我得带你去见杰克·迪瓦恩。"特丽克丝说。

"他是爱尔兰分公司的总经理，对不对？"

"是吗？"特丽克丝吃惊地问道，"也许是吧。不过他反正是我们的头儿，或者他自以为是我们的头儿吧。他从来不跟我说无关紧要的废话。"

"你上星期没见他那副德行。"她故作姿态地压低嗓门。"像是一头屁股疼痛难忍的老熊。但他今天心情很好，这说明他是跟他那个妞儿结伴回来的。他们这一对做出的大惊小怪的样子——就像是他们已经将帕梅拉和汤米[①]变成了沃尔顿家族[②]似的。"

还有一些更大的打击在等着丽莎——特丽克丝将丽莎领进一间约有十五张办公桌大小的办公室。十五张！十五张办公桌，一间会议室，一个小小的厨房，如何能确保偌大的杂志联合体正常运行？

她的脑中突然冒出一个可怕的念头。"可……时装部在哪儿？"

"那里。"特丽克丝朝栏杆围成的一个办公角落点点头，栏杆上面搭着一件桃红色无袖连衣裙，那显然与《盖尔编织艺术》有关，此外还搭着一件伴娘穿的连衣裙，一件蓬松式婚纱，以及几件男式服装。

耶稣基督！《佳人》的时装部占了整整一个大房间，里面摆满了各种购自繁华商业区的服装，这本身意味着丽莎连续几年不用添置新衣服。她心里已经在暗自琢磨几个方案，好将话题转移到她在时装界的各种关系上，可是特丽克丝正将她介绍给待在屋里的其他两个人。"这位是德乌拉，这位是卡尔文，他们在编其他杂志，因此他们不是你的同事，不像我这样。"她骄傲地说。

"德乌拉·奥唐纳，很高兴见到你。"一位身材高大，年约四十，穿着一件漂亮考究的宽腰身裙服的女人微笑着握住丽莎的手。"我负责做《爱尔兰新娘》、《凯尔特健康指南》、《盖尔室内装潢艺术》。"丽莎一眼看出这个女人以前是个嬉皮士。

[①] 帕梅拉和汤米：性爱碟片男女主角。
[②] 沃尔顿家族：美国迄今为止最富有的家族，持有沃尔玛百分之三十九的股份，价值一千三百多亿美元。

"我叫卡尔文·克雷登。"一位刻意求酷，显得相当另类的男士一把握住丽莎的手。他的头发经过漂白剂处理，鼻梁上架着一副"乔伊九十度"黑框眼镜。她立刻知道这副眼镜仅仅用于装饰，嵌在黑框里的是平光镜片。二十一二岁，她在心里猜度他的年龄。他身上有一股活力，显得既青春焕发而又孤傲冷漠。"我在做《希普·希伯》、《凯尔特车市》、《自创爱尔兰风格》，还有《凯欧尔》——我们的音乐杂志。"他戴在两只手上的多枚戒指硌得丽莎的手生疼。

"你说什么？"丽莎不解地问。"你一人编所有这些杂志？"

"加上研究，撰稿。"

"就你一人？"丽莎忍不住问。她的目光从卡尔文游移到德乌拉身上。

"偶尔得到自由撰稿人的帮助，"德乌拉说，"当然我们顶顶重要的工作，是确保杂志发行量不断上升。"

"自从《天主判官》停刊以来我的日子还可以。"德乌拉将丽莎的惊愕误解为关注。"这样一来周四下午我可以有时间处理别的事务。"

"这些杂志是周刊还是月刊？"

德乌拉和卡尔文转身互相对视了一眼。他们张着嘴，但没开言，同时迸出一串按捺不住的笑声。他们何曾听到过如此有趣的说法。

"月刊！"德乌拉喘着气，有些怀疑自己的耳朵。

"周刊！"卡尔文的语气比较干脆。

德乌拉见丽莎一副皱眉蹙额的苦相，赶紧镇定下来。"不，半年刊，大多是。《天主判官》是周刊，但其他杂志都在春秋两季出版，除非突遭变故。"

"还记得1999年秋季吗？"她转身问卡尔文。卡尔文显然还记得，因为他又开始发笑了。

"计算机病毒，"卡尔文解释说，"销毁了所有资料。"

"那时可没什么好笑的……"

但是，眼下显然很好笑。

"你瞧。"德乌拉领着丽莎走到一个陈列了各种通俗杂志的报刊架旁，从上面取下标明是《爱尔兰新娘》2000年春季刊的薄薄一册递给丽莎。

这不是什么杂志，丽莎暗自想道。这是一本活页文选，分明是一个小册子。充其量只是一本备忘录。勉强算得上一本可粘贴的便条纸。

"这是《斯巴德》——我们的饮食杂志，"德乌拉递给丽莎另一本小册子。"肖娜·杰里芬编辑《斯巴德》和《盖尔编织艺术》以及《爱尔兰园艺》。"

这时又来了一位员工。此人乏味至极,甚至连被说成平庸的资格都没有,丽莎厌恶地想道——中等个儿,头发稀疏,手上戴着一枚结婚戒指。丽莎甚至懒得跟他打招呼。

"这位是杰里·高德逊,美术指导。他话很少,"特丽克丝大声说,"你确实话很少,杰里?眨一下眼是同意,眨两下表示滚开别烦我。"

杰里面无表情地眨了两下眼睛,继而又满脸堆笑,握着丽莎的手说:"欢迎你来到《妙龄女郎》,我在这里一直做其他杂志,但从今天开始我将专门为你工作。"

"还有我,"特丽克丝提醒他说,"我是她的私人助理,我将代她发号施令。"

"天哪。"杰里温和地咕哝了一声。

丽莎拼命挤出一丝微笑。

特丽克丝轻轻敲了敲杰克的门,随即打开门。杰克抬起头来,他内心平静,脸部略显阴郁和羞怯,漆黑的眸子里隐匿着秘密。然后他看到丽莎,认出熟人似的露出微笑,其实他们并不相识。

"丽莎?"他吐出这个名字时,那声音激起她心中的一丝暖意。"请进,坐。"他绕过办公桌的边缘,前来跟她握手。

丽莎那沉甸甸的预感给了她自己一些喘息的余地。她喜欢这个杰克的容貌。高大?对!黝黑?对!薪水丰厚?对!他是总经理,即便只是一家爱尔兰公司的总经理。他身上少许离经叛道的气质令她兴奋不已。他虽然一身西服,但她觉得他如此打扮也是迫不得已,另外他头发之长,也超出了在伦敦被普遍认可的程度。

他如果有女朋友该如何是好?这什么时候反倒成为一个障碍了?

"我们都为《妙龄女郎》感到无比兴奋。"杰克说。但是丽莎却从这句表白中听出些许厌倦的味道。他脸上的笑容已经消失,再度变得拘谨,再度陷入沉思。

他进而给丽莎介绍她的"团队"。"特丽克丝,你的私人助理。你的助理编辑,一位叫做艾什林的女士,她一副利索干练的样子。"

"这我已听说过了,"丽莎干巴巴地说。凯尔文·卡特的准确的原话是,"你提供思路,她出力气。"

"还有梅塞德斯,她将主要履行时装和美容编辑的职责,不过也会为评论专栏撰稿。她来自《爱尔兰周日》——"

"那是什么?"

"一家周日出版的报纸。另外还有杰里,你的美术指导,此前一直在做其他出版物。伯纳德原先也做其他出版物,他将负责《妙龄女郎》的所有行政事务和推介宣传工作。"

杰克停了下来。丽莎还在等他介绍另外八到十名员工,可他没有。

"就这些?五名员工?五名?"心存疑惑的她有些口不择言。

"你还有一笔宽裕的自由撰稿独立经费,"杰克说,"你可以委托旁人撰稿,聘请顾问,定期和临时的都行。"

丽莎快要歇斯底里大发作了。她是怎样沦落到这步田地,怎样陷入如此可怕的处境的?怎样?她已经为自己的人生制订了一份计划,她一贯知道前进的方向,总能最终到达目的地。眼下却不行了,她被人鬼使神差般地放逐到这个闭塞落后的地方。

"那……其他那几张办公桌又是哪些人的?"

"德乌拉,卡尔文,肖娜,他们编辑我们的其他所有杂志。还有我的私人助理莫利女士,负责广告的玛吉——她很了不起,绝对像一条罗威那犬[①],负责销售的洛娜和爱米莉,此外还有两位都名叫尤金的男士负责账务。"

丽莎发现自己突然呼吸急促起来,但她拼命按捺住一时的冲动,才没有冲进洗手间,双手捧住脸大叫,因为助理编辑艾什林正在某人的引导下走进办公室。

"你好。"艾什林朝杰克·迪瓦恩小心地笑了笑。

"你好。"他点点头,对待丽莎的那股热乎劲儿荡然无存,"我想你们以前没见过面吧。丽莎·爱德华兹——艾什林·肯尼迪。"

艾什林脸上闪现出转瞬即逝的惊讶表情,稍后她又笑眯眯地瞅着丽莎,不加掩饰地欣赏她那毫无瑕疵的皮肤,凸显纤细腰肢的衣裳,两条光润的细腿。"很高兴见到你,"她拘谨而不失热情地招呼道,"这家杂志令我兴奋无比。"

丽莎呢,却对艾什林没什么兴趣。艾什林平凡到成了一种艺术形式的境地。我们都能听任自己的头发那样耷拉着,既不卷曲又不平直,只要我们愿意。丽莎鄙夷不屑地暗自嘀咕。我们谁都不可能自然长出平滑或波浪形的发式,你得费力打理才能达到这种效果。就拿特丽克丝来说,尽管她脸上的妆容还不够精细,但至少她显示了一种出自本能的意愿。

---

① 罗威那犬:德国的一种家养犬,一般被视为主人人身及财产的忠诚保护者。

接着到来的是梅塞德斯,丽莎同样弄不清她的底细。她头发光润,皮肤浅黑,寡言少语,颇有心计。

丽莎唯一迟迟未见的伯纳德直到最后才露面,原来他在这帮人中是最蹩脚的一个。他那套在衬衫和领带外面的红背心,显然是最初流行之后遭到淘汰的产物。显然对于此人她仅需了解这点便已足够。

十点钟,《妙龄女郎》团队,加上杰克和他的私人助理莫利女士在会议室集中召开一个见面会。丽莎吃惊地发现,莫利女士并非那种高雅、精明、善于理财的职业女性,而是一个年近六旬、面容丑陋、很难相处的女人。丽莎后来知道,杰克在接替前任的总经理一职时将她收留下来。他本可招募一名新人,但不知何故最终打消了这个念头,结果造就了莫利女士高度忠诚的品质。民意调查表明此人过于忠诚。

莫利女士做着会议记录,杰克反复重申他的发言要点——《妙龄女郎》将成为一家活泼性感的杂志,主要面向十八至三十岁的女性。它应该百无禁忌,对性的表达直露而又风趣。在座诸位都得认真深刻地思考这些特点。

"是否考虑定期刊登专稿,介绍在爱尔兰如何与男人约会?"艾什林紧张地开口说道,"比方说这个月某姑娘去婚姻介绍所,下个月有人约她去冲浪,再下个月约她骑马……?"

"这个主意不错。"杰克勉强地说。

艾什林脸上浮现出一丝笑容。她吃不准她这样到底能撑多久——她并不擅长出谋划策。开辟这个专栏本来是由乔伊提议的——仅仅因为她想尝试一下而已。"我可总是想跟男人约会,"她曾经这样说,"我跟男人约会时不妨顺带捞点钱。"

"你们是否还有其他什么看法?"杰克突然发问。

"'名人来信'怎么样?"丽莎提议道,"找到一些爱尔兰名流,比如……"她情急之中一时语塞,因为她不知道任何一个爱尔兰名人。"像……像……"

"博诺[1],"艾什林好心提醒道,"或者是可尔家族[2]的哪个姑娘。"

"正是,"丽莎说,"一千字,可以写乘坐飞机头等舱旅行,跟凯特·莫斯[3]和

---

[1]博诺(1960~):爱尔兰摇滚乐团 U2 的主唱兼旋律吉他手,该乐团的大多数歌词皆出自他手。
[2]可尔家族:爱尔兰的著名歌手组合。
[3]凯特·莫斯(1974~):英国时装模特,几乎每年都会荣登"年度最佳着装国际名人榜"。

安娜·弗瑞尔①一起出席晚会。"

"很好。"杰克面露喜色，但是丽莎重又感到不寒而栗，想到今后的工作将是何等繁重，她心里仿佛再度遭到重创。在一个陌生的国家。

"登载无名之辈的来信如何？"特丽克丝用嘶哑的嗓音问道，"类似情形诸位并不陌生——我是一个普普通通的姑娘，昨晚我感到很无聊，我对我的男朋友不忠，我讨厌我的工作，我希望有更多的钱。我从布兹商店偷了一瓶指甲油……"

与会者全都频频颔首，听她说到偷指甲油这一细节，颔首的动作渐渐趋缓以致完全停止。这种事谁都干过，只是不愿承认而已。

特丽克丝很快注意到这种异常，旋又恢复了镇定。"……我妈妈恨我的男朋友——他俩互相仇恨——我把自个儿的头发漂染成浅色，烧伤了头皮，如此等等。"

"这点子不错，"杰克说，"梅塞德斯，你有什么想法？"

梅塞德斯一直心不在焉地信手涂鸦，她那双乌黑的眼睛显得深邃而蒙眬。"我打算尽量多推出一些爱尔兰时装设计师，出席时装学院授予学位的仪式——"

"这样做是不是目光太短浅了？"丽莎刻薄地打断她的话，"应该集中推介那些值得我们慎重对待的国际设计大师。"

她怎么可能穿梅塞德斯的朋友们挂在寝室里显摆的那些做工粗糙的蹩脚货！像《佳人》这样品味不俗的杂志，曾集中拍摄过一些国际时装商公关办公室送来的精美服装的照片。那些服装仅供短期租借，但在拍摄结束之后曾不止一次地"丢失"，所有的模特儿自然难辞其咎——我们不妨把话挑明，她们不是全都在吸食海洛因，全都需要钱以满足自己的毒瘾吗？倘若在丽莎的衣橱里找到线索，谁都会糊涂起来。其实，谁都完全明白是怎么回事，不过谁都对此无能为力。这可是丽莎无意放弃的一项特殊待遇。

梅塞德斯朝丽莎投去会意而又轻蔑的一督。令丽莎吃惊的是，她的心绪还没有安定下来。

"就这些吗？"杰克问。

"你看这样行不行……"艾什林慢吞吞地说着，几乎不敢相信她正在发言。她觉得自己正在表达一个新鲜的见解，但又不能确定。"由一位男作者定期撰文怎么样？我知道这是一家女性杂志，但我们是否可以介绍男人思维活动的一些基本常

---

①安娜·费瑞尔（1976～　）：英国家喻户晓的肥皂剧明星。

识？当他说'我会打电话给你的'这话时他真正表达的是什么意思。"她激动得声音发颤，"同时我们也亮出女人的看法如何？一篇相继介绍男女双方观点的文章？"

杰克朝丽莎探询似的蹙了一下眉头。

"这意思五分钟前就表达过了。"

"是吗？"艾什林谦卑地说，"那好。"

"今天是五月二十日，"杰克开始作最后总结。"理事会希望第一期杂志能在八月底出版。对于你们当中原先就供职于周刊的人而言，时间似乎很宽裕，其实不然，这其中要涉及大量艰苦的工作。"

"但也很有趣。"他补充说，因为他知道自己必须这样。他到底想说服谁暂且不论，反正不是他自己。"如果有任何困难，随时来办公室找我。"

"如果你不在办公室，找上门也没有用，"特丽克丝有些生硬地说，"我的意思是，"看着对方陡然沉下脸来，她赶紧改口说，"你经常待在电视台录音室里协调工作。"

"不巧的是，"杰克针对丽莎说出这番话，"我们的电台和电视台在不同的地点办公，两处相距有半英里。由于场地所限，我的办公室虽在这里，但仍得花不少时间照看那边的工作。如果你找我时我不在办公室，尽可打电话。"

"好的，"丽莎点点头。"还有，《妙龄女郎》我们计划发行多少？"

"三万份。一开始也许达不到这个数字，但我们希望六个月后能够达到。"

三万。丽莎大吃一惊——只要《佳人》的发行量低于三十五万册，有人就得为此遭到解雇了。

接着杰克让丽莎看了她的独立预算，但这数字似乎有误——好像少了一个零，至少是一个零。

罢了罢了。不知不觉中，她客气地说了声"请原谅"后离开房间，恍若梦中似的悄悄走进洗手间，将自己锁在一个隔间里。她惊讶地发现自己胸部起伏，悄声啜泣，由于失望、屈辱和孤独，同时为了失去的一切。这没持续多久，她不是一个动辄落泪的人，但是当她终于从隔间探出身子，看到有人站在洗手池旁，心儿不禁剧烈跳动起来。此人分明就是艾什林，双手交叉放在身后。这个爱管闲事的坏女人！

"哪只手？"艾什林问。

丽莎不明其意。

"挑一只手。"艾什林说。

丽莎觉得自己脸上让人狠狠掴了几个耳光。这里的人全都疯了。

"右手还是左手?"艾什林催促道。

"左手。"

艾什林将左手里的东西出示给丽莎。一叠卫生纸。然后是右手:一瓶急救花精[①]。

"伸出你的舌头,"艾什林往丽莎那业已麻木的舌头上挤了两滴药水,"专治情绪失控和心理创伤。抽烟吗?"

丽莎愠怒地摇摇头,继而又犹豫起来,听任艾什林往她嘴里塞进一根烟,点上火。

"你脸上如果需要补妆,"艾什林说,"我随身带了保湿霜和睫毛膏,可能不如你平常用的那么好,但也能凑合。"说话时她已经在包里摸索开了。

"是不是有人让你过来的?"丽莎想到了杰克·迪瓦恩。

艾什林摇摇头。"只有我猜到你在这儿。"

丽莎不知道该不该觉得失望。她不愿意让杰克知道自己在哭鼻子,但知道他关心此事也是不错的……

"我一般不会这样,"丽莎绷着脸说,"我不希望此事再被提起。"

"已经忘了。"

第 九 章

第一天结束时,艾什林简直快要累瘫了。想到自己无需拼命挤上一辆公交车或一列火车,她欣慰之余又不禁飘飘然起来,脚步踉跄地朝住处走去。她很幸运,

---

[①] 急救花精(rescue remedy):用数种鲜花制成,是西方家庭的常备药物,用于缓解紧急状况和意外事件所带来的情绪冲击。——编者注

至少她有家能回，她想——丽莎还得在外面四处奔走，寻觅一个栖身之处。

艾什林心满意足地奔进寓所，踢掉脚上的鞋子，忙不迭地察看答录机。机上的红灯调皮地闪了闪，艾什林愉快地摁了一下"播放"键。她极想获得别人的联系和陪伴，帮助她细细回味这奇怪而又充满挑战的一天。但令她失望的是，里面只有一条离奇古怪的信息，来自一个叫做考迈克的人，此人想必在周五早晨重复向多人发送了这条同样的信息，不慎拨错了号码。

她肚子朝地用冲浪的姿势对准沙发猛扑过去，抓起话筒拨了克洛达赫的号码，可她才来得及说出"喂"，克洛达赫便忙不迭地说出"我就像是在地狱里一样度日"这句话。

听筒里一阵刺耳的叫嚷声迫使克洛达赫提高音量开始诉起苦来。"克雷格肚子痛，早餐只吃了半片吐司和一点点花生酱。午餐他什么都不肯吃，我不知道是否该让他吃一点巧克力饼干，虽说他每次吃甜食总要大吵大闹，考虑再三我还是给他吃了蛋奶酪，因为我想那总比巧克力稍好些——"

"呃，呃。"艾什林同情地点点头，听筒里的喧嚷几乎完全吞没了克洛达赫的声音。

"——他吃了一块，我让他再吃一块，可他只是舔去了表面一层酥皮，接下来他虽然没发烧，但脸色苍白，闭嘴！让我再讲五秒钟，求求你了。噢，天哪，我再也受不了啦！"

克洛达赫的哀求声听起来断断续续，可是旁边的尖叫声却越发刺耳难听。

"那可是克雷格？"艾什林问。那肯定是一阵胃痛，可他嚷嚷起来，却像是在被人开膛破肚。

"不，是莫莉。"

"她怎么啦？"

艾什林能够从莫莉的哭嚎中听出一个大概。貌似在说妈妈小气，实际的意思却好像是妈妈太可怕了。莫莉不喜欢妈妈。一阵特别歇斯底里的狂嚎明白无误地告诉艾什林：莫莉恨妈妈。

"我正在洗她的安乐毯[①]，"克洛达赫自我保护似的说，"它在洗衣机里。"

"哎呀，我的天哪。"

[①] 安乐毯（security blanket）：一种随身携带供小孩抓摸使其产生舒适感的小绒毯，通常与孩子形影不离。

每次只要把安乐毯从莫莉身边强行拿开,她就会发狂。它原来是一块用以擦拭茶具的茶巾,经过莫莉不停的噆吮啃咬,终于变成了一块破破烂烂气味难闻边缘发灰没有形状的抹布。

"它太脏了。"克洛达赫绝望地说。她从电话机旁走开。"莫莉,"她苦苦哀告,"它已经脏了。唷,恶心,呸!"艾什林耐心倾听克洛达赫扯开嗓门大声表示厌恶唾弃。"它危害你的健康,会让你生病的。"

电话那头的号啕痛哭又增加了一些音量,克洛达赫复又回来继续接听电话。"幼儿游戏组①的那个老婆子说要是不能定时清洗,就再也不准莫莉身上带着它。我能有什么办法?不过,我看不像是阑尾炎——"

艾什林心头一怔,方才意识到她们的话题又回到克雷格身上。

"——因为他没有呕吐,家庭医药大全上称呕吐是阑尾炎的一种明显症状。不过你什么可能都该想到,对吧?"

"大概是吧。"艾什林有些疑惑地说。

"麻疹,水痘,脑膜炎,小儿麻痹症,大肠杆菌。"克洛达赫痛苦地报出一长串疾病的名称。"别挂掉,莫莉想坐在我膝上。只要你保证不闹,就可以坐在妈妈膝上。你能保证不闹吗?能吗?"

可是莫莉并没有做出什么保证,倒是一连串撞击和移位的声音表明她终于获准爬上克洛达赫的膝头。好在她的尖声叫喊总算有所收敛,变成有意而为的呼哧呼哧的喘息。

"好像就这样还嫌我没有受够似的,该死的迪兰打来电话说他今天很晚才能回家,下周还得参加一个通宵召开的会议。"

"该死的迪兰,"艾什林听见莫莉字正腔圆、单调平板地喊着。"该死的迪兰,该死的迪兰。"

"……还有他本周五要去贝尔法斯特赴宴!"

听筒里又传来一阵哭声。男人的哭声。该死的迪兰——早早到家受到妻子和女儿的咒骂备感苦闷?——艾什林心里觉得可笑。不对,根据那嘶嘶吸气诉说腹痛的哭腔判断,说话人应当是克雷格。

"我星期五晚上过来。"艾什林说。

---

①幼儿游戏组:一种学龄前儿童托儿所,一般由家庭主妇私人组织且附设于邻近的公众场所中。——编者注

"太好了，那就——别动！你能不能别动！艾什林，我得打住了。"克洛达赫说着，挂上电话。她与克洛达赫的电话交谈一般都是这样结束。艾什林泄气地坐在原处，瞅着眼前的电话。她需要跟某人说说话。好在特德就要回来了，她通常能够根据他的到来调整手表的时间。六点五十三分。

但是等到七点十分，半包凯特尔薯条已经落肚，特德却仍未露面，艾什林开始担心起来，但愿他别出什么意外。他平时骑车就爱耍酷，况且又不戴头盔。七点三十分艾什林打电话给他。令他始料未及的是，他居然待在家里！

"你怎么没到我这儿来呀？"

"你要我去吗？"

"嗯……是的，我想。今天是我新工作开始的第一天。"

"嗨，该死，我给忘了。我马上下来。"

几十秒钟之后，特德出现在她眼前——看起来有了变化——绝对而无可置疑地有了变化。艾什林从周六晚上起就没有再见过他——这本身非同寻常，只怪她因新工作忙得焦头烂额，直到此时才注意到他的变化。他看上去少了几分纤弱，平添了些许令人眼前为之一亮的强健。他平素闯入别人的空间，像是一股无法遏抑的力量，但眼下他举手投足又透出一种前所未有的轻松活泼而毫不做作的姿态。

"祝贺你周六晚上取得成功。"艾什林说。

"我认为我结交了一个新的女朋友，"他直言不讳地说着，有些腼腆地咧开嘴笑了一声。"至少一个，肯定。"瞅着艾什林那张充满期待的脸，他详细说出其中的原委。"我昨晚跟爱玛待在一起，明晚却要跟凯莉约会。"

就在这时乔伊到了。"被人盯着的锅永远不会烧开。只要我守着电话，那个半人半獾男就不会打来电话。就是那样！比尔·盖茨，罗伯特·默多克或者唐纳德·特朗普——我认为应该挑选几位工商界巨鳄，以祝贺你荣任现职。"

"不过那很容易，"艾什林无法相信她能如此轻易地过关，"当然是唐纳德·特朗普。"

"哦，是吗？"乔伊闷闷不乐地说，"照我看，他的头发过于蓬松，电吹风用得太多。我恐怕很难尊敬一个比我多花时间打理自己头发的人。"

言毕她将手伸进手提包里，掏出一瓶阿斯蒂白葡萄起泡酒[①]。"送给你，祝贺

[①]阿斯蒂白葡萄起泡酒：产于意大利阿斯蒂，类似香槟，常用于庆祝。——编者注

你走上新的工作岗位。"

"阿斯蒂白葡萄酒！"艾什林一声惊呼，"谢谢你。"

"白葡——萄酒？"特德好奇地问。

"白葡——萄酒。"乔伊不容置喙地说，"绝对是一流货色。"

就在他们为说出"白葡——萄酒"心里窃笑乐不可支的时候，乔伊急促地喘起气来，两眼因为预料之中的好消息睁得老大，她说："噢？你当上了令人艳羡的杂志人，第一天感受如何？"

"我有一张很好的办公桌，很好的苹果电……"

"还有一个通情达理的上司？"乔伊意味深长地问。

艾什林很想理清自己的思绪。她被衣饰光鲜的丽莎的魅人风姿深深吸引，同时又对她掩抑不住的苦闷感到好奇。艾什林认出她就是那个在超市购物每样东西都拿七件的女人。但是尾随她进入洗手间实为不智之举。她倒是很想帮她一把，可对方却是如此粗鲁而又麻木不仁。

"她长得很漂亮，"艾什林不想多说自己有多懊悔。"纤瘦，机灵，打扮入时。"

特德，这个新近被培养起来的好色之徒，陡然来了兴致，可是乔伊却语带讥诮地说，"不是那个上司。那个手指被女朋友咬伤了的美男子。"

想到杰克·迪瓦恩，艾什林同样没有好感。她刚刚接手新的工作，但两个上司似乎都对她不感兴趣。

"你怎么知道他是美男子？"她问道。

"这是一种感觉。丑男人的指头是不会挨咬的。"

"这话很有道理，"特德插话道，"我从来没有碰到过这种事情。"

不过这一切也许都将发生变化，艾什林心中暗想。

乔伊提醒她。"你的老板呢？"

"他么，——呃——人挺严肃，"艾什林先下这个定论，继而又情不自禁地坦言，"他好像不喜欢我。"这话说出口，她既感到轻松又更加觉得不妙。

"为什么不呢？"乔伊问。

"是啊，为什么？"特德很想知道。怎么可能会有人不喜欢艾什林呢？

"也许是因为那天我递给他邦迪创可贴的缘故吧。"

"那样做有什么错？你只是想帮帮他。"

"要是不那么做就好了，"艾什林忽有所悟。"我们弄点吃的吧。"

他们打电话叫了当地的泰国外卖食品,而且像通常一样点得实在太多,一直吃到肚子撑得发痛,还是剩下不少。

"我们总是点了太多帕德泰国菜外卖,"艾什林懊丧地说,"好吧,我们想把吃剩的东西放在谁的冰箱里搁两天然后再倒掉?"

乔伊和特德互相耸耸肩,回过头看着艾什林说:"最好还是你的冰箱。"

"我很担心,"乔伊说,"我的幸运饼干说我将深感失望。让我们看看咱们的星象吧。"

于是他们拿出《易经》,在书里翻了一阵,尝试了几次,直到发现他们希望获得的答案。接着他们换了几次台都没有找到他们希望在电视上看到的内容,乔伊瞅着窗外马路对面那家名为"白雪"的夜总会。看门的女人曾以他们是当地人为由让他们免费进门。

"有谁想去马路对面那儿跳个舞吗?"她随意提议道。过于随意。

"不行!"艾什林说,惶恐使她加重了语气。"我得以最佳状态投入明天早晨的工作。"

"我也有一份工作,"乔伊说,"西部办事效率最高的保险理赔高手。来吧,就喝一杯。"

"你还没有弄懂那个意思。我很惊奇你居然会这么说。如果我跟你出去就为了'喝一杯',我最后会折腾到第二天清晨五点钟,弄得头脑昏昏沉沉,还要踩着阿巴乐队乐曲的节拍跳舞,置身于一个陌生的寓所,眼瞅着太阳慢慢升起,身边是一帮以前我从未见过、今后也永远不想再见到的更加陌生的男人。"

"我以前从未听见你如此抱怨。"

"对不起,乔伊。我也许是对工作有点过于担心了。"

"我跟你一起去,"特德自告奋勇地说,"只要你不担心我把那些男孩子吓跑。"

"你!"乔伊轻蔑地笑了起来,"我看不会。"

迪兰九点过后才回到家里。克洛达赫已经将莫莉和克雷格打发上床睡觉,其中颇费了一番周折。

"哎呀。"迪兰倦怠地叹了一声,将公文包倚在客厅的墙上,随手扯下脖颈上的领带,公文包搭扣又蹭去墙面的一点油漆;她见状硬是捺下心头的火气,支起身子等着丈夫来亲吻,即便丈夫懒得吻她,她也愿意摆出这副姿态。其实这并没有什么实际意义,只是一个恼人的习惯罢了。

她张开嘴巴,像倒苦水似的诉说她这一天是多么可怕,但却被他拦住话头。

"耶稣基督,这一天我是怎么度过的!他俩人呢?"

"在床上。"

"两人都在床上?"

"是的。"

"我们是不是该打电话给梵蒂冈,向他们报告一个奇迹的发生?我先去看看他们,然后再回来睡觉。"他回来时已经脱掉了西服,换上一件T恤衫和一条宽松式长运动裤。

"有什么新闻吗?"她问,她很想了解外面世界的情况和激动人心的事件。

"没有,有饭吃吗?"

啊,晚饭。

"一开始是克雷格肚子疼,后来是莫莉发脾气……"她打开冰箱,想找到一点什么凑合做一顿晚餐,没有合适的东西,冷藏箱里也没有。"阿尔法贝蒂通心面①加吐司怎么样?"

"阿尔法贝蒂通心面加吐司,太好了。我当年跟你结婚,可不是因为你擅长烹饪啊。"他朝她投以微微一笑。她是否觉得那笑中带有些许勉强?

"确实挺好。"她附和道,一边从食橱里取出一只罐头。她无法断定他是否心中有气。他在憋了一肚子火时还总是要伴装快乐。她倒也不怎么在意,反正他这样能使生活更加轻松一些。

"工作还顺心吗?"她再次试探道,"你怎么回来这么晚?"

他疲倦地叹了口气。"你知道那桩美国的大生意吧——那桩久拖不决的生意?"

"知道。"她撒了个谎,随手将面包放入烤箱。

"我不记得这事上次跟你谈到哪一步。他们做出什么决定了吗?"

"他们就要做出决定了。"克洛达赫试探着说。

"噢,就在他们没完没了的考虑之后,他们终于将其缩小为三个部分。接着他们声称要逐一加以检验。你知道这需要耗费大量时间,于是我向他们提交试验场地报告。起先他们说好,后来却改变主意,还从他们设在俄亥俄的办事处派来两

---

①阿尔法贝蒂通心面:一种字母形状的通心面。

名技术人员主持测试……"

克洛达赫铲了一下锅底，关掉煤气。她感到失望。他说的这些简直无聊极了。

迪兰跌坐在桌旁，肚里余下的话一股脑儿倾泻而出："……今天下午我接到一个电话，他们已经买下迪基威尔公司的一揽子方案，人也离开了，甚至不准备测试我们的方案！"

说到这里克洛达赫终于有机会插话了："不过这可太妙了！要是他们甚至不准备测试你的方案！"

第 十 章

在哈考特街那阴暗的房间里凄冷孤单的床上，丽莎很想早点入睡，但又恍惚觉得自己已经身处梦乡，或者说，已经沉溺于不能自拔的噩梦之中。

白天在那个外行聚集的办公室心灵遭受重创之后，她就悄悄认定今后的事态不可能比这更糟糕。这种认识在她开始寻找出租房之后又发生了变化。

她起初觉得可以利用一家房产中介，可如此一来需要交纳一笔不菲的登记费。她在电话中用谙于世故的语气提出只要对方放弃收费，她将在杂志上替他们美言一番，不想却被断然拒绝。

"我们不需要任何宣传，"那位年轻人告诉她。"我们这儿的房源供不应求，由于凯尔特虎的缘故。"

"凯尔特什么？"

"虎。"年轻人听出丽莎说的不是爱尔兰口音，因此解释起来。"还记得日本韩国这样的国家经济腾飞时人们称它们是'亚洲虎'吗？"

丽莎当然不记得。"经济"之类的词儿在她心里只是一闪而过不留任何痕迹。

年轻人继续说："眼下爱尔兰经济发展势头强劲，我们管它叫'凯尔特虎'。总之，"他想说得巧妙一些，可是未能完全如愿，"我们不需要任何免费宣传。"

"好的,"丽莎淡淡地说着,挂断了电话。"谢谢你这番有关经济学的高论。"

按照艾什林的建议,她买了一份晚报,随即快速浏览时尚的都柏林第四区[①]的公寓和街巷住家的出租专栏信息,约定下班之后去看几个地方。然后她以伦道夫传媒的名义电话预约一辆出租车带她去看房。

"对不起亲爱的,"出租车调度员说,"我不知道你的名字。"

"别担心,"丽莎语气温和地说,"你会知道的。"几年前她找房时都是利用公交工具或是打的,如今她决计不再沿袭以往的惯例。

她首先实地察看的是鲍尔斯桥的一幢两层楼公寓套房。晚报上的介绍看起来很不错——价格适中,邮编合适,设施不错。的确,此地似乎相当不错,有很多餐馆、咖啡厅,静谧的街道两侧绿树排列成行,令人赏心悦目。就在出租车沿街缓缓行驶寻找四十八号之际,丽莎自目光盯住杰克那时起精神首次振作起来。她已经开始想象自己住在这里的情景。

接下来丽莎看到了它。路边唯一的住宅楼,似乎里面住的是擅自占地者,窗边的窗帘显得破旧不堪,草长了几尺高,一辆锈迹斑驳的汽车停在车道的混凝土地面上。她从自己所处的位置开始数门牌号码,不知哪个楼道是四十八号。四十二,四十四,四十六,四十……八。没错,四十八号活像是拆迁令规定必须拆除的房子。

"去你妈的。"她轻轻说了声。

她已经忘了。她得找到一个栖身之处是在很久很久以前,早已记不清当时的居住条件有多恶劣。接踵而来的是一次又一次失望,一个比一个更令她难以忍受。

"往前开吧。"她吩咐道。

"好的,"出租车司机说,"我们现在去哪里?"

第二个地方稍好些,但很快就不对劲了。一只褐色小耗子哧溜穿过厨房地板,一截油亮的尾巴在冰箱下面扭了扭之后倏地消失了。丽莎顿觉头皮窜麻,心里一阵厌恶。

第三个地方自诩为"小巧玲珑",但准确的措辞应为"狭小得难以置信"。一间工作室,再加上由衣橱改建而成的盥洗间,根本没有厨房。

"你告诉我,你要厨房做什么?你们职业女性哪有时间做饭,"体态丰满的黑

[①] 都柏林第四区:都柏林南郊的一个片区,包括迪芒特、鲍尔斯桥、唐尼布鲁克、林森德和爱尔兰镇。——编者注

人房东曲意恭维道，"成天操心大事，忙得不可开交。"

"说得好，胖家伙。"丽莎嘟囔了一句。

她失望地循原路回到出租车上，车子载着她重返哈考特街的住所，途中她被迫与司机聊起来，此人现已认定他俩是铁哥儿们。

"……我大哥手很灵巧，他是世上心肠最好的可怜人，他愿意为任何人做事情，换灯泡，拼装桌子，割草，我们那条街上的老人都喜欢他……"

丽莎本来确定这个司机已经让她厌烦到了极点，可是下了车后，又不觉惦念起他来。他因自己十四岁的女儿遭到一伙小丫头的欺负扬言要跟她们算账，她想知道最终结果到底如何，但已经不可能了。

回到她那沉闷无趣的屋子，她的心灵发出痛苦而凄厉的长嚎。疲乏，加上没有食物，一切都显得如此糟糕。这种似曾相识的经历让她仿佛重回十八岁的时光：她为一家低档杂志工作，想租一间稍稍体面些的居室却不能如愿。在人生的棋盘上不慎失算被淘汰出局，一下子又回到起点。虽然需要从头开始，但似乎还是增添了不少乐趣。

年少时她曾处心积虑地摆脱活动范围狭小的平庸家庭的束缚。从十三岁起，她开始屡屡旷课逃学，一次次在伦敦的商店里行窃，一次次带着各种耳环、眼线膏、围巾和提包等等回到家里，这些东西没有逃过她妈妈焦急而又怀疑的目光，但她却不敢追问它们的来历。

十六岁那年，她刚刚因为不可思议地没通过普通程度考试而受到家长责罚，便离家出走永远去了伦敦。她和她的朋友桑德拉——此人把名字改为赞德拉后立即赢得了街头信誉[1]——偶遇三个同性恋男青年，分别叫做查理、杰伦特和凯文。她们搬进他们那位于哈克尼[2]一幢公寓大楼里的低矮住处，就此开始了一种放荡不羁、寻欢作乐的生活。他们周一晚上去阿斯托里亚夜总会，周三晚上去天堂夜总会，周四晚上去科林克夜总会。他们在已过期的公交车月票上做手脚，坐晚间公交车回家，听极地双子星[3]和噪音艺术[4]的带子，结识来自各地的人们。

服装在他们的日常生活中占据中心地位，他们的头等大事，就是置办最好的

---

[1] 街头信誉：指在是否新式或时髦方面被一般青年人认同。
[2] 哈克尼：伦敦北部一个区。
[3] 极地双子星：成立于1978年的苏格兰乐队。
[4] 噪音艺术：成立于1983年的乐队。

行头。在这三个对时装流行趋势了如指掌的男孩的悉心指点下,丽莎很快学会了如何凭借一身打扮引人注目。

在卡姆登市场①,杰伦特让她买下一件腿部有一道开衩、红色人体图图案的弹力紧身连衣裙,穿上之后,她又配了一双红白两色相间的薄荷糖棒条纹连裤袜,一只小巧玲珑的硬盒权作手提包,上面饰有一个红十字。为了使她身上的装束更加完整,凯文执意要从约瑟夫那里替她偷一双帕拉迪姆鞋——后跟钉有卡车轮胎胶皮的帆布运动鞋,这双鞋给她拿来的正是时候,因为第二天他就被店主解雇了。丽莎头上戴的海盗式编织帽缀满安全别针,是由一心想当时装设计师的凯文借鉴约翰·加利亚诺②的风格草草拼凑而成的产物。查理负责打理她的头发。考虑到用饰物点缀头发足可成为轰动一时的新闻事件,他将丽莎的头发漂染成白里透出浅黄的颜色,并将一条长度相当于其腰围周长的浅黄色缎带粘到她头顶上。终于有一天晚上《I-D》杂志在塔布夜总会为她拍照了。(虽说他们带着宗教般的虔诚持续六个月一期不落地购买这种杂志,她的照片却始终未能登出来,但他们照样乐此不疲。)

小小的斗室里几乎没有什么家具,因此他们在一辆运砖瓦的倒卸车里发现一把扶手椅时全都无比兴奋。他们五个人欢欢喜喜地将它拖回住处,轮流坐在椅子上。同样,茶也得一杯杯轮流喝,因为总共仅有两只杯子。但他们谁也不曾想到要再买几只杯子——此举纯属糟蹋钱财。他们一点点积攒下来的现金专门用于服装消费,饮酒作乐,以及购买夜总会的入场券(如果无法逃票的话)。

他们最终全都找到了工作——查理当上了理发师,赞德拉进了一家餐馆,凯文成了一线生产的工人,杰伦特在一家时尚前卫的夜总会看门,丽莎在商业街的服装店里当营业员,她在那里实际卖出的服装还不如她偷的多。他们之间建立了一条非常奇妙的物物交易链。查理给丽莎理发,丽莎偷一件衬衫给杰伦特,杰伦特让他们免费进塔布夜总会,赞德拉则让他们于日出时分在自己工作的餐馆里免费品尝墨西哥龙舌兰酒。(这里一条微型交易链也在运作,因为酒吧招待并不坚持要赞德拉买单,作为对一种低等性爱抚的回报。)唯一没有加入这一循环的是凯文,因为他工作的商店成本实在过高且又规模太小,只要他将其中的一件商品窃

---

① 卡姆登市场:多个杂货市场的总称,出售工艺品、服装、古玩、快餐等商品,是伦敦旅游胜地之一。
② 约翰·加里亚诺(1960~):英国著名时装设计师。

为己有，整个店的商品将减少四分之一。不过他也自有其过人之处，那就是在崇尚品牌的二十世纪八十年代中后期那段疯狂岁月里，随意对整个小组的行为大加赞赏。

他们当中谁也不愿花钱购买食品——正如茶杯和家具一样，购买食品也是浪费。如果肚子饿了，他们会突然造访赞德拉工作的餐馆，叫她拿些吃的来。要不就在住处附近的赛弗威超市过一把偷窃瘾。他们在过道上溜达，边走边吃，然后将包装纸或香蕉皮塞到货架后面。有时丽莎硬要逞能将窃得的商品偷运出来，她喜欢由此引起的那种快感。

这样的生活持续了十八个月，原先亲密无间的关系出现了裂痕，他们动辄为琐事发生口角，原先轮流用杯子的那股新鲜劲也开始慢慢消失。丽莎那位担任杂志业务主管的男朋友决定冒一回险，让她参与《花季少女》的一项工作。虽说她既无资历也没受过多少教育，却精明到令人瞠目结舌的地步。她知道什么东西正在流行，什么东西已渐渐不再时髦，谁值得人们了解。她总是表现出那种摄人心魄、令人瞩目而又紧跟潮流的时髦做派。《时尚》杂志刚刚推出一款时装，她便以其打折版出现，而且尤其重要的是——穿得那么自信。许多人觉得自己适合穿泡泡裙①，但大多无法摆脱由此产生的困惑和羞耻。丽莎穿上泡泡裙，却是那么泰然自若，光艳袭人。

当时如同现今一样，她供职的那家杂志每况愈下，令她很难找到一套能够负担租金的公寓。不过区别在于，那时在一家杂志即便从事卑微的职业，照样令人刮目相看——受雇于一家杂志是何等重要啊！试图找到一个体面些的住处是往前跨了一大步——在栖身于斗室之后。这些都是值得她仔细回味的经历，令她自豪而不是蒙羞。尽管她曾处于最底层，但在哈克尼区共同经历蜗居生活的五个人中她仍然演绎了个人成功的传奇故事。

现在看看他们混得怎么样吧。查理在邦德街上的一家美发厅工作，有许多私人客户，全都是富得出奇的女人。赞德拉恢复了桑德拉的名字，回到赫默尔亨普斯特德的家中，嫁为人妇，连续生了三个孩子。凯文也结婚了——娶的是桑德拉。原来当初他自称同性恋者，仅仅因为这是一种时尚。杰伦特死了，他1992年艾滋病毒检测呈阳性，三年后肺功能彻底衰竭。还有丽莎，看看如今的丽莎吧。这么

---

①泡泡裙：一种啦啦队专用、下摆散开似郁金香的短裙。

多年的辛勤努力，到头来却是如此结局，又回到当初的状态，这是怎么发生的呢？

回到噩梦般的现实中来，丽莎爬上旅馆客房的床，一根根地抽着烟，等待罗眠乐[①]发挥效力，使她进入四小时懵懵懂懂、乐而忘忧的状态。但是那些恶劣的思绪在脑中萦绕不绝。想到她在《妙龄女郎》有待完成的大量工作，心里惊骇不已，不喜欢待在这里，但又无计可施。她不能返回伦敦，即便那里还有一个编辑的位子虚席以待——目前无此空缺——你也仅仅是一个从头干起的新手。她只有让《妙龄女郎》稳操胜券，引起轰动，然后才能受雇于旁人。真是进退两难。

她拿起罗眠乐的锡箔纸板，蓦地，自杀的念头变得极有吸引力。十六片是否足以毙命？兴许吧，她心里盘算着。她只需闭上眼睛，便能像卷入漩涡似的旋转着慢慢离开尘世。那就在荣耀的光环下离开尘世吧，趁着此时她的名字依然是成功的、大量发行的杂志的代名词。这样能永远保护她的名誉。

她过去一直是一名幸存者，从未认真思考过自杀——她现在思考自杀，仅仅因为它似乎是存在的最佳方式。但她越是想到自杀，就越发认为自杀并非可供选择的方案：所有人都会简单地认为她已经被沉重的负担压垮了，然后幸灾乐祸地大笑起来。

她扭动着身子，想象着英国所有在她葬礼上露面的杂志人，他们带来了低声带，曲目有《你知道她受不了》和《可怜的姑娘，跟不上速度》。他们转过身子互相打量对方，穿着阔绰气派的黑色西服——他们甚至无需为出席葬礼换下工作服装——庆幸自己依然——仅凭存活于世这一点——活跃在竞技场上。这儿没有孬种，没有，先生！

跟不上潮流乃是杂志出版业的头号大忌。其性质之恶劣，更甚于贪吃汉堡包成瘾，变成要穿十二号衣服的胖子，或者告诉人们街上正在流行短发，而其他人都在靠长及肩头的细密秀发赚钱。由于在工作时奉行忍耐无害的原则，杂志人总是乐于听到这样的消息：某位同事正在"度过一个理应享有的长假"或是"正用更多的时间陪伴家人。"

一个悲惨事件是解脱自己的唯一途径，丽莎心里暗想。一个特别刺激的悲惨事件，她进而做出更正。在一辆廉价爱尔兰公交车轮下毙命，不行，这比勒死

[①]罗眠乐：一种抑制中枢神经的药物。

她自个儿还要丢人现眼。再不济也得是从快艇上失足坠落海中，或者是搭乘直升机赶赴某个讨厌的采访地时被一团橙色火焰吞噬。

……我认为她正在赶赴四季小屋的途中。事实上，我听说是巴莫洛堡，应你们知道的某人所邀。

但她生命终结的方式是多么奇妙。死时亦如生前一般荣耀。

我听说，尸体已被烤焦，像是一块烤过了头的牛排。《帕纳奇》的编辑特别令人讨厌的腔调打断了丽莎朦胧的思绪。

……有消息称薇薇恩·韦斯特伍德准备根据这次事件设计下一批推出的时装，所有的模特儿都装扮成烧焦的死者。

丽莎再度沉湎于幻想，最后迷迷糊糊进入梦乡，想到登在报上社交新闻版的自己的死讯，心里得到了莫大的慰藉。

第十一章

一周的生活持续着。丽莎像个梦游者似的懵懵懂懂地挨过阴郁惨淡的每一天。尽管如此，她仍是一个衣着光鲜盛气凌人的梦游者。

星期五，雨终于停歇，太阳出来了。编辑部的同事们为此异常兴奋——他们就像是圣诞节早晨的孩子们。他们上班的同时，也带来一串议论。

"晴朗的日子。"

"这样的天气我们怎么会不舒服？"

"多么美妙的早晨。"

仅仅因为大雨停下就如此激动，丽莎轻蔑地想道。

"还记得去年夏天吗？"卡尔文朝办公室那头的艾什林喊道，两只眸子在他黑框眼镜的平光镜片后面闪烁着愉快的光辉。

"我当然记得，"艾什林答道，"那是在一个星期三，对吗？"

每个人都哈哈大笑起来，除了丽莎以外。

早晨九点多钟的光景，麦脚步轻盈地走进办公室，脸上挂着诡秘而又温柔的微笑，两眼环视四周，问道："杰克在吗？"

丽莎心里微微掠过一阵战栗。这显然是杰克的女朋友，着实让人觉得诧异。丽莎本以为她是个肤色白皙面带雀斑的爱尔兰姑娘，不成想却是这个皮肤呈棕色、身材娇小，来自异邦的尤物。

艾什林正站在复印机旁复印许多资料，准备发给世界各地的时装设计师和化妆品生产商，她也注意到这个姑娘。她就是那个咬人手指的姑娘，看上去黄油含在她那丰满的红唇里大概也不会融化。

"你事先约过他吗？"莫利太太挺直了她那长达四英尺十一英寸的身子，高高鼓起的硕大胸脯颇具威慑力。

"就说麦找他。"

在对来人怒目瞪视了许久之后，莫利太太拖着沉重的步子走开。趁等候的功夫，麦漫不经心地将一根纤细的手指插进浓密的秀发一阵缠绕。不多时莫莉太太回来。"你可以进去了。"她带着明显的失望说。

麦携着淡淡的柠檬香味儿，默默地走过办公室。她刚刚随手关上杰克的第二道门，屋里的人顿时全都长吁一口气，随即是纷乱喧嚷的交谈。

"这是杰克的女朋友。"卡尔文同时告诉艾什林、丽莎和梅塞德斯。

"本事不大，麻烦不小，要我说就这德性。"莫利太太冷冷地说。

"这我可说不准，莫利太太。"卡尔文的话里透出几分淫荡的意味，莫利太太厌恶地呼哧呼哧擤了擤鼻子，转身走开。

"她有一半爱尔兰血统，一半越南血统。"沉默寡言的杰里陡然冒出一句。

"他们斗得不可开交，"特丽克丝尖声说，"她脾气实在太暴躁了。"

"唔，那可不是他们越南人的本性，"德乌拉·奥唐纳肯定地说，她乐于从《爱尔兰新娘》中脱身片刻，"越南人是性情温和热情好客的民族。当年我在越南旅行期间——"

"呶，听啊，"特丽克丝一声悲叹，"这位从前的嬉皮士又在追忆她在越南的美好时光了，听得我毛骨悚然。"

艾什林继续复印她的宣传资料，孰料复印机开始慢慢地哼哼唧唧，连续几次发生不该有的咔嗒声，继而陷入讨厌的沉寂。指示屏上闪现出一行黄色的指示语。

"PQ03？"艾什林不解地说，"这是什么意思？"

"PQ03？"两位年资稍长的同事面面相觑。"一点不清楚。"

"这是新机子。"

"情况已有好转，你也该知足了。它通常只印两份就死机了。"

"我该怎么办？"艾什林问，"这些宣传品今晚就得寄出去。"

她瞟了丽莎一眼，指望她能帮助自己摆脱困境。可丽莎脸上依然是平静而内敛的表情。第一周即将结束时，艾什林已经清楚地看出，丽莎俨然是一个对该杂志有着通盘考虑的苛刻的工头。她在许多方面都表现出色，但如果你单独负责将丽莎的每一个理念付诸实施，情况就不同了。

"完全没必要请那边几个白痴修理。"特丽克丝不屑地朝杰里·伯纳德和卡尔文的方向点点头。

"他们只会把事情搞糟。杰克倒是挺能摆弄机器——可眼下我不想打搅他。"艾什林意味深长地添了一句。

"我先干点别的事情。"她回到自己的办公桌前，桌上积压的工作量之大令她一时间不知所措。少顷她决定继续抓紧拟定一份一百位最性感、最有趣、最有天赋的爱尔兰人的名单。法学博士、理发师、演员、记者等等无所不包。艾什林一敲定一批人员，特丽克丝便抓紧安排丽莎与他们共进早、中、晚餐，下午共进茶点——丽莎正在接受一项旨在迅速融入爱尔兰社会权势集团的速成培训。

"那么多顿饭下肚，会把你整个人撑得像座房子一样大。"特丽克丝笑着说。

丽莎倨傲地微微一笑，你点了那些吃食，不见得就非吃下肚不可呀。

杰克办公室的门打开，麦急急走出来时，办公室里忙碌的人们停了下来。蓦地，他们全都满怀期待地抬起头，没有感到失望。麦很想野性十足地猛力关上门，岂知门框被一只楔子隔开一道缝，只好愤怒地朝它猛踢一脚完事。

几秒钟后，杰克走了出来，同样也是步履匆匆。他目光黯淡，满面怒容，迈开颀长的双腿加紧追赶麦，但走到办公室中间时，他似乎缓过神来，不由得放慢脚步。"呃，去他妈的。"他咕哝了一声，一记重拳猛地砸在复印机上。里面顿时嗡嗡作响，随着咔嗒一声，从中接连不停地吐出一张张纸。复印机又开始工作了！

"我们有顶级技术人才！杰克·迪瓦恩解决了棘手难题。"艾什林大声宣布并鼓起掌来，其他人也都纷纷效仿。整个屋子响起掌声之时，杰克瞪起眼睛逐一打量他们，稍后，令人深感意外地笑出声来。霎时间，他看上去与从前判若两人——

变得更年轻、更温和了。

"这真是愚蠢之极。"他小声嘀咕了一句。

艾什林深有同感。

杰克游移不定地放缓了脚步。他应该跟上麦还是……倏地,在艾什林的办公桌上,他瞧见一盒万宝路,其中一根烟露出盒外。办公室理论上是无烟区,但在一种普遍的默契之下,每个人都抽烟,除了乏味的伯纳德之外。他周围一圈竖了好几个"请勿吸烟多谢合作"的标牌。他甚至还给自己搞了一把小扇子。

杰克蹙起眉峰,做了个"可以吗"的手势,抿紧两片嘴唇叼出那根烟,划燃一根火柴,点着烟,用手使劲甩灭火柴,然后深吸了一口。

艾什林密切注视着他的每一个动作,既感到厌恶,又无法挪开视线。

"看来我戒烟找这个姑娘是选错人了。"杰克拖着步子走回自己的办公室。

"姑娘们,我需要你们的帮助。"德乌拉·奥唐纳低沉的嗓音打断了每个人的思路。她从《爱尔兰新娘》横贯两版篇幅的秋季时装广告上猛地直起腰身,开始来回踱步,她那"大即为美"型三件套丝织长裙随之窸窣作响。"今年秋季衣着考究出席婚礼的客人,将穿着什么衣裳?现在什么流行,趋势如何?"

"唔,照我看大下巴肯定会风靡一时,亲爱的。"丽莎眨眨眼,脑袋一歪,朝着德乌拉肥厚的下巴。

办公室其他同事闻听此言震惊之余急促喘息了一阵,终于毫不做作地发出哄堂大笑,丽莎见状精神为之一振。她为自己伶牙俐齿刁钻刻毒的说话本领深感自豪。

惊讶莫名的德乌拉像一截木桩似的站在那里,看到周围的同事笑得那么起劲,她也勉力挤出一丝毫不介意的微笑。

"难道真的就是这样?"杰克佯装热情地朝卡尔文和杰里举起啤酒杯,"这里没有女人打扰我们?"

卡尔文四下环视整个酒吧间,星期五晚上的客人中不乏女士。

"只是她们谁都没有跟我们坐在一起,搅得我们头疼。"杰克说。

"我不会介意那个丽莎坐在这里,"卡尔文说,"天呐,她人长得真漂亮。"

"非常漂亮。"杰里附和道,他受到触动,很想说话。

"你们可曾注意她眼睛一动不动,一对乳头却在屋里到处跟着你转悠?"卡尔文说。

杰里和杰克闻言全都微微露出惊讶的表情。

"梅塞德斯也挺有味道的。"卡尔文来了兴致。

"可是她的为人不足称道。"杰里这话的言下之意,是明摆着两人都有理。

卡尔文朝杰里咧嘴一笑。"我对她感兴趣的不是她的谈话技巧。"

两人暗怀淫念心照不宣地一阵窃笑,又互相捅捅胳膊肘。

"把烟灰缸给我们拿来,卡尔文,"杰克插嘴道。就在卡尔文遵命照办之际,杰克苦笑着说,"上回我对别人讲这话,她们转过身说,'你毁了我的生活,你这个讨厌鬼。'"

杰里和卡尔文颇不自在地挪挪身子。杰克正在破坏周五晚上人们的好心情。

"别管它,"卡尔文说,接着又大胆尝试着将形势引往正确的方向。"艾什林不是一个挺讨人喜欢的姑娘吗?"

"很可爱,像是一个乖乖女。"杰里附和道。

"样子也漂亮,"卡尔文慷慨地说,"只是不像丽莎或梅塞德斯那样是一个绝色佳人。"

杰克忽然觉得不适,好像有一条小小的鳗鲡在体内蠕动——艾什林令他生出一种异样的感觉,可能是羞耻抑或愠怒。

"我只是说,"杰克重新聊起愉快的话题,"这儿没有女人难道不是很好吗?因此如果我说这是一个晴朗美好的夜晚,谁也不会转过身来对我说'滚出去,你这个失败者,遇到你我深感遗憾。'"

卡尔文故作姿态地叹了口气,接过他的话问道:"这么说你跟麦又分手啰?"

杰克点点头。

"你就不能别急于放弃吗?"

"你们总是斗得不可开交。"杰里插嘴说了一句没有任何分量的话。

"她简直要把我逼疯了,"情绪低落的杰克口气强硬地说,"你不知道这是什么滋味!"

"我当然知道,我结婚了。"杰里说。

"不对!我不是那个意思——"

"'因爱而生离意',"卡尔文打断他的话,孩子似的斜睨他一眼。"这是我的格言。或者更准确地说,'不爱不如离去'"。

这句格言足以应对感情纠葛,卡尔文心里认定此理。

杰克第一次开始殷勤陪伴麦时，他们是何等快乐啊！其时他相恋多年的女友迪伊突然离他而去已一年有余，看到他再度回到恋爱游戏中自是好事一桩。或者他们是这么想的。但是随着蜜月期渐渐消失——大约四天左右——杰克跟麦待在一起时开始显得抑郁寡欢，仿佛又回到了迪伊离开他以后的最初那段时光。

为使杰克摆脱女人的话题，卡尔文问："最近电视台工会的骚动怎么样了？"

"已经摆平了，"杰克怒气冲冲地说，"等到下次再另外想法子。"

"我的天，幸亏是你不是我。"卡尔文知道杰克一直在资方的要求、工会的要求和广告商的要求之间如履薄冰似的寻求平衡。难怪他总是承受很大的压力。

"收视率有了提高。"杰里说。

"是吗？"卡尔文失声嚷道，其实并不特别感兴趣，"你真是不简单呐，杰克。"他转向杰里，"轮到你了。给我们了不起的领导买杯酒吧。"

汽车，卡尔文暗暗认定，将是他们下次谈论的话题。

周五傍晚丽莎最后一个离开办公室。条条街道人头攒动，天边闪耀着落日的余晖。她小心翼翼地择路而行，穿过潮水般涌出一个个酒吧漫上坦普尔巴①附近街道的人流，坚定地朝克赖斯特彻奇②方向走去。往事如烟，弥漫在她的心田。她回想起往昔周五晴朗的傍晚，她跟奥利弗一起坐在哈默史密斯③街区的一条河边，在辛勤工作的一周结束以后心境恬淡地啜饮苹果汁。

那真的是她吗？

她撇开奥利弗，试图回忆别的什么事情，蓦地，她瞥见一张酒吧桌下伸出的两条带着红痕的白皙腿肚。特丽克丝！

午餐时分，为了充分享受蓝天和零度以上的气温带来的快乐，特丽克丝躲在洗手间里剃除腿上的汗毛，剃得鲜血淋漓，但却不为所动，仍将双腿裸露在外。她已经把艾什林的胶带差不多全用完了。

丽莎匆匆前行，假装没看见艾什林正在挥手招呼她过去参加她们的活动。

天气这么好，显然艾什林也想到要剃除自己腿上的汗毛，因为丽莎无意间听到她预约午餐时分的腿部护理。可是说来奇怪，她并没有试图使用免费赠券。大

---

①坦普尔巴：都柏林市中心利菲河南岸的一片区域，保留了中世纪特征，有许多铺满鹅卵石的狭窄街道。
②克赖斯特彻奇：都柏林第八区地名。
③哈默史密斯：西伦敦一个区的中心区域。

概她仅仅是准备以普通顾客的身份支付入场费,但如果艾什林不懂得如何利用——唔,滥用——她女性杂志助理编辑的身份,丽莎也犯不着让她知道。

丽莎永远不太可能善待艾什林这样的普通女人。艾什林上次撞见丽莎独自暗中流泪,当时表现出的态度像是她很需要温存的爱抚,这立刻引起了丽莎本人极大的反感。

丽莎讨厌梅塞德斯,却是出于截然不同的原因。梅塞德斯寡言,矜持,令她窘得无地自容。

艾什林挂上预约腿部护理的电话时,丽莎的话已经让整个办公室的人全都笑出声:"现在轮到你去预约一项腿部护理了,梅塞德斯。除非,当然,黑猩猩腿引领今夏时尚潮流。"

梅塞德斯朝丽莎投去恶狠狠的一瞥,迫使她咽下即将脱口而出的话。这句话是,梅塞德斯由于皮肤黝黑,是蓄留鬓角和胡髭的理想候选人。

"嗨,说个笑话嘛。"丽莎朝她不怀好意地微微一笑,使其显得既缺乏教养,又像是开不得玩笑,从而更加深了对她的伤害。

为了惹恼艾什林和梅塞德斯,丽莎对特丽克丝显得特别热情,这是她以往使用的屡试不爽的策略——分而治之。选择一个宠儿,对其百般宠爱,冷不丁抛弃她转而宠爱另一人。对别人前后表现出不同的态度自然会引起他们心里的爱和恨,当然杰克例外。她将始终善待杰克。她曾经用心琢磨他如何对自己的态度作出回应,进而发现这跟他对其他女同事的态度不同。他常常被特丽克丝逗乐,对梅塞德斯客客气气,对艾什林似乎厌恶之极。但他对丽莎却非常尊敬和体贴,甚或有些赞赏。当然他也应该如此。本周她每天起床都早于以往,悉心护理她那已经备受呵护的姿容,娴熟地将一层层薄如蝉翼的美黑霜①敷在身上,使肌肤闪耀着金黄色的光泽。

丽莎深知自己长相到底如何。倘若处在纯自然的状态下——并不是过去她长时间不施粉黛的那段时期——她是一个足够漂亮的姑娘。但在付出巨大的努力之后,她知道她已将相貌等级从招人喜爱提升到明艳靓丽。除了平素对头发、指甲、皮肤、化妆品和服装细心料理之外,她每天大量摄入维生素,每天喝十六杯水,只在特殊情况下才吃禁药,每隔半年往额头上注入一针肉毒杆菌——它能麻痹肌肉,产生皱纹尽消的绝佳面容。过去十年她常有饥饿感,这种饥饿感是如此强烈,

---

①美黑霜:一种欧美人常用的使皮肤显得黝黑健美的美容霜。

如今已很难被自己觉察了，有时她梦见自己在饱食有三道菜的大餐，但是人们在梦中所为，往往是荒诞不经的事情！

虽然对自己的相貌颇有信心，丽莎不得不承认，杰克的女朋友的出现，还是给她带来了一些烦恼。丽莎原本乐观地估计，她的情敌是一位爱尔兰姑娘，这将毫不足虑。但事到如今她也并不气馁，把杰克从他那个热情奔放、尽显异域风韵的女朋友身边拉开，在她目前的生活中应该是最不费力的一件事。

相形之下，找个栖身之处倒是让她十分犯难。整整一周，每天下班之后，她都要去看房，但稍稍合适些的居所至今未见。今晚她准备察看位于克赖斯特彻奇的一套公寓，看上去还说得过去。虽说租金不菲，但它位于现代住宅区，步行片刻即可到达工作单位。缺点是在这里得跟人合住，丽莎已有很久不跟别人、尤其是跟女人合住了。这套公寓的主人名叫乔安妮。

"住在这里挺好，你可以步行上班，"乔安妮热情地说，"这就是说，你上班下班都可以省下一点一零镑的公交费用。"

丽莎点点头。

"一天二点二零镑。"

丽莎又点点头。

"一周就是十一镑。"

丽莎这回略显踌躇地点点头。

"每月的车费总计达到四十四镑，每年就是五百多镑。现在谈谈房租。我要一个月的定金，提前预付的两个月房租，外加二百镑定金，防止你突然消失，留下一张巨额电话欠费单。"

"可是——"

"还有按照惯例你得每周交三十镑，支付食品费，牛奶、面包、黄油这一类食品。"

"我不喝牛奶——"

"但是你的茶叶！"

"我不喝茶，不吃面包，从来不碰黄油。"丽莎一只手搭住纤细的腰部，同时瞅着乔安妮粗壮的腰，"还有，三十镑能买多少瓶牛奶？你肯定把我当成傻瓜了。"

回来走在街上，丽莎心里备感苦恼。她非常想念伦敦。她不喜欢待在这里，还得被迫遭这些罪。她在伦敦的拉德布罗克路有一套极为舒适的寓所。为了返回伦敦，付出任何代价她都在所不惜。

另一阵疲惫与身处异域引起的烦恼波涛般朝她袭来。在伦敦她像一根丝线，被牢牢织入时尚生活之网，但在这里她却举目无亲，她也不想认识谁。她发现这里的人都很讨厌。

无论谁在这个讨厌的国度办什么事情都不会准时露面。甚至还有人大言不惭地说："创造时间的人创造了大量的时间。"身为杂志人，迟到成了她享有的特权。

她不胜落寞地拖着沉重的脚步回到她那讨厌的小旅馆，但愿特丽克丝已经安排了某个小有名气的人物与她们共进晚餐。

她不喜欢拥有业余时间，她利用闲暇的能力已经衰退。虽然实际情形并非总是如此——她以前一向很卖力气，颇有雄心抱负，但是一度还不仅限于此。那时她频频回眸打量一群群挤在身后的更年轻、更精明、更坚忍、更有抱负的姑娘们，这本身使她的生活内容更加凝练，目标更加明确。

本周末她要多看几套公寓和住宅，时间将过得很快。明天她将相继现身于两家美发厅，在一家染发，在另一家理发。她要弄这样的花招，是为了多结识几位能对你殷勤伺候唯恐不周的理发师。如果这家店不能满足你即刻吹出漂亮发型的一时急需，那家店也可以办到。

她已经说服了自己。她甘愿投入一年的时间和精力，将这家儿戏似的杂志变成业内人士纷纷为之欢呼的佼佼者，到那时伦道夫传媒集团的权势人物定当对她另眼相看，论功行赏。也许……

下班后的三杯酒匆匆落肚之后，艾什林起身准备离开，但特丽克丝恳求她尽量多待一会儿。

"来吧，咱俩一起聊聊我们每个同事的闲话，也能彼此套套近乎。"

"我不能。"

"你能，"特丽克丝诚挚地敦促她，"你只要试试就可以做到。"

"我不是这个意思，"不过特丽克丝说得也有些道理。艾什林肯定也有一些阴暗的念头，但难得有尽情宣泄的时候，因为她隐隐担忧说别人闲话会给自己招来闲话。没必要向特丽克丝解释这点，否则她会笑掉大牙。"我想去见我的朋友克洛达赫。"

"让她来这儿好了。"

"她来不了。她有两个孩子，她丈夫在贝尔法斯特。"

话说到这个份上，特丽克丝只好放过她了。

艾什林费力地穿过周五傍晚街上密集的人流，叫了一辆出租车。十五分钟后她来到克洛达赫家，为了吃比萨，喝葡萄酒，聊聊迪兰的闲话。

"我恨他赴那么多该死的饭局，参加那些该死的会议，"克洛达赫说，"我可不喜欢他出去那么远，那么多次。"

话音刚落，艾什林急切地说，"你不会认为他是在……搞什么名堂吗？"

"不会！"克洛达赫咯咯笑道，"我不是那个意思。我只是说我嫉妒他的，他的……自由。我在家里被一对活宝死死缠住，他却住在高级饭店，不受打扰地一觉睡到天亮，还可以享有自己的一点隐私。我还有什么不能给……"她渐渐陷入沉思，声音越来越轻。

艾什林离开以后不久，克洛达赫紧张地锁好所有门窗，身子躺到床上，不禁想起艾什林刚才说的迪兰在搞什么名堂的话。他不会，他会吗？有过一次婚外情？或者离家在外隐匿身份和谁偶尔发生过性关系？匆匆地、草草地发泄一通？不，她知道迪兰不会这样。别的暂且不论，首先她就会宰了他。

但是，迪兰正与某个别的什么人做爱，这个念头鬼使神差般地勾起了她的满腹心事。她又多想了一阵，脑海里匆匆掠过一连串熟悉的幻象。他们做爱的方式是否就像迪兰跟她一样？还是更有创意？更加狂放？动作更快？更富于激情？就在她想象这些色情影片中的情景时，她呼吸急促起来，放纵自己快速进入片刻的性高潮，继而心满意足地坠入梦乡，直到被闹着要撒尿的莫莉吵醒。

第十二章

整个星期六下午，艾什林接连逛了好多家商店，寻觅一套漂亮、性感、上班穿的服装，她实际追求的目标，虽然只是依稀有些感觉，是像丽莎那样着装打扮。也许如此一来，她就能符合新的职业的要求，困扰她的烦恼也将随之消失。但是她无论试穿什么，丽莎那光鲜而又活力迸发的形象气质也根本体现不出来。眼看商店打烊歇业的时间将至,她情急之中赶紧买了两件,身心疲惫步履蹒跚地走回住处。

那个流浪汉其时并不在她家门口,而是蜷伏在门边的橙色毛毯上。这是艾什林第一次看见他醒着。有的行人扔给他一个分币,更多的扔下的则是鄙视和惧怕兼有的目光,但是大多数人真的看不见他。他们将他从自己的现实生活中轻轻抹去。

她得尽量挨着他走过去直到前门,因为无法确定该用什么礼节跟他打交道,一时间颇不自在,但又觉得总该说点什么。他俩毕竟是邻居么。

"呃,你好。"她咕哝了一声,目光迅速移向他眼睛上方。

"你好。"他朝她咧开嘴笑了笑。他少了一颗门牙。

就在她猛地侧转身离开他的当儿,他朝她那只光面纸购物袋点了点头,"买到什么好东西了吗?"

她的身子在他和房门之间僵住了,恨不得赶紧跑开。"呃,没什么。就两件上班穿的衣裳,你知道。"

她真想割掉自己的舌头——他怎么可能知道?

"他们是怎么说的?"他眯起眼睛想了想。"别为你现有的工作打扮,为你追求的工作打扮,是这话吗?"

艾什林窘迫之中思绪纷乱,一时无法集中注意力。"你可愿意……?"抖落肩头的帆布背包之后,她进而摸钱袋的动作因为悬在手腕上的大号光面纸购物袋而受阻。"你能否……?"

她递给他一镑,他优雅地点了点头,伸手接过。想到她的施舍,再想想她为刚刚买的一件衬衫外加一只甚至并不需要的包花的钱,两相比较数字如此悬殊,她羞红了脸,恼怒地踩着重步噔噔噔走上楼梯。我卖力干活挣我的工资,她怒气冲冲地想道,特别卖力,她纠正道。想想她刚刚经历的一周。我已经很久没买东西了,而且是用信用卡买的。他酗酒成瘾、吸毒成癖又不是我的过错。不过平心而论,她并没有从他身上嗅到酒味,而且他也不像是靠吸毒戒了酒瘾。

有这扇随后紧闭的门的保护,她待在寓所里感到安全,开始喘起气来。倘若不是上帝保佑,她心里暗想,我最终可能沦落到流浪街头的下场。接着她又为这些耸人听闻的念头责备自己。事情从来没有这样糟糕过。

她将购物袋扔到桌上,鞋子扔到地板上,一天下来真累得够呛。现在她照理得穿上晚会服装跟乔伊一起出去。她其实并不想去。作为三十左右的女人,她仿佛觉得时光倒流,回到从前的青春岁月。她的身体正在发生变化,常常觉得一种莫名的、有时甚或可耻的冲动向自己袭来。比如周六晚上喜欢独自留在屋里，只需一盒录像带和一盒本·杰瑞冰淇淋的陪伴。

"可是如果你不出门，永远不会遇到好男人，"乔伊常常这样数落她。

"可我确实出去啦，我得到了本和杰瑞①，他们是我唯一需要的男人。"

可是今晚她不得不外出，为了第一期《妙龄女郎》的发行，她和乔伊要去一家萨尔萨舞②夜总会，围绕在那里跟男人见面的几率作一个专题报道。她以前从来不必为《妇女天地》做类似的事情。有时，正如此刻一样，她十分惦念昔日的工作，不是因为昔日的工作从不需要她放弃周六晚上的时间，而是因为只要自己愿意，她睡觉时也可以编辑《妇女天地》的文字材料，而她对自己在《妙龄女郎》的职责至今仍不明了。她害怕上司吩咐她干任何一件事情，而她等着上司吩咐她完成某项她无法胜任的工作时，心里总是感到忐忑不安。艾什林凡事喜欢有把握，她对供职于《妙龄女郎》唯一有把握的，是她完全不知即将发生什么。

真伤脑筋！

令人兴奋，她纠正道。同时也令人向往。跟这么多新人一起共事真是莫大的乐事，她过去从事的工作只有三名全勤员工。不过他们心肠都挺好，没有丽莎或杰克·迪瓦恩这号难对付的角色。可是也没有特丽克丝或卡尔文这样风趣的好人，她毫不含糊地提醒自己。眼下绝非一味怀旧伤感的时候。

她将一袋玉米花放入微波炉，一头倒在沙发上，看着《幸运约会》节目，心里暗暗祈祷乔伊千万别来。乔伊今天一大早六时起身就开始跟那个半人半獾的家伙混在一块，兴许她身体不适出不了门。

她失算了。

虽说乔伊显得比平时更加虚弱。

"给我来杯茶，"她一进门就说，"多加些糖。"

"这么不对劲？"

"我浑身直抖，不过这挺值的。我为那个半人半獾的家伙发狂了，艾什林。可他今天照理得给我打电话——哦，不对，这牛奶喝起来像是馊了。妈的！我肯定是怀孕了。再过九个月我就会生下一个半人半獾的崽子。"

"不是，"瞅着她杯里漂浮的白色颗粒，艾什林说，"我看牛奶就是馊了。"

---

① 本和杰瑞：此前提到的冰淇淋品牌，此处为艾什林戏谑的说法。
② 萨尔萨舞：源自拉丁美洲的一种舞蹈，其舞曲为一种吸收爵士乐和摇滚乐某些特点的流行音乐。

乔伊猛地拉开冰箱，察看里面的四盒牛奶，只见它们全都过了保质期。"你在干什么？"她质问道，"想用这牛奶赌自己的性命？开一家酸奶加工厂吗？你吃过饭了吗？"

艾什林指了指几乎没剩下什么爆米花的那只碗。

"你这人真有意思，"乔伊说，"在有些方面你挺有条理，但在其他方面……"

"你不可能样样都很在行。我很注意均衡协调。"

"你应该善待自己。"

"这就像是狗笑猫的屁股毛多，彼此彼此！"

"这样下去你会得坏血病的。"

"我服用维生素。我没事。特德人呢？"

整整一周艾什林几乎没见到特德的人影。不仅因为他们上班走的是不同方向，特德不再让她搭乘他的自行车；而且因为自从猫头鹰笑话赢得满堂彩以来，他一直对那些对他表现出兴趣的姑娘尝试他的表演手段。虽然前一阵他老是赖在艾什林的寓所里哼哼唧唧地诉说自己没有女朋友，把她气得要命，她现在心里还是放不下他，为他刚刚确立的独立性愤懑不已。

"你稍后就能见到特德。我们应邀参加一个晚会。农学专业的学生晚会。其中一个学生表演搞笑单人秀，因此一些喜剧演员准会到场。只要有喜剧演员，一般就能找到那个半人半獾的家伙！"

"我可不怎么看好这场晚会，"艾什林谨慎地说，"尤其是学生组织的晚会。"

"我们等着瞧吧。"乔伊随便地——过于随便地说。艾什林神情紧张地瞅了她一眼，"我不敢相信我现在居然又开始化妆，我觉得几分钟前才刚刚卸妆嘛。"乔伊说着，眼睛不看镜子，两片嘴唇紧贴唇膏弧线徐徐移动，再使劲努一努，用力抿一抿，表现出的那副神气劲儿令艾什林艳羡不已。"别忘了照相机。"

两人朝街上走去时，艾什林很想看到那个无家可归的流浪汉，可是他和他的橘黄色毛毯都不见了踪影。

"尽是单身女人和同性恋者，"乔伊用她那鹰隼般锐利的目光环顾全场，将这个五十多人的群体尽收眼底，"这下亏大了，不过我们既然来了，干吗不开怀畅饮。我们有多少经费？"

"经费？"

乔伊摇了摇头，叹了口气。

晚会开始前有一小时的课程。主讲者自称是"来自古巴的阿尔伯托"，看上去没有什么特征。及至他开始跳舞，却完全换了个人。他身姿柔软轻盈，动作优雅而又刚劲，他突然变得帅气十足。他跳着各种花式，足尖点地，踮起脚尖旋转，示范那些让学员们跃跃欲试的舞步。

"他这样倒是挺适合你的。"乔伊生气地抱怨道。

"嘘！"

艾什林喜欢跳舞，虽说她没有腰身，却有很强的节奏感，因此听到热情欢快的小号音乐再度响起，阿尔伯托发出"每个人都跟着我跳"的指令，她立即投入其中，无需再次催促。

他们跳的都是最基础的舞步。最重要的是脚踩舞步表现出的风度气质。阿尔伯托灵活扭动的腰部令她如痴如醉，进而悟出这个道理。

班上的多数学员都很笨拙迟钝——尤其是缺少睡眠加上宿醉未醒的乔伊——阿尔伯托为每个人如此糟糕的表现感到无比沮丧。唯有艾什林能够轻松自如地掌握动作要领。

"这难道不是妙极了吗？"她对乔伊说这话时，两眼闪闪发亮。

"去你的。"

"对着镜头微笑！做出跳舞的样子。"

乔伊跳了几个蹩脚舞步，艾什林对准她按动快门，随后乔伊从她手里接过相机。

"快给几个男士拍照，作为文章登上杂志时的配图。"艾什林对她发出嘘声，接着对她说。

练习课程结束以后，俱乐部的活动开始正常进行。萨尔萨舞和默朗格舞的高手们纷纷涌入场子，女士身穿短短的喇叭裙，足蹬丁字舞鞋，男士满脸冷漠，随意而又娴熟地顺着热烈活泼的节奏搂着女人旋转，做出各种动作。

"我真不敢相信这是爱尔兰，"艾什林对乔伊说，"爱尔兰男人！跳舞！不光是灌下十二杯黑啤酒拖着步子走。"

"真正的男人不跳舞。"乔伊急于离开。

"这些男人跳舞。"

萨尔萨是一种双方身体接触很多的舞蹈。艾什林将注意力转向一对舞伴。只见他们彼此紧挨在一起跳着，仿佛两人的身体用维可牢尼龙搭扣粘在一起似的。

他俩腰部以下的肢体快得模糊难辨，但腰部以上却几乎纹丝不动。胯靠着胯，胸对着胸，他用左手抓住她的右手举过他俩的头顶，两人整条胳膊内侧的柔软肌肤完全重合在一起。他的右手稳稳地托住她的腰部，两人的脚始终踩出复杂而完美的花步，他的目光直视她的眼睛，他们的头部一直保持不动。

艾什林这辈子从未见过如此激发性欲的火爆场面。一朵期盼的蓓蕾在她内心深处绽开，它感到痛楚，在一种莫名的需求的驱使下，她瞅着两个舞者，嘴里因为渴望而充满甜蜜和苦涩。渴望什么呐？一个男人身上的质感和甜蜜而温热的气息？

也许……

一个男人过来请艾什林跳舞，打断了她的遐想。此人身材矮小，头上已开始谢顶。

"我只上过一次课。"她说，但愿能够摆脱他的纠缠。

但他保证不会带她跳任何过于复杂的舞步——然后他们居然下了舞池！这就好比驾驶一辆车，这一刻你静止不动，下一刻你顺畅地滑行，全都有赖于你脚底下的动作。他俩持续前行复又后退。踩着舞步扭动腰部，他手一推让艾什林身体打着旋儿离去，随即她又一个节拍不落地返回原位，重新开始下一节，前行，后退，屈膝，滑步，她大概知道有本事把舞跳好应当是什么感觉。

"跳得很好。"他最后跟她说。

"我们可以走了吗？"艾什林返回自己座位时乔伊有些突兀地说。"这简直是浪费时间。见不到一个像模像样的男人。就是跟一个又矮又蠢的家伙跳了一个丢人现眼的舞。"

"哎，来吧，就待五分钟，"乔伊央求道，"我不知道半人半獾男对我是什么看法，他肯定会在那里，拜托。"

"五分钟，说到做到，乔伊，我只待五分钟。"

如同都柏林的大多数学生聚会一样，这次聚会的地点是在拉斯曼斯地区一幢乔治王朝时期的四层红砖楼房内，这幢楼房已被改建为十三套形状怪异的小套间。它有依势保留的高高的天花板，独创的建筑风格，斑驳脱落的油漆，以及呛鼻的潮湿气味。

艾什林走在楼里见到的第一个人，是那个曾经送给她一张写有"给我打电话"的纸条的热情的家伙。

"妈的。"她轻轻吐出一个脏字。

"什么?"乔伊倒吸了一口凉气,唯恐艾什林瞥见半人半獾男在跟谁接吻。

"没什么。"

"他在那儿!"乔伊说。那边倚墙而立——在这草草改建的公寓楼内是一种危险的举动——的人正是她追逐的目标。她不再理会自己的同伴,独自走开了。突然被人撇下的艾什林,朝"给我打电话"露出一丝略显做作、兼有严厉和歉意的微笑。令她大惑不解的是,这一招未使对方敬而远之,反而驱使他朝自己急步走来。

"你从来没打电话给我。"他直言不讳地说。

"唔。"她想再次佯装微笑,同时慢慢走开。

"为什么没有?"

她张开嘴,准备吐出一长串谎言。我丢了那张纸,我又聋又哑,斯蒂芬大街忽遭龙卷风袭击,电话线都刮断了……

她突发奇想。"我不会说法语。"这话可否作为一个毫无破绽的借口?

他脸上露出那种明知自己不受欢迎、可又心有不甘的笑容。

"我断定你是个心肠很好的人,"她急忙补充道,无意给对方造成任何伤害。"可我不认识你,何况——"

"唔,如果你不打电话给我,是永远无法认识我的,"他语气温和地指出。

"没错,可……"她忽有所悟。"更加传统的做法,是不是该由男方向女方索要电话号码,再给女方打电话呢?"

"我是想让自己开放些,不过你此刻近在眼前,能留个号码给我吗?"

他脸上有雀斑,她暗自思忖,琢磨着该如何摆脱此人,她不愿将电话号码留给一个长有雀斑的热情洋溢的男人。可他已取出笔,眼里贮满热情和期盼。她竭力咽下因身陷这种尴尬处境而在心头郁积的怒气。咽下怒气,绝不发作。"六,七,七,四,三,二——"

念到最后一个数字时,她略显踌躇。她是否该把实际为"三"的数字故意念成"二"呢?这一瞬间似乎拖得很久。

"三。"她说着,一声叹息。

"你的名字?"他脸上绽现的笑容在幽暗的房间里显得格外灿烂。

"艾什林。"

他叫什么名字?一个很傻的名字,丘比特或是别的什么。

"……瓦伦丁，"他说，"马库斯·瓦伦丁，我会给你打电话的。"

这可是一个现成的实例，艾什林心里恨恨地想道，表明"我会给你打电话"正是说话人的本意。为什么相貌丑陋的人总是给我打来电话，而长相英俊的人从不给我打电话呢？

透过密集的人群，她瞧见乔伊跟半人半獾男聊得正欢。太好了，她现在可以回去了。"再见。"她对马库斯说。

这种学生玩的把戏对于老大不小的她来说很不适宜。出门时她无意中撞见特德，他正在跟一个招人喜欢的、娇小顽皮的姑娘说着什么。他脸上露出一种艾什林甚感陌生的微笑，不再是他气喘吁吁之际张口蹙眉似在表示"请爱我吧"的那副怪相，而是更加内敛深沉的那种表情。就连他的体态语言也发生了变化，他不是俯身前倾，而是脑袋微微后仰，如此一来那个姑娘就得弯下身子瞅着他。

"嗨！"艾什林朝他上臂捶了一拳，算是招呼。

"艾什林！"他兴奋难抑，恨不得伸出脚绊她一下。

这样打过招呼之后，他转向那位娇小的红发女郎说，"苏茜，这是我的朋友，艾什林。"

苏茜朝她狐疑地点点头。

"你喝一杯好吗？"特德问艾什林。

"不喝，我不想再待下去了。我可累坏了。"

特德的瘦脸上浮现出优柔寡断的表情，他随即说出的话令在场的每个人大吃一惊："等一等，我跟你一起走。"

户外夜晚的空气凉爽宜人。艾什林大声说："你有什么打算？她对你动心思了。"

"没必要过于性急。"

艾什林内心感到一阵痛楚。她和特德以往轮流做那个受伤后仍能走路的人。他心里刚刚产生的自信改变了他们之间的一些关系。

"不管怎么说，她是个疯狂的喜剧迷，"他说，"我以后还会见到她的。"

周六晚上你在都柏林无论怎样都不可能拦到一辆出租车。住在远郊的人们不想排四小时的长队，只好步行出城，但愿能够招呼一辆顺路返回的出租车停下。这就是说，在特德和艾什林返回城里住所的途中，会有那些喝得酩酊大醉行为乖戾的人们成群结队络绎不绝地朝他们走来。

"工作还顺心吗？"特德问道，横跨一步避开一个歪歪扭扭走来的狂欢者。

艾什林略显踟蹰地说，"很多方面都不错。有时很有吸引力。那就是说，在我没有复印那么多宣传资料变成斜视眼的时候。"

"你可知道那个叫梅塞德斯的小姐为啥以车名作为自己的名字？"①

"她母亲是个西班牙人。其实，她非常和善，你只要跟她交谈就不难发现，"艾什林开始详细介绍此人。"她只是不喜欢说话，人长得特别漂亮。嫁给一个阔佬，跟一帮长相难看的人厮混在一起，我觉得她从事目前这份工作纯粹是出于一种嗜好。不过她可是个好人。"

"你怎么跟那个不喜欢你的头儿相处呢？"

艾什林的心一下子揪紧了。"他还是不喜欢我，昨天他叫我'全能修理小姐'，就因为我给他两片安定止住头疼。"

"什么乱七八糟的事情。兴许你俩前世里就是冤家对头，所以如今才会如此格格不入。"

"你这么想？"艾什林一边问，一边瞅了瞅特德那张堆满笑容的脸，"噢，你不会这么想，我知道。嗨，你对自己信心不足。下回你若想预测自己的命运，可别来找我。"

"对不起，艾什林。"他大大咧咧地张开一条胳膊，搂住她的脖子。"嗯，这个你听了保准开心——我下周六晚上在大河夜总会表演滑稽节目。你来吗？"

"我刚才不是说，我不会再预测你的未来了吗？你自己等着瞧吧。"

第十三章

星期一早晨，克雷格紧紧跟着他妈妈在屋里转来转去，嘴里嘀嘀咕咕。"你

---

①梅塞德斯和德国著名汽车品牌梅塞德斯·奔驰同名。

干吗要清扫房间呢?"克洛达赫抓起一大把乱糟糟缠结在一起的裤袜扔进脏衣物筐,然后着手对付高堆在寝室椅子上的衣裳,将无袖连衣裙塞进抽屉,睡衣挂在挂衣钉上,持续挥动的双臂快得看不清——犹豫片刻之后,一切都显得多余,遂将所有东西一股脑儿塞到床底。

"凯莉奶奶就要来了吧?"克雷格缠着她问道。

他满心指望对方作出肯定的答复——通常家里这阵忙乱过后,迪兰的母亲很快就会登门。

"不会。"

克洛达赫像只袋獾似的冲进与卧室相连的盥洗间,用刷子刺啦刺啦地使劲刷洗抽水马桶,克雷格紧随其后跑了进来。

"为什么?"他追问道。

"因为,"她嘘了一声,因为问题的愚蠢而暗怀怒意,"因为清洁女工就要来了。"

"莫莉,快点,"克洛达赫朝着莫莉那贴满大象图案壁纸的房间大叫,"弗洛尔马上就要来了!"

弗洛尔干活之时自己待在家里的想法是不合时宜的。这不仅因为弗洛尔张口闭口唯一想谈的就是她的子宫,而且弗洛尔在场令克洛达赫觉得自己成了剥削成性特别可怕的中产阶级人士。她年轻力壮——让这个宅子由一位身患重病的五十八岁老妇打扫是说不过去的。

有两次弗洛尔上门时她留在家里,结果产生了待在自己家中反倒有罪的感觉。仿佛每个房间她刚刚走进,弗洛尔就跟过来,拖着患有静脉曲张的双腿和真空吸尘器在屋里来回走动,搞得克洛达赫不知道说什么才好。

"呃……"随后是一丝做作的微笑。"我马上,呃,离开,呃,不挡你的路。"

"一点不碍事,"弗洛尔执意坚持道,"就待在那里好了。"

克洛达赫只有一次照弗洛尔说的那样去做,坐在原处浏览一本室内布景杂志,心儿因为羞耻而剧烈跳荡,弗洛尔则因搬动脚边的吸尘器过于劳累而呼吸重浊急促。

弗洛尔一小时收费五镑,歉疚感迫使克洛达赫付给她六镑。克洛达赫感到特别不舒服,以至于不忍心见到弗洛尔那副可怜相,每回都把趁她来之前早早溜之大吉当作自己正儿八经的大事。

"莫莉,"她大喊一声,嘭嘭嘭踩着重重的步子奔下楼梯,"快点!"

厨房里,她瞄了一眼墙上的钟,抓起一堆壁纸样品,在其中一张的背面匆匆给弗洛尔留言。她草草几笔，勾勒出一台胡佛牌真空吸尘器——一个竖立的长方形，从中拖出一根螺旋形铅质吸头。随后她又画了几个正方形，还有雨水打在上面，接着她画了两个箭头，一个指着桌子上的一堆衬衫，另一个指着一块抹布和旁边的上光蜡。

这样弗洛尔就能理解克洛达赫要她给房间吸尘，擦洗厨房地板，熨烫衣裳，给家具掸灰上蜡。

还有别的事吗？克洛达赫脑子飞快地转动。邻居家的猫，没错。她不愿听任弗洛尔像上周那样把猫领进家来。这只叫做蒂德尔斯·布莱迪的猫儿待在这里煞是惬意，她回来时，见到它居然用爪子紧紧攥着遥控器在看电视。莫莉和克雷格第一眼见到这个小东西就爱得不行，看到它那么快就被抱走，两人全都扯着嗓子直嚷嚷。于是，克洛达赫迅速画了一个圆圈代表猫的身体，又在上面画了一个稍小的圆圈代表猫的脸，再潦草几笔画出耳朵和胡子，完成了一幅蒂德尔斯的素描。

"给我拿支红铅笔来。"她吩咐莫莉。

莫莉很快回来，递给她一支笔头很钝的黄铅笔和一件香蕉花纹的睡衣。

"唉，我去拿好了。要是想做成功任何一件事，还是得自己动手。"克洛达赫朝空气愤怒地发着牢骚，在颜料盒里疯狂地翻了一阵，找到了红蜡笔，颇为自得地照准猫儿画了个纵贯全身的红叉。弗洛尔肯定能够看懂这个意思吧？

画完最后一幅草图，克洛达赫重重地叹了一口气。一个识文断字的清洁女工更能讨她欢心。雇用弗洛尔几个星期以后她才发现弗洛尔原来是个文盲。起初，她常常给弗洛尔留下一些意思复杂的条子，指示她做一些具体的事情，诸如洗衣机停转后将洗净的衣物从中取出，或是给冰箱除霜。

弗洛尔从未按照这些指示行事，虽说克洛达赫常常为此夜里醒着躺在床上生闷气，却碍于情面没有责备过她。尽管有不少麻烦，但克洛达赫并不愿意失去她。清洁女工犹如沙里淘到的金子一般弥足珍贵，就连蹩脚的清洁女工也不例外。

不用说，克洛达赫对于自己在这方面赢得他人尊重的能力没有任何信心。她仿佛看到自己正以因缺乏信心而发颤的嗓音试图训斥弗洛尔："喏，你瞧，我的好太太，这样是肯定不行的。"

弄到后来，有天早晨她逼迫迪兰晚些时候上班，以便查清弗洛尔到底是怎么回事。当然，她事先已经向迪兰说明真相，迪兰对人有同情心，又有人们所说的"沟通技巧"。根据迪兰的建议，他们开始像现在这样由克洛达赫为弗洛尔绘出家务示意图。

常怀歉疚之心，还得画那些示意图，相形之下，自己动手做家务几乎好像还要轻松一些。几乎，但并非完全如此。不管怎么说，克洛达赫非常喜欢每周卸下负担之后休闲一个上午的那种滋味。料理家务好似给福斯桥刷漆①一般复杂，甚至更加麻烦。她从来不能完全掌控局面，某件事刚刚做完，就得重做一遍。厨房地板才拖好——不，等等！甚至就在她拖地板的当儿——他们穿着鞋子在地面上滑行，蹭出一道道泥印子，糟践她的劳动成果。她的脏衣物筐像是神话传说中不断装满东西的丰饶之角。尽管她已洗了三大筐衣物，熨过她知道的家里每一件衣裳，随着她走进卧室，她取得的成就的温暖光辉霎时间黯然失色——因为几分钟前还是空荡荡的脏衣筐已经神秘地变得满满当当。

至少她不必为花园操心。这并不是因为园子好看，相反，里面是一片几近荒芜的泥地。由于常遭孩子践踏的缘故，稀疏的青草没精打采地趴在地上，秋千下面有一大块寸草不长的空地。但她一直忍住没收拾这个园子。等到莫莉和克雷格长大吧。她以前曾听人讲过下到地狱里的园丁的可怕故事。

几次动身的努力都归于失败之后——莫莉想要戴上帽子，克雷格还得重新进屋去取他的巴斯光年②——克洛达赫赶紧把他俩塞进米克拉车③，谁料她刚刚把他俩塞进车里，便听见莫莉扯着嗓子喊，"我要撒尿。"

"你才撒过尿嘛。"由于担心撞见弗洛尔，克洛达赫的怒气被陡然激发起来。

"可是我还要再尿一次。"

莫莉最近才接受撒尿训练，她刚刚掌握技巧的那股新鲜劲儿尚未消退。

"那就来吧。"克洛达赫将莫莉匆匆抱下座位，催促她赶紧回到家里，同时关掉了自己刚刚设置的警报。不出所料，虽说莫莉皱眉挤眼露出一脸怪相，一个劲儿地保证说"就要尿下来了"，却硬是挤不出一滴，于是她们重回车上，车子终于开走了。

克洛达赫把克雷格送到学校以后，一时拿不准该去哪儿，每逢周一她通常将莫莉托给幼儿游戏组，但今天不成。莫莉因咬伤另一个孩子，本周被暂时禁止入

---

①给福斯桥刷漆：福斯桥是英国爱丁堡北福斯河上的钢结构铁路桥，建成于1890年。传说桥梁很长，全部油漆一遍后，前面已经褪色，必须重新再刷，故"给福斯桥刷漆"成为英国俗语。
②巴斯光年：皮克斯公司动画片《玩具总动员》主角之一。此处指该人物的玩偶。
③米克拉：一款日产公司的经济型两厢轿车，在亚洲推出时名叫玛驰。——编者注

组活动，健身房没有日托幼儿所。克洛达赫决定进城逛逛商店，直到保险不会撞见弗洛尔的时候才回家。天气晴朗，母女二人沿着格拉夫顿大街漫步闲逛，在莫莉的执意要求下不时驻足片刻——抚摸一个流浪男孩的狗，观赏一个鲜花摊，随着一个街头乐师拉的小提琴曲的节奏跳舞。过往行人对俊俏的莫莉报以宽容的微笑，只见这位头戴粉红色猎鹿皮帽、娇小可爱、滑稽有趣的小姑娘正摆出跳大河之舞的姿势。

他们继续这样沿街而行时，克洛达赫处于一种心醉神迷的佳境中，浓浓的爱意贮满心田。瞧瞧莫莉那副逗人发笑的模样，像准尉军官似的，挺着胸脯神气活现地快步行走，很想亲近她遇到的每一个孩子。身为人母并非总是易事，克洛达赫恍惚之中暗暗承认。不过在这样的时候，她无论如何都不愿意改变自己的生活。

一名报贩不加掩饰地欣赏这位正紧紧跟随一个小女孩的娇小漂亮的女人。

"来份《信使报》？"他满怀希望地问。

克洛达赫不无遗憾地瞅了瞅报纸。"可是买报纸有什么用呢？"她解释说，"自打1996年以来，我就再没时间读过一份报纸。"

"这样说来，买报纸是没什么用。"报贩附和道，一边乘克洛达赫走开时继续欣赏她的背影。

她知道他正在瞅着自己，这种感觉好得出奇。他那大胆而调皮的凝视唤起了她对如烟往事的回忆。她不禁想起当年男人们总是这样瞅着自己的情景。这已是恍若隔世，仿佛发生在其他某个人身上。

但是她此刻在做什么呢？仅仅因为受到一个报贩美滋滋的注视就乐不可支？

你已经结婚成家了，她暗暗责备自己。

她俩满心欢喜地走完这段历时九十分钟的路程，到达斯蒂芬格林公园。然后，根据以往惯例，莫莉和克洛达赫会变得势不两立。一点没错，只要克洛达赫拒绝第二次为莫莉买冰淇淋，莫莉准会立刻跟她妈妈翻脸。她恣意胡闹，率性而为，像是癫痫症猝发似的躺在地上滚来滚去，小脑袋磕在花砖上，嘴里尖声叫骂。克洛达赫想把她拽起来，谁知她却像条章鱼似的乱扭一气。"我恨你！"她扯着嗓子喊道。克洛达赫虽说尴尬之极，还是强迫自己语气镇定地警告莫莉，再吃一盒冰淇淋肯定会闹肚子，并且威胁说她要是再不起来，赶紧放乖点，下周每天晚上都得早早上床。

几十个面容冷峻的母亲路经此地，全都条件反射般的对同行的孩子一顿拳打脚踢。"哼，贾森。"嘭！"别惹塔玛拉。"啪啪啪！"佐伊。"噼啪！"下回我要是再在布鲁克林碰到你，非把你宰了不可。"笃笃笃！这些女人眼里露出轻蔑的目光，对克洛达赫一味忍让的原则一通冷嘲热讽。让那个小崽子饱尝皮带的滋味，她们绷得紧紧的脸上一副不屑的神气。早早上床？得了吧。只有一顿狠揍才能让她长点记性，这是他们唯一能够理解的语言。

克洛达赫和迪兰早已发誓永远不打自己的孩子。可是眼见莫莉开始踢她，一边还兀自尖叫，克洛达赫忍不住一把将这孩子从地上拖起，照准她一条裸露的小腿狠狠打去。看架势整个都柏林都闹翻了天，霎时间所有绷着脸打孩子的人全都悄悄散去，只剩下克洛达赫面对周围射来的一道道谴责的目光。她身边的每个人俨然成了儿童救助热线的工作人员。

她脸上犹如遭到重击似的泛起一片羞愧的红晕。她在做什么，对一个无助的小姑娘大打出手？这个小姑娘有什么过错？

"快走。"看到莫莉嫩腿上的巴掌印，克洛达赫惊骇不已，赶紧将还在哭号的她拽走。为了弥补内心的愧疚，克洛达赫忙不迭地给她买来冰淇淋，刚才那场争执也正是因它而起，克洛达赫满心指望能够趁莫莉吃冰淇淋之际享受短暂的安宁。

可惜冰淇淋已经开始融化，布洛达赫也被人请出一家布店，因为莫莉将冰淇淋蛋筒沿着一卷麦斯林纱窗帘布滚动，在上面留下一道粗粗的白痕。这个早晨是有些不妙啊，不过，克洛达赫拭去莫莉下巴颏上冰淇淋蹭出的一大摊圣诞老人胡须似的白斑之后，又不禁感到有时生活中更多的还是光明。她总是毫不迟疑飞奔向前，去迎接自己的未来，乐观地相信未来会给她带来美好的东西，从来没有令她失望。

她对生活从来没有过高的奢望，但凡自己想要的都能到手。表面看来一切都很完美——她有两个健康的孩子，一个出色的丈夫，不愁没钱花。但是近来一切似乎愈发无聊乏味。其实她这种感觉由来已久。她试图回忆这种感觉始于何时，但又想不起来，心头被一阵惊悸攫住，憋得浑身大汗淋漓。这种要使自己的思想确定成形永久不变的念头委实令人恐惧。她本质上是一个快乐单纯的女人——只需将她跟那个动辄神经紧张的可怜的艾什林进行比较，即可看出这一点。

但是情况已经发生了变化。不久之前，满心期望和乐观情绪还是她不竭的动力。到底是什么变了，出了什么问题？

第十四章

"瘦身利尔特①还是帕迪斯②?"艾什林若有所思地说,"我不知道。"

"嗨,快拿定主意吧。"特丽克丝催促道,她的钢笔停在螺旋装订的活页式笔记本上方。"你要是不快点,店可就要关门了。"

虽说《妙龄女郎》的工作班子一起共事的时间尚不足两周,却已形成了一种惯例。他们轮流每天跑两次商店,上下午各一次。外出用餐和外出醒酒不包括在内。

"啊——噢,"特丽克丝说,"希思克利夫③来了。"

杰克·迪瓦恩大步走进办公室,他头发蓬乱,满脸愁容。

"我没法拿定主意。"艾什林哀叹道,为到底选择哪种饮料伤透了脑筋。

"你当然没办法,"杰克恶声恶气地说着,继续朝前走去。"毕竟,你是个女人!"

他办公室的门呼的一声在他身后重重关上,其他几个人同情地摇摇头。

"跟麦共进午餐的计划八成是泡汤了。"卡尔文说着,伸出一根褪去戒指的手指晃了晃。"一个饱尝痛苦的男人,"正在伏案校对夏季刊《盖尔编织艺术》的肖娜·杰里芬抬起头,颤声说道,"如此英俊,却又如此不可接近,如此寡欢。"

肖娜·杰里芬是一个金发白肤身材高大的女人,她与蜂蜜岛沼泽怪④外形相似到令人不可思议的地步。她服用补品,通常都超出专家建议摄入的剂量。

"寡欢?"艾什林不无讥讽地反问。"杰克·迪瓦恩?他就是脾气坏。"

---

①瘦身利尔特:一种带葡萄香和菠萝香等典型热带风味的汽水,有瘦身效果。
②帕迪斯:一种苹果醋。
③希思克利夫:英国女作家艾米莉·勃朗特小说《呼啸山庄》中的一个主要人物,以充满激情,爱憎分明著称。
④蜂蜜岛沼泽怪:英国一家谷物早餐公司的同名卡通形象,是一只身材高大,浑身金色长毛,形似野人的怪物。

"这是我头一回听到你说别人的坏话，"特丽克丝嗓音嘶哑地说。"恭喜你。我以前就知道你也有这种念头。真可谓心有所想，行必有成。"

"瘦身利尔特，"艾什林开玩笑似的说。"再加一包纽扣。"

"白色还是棕色？"

"白色。"

"拿钱来。"

艾什林递给对方一镑。特丽克丝在购物单上做好记录，转向下一位。

"丽莎？"特丽克丝的询问透出些许钦慕。"要点什么？"

"嗯？"丽莎猛然站起身。她刚才一直在走神。杰克发现她尚未找到住处，准备下班后带她去看一个朋友打算出租的房子。她本担心他会和麦一起回来共进午餐，不过现在看来她不会受到任何阻碍……

"香烟？"特丽克丝催促道，"无糖口香糖？"

"好的，香烟。"

门再次推开，杰克出现在门口，看上去有点忐忑不安。特丽克丝敏捷地单足跳着回到自己的桌旁，用一种经过练习的手腕急速抖动的姿势拉开抽屉，扔进自己的香烟，再使劲关上抽屉。杰克在几张办公桌之间来回转悠，谁都不愿接触他的目光。有几个瞅准空子慢慢挪动自己桌上的烟，再藏到什么东西后面。丽莎有一包拆开的丝卡烟放在鼠标垫旁，尽管杰克略显踌躇，似乎有意驻足片刻，但最终还是再次加快脚步，从她身边走过。随后他走到艾什林面前停下来，其他人全都悄悄松了口气。暂时不会有麻烦了。

艾什林极不情愿地仰起脸庞瞅着他。他无声地把脑袋歪向她那盒万宝路。她拘谨地点点头，暗恨自己如此迁就对方。他对她那么不客气，但好像只有从她这儿才能讨到烟抽。她前额显然印上了"蠢货"这个词。

杰克两眼冷冷地盯着她，两片嘴唇牢牢衔住一根烟的过滤嘴，像往常那样从烟盒中缓缓地、稳稳地叼出整根烟。她动作急促地递给他一盒火柴，小心翼翼地避免碰到他。他两眼没有躲开她的视线，用手擦燃一根火柴，让火焰紧贴烟头，然后将其摇灭。接着，他将香烟斜向上方，深吸了一口。"多谢。"他嘟囔了一声。

"你打算什么时候再买香烟？"眼见自己的烟暂时没有问题，特丽克丝问道。"你当然不可能把烟戒掉。想想这有多不公平，你的收入准是艾什林的一百万倍，但你向她讨了不知有多少烟。"

"我是这样的吗?"他脸上露出惊讶的表情。

"我是这样的吗?"他将视线转向艾什林,她在对方目光的逼视下感到惶惑不安。"对不起,我没注意。"

"没事。"她嘀咕了一声。

杰克返回自己的办公室,不再露面了,卡尔文干巴巴地说:"他肯定是在闭门思过,为白抽员工的烟敲他们竹杠而自责。杰克·迪瓦恩,工人的楷模。"

"志向远大的工人的楷模,更确切地说。"特丽克丝轻蔑地说。

"此话怎讲?"艾什林无法掩饰心中的好奇。

"他甘愿做一个卑微低贱的手艺人,踏踏实实地工作一天,踏踏实实地拿一天的薪水。"特丽克丝对此种务实本分的志向的鄙视几乎溢于言表。

"问题在于,"卡尔文开始解释起来,"他出生于中产阶级家庭,自小就具有各种优越的条件。比方说教育。他获得了传播学硕士学位。接下来,"他预示灾祸般地压低嗓音,"他将开始显示出色的管理才能。"

"公平观念让他心碎,"特丽克丝叹息道,"照我看他心里充满了中产阶级的负疚感。正因如此他才老是帮人修理东西,他才有这么多表现男子汉气概的癖好。"

"什么癖好?"

"嗯,他喜欢航海,这是男子汉气概。"特丽克丝说。

"不过这可不是什么工人阶级的气概,呃?喝啤酒,这是男子汉气概;"卡尔文说,"跟那个有一半越南血统的女人做爱,"他补充道,"这也是男子汉气概。"

艾什林悄悄踅到丽莎跟前试探性地问道:"我能问你一个问题吗?"

"对不起,不行,"丽莎嘴里哼了一声,头都没从办公桌上抬起来。"我不想出去喝一杯,不管是跟你,特丽克丝,还是你的朋友乔伊,或是其他什么人,不管是今天晚上,还是随便其他哪个晚上。"

每个人都在窃笑,丽莎为此暗自得意。

"我可不是问你那个,"尴尬引起的一大片猪肝色漫上艾什林的脖颈。她本来只是想对一个初来乍到都柏林的陌生人表示善意,但是丽莎说话的口吻,却像是自己在打她的什么主意。"是一个与工作有关的问题。我们干吗不弄一个别具一格的问题专页呢?"

"什么别具一格,爱因斯坦吗?"

"我们不找顾问，而是找通灵术士来解答问题。"

丽莎思考起来。一个不错的主意。颇能体现时代精神，因为人人都在寻求一种与神灵有关的解释，以期解决生活中的问题。她本人对这类说法全然不信，而是坚信幸福在很大程度上掌握在自己手里——但并没有理由拒绝将其兜售给普通民众。

一阵释然于怀的感觉，使丽莎含讥带讽的回答不再显得那么刺耳。艾什林供职于《妙龄女郎》没多少时候，一直苦于缺少良策，为此伤透了脑筋。特德建议她认真想想一份杂志中能有什么让她喜欢，她眼前仿佛顿时出现了道道坦途，灵气疗法，塔罗，风水，预言，天使，行善女巫，咒语，与这些有关的一切统统激发起她的兴趣。

杰克的门再次打开，所有人全都忙不迭地护住自己的香烟。

"丽莎？"杰克喊道，"我能跟你谈几句吗？"

"当然可以。"她优雅地从桌旁站起身，心里猜测他打算谈什么。他是不是打算让自己走人啊？

看见杰克示意自己关上房门，她心里紧张的感觉骤然加剧，旋又消失殆尽，因为她听到对方带着歉意说："要说这话还真是难以启齿。"

他蓦地打住，他那英俊的脸庞露出一副苦相。

丽莎平静地说："往下说呀。"

"我们没有拉到广告宣传，"他直接挑明话题，"没有谁对这本刊物真正动心。我们只达到——"他看了看桌上的备忘簿，"百分之十二的预期目标。"

丽莎害怕得浑身一阵抽搐。这种情况以前从未发生过。在她担任《佳人》编辑期间，虽说他们谈判时的要价总是超出原先内定的标准，但时装设计师和化妆师总是竞相包揽整幅广告。期刊业内人士都知道，出售广告页面的盈利远远超出销售杂志本身。至少应该是这样。如果不能说服这些公司相信某一出版物是宣传自己产品的合适工具，该出版物便只能坐以待毙。丽莎心里因恐惧感到一阵针刺般的痛楚。她如何能为一家褟褓中的杂志的失败而担责呢？

"仍在起步阶段。"她试探着说。

照理他得不情愿地摇摇头。实际情形并非如此，他俩都知道这点。《妙龄女郎》编辑班子到任之前，玛吉在一个多月里一直从事前期准备工作，对这份新刊物有意的广告商们完全有足够的时间投资。丽莎蒙受了极大的耻辱。她希望得到此人的尊重和指点，但玛吉偏要认为她是个失败者。

"他们难道不知道……"她无法阻止自己脱口而出。

"知道什么？"

她试图重新理清思绪，可又无法做到。"知道我是编辑？"

"你的名字很有分量，"杰克机敏地说，她意识到连他自己也已看出眼下的气氛是多么令人不快，因此语气便缓和了一些。"可是新的市场，新的读者，没有良好的成绩记录……"

"我记得你说过玛吉是一只罗威那犬，你说她能说服上帝在杂志上刊登一则广告。"有问题，怨别人。这句格言在丽莎迄今为止的职场生涯中令她受益匪浅。

"玛吉特别擅长于从爱尔兰各大公司拉广告，"杰克解释说，"但是伦敦总部目前是在跟许多国际化妆品和服装商店打交道。"

"我们的目标定位是什么？"他问，"我们有哪些具体的特色？我们应该让伦敦总部尝到一点甜头，以便显示那些潜在的客户。"

丽莎苍白的面色掩盖了她用心寻思的真实状态。具体的特色！她刚刚开始这项该死的工作尚不足两周，被扔在一个陌生的国度，被丢弃在一个深不见底的地方。她一直忙得不可开交，试图抓住众多事情发展中的一个线索，他们倒想知道什么具体的特色！

"一个大概的想法就行，"杰克温文尔雅的口吻令人动情。"这样做真是难为你了。"

"我们何不召集全体人员到会议室召开一次工作进展碰头会呢？"丽莎提出这条建议时，膝头禁不住一阵哆嗦。为什么谁都觉得编辑一份杂志是何等风光荣耀的工作。其实这是最可怕、最易招致彻底失眠的苦差，没有把握，没有喘息。每月只是争取完成若干数字指标。一旦你耗尽心血劳累过度到达你的忍耐极限，又得从头开始新一轮的辛苦劳作。你充其量只是一个被抬高地位的推销员而已。她疾步走出杰克的办公室，急欲释放周身的活力，怎奈腿部肌肉虚肿发胀，嘴唇上方沁出一层亮晶晶的汗珠。"会议室，全体人员，现在集中！"

那些编制不在《妙龄女郎》的人们暗暗发笑，庆幸自己不会遭到一顿狠狠的训斥。

"现在开会。"丽莎面露骇人的笑容朝着会议桌扫视了一圈，以此为自己争取些时间。"想必诸位都愿意向杰克和我汇报一下过去两周都做了哪些工作。艾什林？"

"我把宣传资料分发给各个时装商店，同时——"

"宣传资料？"丽莎语气尖刻地反问道，"难道你的才干就没有开始施展的时候吗？"

特丽克丝，杰里和伯纳德全都显出外表恭顺的样子，内心无不感到好笑。

"如此说来那些投机者愿意花二点五镑读《妙龄女郎》的宣传资料？特色，艾什林，我谈的是特色！你有什么特色？"

丽莎这副存心寻衅找碴的派头弄得有些惶惑的艾什林开始汇报自己策划的萨尔萨舞活动。随着她逐一介绍课程、师资和其他学员的情况，丽莎严峻的面容稍稍舒展了一些。这还不错。受到丽莎频频颔首的鼓励，艾什林兴致勃勃地继续讲述课程结束后进行的萨尔萨舞联谊活动。"太妙了。体面的老式交谊舞带有许多身体接触。它其实非常，"出于某种原因，见有杰克·迪瓦恩在场，她对该用何词一时颇觉犯难。他让她极不舒服。"非常性感。"

"可有什么艳遇呀？"丽莎直截了当地问，"遇到什么人了吗？"

艾什林有些发窘。"我，嗯，跟一个男人跳了一个舞。"她坦言相告。

屋里的人们全都发出尖叫，急于打探更多的细节，杰克·迪瓦恩眯起双眼，注视着她。

"就是跳了一个舞，"艾什林辩白道，"他都没有问我的名字。"

"你们当时拍了不少照片，"丽莎说。她不是在问问题，看见艾什林点点头，她继续说，"我们马上做一份四页篇幅的报道。二千字，尽快。要写得妙趣横生。"

闻听此言，艾什林感到极度恐惧，一股寒流顿时袭遍全身。她情愿付出任何代价，换回她在《妇女天地》的工作。她不擅长写作，拼命干那些枯燥乏味的事情才是她的专长，她非常非常精于此道，这也正是她被《妙龄女郎》聘用的资本。梅塞德斯不能写吗，要不哪个自由撰稿人？

"有问题吗？"丽莎鄙夷地撇了撇嘴。

"没问题。"艾什林轻声答道。但她意识到危险迫在眉睫，心里不胜惶遽。乔伊不能不帮她的忙。兴许还有特德——只是他得撰写农业部的很多工作报告。

接下来他们讨论了特丽克丝名为"一个普通姑娘的生活"的专栏。第一期专门围绕用情不专的风险。一个男朋友呆在她床上时听到另一个男朋友在朝她家里喊话，让她妈妈放他进来，此番情景多么令人痛苦。这种事情既有趣又出格，而且完全真实。

"我的天，简直是帕特丽莎·奎因①，"杰克调皮地摇摇头。"我可没这么担惊受怕过。"

"她演得不怎么样，"特丽克丝说，"他跟我妈妈坐在客厅里看《午夜心跳》②，我跟另一个小伙子被困在卧室里，编造各种不能出来的借口，简直让我吓得一下子老了十岁。"

"那将使你怎样？变成二十五岁吗？"杰克笑得眯起了眼睛。

艾什林用一种厌恶而惊讶的眼神注视着他。为什么他对我总是这样极不友好？为什么他从来没有被我逗乐过？就在她断定自己也许根本不能取悦于人时，她瞥见丽莎的脸。一种隐隐流露出决心和坚定不移的钦慕的表情。艾什林意识到丽莎很喜欢他，心里不禁一阵慌乱。如果有谁能够诱使杰克·迪瓦恩远离那个有着外国血统的麦，此人必是丽莎无疑。怎样才能具备这样一种能力呢？

接着，丽莎大致介绍了她刚才这会儿想出来的一个"享乐"专栏，评介爱尔兰旅馆里最性感的床位。评分等级依据下列几项指标，床单的清爽度，床垫的牢固程度，做爱空间的大小，以及"受限制因素"——带熟铁床头板或罩有顶盖的四柱床为佳。

"我的天，不管他们付给你多少钱，你都当之无愧！"特丽克丝的话里溢满敬佩之情。

"梅塞德斯？"丽莎逼问道。

"我们准备星期五去多尼戈尔③专门拍摄一组弗丽达·基利的冬季时装照片，"梅塞德斯得意地说，"我们应该能够据此整理出长达十二页的广告和文字报道。"

弗丽达·基利是一位在国外颇有市场的爱尔兰时装设计师。她设计出了多款风格张扬，美不胜收的时髦女装：爱尔兰的粗纺花呢配以轻柔似羽的雪纺绸，富有光泽的阿尔斯特④亚麻布配以钩针编织的方格丝绸面料，还有长及地板的针织衣袖。在丽莎看来是有点过于狂放不羁。如果要照价付款的话——她当然不干——她将选择古琦先生⑤那线条流畅的缝纫风格。

---

① 帕特丽莎·奎因：北爱尔兰著名女演员，以性感风流著称。
② 《午夜心跳》：一部恐怖影片。
③ 多尼戈尔：爱尔兰一城市。
④ 阿尔斯特：爱尔兰北部地区的旧称。
⑤ 古琦先生：国际知名的时尚女装及皮具品牌古琦（Gucci，又译古驰）的创始人。

"要不要采访她一次？"丽莎提议道。

梅塞德斯笑道："哦，不成，她是个疯子。无论她讲什么，你一点儿都听不懂。"

"这样正好，"丽莎嚷了起来。"这样的访谈录读起来挺有趣。"

"你不知道她像什么……"

"我们准备展示她设计的冬季时装，至少她能告诉我们她早餐吃什么吧。"

"可是——"

"令我过目难忘。"丽莎双眸闪亮，模仿大老板凯尔文·卡特的说话腔调。倘若梅塞德斯真正理解丽莎此刻到底在做什么，她也许会被这话逗乐。可惜她不得要领，于是她只能向丽莎狠狠瞪了一眼。

杰克将注意力转向杰里："我们的封面设计进展如何？"

丽莎焦急地瞅着他俩。杰里平素少言寡语，不为丽莎所注目，久而久之她搞不清楚他是否能胜任本职工作。谁料杰里竟然一口气拿出好几份封面样本——三名风格迥异的姑娘分别饰以截然不同的字体和说明文字。他创造的情调尤为性感风趣。

"太棒了。"杰克激动地说。

接着他转身问丽莎："我们的名人专栏进展如何？"

"正在进行之中。"丽莎淡淡一笑。博诺和可尔家族一直拒不回复她的电话。"不过更有意思的是，虽说作为一家女性杂志，我们的读者百分之九十五都是女性，我还是认为我们完全有理由在《妙龄女郎》开辟一个由一位男士主持的专栏。"

等等，艾什林暗想，仿佛脑瓜遭到重击似的蓦然一惊，这是我的点子……

她嘴唇哆嗦着，发出无声的"噢"和"啊"，丽莎兀自轻松地继续说下去："有这么一个搞笑单人秀艺人，根据我掌握的情况，很快就会出名。他不想为一家女性杂志做任何事情，但是我能说服他。"

你这个坏女人，艾什林心里暗想。你这个歹毒到家的坏女人。难道其他人都不记得了吗？难道其他人都没有注意到……？

"我……"艾什林终于开了口。

"什么？"丽莎嘴里迸出这个词儿，她金黄色的面庞令人生畏，灰色的眼睛像大理石一般又冷又硬。

艾什林从来没有在挺身自卫时表现出最佳状态，此刻只是咕哝了一声："没什么。"

"这将是漂亮的一招。"丽莎笑着对杰克说。

"他是谁?"

"马库斯·瓦伦丁。"

"你不是说着玩吧!"杰克陡生兴致。

"谁——谁?"艾什林问。刚才她吃惊不小,现在更是惊诧莫名。

"马库斯·瓦伦丁,"丽莎不耐烦地说,"听说过这个人吗?"

艾什林默不吭声地点点头。那个满脸雀斑的家伙可不像是"很快就会出名"啊。丽莎肯定是弄错了。但她似乎对此很有把握……

"他星期六晚上在一家叫做'大河夜总会'的地方演出,"丽莎说,"你跟我一起去,艾什林。"

"大河夜总会?"艾什林差不多跟特丽克丝一样嗓音嘶哑了,"星期六晚上?"

"可不。"丽莎不耐烦地扭了扭身子。

"我的朋友特德到时也将登台演出。"艾什林听见自己说。

丽莎眯缝着双眼叹道:"噢,是吗?太好了。我们可以在后台彼此引荐一下。"

"真巧我星期六晚上没别的安排。"通常语气温顺的艾什林一不留神说出这句话。

"说的没错,"丽莎冷冰冰地附和道,"是够巧的。"

就在众人依次走出会议室的当儿,丽莎转身看着杰克。"高兴了吗?"她逼问道。

"你真了不起,"他用纯朴而真诚的口吻说道,"真了不起。谢谢你。我将在伦敦与他们商谈。"

"我们要多久才能知道结果?"

"也许要等到下周。别担心,你提出了一些很好的主意,照我看错不了。六点钟跟你一起去看房子好吗?"

深感憋屈义愤难平的艾什林回到自己的办公桌旁。她永远不会对这个贱女人稍示友善了。她曾经对这个叫丽莎的贱女人深表同情,因为她置身于一个陌生的国度,没有任何朋友。她曾努力原谅丽莎对自己一次次的奚落挖苦,认为这准是因为她郁郁寡欢、情绪紧张的缘故。有时令艾什林深感耻辱的是,她居然脸上带着笑意,暗示说德乌拉太胖,梅塞德斯体毛过多,肖娜·杰里芬是近亲交配的产物,而艾什林感情上过于依赖旁人着实可怜。可是现在,让丽莎·爱德华兹孤独而死吧，她艾什林才不在乎呢。随着啪的一声，她手机上的乔治·克鲁尼[①]屏保变成了黄色的"回复"字样，称迪兰给她来过电话。她单独调出这条信息，只听屏幕上因静电感应发出短促的噼啪声。现在肯定还没到十月了吧？迪兰每年给艾什林来两次电话，十月和十二月分别询问他该给克洛达赫的生日和圣诞节准备什么礼物。

她给他回电话。

"你好艾什林。明天下班后喝一杯吗？"

"不行啊。我得赶一篇很难写的稿子——后半周行吗？怎么了，有什么事吗？"

"没有，也许吧，我要外出开一个会，回来以后打电话给你。"

第十五章

"准备好了吗，丽莎？"问这话的是杰克，他六点十分出现在丽莎的办公桌旁。

在那帮急于传播流言的同事的默默注视下，他俩走出办公室，乘电梯来到停车场。

两人刚刚钻进车子，杰克一把扯下脖颈上的领带，扔到后座上，然后解开衬衫上的头两粒纽扣。

"这样好多了，"他叹息道，"你尽可自便，"他主动说。"脱掉凡是你想——"他猛地截去后半句，随即是自知羞愧的短暂间隙。他的躁动不安的情绪也影响了丽莎。"对不起，"他口气阴冷地嘟囔道，"恕我刚才失言。"

他把手伸进乱糟糟的头发里使劲挠了一气，前面部分随之高高翘起，形成银色的V形发尖，耷拉到额头上。

"没关系。"丽莎客气地笑笑，只觉得颈背上的汗毛根根竖立。想到自己在杰克车上为他宽衣解带的情景，依稀感到对方一双乌黑的眼睛正凝视着她赤裸的身

[①]乔治·克鲁尼（1961— ）：美国男演员，以英俊性感著称。

体，感到凉爽的皮椅和滚烫的肌肤的亲密接触。她用力咬紧嘴唇，决心让它成为现实。

在经历了一个长短适宜的恢复过程以后，杰克又开口说话了："我来跟你谈谈这座房子。"他驱车进入都柏林黄昏的车流。"情况是这样的，布兰登将去美国工作。他签了一份为期十八个月的合同，该合同也有可能续签。这意味着这地方你至少可以住一年半。到期后就得视情况而定。"

丽莎未置可否地挪了挪身子。没关系，她反正不打算在这里待一年半的时间。

"它紧靠南环路，是典型的市中心地区。"杰克说，"都柏林的这一带仍然保持了很多特色。它没有被那些雅皮士们弄得面目全非。"

丽莎的情绪开始低落下来。她渴望住在一个已经被雅皮士们弄得面目全非的地方。

"你能感到一种强烈的社区意识。许多家庭住在这里。"

丽莎不想跟任何家庭发生任何关系。她只希望自己的住处周围都是些单身人士，但愿哪天在附近的城市便利店购买薯片和夏敦埃酒①时，能够撞见一个颇有魅力的男子。她呆呆地瞅着杰克的双手大胆灵活地旋转方向盘，内心积聚的苦涩不禁消减了几分。

他将车驶离主干道，驶上一条稍窄些的路，再驶上另一条更窄的路。"就在那儿。"他隔着挡风玻璃用手指了指既定目标。

人行道上竖立着一座低矮的红砖房，丽莎只朝它瞅了一眼便心生厌恶。她喜欢现代风格的住宅，新颖，通风，宽敞。从外表看，这座住宅里的屋子肯定狭小阴暗，下水管道是老式的。一个脏兮兮的独立式厨房，带有很糟糕的贝尔法斯特式洗涤池。

她极不情愿地钻出汽车。

杰克走到楼前，将钥匙插入门锁，推开门，侧身稍稍后退好让丽莎进去。他得低下脑袋才能通过门道。

"木地板。"她说着，一面环顾四周。

"布兰登两个月前刚铺的地板。"杰克骄傲地说。

她忍住没告诉杰克，他所说的地板全是早已超过使用期的废旧板材，上面铺

---

①夏敦埃酒：一种无甜味白葡萄酒。

的大多是劣质地毯。

"客厅。"杰克领她走进一间地板上积满灰尘的小屋,里面有一张红沙发,一台电视机和一个铸铁火炉。"那是地道的原装货。"杰克朝火炉点点头。

"唔唔唔。"丽莎讨厌铸铁火炉——它们那么烦人。

"厨房。"杰克跟在她身后走向旁边一个屋子。"冰箱,电磁炉,洗衣机。"

丽莎四下张望着。至少还有两只餐橱,洗涤池是普通的铝制品。她宁可冒患老年痴呆的风险,也不愿使用贝尔法斯特式水池。但是很快她的满意度下降了许多,因为她瞧见一张劣质松木餐桌和四张坚实粗笨的木椅!她心中不无酸楚地想起了远在伦敦拉德布罗克路上的寓所,厨房里那张装有转轮的绿松石色福米加塑料贴面餐桌,以及四张金属丝质地的椅子。

"他说过热水器好用,我再看一下。"他一半身子钻入一只餐橱,卷起衣袖,露出褐色的前臂,鼓胀的肌肉随着双手的运动微微颤抖。

"把抽屉里的那个扳手递给我,好吗?"杰克朝抽屉方向稍稍点了点头。丽莎不知道他是否有意在她面前炫耀自己的大男子汉气概,继而又想到特丽克丝曾说过他特别擅长于动手修理器械,陡然觉得来了精神。她一向喜欢那些动手能力强的男人,他们弄得满身油污,安装修理机器,辛苦劳作一天后回到家里,慢慢解开工作服,深情地说,"我今天每时每刻都在想你,宝贝。"她也同样喜欢另一类男人,他们挣六位数工资,并且有能力提升她的地位,虽然她知道自己不配这种抬举。若是他一身兼有这两种男人的优点该有多好!

杰克嘭嘭嘭敲了几下,调试了一阵,然后说:"看样子定时器坏了。你可以用热水,但不能预先设置时间。我帮你搞好。我们看看盥洗间。"

令她吃惊的是,盥洗间居然通过了测试。淋浴不必像是一场闪电般的空袭行动,左手抓着一只丝瓜络,右手握着一只跑表。

"淋浴设施不错。"她说。

"莲蓬头旁有个小架子挺方便的。"杰克附和道。

"正好够放两杯葡萄酒和一支香味蜡烛。"丽莎的瞥视含有深意。可惜白费了。杰克径直走向隔壁房间,令她无比沮丧。

"卧室。"他说。

卧室比其他房间宽敞明亮,但仍摆脱不了乡间别墅的那种土气。白色窗帘上缀有冬青枝图案,羽绒罩也缀有冬青枝图案,房间里松木过多。松木床头板,宽大的松木橱，松木五斗橱。

恐怕连床垫也是松木做的吧。丽莎鄙夷地想道。

"这儿往上可以看到花园。"杰克指着窗外一小片方形草地，周边环绕着灌木和花朵。丽莎的心扑通往下一沉。她以前从未有过一个花园，她也不想要什么花园。她像一般女人一样爱花，但她爱的仅仅是裹在塑料纸里的一大捧花束，根部缠着一根粗大醒目的缎带，插上一张写有祝词的卡片。她宁死也不愿从事园艺劳动。所需的那一套行头太恐怖了——束腰松紧裤，形状怪异的软耷耷的帽子，傻里傻气的篮子，还有疯狂的麦克尔·杰克逊式手套。看上去极不雅观。

去年七月她曾对《佳人》的读者说园艺是一项新的性生活。她那是言不由衷。性生活是性生活。常年不断，令她乐此不疲。

"她好像说过这儿有一个香草园，"杰克说，"我们看一下好吗？"

他拨开后门上的门闩，再次被迫低下脑袋走出门。她跟在腰身挺拔的他后面走过小小的草地，为自己无端对他心生倾慕感到既好气又好笑。鸟儿在光线柔和的夕阳下低声啁啾，空气中弥漫着草叶和泥土的刺鼻气味。有一刻，她不再什么都恨了。

"快瞧这儿。"他挥了挥胳膊，指点她走向一个花坛，两条长腿屈膝弯着蹲在地上。为了表示自己乐意，丽莎心不在焉地蹲在他身旁。

"当心你的衣裳。"他伸出一条胳膊护住她的上衣。"别把泥蹭到上面。"

"那你的呢？"

"我一点儿也不在乎它。"他转过身来，朝她出其不意地报以顽皮的微笑。

两人缩短了距离，这时她瞧见他门牙上有一个小小的缺口。他反倒因此平添了几分与众不同的独特魅力。"如果我的西服沾上过多的草斑，就得送到干洗店，明天就不能穿着去上班……这岂不是挺可怕的事情？"他语带讥诮地问道。

丽莎哈哈笑着，别有用心地把脑袋挨近他的脑袋。她注视着他的两只眸子眯起复又睁开——其间变换几种神情——从困惑到感兴趣到兴趣盎然再到困惑最终一片茫然。用了远不足一秒钟时间。接着他挪开身子问道："那是芫荽还是皱叶欧芹？"

他的一绺长发弯曲成一个发卷，丽莎很想伸进一根手指将它缠住。

"你说呢？"他又问道。

她感到他俩仿佛是在通过密码无声交流，随即看看他手中的叶片。"我不知道。"

他用拇指和中指揉碎叶片,将它靠近她的脸。非常靠近。"快闻闻。"他吩咐道。

她紧闭双眼,嗅着气息,想要嗅到他肌肤散发出的气息。

"芫荽。"她得意地说。他朝她再度报以微笑作为对她的奖赏。他的嘴角微微弯曲……

"这里还有罗勒,细香葱,百里香。"他逐一指点着。"做菜时可以用作调料。"

"没错,"她笑道,"我可以在买回的熟食上撒一些。"

没必要对他装假。痴迷于做爱、并且愿意为心上人做菜的日子早已一去不复返了。

"你不做饭?"

她摇摇头。"我没时间。"

"这话我常常听到。"他说。

"那,呃,麦做饭吗?"

这可铸成大错了。杰克脸上又恢复了刚才那种封闭和深思的表情。"不,"他简单地说,"——至少没给我做过,"他补充道,"好吧,我们该走了。"

"那你觉得这房子怎么样?"再次走进房间时他问道。

"我很喜欢。"丽莎言不由衷地说。这是她目前看过的最好的地方,不过她看过的房子实在有限。

"住在这里有许多好处,"杰克赞同地说,"房租合理,地段幽静,你可以步行上班。"

"说得对,"丽莎说话时,脸上流露出一种令他费解的抑郁表情。"走一趟路就能节省一点一镑。"

"是这么多吗?我不知道,我一般都是开车上班……"

"一天就是二点二镑。"

"照我看肯定是……"

"每周十一镑。一生累计下来,可是了不得的大数字呢。"看到杰克竭力保持一副礼貌所需的饶有兴致的神情,丽莎打消了内心的拘谨,变得轻松起来。她笑着将自己跟那个吝啬的乔安妮打交道的经历讲给他听,然后又跟他说起自己察看过的其他可怕的地方。说到兰斯敦帕克的那个男人如何放纵他的宠物蛇在客厅恣意妄为,鲍尔斯桥的那座房子是那样凌乱不堪,仿佛刚刚遭到盗贼的洗劫。

"嗳，你可以直接搬过来。"杰克说。

他站起身，手伸进口袋摸得零钱叮当作响，令人有些发窘，丽莎立刻有了似曾相识的感觉。那些男人鼓起勇气请她出去喝一杯时就是发出的这种声响。她能够从杰克眼中看出他内心的矛盾，他的身体微微蜷缩，似乎一句话就要脱口而出。

说吧，她暗暗怂恿道。

接着他的目光变得清澈起来，绷紧的心弦似乎一下子放松了。"我现在送你回旅馆吧。"他说。

丽莎明白了。她觉得他对自己产生了好感，同时还觉察出他的矜持。不仅是只有他俩在一起共事，他还和其他人保持关系。这不妨事。她将对他施展魅力，最终打消他对自己的排斥。她会很乐意这样做——通过让杰克倾心迷恋她，从而摆脱心中的所有烦恼。

"谢谢你帮我找到一个住处。"她朝杰克绽开一个甜甜的笑靥。

"乐意效劳，"杰克说，"有什么需要，尽管吩咐。我将尽我所能为你移居爱尔兰提供便利。"

"多谢。"她再次向他报以挑逗性的浅浅一笑。

"你工作那么忙，对《妙龄女郎》而言可是顶顶重要的人物，不能把时间浪费在找房上。"

哦。

丽莎蜷着身子靠在一张椅子上，点燃一根烟，眼睛盯着窗外的哈考特街。一丝淡淡的歉疚，使她心绪烦乱。这丝歉疚虽然轻微，但它确实存在，值得认真议论一番。歉疚源自那个该死的艾什林。丽莎剽窃她的创意时，她那惊愕的神情确实惹人哀怜。

嗨，强硬，人在职场就得强硬。丽莎为什么是一名编辑，而艾什林仅仅是个打杂的，道理正在于此。当杰克将广告工作面临的严峻形势告诉她时，她内心恐惧到了极点。恐惧总是使她心怀叵测，冷酷无情。

此时，起初紧紧攫住她心灵的恐惧稍稍有所缓解。她招牌式的冲劲十足的乐观主义意味着她很容易沉浸于虚幻的希望里，似乎杂志上所有需要刊登广告的版面她全能顺理成章地包揽下来。其实，丽莎处境之糟是不言而喻的。如果这家杂志办砸了，倒霉的不是艾什林，而是丽莎，道理是明摆着的。大家都认为她是一个坏人，但对她到底承受了多大的压力却毫不知晓。

随着一声长长的叹息，丽莎喷出一团浓浓的烟雾——想到艾什林脸上惊骇不已的表情，她心里像针扎一样难受，觉得自己稍稍有些卑鄙。

她以前一直能够控制自己的情绪。控制情绪，使之服从工作大局的需要，在她本非难事。她最好重新恢复这种自控能力。

第十六章

《妙龄女郎》每天都要收到各种商务活动的请柬——从推介新式眼影到某家商店的开张。丽莎和梅塞德斯毫不客气地撇开旁人，单独对这些请柬进行分配。丽莎身为编辑有优先选择权，然而梅塞德斯是时装和美容编辑，自然也得参加不少风光体面的活动。艾什林只能像灰姑娘一样屈居于她们之后，专门负责留守，特丽克丝则处在这个分配链的最末端，连外出兜风的份都没有。

"宣传活动都有哪些内容？"特丽克丝问丽莎。

"你跟一帮新闻记者和几位社会名流待在一起，"丽莎说，"你得跟某个重要人物交谈，另外再听取他们介绍情况。"

"跟我说说你们今天要参加的这个活动。"

一家叫做摩洛哥的商店今天将举行它的第一家爱尔兰分店开张仪式。丽莎本来尽可敷衍一下了事，这家店在伦敦已经营数年，但是那些爱尔兰特许经销权的持有者们将其视为一个很大的商机。塔拉·帕尔默·托姆金森[1]将从伦敦飞临都柏林，出席在费茨威廉姆饭店举行的开张仪式，这家饭店富丽堂皇，颇有欲与北仑酒店[2]试比高的气势。

"有吃的东西招待他们吗？"

---

[1] 塔拉·帕尔默·托姆金森（1971~ ）：英国社交界知名女性，电视主持人，专栏作家和模特。
[2] 北仑酒店：著名五星级酒店。

"通常都有一些。涂上鱼子酱的开胃饼。香槟。"

其实，丽莎特别希望能吃点什么。因为她刚刚实施一项新的饮食计划——她不再坚持每天像七个小矮人一样只吃一点点东西，而是开始乐于接受公开场合的美食招待。凡是合乎自己口味的酒水菜肴，她全都来者不拒，但仅仅限于公开场合。丽莎深知保持体形的重要性，但她断然摒弃那种单纯节食的传统做法。对待日常饮食，她既有超常的限制，又有破格的放纵，总是用新鲜有趣的方法解决吃饭这道难题。

"香槟！"特丽克丝按捺不住兴奋的心情，用科利昂先生[①]似的沙哑嗓音叫了一声。

"香槟供应场地费出得不算少的单位。如果哪家单位场地费出少了，就不能获得这样的待遇。那你就得赶紧拿上精品礼包走人。"

"精品礼包！"听到对方提到免费礼品，特丽克丝顿时喜形于色。这是她无需费力去偷的外快。"什么样的精品礼包？"

"看情况。"丽莎撅着嘴厌倦地说，"如果是一家化妆品公司，你通常能得到一套新款化妆品。"

特丽克丝高兴得尖叫起来。

"像今天这家店，兴许是一只手提包——"

"一只手提包！"她已经多年没有得到一只免费手提包了，自从店家将所有手提包都插入防窃磁条以来。

"或者是一件上衣。"

"哇，我的天！"特丽克丝兴奋地手舞足蹈起来，"你真幸运！"

凝神思索了一阵以后，特丽克丝显得特别不谙世故地提议道："我说，你真该带上艾什林同去，"按照等级排序制度，艾什林若是不去，那就根本不可能轮到特丽克丝。"她是你的副手，你要是生了病，她应该知道那儿的程序规则什么的。"

"可是……"听到特丽克丝建议选派其他什么人去，而且是以如此冠冕堂皇的理由，梅塞德斯那张光滑的椭圆形脸蛋上立刻布满阴云。活动现场可是有那么多免费唇膏分发呢。

梅塞德斯话音里分明透出的忧虑，加上丽莎至今对艾什林抱有的愧疚，使她很

[①] 科利昂先生：美国电影《教父》中美国黑手党科利昂家族的首领，被称为教父。

容易做出决定。"好主意,特丽克丝。好吧,艾什林你今天下午可以跟我一起乘车去。这就是说,"她又纯属敷衍似的添了一句,"如果你愿意来的话。"

艾什林向来不会对人心存积怨,尤其是在有礼品派发之时。"我愿意来吗?"她大声宣布"我愿意极了",兴奋得让自己感到失望。

丽莎与一位畅销书女作家在克莱伦斯饭店共进午餐,席间她试图说服女作家担任杂志的专栏作者,结果如愿以偿。不仅女作家答应以低廉的稿费定期供稿,作为对杂志上定期刊登推介她新作的广告的交换条件,而且丽莎本人也堂而皇之地躲过一顿午餐。她将盘中的菜肴使劲拨来拨去,最后只吃了半只樱桃番茄和一餐叉谷物喂养的鸡的胸脯肉。

她兴致极高地重新投入工作,就在她查看自己的邮件时,艾什林突然出现在她的办公桌旁,手里还拿着包和夹克衫。

"丽莎,"艾什林有些焦急地说,"现在两点半了,请柬上的时间是三点。我们该走了吧?"

丽莎半惊讶半嘲讽地笑了起来。"规则——一切勿守时。谁都知道这个!你太重要了。"

"我重要?"

"假装。"丽莎复又埋头翻阅那堆宣传资料,但是稍后她情不自禁地抬起头来,发现艾什林那急切的目光正牢牢盯住自己。

"有什么话就大声说出来!"丽莎说着,心里在为邀请艾什林同行懊悔不迭。

"对不起。我只是担心到时所有的东西都会分光了。"

"什么东西?"

"涂上鱼子酱的开胃薄饼,精品礼包。"

"我不到三点不会离开,别再催我了。"

三点十五分,丽莎身子钻到办公桌底下去取她的缪缪①托特包,同时对瑟瑟发抖的艾什林说:"时候到了,走吧!"

出租车缓缓驶过一条条交通拥挤的街道,耗费了太多的时间,连丽莎也开始担心开胃薄饼和精品礼包没她俩的份了。

"怎么啦?"她怒气冲冲地问道,只见一名警察朝他们伸出一只肉鼓鼓的手掌,

---

①缪缪(miu miu):意大利知名高端女装和女士鞋包品牌。

示意他们必须停车。

"鸭子。"司机不耐烦地哼了一声。

就在丽莎费神琢磨"鸭子"是不是都柏林这边骂人的脏话的当儿，艾什林嚷道，"嗨，快瞧，那些鸭子！"

你嚷什么！丽莎暗暗纳闷。接着，她惊愕地瞅着一只母鸭大模大样地横穿马路，身后跟着排成一列的六只雏鸭。两名警察分别止住双向的车流，确保鸭子一家走过一条安全通道。她简直不敢相信眼前的情景！

"这种情况年年发生。"艾什林眼里闪烁着光芒。"母鸭在运河里孵鸭雏，鸭雏长到足够大的时候就游到斯蒂芬格林公园的湖里。"

"常常有好几百呢。完全堵塞了交通，给你带来很大的麻烦。"出租车司机怜爱地说。

这个讨厌的城市……丽莎暗自叹息。

丽莎和艾什林在费茨威廉姆饭店门口走下出租车时，迎接她俩的是呼啸的寒风，上周春光明媚、暖风拂面的景象早已成为遥远的回忆。

"看见一条蜜蜡除毛过的美腿也不意味着夏天来了。"艾什林怅然想道，接着思绪又回到前天，她身穿夏季的裙子到外面稍稍兜了一圈，又重新穿上长裤。稍后她忘了天气，欢喜得发了狂似的用胳膊肘搡搡丽莎。"你瞧！这是你要找的女人，她叫什么来着？塔拉·帕姆特里·约克伊米多德尔。"

她的确是塔拉·帕姆特里·约克伊米多德尔，在饭店外面的人行道上招摇地走来走去，周围簇拥着一群咔嚓咔嚓疯狂按动快门的摄影记者。

"给我们多露出一点大腿，好极了。"他们催促道。

艾什林朝远处的大路走去，避开那些围成半圈的记者们，但是丽莎却径自走进密集的人群。

"嘀，她是谁？"艾什林听到有人问。

丽莎感情丰富地说："塔——拉——，亲爱的，多日不见。"随即上前使劲搂着塔拉任她半推半就地摆出温存爱抚的姿态，自己一边旋转同时扳转塔拉的身体共同面对镜头。摄影记者们狂按快门的动作倏地止住，继而又在本已瞄准塔拉的镜头里框住这个头发兼有金黄和深褐两色、面颊紧靠塔拉面颊的女人，带着恢复如初的热情，咔嚓咔嚓猛拍起来。

"丽莎·爱德华兹，《妙龄女郎》杂志主编，"丽莎在那些摄影记者中间一边走动一边亮明身份。"丽莎·爱德华兹。丽莎·爱德华兹,我是塔拉的老朋友。"

"你是怎么认识塔拉的?"艾什林出于敬畏,询问已经回到自己身边的丽莎,艾什林此刻呆在场外地区,那帮摄影记者对她完全视而不见。

"我哪认识。"丽莎嘻嘻一笑,令她大为惊讶。"可是你得记住第二条规则——不要让事实妨碍一篇很有价值的新闻报道。"

丽莎大步走进饭店,艾什林一溜小跑紧随其后。两个帅气的小伙子迎上前来招呼她们,接过艾什林搭在胳膊上的外衣。但是丽莎轻飘飘地手一挥,拒绝将外衣交给他们。

"要不要我向你介绍第三条规则?"丽莎走向接待处时突然恼怒地压低嗓门说道。"我们从来不把外衣递给门童。你需要给他们留下这样的印象,你事务繁忙,来此只是稍作逗留,接下来在外面还有远比这有趣的生活。"

"对不起,"艾什林谦卑地说,"我没意识到这点。"

她俩走进派对大厅,里面有一个身子单薄瘦削,从头到脚裹着摩洛哥品牌夏季时装的女人,确认了两人的身份之后,请她们在来宾签到簿上签名。

丽莎敷衍般地草草写下几个词儿,然后将笔递给艾什林,她当即面露喜色。

"也有我吗?"她颤声问道。

丽莎撅起嘴唇,摇摇头以示警告。沉住气!

"对不起,"艾什林轻声说,随后只得小心翼翼规规矩矩地写道:艾什林·肯尼迪,《妙龄女郎》杂志助理编辑。

丽莎那根留着法式美甲的手指照准名单下方用力一戳。"第四条规则,这你也知道,"她说,"看看签到簿。看看都来了哪些人。"

"这样我们就知道可能遇见什么人。"艾什林会意地说。

丽莎瞅着她的那副神情,仿佛是她疯了一般。"不对!这样我们就能知道应该躲开什么人!"

"我们应该躲开什么人呢?"

丽莎满脸不屑地扫视着整个房间,里面全是来自作为她们主要竞争对手的各家杂志社的得力干将。"差不多是每个人。"

可是艾什林应该知道所有这些——丽莎刚刚明白艾什林连这些基本常识还没有掌握。她加重了叮咛告诫的语气,轻声说道:"你总不至于以前从未参加过一次宣传推介会吧?你遇到《妇女天地》的人时应当怎么办?"

"我们没有收到过什么请柬，"艾什林怀着歉意说，"当然更没有如此豪华气派的典礼。我想大概是我们的读者群持久不变的缘故吧。如果我们确实接到邀请，出席结肠瘘带的推介、安居建设工程或者别的什么开张仪式，差不多总是萨莉·希利一个人前去。"艾什林没有说出口的是，萨莉·希利是一个体态丰满、有点婆婆妈妈的女人，对所有人都很友善。她完全没有丽莎那种促狭偏执跟人钩心斗角的习惯，也没有那些离奇古怪、意在寻衅生茬的规则。

"瞧那男的——"心生敬畏的艾什林指着一个身材高挑、肯娃娃①似的男子说，"他叫马蒂·亨特，一名电视记者。"

"那副德性，"丽莎从鼻孔里哼了一声。"他昨天参加了贝利②公司的宴请，星期一出席了麦丝玛拉③公司的宴请。"

听到丽莎的话，艾什林怏然不乐，一时陷入沉默。她满以为刚才这番主动介绍能够产生预期的效果。她本来希望通过这样的指点和提醒，向丽莎证明她需要自己的帮助。按照艾什林原先的估计，凭借她那不可或缺的对爱尔兰各界名流的深入了解——丽莎作为一个英国女人是断然无法做到的——她定能赢得自己此前特别渴望的丽莎的尊重。可惜丽莎远远走在她前头，已经掌握了许多名人的动态，而且似乎很不耐烦，因为艾什林本想帮忙却反倒愈发显得笨拙无能。

一个来回走动的女招待在她们身边停住脚步，递给她们一只托盘。盘中摆放着摩洛哥风味的食物：蒸粗麦粉，梅尔盖兹烤香肠，羊羔肉吐司。杯中饮料令人惊讶，居然是伏特加。不是纯粹的摩洛哥风味，然而丽莎并不介意。什么能吃她就吃什么，不过她不能失态，因为她得不停地跟人聊天。艾什林紧紧跟在她身后。丽莎精力充沛，光艳照人，俨然专业人士那样控制全场的局面——虽说没有制造多少出乎意料的效果。

"还是老一套，还是老一套，"她对艾什林感叹道，"爱尔兰的失意者——这些落魄的失败者庞大的活动也会露面。这让我很自然地想到第五条规则：将身边的外衣用作溜之大吉的借口。只要有谁有点过于让你讨厌，你不妨说你得去衣帽间。"

几个眼眸又大又黑的女模特在场上四下转悠，她们那尚未发育成形的身体裹着由摩洛哥公司提供的服装。一名公关小姐时不时地把一个模特推到艾什林和丽

---

① 肯娃娃：男孩形象的玩偶，芭比娃娃的男朋友。
② 贝利（Bailey's）：美国知名帽饰品牌。
③ 麦丝玛拉（Max Mara）：意大利高端服装品牌，以高品质大衣闻名于世。

莎面前，她俩照理得"喔啊"、"哇"的对服装赞叹一番。艾什林窘得全身发热，做足了姿态，丽莎却懒得瞧上一眼。

"还有比这更糟的，"另一个模特在她俩面前摇摆旋转一阵之后，丽莎吐露了一个秘密。"至少这还不是泳装。泳装秀就在伦敦的一场非自助式午宴上举行——我当时正准备用餐，六个小姑娘撅着屁股对准我的餐盘，唉。"

接着她说出艾什林正在逐渐悟出的道理。"规则——现在说到第几条规则？六吗？——天底下没有免费的外快。你来参加这样的活动，就得忍受那些强行向你推销的蹩脚货色。哦，不成，《星期日时报》的那个令人毛骨悚然的家伙来了，快点开溜吧。"

看到丽莎对屋里几乎每个人的情况都了解得那么透彻和全面，艾什林愈发自惭形秽。丽莎在爱尔兰生活尚不足两周，却似乎已经对名人录的大部分内容了如指掌，因此无需查找。

几近凝固的笑容确定无疑挂在脸上，丽莎那双穿着周仰杰①高跟鞋的脚谨慎地挪了挪，转过身体。她有没有漏掉谁？她随即瞥见一个相貌俊朗的年轻男人，穿着一身过于簇新的西服，老大不舒服地扭着身子。

"那人是谁？"她问，可是艾什林也不清楚。"我们去打听一下，怎么样？"

"怎么打听？"

"问他本人啊。"丽莎似乎给艾什林惊讶莫名的表情逗乐了。

丽莎做出满脸笑容两眼发亮的样子，径直朝那小伙子走去，艾什林跟在她身后。趋前细看，发现他那稚嫩的下巴颏上有一些雀斑。

"丽莎·爱德华兹，《妙龄女郎》杂志社。"她伸出一只肤色健康的光滑的手。

"肖恩·多克里。"他伸出一根细得可怜的手指，碰了碰紧身衬衣领子下方的位置。

"来自拉德兹乐队。"丽莎替他自报家门。

"你听说过我们？"他失声叫道。这个午餐会上压根没人知道他是何方神圣。

"当然。"丽莎曾经看到一家日报上简单提到他们，随即将乐队名称记在她自认为应当知道的其他一些名称旁边。"你们是一支新出道的少男乐队，人数将要超过当年的接招②。"

---

① 周仰杰（Jimmy Choo）：英国著名女士鞋履品牌，创办人为马来西亚华人周仰杰。
② 接招（Take That）：1990年创立的英格兰男子流行歌唱组合，人数最多时有五人。

"多谢。"他一时语塞,带着尚未立足之辈惯有的热忱。也许套上这身可怕的行头毕竟还是值得的。

两人随后走开,丽莎低声说:"瞧见了吧,记住,他们见到你这样慌张,你见到他们却未必如此。"

艾什林若有所思地点点头。丽莎以其耐心施恩于人的态度赢得人们的好感,兴许是得益于她大量喝进肚里的伏特加。该说什么呢……?转瞬之间一名女招待出现在她身旁。

"用伏特加取代水是当今时尚。"丽莎朝艾什林举起酒杯。

等到丽莎吃饱喝足了,也就该动身离开了。

"再见。"丽莎一阵风似的飘过门口那个瘦得像竹节虫似的公关小姐身旁。

"谢谢你。"艾什林说,"你身上的服装很漂亮,《妙龄女郎》的读者肯定会喜欢——!"艾什林倒抽一口凉气,剩下半句卡在嗓子眼里,因为有人在她胳膊上狠狠捏了一下。丽莎。

"多谢光临。"竹节虫将一只裹在塑料纸里的包塞到丽莎手上。"一点小意思,不成敬意,请收下。"

"噢,谢谢。"丽莎淡淡地说了声,拖着步子慢慢走开。

接着另一只包塞到艾什林那双迫不及待的手上。她面孔发热,用指甲捅破塑料纸,刚想将包打开,这时她又倒抽一口凉气,因为有人又捏了一下她的胳膊。

"噢,呃,耶,喜欢,谢谢。"她想装出一副漫不经心的腔调,可惜未能做到。

"别碰它。"丽莎低声吩咐她,两人优哉游哉地走过大厅去取艾什林的外衣。"看都别看它一眼。千万别对哪个公关小姐说,你会对她那家公司做出专题报道。吊吊她的胃口!"

"这是第七条规则,我猜。"艾什林绷着脸说。

"正是。"

离开饭店以后,艾什林向丽莎投以探询的一瞥,继而又瞟了一眼自己的礼物。

"没到时候!"丽莎坚定地说。

"那,什么时候?"

"等我们拐过那个街角。慌什么!"丽莎厉声呵斥准备加快脚步的艾什林。

刚刚拐过街角,丽莎一声吩咐:"快!"两人随即同时扯开礼品包外面的塑料纸,里面是一件T恤衫,胸襟上饰有"摩洛哥"的字样。

"一件T恤！"丽莎厌恶地啐了一口。

"我觉得它很漂亮，"艾什林说，"你这件T恤准备怎么处理？"

"把它拿到店里去。换一件更体面的衣裳。"

翌日，《爱尔兰时报》和《黄昏信使报》都刊登了塔拉和丽莎碰杯的头版大幅照片。

第十七章

周六早晨六时四十五分，克洛达赫被莫莉用头撞醒。

"快醒醒，快醒醒，快醒醒，"莫莉烦躁地连声嚷嚷，"克雷格在做蛋糕呢。"

有了孩子，自然会有一些随之而来的好处，克洛达赫费力地从床上硬撑起身子，心里厌烦地想道——比方说，她已经连续五年无需设置闹铃了。

她准备跟艾什林在市中心碰头。两人打算一起购物。

"我看我们应当早点动身，"艾什林此前说，"避开拥挤的人群。"

"多早？"

"大概十点吧。"

"十点！"

"要不十一点，如果太早的话。"

"太早？到那时我都醒来有好几个钟头了。"

克洛达赫把做得一塌糊涂的饼收拾干净之后，递给克雷格一碗脆米饼，但他不愿意吃，理由是碗里放了太多的牛奶。于是她又替他重装了一碗——这次牛奶与脆米饼比例适中。接着她又端给莫莉一碗糖酥。克雷格刚刚瞅见莫莉的那份早餐，便对他的脆米饼表现出极端仇视的态度，声称碗里有毒。伴随着汤勺直敲、牛奶泼洒的动作，他高声嚷嚷着给他换上糖酥。克洛达赫抹去溅到他面颊上的一摊牛奶，张嘴开始教训起来，说他现在既已做出选择就不能轻易反悔，不应当再添乱。话虽如此，她还是拿起他的碗，将里面的东西全部泼进垃圾筒，阴沉着脸将糖酥盒嘭的一声重重放在他面前。

克雷格得意的神情收敛了一些。他现在不想吃糖酥了。得到糖酥再容易不过，尽管手段不太正当。

就在克洛达赫为进城购物做准备之时，两个孩子显然意识到她是想来一个胜利大逃亡，于是胡搅蛮缠的劲头越发胜过以往。等到她走进淋浴间时，他俩都执意要跟她一起洗。

"还记得当年我走进淋浴间与你共浴的日子。"迪兰带着冷嘲式幽默对浴罢刚刚出来的克洛达赫说，这时她正准备擦干身子，两个孩子紧紧依偎在她身边。

"是的。"她紧张地说。她不希望迪兰依然记得曾几何时他们的性生活是何等放荡，唯恐他讨回自己欠他的，或者更糟的是，重新恢复以前的做法。

"喏，把她身上擦干。"她将莫莉递给他。"我得快些。"

克洛达赫把她的日产米克拉车倒出车道时，莫莉站在前门口大声哭嚎，"我要去！"声音之悲凄，引得几位邻居赶紧奔到自家窗前看看是谁正在遭到谋杀。

"我也要去！"克雷格的尖声哭叫跟莫莉形成了呼应。"回来，噢，妈妈，回来。"

这两个反复无常的小兔崽子，克洛达赫心想，一边驱车沿着大路向前疾驰而去。本周一大半时间他们口口声声说恨她，他们要爸爸，可是她刚刚想要两个钟头不受打扰的时间，却陡然变得吃香起来，为此她深感愧疚。

十时十五分，艾什林和克洛达赫出现在斯蒂芬格林购物广场上。她俩都没有为迟到而道歉，因为她们都不算迟到。按照爱尔兰标准。

"你那只眼睛怎么了？"艾什林问，"你就像是《发条橙》①中的那个丈夫。

经她提醒，克洛达赫甚为警觉，连忙把手伸进包里摸索起来，想掏出一面镜子，不料却将莫莉的一个小淘气玩具带落到地上。

"这儿。"艾什林递上镜子，以证明自己所言不虚。

"脸上化妆弄的，"克洛达赫仔细打量了一番自己，缓过神来。"我只描了一只眼睛。克雷格瞧见我涂抹眼皮，便缠着我给他涂，结果我肯定忘了涂另一只眼睛……可是迪兰应该告诉我嘛！他现在还愿意瞧我一眼吗？"

---

①《发条橙》：根据英国作家安东尼·伯吉斯同名小说改编的电影。

提到迪兰,艾什林感到有些心虚。她准备周一晚上应迪兰之请跟他一起喝点酒。不知何故她觉得向克洛达赫提及此事有些荒唐,瞒住她也有些荒唐。可是她根据目前为止掌握的情况,认为还是闭口不提为好。也许迪兰正在计划让克洛达赫享受一个出乎她意料的假日——这已经不是第一回了。

"我这里有点东西。"艾什林从包中掏出睫毛膏和眼影。

"你的宝贝东西,"克洛达赫笑道,"嗨!香奈儿睫毛膏?我是说,香奈儿?"

艾什林笑了起来,一副窘态毕露但却不乏自豪的神情。"我的新工作的意外收获。免费赠送的礼品。"

有一刻克洛达赫动弹不得。她使劲咽下一口唾沫,亮开嗓门问道:"免费?怎么个免费法?"

于是艾什林开始讲述一个含糊其辞的故事。那天她的同事中一个叫做梅塞德斯的女人去多尼戈尔办事,另一个叫做丽莎的女人出席一次慈善募捐午餐会,去跟那些时髦的都柏林人士拉关系,还有一个叫做特丽克丝的女人长相酷似辣妹,自然不能在外抛头露面。因此她艾什林只得代表《妙龄女郎》出席香奈儿秋季化妆品展销会。"离开时人家给了我一只精品礼包。"

"太精彩了。"克洛达赫嗓音干涩地说。她注视着艾什林幸福喜悦的笑脸。那当然精彩。她自己对生活的憧憬都溜到哪儿去了?

"快点,让我们开始大把花钱吧。"艾什林催促道。

"我们从哪儿开始呢?"

"吉格索。我那神奇的穿上顿显奇瘦的裤子有点松松垮垮的感觉,我准备把它换掉……不过我今天的运气可能不够好。"她沮丧地坦言。

"为什么?今天星象不吉利吗?"克洛达赫用话逗弄她。

"说实话,自作聪明的家伙,星象本身不坏,可是我的运气不会改变。我刚刚发现自己喜欢的衣裳,他们就瞎忙一气,把衣架上的衣裳统统扒下来。很快你就发现这款衣裳断货了!"

她俩逛了一家又一家店,艾什林试穿了一条又一条裤子,全都令她大失所望。与此同时,克洛达赫也在这些店琳琅满目的女装区里兜了一圈。她根本无法想象自己能穿哪怕是其中的一件衣裳。

"瞧瞧这些连衣裙有多短!"她嘴里嚷道,接着突然心头一怔。我刚才说这话了吗?

"那件很好，是那个曾经把枕头套当裙子穿的女人发明的。"

"我说话了吗？"

"哦，它们才不是连衣裙呢。"艾什林刚刚注意到克洛达赫此前一直在看的是哪款服装。"那些是束腰外衣，穿在裤子上的。"

"我这人太守旧了，"克洛达赫无奈地说，"可是还没等你留神，时尚就发生了变化，忽然间，你添置一件衣裳，图的就是它很耐脏，上面那些污斑一点都看不出来……瞧瞧我这身行头。"她叹了口气，指了指身上那呈喇叭形展开的黑裙子和上身的粗斜纹棉布夹克衫。

艾什林不赞同地撇了撇嘴。克洛达赫兴许算不上时尚女王，但是艾什林情愿付出一切代价，只要能够像她那样——她那虽短但线条优美的双腿，被合体的夹克衫明显衬托出的纤细腰肢，随意盘绕在头顶的浓密秀发。

"看见那件绿颜色的了吗？"克洛达赫突然朝一件薄荷绿色上装急步走去。"喏，你能想象它是蓝色的吗？"

"嗯，可以。"艾什林言不由衷地说。她估摸这大概跟房屋装饰有关。

"我们前屋贴的壁纸就是跟这完全相同的颜色，"克洛达赫激动地说，"他们星期一上门，我真等不及了。"

"已经定下来了？这可真够快的。你两星期前才开始谈这事。"

"我打定主意及早动手，那种可怕的赤褐色烦得我要命，因此我告诉装饰工人这事绝对不能再拖下去。"

"照我看赤褐色蛮漂亮嘛。"艾什林直抒己见。克洛达赫不久前也是这么看的。

"哼，才不漂亮呢。"克洛达赫不容置喙地说，复又将注意力转回到服装上，决心不再走神。终于她买下一件绿洲①衬衫裙，过于短过于透明的那种，就连特丽克丝见了它，恐怕也要知难而退。

"你什么时候穿它？"艾什林好奇地问。

"不知道。送莫莉去幼儿游戏组，接克雷格从绘画班下课回家。瞧，我就是想要它，可以吗？"

她大模大样地用一张指明她为克洛达赫·凯利夫人的信用卡支付。艾什林心里泛起一股酸楚——她只能认为这是出于嫉妒。克洛达赫自个儿不挣钱，但是从

---

① 绿洲（Oasis）：英国女装零售连锁店，在爱尔兰也有多家店铺。

来不差钱。过她那种日子又有什么不好?

"噢,看看那些小孩穿的工装裤!"克洛达赫说着,一头钻进街边一家时髦的儿童用品商店。"穿在莫莉身上会特别好看。克雷格戴上这顶棒球帽是不是特别神气?"

只有当花在孩子身上的钱超过自己时,克洛达赫心里的负疚感才能稍有缓解。

"我们去喝点咖啡好吗?"当这阵消费狂热终止之后,艾什林提议道。

克洛达赫犹豫起来。"我情愿喝点酒。"

"现在才十二点半。"

"我敢说有些酒吧十点就开门了。"

此时喝酒可是不合艾什林的心思,可她依然迁就了克洛达赫。

于是,就在都柏林人沐浴着他们未曾料到的周末阳光、啜饮拿铁咖啡、恍若置身于洛杉矶之时,艾什林和克洛达赫坐在一家光线黯淡、老年人聚集的酒吧间里。那些顾客看上去就像政府部门的健康警示,充分展示了该死的酒精饮料有些什么危害。那些人之间保持着一种若即若离的联系。

艾什林兴奋地聊起自己的新工作,聊起她近距离接触的那些名人,她免费得到的摩洛哥T恤衫,克洛达赫呢,却在金汤力酒①的作用下情绪越发消沉低迷。

"也许我应该得到一份工作,"她突然打断对方的话。"我原来一直想在克雷格出生以后就重新上班的。"

"对的,你是这个意思。"艾什林知道克洛达赫正在有意无意地为自己开脱,解释她为何做不了那种既从事全职工作、又抚养子女的女强人。

"可是那受累的程度难以置信,"克洛达赫说。"随你听说多少分娩是如何痛苦之类的话,你还是没有心理准备,想不到那一个个不眠之夜是何等难熬。我永远都是那么精疲力竭,醒过来时,就像是麻醉药劲过去后人苏醒过来一样。我不可能保住一份工作。"

幸亏迪兰的计算机生意做得很好,她也无需保住一份工作。

"你现在还有时间外出上班吗?"艾什林问。

"我实在太忙了,"克洛达赫坦率地说,"除了去健身房的两个钟头以外,我没有一分钟自己的时间。老实说,都是些琐碎的小事,换下孩子身上吐脏的衣服,

---

① 金汤力酒:一种以杜松子酒为基础的鸡尾酒。

被迫一集集地看小恐龙巴尼碟片……不过,"她说着,眼里闪过一道光亮,"我给巴尼安排了一个最终结局。"

"怎样的结局?"

"我告诉莫莉说他死了。"

艾什林哈哈大笑起来。

"告诉莫莉,他被一辆货车轧死了。"克洛达赫冷酷地说。

艾什林脸上的笑容渐渐消失。"你不至于……真的这样?"

"我确实是这样说的,"克洛达赫机敏地说,"我受够了那个大个子紫色混蛋和那帮可怕而又恼人的顽童,他们向我长篇大论地灌输各种说教,告诉我应该怎样生活。"

"莫莉心里难受吗?"

"她很快就会没事的。我做得对吗?"

"可是……可是……她毕竟只有两岁半啊。"

"我也是一个人,"克洛达赫替自己辩解道,"我也有权利。我都快被这件事逼疯了,确实快疯了。"

艾什林颇觉困惑。不过克洛达赫兴许是对的。人人都认为一个母亲应该为了子女的缘故牺牲她的全部愿望和需要。也许这不太公平。

"有时,"克洛达赫深深叹了口气,"我就在想,有什么意思?我一天的全部生活内容,不外乎开车送克雷格去学校,送莫莉去幼儿游戏组,开车接莫莉回家,送克雷格去折纸培训班……我是个奴隶。"

"不过,抚养孩子可是任何一个人能够做的最重要的工作。"艾什林提出不同看法。

"可是我从来没有真正跟哪个成年人聊过天。除了跟几个母亲以外,那种谈话充满了相互攀比。你知道都会谈些什么——'我家的安德鲁比你家的克雷格性子野多了。'克雷格从没打过谁,而安德鲁·希金斯简直是兰博第二。真是丢人现眼啊!"她冷冷地瞟了艾什林一眼。"我在杂志上看到有些文章提到工作场所同事之间的竞争,但比起带着自家顽童的那些母亲之间的竞争,真可谓小巫见大巫。"

"说出来但愿能够对你有所宽慰。我这个星期始终愁得要死,因为我得写一篇有关萨尔萨舞培训班的文章,"艾什林开始开导她。"这事把我弄得彻夜难眠。你就用不着为此发愁。"为了彻底说动她的心思,艾什林最后轻声添了句,"顶顶要紧的，是你有迪兰。"

"噢，现如今，婚姻并不完全像你所说的那样美好。"

艾什林并未被对方说服。"我知道你一定会这么说。这是一条规律，我已经通过人们的行动对它有了认识。现实环境根本不允许已婚妇女说她们为自己的丈夫而疯狂，除非她们刚刚结婚不久。如果把一群已婚妇女召集在一起，她们肯定会竞相表现自己诋毁丈夫的高超本领。'我丈夫把脏袜子随意扔在地板上。''哎，我那位绝对注意不到我刚刚理了发。'照我看你们全都被自己的好运弄昏了头！"

出来走在洒满阳光的大街上，艾什林听见一个熟悉的声音喊道，"撒尔曼·拉什迪[①]、杰弗里·阿彻尔[②]还是詹姆斯·乔伊斯[③]？"

这人是乔伊。

"你这么早在这儿做什么？"

"到现在还没有睡觉呢。"乔伊谨慎地朝克洛达赫点点头。克洛达赫和乔伊彼此并无好感。乔伊认为克洛达赫过于任性，克洛达赫则因乔伊跟艾什林关系密切而对她心怀怨恨。

"接着说吧，"乔伊催促道，"撒尔曼·拉什迪，杰弗里·阿彻尔还是詹姆斯·乔伊斯？"

"詹姆斯·乔伊斯活着还是死了？"

"死了。"

艾什林仔细忖度她这个可怕的选择题，克洛达赫脸上一派置身事外的神色。"詹姆斯·乔伊斯。"艾什林终于做出了决定。"对了，该你了。杰瑞·亚当斯[④]，托尼·布莱尔，还是查尔斯王子？"

乔伊扮了个鬼脸。"噢嗨！当然不是托尼·布莱尔。不是查尔斯王子。只能是头一个人。"

艾什林转向克洛达赫。"该你了。"

[①]撒尔曼·拉什迪（1947～　）：印度裔英国作家，1988年因出版小说《撒旦诗篇》引起极大争议。
[②]杰弗里·阿彻尔（1940～　）：英国著名作家、政治家。1969年成为英国当时最年轻的英国国会议员。从1974年至今共陆续发表十多部作品，包括长篇小说、短篇小说和剧本等体裁。
[③]詹姆斯·乔伊斯（1882～1941）：爱尔兰小说家，作品多用"意识流"手法，语言隐晦，代表作为《尤利西斯》。
[④]杰瑞·亚当斯（1948～　）：北爱尔兰新芬党领袖。后两人分别为前英国首相和英国王储。

"要我做什么？"

"你挑三个可怕的人，我们得选择跟其中哪个人睡觉。"

克洛达赫略一沉吟。"为什么？"

艾什林和乔伊互相对视了一眼。到底为什么呢？

"因为，它……呃……好玩。"

"我得走了。"乔伊帮她们解了围。"我恐怕，我很快就要死了。再见。我们什么时候去大河夜总会？"

"我说过我九点在那里跟丽莎见面。"

"你的这些朋友我一个都不认识。"克洛达赫愠怒地瞪着乔伊离去的背影。"她，还有那个特德。我等于是在独自隐居。"

"哎，谁叫你不跟我们一起出来的？我一直都在约你。"

"我能来，不是吗？迪兰也可以在家照看孩子嘛。"

"要不迪兰也可以来。"

第十八章

艾什林判断有误——马库斯·瓦伦丁没打电话给她。她简直不敢相信自己的运气。整整一星期，她的话机像是一枚随时构成威胁的炸弹隐匿在寓所内。如果她下班回家看见机上的指示灯闪烁着红光，她的心仿佛一下子迸到嗓子眼。然而，那上面只有一条来自园艺师考迈克的信息，称星期二有车开来装运枯树枝，另一条还是来自考迈克，称星期五车会开走，没有马库斯·瓦伦丁发来的任何信息。到了星期六晚上，她和克洛达赫购物回到住所以后，知道他肯定不会打来了。

然而，就在她将指甲（连同靠近指甲沟的一截手指）涂成浅蓝色、为外出观赏大河夜总会的搞笑表演做准备之际，她意识到马库斯不大可能在观众中注意到她。但愿他不会注意到自己，真心希望如此。白天选购的物品统统摊在床上——淡蓝色卡普里便裤，杀手铜凉鞋，白色收腰衬衫。也许她今晚不会穿上这些外出——在她侥幸躲过这一关之后，打扮得漂漂亮亮是否有些愚蠢呢？

但是她的确有些难以招架。那里将有其他人在场——她得为他们用心打扮。

九时许，特德和乔伊来到她这里。乔伊夸艾什林的一身装束色调柔和时髦漂亮特别迷人，但是特德却烦躁不安地兀自小声嘀咕："我的猫头鹰还没有讨到老婆。该死，错了！我老婆没有鼻子。不对，该死，该死，该死！我们大概还是待在家里为好，"他悲伤地说，"我的心情马上就会糟糕到极点。人们现在对我寄予很高的期望。我要是接不上词儿，那可就惨了。我的猫头鹰没有鼻子……"

这时艾什林已经朝他舌头上滴了一滴急救花精，往他两侧太阳穴上抹了一点熏衣草油，并且将《宁静祷词》①推到他眼皮底下。"快点读一下，要是这不管用，我们还可以读《迫切需要》②。"

"快把幸运佛给我拿来。"他在沙发上深吸了口气说。

"半人半獾男怎么样啦？"艾什林问乔伊，同时跟她一起举起佛像递给特德。

"米克很好。"

如果乔伊用真名称呼半人半獾男，事情就得认真对待了。接下来他们将同去斯蒂芬格林购物广场。

擦亮幸运佛、抽出一张聊以自慰的塔罗牌、听了自己的星座运势以后，特德的精神开始振作起来。（尽管特德是天蝎座，艾什林读给他听的星象却是白羊座的，因为天蝎座的运势看起来没那么受欢迎。）

"听着，你们两人今晚可得特别循规蹈矩，"艾什林告诫说，"你们要特别善待丽莎。"

"她可别以为她将受到我的任何特别关照。"乔伊警惕地说。

"她是不是一个很坏的女人？"特德问。

"那倒不是。"并非总是如此。"不过她挺有心计，特别特别老于世故。我们走吧。"

三个人表现出最好的精神状态，咭咭呱呱说个不停地走下楼梯。此时，在这个晴朗的周六夜晚，他们觉得自己已经接近未来的前景，因而兴致极佳，激动不

---

① 《宁静祷词》：美国神学家雷茵霍尔德·尼布尔1934年的祷告词，在西方很受欢迎。
② 《迫切需要》：美国诗人麦克斯·埃尔曼作于1927年的诗，主题是保持心灵的宁静，努力追求幸福。

已。余下的人生岁月就在眼前,能够作出这种预测真是赏心乐事。

那个无家可归的年轻人坐在门外的人行道上,身边的那条跟他形影不离的橘黄色毛毯已经不再是原先的橘黄色。艾什林垂下脑袋——每回见到他,都觉得自己非掏给他一镑不可,她开始为此感到自责。她偷偷瞟了他一眼,可他却没有抬头瞧她,因为他在读一本书。

"打搅一下,孩子,我只是想……"她快步返回到他身边。

"嚯呀!"他抬起头来,一派无限惊喜的神情,仿佛他们是多年不见的老朋友。"你看上去真漂亮。出去吗?"

"呃,是的。"她递给他一镑硬币,可他却没接在手里。

"去哪儿?"

"去看滑稽表演。"

"很好,"他点点头,仿佛他一直都在观看滑稽表演。"谁的?"

"一个叫做马库斯·瓦伦丁的演员。"

"我听说他很风趣。"他的目光终于接触到她手里的那枚硬币。"你能不能把那个收起来,艾什林。我不想让你每次见到我都赏我一点钱,将来会害怕走出自己的公寓。"

艾什林有些紧张地发出一种类似马儿嘶鸣的笑声。近期许多次她走下楼时,心里都在祈祷千万别遇上他。"你是怎么知道我名字的?"她问,几乎有点受宠若惊了。

"不知道。准是听你朋友这么叫的。"

艾什林陷入沉思,像是碰到了什么古怪的事情。片刻过后她才问:"你叫什么名字?"

"我的朋友叫我呜呜[①]。"他朝她咧嘴笑了笑。

"很高兴认识你,呜呜。"艾什林有口无心地说,还没等她意识到发生了什么,呜呜已经朝她伸出一只脏手,被她握了握。

正面朝下摊在他膝头的书,名为《蘑菇知识大全》。

"你干吗看这个呢?"艾什林惊讶地问。

"我没有别的看。"

[①] 呜呜:原文为 Boo,意为在吓唬别人时发出的声音"呔",在表示批评时发出的声音"呸"或喝倒彩。

她得赶紧追上乔伊和特德。

"艾什林认识的另一个流浪汉。"特德狡黠地说，他在不到十分钟前表现出的那副苦相已经完全消失了。

"哎，闭嘴。"

不妨设身处地替鸣鸣想想，星期六晚上他得站在冰冷的大街上一边乞讨，一边读《蘑菇知识大全》。

第十九章

丽莎原先眼巴巴地等着跟杰克一同去看滑稽表演，希望以此促进自己与他的关系。这本来能够成为一个以工作为由跟他套近乎的极好机会。可是她根本无法哪怕是随便提议一下，因为电视台忽遭不测——显然也是家常便饭——周四、周五整整两天他都一直没回办公室，在外排查故障。这本身也表明她虽然设法让报纸登出自己的照片，从而使《妙龄女郎》的宣传声势进一步升级，但她却不会因此得到杰克的好评。她为此伤透了脑筋。

星期六，她设法利用白天的所有时间为她的"新"房购置各种东西。她昨天晚上刚刚搬过来，急于摆脱那些松木的影响。此外，保持忙碌状态，比原先的计划超前一步，这是再好没有了。虽然就像这个可怕的国度样样事情都不遂人意一样，房屋装修店也糟糕到令人扼腕叹息的地步。

没有人听说过日本的米纸百叶窗，便携式浴帘和做成玻璃花形状的橱门把手。她总算觅得中意的淡褐色床单，但尺寸却不合适，订购要等很长时间，因为此物需从英国进口。

回到"家"里以后，她得等半小时让水预热到可供洗浴的程度。尽管杰克声称会替她修好定时装置，但这话并不靠谱。男人嘛，全是一路货色，无非是动动嘴，跑跑腿，有时甚至连跑跑腿都不情愿。

挨过这令她备感失望和恐慌的一天后,她虽说憋了一肚子怨气,却很乐意外出追寻马库斯·瓦伦丁的行踪。自从广告经营连遭败绩的消息被证实以来,《妙龄女郎》上另辟一些精彩栏目的需要便显得尤为迫切。

九点刚过,她来到大河夜总会。跟爱尔兰的所有其他东西一样,它也令她失望之极——狭小肮脏的程度超出她的预料。这儿跟伦敦的 K 吧不能比。

她无法断定自己是否能够吸引马库斯·瓦伦丁的注意,但正是为了吸引此人,她才如此打扮,意在表明她只是一个普通的姑娘,而不是某某杂志一个脾气乖戾令人生畏的女编辑。一件一字领 T 恤衫,一条磨破做旧、绣有花纹的牛仔裤,一双无带软底运动鞋。虽然脸上抹了不少化妆品,但肉眼难以觉察,可谓几近于无。她显得年轻俊俏,易于接近,仿佛只是随便将近在手边的几件衣裳套上身,而没有花费个把钟头时间对着(松木框的)镜子仔细审视自己的形象,认真揣度如果以这副面貌示人,效果如何。

丽莎在乱哄哄的屋子里兜了一圈,寻找艾什林和她的伙伴,但没见她们的人影,就去吧台点了一杯"四海为家"①。这是一种超级时髦的酒,她以前在伦敦频繁光顾 K 吧和中国白之类的当红酒吧时,多次用它痛饮一醉。

"一份什么?"酒吧间男招待满脸通红,圆滚滚胖溜溜的肚子几乎要撑破上身的尼龙衬衫。

"一杯'四海为家'。"

"你要买杂志,走过几家店面就有专门卖杂志的②,"他带着歉意说,"我们这里只卖酒水饮料。"

丽莎暗自思忖是否应当指点他怎样调制这种酒,转而又想到自己也不明就里。"一杯白葡萄酒。"她气鼓鼓地厉声说。也许他们连这个也没有,果真如此,她只好将就喝那种讨厌的健力士黑啤酒。

"夏布利还是霞多丽③?"

"噢,霞多丽。"

她点燃一根烟,扫视着屋里的人群。直到烟吸完酒喝尽,艾什林仍未露面。

也许这样守候下去不是办法。丽莎瞧见一群小伙子站在身旁,觑准其中一个

---

① 四海为家:一种用橘味白酒、柠檬伏特加、蔓越橘汁、酸橙汁调制而成的鸡尾酒。
② 四海为家和《时尚》杂志的英文名都是 cosmopolitan,所以男招待有此误解。
③ 霞多丽:一种类似夏布利酒的无甜味的葡萄酒。

长得最帅的问:"几点了?"

"九点二十分。"

"二十分?"情况比她想象的还要糟糕。

"你在这没等到人?"

"那倒不是。可是原先约定的时间是九点。"

小伙子听出她的口音。"你是英国人?"

她点点头。

"他们就要到了。十点之前准到。不过你得知道,在这个国家,九点只不过是一个大概的说法罢了。"

丽莎只觉得心头恶念作祟。这个该死的国家。她对它讨厌到了极点。

"不过我们愿意跟你聊到他们来为止。"他脸上掠过一丝调情的笑容。他把两根手指伸进嘴里,发出一阵狼嚎般尖厉刺耳的口哨声,召回了几个已经四下散开的朋友。

"没必要……"丽莎试图阻止他。

"没关系,朋友,"他安慰道,"哥儿们,"他对五个伙伴说,"这位是——"他朝丽莎挥挥手,等着她说出名字。

"丽莎。"她绷着脸答道。

"她来自英国。她的朋友迟到了。她一个人孤零零的挺难受。"

"嘿,跟我们待在一起好了,"一个雪貂般身材矮小的家伙说道,"给他拿杯酒来,狄克兰。"

"爱尔兰人的确热情好客。"丽莎鄙夷地嘀咕了一句。

六个年轻人全都热情地点点头。说实话,他们这样周到体贴,与闻名于世的爱尔兰人热情好客的传统毫无关系,而完全是因为丽莎的褐色秀发,小巧的臀部,以及她那从巧妙地做出磨破效果的牛仔裤腿下露出的两截光滑而修长的褐色脚踝。倘若丽莎是一位男子,就只能始终盯着面前的酒杯发愣,谁都不会把她放在眼里。

"谢天谢地,她总算来了。"丽莎瞧见艾什林走进门,心里一阵释然。

艾什林刚刚见到丽莎,原先那种身着新装脸面有光的感觉顿时化为乌有,越发认为自己渺小和愚蠢。她怯生生地向丽莎相继介绍了乔伊和特德。紧接着,令艾什林惊骇不已的是,乔伊蓦然转向丽莎,下巴颏挑战似的歪向一侧说:"吉姆·戴维森、伯纳德·曼宁或者吉米·塔巴克——你得跟他们其中哪一位上床。"

"乔——伊！"艾什林推了推她，"丽莎是我的上司。"

但是丽莎立刻领会了她的意思。她作出一副沉思的表情，稍顿片刻之后说，"吉姆·戴维森。哦，该我出题了。迪斯·奥康纳……"

这倒让乔伊吃惊不小。

"……弗兰克·卡森，呃……呃……还是……恰比·布朗①。"丽莎幸灾乐祸地眯起眼睛，这时乔伊有些难以招架了。

犹豫片刻之后，乔伊长叹一声说，"那就选奥康纳吧。"

"她人倒不坏。"他们占下几个座位时，乔伊对艾什林附耳低语道。

特德首先登场，虽说他仅仅是第三次公开亮相，却已经拥有一帮追星族。他此前在艾什林的寓所其实大可不必那么伤感。演出一开始，他朝观众大喊："我的猫头鹰去了西印度群岛。"六个学生模样的铁杆戏迷也朝他大吼："是假道牙买加去的？"

"不是，"特德答道，一些人顺着他制造余下笑料的思路异口同声地说："她是自愿去的。"

特德又补充了许多新的猫头鹰笑料，所有这些都产生了极大的轰动效应。

尽管屋里回荡着笑声，丽莎还是参透了笑声背后隐藏的实质。"我知道他是你的朋友，可我不能不说，这些显然是皇帝的新装的翻版。"她尖刻地说。

"他这样做只是想搞到一个女朋友。"艾什林语气谦卑地替他辩解道。

"大概这也是完全正当的吧。"丽莎知道为了达到目的可以不择手段的道理。

特德之后是另外两位滑稽艺人，接着就轮到马库斯·瓦伦丁登场了。空气的化学成分似乎发生了变化，充溢着吊人胃口的期盼。当他终于在台上出现时，全场观众开始发起狂来。艾什林和丽莎都坐直了身子，凝神注视着台上的动静，但出于各自不同的目的。

就一名搞笑单人秀男演员而言，马库斯·瓦伦丁是一个相当另类的怪物。他的表演从不涉及手淫、宿醉、乌尔丽克·约翰森②之类的内容。特别不循常规。他的拿手好戏是表演一个深受现代生活困扰的人。此人匆匆走进一家超市，因为家里黄油告罄，置身于超市又慌了神，因为他无法在品类繁多的黄油之间做出选择，什么容易被涂开的黄油，不饱和黄油，多不饱和黄油，加盐的黄油，不加盐的黄

---

①这三人和上文乔伊提到的三人都是英国喜剧演员。
②乌尔丽克·约翰森（1967～　）：在英国很有名的瑞典籍电视节目女主持人。

油，脱脂黄油，低脂黄油，以及那些根本不是黄油的疑似黄油，如此等等。他的风度和人缘与他脸上的雀斑不无关系。还有茫然无助的神情。他有一副很好的身材。她吃惊地把这几方面归拢到一起。

她在心里匆匆列举自己拒绝马库斯·瓦伦丁的原因。其一，他的热情。无论是他那双明亮的眼睛，还是说话时不带嘲讽的口吻，都没有任何性感的成分。其二，他的雀斑。其三，他对她的爱。其四，他那愚蠢的名字。

但是就在她抬眼仰视马库斯·瓦伦丁那宽阔的胸脯和颀长的双腿时，却意识到自己极有可能破坏了男艺人的规矩，还有他说会打电话给她、结果没打的事实。这两者注定会结合在一起。我不会做这事，她暗暗叮嘱自己。我肯定不会做这件事……心理效果等于用手指紧紧摁住耳朵说："啊呀啊呀啊呀我听不见你的声音，我听不见你的声音……"

"雪花！"马库斯郑重地说，两只睁得老大、不含半点奸诈的眼睛扫视着全场。"有人说没有两片雪花是相同的。"

他稍稍拖延了一会，然后大声喝问："可他们是怎么知道的？"

就在场下的人们兴奋得身子扭来扭去之时，他又惶惑不解地问道："他们将两片雪花作过比较了吗？他们察看了吗？"

接着他又开始聊起下一个话题。"有一位年轻的女士我想打听一下。"马库斯告诉这些越发痴迷于他的观众。

也许那就是我？艾什林不禁暗自想道。

他慢悠悠地走过舞台，恍若陷入沉思。头顶上方的聚光灯照射着他那平板结实的腿部。

"上回我向一位年轻的女士索要她的电话号码，她说，'在电话簿上。'问题是我不知道她姓甚名谁，请教她的尊姓大名，她却说——"他顿了顿，时机把握得恰到好处，"'噢，名字也在电话簿上。'"

整个屋子乐翻了天，但是观众的笑声却大半出自同情，带有"反正这人肯定不是我"那种急于撇清自己的意味。

"所以我决定耍帅扮酷，"他张开嘴巴傻笑着，每个人都不禁为之陶醉。"我认为我应该效仿奥斯汀·波尔斯[①]，要求这位年轻的女士给我打电话。于是我将姓名

[①]奥斯汀·波尔斯：喜剧间谍片中的特工。

和电话号码写在一张纸条上，然后我问自个儿，奥斯汀·波尔斯会怎么说。"他闭起双眼，指尖摁住太阳穴，装出一副在跟奥斯汀·波尔斯商讨的姿态。"忽然我明白了，'给我打电话！'"马库斯朗声宣告。"温文尔雅，巧于辞令，老于世故。女人能够抵御什么？给我打电话！"

我出名了。艾什林突然生出一种疯狂的冲动，想要站起身来，当场告诉在座的每一个人。

"猜猜会怎么样？"马库斯的目光掠过全场观众，脸上带着一种忸怩作态、痴憨可笑的表情。他与每个人之间的关系是那么紧密。他们屏气敛息无比喜爱地瞅着他，而他却把这种默默企盼的气氛推到了极致，将他们牢牢控制在他那布满斑点的手的掌心里。"她压根没打电话！"

毫无疑问，马库斯·瓦伦丁具有某种失败者特有的明星气质。

他刚刚退场，丽莎随即离开座位。特丽克丝跟他的经纪人打电话时，他已经明确表示拒绝与丽莎共进午餐，但是丽莎希望凭借这种极尽恭维之举，再加上她本人亲自出面，能够使他回心转意。艾什林瞧着丽莎在舞台边缘拦住马库斯·瓦伦丁，一时拿不准自己是否应该跟上去。她不想离马库斯太近，以免被他瞧见，以免他认为……但是特德被一群热心的戏迷簇拥着，乔伊刚刚看到半人半獾男……他在跟另一个女人搭讪，随后又离开了。独自坐了一会以后，艾什林站起身。

她好奇地注视着马库斯，他正注视着跟他说话的丽莎。他的脑袋歪向一侧，感到疑惑时便做出一个撇嘴的古怪动作，很是惹人喜爱。然后丽莎住口，他开始说起来。他说到关键处，看样子很像是在表示拒绝，两眼无意中刚刚接触到艾什林的目光，便忽然停了下来。

"你好。"他招呼了一声，朝他咧开嘴巴笑了笑，攫住她的目光，同时散发出温暖的气息。像是我们彼此心照不宣似的，艾什林心里颇不自在。他以为我来到这里，就是为了特地见他一面。

他又继续聊了一会，但却频频朝这边瞥视，然后他轻轻触了触丽莎的胳膊算作告别，接着走到艾什林身边。

"你好。"

"你好。"

"你在这儿做什么？"

她停了停，抬起浓密睫毛下的眼睛瞅着他，脸上露出微笑。"我以为有梅西·格雷①演出呢。"该死！她心想。我正在跟他调情卖俏。

他发出会意的笑声。"你喜欢这种表演吗？"

"呃——嗯。"她点点头，又从睫毛下抬眼瞧了一下。

"我能不能哪天带你出去喝一杯？"

这可给了她一个教训。她就像是一只骤然处在汽车前灯照耀下的兔子，嘴里塞满过多的食物，无法咀嚼咽下。

我不能仅仅因为他有名气受人尊重便对他产生非分之想。那将显示出我这人是何等浅薄无聊。

"好吧。"好像她的声音已经决定不听主人的使唤。"给我来电话。"

"你的号码……？"

"你那儿有。"

"再给我留一次，保险起见。"

马库斯开始惟妙惟肖地做出一套催逼自己的形体动作，大约是在寻找笔和纸。

幸好艾什林包里的文具几乎应有尽有，她从一个笔记本上撕下一张纸，在上面草草写下自己的姓名和电话号码。

"我将妥善保管，"他说着，将纸折成小方块，深深地塞进牛仔裤的前兜。"紧靠我的心脏，"他作出承诺的声音充满讽刺意味。"我现在就要走了，不过我会跟你联系的。"

艾什林目送他离开，这时她对自己的行为感到莫名其妙。随即意识到丽莎正在饶有兴致地注视着自己，她赶紧躲进洗手间。她走向洗手池时，却被一个眼含悲戚的矮个头姑娘挡住了一半去路。这姑娘站在镜子面前重新勾描眼线，使她自己越发显得凄楚可怜。艾什林旋开水龙头的时候，这个满脸苦相的姑娘转向旁边那位个头较高的朋友，她的朋友此时正在无聊地照准自个儿嘴唇一圈圈地抹上粉红色果冻唇彩。姑娘对她朋友说，"弗朗西斯，说来你绝对不会相信，那个女士就是我，真的。"

"谁啊？"

"那个收下马库斯·瓦伦丁写有'给我打电话'的纸条的姑娘。"

艾什林身子猛一激灵，水溅湿了胸前一大片。幸好没人注意。

---

①梅西·格雷（1967~　）：美国著名女歌手。

弗朗西斯不可思议地缓缓转过身子，唇彩棒牢牢地贴在嘴唇上。满脸苦相的姑娘开始细说原委。"那是去年圣诞节，我们紧挨着站在一列等候出租车的长队里有两小时。"

"可你干吗不打电话给他呢？"弗朗西斯用力拔下唇边的唇彩棒，双手抓住满脸苦相的姑娘的肩膀一阵猛摇。"他是那么讨人喜欢。讨人喜欢！"

"可是在我看来，他只是一个满脸雀斑的傻瓜。"

弗朗西斯若有所思地久久打量着眼前这位个头矮她一截的姑娘，然后发表自己的见解。"你还有一点基本的常识吗，琳达·奥内尔？你这么闷闷不乐，真是活该。我永远不会再同情你了。"

此时仍在洗手的艾什林，像是处在强迫症的最后阶段，一时给完全弄懵了。她整个一生都在寻找表示神的意志或力量的神迹，如果这还不算是神迹，那她委实不知何为神迹。快点通过马库斯·瓦伦丁让神迹得到应验，上天的神谕在敦促她。即使他将"给我打电话"的纸条视为儿戏，她依然对此感觉不错，非常好的感觉。

艾什林重新露面时，丽莎正准备离开。此时她的目的既已达到，她实在看不出还有任何理由继续待在这个不上档次的夜总会里。

"再见，周一班上见。"艾什林拙嘴笨舌地说，拿不准自己该对她亲热到什么程度。

丽莎奋力钻过人群，一脸得意的神色，今晚成绩不错。见到马库斯·瓦伦丁，她心里越发坚信，此人肯定值得追求。尽管这并非易事，他在现实生活中远非如此老实。事实上，他为人精明——而且圆滑。丽莎认为他并不反对撰写专栏文章，但他坚持只为一份品味不俗的报纸供稿。为了让他不再固执己见，不妨给他尝点甜头，就说他们有可能把他的专稿出售给世界各地的伦道夫传媒同时发表。

而且出乎意料的是——他好像看中了艾什林。她们两个女人不妨来个合围夹击，让专栏成为囊中之物。

不过最好得尽快下手，抢在他甩掉艾什林之前将一切搞定。因为他准会甩掉艾什林。丽莎知道他这号人的习惯。一个原本平庸的人骤然一跃而成为明星，不可能不利用与其职业无关的姑娘。

这样可能会出纰漏——艾什林像是那种多愁善感，容易因失恋而心碎的女人，丽莎在这个忙碌的时刻最不愿见到一个助理编辑派不上用场。她无法理解有些意志软弱的人为何会精神崩溃。这是她绝对不屑为之的事。当然,这一切都以假设艾什林将与马库斯约会为依据。也许艾什林并不愿意,而且谁又能责备她呢?按照丽莎的看法,他是一个粗俗卑鄙的人。那些雀斑!他虽然有本事逗得一屋子浅薄无聊的人哄堂大笑,却不能因此消除自己脸上的雀斑。

"丽莎,再见。再见,丽莎。"起初很"体贴"丽莎的那几个小伙子朝她挥挥手。"再见。"她脸上露出微笑,心里吃了一惊。

出门时丽莎走过乔伊的身边,见她正跟一个前面长长的黑发当中夹杂着几缕灰白色头发的男人认真争论着什么。丽莎靠近她,心血来潮似的嘀咕了一句,"拉斯·阿伯特,黑尔,或是派斯①,你必须跟他们当中的哪一个上床。"

乔伊猛地转过身,可是丽莎已经离她而去。她大步走过一条条街,觉得今晚有些耐人回味之处。她觉得……今晚……忽然她明白了。有趣!今晚很有趣。

第二十章

翌日清晨丽莎醒来后,觉得不能再继续下去了。像现在这样。她以前从未有过如此无助的感觉。即使是在跟奥利弗相处的那些日渐消沉的可怕岁月里,她也不像此刻这般充满绝望。那时她还能全副身心投入工作,认为自己的人生尚有些许生机,以此作为某种略带苦涩的慰藉。

丽莎并不赞成抑郁是一种概念。抑郁是另外一些人在生活缺少色彩时产生的一种情绪。孤独同样如此。悲伤亦然。但如果你有一双足够好的皮鞋,在有一定档次的饭店里用餐,并且得到提拔,地位高于那个比你更配得到晋升的同事,那就大可不必产生任何恶劣的情绪。

但这只是在理论上说得通。她躺在床上时,还是为自己抑郁到如此地步深感

---

① 拉斯·阿伯特,黑尔,派斯:三者皆为喜剧演员。

震惊。她抱怨窗帘样子难看,屋里松木制品泛滥成灾——足以令任何一个注重品味格调的人精神错乱。她讨厌屋里的静谧更甚于屋里透明的光线。该死的花园,她恨恨地想道。她真正想要的是出租车呼啸而过的声音,汽车门嘭嘭开关的声音,衣着考究的人们来来去去的声音。她向往窗外的生活。她昨夜酗酒之后产生了宿醉——她数不清自己到底喝了多少杯白葡萄酒,尽管她坚持一杯酒落肚之后接着喝一杯矿泉水,如此酒水交替喝到第二十巡时,矿泉水往往很难再起什么解酒的作用。她为此责怪乔伊。

但是真正的宿醉是由感情因素所致。她非常愉悦,昨夜的情绪亢奋触发了她记忆深层的某些东西,因为她情不自禁地想到奥利弗,在此之前她一直做得很好,总能在最后一刻阻遏自己对他的思念——她让自己倒数——近五个月时间。事实上,她刚刚听任自己想这件事,就准确地知道已经过了多少日子。一百四十五天。既然有人选择在新年离开你,就很容易把它记在心上。

她并没有竭力劝他留下。过于自尊。还有过于实际——她已确信他们之间的分歧是不可调和的。有些事情是她不愿——不能——放弃的。

但在这个可怕的早晨,她的全部记忆就是点点滴滴的美妙滋味,早先充满希望和爱情憧憬的岁月。

那时她长期供职于《潇洒》,奥利弗是一位时装摄影师。处在事业发展的上升期。他常常迈着富有弹性的步子姿态优雅地走进办公室,黑人特有的长发绺荡来荡去,腋下多半夹着一只硕大的工具包,在丰满的肩部肌肉的衬托下显得很小。甚至明知已经迟于原先跟编辑约定的见面时间——确切地说,尤其是在这种情况下——他总是驻足和丽莎聊上一阵。

"纽约怎么样?"一次谈话时她问。

"垃圾。我讨厌它。"

"哦,真的吗?"其他人似乎无不喜欢纽约。可是奥利弗从来不愿轻易接受时下普遍流行的观念。

"你在纽约有没有给一些超级名模拍过照片?"

"噢,拍过。许多。"

"哟?那就说说他们的闲话,纳奥米这人怎么样?"

"很有幽默感。"

"凯特呢?"

"嗯,凯特很另类。"

虽说丽莎为他没有透露名模耍大牌吸食海洛因之类的内幕传闻感到失望,但他对任何名人一概不感兴趣的做派却反而赢得她的青睐。

你甚至无需见其本人,也能知道他此时是否待在办公室里。只要有他在,管保会弄出不少动静——抱怨他们紧缩他的开支,指责他们用过于廉价的纸印刷他喜爱的照片,大声笑着,争辩着。他嗓音浑厚,若非稍稍有些发颤,准会像巧克力一般诱人。每次他在公众场合发出笑声,人们都要掉转脑袋去看。这就是说,如果他们此刻不是正在看他的话。他魁梧结实的健美身躯与他飘逸优雅的姿势显得格格不入,致使人们感到困惑。他走进办公室时,丽莎暗暗将他审视一番。"黑色"一词欠妥,她想。远比黑色复杂而微妙。一切都在闪亮——他的皮肤,他的牙齿,他的头发。更不用提编辑额头上的汗水。今天他要闹腾出什么样的动静?

虽然他仍在争取出人头地,但他为人诚实,固执,很难相处。他从不对任何人阿谀奉承,如果别人他看不顺眼,他会据实以告。正是这种自信,加上他俊朗的外表,使丽莎认定自己需要他。当然,虽说他的星座有极大优势,她却并未因此感到失落。

自从丽莎开始跟男孩约会以来,她总是在约会问题上动足了脑筋。她压根不是那种愿意屈尊跟保险推销员约会的姑娘。但也不会让人觉得那样冷漠无情。她绝对不允许自己跟一个尽管家世极好,但她不感兴趣的男人约会。可以说,几乎从未有过。但她得承认,她知道,有些她喜欢过的男人,永远不会受到自己的重视:一位面色严峻颇有魅力的法庭书记员,名叫弗雷德里克;最温柔的管子工戴夫;还有——跟她最不般配的——一个惯于谈情说爱犯有轻微罪行的家伙,叫做巴兹(至少这是他告诉丽莎的名字,但无法保证其真实性)。

她偶尔允许自己稍稍纵情享受一番,与某个令人愉快但没有希望的年轻人匆匆发生性关系,但从来不会误以为他有任何前途。这号人就像银河一样似有若无——犹如两餐之间的小吃,落肚之后不会影响你正式用餐的胃口。

她真正用心交往的是那些水准完全不同的人。比如一名精悍的杂志业务主管,正是凭借这份浪漫恋情,她得到《十六岁花季》的第一份工作;一名"愤青"流派的小说家,后来卑鄙地将她甩掉,她则最终设法让他的小说遭到辛辣的评论(从而使他更加愤怒)。一名饱受争议的音乐记者,令她如痴如狂,直到他发现了迷幻爵士乐,蓄起了山羊胡须。

奥利弗介于这两类男人之间。他相貌英俊，足以成为第一类人中的佼佼者，但又新潮，富于才干，有资格在第二类人中占据优势。

随着奥利弗频繁光顾《潇洒》，他与丽莎的关系日趋密切。她知道奥利弗喜欢并尊重自己，知道他俩能够互相吸引对方，靠的绝不仅仅是肉体本身。在那些很久以前的日子里，并非每个同事都跟她做对，但她越是受到奥利弗的青睐，就越发容易遭到所有同事的厌恶。

尤其是在丽莎开始特别为他效劳以后。看见丽莎帮自己找到四张丢失的底片，奥利弗愉快地数落《潇洒》的其他人。"听着，你们这么多不中用的东西，这位女士是个天才，你们为什么不能像她一样呢？"

闻听此言，鄙夷的目光犹如一道电光倏地掠过整个办公室。丽莎找到那些丢失的底片也许不假，但这两天她可是其他啥也没干。

丽莎隐约感到奥利弗曾经有过一位女友，可当他再度单身的消息传来时，她并不惊讶。她知道自己是下一个候选人。他俩互相调情卖俏打得火热，从不羞羞答答。他俩亲亲热热的那股黏糊劲显而易见，矢口否认只能是虚假做作。

这种再明显不过的关系被她的同事看在眼里，于是，弗利卡·杜邦（特写助理编辑）、埃德温娜·哈里斯（时装初级文员）、玛丽娜·布思（健康与美容编辑）共同密谋，扣下一篮免费获赠的约翰·弗里埃达香波中她应得的那一份，理由是她已经捞够了外快。

她期待中的一天终于来了。当时，奥利弗出现在《花季少女》编辑部，径直走向丽莎，一边对她说，"宝贝儿，我可以请你在星期五晚上喝一杯吗？"

她踌躇起来，本想故作姿态拿拿架子，旋又打消了这个念头。她有些紧张地笑了笑，高声答道："好啊。"

"你会让我吃苦头的，对吧？"

"嗯哼。"她神态庄重地点点头。

两人同时朗声大笑，音量之高，让跟他们相隔仅有三张办公桌的弗利卡·杜邦嘀咕了一声"拜托"，随即用手指尖堵住了耳孔，以驱散耳畔萦绕不绝的轰鸣。

弗利卡事后对埃德温娜轻蔑地说："我不会嫉妒她的。"

"哎哟，我也不会！"

"他是一个麻烦的人物。"

"令人头疼。"埃德温娜附和道。

她们陷入了沉默。

"不过我倒挺愿意跟他做爱。"弗利卡最终坦言。

"你当真？"埃德温娜以往从未像眼下这样语藏机锋。

在双方约定的星期五晚上，奥利弗和丽莎一起出去喝酒。然后他又带她去吃晚餐，席间两人其乐融融，餐后又去一家夜总会跳了几个钟头的舞。第二天，凌晨三时，他俩一起来到他的寓所，气喘吁吁地进行了盼望已久的做爱。然后抓紧时间睡了几个钟头，早晨他俩醒来时都依偎在对方的怀抱里。当天余下的时间他们都在床上度过，聊天，打盹，隔一段时间便怀着激情做一次爱。

当晚，耽于床笫之欢的他们折腾够了之后，终于从爱巢中起身。奥利弗带丽莎去一家相当蹩脚的法国餐馆，它唯一的优势是走不多远即可抵达。在插入酒瓶中的红烛的映照下，他们互相喂食淡而无味的贻贝和硬邦邦的红酒炖鸡。

"这是我尝过的味道最美的食物。"丽莎吮着指头，目不转睛地瞅着餐桌对面的奥利弗。

回去的路上，他俩在别人的怂恿下不由自主地参加了在当地教堂举行的一场美国式婚礼。"来吧，来吧，"一个豪爽的汉子对信步走过的他们发出邀请。"祝贺我儿子婚姻幸福。"

"可是……"丽莎提出异议。以此种方式度过周六夜晚，可不是她这种时尚捍卫者的做派。倘若被哪个熟人看到又当如何？

但是奥利弗轻松地说道："干吗不呢？进去吧，丽兹[①]，兴许挺有趣呢。"

酒杯塞到他们手上，他们舒舒服服地坐下来，恍若梦中一般。周围的人无论是青年还是长者，全都身穿肥大宽松的乡村绣花衣裳，和着强烈而快速的音乐旋律，跳起波尔卡似的古怪的吉格舞。一位裹着头巾、说话带有浓重口音的老太太爱抚地捏捏丽莎的面颊，含笑的目光从奥利弗移到她身上，嘴里连声说："可笑，真可笑。"

"她说的是你还是我？"丽莎焦急地问，很晚才觉察到自己眼下感情过于外露。

"你，太太。"老太太脸上略带一丝笑意。

"扯淡。"丽莎嘀咕了一声。

奥利弗顿时爆发出一阵大笑，完全张开的两片漂亮的嘴唇之间露出两排结

[①]丽兹：丽莎的昵称。

实的白牙。"当心!"他调侃道,"准是因为你真心爱我的缘故。"

"或者因为你爱我。"她傲慢地回应道。

"我从没说过不爱你。"他说。

虽说这种事情她通常并不能感觉得到,但是,就在那场出乎意料、如梦如幻的时髦婚礼上,丽莎恍惚觉得上帝之手已经触摸了他俩。

周日早晨他们醒来时蜷缩在一起。奥利弗将她推入自己的车里,然后扣上安全带,驱车沿着高速公路驶向奥尔顿塔公园。[①]他们在园内用激将法鼓动对方一趟趟地乘坐越发令人胆寒的过山车,虽然心里怕得要命,但她还是硬着头皮一次次坐上车,因为她不想在奥利弗面前示弱。看到她有点儿脸色发青身子颤抖,他笑着说:"吃不消了吧,宝贝儿?"她回答说自己有点耳鸣头晕。奥利弗考验她意志、逗他开心的能力超过了其他任何一个人。他就像她自己,像得不能再像了。

接着他们回到家里吃比萨,上床睡觉。他们的首次约会总共持续了六十小时,直到周一早晨,他开车将她送去上班才告结束。

等到第三次外出旅行时,他俩正式开始相恋。

第四次相约见面,奥利弗决定带她去珀利[②]见他的爸爸妈妈。丽莎原以为这是一个绝佳的征兆,谁料此行却几乎将他俩拆散。他们驱车行驶了约半小时后便开始产生裂痕,奥利弗说:"我说不准爸爸今天是不是会下班回家。"

"他是做什么的?"丽莎以前从没想过打探此事,反正这似乎并不重要。

"他是医生。"

医生!"什么医生?"专管马路卫生的医生——换句话说,一个扫马路的?

"只是一名全科医生。"

她惊得说不出话来。她原先一直充满柔情地认为奥利弗有点粗野,谁料他却是中产阶级出身。相形之下,她反倒显得有点粗野。事情发展到这一步,她根本不可能带他去拜见自己的父母。

余下的行车路上,她一直暗暗祈祷,但愿有一个医师爸爸的奥利弗家境贫寒。但当奥利弗将车子开到一座宽敞的方形住宅前时,那一扇扇都铎式风格铅框玻璃

[①]奥尔顿塔公园:英国最大的主题公园,位于斯塔福德郡,建于1980年。园内的过山车途中遍布盘旋和急转弯,增加了游客的刺激感。其中名为"速度女王"的过山车发射速度高达每小时九十七公里。

[②]珀利:伦敦南部克罗伊登区一地名。

窗，一扇扇罗兰爱思①奥地利百叶窗，以及视线所及的各个窗台上摆放的一件件精美饰物，全都在表明他们绝无缺钱之虞。

动身来此之前，她指望奥利弗的妈妈是一个性格温和、腿部肥厚、脚穿米老鼠鞋的女人，早餐喝红带啤酒，笑时发出音量很高的"嗬嗬"声。但是恰恰相反，出来开门的她，犹如女王一般雍容华贵。皮肤稍稍黝黑一些，但头上覆满帽盔似的浓密卷发，身穿购自玛莎百货商店的端庄整洁的衣裳，一样不差，无可挑剔。

"很高兴见到你，亲爱的。"纯正的当地口音。丽莎觉得她的自尊受到了更加严重的打击。

"你好。列文斯顿太太。"

"叫我瑞塔吧。请进。爸爸做手术，要晚点回来，不过他很快就会到家了。"

他们被领进布置考究的客厅，丽莎看到那些柔软的家具外层的塑料纸已经揭去，便觉得自尊受到了打击。

"喝茶吗？"瑞塔神情开朗地提议，一边抚摸着将脑袋趴在她膝上的一只毛色金黄的拉布拉多犬。"拉普山小种②还是伯爵红茶？"

"随便。"丽莎轻声说。全科大夫的小费是不是高得离谱？

"我没料到会是这样。"她跟奥利弗单独在一起时忍不住压低嗓门说。

"你料到什么？我们吃豌豆饭，喝朗姆酒，"奥利弗的口音忽然变成了地道的加勒比海腔，"在走廊上随着钢鼓敲击的节拍跳舞？"

正是！这是我来到这里的唯一理由。

"我看不行，亲爱的，"他迅速转换成战时英国广播公司严肃正经的腔调。"因为我们是英国人！"

"真正适合我们的称呼，我听人说，"瑞塔端着一只装满手工制作、造型简单的无糖饼干的碟子再次走进客厅，"应该是'紫雪糕'"。

"为——为什么？"丽莎疑惑地问。

"外表呈褐色，内里是白色。"她忽然咧开嘴笑了笑。"我家里人就是这样称呼我的。你不可能赢，因为隔壁的白人也仇恨我们！邻居对我说，我们搬进来后，

---

①罗兰爱思：英国著名女装和家装饰品品牌。
②拉普山小种：又名正山小种，是一种产自中国福建的红茶。

他们家房子的价格就跌了一成。"

她出人意料地"嗝嗝嗝!"一阵放声大笑,与她那身穿玛莎名牌服装的高贵气派显得极不协调。丽莎觉得自己的恶劣情绪顿时消失殆尽,就像糖块彻底融化在她的茶里一样。嗯,就算邻居们当时仇视他们,那又有何妨,不是吗?他们如今远没有当初那样胆怯了。

第五次约会时,奥利弗和丽莎谈论同居的问题,第六次约会他们又对此作了进一步的探讨。第七次约会的主要内容,是开着一辆货车从巴特西到西汉普斯特[①],将丽莎那个庞大的衣橱运到他位于巴特西的寓所。"有些东西你真得扔掉,宝贝儿,"他警告说,"要不然我们就得买一座大些的房子。"

也许,丽莎后来意识到,甚至当时已有迹象表明事态的发展有些不对劲,但那时她却对此视而不见。她觉得一切都再正常不过。她感到奥利弗真正看清并接受了她,连同她所有的抱负、精力、眼光和畏怯。她自以为他俩属于同一类人。年轻,机敏,胸怀大志,克服种种困难取得成功。

那段日子里,从洛杉矶新近传入的精神伴侣的观念正盛极一时。丽莎也以拥有一位这样的伴侣为荣。

他们同居后不久,丽莎调任《佳人》杂志副编辑。巧合的是,奥利弗当时已经成为一个炙手可热的吃香人物。虽说以个性而论他并不总是受人欢迎——有些人认为他不太好处。一时间,各家通俗杂志纷纷挖空心思竞相聘用他。奥利弗不偏不倚地平均使用精力,周旋于它们之间,直到莉莉·海德利-斯迈思承诺使用他的一张照片作为《派头》(Femme)圣诞专刊的封面,后又改变了主意。

"她说话不算数。我再也不会为《派头》或莉莉·海德利-斯迈思工作了。"奥利弗明确宣告。

"除非等到下一次。"丽莎笑着说。

"不,"他脸色严肃地说,"永远不会。"

的确如其所言,就连莉莉送给他一只爱尔兰猎狼狗崽以表歉意,也没能使他动心。丽莎对他满怀敬佩。他意志十分坚定,是纯粹的理想主义者。

不过当时奥利弗还没有用他那桀骜不驯的秉性来跟她作对。后来这种秉性就不怎么讨她喜欢了。

[①]巴特西、西汉普斯特:皆为伦敦地名。

第二十一章

这个星期天的日子对于艾什林来说同样难熬。

早晨醒来时,她心里充溢着马库斯·瓦伦丁引发的无限遐想。她感到好奇,满怀期待。她感觉容光焕发,因为一切准备就绪——无论是为了一场约会,一番调情,抑或一阵恭维。某件实实在在的事将会发生……

她悠闲地消磨着早晨的时光,全副身心沉浸于热烈的情绪之中,同时又处在积极和警觉的状态之下。但是随着时间的缓缓流逝,迟迟等不来一个电话,她内心的喜悦逐渐化为烦躁。为了打发时间,消耗多余的精力,她开始做清洁工作。

毕竟马库斯也没说过何时来电话。她之所以不再抱有幻想,与其说是感到遭到拒绝,不如说是觉得良机已失。因为她尽管说不准自己是否喜欢他,还是宁愿认为她大概喜欢。当然,她愿意对此做出最有把握的猜测。感情上她已作好盛装出行的准备,但却无处可去,这可不妙。

看看我吧,她一边想一边沮丧地用力擦洗浴缸。我以前曾经待在这里,等候一个男人打来电话。太晚了,她意识到自己曾经多么享受那个短暂的舒适期,就是她不再为一个男人黯然神伤了,又还没有开始迷恋另一个男人的那段日子。我这是自作自受,谁叫我如此浅薄,居然爱上一个舞台上的男人哩。

她为自己没能把握机会及时给他打电话而懊恼不迭。如今为时已晚,因为她找不到那张纸条,她记不得自己曾把它扔掉——如果这样做了她应该有印象,因为她会觉得自己心太狠。但她翻遍衣裳口袋和床头柜的几个抽屉仍然一无所获,除了几张令她愧疚的发票和一份销售电脑的小广告之外。

继续清扫。然而在将微波炉的内壁擦拭干净之后,她觉得需要提提神,遂决定暗暗预测一下自己的未来。鉴于她的保护神预卜牌没有任何吉兆,为了催促马库斯尽快打来电话,艾什林——相当诡秘地——挖出愿望之盒。自从费利姆离她而去之后，此盒从未被取出来过，因此她觉得这不会预示什么好兆头。

盒里装有六根蜡烛，每根刻有一个单词，分别为爱情、友谊、运气、金钱、和平及成功，此外还有六盒逐一与其对应的火柴。友谊、金钱和成功烛的烛芯尚未点燃过，和平和运气烛已经燃掉一小截，唯有爱情烛点燃的次数最多，就像最受欢迎的黑色果味口香糖。艾什林心怀虔敬地用最后一根爱情火柴点燃爱情烛，只见它欢快地燃烧了约摸十分钟光景，直到烛蜡燃尽，烛光摇曳不定以致熄灭。

唉，糟糕，艾什林心想，但愿它不是什么兆头。

当天黄昏特德露面时，他的情绪正处于兴奋状态之后的低谷。虽然见过不少姑娘，但他无论对哪一个都不感兴趣。

"我离开时你在跟那个挺有姿色的姑娘说话，她怎么样？你和她上床了吗？"

"没有。"

"特德！你不能这么说。就算你没跟她上床，为了保护她的名誉，你也该说你和她上过床。"

可是特德没被这句话逗乐。"她说我的气味很好玩，闻着像是她的奶奶。"

"这种人是不是完全昏了头？"

"不，不是的，"特德给惹怒了，"她没说错。我身上的气味闻起来是像她奶奶。"

艾什林正在暗自忖度特德如何知道那个姑娘的奶奶身上发出什么气味，没留神让特德指责的腔调弄得不知所措。"你可知道我认为这是什么味道？"

"什么？"

"我们动身前你抹在我身上的那种该死的毒药。"

"噢，熏衣草油。"有时艾什林觉得自己遭人误解是何等可怕。

"那就是老奶奶的气味，对不对？"特德依然不肯罢休。

"我原以为隔宿的尿臊味儿更能让人习惯呢。"艾什林觉得自己好心没好报，因而说话口吻一反常态地异常刻薄。

"哼，她压根儿不适合我，"特德坦率的话语里明显含有愠意。"她们全都太年轻，人也太傻，她们喜欢我，全是出于错误的原因……你的朋友克洛达赫，"他话锋陡然一转说，"还是没离婚，是吗？"

"当然没离婚。"

"你没什么不对劲吧？"特德已经意识到情绪低落者并非仅是他一人。

艾什林思索片刻，决定不在他面前抱怨马库斯没来电话。他并没有违背诺言，可以在任何时候打来电话。于是她不经意似的说起"周日傍晚的情绪消沉"。她经常与特德，乔伊还有迪兰——准确地说是跟任何一位职场人士——谈论周日下午五时左右回荡在你心灵深处那可怕的巨大声响。你忽然想到周一早晨得去单位上班，耳畔仿佛响起一吨砖头轰然坍塌的声音。虽然直至此刻整个周末尚有好几个钟头的时间可以利用，但就在你如闻丧钟深感绝望之际，这一天便立即随之结束。

特德看看表，似乎很满意她的解释。"九点十分，正是消沉结束的时候。"

"我呆在屋里憋得不行，我们出去吧。"艾什林刚刚想起男女约会的一条基本法则。当然马库斯没打来电话——她可是一直守候在电话机旁！她应该做的是一走了之，这样他就会把她的电话打爆了。

出门前，她随手抓起两本书准备拿给呜呜看。昨晚她在门口窘得无地自容，因为她从手提包里拿不出一本小说交给呜呜，换下他那本《蘑菇知识大全》。然而就在她将《猜火车》①塞进包里时，心里却犯起了嘀咕。如果她给呜呜一本关于吸食海洛因成瘾的书，会不会得罪他？他会不会认为自己是在暗示着什么？

最好还是稳妥起见。她将书从包中取出，接着放进一本《极度狂热》②和两年前她过生日时费利姆送的几本科幻小说，这些小说她至今未读。她又放进一本男孩子的读物。可是，出门来到街上却不见呜呜的身影。

特德和艾什林先去长厅酒吧喝了两杯起镇静作用的酒，接着又去米莱诺餐厅吃了一个不算大的比萨，然后回到住处。艾什林刚进门，就首先观察电话答录机上的红灯是否亮着。确实亮着。她早已做好失望的准备，竟以为这闪亮的红灯是缘于自己的想象。她伫立机旁，瞅着红灯一亮一熄。小小的红圆圈出现了，小小的红圆圈不见了，小小的红圆圈出现了，小小的红圆圈不见了……这是一条留言，没错。她按下"播放"键时，脑中倏地闪过一个可怕的念头，如果这是考迈克的留言，说他周三将送来一车灌木，那我可要晕死了。

但是这条信息的发送者既非那位神秘的苗木供应商，也不是马库斯·瓦伦丁，而是艾什林的父亲。

哦，天呐，发生什么事了吗？

---

①《猜火车》：英国小说家欧文·威尔士描写底层年轻人沉溺于毒品、暴力和性的小说，同名电影曾风靡一时。

②《极度狂热》：英国畅销作家尼克·霍恩比讲述一个男孩的足球迷生涯的半自传体小说。

他开口说话前是一片寂静，夹杂着一阵噼啪噼啪声，电流干扰声，以及带鼻音的呼吸声。接着他对屋里跟自己待在一起的另一个人说："我可以说话了吗？"

另一个人——大概是艾什林的母亲——说了几句艾什林无法听见的话，然后麦克·肯尼迪说："有几根短线，还有一根长线。上帝，我真讨厌这些管子……艾什林，我是爸爸。我觉得自己好像是一个白痴，在跟一台机器交谈。我们刚刚想起很久没有听到你说话了，你还好吗？我们这里很好。珍妮特上周给我们来电话，她得把那只猫丢掉，那畜生老是在她熟睡时用头拱她。我们还收到了欧文的一封信，他认为自己发现了一个新的部落，并不是很新，当然，只是对他来说很新。我想你刚刚接手那份工作，大概忙得不可开交吧，不过也别忘了我们，好吗？哈哈哈。就聊到这里，再见。"

又是一阵噼啪噼啪声和呼吸声。接着，"我现在该怎么做？直接挂上电话？不需要揿按钮什么的？"

通话骤然中断。

艾什林心里交织着歉疚和愠怒，越发感到烦躁不安，早把马库斯·瓦伦丁抛到脑后。她越发觉得科克郡①之行迫在眉睫。至少她也该打个电话给他们，尤其考虑到她妹妹珍妮特能够设法克服八小时时差造成的不便从加利福尼亚打电话给他们，她弟弟欧文能够从亚马逊流域写信给他们。

她朝她搁在电视机上的照片瞟了一眼。这张照片一直放在那里，她通常对它视而不见。但是她刚才接听电话以后，一时间思绪万千，不由得拿起照片仔细端详一番，仿佛是在寻找什么线索。

说麦克·肯尼迪曾经是个相貌英俊的男子汉，这话无论放在何时都绝无半点夸张。他身材高挑，毫不做作，朝着照相机镜头露出开朗的笑容，面颊两侧留着上世纪七十年代流行的鬓角，长长的卷发披在花纹衬衫领子上。想想也真滑稽，因为一方面他是她的爸爸，另一方面，他又像是你在某次晚会上遇见的某个不太正经的男人。你对他一见倾心，但自我保护的本能又在提醒你离他远点。

麦克一只胳膊搂着四岁的珍妮特。她弯着腰，一只拳头拼命摁住两条腿——她想上卫生间，照相机给她拍出的照片总是造成这样的视觉效果。紧紧依偎着麦克，身穿带有螺旋形花纹的涤纶外套、怀里搂着三岁大的欧文的，是她的母亲

---

①科克郡：爱尔兰最南端一郡。

莫妮卡。她幸福地微笑着，看上去那样年轻，仿佛有点不合情理，发丝柔滑而又整齐，涂抹了睫毛膏的睫毛，富有普丽丝西拉·普雷斯利①的魅力。高台中央挤在父母之间、两眼可笑地朝内斜视的，是六岁的艾什林。

在她身为尚未堕落的路西法②时，她总是想着她何时仔细端详过这张照片。他们看起来是如此其乐融融的一家人。不过她也经常思量是否早在那时倒霉的事就已经开始接连发生。

她将照片放回原处，又重新回到现实中来。她最近一次打电话给她的爸爸妈妈大约是在三星期前。倒不是说自那以来她忘了打电话——她经常考虑此事，但几乎总能找到各种不打电话的借口。

话虽如此，她却从来没有为自己疏于问候父母而真正感到心安理得。她知道克洛达赫天天打电话给她母亲，尽管布里安·纽金特和莫琳·纽金特完全不同于麦克·肯尼迪和莫妮卡·肯尼迪，倘若布里安和莫琳是她父母，她大概就会经常跟他们联系了。

第二十二章

星期一早晨，传统意义上最阴郁凄惨的早晨（除非碰到银行假日③，一周的工作始于星期二）。然而，丽莎的精神却格外振作起来。想到马上就要走进办公室，她心里生出一种稳操胜券的感觉——至少她一直在做什么于己有利的事情。稍后，她想洗个淋浴，不想水已冰凉。

但是后来莫利女士无意间透露杰克整个周末都在加班，安抚那些愤怒的电气工人和受到不公平待遇的摄影师，她随即暂缓考虑占用他的时间向他诉说热水器

---
①普丽丝西拉·普雷斯利（1945～）：著名歌手猫王埃尔维斯·普雷斯利的前妻。
②路西法（Lucifer）：早期基督教著作中对堕落以前的撒旦的称呼。
③银行假日：指英国的公共假日，当日银行及其他许多商业机构都会放假。——编者注

定时装置失灵的问题。他看上去心力交瘁，情绪不佳。

面色苍白、上班迟到的艾什林也同样觉得今天的日子很难熬。她这种感受随即变得越发强烈，因为杰克·迪瓦恩将脑袋探出他办公室的门，唐突地说，"全能修理小姐？"

"迪瓦恩先生？"

"说两句话可以吗？"

她吓了一跳，赶紧站起身，可是速度实在过快，非得等到血液循环恢复正常，才能重新看清东西。

"大概是你闯下了什么大祸，要不就是你把他惹急了。"特丽克丝高兴地压低嗓门说，"出什么事了？"

艾什林不想搭她的腔，也没心思听她耍贫嘴。她一点也不明白为什么杰克·迪瓦恩想跟她私下交谈。她心里揣着一种大事不妙的预感，走近他的办公室。

"把门关上。"他吩咐道。

我要被解雇了。她感到异常恐惧。

随着门在她身后喀哒一声关上，整个房间顿时面积缩小光线变暗。杰克的头发和眼睛都偏暗发黑，再加上他的深蓝色西服和抑郁的情绪，很容易造成这种视觉效果。更加糟糕的是，他没有坐在办公桌后，而是稳稳当当地坐在办公桌的上面，两人之间靠得很近，她为此感到很不自在。

"我想把这给你，不让他们其他人瞧见。"

她情不自禁地侧转身子避开他，其实她根本避不开。他将一只塑料袋朝她塞过来，她默默地接在手里，依稀觉得这略大于一份通知书。

见她两手抓住袋子，杰克不耐烦地笑了笑说："快看看里面。"

艾什林朝着这只给自己弄皱、透出珍珠般光亮的塑料袋内瞧了一眼，吃惊地发现里面居然是一条二百支装的万宝路香烟，塑料包装纸上还缀着一个变了形的玫瑰花结。

"因为我老是蹭你的烟抽。"杰克两眼紧盯着她。

"我，呃，抱歉。"他补充道。这话好像缺乏诚意。

"真美。"她嘴里喃喃地说，脑瓜有些发懵，因为得到解脱和看到玫瑰花结的缘故。

杰克·迪瓦恩忽然朗声大笑起来，这可是两人初次见面以来他头一回笑成这样，笑的时候他脑袋后仰，腹部震动，毫无做作的姿态。"真美？"他满脸愉快的神色。"航海船真美，八尺高的浪真美，香烟真美？不过也许你没说错。"

"我原以为你要解雇我的。"艾什林不假思索地说。

他惊讶地扭歪了脸。"解雇你？……可是全能修理小姐，"他的声音陡然变得十分柔和，两眼射出调皮的目光，"还有谁能让我们及时使用胶布，安定片，雨伞，别针，医治受惊情绪的药叫什么——什么花精？"

"急救花精。"她此时就想用它了。她得出门。只有那样才能恢复正常呼吸。

"你干吗这么害怕？"他的声音越发柔和。她觉得对方庞大的身躯朝自己逼近了一步。

"没有！"她发出了一声像公交车急刹车声似的尖叫。

他双臂交叉，凝神揣度她的心思。看着他咧嘴微笑的那副模样，她觉得自己是个不谙世故的傻姑娘，正在遭受他的嘲弄。转瞬间，他似乎失去了兴趣。"忙你的去吧。"他叹了口气，从桌后挪过来，"你去吧……别让任何人知道，"他朝那只包点点头，"不然他们都会跟我要的。"

艾什林拖着两条仿佛不听使唤的腿回到办公桌旁。头版头条新闻。不像以往那样可怜又讨嫌的杰克·迪瓦恩引起轰动。但最最不可思议的，是艾什林认为自己更中意他的另一种样子。虽说当天晚些时候，他又变成老样子。

梅塞德斯摇摇晃晃地走进办公室，看见她一反常态地毫不掩饰自己的情绪，他们全都惊得差点从椅子上跌落于地。说来话长。根据丽莎的指示，她前去采访那个疯疯癫癫的弗丽达·基利。尽管梅塞德斯曾经利用一个周末的时间在多尼戈尔[①]为弗丽达拍摄了多达十二页展示多款时装的照片，这个女人却让她等了足有一个半钟头，然后佯称自己从未听说过她或《妙龄女郎》。

"你是谁？"她盘问道，"《妙龄女郎》？那到底是啥东西？它是干什么的？"

"她是个疯子，一个疯疯癫癫脾气特坏的女人。"梅塞德斯从牙缝里挤出这句话后，又因蒙羞忍辱全身一阵抽搐。"一个装疯卖傻特别讨厌的**疯女人**！"

"一个月经期前心理变态的女人。"卡尔文迫不及待地站到梅塞德斯的正义立场上。

"一个患有精神分裂症、专以侮辱人为乐事的女人。"特丽克丝冷不丁插了一句。

[①]多尼戈尔：爱尔兰北部的一个郡。——编者注

"一个瘦骨嶙峋的女人，"乏味的伯纳德说，虽然不知道她到底长的什么模样，但他对这号脾气特坏的女人却实在不敢恭维。"刚干完架的叫花子棍子上粘上的肉丝都比她身上的肉多①。"

特丽克丝鄙夷地瞅了他一眼。"那是一句恭维话，你这个蠢货。你压根儿就不懂！"

大家伙你一言我一语地竞相谩骂弗丽达·基利，唯独艾什林例外。她在什么地方听说弗丽达真疯了。显然她患有轻度精神分裂症，而且不愿求医问药。

"可是，"艾什林打断他们的话，觉得应该有人替弗丽达说句公道话，"难道你们不认为在编排她的种种闲话之前，应该穿上她的鞋子走一英里试试？"

"说得好，"说这话的是杰克，他刚刚出来，想看看这里乱糟糟的到底出了什么事。"那么我们就得离她一英里远，还得拿到她的鞋。听起来很有道理。"他朝艾什林露出含有讽刺意味的微笑，嚷道："看在上帝的分上，艾什林，你的举止应当和你的年龄相称，不要违章超速。"

丽莎给这话逗乐了。"这个国家的限速是多少？"

"七十码！"杰克答道，大步冲进他的办公室。

艾什林又开始讨厌起杰克来。办公室里又恢复了常态。

尽管马库斯·瓦伦丁并没有艾什林办公地点的电话号码，可在下午三点五十分特丽克丝把话筒递给她说"有个男人找你"时，她还是浑身一激灵。

艾什林接过话筒，略等片刻，定了定神，压低嗓子拖长音说道，"嗨——"

"艾什林？"打来电话的是迪兰，他疑惑地问，"你感冒了吗？"

"没有。"失望之余她又随即转为平常说话的声音。"我还以为你是别的什么人呐。"

"今晚出去喝一杯如何？只要你方便，我任何时候都能进城来。"

"说定了。"这样做能让她摆脱住处那部电话的监控。"六点左右打到我办公室。"

接着她赶紧往住处打了个电话，想看看是否收到了留言。她十五分钟前刚刚这样查过，不过电话机根本不知道。

不过电话机或许知道了？因为没有人给她打来电话。

六点十五分，迪兰的到来引起了一阵小小的骚动，只见他金发飘逸，穿着剪

---

①这句话原话是爱尔兰俚语，形容一个人瘦得厉害。——编者注

裁合体的亚麻布套装，里面是一件洁白的衬衫。他走到艾什林桌前站住，看上去有些不对劲，仿佛肩胛骨脱了位似的整个身子朝一侧歪斜。

"你没事吧？"艾什林站起身，绕着他走了一圈，这才发现他身体歪斜的真正的原因，是他正在试图遮挡背后的一只"主人之声"①唱片的购物袋。

"迪兰，我不会告发你一直在买唱片这件事的。"

"对不起，"他羞怯地耸耸肩膀。"这都是因为我在桑迪福德的偏僻地区工作的缘故。每次进城，我都要在唱片店里着了魔似的待老半天。我为此感到内疚。"

"我绝对不会透露你的这个秘密。"

"新买的外衣？"迪兰问，这时艾什林正在相继关闭几件电器的电源开关。

"没错，是的。"

"让我瞧瞧。"

迪兰执意让艾什林站着别动，先是瞟了她肩膀一眼，点点头说了声"真不错"。艾什林很想收腹显出腰身，可惜来不及做到，此时，他将目光迅速下移掠过外衣的两条边缝，点点头又说了声"真不错"，用的是更加赞赏的口吻，然后抬起头来，"适合你，"临了他微微一笑，"真的适合你。"

"你真是个无赖。"随着他审视的持续，艾什林心头越发愉悦。迪兰平素总是对她满口谀辞极尽恭维之能事，虽然明知这些肉麻吹捧的话在他可谓信手拈来，近似廉价批发，但她听了之后很难没有几分相信，要想不喜形于色更是难上加难。"你很危险。"她神采飞扬地说。

"快点。"艾什林转身离去时，瞧见杰克·迪瓦恩近在旁边，闷闷不乐地浏览伯纳德桌上的一叠资料。她紧张地露出一丝权充告别的笑容，一时间唯恐杰克会忽视自己的存在。孰料他却重重地叹了口气道："再见，艾什林。"

丽莎一直待在盥洗间里补妆，因为她已经跟一位爱尔兰名厨约好当晚见面，指望能够说服他定期主持一个烹调专栏。补完妆后，她匆匆返回办公室取外衣，孰料绕过旋转门时速度过快，跟一个素未谋面的金发白肤美男迎面相撞，肩膀碰到了他的胸口，分明感受到他身体隔着薄薄的衬衫透出的灼热气息。

"对不起，"他将两只大手分别按住她的两侧肩头，"你没事吧？"

---

①主人之声：缩写是 HMV，该集团是英国最大的跨国娱乐零售连锁服务商。——编者注

"大概还行。"她在挺直身子的同时，与他互相对视了许久，稍后她瞧见艾什林在他身旁。他是她男朋友吗？不，肯定不是。

"那个女人是谁？"迪兰问道，随即电梯门在他们身后关上。

"你可是一个幸福的有妇之夫啊。"艾什林提醒道。

"我只是问问而已。"

"她叫丽莎·爱德华兹，我的头儿。"这时艾什林想起克洛达赫跟她闲聊时说过迪兰经常参加各种会议。他对她忠诚吗？她赶紧问："我们去哪儿喝酒？"

他领着她来到谢尔伯恩酒吧，这里挤满了下班后寻欢作乐的人。

"我们只好站着了，"艾什林说，"这里不可能找到一个座位。"

"千万别说不可能，"迪兰眨了眨眼睛，"坚持一下。"

接着，他朝一张四周坐满了人的桌子信步走去，面带笑意地跟他们匆匆聊了几句，转身对艾什林说："快来吧，他们就要走了。"

"什么时候离开？你对他们说了什么？"

"没说什么，我只是注意到他们快要结束了。"

"嗯。"迪兰出言颇能取信于人，他有本事把盐卖到食盐出产地。

"快到这儿来，艾什林——再见，多谢诸位。"他满脸堆笑地与让出座位的人道别。随后，他以快得令人生疑的速度费劲地挤过簇拥在吧台前的人群，端着酒回到桌边。迪兰经常撞上好运，眼下他将金汤力酒放在艾什林面前时，她像偶尔所做的那样暗暗忖度，若是嫁给他能过上怎样的日子。无比幸福。她心里想道。

"快点跟我原原本本地讲讲你刚接手的这项了不起的工作，"迪兰兴致极高地吩咐道，"我想了解所有的一切。"

他那富有感染力的热情令艾什林心醉神迷。她开始十分愉快地逐一介绍《妙龄女郎》编辑部的各个不同的人物。以及相互之间在工作上有怎样的联系——也有些情形下可能没有联系。

迪兰笑个不停，仿佛真的被她逗乐了，艾什林半信半疑，竟然认为自己特别擅长于编造故事。迪兰这种表现与刚才欣赏她的新外衣的做法如出一辙——上天赋予他的才能，就是让别人感觉良好。他对此欲罢不能。并不是没有发自内心，艾什林知道。只是稍稍有点过分。将同样弱智的故事讲给其他人听，并且期待他们同样开怀大笑，她不会犯这样的低级错误。

"天呐，你可真逗。"他跟她碰了一下杯，表示对她的赞赏。他挑逗性的行为举止本身总是略带夸张，超出他准备表达的意思。艾什林不会在意的。至少以后再也不会。

"你的电脑生意怎么样了？"她终于开口问。

"天呐！忙得快要让人发疯！我们无法及时完成订单。"

"哇噢！"艾什林惊讶地摇摇头。"我第一次见到你时，你还说不准公司能否挨过第一年。瞧你现在这架势！"

提到两人第一次见面的时间，他们的情绪难以觉察地稍稍有些失落。幸好杯中酒快要喝完，于是艾什林赶紧站起身。"再来一杯？"

"你坐下来，我去取。"

"这哪儿成，我去——"

"快坐下来，艾什林，一定让我去。"

这是迪兰的又一个性格特征，以轻松而得体的姿态施惠于人。

他端着酒杯回到座位时，艾什林好奇地问："你约我见面，是不是有什么特别的原因……？"

"这——个，"迪兰拉长调子说着，一边用手拨弄着啤酒杯。"是的，是有原因。"他忽然变得极不自在，这本身足以引起对方的警觉。"你没注意到……什么情况……？"他欲言又止。

"什么情况？"

"克洛达赫的。"

"你这话什么意思？"

"我……"他沉吟良久。"……有些担心她。她好像从来没有开心的时候，她经常冲着孩子嚷嚷，有时甚至……稍稍失去理智。莫莉说克洛达赫打她，我们以前可是不打孩子的啊。"

又一阵令人不安的停顿之后，迪兰继续说："我这话听起来也许有些愚蠢，她老是在装饰房子。刚刚装饰完一个房间，她又说要装饰另一间。想跟她认真谈一谈这些情况吧，又不知从何说起。我寻思……我认为她大概心情过于郁闷。"

艾什林暗暗动起了脑筋。细细想来，克洛达赫最近好像是怨气不少，人也相当难处。她对房屋装饰似乎过于热衷。她告诉莫莉说小恐龙巴尼死了，艾什林认为这很荒唐，甚或令人震惊。虽然克洛达赫辩解说她自己也有感情，听起来很有道理。但是现在联系到迪兰的担忧，这话顿时又反回来成为一个不祥之兆。

"我说不准,大概是吧,"艾什林说着,随后陷入沉思。"不过这样对孩子也太狠了点。过于苛求。要是你一直很长时间工作……"

迪兰俯身向前,凝神倾听艾什林的诉说,仿佛能将她吐出的词儿全部托住或聚拢。但是等到她的声音越来越弱,直到闭口不言令人觉得可怜时,迪兰说,"但愿你不介意我说这话——不过我以为你也许知道一些征兆。因为你母亲……"

"你母亲?"尽管他这样提醒,艾什林却继续保持沉默。"她患有抑郁症,对吧?"迪兰虽说语气温和,但并不足以诱使艾什林开口。

"我看克洛达赫兴许同样……"

艾什林陡然回过神来,心里交织着疯狂、困惑和无时不在的恐惧。她耳畔回荡着多年之前一阵阵凄厉的哭嚎和尖叫,她不愿谈论往事,但唇部肌肉却不愿听命于自己的这一意志。她语气坚定几近威胁地说,"克洛达赫跟我妈妈的情况截然不同。"

"是吗?"迪兰的希望里也透出一种病态的好奇。

"喜欢装饰房屋并不是抑郁症的症状。至少就我所知,她不是什么抑郁症。她没有一直赖在床上不肯起身?没有巴望自己早点死去,对吧?"

"那倒没有。"他摇摇脑袋。"绝对没有。根本不是那样。"

尽管她妈妈起初没有表现出那种症状,但病情逐渐加重,不是吗?艾什林极不情愿地慢慢沉浸到往昔的岁月里,重又变成一个九岁的女孩。当时全家人正在凯里郡①度假,有一天她爸爸瞅着绚丽的落日余晖发出感慨:"美丽的一天,美丽的结束。对吧,莫妮卡?"

莫妮卡两眼直勾勾地瞪着前方,粗声大气地说:"感谢上帝,太阳下山了,但愿今天早点过去。"

"可是今天的日子多么美好,"迈克不肯让步。"阳光普照大地,我们在海滩上嬉戏……"

莫妮卡却一个劲儿地说:"我巴不得今天早点结束。"

正在跟珍妮特和欧文打闹的艾什林停了下来,觉得自己被排除在外,心里感到不安。孩子以为父母没有感情,总之没有这种感情。要是不做家庭作业或是不吃晚饭,他们会数落你,但你不允许他们有任何不可告人的伤心事。

两周的假期结束之后,他们回到家里,她妈妈好像一会儿是那么年轻,漂亮,

---

① 凯里郡:爱尔兰西南端一郡。——编者注

快乐；一会儿又沉默寡言，眼窝凹陷，不再染发。她还喜欢哭鼻子。常常悄声啜泣，任泪水顺着面颊簌簌流淌。

"你怎么了？"迈克一遍又一遍地问。"你怎么了？"

"你怎么了，妈妈？"艾什林问道，"是不是肚子疼啊？"

"我的心很疼。"妈妈喃喃地说。

"吃两片止疼片。"艾什林鹦鹉学舌般地模仿她身体哪个地方不舒服时妈妈对她说的话。看到旁人遭灾，会让莫妮卡为之黯然神伤。她为发生在非洲的一次饥荒哭了整整三天。可后来艾什林回到家里，带来从克洛达赫的母亲那里听到的"他们正往那里运粮"的好消息，莫妮卡却又转而为被人在纸板箱里发现的一个男弃婴伤心落泪。"这个可怜的孩子，"她的身体战栗不已，"这个可怜无助的孩子。"

她母亲动辄哭泣，而她父亲尽量朝他们兄妹二人露出微笑。总是在笑，笑得很认真。他有一份忙碌而重要的工作。每个人都这么对艾什林说——"你爸爸有一份忙碌而重要的工作。"他是一名推销员，经常出差在外，足迹所至，从利默里克到科克，从卡文到多尼戈尔①，他的工作是那么忙碌，那么重要，常常周一出门，周五才回家。艾什林为此感到自豪。其他人的爸爸每天黄昏五点半到家，她下意识地鄙视他们，认为他们的工作不值一提。

她爸爸周末回到家里，总是笑啊笑啊笑个不停。

"我们今天干什么呢？"他拍拍手，目光炯炯地瞅着全家人。

"我有什么可挂念的？"莫妮卡啜嚅着。"我的心灵正在死去。"

"说实话，你干那么一件傻事是为了什么呢？"他逗趣道。

他转向艾什林，仿佛在向她透露一个秘密似的说："你妈妈很有艺术修养。"

她妈妈过去经常写诗。早在艾什林很小的时候，她甚至在一本诗歌选集上发表过一首诗。自从她开始无缘无故哭泣，行为举止越发变态以来，她的诗写得更多了。艾什林对诗略有了解。诗歌语言优美音韵和谐，描写日落和花朵什么的，通常是水仙花。但是在克洛达赫咯咯笑着再三怂恿下，她俩偷看了一部分莫妮卡的诗，这让艾什林完全惊呆了。她极度沮丧，一时间脑袋发懵，不过她却由此发现了一件特别值得庆幸的事——克洛达赫的阅读能力极差。

这些诗不押韵，诗行的长度也完全不合标准，但最令人担忧的是，恰恰是那

---

① 利默里克等：都是爱尔兰郡名，彼此相距较远。——编者注

一个个的词。莫妮卡·肯尼迪的诗中没有花儿,而是充斥着荒诞而又冷酷的字眼,为了读懂它们,艾什林着实花了不少时间。

> 陷入沉默以后,
> 我的血是黑色的。
> 我是破碎的玻璃,
> 我是生锈的刀刃,
> 我是惩罚与罪恶。

思绪重又回到现实中来之后,艾什林这才发现迪兰正焦急而又关切地注视着自己。"你还好吧?"他问。

她点点头。

"我刚才还以为你走神了呢。"

"我没事,"艾什林语气肯定地说,"克洛达赫还没有开始写诗呢,对吧?"她问,脸上做出一副微笑的表情。

"克洛达赫!你这样想!"迪兰哑然失笑,似乎刚刚意识到自己有多傻。"要是她开始写诗的话,我就该担心了?"

"不过你现在不必担心。她也许只是累了,需要休息一下。你就不能做点什么好事吗?一家人外出度假或者干点别的什么,让她高兴一些?"比如再度一次假,她不满地想道。她在心里隐约生出些许愠意,为了迪兰正在向她讨教应该如何改善克洛达赫的生活状况。

"眼下我可抽不出一点时间。"迪兰说。

"那就带她出去吃一顿精致考究的晚餐。"

"克洛达赫不放心保姆。"

"为什么,保姆又怎么啦?"

迪兰略显尴尬地笑了起来。"她担心这些保姆虐待孩子。说实话我有时也挺担心的。"

"天呐,他们还在不断编造一些让人担惊受怕的由头。那就找个你信得过的人。你妈妈怎么样?"

"不行!"迪兰嘴角朝下撇了撇,做出一副苦相。"这个主意实在不怎么样。"

艾什林点点头。一点没错。年轻的凯利太太和不算年轻的凯利太太唯一近距离接触的机会是她俩面对面吵得不可开交之际——通常是为照顾迪兰和迪兰孩子的最佳方法而产生分歧。

　　"克洛达赫的妈妈因为关节炎行动不便，无法照看孩子。"

　　"你如果愿意，我可以帮你带孩子。"艾什林说。

　　"周末晚上？你这样一个收不住玩性的年轻姑娘？"

　　犹豫片刻之后，她说："对……对啊，"她又更加坚定、稍有点轻蔑地反问道，"为什么不呢？"

　　如果她真的不在家里，马库斯·瓦伦丁反而更有可能打电话给她。

　　"那是再好不过了。"迪兰兴致陡增。"谢谢，艾什林，你可真好。我要预订星期六晚上的晚餐。争取在乐芙订到位。"

　　那当然，艾什林心想，情不自禁地偷偷乐了。还有哪里？乐芙是都柏林老资格的一流饭店。它风格独特，永远引领烹饪时尚潮流，虽说它不能满足亚洲新移民和当代爱尔兰人的口味。这里的菜肴魅力永驻，能让你尽享口腹之乐，甚至感动得流下眼泪。当然价格之高也足以令你心疼得落泪。

　　"你妈妈，他现在好多了，是吧？"迪兰试图为自己起初挑起这个话题做些补偿。

　　"好些了"是个相对而言的概念，尽管并非总是如此，但为了逗他开心，艾什林点点头说，"是的，她现在好些了。"

　　"你是一个了不起的姑娘，艾什林。"迪兰跟她道别。

　　我是一个了不起的姑娘，艾什林心里颇觉无聊。我是吗？

第二十三章

　　离开迪兰和艾什林十分钟之后，丽莎和顶级名厨加斯珀·弗伦奇开始在克拉伦斯饭店用餐。加斯珀特意请求丽莎带他来到这里，以便对该饭店的烹饪水平尽情奚落一番，声称这里的饭菜远远不及他供职的以其名字命名的那家饭店。他相貌英俊，性情乖戾，毫不掩饰地认为自己天资出众，对烹饪界的其他同行充满嫉妒。"一帮外行，"他断然说，晃晃手中的第六杯酒，"他们是一帮地地道道的外行，半吊子。马科·皮埃尔·怀特——外行！阿莱斯黛尔·利特尔——外行！"

天呐，你可真烦人。丽莎颔首微笑。幸好她特别善于对付那些很难相处的男人。"正因为如此，我们才把你确定为有资格主持《妙龄女郎》专栏的成功人士，加斯珀。"

并非完全如此。丽莎选择加斯珀，是因为康拉德·加拉赫以不堪工作重负为由婉拒了她的邀请。

加斯珀在开怀畅饮第二杯酒的同时，听了丽莎颇为动听的一番话，不禁有些飘飘然起来。她其实并没有作出正式的承诺，而是暗示说，如果上了《妙龄女郎》的一个专栏，那就很容易在伦道夫传媒电视台第九频道的个人专题节目上露脸。

"我愿意做！"加斯珀拿定主意。"明早给我送一份合同来。"

"我这儿正好有一份。"丽莎赶紧趁热打铁。

加斯珀草草签上自己的大名，而且他这名签得正是时候，因为服务生过来拿走丽莎的盘子时，情形有些微妙。像以往那样，丽莎把盘中的饭菜全部拨了一通，但几乎什么也没吃。

"是不是饭菜不合你的口味？"服务生问道。

"不是。饭菜味道很好，不过——"丽莎意识到对面的加斯珀正朝她怒目而视，遂将自己的评价改为不带褒贬的"还可以。"

"要是她盘中的菜肴像我这份一样糟糕到令人蒙羞的地步，她无法下咽，我不会感到惊讶，"加斯珀咄咄逼人地说，"黑香肠配俄式薄煎饼？一般的词语难以表达它到底是什么东西。简直是笑话！"

"听您这么说我深感抱歉，先生。"招待瞥了一眼加斯珀和他那什么也没剩下的盘子。他曾经在加斯珀这个可恶的家伙手下干过。"二位愿意来些甜食吗？"

"不，我们不愿意！"加斯珀语气呛人地说——丽莎听了大为懊丧，因为本周她正在采用甜食节食法，当然，只吃最易消化的那些：新鲜水果，冰冻果子露，水果奶油冻。她已经有十多年没产生过那种快让巧克力撑死的感觉了。

哦，也罢，没关系。她付完账，两人都起身准备离开，一个脚步不稳，另一个稍好些。走到门口他俩握手道别，接着，加斯珀仗着几分醉意，朝丽莎猛扑过去，被她巧妙地闪身躲开。这无所谓，她反正已经让他签了合同。

加斯珀跟跟跄跄凄凄惨惨地走在大街上。丽莎刚刚处在独自一人的状态，落寞惆怅的情绪便涌上心头。为什么？为什么这里的一切是那么冷酷无情呢？她在伦敦一直混得不错。甚至在奥利弗离她而去以后，她依然独自前行。她坚持不懈，践行梦想，始终认定她终将获得某种奖赏。谁料这份奖赏却归旁人所有，她被发配到爱尔兰来，她那些处理问题的技巧在这里似乎派不上用场。

她昨天没给她妈妈打电话，虽然昨天是星期日。那时她心里太郁闷了。她强打精神穿上外衣，只是为了去那家门面寒碜的街角小店买一桶冰淇淋和五份报纸，回到住处以后，她又裹上毯子，百无聊赖地接连抽烟，把屋里弄得烟雾腾腾。她和其他人唯一的接触发生在那些附近的八岁小孩不停地把足球踢到她的前门上的时候。

在叫出租车之前，她走进一家报刊店买香烟。看见新的一期《爱尔兰闲话》，她心里怦怦直跳。《爱尔兰闲话》是《妙龄女郎》的主要竞争对手，将它细细解读一番，她在晚上余下的时间也就有事可做了。如此一来，即刻赶回住处也就不再那么令她生厌了。

"嘿呀，丽莎。"几个闹哄哄地在马路上玩耍的小姑娘看见她钻出车子，赶紧朝她喊叫起来。"你的连衣裙真性感。"

"谢谢。"

"你的鞋是多大码的？"

"六码。"

她们随后紧挨在一起议论了一番。六码有多大？她们穿是太大了，小姑娘们勉强承认。

走进房门之后，她把包扔到地板上，打开电水壶开关，检查自己的答话机。没有任何信息，这也不足为奇，因为几乎无人知道她的号码。可是这并不妨碍她认为自己是一个失败者。

她把脚上那双心爱的鞋踢到地板上，脱下连衣裙搭在椅背上，换上系带的宽松便裤和超短T恤衫，这时门铃响了。兴许是哪个小姑娘过来打听，她哪天如果不想再要自己的那个手提包，能不能让她们拿走。

她叹了口气，用力推开门，发现眼前这位立于台阶之上，稍稍前倾魁梧的身躯以便进门的来客，居然是杰克。

"噢。"她惊讶之余有些发傻地说。

这是她第一次看见他不穿西服的样子。他那长长的无领衬衫敞开着露出胸口,不是有意设计成这种款式,而是上面掉了几粒纽扣。下面的卡其裤破破烂烂,仿佛曾经陪伴主人历经两次世界大战。右膝上撕开了一道口子,露出光滑的膝头和一片三英寸见方毛茸茸的小腿。他头发显得比以往更加凌乱,脸上也是胡子拉碴——杰克这样的男人需要每天刮两次脸才行。

他身子斜倚着门框,朝她展示掌心托住的一样东西,恰似一名亮出身份证件的警察。"我带来了你热水器上的定时计。"

他的声音听起来隐隐带有建议的意味。

"可惜拿来得晚了些。"稍一沉吟他又犹豫地说,"我来的是时候吗?"

"进来,"丽莎往里让道。"进来。"

她心里委实吃了一惊,因为以前在伦敦不曾有谁造访她的寓所,每次安排跟谁见面,也总要首先打开掌上电脑或备忘记事本,跟对方玩一通意在显示自己比他更为忙碌和重要的把戏。这是一个经过精心策划的程序,受制于若干严格的规则。双方至少要提出和拒绝五个不同的日期,才能最终敲定一个。

"下周二? 不行,那时我在米兰。"

这等于提示对方见机作出回应,"我星期三肯定不行,当天晚上要做灵气疗法①训练。"

这时不妨如此作答,"星期四对我来说不合适,因为我的亚历山大疗法②教练会来。"

于是对方在此番讨价还价中再度加码,"周末绝无可能,那时我跟朋友在湖区③别墅度假。"

你作为深谙此道者自然会说:"整个下周对我都不合适。我要去洛杉矶办事。"

一旦最终商定了某个日期,你仍然可以——其实是应该——取消约会,理由是倒时差、客户宴请,或是必须亲赴日内瓦裁减七十名员工。

跟古琦太阳镜和普拉达手提包一样,时间匮乏也是一种身份的象征。你时间越少,身份越显高贵。杰克显然不知道这一点。

---

①灵气疗法(reiki):指对本人身姿和习惯的意识进行再训练,以最小努力促进健康的一套方法。
②亚历山大疗法:旨在纠正不良姿势、保持身体平衡性的互补性疗法。
③湖区:指位于英格兰西北部的一个风景优美的多湖泊地区。

他用钦佩的眼光扫视了一下整个屋子。"你在这里——多久来着？——三四天了吧，这个屋子看上去像样些了。瞧瞧那个——"他指向一只装满白色郁金香的玻璃钵。"还有那个。"插在一只花瓶里的几朵干花引起了他的注意。

幸好他无法看见床底下几只刚刚长出霉斑的杯子，丽莎暗暗想道。她的寓所总是只讲外表体面而不顾是否卫生。她一定得设法找一个清洁工……

"你要喝点什么吗？"她问道。

"有啤酒吗？"

"嗯，没有，不过我这里有白葡萄酒。"

看见他接过一只杯子，她心头泛起一阵莫名的喜悦。

"我去把车上的东西拿过来。"话音刚落，他匆匆奔出门外，少顷又转身返回，手里拎着一只蓝色的金属箱。

噢，上帝，他居然还有一只工具箱！她只有费尽气力，才能强忍着不去触摸他，解开他衬衫上剩下的几粒纽扣，露出他那汗毛分布均匀、疏密有度的宽阔的胸脯，伸出双手抚摸他光滑的后背……

"你不介意我打开后门吧？"他打断了她脑中正在想象的拥吻。

"哦，不介意，请便。"她注视着他走过房间，拨开自从上次他来此之后自己一直没碰过的门闩。一股微风缓缓飘入厨房，携来黄昏时分草叶的浓烈香气和归巢倦鸟的声声啁啾。不错。对喜欢这样的情调的人来说。

"你有没有在你的花园里坐过？"杰克问。

没有。"坐过。"

"花园里是那样宁静，你几乎不知道自己身处闹市之中。"他隔着门点点头。

"我知道。"跟我说说这个！

"现在该动手了。"他两眼瞅了瞅热水器。"这事表面看起来挺简单，可你永远无法悟出其中的诀窍。"

语毕他卷起袖子，露出他那讨人喜欢的手腕上的结实肌肉，开始干起活来。丽莎坐在厨房里，双手抱住一只膝盖，为一个颇有魅力的男人待在她的寓所里而深感陶醉。无论怎样，她暗暗拿定主意，他们都不会谈论杂志广告生意面临的形势，都将回避那些令人沮丧的话题，这是一个专门用以调情卖俏的绝佳时机。

"跟我好好地谈谈你的事。"她用女人卖弄风情时充满自信的腔调冲着他的后背吩咐道。

"你想知道什么？"他说这话时没有透出半点温和的语气，兀自用金属工具哐啷哐啷重重敲击金属用品。稍后他蓦然转身，微带愠意地大声说，"丽莎，得了吧！这个问题会让任何人的心里一片空白。"

"唔，就说说你如何在三十二岁那年终于成为一名总裁，掌管一家商业电视台，一家广播电台，和几家业绩不错的杂志社。"好吧，她这话说得有些直率，但其实是在准备向对方好好恭维一番。

"这只是一项工作，"杰克语气辛辣地说，仿佛认为她是在故意挖苦自己，"我在此前曾遭到解雇，我需要维持生计。"

解雇？她不喜欢听到这个词。"你为什么被解雇？"

"我提出了一个激进的见解，要求按照员工的实际能力付给报酬，让他们有权对企业管理发表自己的意见，同时员工也应在分工和超时工作方面作出一定的让步。可是董事会认为我是个地地道道的左翼人士，让我赶紧走人。"

"左翼人士？"左翼人士可不是闹着玩的，对吧？他们让你参加示威游行，他们还有一些样子很可怕的汽车，特拉贝特，拉达①。这还是假设他们有车的话。但杰克开的是宝马车。

"在我更年轻、更讲理想的那些日子里，"他用扳手朝热水管子重复一击，"别人兴许会管我叫社会主义者。"

"可你现在已经不是了？"丽莎惊讶地问道。

"不是了，"他绷着脸轻轻笑了一下。"不要那么担心。我已经主动认输了，因为我看见许多工人在舒心惬意地玩彩票，或是痛痛快快地购买改制私有的国有企业的股份，从而认识到他们的经济利益与自己乐于从事的活动紧密联系在一起。"

"一点不错。你只要做到工作足够卖力就可以了。"丽莎的话里带有迎合对方的意味。不过她也正是这样做的。她现在属于工人阶级——呃，如果她爸爸确实曾经上过班，那她过去就应是这个阶层的一员——这从未给她带来任何负面影响。

杰克转过身来，朝她露出一丝含意复杂的微笑，嘲讽与悲戚兼而有之。

"跟我大概说说你的职场经历。"丽莎说。

杰克复又转过头去鼓捣热水器，一边用明显缺乏热情的口吻连续说了一气。"大学毕业获得传播学硕士学位，随后作为爱尔兰人被迫常年在国外谋职——在纽约

---

①特拉贝特，拉达：两者皆为老式汽车品牌，特拉贝特是前东德制造的，拉达是前苏联制造的。——编者注

一家传媒集团工作了两年,接着在旧金山一家有线电视台工作四年——返回国内时,正逢爱尔兰出现经济奇迹,效力于一家报纸集团,随后就丢了饭碗,我刚提到了。两年前凯尔文·卡特安排我干这里的活儿。"

"你平时怎样放松自己呢?"丽莎很喜欢看杰克闷头干活时背部肥厚的肌肉把衬衫撑得紧绷绷的样子。"比方说,"她露出一丝狡黠的微笑,可惜没有被他觉察,"你打高尔夫吗?"

"这是我最后一次来给你修热水器。"他喃喃地说。

"照我看你也不像是打高尔夫的人,"她咯咯笑着说,"那你做什么呢?"

"丽莎,别向我提这些问题,我知道——"他转过头来,脸上闪现出一种似笑非笑、转瞬即逝的神情,"我修理各种热水器,我在事先不通知的情况下随意造访别人的住处,执意要修他们的热水器,有时即便他们的热水器完好无损我也坚持要修。"他沉默片刻,以便集中精力稳稳当当地旋紧一颗螺丝钉,继而又说,"还有什么?我跟女朋友外出溜达。我还驾船航海。"

"驾驶游艇吗?"丽莎这话问得很急,忘了提到麦的名字。

"不,不是游艇,完全不是,真的,我驾驶的是一种单人小船,比一块舢板大不了多少。嗯,让我想想。我玩模拟城市,常常玩到深更半夜,挺厉害吧?"

"那是什么——电脑游戏吗?当然挺厉害。还有别的吗?"

"当然还有,我们去酒吧,或者外出用餐,我们多次谈到要去看电影——我真的不理解,为什么我们每次到最后都没有去成。"

丽莎对这句话中的"我们"颇为不悦。她推测这里的我们指的是杰克和麦,她不知道他俩不去看电影又会在一起做什么,但她能猜到。

"我去看望大学时的一些同学,我还看了不少电视,嗨,赶紧干我的活吧!"

"噢,没错,"丽莎调侃道。随即她忽有所悟。"这就是你最喜欢干的事情,不是吗?在电视台工作?"

"唔——"随后她凝视着杰克那肌肉绷紧的背部,他呢,也意识到自己正在跟谁说话。"呃,我也喜欢编杂志。你想象不出第九频道给我造成了多大的工作量……"

"这么说,如果没有《妙龄女郎》和那些额外的工作,你照样能活得好好的啰?"

杰克巧妙地回避开她的问题。"事实上,第九频道目前的情况相当令人满意。经过两年极为艰辛的工作和不懈的奋斗,员工终于能够领取丰厚的薪酬,电视节目赞助人非常满意,消费者也能够观赏有品位上档次的节目。我们很快就能吸引投资,以便制作水平更高的节目。"

"打住,"丽莎口齿不清地说。她已经听够了第九频道。"你还做些什么?"

"呃——"杰克边想边大声说,"每逢周末我多半会去看望父母。顺路到他们家里待上个把钟头,这里瞧瞧那里瞅瞅。他们已经不再年轻,跟他们待在一起的时间好像远比过去珍贵。你理解我的意思吗?"

丽莎急不可耐地转变话题。"你可曾参加某个餐馆的开张庆典?或者营业首日当晚的酬宾活动?其他诸如此类的活动?"

"没有,"杰克很不耐烦地说,"我讨厌这些活动。我生来就注定没有那种侃侃而谈的本领,虽然我看你不想听我对你说这个。"

"怎么会呢?"丽莎佯装不解地问。

"哎,这你还不懂,我性子急,往往口无遮拦。"

"可你从来没有对我这样。"丽莎说,这话的言外之意是,她以前并非没有注意到他有脾气猝然发作的时候。

"我并不是有意为之,"他说,语气中透出淡淡的惆怅。"这仅仅是……不巧……发生了,事后我总是感到遗憾。"

"如此说来你向人咆哮比你张口咬人的后果还要糟糕?"

他蓦地转过身子。"好了!"他说着,放下手中的扳手。稍后他柔声添了一句,"并非总是如此,有时我张口咬人的后果非常糟糕。"

不等丽莎引诱他顺着这个话题继续说下去,他已经当啷当啷地将扳手和螺丝起子等工具逐一收到工具箱里。"这热水器一天二十四小时处于工作状态,无需劳神调整时间,全天候保证供应热水。明天见,原谅我不宣而至。"

"没问——"

丽莎话音没落他便出门而去,整个屋子显得空荡荡的,丽莎顿觉孤单——极其孤单——只好独自想心事。

奥利弗喜欢服装,喜欢聚会,喜欢艺术和音乐,喜欢去夜总会,结识的是正派人。杰克是个不修边幅、空谈社会主义的人,他经常乘着舢板航海,没有社交生活可言。但他是那么高大、性感,又那么不安分,身上散发出好闻的气味。唉,没有谁能让你样样称心。

第二十四章

你是个了不起的姑娘,艾什林,你是个了不起的姑娘,艾什林。在从谢尔伯恩酒吧回家的路上,迪兰跟艾什林告别时讲的这句话一直在她耳畔萦绕,直到她顺道走进摩卡咖啡店吃些点心时才暂时停歇下来。

等到她最后回到住处时,只见呜呜坐在门外。

"你去哪儿了?"艾什林问。"我有几天没见到你了。"

他忽然仰起脸,朝头顶上方看去。"女人!"他并无恶意地大叫一声。"总是企图把你盯得死死的。"他那胡子拉碴的脸上,两只眼睛闪亮有神。"我喜欢换换环境。"他挥动一只脏手,做出一种开玩笑的下流手势。"亨利大街上一家商店的漂亮门面挺有吸引力,因此我连续两个晚上都把我的帽子搁在那儿。"

"这么说你到处都能睡觉,"艾什林说。"男人都这样。"

"这没有什么,"呜呜认真地说。"不过是一种肉体行为罢了。"

"昨晚我还给你带了几本书。"艾什林为自己再次被对方弄得措手不及而感到不快。

稍后艾什林想起包里还有一部帕特里夏·康威尔[①]的作品,是为写书评提供的赠阅本。办公室里其他人都不想要,于是她就为乔伊留下来了。

"你想看这本书吗?"她费力地将书从包里抽出。看到呜呜兴趣浓厚两眼闪亮的样子,她稍稍感到有些难受。她拥有许多东西,而他除了一条橘黄色毛毯之外别无他物。

"说真格的,"他喘着气说。"我一定好好保管它,保证不会出一点问题。"

"你可以留着它。"

[①]帕特里夏·康威尔(1956~　):美国当红的犯罪小说大师。

"为什么？"

"它是我的，呃，免费赠送的。工作需要。"

"真好，"他赞叹道，"谢谢，艾什林。这本书我很喜欢。"

"这没什么。"她生硬地说，心里为人间的种种不平而感到郁闷，为自己有这么大能耐而气恼，为自己的无所作为而愧疚。

她把钥匙插进门锁时，他问："你觉得马库斯·瓦伦丁这个人怎么样？"

"我说不准。"她沉吟片刻，很想费些口舌解释她当初如何对他不感兴趣，及至见到他登台表演之后又不觉改变了看法，她怎样盼望他打来电话，但愿能够收到一条给她的留言……等一下。

"古怪，"她朝呜呜淡淡一笑。"他这人真古怪。"

古怪这个词真是再合适不过了。明明说他会打来电话，却迟迟不见动静。她急步奔到楼梯上，去察看是否有她的电话留言。

乍一看见不停闪烁的红色信号灯，她脑子一阵眩晕。她按下"播放"键，就在录音带倒带之时，她揉揉幸运佛，碰碰幸运石，摸摸幸运水晶，戴上幸运红绒帽。"请宇宙中被我选中称为上帝的仁慈力量帮助我，"她祈祷着，"但愿是他打来的电话。"

在上帝安排的时空顺序中显然出现了一些混乱，因为她的祈祷得到了应验，但是不是正确的祈祷，是过时的祈祷——留言的是费利姆。艾什林过去曾经多次祈祷费利姆打电话给她，如今他打来了电话，可惜为时已晚。

"你好，艾什林，"他尖利而急促的声音从悉尼传来。"你近况怎样？"听起来很阳光，像是澳大利亚口音，很快他又恢复了都柏林腔调。"听好了，我忘了给我妈妈买一件生日礼物，我把这礼物看得比我的生命更有价值。你能否给她买一件装饰品或别的什么，你比我更了解她喜欢什么，我不久会来看你。谢谢，你棒极了。"

"去他妈的。"她咕哝着，一把扯下头上那顶幸运红绒帽。要不是她当初帮他把机票、签证、护照和澳元准备妥当，这小子眼下肯定还在盘算怎样离开爱尔兰哩。最后她安排他登上飞机前，恨不得将一份备忘录挂在他脖子上。很快她注意到随之产生的心理反应——曾经的憎恶、恋旧和渴盼全都荡然无存。每次与费利姆接触总让她感到心烦，但她似乎真的开始相信自己跟大家说的分手理由。她确实比他有能耐。

她拿起话筒，拨了特德的号码。"要是公务员在这里就好了。"她说这话算是跟对方打招呼。

"我在路上。"

"你把乔伊带来。"

片刻之后艾什林见到特德和乔伊劈头就是一句："我有恋爱上的麻烦。"

"我也是。"乔伊的话里不无吹嘘的成份。

"是跟半人半獾男？"

"是半'性'半獾男，"乔伊纠正道，"我们搞上了。不过艾什林，哪个男人给你带来了麻烦？你公司的那位性感猎艳高手？不出我之所料，对吧？"

"谁？噢，杰克·迪瓦恩？"想到两百支香烟那件事她感到很不自在。于是艾什林很快告诫自己想起"你的举止应当和你的年龄相称，不要违章超速"那桩劣迹，再次明确自己的处境。"那个家伙？"

乔伊朝着特德露出一丝得意的微笑，其中不无"我早就说过"的炫耀成分。"这下可是来了劲了。"她乐见其成地评论道。

"不是杰克·迪瓦恩，"艾什林竭力声明，"是那个单人脱口秀艺人马库斯·瓦伦丁。"

"你俩之间，"乔伊不耐烦地问，"有什么瓜葛？"

于是艾什林说起事情的原委，怎样在码头边举行的晚会上跟马库斯初次相遇，还有那张写着"给我打电话"的条子——

"但他用自己的行为说明了这一点！"特德兴奋地说。"他表演时说的那个姑娘正是你。这可太了不起了！"

艾什林举手示意对方安静。"后来我上上个星期在拉斯曼斯酒店的晚会上再次见到他，当时对他还是没有好感。可是上周六见到他时，我发觉自己开始喜欢他了。他说他会打电话给我，但是至今都没来电话。"

"没打电话很正常啊！"乔伊嚷道，"今天才星期一。"

听她这么一说，艾什林才逐渐恢复了理智。"你说的一点没错！我像平常一样心都揪紧了，甚至说不准我是否喜欢他。你想，我昨天一整天都是那样惴惴不安。我就不能长点记性吗？"

"如果他存心打电话给你，那也得等到星期二或者是星期三。"乔伊充满自信地说。

"你怎么知道？"

"这是小伙子们共同遵守的行为准则，特德，拿笔记下来。如果你在某个星期六晚上遇见一个姑娘，你绝不可能在周二之前打电话给她，那样会使你显得急不可耐。不过，如果你在星期二或者星期三都没有打电话，那就根本不可能给她打电话了。"

"那么星期四呢？"艾什林惊讶地问。

"离周末太近了，"乔伊故意摇摇头。"他们会认为你已做出安排，因此不想自讨没趣，遭到拒绝。"

"不错，周六晚上确实已有安排。"艾什林的注意力有些分散。"我说过我要帮迪兰和克洛达赫带孩子。

特德渴盼地说："我也来行吗？"

乔伊鄙夷地说："别告诉我，他看上了那位公主。"

"她很漂亮。"特德说。

"她完全给宠坏了，而且——"

"我能来吗？"特德对乔伊的插话置之不理，只顾央求艾什林。

"特德，如果有人得给克洛达赫照看孩子，那一定是她不在家的时候。"艾什林对特德很恼火，因为他那样说话，实际上等于要求她为特德本人和她那位已婚朋友暗中偷情的行为牵线搭桥。

"那也不要紧……嗯，你愿意问问她我是否能来吗？你绝不可能同时照看两个孩子。"

艾什林虽说肚里有气，但又觉得特德言之有理，一时不知如何是好。莫莉和克雷格两个人一起捣乱的能耐那么大，她独自一人哪能招架得了。"好吧，我去问问。"但是倘若克洛达赫确如迪兰所言对照看她的孩子敏感到神经质的地步，那她绝不会让特德跨进她家门。

"我敢说马库斯·瓦伦丁明晚或者星期三晚上准会打电话。"乔伊听厌了他们这样谈论克洛达赫。

"明晚我不在家。"

"你去哪儿？"

"上萨尔萨舞蹈课。"

"什么！"

"我喜欢它。"艾什林自我辩解道,"整个课程只有十周。至今我还没有入门,真气人。"

"你这样下去会瘦得皮包骨头。"乔伊带着哭腔说。

"哪儿啊,"艾什林怒气冲冲地说,"我连续好几年上健身课,可是体重一点都没有减少。"

"只有定期参加锻炼或许才有实效,"乔伊冷冰冰地说,"单靠每月缴费是不够的。"

"我过去可没少参加。"艾什林绷着脸反驳道。她过去健身确实用力甚勤,做过几百种不同姿势的仰卧起坐和腰部锻炼。多少次苦练腹肌,多少次扭动腰部,多少次左肘触右膝右肘触左膝,直到脸部充血,眼里的毛细血管几欲胀裂。最后她总算明白,即便她再能折腾,她的腰身仍将顽固地拒绝变细哪怕是一丁点,终于无奈地放弃了。她认定自己身体的其他部位还不错,因此无需通过锻炼达到瘦身的效果。

萨尔萨舞不同。她热衷于此并非为了把腰身变细,而是为了获得乐趣。

"你已经养成了一种爱好,"乔伊仿佛陡然添了一桩心事似的指责道,"你很快就会成为那种有许多爱好的有趣的人。"

"这可不是什么爱好,"艾什林吃惊地说,"不过是我想做的事情罢了。"

"那你认为什么是爱好?"

"提到萨尔萨,"特德说,"我刚刚拜读了你的大作,觉得很了不起。我提出了两点建议供你参考,不过你写得确实不错。"

"真的?"艾什林说,几乎不敢相信自己的耳朵。上周她苦熬整整三个通宵才最终写好这篇稿子,料想自己如此尽力应该能让它稍稍有趣一点,不过她无法断定这个看法是否基于自己的凭空想象。

"我喜欢这种工作。写一篇这样的文章,而不是一篇关于消灭奶牛群中蔓延的传染性流产的汇报,本身是一种很好的调剂。单靠写报告能有什么吸引力?"特德的话里不无几分苦涩。"难怪克洛达赫对我不感兴趣。真恨不得早点调到国防部去。"

他慢慢沉溺于梦幻之中,脑瓜里尽是一挺挺机关枪,一辆辆装甲车,一张张脏污的脸,还有复杂的袖珍折刀,以及男子汉随身携带的其他一些物品。

"快瞧我为你做了什么。"乔伊唰的抽出一张纸,上面绘有几个高跟鞋的图形,代表萨尔萨固定舞步的出脚顺序。乔伊以活泼风趣的漫画形式绘出这些图形,用数个箭头或几条虚线表示实际动作。

"这主意太妙了!"艾什林大声说,"你们两人都挺了不起。"那篇令她头痛不已的稿子正渐趋完美。除了她本人和乔伊的照片之外,她还请美术指导杰里物色一幅双人舞蹈的照片。他已经找到一幅视觉冲击力极强的照片,女的上半身往后弯,长长的黑色秀发轻拂地板,男舞伴从她的上方俯下身子,意味深长地注视着她。非常性感。艾什林原来吃不准自己是否能够胜任现职,此时这一始终萦绕于心的疑虑总算暂时打消了几分。

电话铃响了,三人趁答录机仍处于工作状态时,全都竖起耳朵想听出是谁打来的电话。会不会是马库斯·瓦伦丁呢?

"不可能是他。我跟你们说过好多遍了,"乔伊叹息道,口气颇有些忿忿然,"今天才星期一。"

打来电话的是克洛达赫。

"你那怦怦跳动的心儿该平静下来了。"乔伊对特德挖苦说。

克洛达赫虽然只是简单说了两句,但是艾什林想到迪兰那心急火燎的样子,就不由得焦灼起来。

"艾什林,"克洛达赫对着房间说,"你能给我打个电话吗?我想跟你谈谈……一些事情。"

第二十五章

星期二早晨,容光焕发的特丽克丝脚穿塑料厚底高跟鞋喀噔喀噔地走进办公室,携来一缕淡淡的、但却无可置疑的鱼腥味。艾什林刚刚进门便注意到了它的存在,每一个接踵而至的人也都警觉地擤擤鼻子。然而他们碍于情面没有向特丽克丝把话挑明,直到卡尔文进门之后此事才被提及。他毕竟是一个二十刚出头的小伙子，自然常常表现出粗俗的言行举止。

"特丽克丝，你身上有一股我只能认定是鱼腥味的味道。"

"是鱼腥味。"

"我们能问问是什么原因吗？"

"我想要一个开车的男人。"特丽克丝绷着脸说。

卡尔文接连朝自己的脸上拍了好几下。"不！"他乐呵呵地说。"我分明醒着，可还是听不懂这话是啥意思。"

"我想要一个开车的男人，"特丽克丝气愤地说，"于是我碰见了保罗，他专门开车送鱼，下班后把货车租给别人用。"

自然而然，想到特丽克丝穿得光鲜亮丽地坐在一堆鱼旁边的样子，一屋子的人全都笑得前俯后仰。

"我跟司机一起坐在车前面，"这句辩白压根无济于事。"又不是跟鱼一起坐在后面。"

"你其他几个男朋友呢？"卡尔文问。

"让他们统统滚蛋吧。"

唉，瞧她那样刁蛮，艾什林心里暗想，一边噼噼啪啪猛敲键盘。她正在录入那篇萨尔萨舞专稿。整篇稿子打好之后，她赶紧交给杰里，他打量着乔伊的草图和几张照片。

"我打算使用几种不同的图样和色彩，"他说，"给我一点时间，到时候我们把它拿给丽莎看。相信我会把它搞定。"

"我相信你。"艾什林说。杰里就像是你心灵荒漠中的一片绿洲，总能带给你安宁、静谧和希望，他似乎从来没有慌神的时候，无论你的请求听起来多么含糊不清抑或困难重重。

她利用等候的这段时间打电话给克洛达赫。"你说你想跟我谈什么事情？"她语气急促地说。

"是的。"听筒中同时响起往常的那种吵嚷声。"克雷格病了，他们又禁止莫莉去托儿游戏组。"

"她这回犯了什么毛病？"

"表面上看，她想放火烧她待的那个地方。可她还是个小姑娘啊，她只是在探索未知世界的奥秘，想了解火柴的用途。谁知道他们是怎么想的？"听筒中又传来一股哭嚎的声浪。"她顶多也就是有一丁点儿好奇心而已。可我真是完全给弄糊涂了，艾什林。"

这正是我担心的。

"我就是想跟你聊聊这个……**莫莉，快放下那把刀。放下！快点！**克雷格，要是莫莉打你，你能不能看在上帝分上**还手揍她！**……你这个不中用的东西，"克洛达赫喘着气，透出一股无声的轻蔑。"我得挂了，艾什林，以后再打电话给你。"

克洛达赫挂了电话。这么说迪兰没说错，是有什么事。艾什林竭力抑制这个念头。去他妈的，管它呢。

为了分散注意力，她敲打了几下键盘，看到有人给自己发送电子邮件，手指的动作越发急不可耐。原来是乔伊发来的一则笑话。一只刺猬和一辆宝马有什么区别？

"我有个笑话说给你们听。"艾什林朝屋里其他人喊道。人们顿时将手头工作全都撇到一边。这不需要多少时间。"说说看以下两者之间有什么区别——"

"听过了。"杰克·迪瓦恩厉声说，一边迈开大步走向自己的办公室。

"你甚至不知道我接下来会说什么。"艾什林厌恶地说。

"刺猬的刺长在身体外面。"杰克砰的一声使劲关上门。

艾什林甚觉愕然。"他是怎么知道的？"

"是不是宝马和刺猬的笑话？"凯尔文问，"这笑话过去几天一直众口相传。杰克开的是宝马车，自然听过多次。"

"啊哈。我还以为他跟女朋友又吵了一架呢。"

"你们可知道可怜的迪瓦恩先生承受着怎样的压力吗？"莫利女士从办公桌后站起身（虽然她的个头并不因此显得比刚才高）。她的洪亮嗓音里兼有关切和怒气。"他跟技师工会展开了几轮谈判，直到周六晚上十点才结束。今天上午他又接待了伦敦来的三位高管，包括集团总会计师，跟他们一起商谈了一些重要事宜，这些事你们谁都懒得关心，照理你们应该主动关心才是。"她这番话听起来像是一种不祥的征兆。

虽然人们普遍认为她是一个惯于制造紧张空气的灾星，但她的话还是让每个人多少清醒了一些。尤其是丽莎。他们还没谈过广告收入的问题。她虽说意志坚强如钢，也要感到伤脑筋了。

杰克从他的办公室走了出来。

"他们来过电话,"莫利女士说,"他们再过十分钟就到。"

"谢谢。"杰克叹了口气,漫不经心地举起双手挠了挠蓬乱的头发。瞧着他那倦怠无力满脸心事的样子,艾什林顿生怜悯。

"你在开会前要不要喝一杯咖啡?"她出于同情主动问道。

他转过头,一双黑眼睛瞅着她。"不需要,"他恼火地说,"它可能会让我睡不着觉。"

哼,被那件事情弄得像是丢了魂似的,艾什林想到这点,完全打消了心里的怜悯。

"艾什林,快来瞧瞧。"杰里热情相邀。艾什林赶紧奔到他的电脑荧屏前,稍稍一看便对他编排这篇文稿的本领佩服之极。全文横贯两版,看起来图文并茂,滑稽有趣,引人入胜。一幅幅漫画、一则则特写排列有序,醒目的位置上是一副男女共舞的性感照片,那个女的长长的乌发一直拖到地板上。

等他将文稿打印出来,艾什林拿在手上像敬献供品似的呈给丽莎。丽莎一言不发地逐页察看,脸上是一副难以捉摸的表情。随着沉默变得越发不堪忍受,艾什林心里的兴奋劲儿开始消退,最后化为满腹忧虑。这篇稿子是不是全让自己给搞砸了?兴许它根本就不合丽莎的心思吧。

"这儿拼写有误,"丽莎用单调沉闷的嗓音说,"这儿排版有误。还有这儿。还有这儿。"看到最后她把几张纸猛地朝对方手上一塞,说了声"可以。"

"可以?"艾什林不解地反问道,心里仍在等待丽莎说一句称赞的话,夸她如何为之煞费苦心,如何为之不遗余力。

"是的,可以,"丽莎不耐烦地说,"修改以后发排。"

艾什林瞪大了两眼。她心里失望到极点,一时难以忍受。她根本不知道,此词自丽莎口中说出,已是殊为难得的极高奖赏。想当年《佳人》的那些下属听惯了她尖声呵斥"快把这篇狗屁稿子从我桌上拿走,整个重写。"哪个不是将"可以"视为对自己的褒奖。

接着,丽莎忽有所思,完全转变了话题。她看似随意地问:"嗯,昨晚跟你待在一起的那个男人是谁啊?"

"哪个男人?"艾什林分明知道她在说谁,但有一种小小的报复欲望在心头萌动,驱使她明知故问。

"那个白肤金发的男子,后来你单独跟他待在一起。"

"噢，那是迪兰。"除此之外再无多言。艾什林心里暗自得意。

"他是谁？"丽莎只得再次追问。

"一个老朋友。"

"单身？"

"他跟我一个最要好的朋友结了婚。这么说你喜欢我的稿子？"艾什林执拗地问。

"我说可以。"丽莎被触怒了。她随后说的一番话无异于往艾什林伤口上撒了一把盐。"我认为我们应该将它做成一篇定期刊发的常规文稿，再为十月号临时组织一篇介绍如何跟男人约会的专稿。还记得你在我们的第一次碰头会上是怎么建议的？去一家婚姻介绍所？骑马？冲浪？"

这些她居然全都记得，艾什林暗忖，想到自己下月乃至之后每月都得如此呕心沥血，操劳不已，心头不觉压上一个实难承受的沉重负担。而且永远无法得到一句像样的夸奖！

"或许你也可以撰文谈谈在滑稽演出现场遇见心仪男士的可能性。"丽莎说着，脸上露出一丝狡黠的微笑。

艾什林老大不舒服地耸耸肩。

"他给你打电话了吗？"丽莎没头没脑地问。

艾什林摇摇头，为自己颜面尽失而感到尴尬。他有没有打电话给丽莎？也许会吧，那个讨厌的色鬼。无声的几秒过后，她好奇心越发难耐，不禁问道："他给你打电话了吗？"

令她吃惊的是，丽莎同样摇摇头。

"无赖！"艾什林用力吐出这个词儿，心里感到一阵极大的宽慰。

"无赖！"丽莎附和道，随即出乎意料地咯咯笑了起来。

忽然间，他没有给她俩打电话，似乎成了一件顶顶滑稽的事情。

"男人！"自从周六以来一直令艾什林惴惴不安的预感至此已然消失，她嘴里随即迸出一串轻佻的笑声。

"男人！"丽莎附和道，声音里透出由衷的喜悦。

此时，她俩鬼使神差般地共同将视线投向卡尔文，只见他站在地板中央，无聊地挠着自己的裤裆，呆呆地瞅着前方。他那副尊容可太有男人样儿了。两人看着看着，眼珠骨碌转悠，回眸对视之际，倏地弓起腰身，笑得前俯后仰。

一串串发自内心的笑声，使艾什林情绪高涨浑身轻松，不觉想起自己很久没有如此酣畅地笑过了。其余诸事皆不足虑，她兀自捧腹大笑。

"怎么了？"卡尔文烦躁地问。"什么事这样有趣？"

这足以令她俩再度爆发出一阵大笑。两人彼此的猜忌被尽情嬉笑的声浪荡涤净尽，于是她们——至少在眼下——因为相互结盟而感到温暖。

来不及闭拢自己那笑意犹存咧得老大的嘴巴，丽莎一时冲动之下对艾什林说："我今天下午应邀参加一场化妆品展示会，你想跟我去吗？"

"当然愿意。"艾什林愉快地说。语气中透出感激，但绝无令人怜悯的意味。

化妆品展示会的主办方索尔斯，是业内一家规模很大的公司，深受许多超级名模和时尚达人的青睐。他们所有的产品皆由有机材料制成，包装物可以降解或重复回收利用，因而东西虽贵但买家尽可放心。他们还大吹大擂宣传造势，因为他们已将一部分利润重新投资于公益事业，包括植树造林，修复遭破坏的臭氧层等等。(实际重复投资额为税后收入的百分之零点零零三，另外扣除股东们所得的红利，最后的总数仅为二百镑，所幸人们即使知情，也并不在意，毕竟他们在购物的同时，已经完全接受了"索尔斯是负责任的美容化妆品企业"这一观念。)

从办公室到展示会举办地莫里森酒店，路程远近适中，刚巧能使丽莎有理由坚持叫一辆出租车。交通如此拥挤，步行前往反倒能够早些到达，但她顾不了这些。她以前在伦敦从未步行前往什么地方，眼下如果在都柏林安步当车，自然也会被她视为有辱身份。

莫里森酒店的一个活动室已经为举办当日活动被改造成一个老式药店。索尔斯的年轻女员工身穿医院的大褂，立于药房专用的小桌子之后(这些桌子由一种特殊材料制成，经过一番改造看似年代久远的柚木)。周围摆满了一只只塞上玻璃瓶塞的玻璃瓶，一根根药用滴管和装有处方药的广口瓶。

"装腔作势，胡说八道，"丽莎附在艾什林耳畔一阵嗤笑。"你听他们说起换季产品时的那种腔调，活像是发现了一种治癌新药。不管它，先来点喝的！……麦草汁！"看到侍者，从托盘上取下饮料，丽莎叫道。随即她又问："你们还有什么？"

她示意另一名侍者近前，只见他手中的托盘上摆满了银质小罐，每只罐中插着一根管子，像是弯曲且不透明的秸秆。"氧气？"丽莎厌恶地说，"别傻了。给我拿杯香槟来。"

"拿两杯香槟。"艾什林紧张地说。她一见到黏稠发绿的麦草汁便感到反胃恶心,再者,她也知道自己无论何时想喝麦草汁都可以得到。她俩各饮三杯香槟,令其他人羡慕不已,他们都在怯怯地吸吮免费麦草汁,使劲憋着不呕出来。《星期日独立报》的丹·海格尔,他的风格是"我不管什么都要尝试一回",只有他吸了一点氧气,结果头晕目眩,不得不躺在大堂入口处。酒店客人从他身上跨过去,脸上露出宽容的微笑,认为他体现了倒霉透顶的爱尔兰醉汉的形象的精髓。

"快点,"丽莎最后对艾什林说,"我们得去听讲座,然后才能索取免费礼品。"

丽莎说得很对,艾什林心想。那个为她们展示化妆品的卡洛,在介绍自家产品时极其正经,没有半点幽默感。

"本季度化妆品流行微微带有闪光的这种。"她说着,用手钟爱地轻轻抹了点眼影到另一只手背上。

"这是上季度的流行。"丽莎存心跟她过不去。

"哦,不是。上季度流行的是稍稍带有闪光的那种。"她说这话不带任何调侃的意味。

丽莎用胳膊肘用力捅了捅艾什林,两人同时因无声偷笑而浑身抖动。身边有人跟自己一起嘲笑这种事情,真是值得庆幸,丽莎心想。

"本季度我们独辟蹊径,生产出一种也能给眉骨上高光的唇彩,我们为此兴奋不已……如果成分有什么变化,那是因为我们不愿像有些化妆品生产厂家使用动物脂肪从而有损产品质量。为此支付一点点成本……"

终于,这场堪称气派的展示会宣告结束,卡洛将她挑选出来的一套本季度新产品丁零当啷地归拢到一起。这些产品原先全都置于几只内壁很厚、状若老式药瓶的褐色玻璃容器之中,最后被她依次放入一只仿真医药盒里。

她把药盒递给两人中显然是头儿的丽莎。看出艾什林和丽莎没有离开的意思,卡洛焦急地说,"一家刊物只有一份礼品。我们索尔斯的经营理念是遏制超量。"

丽莎和艾什林迅速交换了一下惊骇之余带有敌意的目光。

"这我知道。"丽莎轻轻说了声,若无其事地匆匆走出房间,一只手鹰爪似的牢牢攫住精品包。占有意味着紧咬不放。至少她以前都是这样做的。她走上过道,穿过大堂,从仍躺卧着的丹·海格尔身上跨过时没有稍稍放缓行速。

"这双运动鞋真不错。"他喃喃地说。

"你为什么要穿长裤呢?"他话音刚落,艾什林从他身上一跃而过。

等到丽莎估计她俩已经离开酒店足够远的时候,她开始放慢脚步。艾什林趁机赶上她,贪婪地瞟了一眼那份免费礼品。

"这得看里面有什么了。"丽莎抿紧嘴唇轻轻说了一句。她刚刚意识到她为什么喜欢单独外出工作。你要是跟别人合作共事,也许就得跟她分享化妆品、赞誉和其他物品。她打开医药盒说:"你可以拿走这只眼影。嗨,还是闪亮的呐!"

但这是一种她俩谁都不喜欢的古怪的淤泥色。

"你还可以拿那瓶也能用于眉骨上高光的珠光唇膏。我拿护颈霜和眼线笔。"

"那唇膏呢?"艾什林的问话腔调里含有几分使她自己心窝紧揪的担忧。唇膏可是价值不菲的珍品,柔和的色调,精湛的工艺,堪称完美绝伦。

"唇膏归我,"丽莎说,"谁叫我是头儿呢。"

谁不知道啊?艾什林愤懑不平地想道。

第二十六章

星期二晚上,艾什林去上萨尔萨舞蹈课。跟以前一样,上课的女学员人数是男学员的十倍。艾什林只得与另一个女人结成舞伴,她问艾什林是否常常来这里。

"这是第一次上课。"艾什林提醒她说。

"哦,不错,我给忘了。真的,有一种爱好难道不是很好吗?"

下课以后,脸颊发红、全身发热的艾什林急急奔回家里,去察看她那台答录机,但她刚打开门,便瞧见机上暗淡无光的红灯仿佛正在居心险恶地长时间朝她怒目而视。嗯,好在还没有到周三晚上。还没有失去全部希望。

她在食橱里搜寻吃的东西,心里烦躁不安,暗自猜测马库斯是否有可能弄丢了她的电话号码。不可能,他分明已将纸条塞进他衣裳口袋的最底部,并且说要贴身保管,何况这是她第二次把纸条交给他,因此不大可能放错地方。

她仔细打量着这些从食橱里搜出来的宝贝:半袋墨西哥玉米脆饼,已微微发软；一盒黑橄榄；同样有些发软的消化饼干；一罐锡皮带有凹痕的菠萝罐头；八片变质的面包。这点东西仅够塞牙缝，她明天一定得去超市购物。

她特别想吃点热的东西，于是将两片过期的面包塞入烤箱。就在她等待面包变热之时，突然觉得心里一阵沮丧，身体一阵发虚，因为马库斯的缘故，因为此人打搅了她的生活，使她心里渐渐萌生几许似有若无的期待。在马科斯开始纠缠她之前她一直活得好好的。

他究竟为什么要纠缠她呢？自从见识了他的舞台形象以来，她完全改变了对他的看法。马库斯·瓦伦丁不再是那个她不屑接近的男人，而是身价陡增的抢手货，她无法断定自己是否配得上他。

半片烤面包落肚之后，电话铃骤然响起，她全身顿时感到一阵狂热的激动。她赶紧掸掉脸上的面包屑，同时匆匆走到房间那头，一把抓起话筒。"喂？"喘息声中透出的无限期待转瞬间消失殆尽。"噢，克洛达赫，你好。"

"你在家吗？"克洛达赫问。

"嗯，你想说什么？"

"对不起。我想说，我现在能过来吗？"

噢不。艾什林的情绪恶劣到了极点。她得硬着头皮面对这桩烦心事。她当即取消了打电话给自己父母亲的计划——那样她会撑不住的。"快来吧，"她毫不含糊地对克洛达赫说。"我晚上在家里。"

"我去一趟艾什林那里，大概一个钟头的时间。"克洛达赫朝迪兰大声说，他此时正在一半墙壁已贴上墙纸的前厅看电视。

"你要出去？"他吃惊地反问道。这可真是一反常态啊，要知道克洛达赫晚上很少出门，偶尔外出也总是与他同行。但是还没等他问出个头绪，克洛达赫已经呼的一声重重关上门，将日产米克拉车倒出车库，驶到外面的路上。

"我有话要跟你谈。"艾什林刚刚将她迎进门，她就直言不讳地说。

"这我已经料到了。"艾什林说，脸上露出一副苦相。

"我需要你帮我一个忙。"

"我一定尽力。"

"呃，你知道有一个无家可归的人坐在你家门口吗？"克洛达赫突然改变了拐弯抹角的语气。"他刚跟我打了招呼。"

"大概是呜呜吧，"艾什林心不在焉地说，"年轻，棕色头发，满脸笑容？"

"没错，可……"克洛达赫嗓音开始发颤。"你了解他吗？"

"不太熟，不过……对了，我经过他身边时跟他聊过几句。"

"可是，此人也许已经吸毒成瘾！他可能会用注射器威胁你来抢劫——这是他们的惯用手法，你知道。或者干脆闯进你家里。"

"他没有吸毒成瘾。"

"你怎么知道？"

"他亲口对我说的。"

"你就那么相信他的话？"

"能看出来啊。"艾什林突然被激怒了。"如果谁酗酒或是吸毒，只要跟他交谈就能看得出来。"

"那他又是怎样沦落到无家可归的地步的呢？"

"我不想知道。"艾什林坦言相告。如果开口询问，那会显得多么唐突无礼。"不过他人挺不错，其实十分正常。就算他酗酒吸毒我也不忍心指责他——流浪街头是多么不幸。"

克洛达赫不禁用力撇了撇嘴。"我不知道你身边这些人是什么来历。不过你得留点神，行吗？好了，我有话要跟你说。我做出了一个决定。"

"什么决定？"继续服用抗抑郁药？离开迪兰？

"时候到了，"克洛达赫弯下身子坐到长沙发上。等到觉得舒坦些她重复道，"是时候了……"

"什么时候？"艾什林心神不定，说话也没好声气。

"……我是时候重新开始工作了。"克洛达赫说完这句话。

这可不是艾什林一直以为的那种答案。她本来准备听到远比这可怕的消息。"什么？你？重新工作？"

"为什么不呢？"克洛达赫陡生戒心。

"呃，没错。为什么不呢？可你是怎样生出这个念头的呢？"

"噢，这事我已经考虑了很久。也许像我这样把全部精力都放到孩子身上并不是什么好事。"克洛达赫心里认定，正是因为这个缘故，她才会生出种种又可怕又心痒难挠的怨天尤人的感觉。"我需要更多地走出家门。跟其他成年人交谈。"

"你想跟我说的就是这些吗？"艾什林需要证实自己搞错了。

"那还应该有什么？"克洛达赫吃惊地问。

"没有。"现在已经很清楚，克洛达赫行为如此反常，是因为她备感无聊的缘故。艾什林恨不得狠揍迪兰一顿，因为他让自己虚惊一场。

"你想做什么样的工作？"

"还没想好，"克洛达赫坦言。"那倒真无所谓。任何工作……话虽如此，"她用凄苦的口吻补充道，"无论从事什么工作，也就是说，听命于那些不是我孩子的外人。"

艾什林开始调整自己的情绪以适应整个事态陡然出现的这种变化，此时克洛达赫已经陷入沉思。她一直在读那些家庭主妇们自主创业的书，有的凭做蛋糕的好手艺开了蛋糕店；有的开设一家健身俱乐部；有的只是把自己对瓷器的嗜好发展成蒸蒸日上的生意，雇佣了，哟，至少七八个人。她们做起这些，似乎是那么容易。银行向她们提供贷款，嫂子弟媳也很疼爱她们的孩子，邻居将车库改造成公司总部供她们使用，所有人都团结在她们周围。每当她们的咖啡馆人满为患时，她们的朋友加上朋友的老祖母一齐上阵勉力应对各种各样的人：顾客，邮差，毫不相干的过往行人，还有与女老板吵得不可开交的某个人（此举通常标志着争端的结束）。

而且，这些书中虚构的女人除了事业有成而外，全都有一个男人。

可是你也有一个男人啊，克洛达赫提醒自己。

没错，但是……

她怎样才能开创自己的事业呢？她能做什么呢？

坦白地说，她什么也干不来。她不相信会有人愿意付钱品尝她做的菜肴。说实话，为了让克雷格和莫莉乖乖吃饭，她就差掏钱给他们了。她不忍心看着人们来到她的餐馆，掏出的是毫不掺假的真钞，吃的却是超市买的水果奶酪儿童食品[1]，和微波炉加工出来的杯装泡面——虽说她提供免费服务，所有的菜肴端上桌之前都吹风冷却过。

至于说手艺——她宁可生孩子也不愿制作陶瓷器具。她对如何开办一家健身俱乐部也同样一无所知。

不，一种更加普通的谋生途径似乎很适合克洛达赫，在这方面艾什林也可以

---

[1] 原文为 Petit Filous，是爱尔兰著名水果乳制品品牌，主要生产婴幼儿食用的水果酸奶。——编者注

提供一些帮助。

"不知道你能不能帮我打一份我的简历?"克洛达赫问,"听着,我不想让迪兰知道这事。幸好现在他不知道。他的自尊心会受到伤害,如果我们夫妻俩不只是他一人挣钱养家的话。你明白我的意思吗?"

艾什林并不完全相信她这话,但又认为不妨索性装糊涂。"好吧。我应该为你列出哪些业余爱好?滑翔伞?性虐游戏?"

"木筏漂流,"克洛达赫咯咯笑道,"还有为人类作出牺牲。"

"你肯定你没事吧?"艾什林仍然需要强调此事的重要性。

"我现在很好。不过说实话,刚才有一阵我情绪低落,这件事真的开始让我忧虑重重。"

也许迪兰压根就不是在大惊小怪,艾什林心里暗想。也许他有理由担心。

"可是现在我知道该做什么了,"克洛达赫愉快地说,"一切都会变得好起来的……嗨,"她忽然想起什么。"迪兰告诉我,你准备在本周星期六晚上帮我们照顾孩子。"

这么说,"帮助克洛达赫振作起来行动"计划仍在实施中喽?

"我们打算去乐芙饭店",克洛达赫快活得嗓音发颤。"多少年我没在晚上出去约会了。"

"我说,能不能让特德跟我一起带孩子?"但愿克洛达赫会怒不可遏地否决这个主意。

"特德?那个皮肤黝黑的小矮个子?"克洛达赫思索片刻后说,"可以,为什么不呢?他看上去不可能使坏嘛。"

第二十七章

艾什林早早起身,替克洛达赫打好一份个人简历,继而又让杰里排版时凭想象作了一些发挥。就在她等候杰里打印这份简历的当儿,她惊讶地发现自己正在胡乱涂写"艾什林·瓦伦丁"。快点清醒一下！最好做点什么事情。可她却做出一件令她更加扫兴的事情。她开始打电话给自己的父母，接电话的是她的父亲。

"爸爸，我是艾什林。"

"噢，你好哇！"听到女儿的声音，他显得特别高兴。"你最近怎么样啊？"

"呃，很好，很好。你们都好吧？"

"再好也没有了。我们什么时候能过来看你？你有可能哪个周末回家来吗？"

"暂时不行。"她深感内疚，心里一阵抽痛。"你看，我目前有时周末还得加班。"

"那太可惜了，你千万得悠着点儿。不过你工作还挺顺心的，是吧？"

"挺好。"

"别挂掉，你妈妈想跟你简单聊几句。"

"哎呀，爸爸，我可不能多谈。我眼下还在工作。等到哪天晚上我再打电话给你们。你们都好，我就放心了。"

挂上电话后，她情绪稍稍好了一些，但心里又泛起几许酸楚。她感到宽慰，因为她总算往家里打了电话并且今后两三周无需再打；她感到内疚，因为她不能向父母提供他们真正需要的东西。她点燃一根烟，深深地吸了一口。

丽莎上班迟到了。

"你到哪里去了？"特丽克丝问，"每个人都在找你。"

"你是我的私人助理，"丽莎不耐烦地说，"照理你该知道。查一下我的约会登录本。"

"噢，你的约会登录本，"特丽克丝说，"当然可以。"她迅即翻到相关的一页，口里念念有词，"'采访疯疯癫癫的弗丽达·基利'，你原来去那儿了。"

"说得对。"丽莎当众宣布，嗓门之大足以让每个人、尤其是梅塞德斯听见。"我今天在弗丽达·基利的工作室对她进行了采访。她人挺可爱，绝对可爱。"

其实，她刚才好像做了一场噩梦。这个疯女人令人讨厌，脾气坏到极点。她有可能永远不再露面。这倒不坏呢，丽莎心里暗想。

丽莎到达采访地点时，弗丽达已经惬意地在一张睡椅上躺了一段时间，她身穿一袭款式质地绝佳的连衣裙，灰色长发披落到腰部。此刻她身子斜倚在几捆布料上，大口吃着一份麦当劳早餐。丽莎当天早晨已经跟弗丽达的助手确认了这次采访，但弗丽达却矢口否认。

"可是你的助手……"

"我的助手,"弗丽达用咆哮声彻底压倒对方,"是一个无用的蠢货。我让她马上滚蛋。朱莉,伊莱恩,不管你叫什么名字——**你被解雇了!** ……不过你都来了。"弗丽达终于作了些让步。她此时兴致颇高,想拿丽莎取笑一番。

"您能跟我谈谈自己的情况吗?"丽莎力争在采访过程中掌握主动。"您出生在哪里?"

"佐格星球①,亲爱的。"弗丽达拉长调子慢吞吞地说。

丽莎瞅了她一眼,对这话宁信其真。"不知您是否能够谈谈这些服装——"

"服装!"弗丽达轻蔑地说,"它们根本不是服装!"

它们不是服装?它们如果不是服装,那又是什么呢?丽莎心里暗自纳闷。

"艺术品,你这个笨蛋。"

听到对方称自己笨蛋,丽莎一时无法作出恰当的反应。她觉得很难做到这一点。但她又得为《妙龄女郎》的利益着想。

"也许——"她竭力抑制心头的怒气。"也许您能告诉我您为什么取得成功。"

"为什么?为什么?"弗丽达厌恶地瞪大双眼。"因为我是一个大大的天才,这就是为什么。我能听见我头脑里的声音。"

"也许你应当去看医生。"丽莎终于按捺不住了。

"我说的是我的精神向导,你这个白痴!他们告诉我应该创作什么。"

一只状若老鼠头戴一顶袖珍高筒形礼帽的约克夏狗倏地窜进屋里,发出一阵特别尖利刺耳的吠声。

"喔喔喔,到妈妈这儿来。"弗丽达一把抓住狗儿,将它引向自己肥厚的胸脯,把它从几块花呢衣料和一个吉士蛋麦满分之间拽过来。"他叫斯基亚帕雷利。我的缪斯。没有他,我的天赋将不复存在。"

丽莎开始希望这条狗突然遭遇一场飞来横祸,而当斯基亚帕雷利张开嘴,将两排利齿箍住丽莎的手权充见面礼时,这一情绪越发强烈。

弗丽达·基利见状惊骇不已。"唷唷唷,是不是那个该死的记者把她的脏手伸到你嘴里了?"她狠狠地瞪了丽莎一眼。"要是斯基亚帕雷利闹出什么毛病,我一定会起诉你,你和你代表的那家报社都脱不了干系。"

---

①原文是 Planet Zog,是畅销书《数学杀手》(*Murderous Math*)中的一个虚构之地。——编者注

"不是报社,是《妙龄女郎》杂志。我们在多尼戈尔拍过你的衣——"

但是弗丽达压根听不进去。她凭借一只胳膊肘费力地支起身子,隔门冲着那名助手大声吼道:"丫头!有人在这座楼里发出萝卜的臭味儿!快点查出这人是谁,把他撵走。我早就跟你说过我受不了这个。"

助手从隔壁办公室应声而入,平静地说:"这是你的错觉,没人有萝卜味儿。"

"可是我嗅得出来。你被解雇了!"弗里达尖声高叫。

丽莎低头瞧着自己的手,那个该死的畜生在上面留下一道齿痕。她简直受够了,他们根本无法做出一篇这个疯女人的专访。

在隔壁办公室,疯女人的助手——其实叫做弗洛拉——往丽莎的伤口敷上山金车油膏。办公室里平时备有此物,显然是为了伤口外敷之用。

"她一天解雇你多少回?"丽莎问。

"无数回。她是很难相处,"弗洛拉劝慰道,"但谁叫她是天才呢。"

"她是一只疯疯癫癫的母狗。"

弗洛拉将脑袋歪到一侧做沉思状。"没错,"她略一沉吟脱口而出,"也算是吧。"

丽莎乘出租车回办公室。她拿定主意绝不能让梅塞德斯得意,不能告诉梅塞德斯她说得对,弗丽达·基利的确是一个疯女人。

"弗丽达是一个很有魅力的女人,"丽莎对《妙龄女郎》的所有同事说,"我们配合得十分默契。"

她注视着梅塞德斯,想看看她有什么反应,谁知梅塞德斯的那双黑眼睛没有流露出任何信息。

半小时过后,杰克从他的办公室出来,径直朝丽莎走去,同时说:"伦敦来电话了。"

丽莎将妆容完美的灰眼睛转向他,心里焦灼,喉头哽噎,一时无语。耶稣基督啊,这样一个多事的早晨!

杰克打住话头,卖了个关子,继而慢悠悠地说起来,为的是制造出人意料的效果:"欧莱雅——已经决定——每期——刊登——四页广告——先登——六个月!"

他让对方定了定神,以便充分领会这一消息的实际意义。接着他微微一笑,那张通常显得心事重重的脸上此刻充满幸福的神情。他平时向下撇着的嘴角向上翘起了，露出两排整齐的牙齿，明亮的眼睛闪烁着愉快的光辉。

"折扣是多少？"丽莎几近僵硬的嘴唇含糊地吐出这个问题。

"没有折扣。他们全额付款，我们的版面值这个价，哈哈。"

丽莎依然没吭声，只是用好奇的目光注视着他的面庞。眼下他们的处境已大有好转，她这才听任自己充分感受上周他们面临的局势是何等令人恐怖。无需杰克说明，她也知道。

欧莱雅投下的这一张信任票，有可能足以说服其他化妆品商购买他们的广告版面。

"很好。"她说。

他为什么非得当着众人的面告诉他这个呢？倘若他俩待在他那间私密的办公室里，她就可以扑进他的怀抱，跟他紧紧搂在一起。

"很好？"他调皮地睁大双眼。

"我们应该庆祝一下，"丽莎振作起精神，心情畅快了许多。"出去吃午餐。"

听到杰克应承道"我们是该这样"，她越发乐不可支。

两人互相对视了一下，都同时因为快乐之极而感到一阵眩晕。

"我要订一张餐桌。特丽克丝，"丽莎欢快地大声说，"取消我原定的午餐时间的美发预约！"

恍若置身于往昔的美妙时光。

"趁你人在这儿，杰克，快瞧瞧这个。"丽莎朝他挥了挥什么东西。

隔着三张办公桌，艾什林（这会儿一直饶有兴致地关注每件事情）看出丽莎拿给杰克看的，正是她的那篇萨尔萨舞专稿。

"我跟你说过我会把这份杂志办成一流刊物。"丽莎仰脸笑着对他说。

"你确实做到了，"他说着，随即浏览起来，一边点头赞叹，"这篇文章写得很好。"

艾什林眼睁睁地看着这一幕。明明是她做的工作，丽莎却把功劳全部据为己有。这不公平。但是她又能怎样呢？什么也不能做，她唯恐发生冲突。蓦然间她听见自己大声说道："很高兴你喜欢这篇文章！"她嗓音发颤，试图装出一副无所谓的样子，但她知道自己的声音听起来夸张做作，很是奇怪。

杰克吃了一惊，脑袋猝然转向艾什林。

"这稿子是我写的，"艾什林的话里带有歉疚的意味。"你喜欢它，我为此感到欣慰。"她又用不太坚定的语气说道。

"这篇稿子由杰里排版打印，"丽莎没好气地说，"而且它出自我的创意。艾什林，你真该学会怎样与人合作共事。"丽莎这样大声训斥艾什林，其实是想让杰克听到。

但是杰克只顾端详那张照片，继而又将视线从照片中的女人频频转向艾什林，一双黑眼睛里射出大胆挑逗的目光。艾什林被他盯得浑身燥热，极不舒服。

"很好，很好。"他嘴角抽搐了一下，似乎是在竭力不让自己咧嘴笑开。"这么说，艾什林，这就是你在业余时间干的好事？色情舞蹈？"

"不是……"她很想揍他。

"说正经的，这篇稿子好极了。你干得很出色，"杰克这话丝毫不带嘲讽的语气，"她是不是干得挺出色，丽莎？"

丽莎嘴唇哆嗦着，很想随意敷衍两句，但又躲不过去。"是的，"她硬着头皮说道，"她是干得挺出色。"

丽莎为杰克和她自己在海洛饭店预订了一张餐桌。这种事最好还是让她自己拿主意，如果交给他办，他俩到头来很可能只得在必胜客凑合吃比萨。

中午下班前半个钟头，她特意去了趟盥洗间，以确保自己表现出最佳形象气质。幸好她今天穿的是淡紫色的普雷斯-巴斯琴[1]套装。不过即便她身上穿的是别的牌子，也照样会显得风姿迷人。作为杂志编辑，你永远说不准何时需要摆出高雅的姿态，时刻准备着，这就是她的格言。

穿着她那双轻薄如纸的绑带缎面凉拖，她根本没法走完几个码头之间那段短短的路程——刚才她穿着这双鞋在办公室四下走动时，几乎一直是曳足而行。这双鞋没有任何实用价值，却并未招致丽莎的反感——有些鞋存在于世，仅仅是为了显示其令人眩目倏然而逝的美丽外表。否则上帝为什么要发明出租车呢？

她对着镜子仔细打量了一番自己，心里稍稍泛出几许宽慰。她的双眼大而有神（多亏上眼皮的白色内眼线），面色清爽（艾凡达[2]面膜功效卓著），前额光润无痕（得益于她离开伦敦前注射的肉毒杆菌）。她梳了几下头发，直到它隐隐有光——这压根儿没花一点时间。她的头发总是带着隐隐的光泽，靠的是免洗护发素，抚平毛糙的发胶，以及专业电吹风。

---

[1] 普雷斯-巴斯琴（Press and Bastyan）：英国奢侈女装品牌。——编者注
[2] 艾凡达（Aveda）：奥地利高端护肤彩妆品牌。——编者注

十二点五十分，出租车到了。丽莎和杰克在办公室全体人员的密切注视下离开办公室。丽莎为能如此近距离地跟他独处兴奋不已，暗暗盘算着如何利用车内狭小逼仄的空间，让自己两条纤细的裸腿"无意中"蹭到他的腿。谁知他俩刚刚钻入车内，就听见杰克的手机响起，他随即跟电台的法律顾问就总部强逼他们执行的一项指令争论起来，具体涉及一桩有争议的采访，采访对象是一位惹出绯闻的主教。丽莎蹭他腿的机会也随之告吹。

"我看这不是什么问题，"杰克冲着手机大声抱怨道，"这年头要找出一个没有惹出一桩绯闻的主教可是太稀罕了。说真格的，我们干吗要采访这个家伙？"

"你好吗，丽莎？"出租车司机招呼道，"你找到住处了吗？"

丽莎俯身向前，心里思索起来。这个对她的个人生活如此熟悉的陌生人到底是谁呢？很快她发现，他就是那位她初到都柏林第一周载着她在市内到处察看出租公寓的出租车司机。

"哦，找到了，我在南环上找到一小套公寓。"她彬彬有礼地答道。

"南环？"他点点头表示赞许。"都柏林尚未被雅皮士们弄得面目全非的少数几个街区之一。"

"噢，它看上去还是挺不错的。"丽莎为它辩护道。

她忽然想起那个让她深感好奇的问题。"那帮丫头合伙欺负你十四岁的女儿，被你教训了一通，后来情况怎么样了？你上回没有来得及跟我讲这个。"

"打那以后她们没敢碰她一下，"他微笑着说，"我那姑娘变了一个人。"

等到丽莎钻出车子他又说："我叫莱姆。将来哪天如有需要可以找我。"

他俩走进富丽堂皇一片忙碌的饭店，被人引导到中央餐桌时，杰克还在跟对方通话。见此情景丽莎心里暗喜。杰克身上的西服看起来很不上档次，但他对着手机说话时，神情举止无不透出一副实权人物的派头。风头被他独占之后其他人很难与其抗衡。邻桌的几位客人看到杰克在打电话，忙不迭地伸手去取手机，开始进行实属多余的通话。

做出五点之前拿出解决方案的承诺之后，杰克"啪"的一声将手机甩到桌上。"对不起，丽莎。"

"没事。"她嫣然一笑，刚刚抹上索尔斯唇膏的嘴唇越发显得娇艳欲滴。

但是通话刚刚结束，杰克身上原先流溢出的那股轻浮劲儿也随之消失。他再度变得焦虑狂躁，神情严肃，任你怎样悉悉挑逗，也提不起调情的兴致。虽说没有任何迹象表明她无法挑逗他。

"为我们干杯。"丽莎脸上露出意味深长的笑容，用她的酒杯碰了碰杰克的酒杯。她接着说出的话是为了使对方感到困惑，从而保持注意力。"愿《妙龄女郎》地久天长，事业兴旺。"

"为这话我得喝一杯。"他举起自己的酒杯，勉强挤出一丝笑容，但依然难掩满腹心事。他只想跟她聊工作。读者概况，印刷成本，以及单辟读书专栏的价值。他似乎不太习惯海洛饭店走在时尚尖端的氛围。给他端来的头一道菜是吃起来挺麻烦的拌苦苣，他使出奋力与之相搏的劲头，驱使一簇簇卷曲的菜叶依次汇聚于叉尖，继而送入口中。"天哪，"他失声嚷道。原来是他叉起的第二口苦苣叶倏地一颤，险些滑落。"我简直成了一头长颈鹿！"

丽莎非常照顾他的情绪。她认为自己没有必要竭力重新创造那天夜里在她厨房间轻松笑谑的气氛，因为他根本不感兴趣。他工作那么忙，压力那么大，能够同意外出与她共进午餐，已经是很给面子了。如果他想谈工作，她也能够奉陪。凭借她那能使大多数情形于己有利的非凡本领，她断定眼下最适合询问杰克，是否有可能将尚在酝酿之中的马库斯·瓦伦丁的专栏并入他们的其他哪个期刊。

"他可曾说过愿意为我们做一个专栏？"杰克问，声音里几乎透出些许热情。"还没有……没有说过。"她隔着餐桌朝他露出充满自信的微笑。"但他会的。"

"哪天我会就此打听一下。你有许多好点子。"他说。

直到他们离开饭店时，杰克才重新透露出一点人情味。"热水器上的定时器用起来怎么样？"他问，眼里闪烁着愉快的光辉。

"棒极了，"丽莎眨了眨眼睛，"无论何时我都能洗一个持续时间很长的热水澡。"从她口中说出的"长"和"热"确有长和热的味道。缓慢、慵懒而又富于刺激快感。

"很好，"他说，两只眼睛因瞬间掠过的惊喜和满足而睁得老大，"很好。"

丽莎下班后一路步行，眼看到家时，忽然撞见一个有些奇怪的女人，她好像喝醉了酒，满头金发色调深浅不一，身穿一套鼓鼓囊囊的田径服——尤其不可思议的是——居然手提一只DKNY[①]大号购物袋。丽莎的DKNY购物袋。至少在她

[①] DKNY：美国女服装设计师唐娜·凯伦创立的著名服装品牌。——编者注

将此袋送给路边玩耍的小姑娘弗朗辛之前是这样。她觉得眼前这个喝得醉醺醺的女人——凯西？——是弗朗辛的母亲。

"丽莎，"她满脸堆笑地说，"你好吗？"

"很好，谢谢你。"丽莎冷淡地说。为什么这周围的人都知道她的名字？

"我去上班。我在哈比森饭店为客人提供银式服务[①]。三十磅找给你，然后你打的回家。"凯西似乎说的是女招待的工作。她将那只价值二百镑的手提袋朝丽莎晃了晃。"我要迟到了。再见。"

丽莎灵机一动。"嗯，凯西——你叫凯西，对吧？你可愿意帮我做清洁工作？"

"我还以为你不会跟我提这件事了呢！"

"呃？为什么呢？"

"呃，我早就想过，你工作那么忙，哪有时间打扫屋子？"凯西真正想说的是，弗朗西已经编造了一个借口溜进丽莎屋里打探了一番，回家向她报告说，那里简直就是一个猪圈。"比我们家不知差到哪里去了！"

与此同时，艾什林利用周三晚上的时间，亲自将一只包装得美观花哨的波特梅里恩[②]银边瓷碗，送到费利姆妈妈的住处，从而了却了自己的一桩心事。

"我这里的工作已经完成了。"她打趣道。

接着，她得长时间坐在艾甘太太的厨房里，听她那番像往常一般的诉苦。

"费利姆连面包片的哪一面抹上了黄油都不知道。他真该娶你为妻，艾什林。"

她停下来，等着艾什林随声附和，但艾什林第一次没这样做。

艾什林回到住处时，她的电话答录机上依然没有留言。让乔伊和她的那套男孩行为准则见鬼去吧。

"现在才九点钟，你这人太容易发愁了。"乔伊刚刚进门就不客气地数落道，她来这里是为了给夜里独守空房的艾什林做伴。"还有很多时间嘛。快点打开一瓶酒，我会把米克昨晚跟我说的那些漂亮话全都告诉你。"

艾什林很难理解乔伊和米克之间那些急转突变错综复杂的事情。他们之间的关系真可谓剪不断理还乱，就像杰克·迪瓦恩和那个咬他手指的女朋友一样。她用螺丝起子打开瓶盖，倒了两杯酒，开始定下神来一点一点地仔细分析米克对乔

[①]银式服务：一种服务员左手托银盘呈向客人左边，右手夹菜送至客人面前的食盘的服务方式。
[②]波特梅里恩：英国南威尔士的一个地中海风格度假村，兴建于十九世纪。——编者注

伊说过的每一句话。

"……他接着说我是那种喜欢熬夜的女人。你说他这话是啥意思？他是说，像我这样的女人，男人可以跟她一起玩乐，但不愿娶她为妻，他说的是这个意思吗？"

"也许他就是说你喜欢熬夜。"

乔伊用力摇摇脑袋。"不对，他说的话总有言外之意……"

"特德说没有。他说，一个男人嘴上怎么说的，也肯定这么想。"

"他知道什么？"

艾什林专心致志地捕捉每句话的言外之意，十点零七分电话铃响起时，她几乎已经忘记自己苦苦等待的正是这个电话。

"快接呀。"乔伊朝响着铃声的电话点点头，可是艾什林却有些迟疑，唯恐打来电话的不是他。

"你好。"她试探性地说了一声。

"你好，请问你是喜剧演员的守护神艾什林吗？我是马库斯，马库斯·瓦伦丁。"

"你好，"艾什林说，"正是他。"她压低嗓门朝乔伊说，继而又用指尖在脸上戳了几下暗示满脸雀斑。"你刚才叫我什么？"她咯咯笑着说。

"喜剧演员的守护神。特德·马林斯首次登台演出时你帮他解了围，还记得吗？当时我对自己说，那个姑娘是喜剧演员的朋友。"

她暗自思忖——不错，她喜欢喜剧演员的守护神这个称呼。

"你近来好吗？"他问。她确认自己喜欢他的声音。你永远不可能知道这声音出自一个满脸雀斑的男人。"最近有没有看过什么精彩的滑稽演出啊？"

她又咯咯笑了起来。"星期六晚上看了一场。"

"那你真得跟我仔细说说。"他用不掺一粒雀斑的声音笑着说。

"我会说的。"她听见自己咯咯笑着作为应答。内心深处她在费神琢磨自己到底为什么笑成这样。她咯咯笑的声音听起来活像是个弱智。

"本周六晚上有机会出来玩玩吗？"他主动发出邀请。

"呃，不行。"她的声音里带有发自内心的遗憾。她本想跟他解释自己周六晚上得为克洛达赫照看孩子，但不知何故忍住没说。让对方认为她个人生活挺丰富的也没坏处。

"周末打算外出呀？"他的声音听起来颇有些失望。

"不是，周六晚上我腾不出时间。"

"我星期天腾不出时间。"

谈话停了下来，稍后双方同时说话了。

"周一有时间吗？"他问这话时也听到了艾什林的提议，"周一怎么样？"

她又咯咯笑了起来。

"照我看我们已经有了一个计划，"他说，"你看这样如何，我星期一早晨给你打电话——不会太早——然后再见面？"

"那我们到时见！"

"那就这样说定了。"他说，嗓音听起来既温暖又让人放心。

艾什林挂上听筒。"哦，我的上帝，我星期一要跟那个满脸雀斑的马库斯·瓦伦丁约会。"她由于激动和惊愕而显得心神不宁。"我有好几年没跟人约会了。跟费利姆相处之后就再没跟谁约会过。"

"现在挺开心的吧？"乔伊问。

艾什林谨慎地点点头。虽说他已打来电话，但她一直担心自己有可能再度对他失去兴趣。

"听好了，"乔伊吩咐道。"我来帮你练习一下发音。跟着我念，'噢，马库斯！马库斯！'"

第二天早晨艾什林走进办公室时被丽莎叫住。

"嗨，你猜昨晚谁打电话给我的？"

艾什林瞅着她脸上那副充满斗志毫不示弱的表情，还有她那双流露出喜悦光芒的灰眼睛。

"马库斯·瓦伦丁？"除了他还会有谁呢？

"正是，"丽莎说，"马库斯·瓦伦丁。"

"噢，是吗？"艾什林一手搭在胯上大大咧咧地说，"他也给我打电话了。"

听到这个出乎意料的消息，丽莎的嘴半张着，心里直发愣。原先她一直以为自己是赢家呢。

"你什么时候见他？"艾什林问。

"下周某个时候。"

"是吗？呃，我下周一晚上跟他约会……比你早。"她补充道，唯恐对方没有留意。

她和丽莎彼此横眉怒目地紧张对视了一阵。

"我赢了!"艾什林不知道是什么力量驱使自己斗胆说出这话。

丽莎吃了一惊,两眼恶狠狠地瞪着艾什林,瞪着艾什林那张竭尽全力露出凶相的温良的脸。她这回吃了败仗。令她惊讶的是,她居然认为这很有趣。她开始笑出声来。"你真走运。"她咯咯地笑着说。

艾什林怔了一阵,情绪才转变过来,也开始笑出了声。她俩居然变得如此荒唐可笑!

"天呐,丽莎,看起来咱俩跟他接触的目的都不一样,"艾什林突然鼓足勇气说。"你慌啥呢?"

"不晓得。"丽莎嘴唇朝下撇了撇,表示自己毫无头绪。"照我看一个姑娘总得有点爱好。"

第二十八章

伦道夫传媒公司的几个办公室弥漫着一股学校学期末似的气氛。这天是星期五,接下来的星期一是六月的银行假日(丽莎对此十分不解,因为英国的六月银行假日是在上周末)。今天发生了三件大事,一是他们得知欧莱雅公司购买广告版面的消息,二是杰克·迪瓦恩外出了,三是来了一箱作为读者竞赛奖品的香槟酒。("香槟酒产自法国何地?答案写在明信片上寄往……竞赛胜出者中被随机确定的第一名可获得十二瓶上佳香槟……")

丽莎看看香槟酒,看看手表——三时四十五分——再看看她手下的那帮员工。在他们过去三周的辛勤努力下,《妙龄女郎》发展势头良好,没有出现不可收拾的糟糕局面。她忽然想起鼓舞员工士气是何等重要。其实,只要丽莎说实话,就得承认自己此刻很想喝一杯,并且认为眼下如果她自个儿独斟一杯,这些听命于她的人就有可能跟她心生嫌隙。

她故作正经地清清嗓子,"呃哼。"接着快活地说,"哪位想喝一杯香槟?"同时把她那发丝光洁的脑袋转向酒箱。周围的人过了一阵才反应过来她意欲何为。

"可是读者竞赛的奖品怎么办?"艾什林焦急地问。

"闭上你的嘴,"特丽克丝呵斥道,接着又转向丽莎,"我们是在办正事,丽莎,"她用献媚的腔调大声说,"我们共同祝贺你揽下了欧莱雅利润可观的广告业务。"

再次敦请纯系多余。"丽莎说我们可以喝读者竞赛特供香槟,丽莎说我们可以喝读者竞赛特供香槟。"一阵喁喁细语的声浪如轻风一般掠过整个办公室。人们纷纷放下手中的活,绷紧的神经也松弛了下来。就连梅塞德斯也脸露喜色。

"可惜我们没有酒杯。"丽莎突然着急起来。

"没问题。"不等丽莎改变主意,特丽克丝已经端起满满一托盘用了没洗的咖啡杯径直朝洗手间走去,这是她六个月来首次清洗杯具。一眨眼的功夫她便回到屋里,她刚才没有漂净杯子,这一点也不碍事,因为如果杯里浮现过多的泡沫,完全可以说成是香槟冒出的气泡。

"我担心它还没有冰透,"丽莎温和地说着,将一只刻有"风帆冲浪运动员傲然挺立浪尖"字样、盛满泛着泡沫的香槟酒的咖啡杯,递到卡尔文那戴着戒指的手上。

"有人请咱喝酒!"卡尔文嚷起来,心里喜不自禁,因为他虽然不是《妙龄女郎》的员工,但丽莎并未将其视为外人。

几名办事员蜷缩在各自的角落里眼巴巴地等着,不知有没有自己一份。等到丽莎"噗"的一声拔去第二瓶的瓶塞,手拿几只杯子走来时,他们脸上全都露出欣慰的神情,其中两只杯子上分别镌刻了"我不信这不是黄油","齐亚-奥拉[①],我愿意做你的狗",另外两只则刻有"杯中物功效卓著,如其所言"的字样。

"祝你身体健康,莫利太太。"丽莎将那只"我不信这不是黄油"的杯子递给杰克的这位私人助理,她对杰克可谓呵护备至。

"干杯。"莫利女士疑惑地咕哝了一声。

等到每个人手上都有了杯子,丽莎举杯说道,"我敬各位一杯。过去三周各位都很努力,干得不错。"

艾什林和梅塞德斯互相递了一个怀疑的眼色。丽莎准是喝醉了。接着每个人

[①] 齐亚-奥拉:英国可口可乐公司生产的一种水果饮料。——编者注

都开始畅饮起来，唯有特丽克丝例外。不过这只是因为她已喝干杯里的酒。稍后其他人全像她那样将杯中酒一饮而尽。屋内一时寂静无声，每个人的目光都透过喝干了酒的空杯底部凝聚的泡沫（这些泡沫在一种奇怪的辐射作用下继续嘶嘶作响），频频瞥视地板上剩余的十二瓶酒。

丽莎打破了沉默。"要不要再开一瓶？"她故作天真地问，仿佛脑中刚刚冒出这个念头。

"大概可以吧。"特丽克丝巧妙地装扮出一副自己也无所谓的神态。

"当然可以，有什么不行的呢？"刚刚满饮一杯的莫利女士说话的口吻柔和了许多。

但是就在丽莎旋动螺丝瓶起子之际，办公室的门忽然被推开，每个人的心都一下揪紧了。真倒霉！

如果他们上班时间集体窃取阅读竞赛特供香槟的情景被杰克撞见，他八成会气得发疯。

幸好来者不是杰克，而是麦。她粗重的高跟鞋衬托出瘦小的臀部，她的腰肢则更显纤细。

艾什林心生妒羡的同时又感到忐忑不安。

屋里静谧无声，众人一起投来含有愧意的目光，麦见状似乎着实吃了一惊。"杰克在吗？"

人们依然沉默不语。

"他不在，"莫利女士咕哝着，一边揩了揩嘴巴，生怕上面沾有酒沫，"他去教训电视台的那帮人了。"说完她俨若胜利者似的将两臂交叉于胸前，那姿态仿佛是在表示，不错，麦才该让杰克好好教训一通。

"噢。"麦失望地撅起丰满的嘴唇。她转身准备离去，柔软光洁的秀发幕帘般披散于肩头，极富挑逗性地窸窣作响。

"你如果愿意可以稍等一会。"艾什林情不自禁地说出了这句话。

麦转过身来。"这样可以吗？"

"当然可以！说真的，你干吗不喝一杯呢？"这话刚说出口，艾什林便做好了惹怒丽莎的准备。撺掇本部门头儿的女朋友跟他们一起磨洋工，这可是一种性质恶劣的行为。艾什林依稀觉得自己已经有了几分醉意。

谁知丽莎不仅没有恼火，反而附和道："对呀，喝一杯。"

其实，丽莎对麦的好奇并不亚于任何人，甚或有甚于他人，如果将所有情况综合考虑的话。

"干杯，"看见麦接过丽莎递来的杯子，艾什林热情地说，"到我桌子那边去，再拖张椅子过去。"

特丽克丝和丽莎也难抵诱惑，立即情不自禁地朝艾什林的办公桌走去，她俩如此痴迷于这个颇具异国风韵的麦，竟致头脑一阵晕眩，步态也有些踉跄。

"我喜欢你的这只包，"丽莎对麦说，"露露·吉尼斯[①]？"

麦令人吃惊地发出一阵粗嘎的笑声。"邓恩。"

"邓恩？"

"一家连锁店，"艾什林解释道，红润的脸颊带着一副真挚的表情，"就像玛莎百货商店一样。"

"比它还便宜。"麦说着，又是一阵狂笑。她整个人，除了那张莲花似的脸蛋以外，蓦地变得平淡无奇了。

就在丽莎挨桌收取咖啡杯的当儿，麦狡黠而不失幽默地答道："这儿可是工作重地，你们每天都这样吗？"

屋里爆发出一阵稍稍有些歇斯底里的笑声。"每天？怎么可能！怎么可能！只有一些特殊的日子，银行假日之类的特殊日子。"

"你不会向杰克告发我们的，对不对？"特丽克丝问。

麦眼里射出鄙夷不屑的目光。"这话说的！"

"你在哪儿工作？你，呃，你是做什么的？"特丽克丝斗胆问道。

麦猛地甩了甩她那浓密的秀发，一双睨视的眼睛流露出无所不知的神色。霎时间，她又变成一个难以理喻、故弄玄虚的性感宝贝。"我是一个脱衣舞女郎。"

整个屋子陷入一阵令人发窘的短暂沉默，稍后他们全都缓过神来，摆出一副特别老于世故的姿态。"这不是很好吗？"他们鼓起勇气齐声说，"好样的姑娘。"

"我们现在的天气不是很适合做这个吗？"乏味的伯纳德像往常一样又听错了意思。

"对你很适合。"丽莎忍不住抢白了一句。她断定杰克和麦之间的性事异常美妙，心头陡然泛起一阵愠怒和妒意。

[①]露露·吉尼斯（Lulu Guinness）：英国同名设计师创立的著名女性手提包品牌。——编者注

"脱衣舞女郎是干什么的?"莫利女士悄声询问卡尔文。

"照我看她肯定得,那个,呃,脱掉衣服。"卡尔文巧妙地压低嗓门,对她那种上了年岁的人的敏感有所顾虑。

"噢,这么说她是跳大腿舞①的。这种舞准是她发明的。"莫利女士用瞬间变得几近尊敬的眼光仔细打量着麦。

"不对,我根本不是什么跳脱衣舞的,"麦轻蔑地说,眨眼间又恢复了她那平淡无奇的本色。"我是在逗你们玩呢。我是推销手机的,可因为我的外貌和衣着,人们都以为我是一个喜欢卖弄风情的姑娘。"

"这样是不是也太心急了?"人们又开始热切地齐声嚷道,"讨厌!这些人难道不是白痴吗?"

"我可不可以这样理解,她不是跳大腿舞的?"莫利女士审慎地向卡尔文询问,只见他摇了摇他那用过氧化氢漂过的脑袋。很难推断他俩谁更失望。

"这是非常可怕的成见。"艾什林不满地说。我给扯进来了,她忽然意识到。

"谁说不是,"麦口出怨言,第二杯掺有洗洁精的香槟激起了她的满腔怒火,"我生长在都柏林,我父亲是爱尔兰人,但就因为我母亲是亚洲人,旁人都认为我应该对那些特殊的东方玩意儿无师自通。乒乓球啊什么的。不然他们就会在街上撑着我喊'满身虱子的脏丫头'。"她深深地叹了口气,"反正,我是受够了。"

她朝正在色迷迷地瞅着自己的卡尔文和格雷瞥了一眼,然后贴近艾什林、丽莎和特雷格斯,坦率地说:"这不等于说,我从来没有练过乒乓球。当然,只要我真心喜欢谁,我就会尽力掌握某个绝招。"

你是说,杰克那样的人吗?大伙儿都想这样问,但谁也没有胆量启齿。就连特丽克丝也不敢随便造次。但是随着瓶中酒的持续减少和空瓶的不断增加,人们的舌头也开始活泛起来。

"你今年多大啦?"

"二十九岁。"

"你跟杰克相处有多久了?"

"差不多有六个月。"

"他有时脾气相当暴躁。"特丽克丝直言不讳地说。

---

① 大腿舞:指坐在付费顾客大腿上或近旁跳舞的色情舞蹈。

"你跟我说这个！自打《妙龄女郎》开张以来，他一直心情不佳。他工作过于投入，操心的事又太多，有时他靠外出航海缓解压力，那样一来，我连他的影子也见不到。我常常因为他脾气坏而抱怨你们！"

"这可真有意思！"特丽克丝嚷道，"因为我们常常为这个抱怨你！"

听到这话，麦开始在椅子上局促不安地扭动身体。

"抱歉，我们让你难堪了吧？我们还是闭嘴为妙。"艾什林突然插话道，但她有些意犹未尽，因为她发现自己已经完全听得入神了。

"没关系，这样很好，"麦咧嘴笑道，身子仍在扭动，"短裤紧紧绷住我的屁股，都快把我逼疯了。"

丽莎不得不承认，她模样俊俏，精神饱满，性格泼辣。丽莎认定自己此前从未忖度杰克对她本人有多少兴趣，但知道他已经发现了麦身上的种种诱人之处。

杰克进门时，每个人都处在彻底松弛的状态，甚至不愿费神加以掩饰。

"你们这么开心？"他似笑非笑地说。

"银行假。"莫利女士瞪着眼说，这个偶尔开怀痛饮的女人在刚才一个半小时内，身心经历了一系列变化，从饮前的踌躇猜疑，继而略带醉意，再到酒酣耳热，及至酒后的落寞惆怅。此刻，不出他人所料，她又该寻衅生事了。

"是该乐乐。"他附和道。

"你好，杰克。"麦脸上露出狡诈的微笑，"刚刚路过这儿，我寻思应该进来打声招呼。"

杰克面现窘态。

麦跟着他走进他的办公室，紧紧关上门。

随后特丽克丝将手中的酒杯杯底摁在门上，耳朵紧贴杯口，引来众人一片笑声。此举纯系多余。麦训斥杰克的尖利嗓音一直传到这边屋里尽头的几张办公桌。"你怎敢对我满不在乎，我现在是来看你的……如果你认为我可以忍受……"

杰克的声音他们一点也听不见，但他肯定是在说着什么，因为就在麦连珠炮般指责他的过程中，出现过几次短暂的停顿。

"让开所有的出口。"卡尔文说着，俨然一副空乘人员的做派。

话音刚落，杰克办公室的门骤然打开，随后出现了麦的身影，她怒不可遏地第一个抢先走到门口，旋即离去，空气中久久回荡着她走后留下的嗡嗡声。她没有跟任何人道别。

"既然戏演完了，我也该走了。"卡尔文朗声宣布，一边将那只可以充气膨胀的橘黄色背包甩到肩头，"七十二小时的一流享乐在等着我哪。"

"我也一样。"特丽克丝说。

"我也算一个。"乏味的伯纳德附和道，他这次又误会了别人的意思。

大伙儿全都收拾好东西，相继离开办公室，最后只剩下杰克和艾什林。两人迟迟不走各有其目的。杰克在等一个纽约来的长途电话，艾什林跟乔伊约好六点半钟见面，认为此时没必要回去。她一边等一边埋头工作，今天她一直忙于为丽莎建一个数据库，由于刚才有人临时提议喝酒占用了不少时间，因而大大放慢了进度。

"现在别干了，全能修理小姐。"杰克厉声说，"今天是银行假周末。反正你也耽搁下来了，星期二还得重做一遍。"

"你说得对。"艾什林脑子稍稍有点清醒，知道自己喝醉了酒。"我现在做得很糟糕。"

"回去。"他命令道。

现在快到六点半了。她稀里糊涂地捡起自己的包，试探性地问："周末准备做点什么有意思的事吗，JD？"仅仅因为她刚喝了一杯酒的缘故。

"JD？"杰克好奇地问道。

"就是杰克·迪瓦恩[①]。"艾什林无意中泄露了她私下里为杰克取的绰号，觉得有些尴尬，"做点什么有趣的事情？"

杰克的脸色顿时阴沉下来。"说不准。星期天我去看望父母。其余的嘛，就得看天气如何了。要是不能外出航海，我就会猫在家里，看《星际迷航》[②]。"

"《星舰迷航》？嗯，呃，生生不息，繁荣昌盛[③]。"艾什林对他的做法表示赞赏，甚至想向他行一个瓦肯分指礼。

杰克朝她怒目而视。"此话不合情理，全能修理小姐。本周末我做不成任何有益于繁荣昌盛的事情。"

"为什么？"

[①] 杰克·迪瓦恩的姓名首字母缩写是 JD。
[②] 《星际迷航》：1966 年至 2009 年共播出六季的美国著名科幻电视剧，主题是未来的星际航行，衍生出电影、游戏、小说等众多产品。——编者注
[③] 生生不息，繁荣昌盛：《星际迷航》中外星种族瓦肯人的问候语，同时配合下文提到的瓦肯分指礼动作。——编者注

他忽然感到有些难堪,一语道出实情:"你不可能看不出来,我的女朋友正在跟我作对。"

艾什林再也忍不住了,憋在心里的话情不自禁地倾泻而出,吐出酒后真言。"你为什么总是跟她闹得不可开交?她很可爱。你难道就不能多付出一点努力吗?她说她从来见不到你,因为你总是外出航海。也许你可以外出次数少一些?"

她意识到自己这样口无遮拦有些过于失态,便等着对方脾气猝然发作,但他却笑了起来,虽说笑得很难看。

艾什林很晚才想起一面之词不足为信的道理。"这是真的吗?"

杰克稍作思考。"人家不在这里,无法替自己辩解,我可不愿说她的坏话。"

"这么说你没有出去航海?"

"我出去了。"

"可是……"很快艾什林觉得自己也许听懂了对方的话。"她是不是口头上赞成你去,事后却大发脾气?"

杰克略顿片刻之后勉强承认说:"差不多是那样。"

"可是你得知道,"艾什林开始解释起来,"即使她口头上说你可以去,心里却不是那个意思。去吧,跟她好好谈谈,态度好一些。"她的眼睛里闪烁着光芒。问题解决了。

"全能修理小姐,"杰克宽容大度地摇摇头,"为什么你无论给谁办事,都非要办得那么漂亮不可呢?"

"可我只是……"

"全能修理小姐,"他忍俊不禁地重复这一绰号,"这事你容我好好想想。你呢——你周末打算外出吗?"

"不。"对方刚将注意力转到艾什林身上,她立刻变得忸怩胆怯起来。"我打算去见几个朋友,办点……"有望与马库斯·瓦伦丁约会,但她没把这点告诉杰克。

"祝你周末愉快。"他说。

眼见艾什林朝门口走去,杰克蓦然受到一股好奇心的驱使,在她身后叫道:"嗨!全能修理小姐!你有没有看过《星际迷航》?"

艾什林掉头看了一眼,摇摇头说,"没看过。"

"我猜也是。"他说。

"我对这部片子没有任何偏见。"

"其他人也都这么说。"杰克嘟囔了一句。

"不过我自己更喜欢看《神秘博士》[①]。"

第二十九章

星期六傍晚六点四十五分,艾什林坐在特德自行车后座上,由他骑着车子,一起来到迪兰和克洛达赫家门口,为他们照看孩子。

"这房子归他们所有?"特德瞅着这座正面特别宽敞气派、窗户左右对称的红砖楼问道。

"太漂亮了,不是吗?"艾什林站在门口台阶上摁门铃。

"不需要咱们替他们换尿布,对吧?"特德骤然慌了神。

"不需要。他们早就过了那个年龄。我们只需要陪他们玩,逗他们开心。"

"嗯,那可容易多了。"特德清了清喉咙,忸怩不安地将一绺垂于额前的头发朝后抹平。"都柏林头号滑稽人物特德·马林斯前来报到,长官!"

"他们的年龄太小了一些,大概看不懂后现代插科打诨的那种单人脱口秀表演。"艾什林见状心一沉,"照我看,《三只小猪》之类的故事更合他们的口味。"

"那咱们等着瞧吧,"特德不服气地说,"人们总是低估孩子的智力。我是不是应该再摁一下门铃?"

过了一阵才有人出来开门。出现在他们眼前的是迪兰,只见他两只胳膊沾满肥皂沫,T恤衫湿漉漉地紧贴住他的胸脯。

"你们好吗?"他看上去一副心不在焉的样子。艾什林和特德这才注意到楼上传来的刺耳的哭嚷声。

"我在给克雷格洗澡。"迪兰解释道。

[①]《神秘博士》:1963年至2011年共播出五季的英国著名科幻电视剧,主题是神秘博士与同伴进行时空之旅,惩恶扬善。——编者注

"他好像很不高兴。"

"这还不算最糟糕的呐,我还得给他洗头发。"迪兰的脸部肌肉抽搐了一下。"到那时他哭闹起来,活像是有人把他放在火上烤,不过你们可别被他吓着……我得先上去了。"话音未落,他人已经上到楼梯的一半了。

克洛达赫正坐在桌旁使出浑身解数劝说莫莉吃点东西,任何不是饼干、既不脆又不甜的东西。过去两周里,莫莉动不动闹绝食,纯粹为了寻开心。

艾什林递给克洛达赫一只活页夹,内有她的十份个人简历。

"这是什——?嗯,对了,多谢。"克洛达赫利索地将活页夹塞到散乱堆放于桌上的儿童读物下面。

"你还不想做好动身的准备?"艾什林瞅着克洛达赫身上的T袖衫和牛仔裤。"出租车很快就要来了。"

"我就是想一定要让她吃点东西……"

"为什么不让我试试呢?"特德陡生勇气,主动请战。

莫莉听到这个建议,却用力撅起下唇使其颤抖着,做着鬼脸。

"谢谢,可是……"克洛达赫继续疲乏地用一把汤勺去撬开莫莉那两排稀疏但紧闭的牙齿。无济于事。此时莫莉身边多了两个听她说话的客人,她绝不可能吃一点点东西。

"吃点炒蛋吧,乖乖。"克洛达赫催促道。

"为什么?"

"因为它对你有好处。"

"为什么?"

"因为鸡蛋里有蛋白质。"

"为什么?"

除了拒绝正常进餐以外,莫莉最近还开始玩起了"为什么"的游戏。当天早些时候,她已经一连串问了二十九个"为什么"。眼看事已至此,克洛达赫不禁生出几分好奇,想知道莫莉这套把戏要玩到什么时候,于是一直随她尽情表演,但是还没等到结束,克洛达赫就吃不消了。

"你的头发漂亮极了。"艾什林羡慕地说着,一边抚摸克洛达赫浓密的金黄色披肩长发。

"谢谢。我刚刚用电吹风吹了一下,为了今晚外出。"

艾什林忽然想起刚刚贴上壁纸的前屋，赶紧奔进去看个究竟。

"太美了！"回来时她兴致勃勃地说，"这些墙纸完全改变了房间的格调。你对如何选择颜色可是真有眼光。"

"大概是吧。"克洛达赫再也没有了原来那么大的兴致。她曾经为自己买的壁纸兴奋不已，但壁纸贴上墙之后，心里的满足感和成就感也随之消失。

接着，随着他们头顶的房间里骤然响起一阵瘆人的尖声哭叫，他们一齐将目光投向天花板。迪兰正在洗克雷格的头发。

"听起来还真像是有人在用火烤他似的，"艾什林咯咯笑着说，"可怜的小东西。"

过了一会，刺耳的尖叫逐渐减弱，变成歇斯底里似的悲泣。楼下又恢复了强制进食的行动。

"每个小姑娘都得好好吃饭，只要她想长成一个体质强壮的大姑娘。"克洛达赫再次舀起满满一勺炒鸡蛋朝莫莉嘴边送来。

"为什么？"

"因为她们就是这么做的。"

"为什么？"

"因为。"

"为什么？"

"因为。"

"为什么？"

"就是他妈的因为。"克洛达赫哐啷一声扔下勺子，黄灿灿的蛋花溅到桌上。"这完全是浪费时间。我得准备走了。"

克洛达赫奔出房间时，特德惊愕得瞪大双眼，朝艾什林做了一个"老天啊"的表情。"让孩子看出你的弱点，这实为不智之举。"他老于世故地说。

克洛达赫闻声掉转脑袋。"我过去也是这样想的。等到你自个儿有了孩子就明白了，"她不客气地教训道，"你可以立下多少条规矩，可是没一条管用。"

特德本来无意批评克洛达赫，只是觉得自己那套管教孩子当恩威并施的理念于她或许不无裨益。他为自己招人误解而颇觉难堪。看到莫莉手拿勺子对着他，幸灾乐祸地大声说"妈妈讨厌你"，他更是尴尬得无地自容。

克洛达赫急忙飞奔上楼。眼下她不可能照原计划泡一个长长的、令她身心舒畅的芳香浴，也来不及洗个淋浴，再往脸上略施粉黛。她稍作停顿，随即诚惶诚恐地穿上那条粉白相间的小吊带裙,这是她与艾什林一起外出逛街那天买下的。它买回来后一直挂在衣橱里,取出来时整齐簇新,表明她已没有社交生活可言。

她面对镜子焦急地打量着自己。见鬼,裙子嫌短。她不记得这条裙子为何如此之短,而且是透明的。但她刚刚穿上一条黑色短衬裙,以保持端庄矜持的形象,骨子里就透出一副傻相,于是她又脱下短衬裙。内衣穿给人看才有价值,她暗暗提醒自己。还不只是有价值。其实,是不可或缺,如果你想打扮入时的话。她的问题是,长期以来,她早已习惯了T恤衫牛仔裤这样简单的装束。于是她将双脚依次伸进两只高跟凉鞋,心里对自己说这身打扮堪称高雅不俗,旋即在楼梯顶部亮相,犹如一位走进大厅入口的电影明星。

"我这身打扮怎么样?"

楼下的人聚集在一起,同时朝上仰视,一时间有些窘得说不出话来。

"好极了。"艾什林迟疑片刻,热情地赞叹道。

特德羡慕地半张着嘴,瞅着克洛达赫的两条腿步履沉重地拾级而下。

"迪兰?"克洛达赫问。

"好极了。"他随口应了一声。

她并不相信丈夫的评价。她确信自己已经看出他眼中流露出的警告的意味,只是他为人圆滑不便明说罢了。可是,丈夫不愿说出真相,克雷格这个孩子却童言无忌。"妈妈,你的裙子太短了,我能看见你里面的内裤。"

"不对,你看不见。"

"不,我能看见!"他硬是不肯改口。

"不,你看不见。"克洛达赫纠正道,"你可以看见我的衬裤。男人穿内裤,女人穿衬裤……只有艾什林的朋友乔伊例外。"她暗自嘀咕道,心头陡然蹿起一股无名火。

莫莉此时正忙着用黑莓酱涂抹双手,屋里好像只有她对克洛达赫的穿着打扮漠不关心。

"你看起来也挺不错。"艾什林对迪兰说。他确实打扮得挺不错,外穿一身休闲式海军蓝西服,里面是一件饼干色衬衫。

"你真会说话。"他咧嘴一笑。

"皮条客。"艾什林耳畔倏地掠过这个词儿,声音很轻,充满鄙夷,她几乎觉得这纯系自己的想象。它似乎是从特德口中迸出的。

"我们可以走了吧？"迪兰看了看腕上的手表。

"等一等。"克洛达赫正在匆忙地留下几个电话号码，"这是迪兰的手机号，"她飞快地写下一行数字，"这是饭店的电话号码，万一它不在手机信号的接收范围……"

"都柏林市中心不可能出现这样的问题。"迪兰打断她的话。

"……这是饭店的地址，万一你们无法打通我们的手机。我们不会迟到的。"

"已经不早了。"艾什林催促道。

克洛达赫抓住莫莉和克雷格，用力搂着他们，有些底气不足地说："乖乖听艾什林的话。"

"还有特德。"特德补充道，一边以一种他自认为温文尔雅的姿态朝克洛达赫鼓起嘴。

"还有特德。"克洛达赫嘀咕了一声。

就在他俩即将出门之际，作为祝愿二位一路平安的一种方式，莫莉用一只涂满黑莓酱的手照准克洛达赫的臀部使劲摁了一下。不幸的是——或许可以说幸好——她没有注意。

第三十章

克洛达赫刚刚关上前门，身后便传出莫莉和克雷格凄惨的哭嚎。克洛达赫无助地瞅了迪兰一眼，转身想要重新进门。

"不行！"他命令道。

"可是……"

"他们哭一会儿就住声了。"

她感到自己分身乏术，无奈地钻进出租车，任由车子载着她向市里驶去。让无条件的爱情见鬼去吧，她不胜凄惶地想道。这是何等沉重的负担啊。

他们在乐芙饭店的用餐时间定于七点三十分——他们本来可以选择七点三十分或九点，克洛达赫觉得九点时间太晚。她常常在九点前上床睡觉。她喜欢先睡几个小时，然后凌晨四时就得起身，坐在黑暗中连续唱一小时的歌。迪兰和克洛达赫是最早到达饭店的两位客人。随着他俩在令人敬畏的寂静中走向空空荡荡、色调雪白、立着一根根希腊式圆柱的餐厅，克洛达赫愈发为身上的连衣裙焦灼不安。好些侍者见了她这条连衣裙，原先没有表情的脸上似乎露出惊愕的神色。她想将裙子往下拽拽，使其显得长一些，于是赶紧朝相对安全的餐桌走去。她颓然跌坐在椅子上，两条腿赶紧伸到宽容厚道的桌布下面，看到此举即可掩饰自己内裤暴露在外的错误，她深感庆幸地点了一杯金汤力酒。

就在她浏览那份大开本双面印刷的菜谱之际，差不多有十二或十四名白衣黑裤的侍者分布于静谧无声的餐厅各处肃立待命。等她从菜谱上方抬起头时，发现他们已经全部互相交换了各自的位置，只是她和迪兰都没瞧见他们走动。

"这有点儿像是无声影片中的情景。"她悄声说。

迪兰笑了起来，空荡荡的大厅里回响着他的笑声，克洛达赫的脑袋忽然发胀，心里又生出那种怪异的感觉——她不认识此人。但她曾经认为，如果这个男人她无法拥有，那她宁愿去死。重温那种炽烈的爱情，她的心灵受到震撼，顿时陷入沉默。此刻她眼前一片茫然，因为她想不出一件可以向他诉说的事情。

这种状况瞬间便不复存在。她当然有满腹的话儿要说。她如释重负，暗暗想道，我有许多话说，因为这是迪兰。

"你说我是不是应该带莫莉去看医生？"

迪兰没有回答。

"如果她不立刻停止绝食，"克洛达赫兀自饶舌地说，"我就真得这么做。她吃的那些巧克力，没有一点营养，而且——"

"这会儿你不就真得做什么吗？"迪兰粗鲁地打断她的话。

"噢，噢，我不知道。"

"这儿的菜好极了。"迪兰说话的时候语气颇有点儿尖刻。

"哦，是不错。"

"你难道就不能在这两个钟头忘掉两个孩子？"

"抱歉。我把你逼急了吧？"

"急得要发疯。"他恼怒地附和道。

她开始安下心来。她毕竟是与自己可爱的丈夫一道置身于一家可爱的饭店。他们正在边喝金汤力酒，边吃番茄面包。美味佳肴和几瓶葡萄酒即将端上他们的餐桌，两个孩子安全地留在家里，陪伴他们的两个人既非恋童癖患者，也不是喜欢殴打儿童的恶徒。还有什么比这更令人愉快的呢？

"抱歉，"她重复道，这回她认真审视了菜谱，"我知道你是什么意思了，"她承认道。"哦，这儿有贻贝，还有法式山羊乳酪蛋白牛奶酥。见鬼！我该吃啥哩？"

"点头道菜或是喝汤，"迪兰若有所思地说，"这是一个问题。"

"或是？"克洛达赫质疑道，"'或是'是什么意思？我以为你想说'同时。'"

克洛达赫平素难得在外就餐，此刻她摆出一副急吼吼的架势，照着菜谱漫无节制地狂点一气，满心指望能利用这实属稀罕的机会，尽量满足自己的口腹之欲。头道菜，冰冻果子露，汤，几道配菜，几道主菜，红葡萄酒，白葡萄酒，水。

"要起泡的，还是不起泡的？"侍者问，他的手开始酸胀发麻，现在他知道托尔斯泰当年埋头写作《战争与和平》该是什么滋味了。

克洛达赫疑惑地瞅着他——难道这不是明摆着的吗？——"都要！"

"很好。"

"还有什么我们可以点的吗？"侍者走后，克洛达赫乐得浑身战栗。

"暂时没有，"迪兰受到她快乐情绪的感染，忍不住笑起来。"等到我们把这些吃得差不多时再说。"

"再来些甜点和奶酪如何？"

"当然可以。爱尔兰咖啡怎么样？"

"还有餐后甜酒。再加上花色小蛋糕。"

"再来两杯法式咖啡？"

"是的！我也许还要来支雪茄呢。"

"跟我想的一样。"

吃过两道菜以后，克洛达赫在美酒佳肴的联合作用下意识变得有些模糊，但仍为无法缓解自己紧张的情绪而感到烦恼。

"我有很长时间没有专心致志地在外用餐了，至今我还是改不了这个习惯，"她说，"我总是忍不住要跳起来，有意打扰别人进餐，因为他们……看见那边那个男人了吧？"——她指了指一个正在拨弄盘中食物的男子，此人酷似那种神态倨傲的纽约男人——"我真想用叉子叉起他盘中的一点煎里脊小牛排，对他说，'为你的梦中情人张大嘴巴。'事实上我觉得我会这么做的。"

迪兰看见克洛达赫佯装起身的姿势，心里惊骇之余又有些忍俊不禁。不想她蓦然打住，坐在椅子上局促不安地扭动着身子。

"怎么啦……？我怎么会粘在椅子上？"她往下伸出手一探究竟。"我屁股上有一摊又黑又粘的东西。大概是柏油吧。该死，我这条好看的连衣裙也沾上了。这到底是怎么搞的？"她试探性地将指尖靠近鼻子，随即笑出了声。"是黑莓酱。这准是莫莉干的，这个小兔崽子。她可真逗，不是吗？"

"她太聪明了。"迪兰此时还有几分恍惚。

"你说他们现在是不是都好好的？"克洛达赫问，陡然变得焦躁不安起来。

"当然！再说艾什林和特德有我们的手机号码，如果情况不对，他们会打电话的。"

"什么情况？会发生什么样的情况？"

"不会有任何情况。"

"把你的手机给我，我跟他们简单说几句。"

迪兰向她投以恳求的目光。"你难道就不能放手一个晚上的时间吗？我们出门在外才一个钟头啊。"

"你说得对，"克洛达赫附和道，"我这样是有些不可理喻。"

她将注意力又重新转向她那份海鲜杂烩浓汤。

"不行，我再也憋不住了，"她失声嚷道，"快把手机给我。"

迪兰叹了口气，递上手机。

"你好，特德，我是克洛达赫，打个电话问问是否一切正常。"

"我们这儿玩得很热闹。"特德信口胡诌的同时，艾什林两只手分别捂住克雷格和莫莉张得老大的嘴巴。

"既然这样，我能不能跟他俩说几句？"

"他俩，呃，很忙。忙着玩耍。对，正是，在跟艾什林一起玩耍。"

"噢，那么，好吧，再见。"

"想想也真恼人，"克洛达赫喀哒一声关上手机，沮丧地说，"整整一星期，他俩都快把我逼疯了。我巴不得远远离开他俩，五分钟也等不得，可晚上人在外面，却还替他俩担心！"

"如果你想回家，我们现在就可以走，"迪兰口气生硬地说，"待在家里吃烤薯片,无休止地应付这个那个要求。"

"你要是那么说……对不起,迪兰。我其实过得很愉快,真的很愉快。"

艾什林和特德面临的却是另一番情形。克雷格和莫莉在父母出门后很久才停止哭泣。他们直到霸占电视看起了动画片《小美人鱼》之后才终于安静下来,特德只得忍痛放弃《他们眼中的明星》这档节目。

"今晚有多少大牌明星出场啊。"他惋惜地说。

为了消磨时间,特德怀着妒羡不已的心情仔细察看迪兰收藏颇丰的唱片和影碟,发现一件稀世珍品,忍不住一阵惊叹。"瞧瞧这个。鲍勃·马利[①]的《点燃》[②]——原初版本。他是怎样搞到手的,这个走运的家伙?"

艾什林觉得自己很难留意这些。男人和他们收藏的唱片。费利姆曾经就是这副德性。

"真他妈绝了!"特德突然大声嚷道。"第一录音室[③]给伯宁·斯皮尔[④]录制的头两张专辑!我原以为这个只有在牙买加才能搞到呢。"

"迪兰和克洛达赫是在牙买加度的蜜月。"艾什林面无表情地说。

"有人就是走运。"他设法在说出这句话时增添了无限向往的语气。"……神韵唱片公司[⑤]的全套比莉·哈乐黛[⑥],"特德的声音听起来有些令人作呕。"他是在哪儿搞到的?我可是找了多少年了!……妈的。"他补充道。

"啊哈!"他喜滋滋地猛扑过去抓起一张唱片。"这真是不可告人的隐情!这位比谁都酷的先生干吗收藏一张纯红乐队[⑦]的专辑呢?他的街头声誉可是完了。"

"对不起让你失望了,这是克洛达赫收藏的。"

"克洛达赫喜欢纯红?"特德的脸色陡然难看了许多。

"不管怎么说,她曾经喜欢过。"

"'曾经'这个词儿用得好。"特德稍觉释然。克洛达赫一直被他视为女神,但

[①] 鲍勃·马利(1945~1981):牙买加著名乐手。——编者注
[②] 《点燃》:鲍勃·马利的乐队推出的著名专辑。——编者注
[③] 第一录音室:牙买加著名唱片厂牌和录音工作室。——编者注
[④] 伯宁·斯皮尔(1945~):本名叫文森·罗德利的牙买加著名雷鬼艺人。——编者注
[⑤] 神韵唱片公司:以录制爵士乐著称的美国唱片公司。——编者注
[⑥] 比莉·哈乐黛(1915~1959):美国著名女爵士乐歌手。——编者注
[⑦] 纯红:英国著名灵歌风格流行乐队。下文的米克·哈克纳是该乐队主唱,该乐队因其长了一头红色卷发得名。

是倘若她痴迷于米克·哈克纳的音乐,那他兴许就得重新审视自己心目中的这一形象了。想必没有哪位女神的欣赏趣味会如此低贱、令人无法原谅的吧?

《小美人鱼》刚刚结束,克雷格和莫莉便吵吵嚷嚷地闹着要讲故事。可当特德试着用他那作为保留节目的猫头鹰故事平息兄妹二人的情绪时,莫莉要他赶紧回家,克雷格开始哭出声来。特德的自尊心因此受到极大的伤害,尤其是当他看见艾什林先是把脑袋藏在一只纸帽里,继而又一下子钻出纸帽,引得他俩开怀大笑,他更是忍无可忍。

"这两个小坏蛋,"他咕哝着,"多少人为了听我的故事会不惜一切代价。"

"可他们还是孩子。"

克雷格用力拉扯艾什林,缠着她要喝七喜。稍迟片刻没有拿到,眼泪又扑簌簌地夺眶而出。

"这小子被宠坏了。"特德气急败坏地说。

"不对,你不能这样说。"

"正是,我没说错。要是他生活在孟加拉,每天就得在一家血汗工厂连续工作十八个小时,你知道……那他就真有理由哭鼻子喽。"特德阴沉着脸说。

这真是一个特别漫长的夜晚。艾什林和特德得一刻不停地使出各种招数哄兄妹俩开心。发出笑声,讲故事,逗他们乐,给他们喝饮料,陪他们玩货车出轨、芭比足球,还有那个老掉牙的、他俩百玩不厌的把手藏在袖子里的游戏。

"莫莉的手到哪里去了?"特德懒洋洋地问,这时莫莉喜滋滋地第一千次把手藏在自己的衣袖里。"噢,亲爱的,"他干巴巴地说,"莫莉把自己的手弄丢了,给什么人偷走了。"随后莫莉得意地把手伸出来,特德又无精打采地说:"哇,真让人吃惊!她的手又有了。莫莉的手到哪里去了……"

等到兄妹俩该睡觉的时候,要将他们弄上床,并且乖乖待在床上,又成了一件特别棘手的事情。

"要是你还不上床睡觉,怪物就会过来把你抓走。"特德吓唬他说。

"根本就没有怪物,"克雷格挺有把握地说,"妈妈说的。"

特德又开始转动脑筋。总会有个东西吓住他吧?"好吧,你要是不去睡觉,米克·哈克纳就会来把你抓走。"

"他是谁?"

"我拿给你看。"特德一溜烟跑下楼,抓起一张唱片又赶紧奔上楼,"这就是米克·哈克纳。"

艾什林此时正在楼下享受片刻的安宁,听见楼上房间里忽然响起一阵凄厉刺耳的哀嚎,随即不胜惊骇地仰脸看去。稍后特德出现在她面前,眼里流露出诡秘而又歉疚的神情。

"出了什么事?"她追问道。

"没什么。"

"我得上去瞧瞧。"

艾什林用了好几分钟时间宽慰克雷格,但都未能奏效。

"你刚才跟他说了什么?"她下楼以后不满地责问特德。"怎么劝都不管用。"

迪兰和克洛达赫到家时,全副身心浸浴在一股夫妻恩爱的暖流里,其幸福甜蜜的程度,足令其他任何人自叹不如,觉得与己无缘。他俩跟跟跄跄地走进房子,克洛达赫的一只胳膊搂住迪兰的身子,迪兰的一只手紧紧攥住她的臀部(未涂上黑莓酱的一侧)。

艾什林和特德刚刚被他们打发走,克洛达赫便向迪兰眨眨眼睛,朝楼上点点头说:"快来。"他俩上次做爱至今正好是四星期的时间,但她此刻正处在酒意醺然心胸豁达的状态下,情愿额外增加一次与丈夫做爱的机会,即便他并不应得。

"我去把灯关掉,把门锁上。"他说。

"快点啊。"她挑逗似的说,心里却很清楚他快不起来。

他们早已过了那种能够心情舒畅地互相为对方宽衣解带的年龄。克洛达赫裸着身子钻进羽绒被后,迪兰才爬上床,随着莱卡和纯棉制品窸窸窣窣响了三十秒钟,他脱下身上的所有衣服。克洛达赫身子往后靠着坐在床上,眯起双眼,听任他吻了几分钟;接着,按照他的一贯做派,他的手向她的乳头伸去。一阵揉捏之后,双方默默地、心照不宣地挣扎一番。因为每到此时,迪兰通常喜欢让自己战栗不已的身体贴着她的身体往下挪移,为的是用嘴舔她的阴部,但是克洛达赫受不了这个。此种举动无聊之极,只能让整个做爱的过程白白浪费几分钟,今夜她的意志占了上风,在这个节骨眼上迫使他放弃了下一个动作。她随即开始吮吸他的阴茎,让他享受四到五分钟的快感,看见他发出达到高潮的信号时便松开口。每当受到特殊招待——生日和婚姻纪念日——克洛达赫都会生出飘飘欲仙的极度快感。但是今夜她却无法到达这种境界,她跟丈夫之间只会发生寻常的男女性交行为。她用一种接近芭蕾风格的柔和舒适的姿势,将迪兰亲昵地搂在怀里。一旦进入这个过程,味道还是不错的,她暗自认可。使她心烦意乱的是那种预感。每逢此刻,迪兰总会等着她佯装达到高潮、经历亢奋,接着骤然提速,加大力度,仿佛头顶悬着一只跑表似的。又到了重新装饰这屋子的时候了,这个念头在克洛达赫心头悄然萌动的同时,他的身体随着一阵急促的喘息,机械地来回晃动,变得模糊不清。地毯大概还能保留,但是墙壁非油漆不可。

"噢,上帝,"迪兰哀求似的说了声,双手托住她的臀部,越发快速地进入她体内。"噢,上帝,噢,上帝。"

这时,克洛达赫习惯性地发出一声心不在焉的呻吟,作为对他的回报。这种回应势必加快整个过程。紫色和米色相间的墙壁,大概还行吧。随后迪兰在性欲勃旺、如痴如醉之际射出精液,嘴里哼哼着,浑身瘫软无力。唯一不同于以往的,是两个孩子没来添乱,嚷嚷着要跟他们待在一起。

从开始到结束十五分钟,时过一月再重复一次。克洛达赫满足地叹了口气。幸好他不是那号硬要整夜折腾你的男人,否则她早就得自寻短见了。

自行车载着特德和艾什林掠过一条条幽暗的街道,驶向雪茄房。两人下车以后,特德用一种仿佛事先排练过的姿势,朝前额重重拍了一巴掌。

"嗨,见鬼,"他大叫起来,声音里透出愠怒,但不知何故显得底气不足。"我把外衣忘在克洛达赫家里了。下周什么时候还得上门去取。"

位于林森德面朝大海的一隅一座阴暗的房子里,杰克和麦重归于好的性生活已经进入尾声。当天早些时候,麦为杰克对她寓所的突然造访深感震惊,杰克对昨天在办公室没跟她打招呼深表歉意,态度之热情颇合她心意。随后他立即将她带到这座房子里,美酒佳肴一番款待之后,两人一起上床。

这回他的动作出奇温柔,因此在做爱的过程中她没有像经常所做的那样假装看自己的手表。最近有几次她甚至在他们做爱时用遥控器打开电视,几乎要把他逼疯了。"看电视比你这样跟我做爱还要有点意思。"这是她的解释,尽管事实并非如此。不过她的话却使他越发感到心里没底,遂又加强了对她的控制。

他俩躺在床上,性交之后全身感到热乎乎的。"你真了不起。"他无缘无故地陡然冒出这声赞叹。

"是吧？"她用一只胳膊肘支撑着坐起身，朝他投以一丝兼有挑逗和恶意的微笑，"可惜我太不了解男人，对吧？"她在心里提防杰克冷不丁甩来一句刻薄的话作为反击，可他只顾用手指缠绕着她的一缕缕长发。"你没事吧？"她问，声音里满含惊讶。

"简直好极了。怎么啦？"

"没什么。"

麦心里一片茫然。为什么这次杰克没有毫不示弱地予以反击呢？通常他听了什么刺耳的话，会立即据理驳斥的。

"明天下午我要去看望父母。"他说。

麦的两只眼珠骨碌骨碌转动起来，"多好的借口！我是什么人？任你摆布的人吗？"

杰克缺少时间陪伴麦，这是他俩频繁争吵的一个主要原因。但是这回杰克却随即打消了麦骤然爆发的怒气，靠的是一句问话："你愿意跟我一起去吗？"

"去哪里？"她惊愕地问，"去见他们吗？"

看见杰克点点头，她开始诉起苦来，"可是我穿什么好呢？我得回去换身衣裳。"

"不用麻烦。"

麦又朝他投去迷茫的一瞥。这可太怪了。或许……大概……这是不是说，她玩的所有这些把戏，对他的种种控制，都已经产生了实际效果？她无论何时想得到他，都能如愿以偿呢？

第三十一章

丽莎星期天早晨醒来后不久，就一心希望自己此时仍在酣睡。卧室窗外万籁俱寂，这种迹象表明现在依然很早。她不喜欢这么早醒来。她宁可现在已经很晚了。最好是正午，最最理想的是明天。

她静卧在床上，竖起两只耳朵竭力捕捉各种声音：母亲的叫嚷声，孩子的打架声，家长将孩子从芭比娃娃跟前拽走的声音，任何一种能够表明外部世界处在动态之中的声音。但是除了一群栖息在她家园子里的鸟儿彩票中奖似的快活啁啾声外，她没有听到其他任何声音。

她终于憋不住要知道具体时间，这才在弄得皱巴巴的床上翻过身来，格外谨慎地将视线对准闹钟。七点三十分，清晨。

银行假周末似乎永远无望结束。她完全孤身一人的现状，无疑更加深了这种感觉。由于某种无法预料的原因，她得独自挨过这个漫长的日子。过去一星期里，总是恍惚觉得艾什林会向她发出邀请，或是出去喝一杯，或是参加某个聚会，或是一起去见那个疯疯癫癫的乔伊或特德，或是参加别的什么活动。等着瞧吧，反正艾什林好像总是没完没了地约她做这个做那个。但在星期五晚上，她香槟酒明显喝过了量，一时间晕头晕脑，不停地咯咯傻笑，后来回到家里酒醒了一大半，这才意识到艾什林没有向她发出任何邀请。这个贱货。接连发出那么多她一个也不愿接受的邀请。等到她有意接受的时候，却全然没有一点动静！

她闷闷不乐地点燃一根烟，违反了她不在床上吸烟的规矩。

为什么在都柏林生活会是这样？以前在伦敦她从来没有闲暇，各种邀约没完没了地接踵而至，被她逐一回绝。即便是偶尔出乎意料地暂时得闲，她也总是将其用于工作。

这里却完全两样。她始终不能为周末安排任何一次约会。好些懒惰成性的记者、美发师、时装设计师和DJ全都离开了工作岗位，就算没有离岗也是一副心不在焉的样子，不愿与她会面。

尤其糟糕的是，星期一她没法上班，因为她所在的办公楼不开放。上星期五早晨她刚刚得知这一消息，就径直闯入杰克的办公室大声质问，"难道那个门卫，叫什么名字来着——比尔？——就不能赶来让我进去以后再自己回家去吗？"

"在银行假日当天？"杰克似乎真给逗乐了，"比尔？绝无可能。"

这帮懒惰成性、没有志向的笨蛋，丽莎无奈而又愤懑地暗暗想道。若是在伦敦，门卫准会从家里赶来让她进楼。

"你干吗不能悠着点呢？"杰克问她提出忠告，"你在如此之短的时间里取得不少成绩，应该好好休息一下。"

但她不愿意休息，她的情绪高度亢奋。整整三天，她该怎样利用这么多时间呢？他为什么不提议他们一起干点什么呢，她暗自琢磨着，内心极度失望。她知道他对自己感兴趣，她不止一次地从他脸上看出这一点。

"进城去喝几杯。"他力劝道。

跟谁一起呢？

起初她考虑去伦敦度周末，但又为此躁得发慌。她该在哪里落脚呢？她的房子已经租给别人，她跟昔日的同事之间也没有任何情谊可言——过去两年她为了达到自己个人的目的处心积虑不择手段，大多数人都领教过她的厉害，她舍得腾出一点宝贵时间接触的只有菲菲一人。但她却没脸跟菲菲联系，因为她毕竟是被发配到爱尔兰来的。倘若她去伦敦，那就只能住在一家旅馆里，像是——她浑身打了个寒战——像是一名游客。

但是周五夜里，她刚刚意识到周末得消磨掉那么多时间，无异于忍受一场痛彻骨髓的折磨，又觉得相比之下她宁愿以游客的身份待在伦敦，因为她发现都柏林的所有航班机票均已售罄。所有人都巴不得尽快逃离这个渺小而又讨厌的国家。谁又能指责他们呢？

幸好周六还不算太糟。她理了发，给眼睫毛染了色，洗了蒸汽浴，做了美甲，全都没有花钱。随后她进行每周一次的采购。她准备在未来七天里，只吃以字母"A"打头的食物——苹果、鳄梨、洋蓟、凤尾鱼和苦艾酒[①]。

由于感到体质过于虚弱的缘故，她毅然歪曲了这一规则，将一只杏味丹麦酥皮饼放入购物篮里。此物尤其受到她的青睐，因为独自一人熬过周六的漫漫长夜，个中况味委实凄凉难忍，全靠这打起精神。

现在是周日早晨，她还有整整两天的时间要打发。

继续睡觉，她哀求自己。继续睡觉，彻底放松两小时。

但她无法入睡。虽然这本身并不奇怪，她痛苦地想道，因为她昨夜十点就已上床了。

她从床上爬起来，开始洗淋浴，虽说整个过程她花了很长时间，身上的皮都快搓破了，但她发现自己九点十五分就已穿好衣服准备就绪。准备干什么？浑身蓄满无处宣泄的精力，她为此感到迷惘，这里的人们都干些什么呢？他们去健身房，她在心里揣度，同时迅速抬头朝天看去（但愿天上有人看到她这么做）。丽莎

[①] 上述食品的英文单词首字母均为"A"。下文提到的杏味丹麦酥皮饼的"杏"一词首字母为"A"，"酥皮饼"一词首字母为"D"。

为她从不涉足健身房尤其是都柏林的健身房而自豪。什么攀梯健身，什么越野赛艇，全都是老掉牙的运动项目。爱尔兰健身运动是何等落伍过时，人们居然认为驱车兜风极富创意！不！丽莎更感兴趣的，是那些不太剧烈而又更加时尚的健身方式。普拉提[1]，力量瑜伽，静力锻炼。最好师从某个一对一教学的健身教练，他的学生中包括伊丽莎白·赫莉[2]和杰迈玛·汗[3]之类的名人。

普拉提的唯一缺点，是它不能有效改善你的新陈代谢活动，只有辅以饥饿型饮食方能取得最佳效果，正因如此，"A"字头饮食才开始流行起来。可惜名字以"A"打头的食物少得出奇，如果以"B"开头，情况就完全不同了。熏咸肉，百加得朗姆酒，布里干酪，面包，饼干[4]……如果她当真需要达到骨瘦如柴的效果，就得在下周只吃首字母为"Y"的食物。薯蓣，正是，一点没错。黄甜椒，勉强可以算上。哦，还有约克夏狗[5]，她把它们给忘了。或许"Z"更加保险一些。

吃完一只苹果、一颗甜杏、喝完一杯阿克利尔果汁矿泉水权充早餐之后，她终于挨到了十点钟。就在她担心自己兴许会跟四面墙壁交谈时，她做出了一个决定。她决定外出购物。不是那种不拘形式的逛逛街，散散心，而是另有目的。某种特殊的目的……她计划在卧室的整面墙上挂起一道木质落地百叶窗窗帘，以抵消其农家小屋似的风格特征，赋予它动感十足的都市气息。然后她将据此撰写一篇专稿发在杂志上，由他们负担一部分费用。

但是当她来到克莱夫顿大街时，她吃惊地发现沿街所有商店都尚未开门，只有一些神情迷惘的游客在街上转悠。

这个讨厌的国家，她在心里第一百次想道。那些人都在哪里呢？也许在教堂里吧，她鄙夷地猜测道。

一点钟，报刊零售摊上的一个男人告诉她。所有的商店全都在一点开门。于是她坐在一家咖啡店里，跷起二郎腿，边喝杏仁牛奶咖啡边读一份报纸。只有在她无聊地打发时间之际剧烈抖动的那只脚，才能表明她内心焦虑到了何种程度。

还有这反常的天气情况，她开始凝神琢磨起来。天上完全没有落下滂沱大雨

---

[1] 普拉提：一种温和的运动，既有舞蹈的优美姿势，又有瑜伽的呼吸韵律，还有类似健身运动的肌肉锻炼。
[2] 伊丽莎白·赫莉：好莱坞明星，有"全英身材最完美女士"之称。
[3] 杰迈玛·汗（1974～）：英国社交名媛，女富豪。
[4] 上述食品的名称首字母皆为B。
[5] 薯蓣和黄甜椒的首字母皆为Y，约克夏狗不是食物，丽莎此处是讽刺的说法。——编者注

或刮起七级以上大风的任何迹象——这在当月银行假期间也是破天荒头一遭吧？相反，明媚灿烂的阳光，与浩瀚天宇孕育着阳光的蔚蓝色交相辉映，甚为壮观。不知何故这一景象，使她不禁想起当年往事，心里平添了几分惆怅，她再也无法忍受了。噢，就此打住吧！

她很快想起自己的一套理论——她没有忧伤，只是眼下的生活状况略低于心目中的快乐等级罢了。这种快乐等级概念只需稍加运用，即可消除任何一种消极情绪，在那些不如意的日子里谨记这一点是何等重要啊。她得承认，最近一段时间她对此已经淡忘了——比方说，上个星期日，当她孤独无望地度过那一天时。

等到那些窗帘商店终于开门的时刻，丽莎又开始觉得不必打扰他们。这些商店门面小得可怜，没有哪一家能够替她制作一幅特大号百叶窗窗帘。他们建议她去一家百货商店试试。虽说丽莎平时不喜欢逛百货商店，但她认为既然选择余地如此之小，她也不可能过于挑剔了。

在四楼帷帘专柜，她拦住一名匆匆走过的矮个头男人，他脖颈周围缠着一圈皮尺，似乎忙得不可开交。

"我需要订制遮帘。"

"尽请吩咐。"他满有把握地说。

可是听她说出具体尺寸和所需的板条，那人的脸上却陡然变色。变得一片苍白。

"九英尺长？"他大声问。"十四英尺宽？"

"正是。"丽莎说。

"可是小姐，"他持有异议地说，"那可是要花一大笔钱哟！"

"没问题。"丽莎说。

"可你知道它有多贵吗？"

"告诉我。"

他在一张棕色包装纸上飞快地算了几笔账，然后焦急不安地摇摇头。

"多少钱？"

但他执意不肯告诉她。不管具体数额是多少，反正贵得离谱，他在心里认定。

"莫慌，莫慌，容我想一想。能否使用便宜一些的材料？"他说着，同时老练地朝那几只货架瞟了一眼。"不要再提木料了吧。我们可以用塑料加工，怎么样？或者用帆布？"

"不，谢谢你。我就想要木帘。"

"要不你可以买现成的帘子。"他改变了策略，"我知道它们尺寸不对，材料也比不上你想要的那种，但是便宜多了。快过来瞧一瞧。"他紧紧抓住她的手，拽她过去察看那些造型丑陋的办公室窗帘。

她用力甩开他的手，"可我不想要这些！我只要木帘，而且我保证付得起钱！"

"对不起，"男店员谦卑地说，"我只是不想让你白白糟蹋那么多钱，可是你如果坚持……"

丽莎发出一声刺耳的叹息。这个讨厌的国家。"我一直在储蓄，"她决定让他放宽心，"没问题。"

"你一直在储蓄？"他立刻善意地打趣道，"哎呀，那可就另当别论了，真的。"

丽莎向对方说明自己的具体要求时，心里的怒气也在逐渐消退。稍后他俯身向前，倾吐秘密似的对她说，他认为商店里的东西价格全都贵得吓人，他和他老婆都在等着各个商家打折促销，这时她几乎被他的体贴关心打动了。我真犯糊涂了，她脑瓜里倏地冒出这个念头。这是明摆着的。我快要疯了。居然被一个卖窗帘的店员所打动，此人拒绝向她出售自己想要的东西。

丽莎回到住处时已经快六点了。她绞尽脑汁苦苦寻思眼下可以做点什么，最后决定打个电话给她母亲，把自己最新的电话号码告诉她。虽然丽莎不清楚自己为何如此劳神，因为母亲舍不得付费，从来不打电话给她。哪怕是遭遇不测，丽莎心怀哀怨地想道，就算父亲去世了，母亲大概也得等到自己把电话打过去才愿意透露实情。

母女二人照例互致问候以后，波琳告诉丽莎一个好消息。"你爸爸说你那离奇荒唐的婚礼也许在这里不能生效，因此你大概用不着办理离婚手续。"

"离婚"这个词儿犹如一把匕首猝然用力刺入她的心扉。这是一个分量很重、不容更改的词儿。很快她恢复了镇静，开始用刻薄的口吻教训她母亲，"唔，你这么说就错了。"

听到这意料之中的指责，波琳强忍着没有发作。她当然错了。她在与丽莎有关的所有事情上总是一错再错。

"我们回来以后，奥利弗就去登了记。"

"唔，也就仅此而已吧。"

"确实仅此而已。"

在随之而来的一阵沉默中，丽莎情不自禁地想起那个周五清晨，她跟奥利弗躺在床上，身为年轻快乐的伦敦人，一时心血来潮般地决定周末飞赴拉斯维加斯结婚。

"我们不可能搞到机票。"奥利弗笑出声来，对整个设想产生了浓厚的兴趣。

"当然能搞到。"丽莎的话里透出那种心想事成的自信。他们的确搞到了机票——那些日子旁人都乐意为她效劳。当晚，他们兴奋得脑袋发晕，同时又为自己的行为隐隐担忧，就这样登上了飞往拉斯维加斯的客机。身处异国他乡，飞行时差综合征和戈壁上方那蓝得令人心悸的浩渺天宇，使他们发出怪异的感觉，认为结婚是一件容易而又可怕的事情。

"我们应该这样吗？"丽莎咯咯傻笑着，即将失去勇气。

"我们此行正是为了这个。"

"我知道，只是……这太出格了，是吧？"

奥利弗两眼冒出怒火，逼视着她迎面射来的目光。丽莎知道这种眼神。跟奥利弗在一起，凡事只要你开了头，就别想不完成。

"那就来吧！"她心头交织着兴奋和恐惧，因而发出的笑声有些尖锐刺耳。

他们在一家全天开门的爱心教堂盟誓成婚，见证这一时刻的是一位相貌酷似猫王的人和一位星巴克咖啡店的招待。新娘身穿黑衣。

"你可以亲吻新——娘了。"主持者说这话时拖了夸张的长音。

"我们结婚了。"丽莎喜滋滋地说，随后他俩在证婚人的引导下走出门口，以便让位给另一对等待成婚的新人，"这真像是在梦中一般。"

"我爱你。"奥利弗说。

"我也爱你。"

她确实爱他。但她此时最大的心愿，是及早动身回去，让每个人都对他们这花样翻新充满刺激的婚礼嫉妒得发疯。在圣卢西亚[①]海滩上举行的没有点燃一根蜡烛的婚礼——这条消息居然曾经成为轰动一时的新闻！她急不可耐地要在星期一上班，等着什么人问她："周末有没有发生什么好事情？"这样她就能淡淡地回答道："不瞒你说，我乘飞机去了趟拉斯维加斯，在那里结了婚。"

"这么说你得请一个出色的律师，"波琳的声音把她重新拉回到现实中来。"一

[①]圣卢西亚：拉丁美洲岛国，在向风群岛中部。

定要获得你有权享有的所有利益。"

"那是当然。"丽莎烦躁地说。

其实,她并不清楚离婚的具体程序。作为一个务实而又极富活力的女人,她对于离婚却是一再踌躇顾忌,迟迟不愿跨出最后一步。也许她妈妈说得对,她是该请一位律师。

但是挂上话筒之后,丽莎仍然无法停止对奥利弗的思念。她骤然生出一些烦恼的感觉,好像皮肤表面起了一层水疱。在一阵毫无来由几近疯狂的冲动的催逼下,她差一点拿起话筒,给奥利弗打电话。想到自己也许能够听见他的声音,能够跟他和解,她又感到满心宽慰。

她以前也曾几度按捺不住地要给他打电话,但这一回的愿望尤为迫切,眼下只能想到是他抛弃了自己,以此提醒自己打消跟他联系的念头。尽管奥利弗曾经说过是她在别无选择的情况下离开了他。

她从话机旁挪开身子,由于费力的缘故,她出现了某些身体不适的症状。她的心儿怦怦狂跳,是因为自己最终放弃了努力。刚才她还似乎有望跟他言归于好,心潮的大起大落令她头脑晕眩。她一只手颤抖着点燃一根烟,强迫自己忘了他。忘却往事,重新开始。还是想想杰克吧。不过杰克此时也许正跟那个轻佻放荡的麦没完没了地做爱呢。

哎呀,她在心里发出热切的呼唤。她愿意做爱……跟杰克。或是跟奥利弗。两人当中谁都可以。两人都行……她眼前浮现出奥利弗的形象,他结实的身躯仿佛是用乌木雕出的一般,想到这里,她抑制不住地哼出了声。

她再次看看手表。七点三十分。为什么这个日子不能加快步伐尽早结束呢?

听到门铃骤然响起,她的心一下子窜到嗓子眼里。这也许是杰克又一次事先未作安排的突然登门造访!她将脸迅速凑到镜子前瞧了一眼,确认自己这副尊容尚算体面,可以见人;又赶紧抹去蹭到眼皮下的一点睫毛膏,用手将头发朝下拢平,然后匆匆朝门口走去。

站在前门台阶上仰起脸瞅着她的,是一个小男孩,身穿一件印有曼彻斯特联队标志的T恤衫,精心剪了个脑壳溜光、前额留下一排长长刘海的发型。那些整天在街上玩耍的男孩,大多留着这种发型。

"你好吗?丽莎?"他用响得出奇的声音说道。

男孩满有把握地倚着门柱问:"你准备干什么?出来玩玩好吗?"

"玩玩?"

"我们需要一个裁判。"

其他几个孩子出现在他身后。"是啊,丽莎,"他们催促道,"快点来吧。"

她知道这很荒唐,可又觉得不能不识抬举。被人需要的感觉真好。这时她收回纷乱的思绪,不去想以往如何度过一个个银行假周末的情景,那时她无一例外地搭乘直升机去钱普尼斯温泉酒店,接着乘坐头等舱飞赴尼斯,最后下榻于康沃尔①的一家五星级饭店。她回去取了一件外衣,坐在门前台阶上度过周日余下的时光,担任这帮孩子在家门口举行的一场十分激烈的网球比赛的裁判。

杰克·迪瓦恩在星期日早晨打电话给他母亲。"我稍后动身,"他说,"我能带个朋友来吗?"

他母亲闻言兴奋之极,嗓子噎得差一点说不出话来。"一个女朋友?"

"一个女朋友。"

露露·迪瓦恩竭力忍住不开口,可是没有做到。"是迪伊吗?"

"不是,妈妈,"杰克叹道,"不是迪伊。"

"嗯哼。有她的消息吗?"露露内心极度矛盾,她既想念这个甩掉她唯一爱子的女人,又对她怀有那种源自偏见的怨恨。

"是有消息,"杰克忙不迭地承认,"我在特鲁街的停车场见到她。她向你问好。"

"她怎么样?"

"她马上就要结婚了。"

露露的心里蓦地燃起最后的希望。"跟你?"她喘着气问。

"不是。"

"这个可恶的女人!"

"嗨,别这么说,"杰克赶紧平息她的怒气。这并不是他当时收到的最好消息,但也不是最糟糕的消息。"她没嫁给我是对的。就算我俩结婚,最后也会分手。她只是比我早看出这点罢了。"

"那你今天带回来的这个姑娘呢?"

---

① 尼斯,康沃尔:分别是法国东南部港市和英国英格兰郡名。

"她叫麦。她人挺好,就是有点紧张。"

"我们会善待她的。"

麦坐在杰克身旁,驱车前往拉合涅①。她身穿一条过于端庄、流行于二十世纪五十年代的衬衣式连衣裙,那是她儿戏般从牛津饥荒救灾委员会下属的一家商店淘到的宝贝,脚上是一双后跟仅有三英寸高、令其主人颜面尽失的凉鞋。

"他们会介意我有一半越南血统吗?他们有种族歧视倾向吗?"

杰克惊恐地摇摇头。"一点也没有。"他碰碰她的手以示宽慰,"麦,别担心,他们都是规规矩矩的好人。"

"你说,他俩都是教师?"

"过去是,现在都退休了。"

露露和杰弗里对麦亲热到无以复加的程度——双手紧握麦的手以示欢迎,赶紧拿走长沙发上的一叠报纸好让她坐下,主动将杰克小时候的照片拿给她看。

"他可爱极了,"露露温柔地赞叹道,拿起一张杰克四岁那年头天上学拍的照片向麦炫耀着。"你瞧瞧这张。"杰克十几岁时神情腼腆地站在一张小桌子旁的彩色照片。

"这张桌子是我亲手做的。"杰克自豪地说。

"他的手很灵巧。"露露透露秘密似的说。

我知道,麦在心里附和道。有一刻她心里极度惊恐,暗暗寻思自己是否脱口说出了这句话。

麦内心的紧张在杰克一家人温情的感化下渐渐消散,一切进展顺利,谁料她后来却注意到壁炉台上的一张照片,一个更年轻、更瘦削、穿衣打扮更随意的杰克,胳膊挽着一个褐色头发、身材高挑、脸上露出毫不掩饰的自信微笑的姑娘。露露也在同一时间注意到这张照片,她跟麦互相对视了一眼,心里掠过一阵莫名的恐惧。她为什么没把这张照片藏起来呢?

"你这个朋友是谁?"麦问杰克,几乎有些欣赏这种折磨自己的方式。她完全知道迪伊其人,知道她和杰克大学毕业后就住在了一起,知道他们同居九年以后决定结婚时,迪伊选择了逃避。

杰克的大姐凯伦及其丈夫和三个孩子的到来,消除了眼看无法避免的尴尬气

---

①拉合涅:都柏林北郊地名。

氛。来人刚刚粗喉咙大嗓门地跟杰克他们打完招呼,杰克的妹妹珍妮又接踵而至,身后同样跟着自己的丈夫和三个孩子。

"走吧,我们该动身了。"杰克忙不迭地说,这时麦开始露出心事重重的表情。

露露和杰弗里目送着汽车远去。

"一个讨人喜欢的姑娘。"露露说。

"还有一份非同寻常的工作。"杰弗里说。

"推销手机?"

杰弗里转过身吃惊地瞅着她。"推销手机?她告诉我的可不是这个呀!"

第三十二章

汗毛。腿上的汗毛。太多了一些。艾什林为是否除去这些汗毛伤透了脑筋。她在幻影夏季①两周前刚刚让人对她的大腿做了热蜡脱毛,因此这些汗毛尚未长到能再做一次的程度。但若是跟哪个人上床,那就显得太长了,哎,不错,实在太长了。

这么说她有心跟马库斯·瓦伦丁上床?嗨,谁知道呢,她想。但她不愿让自己毛茸茸的双腿成为一道障碍。

我可以剃除这些汗毛,她想。但她下不了手。只要你开始采用热蜡脱毛术,就应坚持摒弃剃除汗毛的做法,否则腿部又将重新长出浓密的汗毛,变得非常粗糙。那个为她做热蜡脱毛的姑娘茱莉,见了这样也会恨不得将她杀死。

必须用易梅克脱毛摩丝帮忙,可是由于估计不足,艾什林的已经用光了。于是她打发特德拿上她手写的纸条到最近的药店走一趟。

"你为什么不能去呢?"他咕哝了一声,觉得有些尴尬。

---

①幻影夏季:爱尔兰人认为炎夏时节由于幽灵的作用人容易产生幻觉。

艾什林指了指满脑袋裹着的锡箔。"我头发上刚刚浇了热油。要是我像这样出去，谁都会把我当成天外来客。"

"谁说不是！这样他们就会以为天外来客在这个城市找不到停机场。咦，艾什林，"他说，"我干吗非得把纸条交给那个姑娘不可？我干吗不能从架上直接拿货呢？"

"不行。我要的东西有许多品种，你是个男人，不清楚其中的奥妙。我要的是无香摩丝，你可能拿着柠檬香型摩丝回来。更糟糕的是，你给我买的可能是那种涂敷用的软膏。唉，只能劳你大驾！"

特德这趟差出人意料地办得相当顺利。艾什林走进盥洗室，站在浴缸里，朝双腿喷上有害的白色泡沫，发出嘶嘶的响声，然后等着汗毛被化学效应去掉。她长叹一声。有时，要做一个女人可真不容易。

星期一下午，这种为了遮丑而采取的近乎疯狂的自虐行动刚刚开了个头，马库斯就打来电话提议道："你看怎么样？"

"什么怎么样？"

"什么都行。喝一杯？吃一包薯片？尽情做爱？"

"喝一杯这主意挺不错。一包薯片也挺不错。"

他停顿片刻。"那尽情做爱呢？"他问，俨然是个逗人喜爱的小男孩。

艾什林深深地倒吸了口气，竭力用滑稽的腔调说："我们得拭目以待。"

"看看我功夫如何？"

"看看你功夫如何。"

挂上话筒艾什林立刻加紧行动起来，自己身上这里抹点什么，那里拭去什么，忙得不可开交。在下午的时间里，她洗净头发，抹上厚厚的护发素，开始对全身进行护理：卸除脚趾甲上剥落开裂的指甲油，再涂上新鲜指甲油，除尽腿部汗毛，身上喷了许多只有在特殊场合才舍得用的，古琦的"嫉妒"女士香水，将四分之一管摩丝挤在头发上用梳子均匀抹平，脸上再浓妆艳抹一番——眼下不是表现含蓄美的时候——再次喷上许多"嫉妒"女士香水。

特德再次登门，检查她最后的准备工作。他一心想促成马库斯和艾什林的好事，以便通过与马库斯的密切接触，使自己的搞笑单人秀表演事业能有长足的进展。"显得性感点儿。"他鼓励道，慵懒地坐在艾什林的床上看着她第三次也是最后一次涂睫毛膏。

"我在努力!"她听见自己大喊一声。显然她精神紧张的程度超出了自己的想象。看看希望到底给她带来什么吧!先是让她疯狂地宣泄她对爱情和安宁的所有期盼,继而又将她变成一个精神紧张内心凄苦的可怜虫。有时,就像此刻一样,她觉得自己大概有些过于敏感。这正常吗?她在心里暗自忖度。也许吧。如果不是又会怎样呢?对了,她的童年生活本身就有不少缺憾,她想。

对了,大概欠缺的不是物质条件。欠缺的是常规惯例,是普通的行为方式。她母亲的抑郁症首次发作以后,居家生活的正常秩序就被打乱,再也没有真正恢复。他们原先熟悉的生活悄然逝去。永远消逝,尽管他们当时对此并未留意。

颇具讽刺意味的是,艾什林起初居然为家人开始忽视就餐时间而感到兴奋;她的毛线衣蹭上一块绿斑却没有受到母亲的呵斥,她也为此暗自窃喜。但是随着时光的推移,最后就连她也能看出自己身上穿的衣裳实在太脏了。内心的轻松化为满腹的忧虑。这种情况不正常。

"我今天穿它可以吗?"她穿着一条污迹斑斑的夏季连衣裙去给她妈妈看。注意我,注意我。

她母亲瞪起两只呆滞无神的眼睛,一张脸因为心里蓄满莫名的悲苦而显得格外憔悴。"只要你愿意。"

詹妮特和欧文跟艾什林同样不修边幅,妈妈也是如此——她以前总是那样漂亮,穿衣打扮十分端庄体面,如今竟然意识不到自己当众穿着一件沾有蛋液的衬衫。

那年夏天他们常常去当地的公园。莫妮卡常常说:"我无法呆在这座房子里。"因而将他们统统赶出门外。但是即便在公园里,莫妮卡也难得有停止叫嚷的时候,身上也不带一块手帕。艾什林觉得她妈妈用衣袖揩眼泪实在不雅观,因此开始在每次外出时往自己的毛线衣口袋里放一叠纸巾。

进了公园以后,艾什林还得变着法子哄詹妮特和欧文开心。每次只要他们吵着要冰淇淋,艾什林就急着去给他们买,她担心一旦惹恼了这姐俩,他们就会没完没了地跟她做对。可她妈妈从不记得随身带点钱,于是艾什林准备了一个粉红和棕色相间的狗脸形塑料钱包,出门时带在身上。

随着夏季时光的流逝,莫妮卡又渐渐养成了一个骇人的习惯。她常常无聊地坐在一张板凳上,使劲揪扯胳膊上的一道伤口,直到看见渗出血才心满意足。从那时起,艾什林开始随身携带一叠邦迪创可贴。

总得做点什么。总得有人注意才行吧？

她开始向上帝祈祷，祝愿母亲早日康复，祝愿父亲别再周一出门直到周五才回家。后来发现自己的祷告没能取得预期效果，她心里又萌发出一个古怪而固执的念头，每回她用完马桶之后用水连冲三次，一切都将恢复正常。不久她又认为每次下楼，都得在楼底转身一圈。一定得照此办理。如果忘了这么做，她就得重新走到楼梯顶部，从头到尾完成整个程序。

迷信行为开始具有至关重要的意义。如果她看见一只喜鹊——表示忧愁——她就会急切地仰望天空寻觅第二只——表示欢乐。一天她失手泼出一些盐，为了不让她妈妈哭鼻子，她随即往左肩膀上洒了些盐，谁知盐粒却从肩头滑下，落入酒浸果酱布丁里。她母亲两眼痴呆无神地瞅着盐粒慢慢融化在杯内最上面一层奶油里，脑袋俯在餐桌上低声啜泣。

特德的吼声将她拉回到现实中来。"艾什林，快点告诉我！塔罗牌对于今晚有些什么预测？"

她迅速恢复了镇定，十分庆幸自己此时活在今天而非过去。"不赖。四张圣杯。"没必要提到她首先抽出了十张预示不祥的宝剑扔到一边。"我在两份周日报纸上的星象很吉利。"她继续说。另两份周日报纸上的星象不吉利，但又有何妨？"还有我抽出的天使神谕牌是爱情奇迹。"其实这张牌排列在成熟、健康、创造性和智慧之后。

"你就穿这身吗？"特德朝着她那黑色七分裤和腰部束紧的衬衫点点头。

"怎么啦？"艾什林警觉地问。她为这身装束可是动足了脑筋，她尤其喜爱这件束腰式衬衫，因为光线造成的错觉能产生一种身着者腰身挺拔匀称的效果。

"你没有一条短裙吗？"

"我从来不穿短裙，"她嘀咕了一声，急于知道脸上是否抹多了腮红。"我讨厌我的两条腿。我腮红抹多了吗？"

"什么腮红？你脸颊上的红颜色？不多，再涂点。"

艾什林赶紧抹去脸上的一些腮红。特德的动机十分可疑。

"你在什么地方跟他见面？基霍埃酒吧吗？我陪你走着去吧。"

"不用，你这个没安好心的家伙。"艾什林语气肯定地说。

"可我只是……"

"不用！"

艾什林此时最不愿意特德在她身边瞎转悠，故作倾慕地缠着马库斯，问他是否能成为马库斯刚刚结识的最好的朋友。

"好吧，祝你走运。"当艾什林将她那枚幸运卵石扔进新的绣花手提袋内，双脚依次用力伸入坡跟凉鞋，准备出门时，特德痛苦地说，"但愿这次是上天安排的浪漫姻缘。"

"我也希望如此，"艾什林附和道，接着又对上帝或不知由谁担任的天国爱情婚姻部长匆匆说了两句动听但诚意不足的好话，"如果真是好姻缘的话。"

"什么乱七八糟的。"特德轻蔑地说。

稍稍揉了揉幸运佛之后，艾什林转身出门。

我会喜欢马库斯·瓦伦丁，他会喜欢我，我会喜欢马库斯·瓦伦丁，他会喜欢我……艾什林心怀坚定的信念反复默念着这句话，脚上的凉鞋迫使她扭扭捏捏迈着小步走在格拉夫顿街上，忽然，一声挑逗式的口哨，打断了她这种路易丝·L.海式的吟诵。马库斯·瓦伦丁已经来了吗？上帝，那个路易丝·L.海可太神了。

但这不是马库斯·瓦伦丁。马路对面站着呜呜，只是没有了他那标志性的橘黄色毛毯。他跟另外两个男人待在一起，他们胡子拉碴的脸庞和奇形怪状的衣裳——你纵然存心想买也无处可觅的衣裳——表明他们都是无家可归的流浪汉。他们正在吃三明治。

出于礼貌她无奈地穿过马路走去。

"你好，艾什林，"呜呜粲然一笑，"你银行假没有外出呀？"

艾什林摇摇头。

"可不，我也没外出。"呜呜不失尊严地说。接着，他照准前额猛击一掌，意在责备自己的粗鲁失礼，随即伸出一只胳膊，揽住两个跟他一伙的男人。其中一个年纪较轻，头发蓬乱，瘦骨嶙峋，下身那条运动裤的腰带松松地围住干瘪的腰部。另一个年岁稍长，一张脸掩埋在杂乱浓密的胡髭和疯长不止的头发里，仿佛脸庞周围用透明胶带纸粘贴了野猫的毛皮。脚底是一双最初为白色的橡皮底帆布鞋，上身的晚宴服显然是为一位个头矮得多的男人定制的。

与他们两人相比，呜呜的形貌几乎算得上正常。

"对不起！艾什林，这位是约翰约翰，"他指着那位年纪较轻的人说，"这位是长毛戴夫。哥们儿,这位是艾什林,她有时与我为邻,在我心目中永远是规规矩矩的正派人。"

艾什林稍稍有些尴尬地与二人依次握手。倘若克洛达赫看到眼前的情景会作何感想——她定会大吃一惊!

长毛戴夫看起来特别邋遢,当他那只粗糙的手攥住艾什林的手时,她拼命忍住了没让身子剧烈颤抖。

一位路过此地的行人仔细打量着这反差如此之大的四人组合,惊得差点扭歪了脖子。艾什林如此清新甜美,另外三人相形之下更显猥琐。

"你今天好看极了,"呜呜带着不加掩饰的羡慕的语气说,"你准是要跟一个男人约会。"

"没错,"她说。少顷,她对呜呜骤然生出一阵好感,忍不住说,"你永远猜不出这个男人是谁。"

"谁?"三人全部喘着气,身子凑拢过来。艾什林只得竭力屏住呼吸。

"马库斯·瓦伦丁。"她说,轻轻吐出一口气。

呜呜嘴里倏地迸出一串笑声,眼角眉梢全都带有喜色。

"他可是搞笑艺人?"长毛戴夫缓缓地、瓮声瓮气地问道。

艾什林点点头。

"就是那个讲猫头鹰笑话的人?"约翰约翰变得越发兴奋起来。

我的上帝!难道说特德的声名如此远播,就连处于社会底层的人们也都知道他吗?日后她一定要跟他说说!

"那是你们心里一直想到的猫头鹰特德·马林斯,"呜呜对约翰约翰解释说,"马库斯·瓦伦丁说的是黄油和雪花的笑话。"

"我不知道他。"约翰约翰有些失望。

"他太酷了。艾什林,这真是个好消息!真的,我祝你愉快!"

"多谢。我得走了,不妨碍你们用餐。"艾什林指指刚才她露面时他们停下来不吃的三明治。

"玛莎百货商店,"呜呜说,"他们把卖不掉的剩货都给了我们。我知道他们的衣裳有点古板过时,不过三明治的味道还挺不错!"

霎时间,三个人像察觉什么危险似的陡然紧张起来。艾什林抬头看去。两个站在前面路口的警察似乎会给他们带来麻烦。

"他们看上去真讨厌！"约翰约翰的话里充满忧虑。

"快点！"呜呜一声催促，三人同时拔腿开溜，"再见了，艾什林。"

艾什林到达酒吧时，马库斯已经提前到了，他独自坐在那儿，穿着T恤衫和工装裤，面前摆着一瓶健力士黑啤酒。乍一见到他，艾什林心里不禁咯噔一下。他总算露面了。这回是真实发生的事情。

她凝神苦思，踌躇不决——她对他感觉如何？他到底是那个她绝不会喜欢的满脸雀斑满怀热情的傻瓜，还是那个她盼望接到其电话的信心十足的演员？单看他的外表，既无特殊魅力又无可笑的怪异之处，根本无助于消除她内心的困惑。这是一个不容回避的事实——他看上去没有什么特别之处。他那赤褐色头发剃成了板寸头，两眼没有什么明显的颜色，当然还有那些微不足道的雀斑。不过她喜欢这种平凡无奇的样子。她本人就应该与这种普通人为伍。没有必要密切接触那些气势不凡的大人物。

虽说他外表平常，但个头很高，至少表明他是相貌平平的人中的佼佼者。他有一副很好的身材。

看到艾什林，马库斯站起身招呼她坐下。他坐的板凳上还有一个空档，她正好挤进来。

"你好。"待她落座后他一本正经地说。

"你好。"她也同样一本正经地回应。

接着他俩同时轻轻笑出声来。现在他终于开始行动了。

"要不要我给你拿点喝的？"他问。

"好的。一杯伏特加汤力酒，谢谢。"

他给她拿来酒后，她朝他咧开嘴悠然一笑。他的面容是那么和善亲切，使她很难严肃对待眼前的这次约会，从而在她内心深处激起一股源源不绝的失望和沮丧的情绪。她不喜欢他。此前她曾经那样急切地等待他的电话，完全是枉费心机。她又认真探究了一番，从对方脸上的雀斑到她自己的感情，翻来覆去仔细捉摸掂量。不，她肯定不喜欢他。如此看来，她腿上的汗毛完全可以悉数保留。特德也大可不必替她跑腿去药店，为此蒙受耻辱。呃，对。不过也许他俩能成为朋友。说真的，此人也许能对特德的搞笑单人秀表演事业有所帮助。

她硬着头皮朝他笑了笑，问道："你最近都在忙什么呢？"

她蓦地想起，眼前这人即将，按照丽莎的说法，"成为声名显赫的主角"，于是她心里随意生出的种种不敬顿时烟消云散。就在几分钟前，她还准备向他诉说令她无比尴尬的那些情景，但是，她的大脑瞬间变得一片空白，所有原先准备的话题全都不复存在。

"这个那个瞎忙一气。"他答道。

轮到她开口了。她该说什么呢？此时她最应回避、最不该提及的，就是他的喜剧演艺事业。一则这个话题会显得幼稚可笑，二则他已功成名就，肯定厌恶别人对他的赞赏和恭维。

因此，当他开口打破这令人越发缄口不言的沉默时，她委实吃了一惊。他说："这么说你很喜欢上周六的演出喽？"

"喜欢，"她说，"每个人都是那样滑稽风趣。"

她觉得他在期待什么，遂又小心翼翼补充道："我认为你的表演最精彩。"

"噢，那可算不上我最好的演出。"他眨眨眼，眉宇间掠过一丝他在舞台上动辄流露的怪异神情。她能够明显察觉到他身上散发出的悠闲松弛的气息。

又该艾什林说话了。"你可有一份职业，我是说，呃，除了搞笑以外？"

"我为电缆公司编制程序，用于铜缆网络升级到光纤网络。"

"噢，是吗？"

"这份活儿可真有意思，"他有些悲伤地笑了笑，"难怪我干上了搞笑单人秀表演这一行呢。你是干什么的？"

噢——噢。"我为一家女性杂志工作。"

"叫什么？"

"嗯，呃，《妙龄女郎》。"

"《妙龄女郎》？"他的表情发生了变化，"他们还约我为一个专栏撰稿。那个叫丽莎什么的。"

"爱德华兹。丽莎·爱德华兹。她是我的头儿。"艾什林说，心里感到一阵歉疚，其实她无此必要。

他陡起疑心，脸色也变得阴沉冷漠。"就为了这你跟我约会？说服我为一个专栏撰稿？"

"不！绝对不是！"她赶紧说，唯恐被对方视为行事鲁莽之辈，"这跟我毫不相干，就算你不干，我也不会在意。"

并非完全如此。如果他同意成为特约撰稿人，必将大大提高她在自己公司的声誉，但她不想操之过急。可是他那惶惑不安的神态令她怦然心动，不禁蓦然生出一种要对他呵护备至的迫切愿望。

"说实话，"她柔声说，"我跟你待在这里，只是因为我愿意。跟其他任何事情无关。"

"很好，"他若有所思地点点头，继而又笑出声来，"我相信你，你有一张诚实的脸。"

艾什林用力扭了扭鼻子，"上帝，这味道实在难闻极了。"她指了指眼前的那只空酒杯，"再喝点茶吧？"

"噢？不，艾什林，我能否请你帮忙，"他用满含歉意的语调说，"不知你是否乐意陪我去看一场搞笑表演？就半个钟头？那里有个人我想见识一下。"

"当然可以，干吗不呢？"他们这种约会显然不可能成为价格不菲的烛光晚餐。也罢，真的。

搞笑表演在距此仅两条街道的另一家酒吧进行。马库斯在酒吧门口受到了实不亚于王族成员的高规格礼遇，令艾什林忍俊不禁的是，守门人挥挥手，他们无需买票便径直走入演出场地。屋里挤满了人，人们不停地朝他走来——大多是喜剧演员——马库斯把艾什林介绍给他们。我能习惯这种场面，她心里暗想。

这场演出跟艾什林以前看过的极为相似。许多人挤入一个光线昏暗的小屋，一个角落里搭了个狭窄的舞台。马库斯很想见识的那个演员模仿一个自称锂人的躁狂抑郁症患者。

等到他长达十分钟的表演结束以后，马库斯轻轻捅了捅艾什林。"我们可以走了。"

"可我还能待……"

他摇摇头。"不用。我有话跟你说。"

他在黑暗中微微一笑，艾什林忽然注意到虽说他相貌平平，但他还是宁愿表现出自己帅气耐看的一面。

他们在另一家酒吧重新落座后，马库斯问："你觉得锂人怎么样？"

艾什林沉吟片刻。"说实话，我并不喜欢他。"

"唷？为什么呢？"马库斯似乎特别看重她的见解，这让她有些受宠若惊。

"在我看来，嘲笑精神病人并非明智之举，"她说，"除非你天生风趣，可他不行。"

"那你认为谁天生风趣呢？"他急切地说。

"嗯，当然是你喽。"此言刚刚出口，她随即发出一声有些尖锐刺耳的笑声，但他似乎并不在意。"你喜欢谁？"

"嗯，当然是我喽。"两人心照不宣地咯咯直笑。"还有塞缪尔·贝克特。"

艾什林猝然爆发出一阵尖声大笑，直到她觉察出马库斯并没有开玩笑的意思方才止住。该死。

"我认为他是二十世纪最杰出的喜剧作家。"马库斯热诚地说。

"我曾经看过《等待戈多》。"艾什林试探性地说。没必要提到那一次是学校组织他们外出看戏，她一点也没看懂。但是除了贝克特引起的稍许不快以外，这个夜晚倒是波澜不惊。他俩连连喝了很多酒，马库斯颇有魅力，对她也很感兴趣。由于他脸上的雀斑，她在他身旁越发感到悠然自得，跟他讲了很多事情。关于萨尔萨舞蹈课——她得承认她此刻为自己当初参加舞蹈课学习激动不已，因为她必须表现出兴趣广泛的样子——她如何钟情于各款手提包，如何在多数情况下酷爱《妙龄女郎》的这份新工作。"虽说我现在还没有一个机会，"她说着，突然显得心神不安起来。

"我知道。不过说实话，你是不是因为觉得有压力，必须把马库斯·瓦伦丁这个专栏作家带给他们？"

"没——有。"她结结巴巴地说。

"他们没有因此在工作中向你施加压力么？"他又问。

"不可能。"艾什林坚定地说，"其实，他们压根就没有提及此事。"

"噢。"沉默片刻之后他又补充说，"我明白了……我明白了。"

他目光低垂，朝他微微一笑，艾什林忽觉一股热流在胸中涌动，分明觉察出对方的魅力。他准是那种相处愈久愈发被人喜爱的男人。他的真实品格特征与他的舞台形象截然不同——舞台上疯疯癫癫的胡话毕竟不是男女床笫之间的喁喁情话。

接着他挪了挪身子，把头斜靠着艾什林的头，用一种意味深长的语调低声问道："要不要来一包薯片？"

"不用，谢谢。"

"我们喝了酒,你又不想吃薯片,那么我们日程表上剩下的唯一未了事宜就是……"尽情做爱!

虽然她记不清已经有多少杯酒落肚,但这个主意还是让她被骤然袭来的一阵莫名的恐惧弄得神思恍惚,浑身瘫软无力。不完全是恐惧,但又不完全不是恐惧。她确实喜欢他,她发现他很有风度,但……

"噢,真对不起……你瞧,我原先不准备今晚在外逗留很长时间。明天早晨还得上班,有那么多工作。"

"噢,对,没错,"他平静地说,但却不愿正视对方的眼睛。"我们得走了。"

车行驶到她住处两人分别时他吻了她,但她不知怎的却不敢确信这一点。

第三十三章

一双软绵绵、胖鼓鼓的小手抚摸着她的脸……克洛达赫似梦非梦、朦朦胧胧地依稀觉得莫莉那热乎乎的小手正在抚摸她脸颊上柔软而敏感的皮肤。莫莉趴在克洛达赫的胸脯上,呼哧呼哧喘着气,娇嫩而黏糊糊的手指依次缓缓移过克洛达赫的下巴、面颊、鼻子周围、额头和……啊唷! 哎哟! 她脑袋瓜里一片金星乱舞。

"你手指捅到我的眼睛了,莫莉!"克洛达赫大声嚷道,她从一阵剧痛中蓦然惊醒,着实吓得不轻。

"妈妈醒了。"莫莉佯装吃惊地说。

"妈妈哪能不醒呢。"克洛达赫一手捂住那只暂时失明的眼睛,泪珠以洪水决堤之势大颗大颗地簌簌涌出眼眶。"眼睛挨了那样一下,一般人都会醒的。"

她奋力挣脱莫莉的纠缠,跌跌撞撞地走到穿衣镜前察看伤情。今天她与一家职业介绍所有约,自然应该显示出最佳精神状态。

她的半张脸还算正常,另半张脸却是涕泪纵横血丝密布的一副惨相。该死。接着她注意到椅子上的一堆衣裳,于是又像以往弗洛尔来之前那样发狂般地忙碌起来，赶紧收拾整理东西，将一件件衣裳挂进衣橱。

"快点穿衣裳，克雷格，"她叫道，"莫莉，快点，把衣裳穿好。弗洛尔就要来了。"

楼下响起了一片吵嚷声，他们常常在早餐桌上闹得不可开交。

"我不要全麦维，"克雷格尖声哭嚷，"我要吃可可米。"

"你要是不吃全麦维，就别想吃可可米。"克洛达赫说着，装出一副相信克雷格会乖乖听话的姿态。

克洛达赫每周一次超市采购的物品中都有六包一大盒装的谷类食品，其中麦仁爆米花和可可米总是随即被克雷格和莫莉狼吞虎咽地吃掉，而像全麦维之类味道一般的品种他俩碰也不碰，全都堆积在那里。每次在克雷格吃掉积压的全麦维之前，无论他采用什么手段威逼克洛达赫拆开新的一盒，起初都会遭到她的坚决抵制，但最后总是以她的让步而告终。今天更是如此，因为时间紧迫的缘故。她撕开新的谷类食品盒外面的薄膜，将一包可可米嘭的一声扔在克雷格面前，然后穿着睡衣匆匆走到停在外面的汽车旁边，从行李箱里的隐蔽部位抽出几只购物袋。她买了新衣服时常常这么做。虽说迪兰从来没有对她花钱购置服装口出怨言，她还是会忍不住为此心生愧疚。

但这毕竟事出有因。迪兰有一次在银行假日加班，克洛达赫却把两个孩子丢给她那患有关节炎的老娘，独自外出过了一把购衣瘾。她刚才匆匆拿回家中的几只购物袋内装有几件时髦而又富有青春活力的宴会服，几件她吃不准该如何穿的衣裳。她还为去职业介绍所专门买了一套西服——迪兰对此毫不知情。她不知道自己为什么没有告诉他，但她无缘无故地隐约觉得他不会赞成。

回到屋里以后，她发狂似的迅速扯下灰裙子和上衣上的价格标签和品牌标记，开始着装打扮。这套西服真贵，贵到令人咋舌的地步，但她认为一旦得到工作，就能日复一日地穿着它上班。十五旦①的连裤袜，黑色高跟鞋，上身一件白衬衫与之相配。她涂上唇膏将头发拢成一种清爽的法式螺旋形发髻后，觉得自己的形象还挺不错。

当然，那只充血的眼睛除外。

今天早晨她来不及躲开弗洛尔。她领着克雷格和莫莉匆匆出门时，正巧撞见

---

①旦：纤度单位，纤维长九百米重一克为一旦。多用于衡量女性丝袜的厚度。

弗洛尔缓慢吃力地走进大门。

"你可好哇，弗洛尔？"

"我星期五在弗罗利那儿。"弗洛尔答道。弗罗利是她的医生。虽说克洛达赫与他素未谋面，但弗洛尔认为克洛达赫跟他很熟。

"他怎么说的？"

"得把它取出来。"

"什么？"

"我的子宫，还能是什么？"弗洛尔惊讶地嚷道。

"真糟糕，这太可怕了。"克洛达赫打起精神，向对方表示同情，同时表示女人对女人的一种理解。

"并不可怕！"

"你不感到难受吗？"

"我为什么要难受呢？"

"你难道不担心你会觉得……克洛达赫支吾起来。她本来想说"少了几分女人味？"但又感到那样说很不妥当，遂又改口道，"你难道不担心你会觉得失去了什么吗？"

"一点也不担心，"弗洛尔兴致勃勃地说，"快别这么说。真的，这太让人扫兴了。一点好处也没有。你今天想要我为你做点什么？"

"哦，"克洛达赫一时有些发窘。"熨烫几件衣裳，要是你身体允许的话。也许还有打扫卫生间。你如果身体可以，随便干点什么……"

推开市中心这家职业介绍所的大门，克洛达赫的双手止不住哆嗦着，分明表现出她内心交织着畏惧和兴奋。她走到一个年轻姑娘面前停下脚步，只见她头上梳了一个浅色发髻，脸上杏花般清新悦目的皮肤厚厚涂了一层粉底霜。

"我跟伊冯·休斯有约。"

那姑娘站起身。"你好，"她冷淡地说，语气中透出几许令人惊异的自信，"我就是伊冯·休斯。"

"噢。"克洛达赫原以为会见到一个年岁很大的女人。

接下来伊冯特别用力地跟克洛达赫握手。瞧那架势，似乎她目前正在接受培训，以便日后成为一位具有男子气概的政治家。

克洛达赫递上那份塞在她包里稍稍有些翘起变形的个人简历。

"先让我瞧瞧。"伊冯两只手的动作姿势极为优雅灵巧。她用微微展开、孩子般娇嫩的几根手指的指肚连连轻抚这份简历，将表面抹平，再把一叠纸页紧贴办公桌的边缘将其拢齐。在逐页翻开简历之前，她又用拇指和食指捏住下面一角，使劲揉了一阵，确保自己不会同时掀起两页。出于某种原因，这番举动确实惹恼了克洛达赫。

"你已经很久没上班了？"伊冯说，"有……多少……超过五年的时间。"

"我有一个孩子。我从来没想离开工作岗位这么长时间，可是我后来又生了一个孩子，这样就错过了出来工作的时机，直到现在。"克洛达赫语气急促地替自己辩护。

"我……明白——了。"伊冯继续戏弄这位处在紧张状态之下的求职者，同时用心捉摸她个人履历上的若干细节，"你离校以后，曾经先后担任一家旅馆的客房预订代理人，一家录音制作室的接待员，一家餐馆的收银员，一家律师事务所的档案管理员，一家服装公司的报关员，都柏林动物园的收银员，一家建筑公司的接待员，一家旅行社的预订代理人？"克洛达赫让艾什林写下她曾经做过的所有工作，以此证明她本人是个阅历丰富的多面手，"你在都柏林动物园待了……三天时间？"

"那是因为气味的缘故，"克洛达赫承认道，"不管走到哪里，我都能嗅到象舍的那股味儿，我永远也忘不掉这个。甚至连我吃的三明治也有大象身上的味儿……"

"你在旅行社工作的时间最长，"伊冯打断她说，"你在那儿待了两年？"

"正是，"克洛达赫热切地说。不知怎的她已经朝前挪动了身子，此刻正坐在椅子边上。

"你在这期间有没有得到晋升？"

"噢，没有。"克洛达赫心头一怔。她该怎样解释说，你在那儿工作，最多只能升到业务总监，而业务总监只不过是个人人嫌、人人怜的角色。

"你可参加过旅行社人员资质考试？"

克洛达赫差点没笑出声来。这话说的！你中途辍学，不就是为了这，对吧？这样你就无需参加任何一场考试了？

伊冯将几根手指在桌子上方捻弄了一阵，随后逐一垂下，用一种催人欲眠的舒缓动作重新将纸页抚平。"你在那里用的是什么软件？"

"呃……"克洛达赫想不起来。

"你打过字,做过速记吗?"

"是的。"

"一分钟多少个词?"

"噢,我不知道。我只用食指和中指打字,"克洛达赫说,"可是我打字速度很快。跟那些参加过课程培训的人一样快。"

伊冯眯起两只孩子般的眼睛。她已经给惹怒了,虽说还没有生气到她要你相信的程度。她只是在戏弄这位求职者,利用自己手握的权力获得一些乐趣,"我能否认为你没有任何速记经历?"

"嗯,我想,可我总能……没错。"克洛达赫承认道,她已经耗尽了气力。

"你有没有任何文字处理技能?"

"呃,没有。"

接下来伊冯明知故问,"你没有读到大学毕业?"

"没有。"克洛达赫承认道,同时用一只正常的眼睛一只充血的眼睛凝视着伊冯。

"好的。"伊冯受够了罪似的长出一口气,用舌尖舔了舔一根手指,再用它抹平简历上翘起的边角,"你读什么?"

"你的意思是?"

伊冯停顿片刻,一个极其短促几乎并不存在的停顿,但这的确是伊冯制造出来的,借以表明在她眼中克洛达赫是一个多么不可救药的白痴。

"《金融时报》?《泰晤士报》?"伊冯提示道。她并没有叹气,但心里确实憋着一口气,很想一吐为快。接着她冷酷地催促道:"这位女士,喂!?"

克洛达赫平时读的最多的是室内装潢类杂志,还有一些俚俗搞笑的故事。她偶尔也翻翻一些畅销书,内容大多是一些女人如何自主创业,如果她们要干什么工作,也无需像她此刻这样经受一场蒙羞忍辱的面试。

"我看到你的兴趣爱好中有网球这一项。你在哪儿打网球?"

"噢,我不打网球。"克洛达赫像十几岁的小姑娘似的发出一声傻笑,"我的意思是我喜欢看网球比赛。"

温布尔顿网球公开赛即将开赛,最近一段时间,电视上大肆播放赛事实况转播前的宣传广告。

"你还去健身房?"伊冯问道,"那么你去那儿也是为了观看比赛啰?"

"不，我的确是在那儿健身。"克洛达赫说，这回她心里可是踏实多了。

"不过这很难算得上一项业余爱好，你说呢？"伊冯反问道，"这等于说睡觉是一项业余爱好，吃饭也是。"

这番话触到克洛达赫的痛处。

"你定期去剧院看戏？"

克洛达赫略一踌躇，继而坦言相告，"其实不是这样。不过你总得在这一栏写点什么，不是吗？"当初克洛达赫和艾什林终于不再编造诸如汽车拉力赛和崇拜恶魔之类儿戏般的业余爱好，试图逐一列出那些真正的业余爱好，这时她们发现可以入选者实在少得可怜。

"你有什么兴趣？"伊冯咄咄逼人地问。

"呃……"她有什么兴趣呐？

"业余爱好，你酷爱的活动，诸如此类。"伊冯不耐烦地说。

克洛达赫的脑瓜已经麻木了。她唯一能想到的，是她平时喜欢玩弄自己的发梢分岔，将发梢残留的一截截分岔顺着整根发丝撕开，看能撕多长。她能以此自娱达数小时之久。但是心里的某种感觉阻止她将这说出来与伊冯分享。"你看，我有两个孩子，"她有气无力地说，"他们占去了我所有的时间。"

伊冯朝她瞥了一眼，目光中含有"你何不早说"的埋怨意味，"你可有什么远大志向？"

克洛达赫的心紧缩了一下。她没有任何志向。志向远大的人物都是些行为古怪的家伙。

"在你供职于那家旅行社期间，什么能赋予你最大的职业满足感？"

平安无事地度过一整天，克洛达赫能记得的就是这个。她们所处的真实状态是——那些与她共事的姑娘无不如此——她们走进公司之后，自己的真实生活将随之中止八小时，其间她们把全副精力都用以忍受这漫长的等待。

"跟人打交道？"伊冯启发道，"挽回损失？成交一笔业务？"

"领取薪水。"话刚出口克洛达赫便自知此言欠妥。她确实已有很长时间没有接受这样的面试。她已经忘了适用于类似场合的那些套话。再者，根据她的印象，以前那些主考官全都是男人，待她远比眼前这个令人讨厌的小姑娘客气和善。

"我真的不想再为一家旅行社工作了，"克洛达赫说，"我倒愿意你介绍我去……一家杂志社工作。"

"你想在一家杂志社工作？"伊冯故意装出一副觉得很难忍住不笑的模样。

克洛达赫谨慎地点点头。

"我们谁不想呢，亲爱的？"伊冯唱歌似的说。

克洛达赫认定自己讨厌这个手中握有实权，心里不存怜悯的小丫头，年龄只有她一半，却叫她"亲爱的"。

"你心里的预期工资是多少？"伊冯逼问道。

"我不……啊……我没有想过……你觉得呢？"克洛达赫把仅剩的一点权力拱手相让。

"这很难说。照我看起点工资不会有多高。如果你愿意接受再教育……"

"也许吧。"克洛达赫撒了个谎。

"有什么情况我将跟你联系。"

两人都知道她不会这么做。

伊冯陪她走到门口。她看伊冯走路时迈着稍稍有点内八字的步子，心里涌上一种幸灾乐祸的感觉。

来到外面街上，她穿着那身不伦不类、可恨之极而又价格昂贵的西服，缓步走向她的车。她的信心完全动摇了。今天上午的这场可怕遭遇，等于向她发出一个警告，让她知道自己老而无用到了何等地步。她曾经将自己的所有希望寄托在一份工作上，但是，外面的职场显然是一个节奏极快的地方，她再也没有任何技能可以让自己投身其间。

那么她到底应该怎么办呢？

第三十四章

周二早晨，丽莎在伦道夫传媒大楼外面心急火燎地来回踱步，恨不得立即走进去。她再也不能忍受刚刚度过的这样一个周末了。周一也就是银行假的最后一天，她实在觉得无聊，便独自外出去看电影。可她想看的那部电影已经客满，于是她只得改看一部名为《两个小淘气》①的片子，跟不知哪来的那么多极度兴奋的七周岁以下儿童坐在一个电影院里。她真不明白世上何以有那么多孩子。想想真是莫大的讽刺，她最近几天花费最多时间接触的居然是孩子们……

她两眼瞪着那个站在玻璃门后用钥匙丁零当啷地开门的守门人比尔。全都怨他，懒惰成性、不愿干活的老东西。如果他周末开门放她进来加班，她就不会觉得生活有多空虚了。

"天哪，你可真早。"比尔吃惊地咕哝了一声。

"周末过得愉快吧？"丽莎略带一点尖刻的意味问道。

"哎呀，非常愉快。"比尔心情豁达地答道，接着又开始叙述他这两天的经历，他的那些孙子如何过来看他，他又如何去看那些孙子……

"因为我不开心的缘故。"

"听你这样说我很遗憾。"他嘴上表示同情，心里却在纳闷，不知这到底跟他有何相干。

可是往好处说，丽莎在上行的电梯里暗自寻思，她已做出几项决定。如果她非得继续待在这个倒霉的国度，她将建立一个朋友圈。嗯，也许不是朋友，而是那些可以被她称为"亲爱的"、并且听她抱怨旁人的人。

还有，她打算跟什么人做爱。一个男人，她当即确立了目标。绝对不是她在三月号《佳人》上撰文简介的那些新潮女同性恋者——她最多只能在大都会酒吧②跟一个模特儿羞怯地接个吻。就像敏感、时髦的女性一样，跟女人做爱根本不合她的口味。

上周末她骤然产生要跟奥利弗通话的强烈愿望，这本身清楚地表明她需要一个男伴。杰克，如果可能的话。不过，她又拿定主意，要是杰克想跟麦玩伯顿和泰勒似的爱情游戏③，她就得寻找其他某个人。这样兴许会让他恢复理智。无论哪一种做法，情况都会发生变化。

---

①《两个小淘气》：根据南斯拉夫作家布·乔布奇同名小说摄制的一部儿童影片。
②大都会酒吧：伦敦著名酒吧，已经成为伦敦时尚名流圈夜生活的代名词。
③此处分别指好莱坞著名男女影星理查德·伯顿和伊丽莎白·泰勒。1963年，各有家室的伯顿和泰勒相遇，随即发生婚外情，成为历史上最轰动的婚外情之一。两人于1964年结婚，十年后离异。1975年复婚，不到一年又再度离婚。

当然，她也许不能即刻找到一位男友。但她暗暗发誓，至少在本周结束之前她一定要跟哪个人上床。

　　会是谁呢？那个叫做加斯帕·弗伦奇的名厨，他当然一直对此求之不得，可他却是个顶顶讨厌的人。还有那个迪兰，她曾经看见他跟艾什林待在一起。他倒是个乖巧的男人。可惜他早已结婚成家，因此她不太可能跟他在一家夜总会邂逅。如此看来，利用周末在几家自助商店周围转悠，倒不失为更加稳妥的做法。

　　"耶稣基督。"丽莎走进办公室时蓦然止步，大声说道。只见满房间到处凌乱散布着香槟酒瓶、杯子、锡纸和电源线，空气中弥漫着酒吧里特有的刺鼻味儿。显然那位清洁工认为不该由她清扫周五他们纵酒狂欢后乱糟糟的房间。对了，她可一只杯子都不想洗，她得为自己的美甲着想。此事可由艾什林代劳。

　　办公室其他员工全都姗姗来迟，令丽莎心里充满鄙夷和嫉妒。甚至连那个周五连饮两大杯香槟的莫利女士，周末照样喝得醉醺醺的。

　　现在终于到了要他们好瞧的时候——所有的人满脸沮丧，嘴里唉声叹气，尤其是凯尔文，礼拜天晚上在寻找一支倒霉的圆珠笔时，戴在大拇指上的钻戒不慎划破了他那只便携式橙色帆布背包，令他心痛不已。

　　大家全都把目光竭力避开屋里无处不在的脏杯子，开始集中交流各自醉后的不适反应。

　　"我总是胃疼得厉害，脑袋瓜倒不怎么晕乎，"德乌拉·奥唐纳向其他同事透露这个秘密，"吃下两只熏肉三明治，便可止住恶心欲呕的感觉。"

　　"我嘛，我会表现出妄想偏执的状态，"卡尔文浑身打了个哆嗦，偷偷地觑了奥唐纳一眼，旋即再次重重地垂下脑袋。

　　就连莫利女士也腼腆地承认，"我觉得好像有一把匕首不停地戳进我的右眼。"

　　丽莎很想加入他们的交谈，可她不能。迫使她打消这一念头的是梅塞德斯的突然来临，只见她拎着贴有航空标签的大包小包走进屋子。显然周末她去了趟纽约。这个特别受宠的女人，丽莎痛苦地想道。这个走运的女人，为何好像每个人都知道她要去纽约，唯独她给蒙在鼓里呢？

　　梅塞德斯受人之托带回来几样东西：给艾什林买的白色李维斯牛仔裤——显然纽约的价格只有这里的一半；给卡尔文买的一顶斯图西[①]帽子，此物在欧洲无售；

[①]斯图西：美国的冲浪潮流服装品牌。

给莫利女士买的贝比路斯条形巧克力。自从她上世纪六十年代去过一次芝加哥后，就对吉百利巧克力开始挑剔起来。三个幸运儿连连快活地嚷着跑去拿自己的东西，忙不迭地递上钞票。

"我本来想自寻短见的，"卡尔文兴致勃勃惹人注目地戴上自己的新帽子，"可是现在我却没有了这个念头。"

丽莎眼瞅着这一幕，心里挺不是滋味。她本来可以让梅塞德斯给她买些契尔氏身体润肤油。

不过丽莎不会这么做。丽莎倒是很喜欢那种拒不开口求她的感觉。

除了这些帮别人买的东西之外，梅塞德斯还慷慨地拿出送给每个人的礼物——四十种口味的软糖豆，几袋好时巧克力和一堆黑斯纸杯花生酱。但当梅塞德斯递给她一袋好时巧克力时，丽莎微微打了个寒噤。"哦，不。我一直觉得美国的巧克力吃起来有股让人恶心的怪味儿。"

嘴里塞满一块贝比路斯巧克力的莫利女士，乍一听见这对馈赠者多有冒犯的话，不禁扑哧扑哧急促地喘起气来。同时，梅塞德斯两只乌黑的眸子牢牢盯住丽莎的眼睛，丽莎从中窥见了鄙夷甚或几分调侃。

"随便吧。"梅塞德斯面无表情地说。梅塞德斯的纽约之行总共才有两天。两天！可她出言吐语已经带上了一股纽约腔。

普通员工中最后到达的特丽克丝，使本已浓重呛鼻的混合气味越发令人不堪忍受。

"上帝在上，"莫利女士嚷道，出人意料地表现出一种急欲哗众取宠的意愿，"这个，嗯哼，鲽鱼发臭了。"

"哈哈。"特丽克丝轻蔑地说。

这引起了一串跟鱼有关的双关语。

"你身上有股鱼腥味，特丽克丝？"卡尔文大声说。

"哦，别找人家的茬儿。"艾什林息事宁人地说。

"船搁浅了，你最好走回家去。"梅塞德斯忽发惊人之语。

卡尔文在这方面表现出一种特殊的天赋。"鲑鱼唱歌的夜晚，"他唱着，向前伸出双臂，"你可能遇上一个陌——陌——生人。"

"再让你听一首歌！"乏味的伯纳德总算巧妙地出了一回风头。他翻起衬衫领子，稍稍摆出跳摇摆舞的架势，也不顾穿着红色紧身背心和西装裤时如此做派是否得体。"鳕鱼,活蹦乱跳!听好喽,鳕鱼,活蹦乱跳……①"

杰克手插裤袋、满脸堆笑地信步走进办公室。"各位早,"他愉快地说,"你们是否知道,这地方乱成什么样了。"

特丽克丝转身朝向他。"杰克——是呀,我知道,我应该叫你迪瓦恩先生——他们都在拿我开心,因为我身上有股鱼腥味。他们还根据这个唱了几首歌。"

"什么样的歌?"

"唱啊,"特丽克丝吩咐此时窘得无地自容的卡尔文,"快点唱给我们尊敬的头儿听听。"

卡尔文有些勉强地执行了她的指令。

杰克咧嘴一笑。

"还有你。"特丽克丝对伯纳德说。

伯纳德漫不经心地唱着,无意展示他刚才显露的表演才能。

"唱得可不怎么样。"杰克说。

特丽克丝得意地点点头。

"我这儿有一首更好听的曲子。"杰克这话让所有人都吃了一惊。稍后他摆出令人惊讶的优美姿势朝自己的办公室大步走去,一边大声唱道:"我是一个孤独的人。梆梆嘭噗梆嘭噗。我是一个孤独的人——"

办公室的门关上了,但是他们仍能听见他在里面呜呜哇哇地发出低沉而又刺耳的声音。

大家互相交换着惊愕的目光。"他这到底是怎么啦?"

"我听见什么声音了吗?"特丽克丝几乎说不出话来,"他是在唱歌吗——?"她心里一慌神,不禁蓦地打住,"糟糕,连我都在干这个了。"

艾什林脸上的生气已经消失殆尽。她刚刚想起周五晚上她酒后向杰克提出的如何与人交往的忠告。"噢,上帝。"随着一声悲叹,她用双手捂住自己滚烫的脸颊。

"我就那么坏吗?"特丽克丝像是受了委屈。她预计其他所有人都会说出一句无聊的废话,唯独艾什林除外。

艾什林摇摇头。她此时什么鱼腥味也嗅不到了,这股腥味已经被胸中一股如

---

① 上面几人的话里都含有跟鱼有关的双关语,但其中的奥妙,无法通过翻译得到体现,只能译出其表面意思。

潮涌动的羞愧感荡涤净尽。她得道歉。

"这个办公室实在太乱了。"惯于扼杀欢乐情绪的丽莎开始发号施令,"凯尔文,你能不能收拢那些空酒瓶,艾什林,你能不能把那些杯子洗干净?"

"为什么就该是我?以前总是我洗。"艾什林轻声嘀咕道。此时她深陷于恐惧之中,因为对杰克·迪瓦恩说过的话——天哪,她居然叫他 JD!

这话令丽莎错愕不已,一时无言以对。她朝艾什林投以威胁恫吓的目光,可是艾什林却相隔很远。她只好转身恶狠狠地冲着特丽克丝说:"那好吧,卖鱼姑娘,你去洗杯子。"

听见丽莎以这种腔调对自己说话,特丽克丝深感震惊,因为迄今为止,她一直将丽莎视为自己最喜欢的人,无奈之下特丽克丝不甘而愤懑地将一只只杯子丁零当啷地拿到托盘上,再端到卫生间打开水龙头,在流水下面以每半秒一只的速度飞快冲洗了一遍,然后宣称杯子洗好了。

等到所有人安定下来重新开始工作以后,艾什林心里惴惴不安、腿肚哆嗦着走过办公室去面见杰克。

"早晨好,全能修理小姐,"杰克开门让她进屋时话里几乎带有戏谑的成分,"你可是在找烟抽?我倒希望上周是我最后一次送你香烟。不过如果你坚持……"

"噢,你错了!我来这里可不是为了找烟抽。"随即她的目光被他的领带攫住,话也骤然止住。只见他的领带上面布满黄色的巴特·辛普森头像[①]。他一般很少戴这种花哨俗艳的领带,不是吗?

"那你来此有何贵干呢?"他的一双黑眼睛朝她调皮地眨了眨。奇怪,他的房间里似乎没有了往日那种沉闷压抑的气氛。

"我想说,我为星期五就你与人交往提出的建议深表歉意。那是,呃……"她想挤出一丝轻松的微笑,但脸上却露出一副张口蹙眉的怪相,"那是酒后胡言。"

"没问题。"杰克说。

"呃,你真的不介——"

"你说得对,你应该明白。麦是一个可爱的姑娘。我不该跟她作对。"

"那好,呃,太好了。"

艾什林离开他的办公室,心里一片茫然,感觉比刚才进来前还要糟糕。当她

---

①巴特·辛普森:美国风靡一时的喜剧动画片《辛普森一家》中的一个人物,辛普森家的大儿子。

在外面的办公室重新露面时,丽莎两眼直勾勾地盯着她。

不久之后,一名快件投递员送来为弗丽达·基利的衣服拍摄的照片。梅塞德斯想将它抓在手里,却被丽莎一把拦住。她撕开封套,从中滑出又厚又软的一摞造型照,全都是模特儿,其中有些脸上带有泥斑,头发上黏着草屑,在泥塘里蹦跶。

丽莎带着显然不是好兆头的沉默,把这些照片大概浏览了一遍,又分成数量很不均衡的两叠。

数量较少的一叠照片当中有一张是个头发散乱的邋遢姑娘,穿着紧身晚礼服,脚穿橡胶高帮雨靴,赤裸的双腿溅满污泥。这名姑娘在另一张照片上身穿工艺考究的套装,坐在一只倒扣的提桶上做出给一头母牛挤奶的姿势。另一名穿着银色紧身短连衣裙的模特儿佯装开着一辆拖拉机。数量较多的一叠照片当中有一张上是几个体态轻盈的姑娘,身穿飘逸的连衣裙,在一个风景如画令人飘飘欲仙的地方翩翩起舞。

丽莎分别从两叠中挑出数量有限的若干张照片。"这些还凑合。"她冷冷地对梅塞德斯说,"其余的都得作废。亏你还是一个时尚记者呢。"

"它们有什么问题?"梅塞德斯用平静而又带有几分威胁的腔调问道。

"没有讽刺,没有对比。这些,"她指着几张模特儿身穿轻薄连衣裙的照片,"……应该在城市背景中拍摄。还是这些姑娘,同样的脏脸,同样怪里怪气的连衣裙,但是这回应该正在上一辆公交车,或者正在从柜员机上取钱,或者正在使用一台电脑。快点去弗丽达·基利的新闻办公室。我们再把它拍一遍。"

"可是……"梅塞德斯沉着脸说。

"快点。"丽莎不耐烦地说。

办公室里的其他人忽然发现自己皮鞋的鞋头特别特别有趣。他们谁都不忍心亲眼目睹这令人脸面丢尽的一幕,因为它太可怕了。

"可是……"梅塞德斯再次做出努力。

"快点!"

梅塞德斯瞪起眼睛,抓起照片,啪的甩到办公桌上。就在她匆匆走过时,艾什林听见她压低嗓门骂了声"母狗"。

艾什林得承认她骂得对。丽莎像什么呢?

屋里的空气由于过分紧张而含有大量毒素。艾什林不得不打开一扇窗户，虽说天气并不暖和。人们需要一些新鲜空气来排遣恶劣的心绪。

只有杰克一人表现出良好的精神状态。他时而从自己的办公室露面，心情十分开朗，因而对弥漫在办公室的紧张气氛并无察觉，兀自处理日常事务，稍后又消失在人们的视线之外。毒素逐渐消散，渐渐地除梅塞德斯以外的所有人都觉得这里重新基本恢复了常态。

十二点三十分，麦来到这里。她跟大伙儿打了个招呼以后，便要求与杰克见面。

"去吧。"莫利女士搪塞地点点头。

门在她身后关上之后，大家全都快活地站起身。

"那样就会抹去他脸上的笑容。"卡尔文说。

看到屋里气氛活跃了许多，特丽克丝跃跃欲试着想挨桌卖弄她耍贫嘴的本事。

但是两人并没有吵起来，而是神态安详地出现在众人面前，彼此紧挨着，麦假依在杰克魁梧的身体旁边，脸上露出得意的笑容，一起离开办公室。

人们互相交换着吃惊的眼神。"他们这是演的哪一出啊？"

正要动身去莫里森酒店客房察看"性感"元素的丽莎，蓦然遭到重重一击，像是宝物被人劫走一般。她得坐下来，做出使劲吞咽的动作，竭力驱赶心头那种因蒙受损失而产生的心灰意冷的感觉。不过到底问题出在哪儿？她已经知道杰克有一个女朋友。他们也就是常常为一些生活琐事拌嘴而已，她从不认为这有多严重。

艾什林也微微有些疑惑。我到底做了什么？

丽莎预订出租车去莫里森酒店时，她要求——稍稍有些不好意思地——坐利亚姆的车。最近她一直要求坐利亚姆的车。她只能认为自己喜欢利亚姆，喜欢听这个地地道道的都柏林人谈论都柏林的各种趣闻轶事。

到达莫里森酒店之后，她已经控制住杰克和麦在自己心里引起的烦恼。她不是那天早晨已经保证一定要为自己物色一个男友吗？那个男友不一定非得是杰克不可。真的不一定。

"你想在哪儿下车，丽莎？"利亚姆打断了她纷乱的思绪。

"就停在那儿，有黑窗子的那幢楼旁边。"

一个小伙子，身穿一套做工考究款式美观的灰色西服，在酒店大门旁来回踱步。

"哟,快瞧啊,亲爱的,"利亚姆的嗓音变得柔和起来,"你的男朋友正在等你呢。瞧他全身的打扮,那样衣冠楚楚,风度翩翩。是你过生日吗?祝你生日愉快。要不就是你的什么周年纪念日?"

"那个是门卫。"丽莎嘀咕了一句。

"真的吗?"失望使利亚姆的音调提高了好几度,"我还以为是你的男朋友呢。噢,对了,你要不要我在这儿等你。"

"好的,请稍等一会。大约只需十五分钟时间。"

丽莎动作利索地检查莫里森客房床铺的弹性,被单的清爽程度,浴室的面积——大到足够两人共浴——酒柜里香槟的存量,客房提供的撩人性欲的食物种类,客房里的影音设施,最后又对客人受到拘束的程度作了评估。总之,她得出结论,你可以在这里度过一段非常舒适惬意的时光。真可谓万事齐备只欠男人了。

回去上班的途中,她的目光牢牢攫住一块巨幅广告牌,上面推介的是一种刚刚问世的名为松露的冰淇淋。只见一位器宇轩昂的男子,他张嘴猛吃一份松露冰淇淋的姿势令人为之销魂。他目光呆滞,当是一阵不可遏抑的性欲所致,不过仅需两片硝基安定①,也可轻易造成此种效果。

我巴不得能跟他做爱。

天呐,她突然想到,我正在变成一个悲悲戚戚的老处女,对着一张人像兀自想入非非。还是及早摆脱这种情结为好。

第三十五章

最新研发的松露冰淇淋的上市推介派对定于当晚六时整开始。松露冰淇淋的主要成分是巧克力和冰淇淋,在大量充斥着美国产品的市场上缺乏显著的卖点,

---

①硝基安定:一种安眠或抗癫痫药。

因此商家不惜斥巨资加大对它的宣传力度，在克莱伦斯酒店召开上市推介活动，并且许诺以香槟酒招待各路记者，借此吸引他们亲临现场采访。这有望成为一场盛况空前的活动。

"想来吗？"丽莎问艾什林。

艾什林依然在为丽莎刚才当众羞辱梅塞德斯暗生闷气，本想一口回绝，但又觉得不妨趁机消磨萨尔萨舞蹈课前的一个钟头空闲时间。"好吧。"她拘谨地说。

她们动身前，丽莎又去卫生间照例审视了一番自己的容貌。她朝镜中映出的她那穿着纱质小白裙，身段苗条肤色棕褐的影像无比挑剔地瞥了一眼，心中充满快慰。这绝不是不合时宜的骄矜。甚至她的死对头（女人之间的明争暗斗可是很激烈的）此时也得承认她很漂亮。

她一心想让自己外形漂亮，她得承认。她为此作出了不懈的努力。她是她自己的杰作，是她毕生心血的结晶。对于她的外在形象，她绝不仅止于怡然自得的欣赏，更有毫不留情的批评。早在肉眼可见的任何迹象出现之前，她便知道自己的指甲根部何时需要护理。她能觉察自己头发的生长。她总能说出——即便磅秤和皮尺无法测出——体内何时增加哪怕是一盎司脂肪。她还认为自己能够听到皮肤扩展膨胀以便容纳脂肪的声音。

她停下来眯起眼睛。那是她在前额上看到的一条皱纹吗？一条轻浅纤细似有若无的皱纹？正是！又该注射一针肉毒杆菌了。她深知美容养颜贵在防患于未然的道理。及早捕捉瑕疵，以免深受其害。

丽莎对自己无可挑剔的唇妆稍作修饰以后，终于一切就绪。今晚她如果不能引人注目，那也不是她的过错。

没想到卡尔文和杰克也将出席松露冰淇淋推介会。鉴于松露正在对九频道新近播映的电视连续剧提供赞助，杰克出于无奈只得按照公司规则行事。

"这回你找了个什么理由啊？你要让你的哪家杂志报道松露冰淇淋啊？"丽莎酸溜溜地问凯尔文。

"无此打算。我只想喝个一醉方休。刚刚过了一个银行假，钱都花光了。"

听到对方提起可怕的、永无穷尽的银行假，丽莎只觉头皮一阵发麻。再也不想听到了。

他们刚到会场，丽莎便消失在衣着光鲜、声音嘈杂的人群里，卡尔文径直朝酒吧走去，艾什林步履迟缓地在屋里兜起了圈子。她在这里谁都不认识，况且要上萨尔萨舞蹈课，不能喝得太多。今天她必须到课，她只上过一次课，现在逃课可万万不成。隔着人群她偶尔瞧见杰克·迪瓦恩局促不安地试图以一种对人过分亲热的姿态使自己的脸色开朗起来，但不幸未能达到目的。经验欠缺所致，她暗自推断。

但她最后不知不觉竟然站在需要应付很多事情的他的身边。

"你好，"她略显紧张地说，"你怎么样？"

"一直脸带微笑让我感到头痛，"他满腹怨气地说，"我讨厌这种场合。"旋即陷入沉默。

"我倒还好。"艾什林语气尖刻地说。

杰克脸上露出吃惊的神色，转身朝向一名经过的女招待。"护士，"他晃了晃手中的空酒杯，"来点镇痛的东西。"

女招待是个颇有姿色的年轻姑娘，她递给杰克一杯香槟。"每隔半小时满饮一杯保管见效。"

她妩媚地面露笑靥，他也朝她报以微笑。艾什林满怀妒意地将两人相视而笑的情景看在眼里。

"护士"刚刚离去，艾什林就开始转动脑筋，想跟杰克说点什么，任何聊充谈资的话题都行，但却一时语塞。杰克也不比她好。他默默地站着，两只脚轮番挪动，大口大口地喝着香槟。

又走来一名女招待，这回端着一只托盘，上面高高堆着许多冰淇淋，艾什林迫不及待地从她手中接过托盘。这倒不是因为她喜欢吃冰淇淋的缘故，虽说她确实喜欢吃冰淇淋，而是她不想因为跟杰克·迪瓦恩无话可谈而让嘴闲着。她津津有味地吃起来，舌尖贴着冰淇淋顶部转动。蓦地，她依稀觉得什么人正瞅着自己，遂抬头朝上窥视，正好面对杰克·迪瓦恩射来的顽皮而又挑逗的目光。她的脸被这目光灼痛，一片红晕从脖颈朝上漫溢。她在杰克的持续注视下，嘎吱一声狠狠咬下巧克力冰淇淋顶部，他闻声脸部肌肉用力抽搐了一下，她看见了，随即发出一阵幸灾乐祸不怀好意的笑声。

"我得走了。"她说。

"你不能离开我，"他不满地说，"我跟谁说话哩？"

"得了吧，直到现在你都没有跟我说话！"

她大声说着，拎起包准备动身。

"喔咿！全能修理小姐，你这是要去哪儿？"他惶惑地问道。

"去上萨尔萨舞蹈课。"

"噢，你学的那种下流的舞蹈。哪天你得带我去开开眼，"他打趣道，"去吧，让我独自跟那帮拿薪水的家伙为伍吧。"

艾什林经过《星期日独立报》那个"我不管什么都要尝试一回"的丹·海格尔身边时，只见他正将几块冰淇淋搁入香槟，像是一头贪吃的奶牛。她径自走出门外。

艾什林刚刚离去，杰克身旁不知从哪儿冒出了卡尔文，端着两杯香槟，两杯都是他喝的。

"快瞧瞧丽莎。快瞧她到底穿没穿内裤？"卡尔文问，一边打量着丽莎那裹在白色连衣裙里的性感的臀部。"我一点看不出内裤的轮廓，可是……"

杰克懒得搭腔。

"我知道你在想什么。"卡尔文说。

"只怕未必。"

"你在寻思她大概是穿了丁字裤。她大概确实穿了，"卡尔文勉强承认道，"可我宁愿认为她什么也没穿。"

丽莎正在缓步走过整个屋子，同时四下顾盼，指望碰到一个最英俊潇洒的男人，她刚才已经碰了两个钉子。

她先是遇见一个有几分神秘、几乎从不做声的男人，脸上戴着一副圆溜溜的蓝色太阳镜。他看起来很帅，一张令人愉悦的嘴仿佛通晓世事，唇边挂着一丝狡黠的微笑，头上梳了个漂亮的发型，一身名牌服装。等到他摘下眼镜，却令丽莎避之唯恐不及。他陡然变得那样阴森恐怖。两只小小的眼睛，彼此相距甚近，流露出迷惘的神色。它们嵌在一张完全与众不同的脸上，它们的主人显然智力上有些问题。

她往后退缩一步，不意撞见菲昂·奥马利，此人是最有女人缘的单身汉。他还以爱尔兰最性感男人自居，理由是他有杰克·尼科尔森似的两撇高高耸起的眉毛。

"你好。"他朝丽莎笑着，心怀叵测地蹙起眉头，令她憎厌不迭。"你今晚看起来特别光彩照人。"听到这种夸奖，看见他眉梢的高耸和低垂，丽莎在性欲稍受撩拨的同时觉得很不舒服。

她备感无聊，不由得转过身去。

接着她瞧见了他。遍布爱尔兰各地的巨幅广告牌上的那位男模特。他的容貌端庄匀称，堪称完美，嘴唇微撅，下巴突出，皮肤爽洁，蓝黑色的头发油光闪亮，其中一绺恰到好处地垂在棕褐色脑门上。有这样一张毫无瑕疵的脸，他绝不会令人乏味。

嘿！她总算找到了中意的男人。

虽然历时之短超出了她的理想预期，但她此刻已是欲罢不能了。

按照她的经验，模特儿最显著的特点便是行为极其放荡。工作需要他们几乎永不停歇地到处旅行，于是他们对性爱普遍持有一种"何妨潇洒一回"的无所谓态度。这就是说，此人也许很容易成为她的性伴侣，但恐怕仅此一回之后便与她天各一方，跟她只有一夜欢娱的缘分。

这也不错，丽莎心里拿定主意，两眼注视着他大腿修长的侧影和臀部边缘肌肉发达的凹形部位。单是做爱也挺好。

她已经很久没有向谁表示愿意跟他上床了。只有一个办法能够表明这个意思。羞羞答答态度暧昧，指望对方注意到你，这些全都无济于事。噢，不成——你得昂然走向你想要的男人，凭借自信使他对你另眼相看。犹如置身于狗群当中一般——你不能面露怯色。

她深吸了一口气，心里说自己很出色，张开两片娇艳欲滴的嘴唇，露出令人陶醉的灿烂笑容，朝他迎面走去。"你好，我是丽莎·爱德华兹，《妙龄女郎》杂志的编辑。"

他握住她的手。"韦恩·贝克，松露冰淇淋的形象代言人。"说得特别严肃正经。哦，天哪，不带一点讥讽的意味！没关系，她用不着喜欢这个家伙。其实她如果不喜欢反倒会更好些。你现在考虑的是跟人做爱，你常常会因为喜欢谁而不能尽兴。

她竭力鼓起内心存留的全部勇气，因为她得用不容置喙的口吻说出下一句话。切勿让对方认为他在这件事情上有任何选择的余地。他不能拒绝她。此事根本由不得他作出任何选择。

她两眼直视着他，充满柔情地说："给我来份够味的。"

"你想要什么？"他朝着酒吧点了点头。

"我说的不是喝的饮料。"她的话里明显带有别的意思。

他借助整个脸部肌肉逐渐完成的若干细微动作，做出一副恍然大悟的表情。

他含糊地说:"明白了。什——"

"晚餐。"

"好的,"他顺从地说,"现在吗?"

"现在。"

她任由自己如释重负地轻舒一口气。他动心了。她估计他会动心的,但你不可能知道……

离开时,她用两眼寻找杰克。他正瞅着她,一副捉摸不定的神情。"再见。"她对他说,他朝她僵硬地微微点了点头算是回应。

很好。

在克莱伦斯酒店的餐厅里,丽莎和韦恩进行了一场看谁吃得最少的比赛。他们互相警惕地注视着对方,一边拨拉着盘里的食物。有一刻韦恩似乎准备将一片鲛鲽鱼肉塞进嘴里,丽莎见状立时来了精神,屏住了呼吸,倘若他果真这样做,丽莎也将听任自己品尝一角洋蓟。谁知他在最后关头却改变了主意,丽莎只得不情愿地也将餐叉放回到盘子上。

韦恩·贝克来自黑斯廷斯,年纪很轻——不过或许没有他所说的那样年轻。他说自己只有二十岁,但是丽莎估摸他很像是二十二或二十三岁的样子。他十分看重自己的职业模特生涯。

"它又不是高精尖的火箭技术,对吧,亲爱的?"丽莎揶揄道。

他看上去像是受到莫大的委屈,"说真格的,我可不想一辈子都干这行。"

"让我猜猜看,"丽莎说,"你最终会去当演员。"

那张完美之极近乎滑稽的脸上,不加掩饰地浮现出惊愕的神情,"你是怎么知道的?"

丽莎竭力抑制住一声叹息。她虽然不喜欢卖弄那些用滥了的套话,但还是忍不住想说,他智商不高,从而使他那原本令人为之倾倒的魅力大打折扣。她没有任何理由歧视那些很少或根本没有受过教育的人——毕竟,她当年离开学校时,甚至还几乎不能用一根小木棍在地上写出自己的名字。但是一个人没有理由不知道梅格·马修斯[①]嫁给了谁。

[①]梅格·马修斯:英国女室内设计师,曾与著名的绿洲乐队成员诺埃尔·加拉格尔结婚。

"你住哪儿,帅哥?"丽莎问道。她有意让"帅哥"一词听起来略带贬义,仿佛他是一块任人品尝的熟肉一般。有意思,韦恩朦朦胧胧地想道。他平时也是这样跟那些女孩子说话的。

"我在伦敦有一套公寓,但我很少待在那里。"他无法掩饰由此引起的自豪感。

"那你在都柏林待多久?"

"我明天走。"

"你今天住哪儿?"

"这里,克莱伦斯酒店。"

"好极了。"丽莎不想带他去"松树小屋"。一是怕他不能接受那棵完全不合时尚的松树,同时更担心一趟出租车坐下来,她会对他完全失去兴趣。

招待刚刚端走上面食物稍加拨动的两只餐盘,丽莎便认定自己对于计划好的一通性欲的发泄已经憋了太久。她用轻浮放荡的口吻对韦恩说,"该上床了。"

"哎呀。"看见对方这样毫无顾忌,他着实吃了一惊,乖乖地站起身来。

站在上行的电梯里,丽莎心里充满期待,似有一股热流在涌动。她觉得自己缺德,堕落——有时一个姑娘真正想要的,是跟一个素昧平生的男子迅速而疯狂地做爱。刻意饿着肚子,以使自己的体形臻于完美有何意义,如果别人不可能偶尔见到它?

韦恩将钥匙插入门上的锁孔时,那只光滑的、棕褐色的手微微哆嗦着。丽莎呢,虽然仅仅是在扮演某一特定的角色,却为自己有能耐摆平对方激动不已。

刚刚走进房间,她那心里按捺不住的情欲又急剧膨胀起来。眼前的情景,恰似一部影片的拍摄现场:设施先进、时髦漂亮的房间,那个男人,年轻、健康、结实而又略显倦态。不容置疑的是,他很帅气。

"关上房门,脱掉衣裳。"丽莎说,变得越发专横霸道。

韦恩指望得到她的赞赏。"你会喜欢这个的,"他咧开嘴笑着,缓缓地逐一解开衬衫纽扣,"我每天做两百个仰卧起坐。"

他那堪称奇观的腹部由六块紧绷绷的肌肉组成,呈 V 字形朝外向上延伸到肋骨,与他那饱满结实的棕褐色胸部连为一体。看到他如此完美的身躯,丽莎的自信心开始动摇了。他肯定习惯于跟那些面容姣好身材细瘦的女模特睡觉。那可是她从未尝过的美味。

"现在该你了。"他说。

面带一丝轻佻而又蕴含深意的微笑——态度如何至关重要——她动作利索地撩起白色连衣裙一下拽过头顶。凯尔文刚才说得不错——没穿内裤。

"嗨呀。"韦恩笑出了声，解开做工考究的紧身长裤。他那东西顿时勃起，已然充血肿胀。没穿短裤。

她浑身掠过一阵战栗。她对此早已做好了准备。

他并不是奥利弗之后跟她上床的第一个男人。奥利弗与她分手之后不久，她曾经将某个男人带到自己的公寓，试图借此彻底忘了奥利弗。但此举并没有起多大作用，或许是她操之过急的缘故。眼前这家伙可是好多了。

"你很漂亮。"韦恩说着，带着一种职业兴趣抚弄她的乳头。

"我知道。你也是。"

"我知道。"

他俩相视而笑，互相欣赏对方的美貌，他性感十足地吻了吻她。

"来吧。"他想领着她上床。

"不。地板上。"她要的是那种粗鲁、狂放而又特别够味的做爱方式。

"变态。"他说。

"谈不到。"她轻蔑地说，"你过的是一种时时受人庇护的生活。"

他不算糟糕。他也算不上出色。这是那些相貌特别英俊的男人的通病。他们以为只要自己躺在那儿，就足以诱使对方产生一阵极度快感。幸好丽莎非常明确自己到底想要什么。

她朝他嘘了一声，止住了他试图爬到她身上的动作。这是她纵欲的一种表示。

"慢点。"她提醒道，因为这时他在她身下动作幅度之大似乎有点过了头。她不得不亲自监督整个过程，这的确有些麻烦，好在他至少愿意听命于她。

过了一阵之后，她双手捧住他臀部，嘴里说："快点，快点！"

"我以为你喜欢慢一些的。"

"噢，我现在喜欢快了。"她喘着气说，韦恩赶紧遵命行事。当一阵令她无比惬意的痛楚袭来之时，她张嘴咬住他的肩膀。

"别这样，"他高声嚷道，"我过两天还要展示几款新式泳装。肩膀上不能有牙印。"

"耶稣基督！"她叫道，"使劲！"

韦恩加大了力度和速度，猛地翘起他那话儿，用力插入她体内。"我想我快要……"他呼吸急促起来。

"你他妈的最好别那样。"她嚷道。看到她那骇人的模样，他那即将到来的高潮顿时消退。

事后，他俩躺在地板上，仍然喘着粗气。丽莎暂时获得了极大的满足，懒洋洋地注视着与她视线齐平的山毛榉木椅腿。这回可真过瘾，她暗自想道。正合她的胃口。

他俩继续躺在翠蓝色地毯上，直到呼吸重新变得顺畅，接着韦恩开始表现出神智恢复的迹象。他温柔地抚摸着她的头发，神情恍惚若有所思地说："我从来没有遇到过像你这样的女人。你实在太……厉害了。"

她却唐突无礼地说："你这儿有小酒柜吗？给我倒一杯酒，我要冲个澡。"

"好滴。"

好滴！

她费了些力气才勉强挤进盥洗室，因为里面摆满了各种护肤品，以及香波、摩丝、烫发定型液、古龙香水等等，应有尽有。她心里不禁对他生出一些反感。这都是些什么呀。她鄙夷地撅起嘴唇。脸盆架上放着一些免费使用的沐浴露和爽身液，她提醒自己离开前一定要将这些东西带走。

等到她重新露面时，他将她领到床边，递给她一杯冰镇香槟。他爬上床，躺在已经盖上凉爽的棉布被单的她身边，然后问："我能向你提一个问题吗？"

听到他压低了嗓门，用的是严肃的腔调，她据此猜测，那不外乎是情人之间经常互相提出的某个令人讨厌的问题——你相信一见钟情吗？你在想什么？你会对我忠诚吗？

"说吧。"她不耐烦地说。

他用胳膊肘支起身子，一手指着自己的额头问道："你看这上边是不是有个粉刺？"

他的额头上什么也没有。他的额头很光滑，像是婴儿的臀部，桃子的表皮，平静的水池……

"哦，没错，"她皱起眉头，"看上去很不雅观，是吧？好像有些感染了。"

他无比懊丧地大叫一声，拿出一面镜子。刚才她在盥洗间时，他显然一直在对着这面镜子审视自己的容貌。

丽莎被他逗得乐不可支，发出一阵狂笑。"家庭影院放什么片子？"她问。在等着他跟自己再次做爱的这段时间里,她不想跟他说话。

两人后来又动作粗野心满意足地相继两度做爱,其间他们一边看电影,一边啜饮小酒柜里的香槟。最终,他俩在过足了瘾后颓然入睡。丽莎睡得很沉,醒来时,她精神高度亢奋,执拗地要跟他再来一次,然后才愿意离开。

可是,正当她在盥洗间里用一根沾满牙膏的手指吱嘎吱嘎地轻轻摩擦牙齿时,她发现了昨晚她不曾注意的两样东西。睫毛膏和眉笔。好哇。她本来就对他那长而尖的睫毛充满疑惑。现在她敢说他的头发八成也是染的,原先是某种难以形容的棕色,染成了现在的乌黑色。她顿时对他失去了兴趣。

然而韦恩却对丽莎颇有好感。她的床上功夫挺有创意,而且她也不是一味迷恋他。

"我还能见到你吗?"他问,同时瞅着她迅速套上白色连衣裙,"我定期来都柏林。"

"我的包放哪儿了?"

"那边。我还能再见到你吗?"

"当然可以。"丽莎将一只浴帽、四块香皂、两小瓶沐浴露和三瓶爽身液依次放入包内。

"什么时候?"

"八月底。到那时我的照片将出现在《妙龄女郎》编辑寄语一栏的上方。"

韦恩羞怯地两手揪住被单遮住自己的胸脯,满脸的无奈和茫然,不知丽莎因何动怒。

"我会打电话给你的。"

"你会吗?"他怀着希望问道。

"支票稍后寄给你。今天上午就寄出。"丽莎咧开嘴笑了笑,用一把梳子梳了梳头发,再对着镜子打量了一番自己的形象,"不会,我当然不会打电话给你。"

"可是……可是你为什么嘴上说你会打电话,心里却又不这么想呢?"

"我怎么知道?"丽莎的两只眼睛得意地骨碌骨碌一阵转悠,"你是个男人,规矩是你定的。再见!"

她晃悠着身子走下台阶,出门来到大街上。她的胳膊肘和膝盖被地毯擦破了表皮,虽然伤口火辣辣地疼痛,心里却备感愉悦。她叫了一辆出租车,此时还来得及赶回住所换套衣裳再去上班。

她觉得太好了。舒服极了。有人声称你会因为跟某个素不相识的人一夜偷欢而自惭形秽，这话无论出自何人之口都没有任何道理。她不知多少年没有产生这么好的感觉了。

第三十六章

一夜风流快活之后，丽莎精力充沛、大模大样地走进办公室。

"早晨好，杰克。"她神采飞扬地说。

"早晨好，丽莎。"

她仔细端详着他的脸。两眼依然滞钝无神，脸上的表情跟往日没什么两样。没有任何迹象表明他很介意自己跟韦恩·贝克一起走开，但她当时分明看清了他的脸。他面露愠色。她知道。

那好，快点动手吧！丽莎深受触动，立即开足马力加紧忙碌起来。她现在就要让本期杂志的所有编务工作全部落到实处。一起谈谈"最后成形"的杂志。本周他们可得吃苦头了。

"所有的常规专稿——电影、录像、星象、健康等等栏目全都考虑在内。此外我们再合计一下还需要什么。"

不少定于九月出版的新书的样书源源不断地寄来，以供评论之用，许多刚刚推出的录像带和CD也纷纷接踵而至。从理论上讲，免费赠品总会让人动心，但如果不是你通常喜欢的那种，就没有任何用处。对于一位非洲裔凯尔特人推出的CD，曾经出现过一次三人之间短暂而丑恶的争夺，但是没有人对除此以外的任何碟片产生过一点兴趣。

"加里·巴洛[①]，不感兴趣，"特丽克丝嗤之以鼻地表示，喀啷一声将其扔回到

[①] 加里·巴洛（1971~　）：歌手，词曲创作人，英国著名乐队接招乐队的一员。

一堆碟片上,"恩雅①,今生今世不会喜欢。"又是喀啷一声。"大卫·鲍伊②,呸。"喀啷。"'愁眉苦脸'到底是些什么人?你们瞧,他们长得像模像样挺顺眼。我就拿这张。"她冲着办公室里其他人吼道。

"有谁介意我拿这张?"艾什林拿起一张市面上风靡一时的CD。

"几乎没有。"丽莎打呃似的说,随即发出轻蔑的冷笑。

其实艾什林拿这张CD并不是自己要听,而是准备送给呜呜的。他平时觉得太无聊,什么都愿意读。

版面设计引发的激烈争斗持续了整整一周时间。丽莎和杰里为新书评论专栏的设计清样彼此意见不合,窝了一肚子火。

"外表花里胡哨,没有实际内容。"杰里语气呛人地说。

"谁还愿意读那些讨厌的书,"丽莎朝杰里尖声叫道,"就因为这,我们才不得不把它弄成性感十足的样子。"

差错接连发生。丽莎十分讨厌为特丽克丝的"女儿本色"专栏绘制的那幅插图,指责它"不够性感";杰里忘了保存一份文档材料,整整一上午算是白忙活了。梅塞德斯撰写的一篇介绍某位美容专家的文稿,让丽莎看得直皱眉头,周三午餐时分突然被扔进废纸篓里。

"那可是我费尽心思写出来的,"梅塞德斯不满地说,"你不能把它扔了。"

"我没有把它扔了,"丽莎反驳道,"我已经毙了它。如果你还想干编辑这行,难道就不能至少先学会这个术语吗?"

办公室里的气氛越发沉闷压抑,工作负担不断朝他们压来。无论何时每个人手头都有至少三项任务急需完成。

艾什林正在电脑上输入一篇"新时代星象谈"的文稿,丽莎将一大捧护发产品重重摁到她的办公桌上,吩咐道:"一千个词。要写得——"

"我知道,性感。"

为了给她准备写的文章定下一个基调,艾什林开始审视堆在办公桌上的这些护发用品。其中有一大瓶摩丝,这是一种有望"滋养"发根的喷发定型剂,还有一种可以改善头皮健康状况的洗发香波——适用于希望头发浓密蓬松的女性。不过此外另有一类防止头发卷曲的发膜,能使头发自然柔顺的混合型洗头膏,以

---

① 恩雅 (1961~):爱尔兰著名音乐家、歌手。
② 大卫·鲍伊 (1947~):英国著名摇滚音乐人。

及整型护发素——适用于那些喜欢让头发平滑服帖的女性。她怎样才能使这两种需要并行不悖呢？她的文章怎样才能避免前后矛盾呢？她在心里反复斟酌掂量。是否有可能让头发既浓密蓬松又平滑服帖呢？是否能佯称你需要首先使你的头发平整服帖然后才有可能令其浓密蓬松，以此为那些头发浓密蓬松的女人制造一系列新的烦恼？可是不行，此举过于残酷：玩弄这套把戏需要承担责任。她叹了口气，擗断另一块白色巧克力松饼。接着——兴许是糖分摄入精力陡增的缘故，在思维陷入停顿之后不久，她忽有所悟，摆出一副不容小觑的派头，好像她刚刚做出了一项重大发现。她的文章起句将是："无论你想保持怎样的发型……"

"我发现了[①]！"她大声宣告，由于绷紧的心弦骤然放松感到一阵晕眩。

"什么发现？"杰克站在复印机旁问。

"瞧我愁成啥样！"艾什林的一只手在那些软管和瓶罐上方挥了挥。"所有这些东西你怎么看，本来没有一定之规。可是，当我意识到不同的女人需要不同的护发用品时，我心里一下子豁然开朗。"

"不同的女人需要不同的护发用品，"杰克和颜悦色地重复道，"深刻。可以用爱因斯坦的相对论加以解释……时间不是一个绝对的概念，"他用调侃的口吻说，"而是取决于空间条件下观察者头发的亮泽度。空间也不是一个绝对的概念，而是取决于时间条件下观察者头发的亮泽度。我们在这里从事的工作，是多么有价值啊！"

艾什林心里直犯嘀咕，不知听了这话是否应该动怒，幸好杰克自己作出了解答。

"对不起，"他说，语气骤然变得谦恭无比，"只是开个玩笑而已。"

"他这样说就要让人伤脑筋了。"特丽克丝对艾什林附耳低语道。

"你有没有打完加斯珀·弗伦奇的稿子？"丽莎没好气地问特丽克丝。

"打完了。"

丽莎走来，站在特丽克丝背后俯身往前察看。"'催情'这个词没有'f'，牡蛎只有一个'y'，芦笋这个词最后只有一个's'，而不是两个's'。你应该尽量避免这些拼写错误。"

"我以前从来不需要复查拼写错误。"

[①]原文为Eureka，相传是希腊数学家阿基米德根据比重原理测出金子纯度时所说的话；现用作因作出重大发现而发出的惊叹语。

"现在情况不同了。《妙龄女郎》是一家很有品味的刊物。"

"我觉得我们的杂志变得很性感了。"特丽克丝不服气地顶撞了她一下。

"有可能做到既性感又有品味。噢咿！梅塞德斯！你那篇"露跟鞋真可恨"做到哪一步了？"

这项工作不仅棘手，而且必需，同时又费力伤神。

艾什林疲惫之极。她一方面要在压力重重的状态下挨过一个个漫长的日子，另外还暗暗揣着一个令她烦恼不已的心事，想知道周一夜里她跟马库斯已经开了头的好事为何遽然终止。她为什么没有跟他上床呢？这好像并不是她有心要等到新婚之夜再享受跟男人同床共枕的美妙滋味，她沮丧地承认。而是她一贯拒不接受任何变化，她已经很久没有跟费利姆除外的任何一个男人睡过觉了。

她哀叹一声，心想现代女性可真够倒霉的。多年前的规矩，是你应当尽量推迟跟男人上床的时间。如今的规矩却似乎变了，如果你想牢牢抓住他，那就最好尽快跟他上床。

马库斯周二和周三晚上都没来电话，听着乔伊振振有词地谈论什么三天法则，艾什林忍不住问："可是如果他再也不打电话又该如何？"

"这个我们应该勇于正视，他也许不会——有些男人的行为方式很是神秘。不过你今晚肯定不指望接到他的电话。不妨干点别的，创造性地利用时间——有衣裳要洗吗？有没有什么刚刚油漆过需要守着它晾干的东西？因为今夜最为关键。"

艾什林心里拿定主意，一旦马库斯再次打来电话，她肯定跟他上床。

就在她吃着巧克力聊以解乏、一边随意浏览报纸的当儿，他的名字蓦然跃入她的眼帘。出现在一篇有关几位爱尔兰演员在英国的演出如何既精彩又叫座的报道中。那几个字母——MaRcUs[①]——仿佛在纸面上朝着她活蹦乱跳，令她头晕目眩。他是我的男朋友。艾什林目不转睛地凝视着这几个小号黑色字母，感到十分自豪，仿佛一股暖流在心中涌动，精神重又振作起来。旋又消失殆尽。他是吗？

丽莎骤然开足马力加紧忙碌起来，意思是说，到了星期四，每个人都变得特别容易情绪失控。丽莎正在跟莫利女士吵嘴之时，忽见杰克从他的办公室里匆匆跑出来，脸上显得心神不宁。

---

① MaRcUs：即马库斯，不规则的拼写是由于艾什林的头晕目眩。

"莫利女士，请你帮我在什么地方预订今天的午餐好吗？两个人。"

"老规矩？"每当伦敦派来无论哪个跟数字打交道的老手[①]，杰克总是有些不情愿地陪他去一家四面墙壁镶着橡木板、木板边缘包上真皮的茶餐馆，品尝味道鲜美的牛排和血红色葡萄酒。

"嗨，不是！一家环境较好，能让一个女人喜欢的饭店。"他那有些无奈的神态，为他平添了几分魅力。他略带羞怯地说："今天是我跟麦相识满半年的纪念日。"

丽莎无法掩饰内心的惆怅。他为什么要对麦献殷勤呢？本周早些时候麦突然造访办公室，他俩为什么没有因此闹起来呢？她不胜惶遽地意识到，也许事情正在形成定局，她那自从跟韦恩上床以来情场得意跃跃欲试的劲头，转眼间消失得无影无踪。

"感谢上帝我终于记住了这个纪念日！"杰克咧着嘴直乐。

"你是怎样记住的？"莫利女士问。

"其实，是她自己告诉我的，"杰克含糊其辞地说，"嗨，你上回带我去的那家饭店叫什么名字，丽莎？她兴许会喜欢的。"

"海洛。"丽莎答道，可是她的话却憋在喉咙里没法听清。杰克又说，"对不起，再说一遍。"

"海洛。"她重复道，只是稍稍提高了一点音量。

"这就对了！"杰克笑逐颜开地说，"全是些稀奇古怪的菜肴！稀奇古怪的菜肴，价格贵得离谱，她就喜欢这样。你给我电话号码，我自己订好了。"

"不成。"莫利女士此刻说话声音之威严，超出了以往任何一个时候，"这是我的工作。"

丽莎气得浑身颤抖，随即掉头走开，暗暗希望她会因时间过于仓促而订不到一张餐桌。

半小时后，麦来到办公室，整个人像是一只亚洲出产的芭比娃娃。丽莎见到她，心里的愤怒又化作无法排遣的满腹郁闷。

"衣裳好漂亮。"特丽克丝向麦恭维道。

"谢谢。"

"是邓恩牌的？"

[①] 此处指利用计算机从事统计、会计等工作的专业人员。

"呃，是的。"

麦跟其他人之间保持着喝香槟酒那天所没有的一道距离。杰克最近对她殷勤备至，大概多少起了些作用。她风姿优雅，心情开朗，但无疑是他们头儿的女朋友。

看见莫利女士朝自己颔首示意，麦立即晃动着她那并不存在的臀部，走进杰克办公室。随着房门在她身后紧紧关上，办公室里的所有人全都放下手头的工作，耳朵竖得老长，心里充满希冀，渴望听到一场猝然爆发的争吵。然而不到一分钟，杰克和麦便出现在他们面前，喜滋滋地手拉着手。在众人贪婪目光的注视下，他俩像《布雷迪一家》①中的人物那样亲热地朝出口走去，随后便不见了身影。甚至在人们全都清楚什么也不会发生之后，屋内依然一片寂静。

"我倒更喜欢看到另外一番情景。"特丽克丝颇为惆怅地说，再清楚不过地道出了其他所有人的心声。

丽莎正准备外出与马库斯·瓦伦丁共进午餐，进而向他发起凌厉的攻势，此时她竭力抑制心头的嫉妒、痛苦——和困惑。她从未奢望杰克会对自己发生兴趣，她对此深信不疑。那么他到底想干什么呢？她苦思不得其解。他一会儿跟麦吵吵嚷嚷个不停，一会儿又对她情意绵绵、两人其乐融融。为什么？为什么？在前往马奥餐厅途中，这些枉费心思、无法解答的疑惑一直萦绕在她脑际。

马库斯终于到了，这回仅仅迟到十分钟。高个，体形匀称，可是……呃，不！艾什林居然能跟他在一起？丽莎脸上挤出一丝表示欢迎的微笑，但又觉得此时要表现出哪怕一丁点她那通常情况下显得过量的魅力，却是出奇之难。

"午餐，对吗？"马库斯的说话腔调略带一点挑衅，他身子扭动着，在她对面落座。"我的意思是，让我们安心享用美食，别用写专栏这样的要求来烦我。"

"好的。"丽莎的嘴唇迅速微微朝上一撇，满腔的热情骤然冷却。这份工作令你蒙受极大的耻辱。你得一意孤行到惹人憎恶的地步，同时还要有一张厚似犀牛皮的脸。

她忽然对他是否愿写专栏文章变得漠不关心。这有什么关系？它充其量只是用于一家愚蠢的妇女杂志而已。除了简短谈几句喜欢辛辣食物之类的话敷衍对方之外，她让两人的聊天变得沉闷乏味几乎陷入停滞状态。

---

①《布雷迪一家》：美国二十世纪七十年代红极一时的情景喜剧。

具有讽刺意味的是，她越是不置一词，马库斯越发谈兴大增，主菜吃到大约一半时，她总算看出了门道。她开始充分利用沉默来达到自己的目的。

"你心里打算让我写什么样的文章？"马库斯问道。

她摇摇头，晃晃手里的餐叉，"安心享用美食。"

"好的。"可是稍等片刻，他又重新回到刚才的话题上来，"你认为要写多少字？"

"大概一千字吧，别去想它了。"

"你们有没有找到其他愿意同时转载的刊物？"

"我们在澳大利亚的一家出版物同意对其加以转载，我们在英国的一家男性杂志《男人世界》也有相同的意向。"随后她使出了绝招，"可是马库斯，如果你不想写专栏，那就别写好了。"她朝他抱歉地笑了笑，"我们可以找到其他人。他们虽然没你强，可是……"

"只要你跟我说说我怎么个强法，"他咧开嘴笑着说，"我乐意效劳。"

丽莎赶紧接住他的话头，"你是我近三年来见过的最有趣的人。你的喜剧表演，时而漫不经意，时而有感而发，可谓独树一帜。你与观众之间保持着牢固的关系，你对时机的把握更是无可挑剔。在这儿签个名吧。"她从包里取出一份合同，朝坐在餐桌对面的他递去。

"不妨再说几句。"他眨眨眼睛。

"虽说你在表演上刻意仿效托尼·汉考克和……"该死！其他人的名字她一个也想不起来。

"伍迪·艾伦？"他赶紧说，"彼得·库克。"

"伍迪·艾伦，彼得·库克，格鲁求·马克斯[①]"——她朝他别有用心地笑了笑。她断定马库斯能对有关他表演的所有评论文章倒背如流——"不可否认，你表现出锐意创新和时尚前卫的风格。"

她希望这一句就够了。倘若对方要她进一步解释为什么说他有趣，她唯一能想出的话就是："你长了一张滑稽可笑的脸。"

回到办公室以后，她快步走到艾什林桌边，幸灾乐祸地说："猜猜怎么了？马

[①]托尼·汉考克等：托尼·汉考克（1924~1968），英国著名喜剧演员。伍迪·艾伦（1935~ ），美国好莱坞著名喜剧演员兼导演。彼得·库克（1937~1995），英国著名笑星。格鲁求·马克斯（1890~1977），美国好莱坞著名喜剧演员。

库斯·瓦伦丁答应每月写一篇专稿了。"

"真的?"艾什林稍稍有点口吃。他周一晚上可是好像一点都没有通融的意思。他难道不是……?

"真的,"丽莎洋洋得意地说,"他答应了。"

四十分钟之后,艾什林终于想出当时应该如何回应丽莎的这个消息,心里不禁懊悔起来。她当时应该冷冷地说:"马库斯撰写专稿?那肯定是因为昨天晚上我跟他口交的缘故。"

她为什么当时想不出这些话呢?为什么非得拖到很迟以后呢?

第三十七章

令艾什林喜不自胜释然于怀的是,马库斯星期四打来电话,劈头就问:"你周六晚上有时间吗?"

她知道自己应该奚落他,折磨他,长时间地吊他的胃口,跟他耍弄心计,让他神经紧张。

"有时间。"她说。

"那好,我到时候带你出去吃晚餐。"

晚餐。在一个星期六晚上——本身富有双重含意。一方面它说明马库斯并没有因为她不曾跟他睡觉而深感失望,另一方面,它意味着这回她真的应该跟他上床。她心里突然充满期待。同时也稍稍感到有些焦虑,不过她很快就会让焦虑彻底消失。

艾什林谨慎地承认,事态正在朝于己有利的方向发展。马库斯待她挺好,虽然她满腹烦恼无法消除,但这些烦恼并非真正源自他的任何一次行为。自从她第一次看见马库斯登台表演以来,新的希望便在她的潜意识里悄然萌生。费利姆割断了与她的一切联系之后,她开始与浪漫无缘,只想从他的伤害中恢复过来,而不是另外找人取代他的位置。

但她一直打算在条件成熟之时立即恢复这种爱情游戏。马库斯的电话，告诉她这一时刻也许已经到来，从而使心头悄悄萌生的希望开始逐渐接近现实。她终于摆脱了自我封闭的状态。

可笑的是，她当初的自我封闭现在看来完全合乎情理。她刚刚结束这一状态，心里便骤然生出一种紧迫感，因为自己已经老大不小，生理节律发生了显著变化，因为心里充满三十出头依然单身的女人通常会有的种种烦恼。也就是"妈的！我都三十了还没结婚！"综合征。

当乔伊询问艾什林周六晚上有什么安排时，她决定通过实际体验以确定这种新生活是否适合自己。

"我的男朋友要带我出去吃饭。"

"你的男朋友？噢，你说的是马库斯·瓦伦丁？他要带你出去吃饭？"乔伊的话里满含妒意，"所有的男人只想将我灌醉。他们从来不想招待我吃饭。"她略顿了顿，艾什林知道她就要说出什么脏话了。"我的男朋友唯一用来招待我的，"乔伊沮丧地说，"是他身上那玩意儿。你知道如果马库斯准备星期六晚上带你出去吃饭，他的意思是想进入正题吗？……进入正题，"她加重语气重复道，"别像上次那样耍滑头，说你第二天要赶早上班。"

"我知道。我腿上的汗毛已经又长成原样了。"

艾什林完全知道周六晚上应该如何着装打扮。身上包括内裤在内的全副装束，一切她都很有把握。可是转瞬之间，她对自己用的唇膏却产生了极大的反感。她往嘴唇上一直涂抹相同颜色的唇膏，年复一年似乎从未变过，一支用完，再买一支同样颜色的唇膏。仅仅因为这种颜色适合她！什么混账逻辑！

她需要利用一支不同颜色的唇膏重塑自己的形象。眼下的当务之意，是找到一种颜色新颖别致的唇膏，若非如此，她会觉得一切都不对劲。

整个星期六上午，她一直在外搜寻，但是没有一款唇膏真正合意。它们或是色彩偏粉偏橘，或是色泽偏亮偏暗偏淡，或是太闪。她试着彻底改变原先的形象，涂抹了一种暗红色唇膏，对着镜子一阵打量。不行，她看上去像是经历了一场十四小时的纵情狂饮，一杯杯红葡萄酒灌进肚里，酒沫凝聚在嘴唇上。她想露出一丝微笑，却活脱脱一副德库拉①的模样。几个女店员一齐跑过来："你抹上这唇

---

① 德库拉：十九世纪英国作家勃拉姆·斯托克所著小说《德库拉》中的吸血鬼之王，是极具代表性的吸血鬼形象。

膏太好看了。"

艾什林设法摆脱她们的纠缠,独自继续寻觅。为了给唇膏试色,左手背上纵横交错的一道道红色条纹,像是皮开肉绽的伤口。蓦地,就在希望越发渺茫之际,她发现了它。一支完美无瑕的唇膏。可谓一见钟情,艾什林知道一切都将好转,她对此深信不疑。

马库斯定于八点半钟来接艾什林。七点,她给自己斟了一杯葡萄酒,从而启动了外出就餐前的准备工作。她已经很长时间没跟一个男人外出就餐了。她和费利姆生性懒散,只图舒适,经常叫外卖,偶尔下馆子,也只是因为他们吃够了快餐店送来的比萨和咖喱。外出就餐是纯系实用的一种活动形式,为了摄取营养,而不是为了勾引对方——他们采取其他方式勾引对方上床。费利姆性欲勃发时会说:"咱俩快活一下,怎么样?"艾什林春心荡漾之时会吩咐对方:"强奸我!"

跟马库斯做爱将是怎样一番滋味?在恐惧和兴奋的共同作用下,她周身顿时充满活力,忍不住瞎摸一气寻找香烟。乔伊此刻登门,可是挑了一个再好不过的时机。

乔伊一进门就连声夸奖艾什林身上的衣裳,并且拉下她腰部的皮带,对她挑选了丁字裤表示赞赏,然后问:"你记得在阴毛上抹护发素了吗?"

看到艾什林眉头一皱,乔伊像是受到莫大的委屈。"这种事情马虎不得!喂,你抹了没有?"

艾什林点点头。

"好样的。你最近一次跟人做爱是什么时候?费利姆准备动身去澳大利亚的时候吗?"

"那次他回来参加他弟弟婚礼。"

"你真的想跟瓦伦丁先生做爱吗?"

"要不我干吗在阴毛上抹护发剂呢?"长时间处于期待状态的艾什林很容易被人惹怒。

"很好!这么说你喜欢他?"

艾什林思索片刻。"我会逐渐开始喜欢他的。我们相处很好,他有吸引力,但不是很有魅力。像我这样的女人永远不会跟男模特儿或男演员上床。你明白我的意思吗?"

"你把我说糊涂了。还有什么?"

"我俩喜欢看同一类型的电影。"

"哪一类?"乔伊问道。

"英语电影。"

费利姆曾经表现出一种令人反感的癖好,喜欢以智力超常者自居,谈论带有字幕的外国电影。他从未真正看过这类电影,但他又是朗读有关影评,又是建议两人一起去看,让艾什林头疼不已。

"马库斯是那种普普通通的男人,"艾什林解释说,"他从不玩蹦极跳,也不会反对建造高速公路,没有任何不正常的行为。没有任何神经质的嗜好。我喜欢一个男人身上的这种秉性。"

"还有呢?"

"我喜欢……"艾什林冷不丁将话头转向乔伊,恶狠狠地说,"如果你把这话告诉随便哪个人,我就宰了你。"

"我保证不说。"乔伊口是心非地说。

"我喜欢他多少有点名气。报纸上提到他,人们了解他。是的,我知道这样会显得我浅薄无聊,不过我是在跟你说心里话。"

"那他脸上的雀斑呢?"

"雀斑么,"她顿了一顿,"瞧,我自个儿脸上也有一两颗,"艾什林替自己辩解道,"这没什么丢人的。"

"我只是说……"

"特德在门口。让他进来,行吗?"

特德径自走进卧室,显然十分兴奋。"快瞧这个。"他大声说道,同时展开一幅演出海报。

"这是你呀!"艾什林一声惊呼。

海报上是一幅画,特德的脸和一只猫头鹰身子上下紧紧相连,"猫头鹰特德·马林斯"几个大字横贯画面顶端。

"喔,真不赖!"

"我准备将它们印出若干张,你们有何高见?"他又展开另一张海报,两张海报分别被他左右手的拇指和食指摁住。"红底还是蓝底?"

"红底。"乔伊说。

"蓝底。"艾什林说。

"我不知道，"特德若有所思地说，"克洛达赫说——"

"克洛达赫怎么了？"艾什林大声打断他的话。"哪个克洛达赫？我的朋友克洛达赫？"

"是的，我后来去过她家……"

"干什么？"

"去取我的外衣，"特德警觉地说，"有什么大不了的？上回我们帮她照看孩子时，我把外衣忘在她家了，这总不至于犯法吧。"

艾什林无法解释她因何动怒，只得喃喃地说："没错。对不起。"

一阵令人窒息的沉默。"把我刚买的唇膏递给我，劳驾。"艾什林唐突无礼地说。

她将唇膏从包装盒中倒出，轻轻旋出柔软的指状膏体。簇新闪亮，非常精致。然而就在她慢慢赏玩之际，她蓦地意识到自己犯了错，心里骤然紧缩，感到一阵痛楚。

"我真不敢相信。"她喘着气说。她赶紧察看唇膏的底部，接着又在化妆包里胡乱摸索一气，掏出另一支唇膏，同样察看了一下它的底部。"该死的我怎么也不敢相信。"她绝望地嚷道。

"怎么啦？！"

"我买的是同一种唇膏。我花了整整一上午时间，寻找一种新颖别致的唇膏，结果买的跟这支一模一样。"

我怎么这样倒霉，随着情绪一阵急躁失控，艾什林真想身子一歪重重栽倒在床上，只是听见门铃响起才没这么做。梳妆台上的闹钟已是八点三十分。这表明实际时间是八点三十分。

"真见鬼，最好别是马库斯·瓦伦丁站在门口吧。"她不无担忧地说。

来人正是他。

"什么样的男人提前上门？"乔伊问。

"正人君子。"艾什林言不由衷地说。

"与众不同的怪人。"乔伊说这话时，没有刻意压低嗓门。

"出去吧，你们这对活宝。"

"你可一定要用避孕套，"乔伊带着嘘声说完这话，两人转身离去。少顷，马库斯满脸堆笑地出现在楼梯上。

"你好,"艾什林说,"我快收拾好了。喝杯啤酒还是别的什么饮料?"

"一杯茶。我自己来,你只管忙你的。"

她在匆匆完成最后的准备工作的同时,听见马库斯连续打开厨房里的几只餐橱,拉开几只抽屉。

"这地方真是小巧玲珑。"马库斯冲着卧室里的她大声说。

艾什林真希望他能保持安静。一面涂抹唇膏,一面巧言应答,她可没有这等本事。

"小归小,但形状很耐看。"她漫不经心地接过他的话。

"就像它的主人一样。"

这话根本不符合事实,艾什林心想,但他这样说,倒是出于一番好意。

如此一来定下了他俩谈话的基调。她振作起来,将唇膏带给她的耻辱抛到脑后,梳了梳头发,走上前去,准备接受他的赞赏。

临行前,马库斯执意要洗他刚才用过的那只茶杯。

"别管它。"艾什林对着正在用流水冲洗杯子的马库斯说。

"哦,不行。"他将杯子搁在滴水板上,转身朝她咧嘴一笑,"我妈妈对我管教有方。"

她又对他有那种感觉了。两个人的脑瓜都有些晕乎乎的。

马库斯带她去的是一家燃着红烛、气氛温馨的餐厅。他俩坐在角落里的一张餐桌旁,偶尔膝盖彼此轻轻触碰一下,喝着冰凉的干白葡萄酒,酒劲儿太大,喝得口舌涩麻,还借着烛光互相欣赏对方皮肤光洁无瑕的形象。

"嘿,我喜欢你的……"他指了指艾什林套在外面的外搭罩衫。"我从来说不出一件女装的正确名称。T恤衫?如果我管它叫T恤衫,只怕惹恼了你。可我应该叫它什么呢?上衣?女式衬衫?短上衣?马甲?不管叫什么我都很喜欢你穿的这件衣裳。"

"它叫外搭罩衫。"

"那么女式衬衫又是什么呢?"

艾什林开始对他进行启发开导。"你绝不能对任何一个六十岁以下的女人说'女式衬衫'",她严肃地说。"你可以恭维一个女人身上穿的马甲好看,如果你提到的其实是一件 T 恤衫。可如果真的是马甲，你就不能这样夸她。如果她穿的真是一件马甲，我建议你赶紧走开。"

马库斯颔首称是，"我懂了。上帝，这样的问题稍有不慎便会出错。"

"等等。"她忽有所悟，"你这样拐弯抹角地套我的话，是不是在为你的演出收集素材？"

"我会那样做吗？"他笑着问。

盘中食物非常爽口，两人聊得也很投机。但是艾什林却隐约觉得这才刚刚开了个头。好似一支序曲。一部电影的预告片。正片尚未开映。

招待送上账单时，她有些半真半假地表示想付自己那一份。

"不行，"马库斯执意不肯。"我可不同意。"

因为你希望今后有的是不付账的机会吗？

离开餐厅走到外面的大街上，他问："现在做什么？"

艾什林耸了耸肩膀，忍不住咯咯笑了起来。这还不是明摆着的？

"我那儿？"他轻声提议道。

他在出租车里吻了吻艾什林。他在自己寓所的走廊上又吻了她，可当他俩身体分开时，她却忍不住四下环顾，仔细察看眼前这个地方。她虽然喜欢他，可又急于观察他平时的生活，增加对他本人的了解。

这是一间一居室的公寓套房，坐落于一幢现代风格的单元楼里，意外的是屋里几乎没有蹩脚便宜货。

"你这里居然闻不到怪味儿！"

"我跟你说过，我妈妈对我教导有方。"

她转身走进他的客厅。"看看你有那么多影碟。"她喘着气说。四面靠墙好像摆放了足有几百张影碟。

"只要你愿意，我们可以看点片子。"他说。她其实很愿意。她对他倾慕已久，同时又像个孩子似的忐忑不安，一时左右为难，宁可稍后再作决定。

"挑一张。"他怂恿道。

但是当她开始打量靠墙而立的几排木架时，又慢慢感到有些怪异。蒙提·派森、黑爵士、雷尼·布鲁斯、劳莱与哈代、特德神父、憨豆先生、马克斯兄弟、埃迪·墨菲①——清一色全都是喜剧。

她一时摸不着头脑。他们第一次约会时曾经热烈地谈论起各自喜欢的电影。马库斯说他喜欢各种风格题材的电影，可是看他的影碟却根本无法得出这个结论。经过反复掂量权衡，她最后选中了《布莱恩的一生》②。

"你挑得真好，太太！"他给她拿出一瓶白葡萄酒，又给自己拿了一罐啤酒，然后两人试探性地紧挨着坐在电视机前。

刚刚看了十分钟，马库斯伸出一根食指触了触她裸露的肩膀，并且开始用手缓缓地抚摸起来。"艾什林——"他怀着激情发出低沉的呼唤，使她感到一阵厌恶。她几乎有些惧怕地迅速瞟了他一眼。他正凝视着电视屏幕。"喏，看仔细了，"他用同样低沉的嗓音提醒道，"历史上最精彩的喜剧场面即将出现。"

她略感失望但仍顺从地把注意力集中到荧屏上。看到马库斯捧腹大笑的模样，她也忍不住笑起来。这时他转向她，像个逗人喜爱的小男孩一样问道："你不介意吧，艾什林？"

"什么？"跟我睡觉吗？

"我们再把这段看一遍。"

"哦！不介意。"

等到加速的心跳恢复正常以后，她认定自己被深深打动了，因为马库斯愿意跟她一起分享对他而言至关重要的东西。

"他们听说我答应写文章都挺开心吧？"稍后他问。

"噢，开心极了！"

"那个丽莎，她做了不少工作，呃？"

"特别能言善劝。"艾什林吃不准现在开始编派丽莎的坏话到底能起多大作用。

"不过这也有你的一份功劳。"

"可我啥也没干。"

---

①蒙提·派森等：蒙提·派森，英国六人喜剧组合，其电视喜剧系列在上世纪七十年代曾风靡一时；黑爵士，上世纪八十年代的英国古代背景电视情景喜剧；雷尼·布鲁斯（1925~1966），美国社会讽刺作家，喜剧演员；《劳莱与哈代》，美国早期黑白片喜剧，由两名滑稽演员斯坦劳莱和奥立佛·哈代主演；《特德神父》，讲述神职人员生活的爱尔兰经典喜剧；憨豆先生，国际知名的英国电视喜剧演员；马克斯兄弟，美国电影早期的四名喜剧演员，被誉为经典喜剧之王；埃迪·墨菲（1961~），美国单人脱口秀艺人，喜剧演员。
②《布莱恩的一生》：由蒙提·派森喜剧组合参与拍摄的一部喜剧片。

马库斯意味深长地注视着她,"你不妨告诉他们,你是在跟我睡觉时把我说服的。"

看到他眼中流露出不加掩饰的急切神色,她喉咙一阵发堵。她随即做出了个吞咽动作,像是囫囵吞下一只牡蛎,"可这不符合事实。"

他停了很久,直勾勾地盯着她的眼睛,"我们可以使它成为事实。"

她原本高涨的情绪,正在逐渐低落,其实可以说是已然全消。她觉得现在跟他上床为时过早,但断然拒绝未免显得守旧过时。她只是无法理解自己何以胆怯到如此荒唐的地步,以致丧失勇气——她今年三十一岁,跟许多男人上过床。

"来吧。"他站起身,轻轻拉着她的手。直觉告诉她,对方不愿意听到否定的回答。

"可这部片子……"

"我以前看过。"

我不能再像上次一样用开玩笑混过去了。

她心里虽然羞怯,却按捺不住好奇;尽管痴迷于他,可又唯恐自己跟他过于亲热。她想跟他上床,却没有付诸行动,但他的需要是那样迫切,绝对不容抗拒。恍惚间她站了起来。一个吻多少使她乖乖听话,不知不觉地来到他的卧室。虽然不再胡乱摸索,脱去衣裳时两手也还利索,但整个动作不够优美流畅。他没能发现解开她乳罩的诀窍,她看见他那东西似乎很大时,不得不挪开视线。她浑身战栗,像是一个受到惊吓的处女。

"怎么啦?"

"我很害羞。"

"不是因为我吧?"

"哦,不。"

被单刚刚换过,几根蜡烛产生出惊人的影响。他神情专注做思考状,对于她没有腰身始终未置一词。但她必须承认,不,她的心思并没有完全放在这里。然而马库斯很欣赏她,为此她深感欣慰。这当然不是她最糟糕的一次做爱经历。她最好的做爱经历总是稍稍有些失真,是跟费利姆一起完成的,其间两人本已相当默契的性行为,加上久别重逢后的喜悦,给他们带来些许特别的刺激。

如今,她已是一个成熟的女人,不可能想入非非,指望在做爱的过程中出现翻天覆地的奇迹。

其实，她第一次跟费利姆做爱，也没有出现那种奇迹。

第三十八章

星期天清晨，克洛达赫醒来时，身体处在紧贴床沿的危险位置。大概是克雷格用力将她拱到床边的，但也极有可能是莫莉，或他们两人共同所为。记不清什么时候她和迪兰睡觉时旁边没有两个孩子。幸好她早已练就了身子靠在床边睡觉的高超本领，而且她断定，到了这个份上，即使置身悬崖边，她也能美美地睡上一夜。

直觉告诉她此时天色尚早。现在才五点钟。太阳正在升起，左右两幅窗帘没拉严实，从中间的缝隙泻进一缕耀眼的光线，可她知道此时醒来为时过早。窗外几只海鸥发出凄厉的哀鸣，听起来像是恐怖片中婴儿的啼哭。躺在克雷格身边的迪兰仍在酣睡，胳膊和大腿歪歪扭扭地摊在床上，呼吸响亮而均匀，每次吐出的气息都会掀起额前的头发。

几多愁绪沉甸甸地压在她心头。过去的一周情况十分糟糕。在第一家职业介绍所碰了钉子之后，艾什林催促她赶紧再试一回。于是她又换上昂贵的西装重新碰碰运气。第二家职业介绍所同样让她饱受屈辱，其手法几乎和第一家如出一辙。但是让她深感意外的是，第二家职业介绍所主动向她提供两天的试用期，具体工作是在一家供暖公司沏茶和接电话。"薪酬……一般，"负责招聘的那个男人坦言，"不过对于像你这样长期脱离工作的人来说，一开始能这样还算是不错的。他们肯定会喜欢你的，别犹豫了，祝你好运！"

"哦，谢谢。"克洛达赫刚刚获悉她可能得到一份工作，反倒觉得无所谓了。沏茶和接电话，有何乐趣可言？她在家里整天干这些。一家供暖公司？要多无聊有多无聊。说来奇怪，得到一份工作然后发现自己不想接受，这种情形比获悉自己未被录用还要糟糕。虽然她不习惯于自我反省,但还是隐隐意识到她其实并不是在寻找一份工作——她当然不需要钱——而是在寻找能使自己感到风光和刺激的东西。事实上她在一家供暖公司是无法找到这种东西的。

于是她打电话给招聘人员,谎称她眼下不能开始工作,因为克雷格突然得了麻疹。孩子自有其用处,她想。如果碰到什么事情你不想干,你可以说孩子突然发高烧,你担心他们得脑膜炎。去年她正是以此为由,没有参加迪兰的圣诞聚会,前年也是采用的同样手段。今年她已做好了故伎重演的充分准备。

她不安地扭动着身子。某种尖锐的东西直钻进她的后背。她在记忆里搜寻了一阵,发现它源自多年前的某种感觉。窗外的海鸥又开始尖声叫唤起来,它们刺耳的哀鸣回荡在她的心灵深处。她觉得自己已经陷入困境,无法脱身。仿佛被锁在一个又小又暗、没有空气的箱子里,呆在里面越发感到憋闷——她委实不能理解是怎么回事。她过去一向满足于自己的命运。她的人生完全按照命运的安排,人生之路一直平稳顺当。曾几何时,在没有任何征兆的情况下,她脚下的路好像突然中断了。她失去了前行的方向,没有了任何憧憬。一个可怕的念头在她心头悄然萌生——难道自己的一生就永远这样下去吗?

霎时间,她发觉迪兰越发加大了呼吸的音量。她再也不愿容忍,怒气突然发作:"别那么大声呼吸!"她粗暴地推了推他的脑袋,从而改变了他出气的方向。

"对不起。"他口里嗫嚅着,依然没有醒来的意思。她羡慕丈夫这种心无杂念安然入睡的本领。她身子紧贴着褥垫,漫不经意地听着海鸥的叫声,直到莫莉费劲地从她身边爬上床,照着她的脸用力打了一下。该起来了。

急性阑尾炎。她在心里默默期盼。或者是轻度中风。千万别是过于严重的疾病,而是那种需要长期住院、探视时间受到严格限制的病。

洗了淋浴之后,她揩干身子,开始对坐在床边哈欠连连的迪兰匆匆说道:"别再给克雷格香甜粟米片了,他整整一星期都缠着人给他买,买了之后却连碰都不碰。路那头新设了一个幼儿游戏组,邀请我们今天都去参观一下。我说不准是否该把莫莉换过去,可她在目前待的游戏组里也太不讨那些老太太的喜欢了,兴许这倒是个好主意……"

"我们过去除了孩子以外还聊很多话题。"迪兰的话有些不可思议。

"比方说?"克洛达赫警觉地问。

"说不准。无关紧要的话题……任何一个话题。音乐，电影，人物……"

"喂，你到底想怎么着？"她愤怒地说，"两个孩子是我唯一能见到的活人，我无法不谈到他们。既然谈到跟别的有关的话题，我在考虑我们不妨做点装饰……"

"装饰什么？"他紧张地问。

"这儿，我们的卧室。"她往身上抹了些护肤霜，赶紧一阵搓揉。

"我们一年前刚刚装饰了这间屋子。"

"至少有十八个月了。"

"可是……"

克洛达赫开始套上内衣。

"你还有一点没抹匀。"迪兰俯身去抹沾在她大腿后部的一滴乳霜。

"闪开！"她怒喝一声，奋力推开他的胳膊。克洛达赫被迪兰用手触碰她的肌肤的举动激怒了。

"你能不能冷静一些！"迪兰大声嚷道，"你这是什么毛病？"

她被刚才自己的反应吓得不轻，可惜已迟了一步。迪兰的表现更是令她恐惧莫名——愤怒交织着痛苦，又因忧虑而越发愤怒。

"对不起，我只是有点累了，"她控制住自己的情绪。"对不起。你能不能试着替莫莉穿上衣裳？"

莫莉不想穿衣时你硬要替她穿上，无异于用网袋兜住一只拼命挣扎的章鱼。

"不要！"她尖叫一声，身子拼命扭动挣扎着。

"克洛达赫，帮我们一把。"迪兰说着，试图捉住莫莉的一只用力挥舞的胳膊塞进衣袖。

"妈妈，不——要！"

就在克洛达赫稳稳抓牢莫莉的当儿，迪兰开始耐心地用一种单调的声音轻轻哼唱起来，他唱的是一首纯属即兴瞎编、但能起缓和作用的小曲，内容是莫莉如果穿上T恤衫和短裤，那模样会是多么可爱，身上衣裳的颜色有多么漂亮。

等到最后一只鞋套上莫莉那不停踢蹬的脚，迪兰朝克洛达赫露出胜利的微笑。

"任务圆满完成，"她咧嘴笑道，"谢谢你。"

听到迪兰说他俩平时的谈话内容只有孩子，她感到极度恐慌。但平心而论，她得承认此话也不无道理。他俩在一起坚持到今天,作为儿童保育员,几乎发展成同事关系。这又有什么错呢,她想,努力让自己感到理直气壮。他们有两个孩子,除此之外他们还能指望做什么?

新的幼儿游戏组里聚集了不少人。克洛达赫走过那扇涂上明亮色彩、推开即有玩偶跳出的门时,不由得眉头一皱。她首先遇见的是迪尔德莉·布洛克,此人管教孩子的手段堪称高明。她的女儿索拉斯·布洛克,是世上最有天赋的孩子。

"你绝对不会相信!"迪尔德莉大声说,"索拉斯现在能说出完整的句子。"她稍稍顿了一下,然后问:"莫莉能吗?"索拉斯比莫莉小三个月。

"不能"。克洛达赫随即轻飘飘地添了一句,"莫莉情愿用书面形式跟我们交流。"

她大概会被取消参加咖啡早茶会的资格,但是能够看到迪尔德莉脸上骇然失色的神情,付出这种代价还是值得的。

周一早晨,克洛达赫想出了一个摆脱抑郁振作精神的高招:今晚与艾什林一起出去散散心。她俩将像过去那样痛饮一醉,甚至也许会去某一家夜总会,因此她将有机会穿那几件她喜欢的新衣裳。束腰外衣,阔腿裤大概还行——可是什么鞋子能跟它们搭配呢?她觉得那双粗跟厚底高跟鞋也许说得过去,但她穿在脚上会不会让人认为自己是个地地道道的傻瓜呢?这可说不准,她已经很久没穿新潮时装了。

她兴冲冲地打电话给正在上班的艾什林。

"我是艾什林·肯尼迪。"

"我是克洛达赫。噢——"她刚想起什么事情,"那个特德星期五来我家取他的外衣。"

"这事他说过了。"

"他人还不错,你说对吗?我过去一直以为他有点傻,可是你一旦开始了解他,他给你的感觉就没那么差了,对不对?"

"呣。"

"他跟我说过搞笑单人秀艺人的一些事情。他还把他的演出海报拿给我看。"

"噢。"

"我想去看看他。他说下次登台演出他会提前告诉我,不过你能不能事先跟我说一声呢?"

"啊,好的。"

"我说,我们今晚干吗不出去喝几杯呢?酒要喝个痛快,兴许还能跳一会儿舞呢。迪兰可以在家里带孩子。"

"我不能奉陪,"艾什林表示歉意,"我得跟马库斯一道出去。他是我新交的男朋友。"她解释道。

"你的什么?"

"男朋友。"艾什林声调中透出的骄矜委实令人惊讶,"我们虽然只见过两次面,可是昨天我们在床上待了一整天,今晚他还想见我。"

尘封的岁月出现了一道裂痕,从中释放出的巨大力量猛烈撞击克洛达赫的心扉,激活了她的恋旧情结。她真切地回味爱情降临时那第一阵无比兴奋的美妙感觉。为它时至今日仍如此清晰而暗自吃惊,接着,这种感觉犹如骤然涌现一样又倏尔消失,只在心中留下难以言喻的怀念。

"你不能甩掉他吗?"她试探着说。

"不能,"艾什林有些尴尬地说,"我说过我会给他的演出一些帮助。他是一个搞笑单人秀艺人,你瞧——"

"又一个搞笑艺人!"

"他需要我帮他尝试使用新的素材。"

"那明天晚上如何?"

"我要学萨尔萨舞。"

"周三晚上呢?"

"我得出席一家新餐馆的开张庆典。"

"你真走运。"艾什林出席一家新餐馆的开张庆典,她出席一个新幼儿游戏组的开张仪式,两者反差如此之大,她自然不能无动于衷。

"迪兰现在怎么样?"

克洛达赫鄙夷地咂咂舌头:"没日没夜地工作。他周四晚上又要去外地。又一次!去参加一个该死的会议。你愿意过来吗?我们一起喝点酒吃点东西?"

"当然。家中只有女人的夜晚。"

"好像每个夜晚对我来说都是这样。你能告诉我一些关于特德的事吗?"

第三十九章

一周过去了。接着又过去一周,然后又是一周。工作节奏依然极度紧张。就在大家伙为九月号的这期杂志加紧苦干之时,丽莎已经开始筹划十月号、十一月号、甚至十二月号了。

"现在才六月。"特丽克丝抱怨道。

"其实,今天是七月三号,在现实世界里,杂志应该有六个月的超前量,"丽莎傲慢地说。

各种困难层出不穷。尽管他们已经跟几十家经纪公司的几百个人打过电话,丽莎至今没能为她的"名人来信"专栏物色到一位名人。情况之糟令人绝望到几近疯狂的地步。丽莎痛苦地想道,倘若她仍在《佳人》工作,断然不会面临这样的局势。随后高尔维①的一家酒店又放出风来,鉴于《妙龄女郎》上一篇介绍色情客房的短文里提到该酒店的名字,他们威胁要诉诸法律。

接着,编辑部全体人员的士气曾有短暂的提升,因为替他们供稿的自由撰稿人卡利那进行了一次独家深度专访,对象是克耐尔·德夫林,一位颧骨突出、满脸胡碴的英俊的爱尔兰男演员。不久士气又急剧下跌,因为这位演员出人意料地现身《爱尔兰闲话》,向采访者和盘托出他儿时饱受虐待的实情——这些绝密隐私他照理只能向卡利那一人透露。

"我们被对手抢了个先!"丽莎勃然大怒。"这个混蛋!谁敢不把我这家杂志放在眼里!"不仅已有的专访特稿得枪毙,而且还殃及无辜,一篇电影评论也得推倒重来。他们在这篇评论中对由他主演的新片热情洋溢地大加赞赏。"对它大加抨击,"丽莎吩咐道,"告诉每个人它狗屁不值。你,艾什林,你来做这个。"

---

①高尔维:爱尔兰西部高尔维郡的首府。——编者注

"可我连电影都没看！"

"那又怎么样？"

很难取得任何成绩。有一点——说到底大概只有在这一点上——大家的看法完全一致：在丽莎手下工作，不啻于一场噩梦。她语气强硬地吩咐你写什么，时隔三个钟头，一篇稿子写到一半，她还是语气强硬地说她不想要了。一天过后，她又用不容置喙的口吻吩咐你重写。他们吃尽辛苦赶出的一篇篇稿子，被扔进废纸篓，令人欷歔感叹一番，接着又被恢复原状，随即再度遭毙，之后又删去一半，重新加进删减的内容。艾什林那篇自认为不错的"无论你想让头发保持怎样的发型"的稿子，一开始被枪毙，之后又压缩内容，重写一遍，恢复原状，如此这般折腾了许多遍，丽莎再次给它判了缓刑，说："你能重写一遍吗？"艾什林听了顿时黯然落泪。"你能帮我重写吗？"她抽噎着对梅塞德斯说，"要是我再看这稿子一眼的话，真恨不得点火烧死自己。"

"好啊。要是你为星期六拍照的事打电话给那个疯疯癫癫的弗丽达·基利的话。"

丽莎已经开始放出狠话，意思是要重拍弗丽达·基利的大多数时装照。

"艾什林，特丽克丝，梅塞德斯，周五晚上别再有什么私人活动，我们周六都得上班，"丽莎大声宣布。"我们需要人手运送服装、倒咖啡什么的。"

此言一出，几个人惊愕不已，吵吵嚷嚷纷纷口出怨言，但这对谁都无济于事。

"她简直是一个只知道逼人干活的工头，"艾什林当晚在马奥餐厅与马库斯共进晚餐时悲叹道，"我一生中从没见过这么霸道的女人。"

"别拘束，"马库斯殷勤劝酒，给她斟了一杯葡萄酒，"喝吧，放开量喝。"

"哦，不行。"艾什林用手狠狠捋了一把乱糟糟的头发，"这个女人逼人太甚，我们每个人在她的宝贝杂志以外还有自己的生活，可她好像根本没把这当回事。我们该在什么时间睡觉？吃饭？洗衣裳？……"

等到艾什林终于打住话头时，她已经将瓶里的一大半酒灌进肚里，情绪也好了一些。"听我说，我说的都像是疯话！"她口里嚷嚷着，脸上布满红晕，"噢，别倒了！我已经喝够了。"她想阻止马库斯将瓶中残留的酒倒进她杯中。

"喝吧，"他认真劝道，"别把烦恼憋在心里，你需要振作精神。"

"谢谢。上帝，我觉得好些了，"她嘴里咕哝着，心里感到释然，身体重重地往椅子扶手上一靠,"乱糟糟的感觉已经过去了,我现在可以正常行动了。"

他俩一边慢慢地呷着咖啡,一边揣度其他顾客的底细。他们经常玩这种游戏,猜测周围的人有过哪些经历,或者更确切地说是一生的经历。

"他怎么样?"马库斯指着一个饱经风霜上了年岁的男人,他脚上穿着短袜和凉鞋,刚刚走进餐馆。

艾什林凝神思索了一阵,"一位结束传教工作回家度假的牧师。"她终于得出这样的结论。

马库斯忍俊不禁。"嗨,你这姑娘挺能逗乐的,对吧?"由于真心佩服,他的声音也柔和了许多,接着,他朝坐在餐厅另一头的两个正在吃奶酪蛋糕喝热巧克力汁的小伙子点点头。"那两个人呢?"

艾什林认真琢磨起来。也许她本不该说出内心的想法,但在酒精作用的驱使下终于开口道:"好吧,我这么说也许在政治上站不住脚,可是照我看他俩是同性恋。"

"何以见得呢?"

"因为……呃,很多原因。异性恋男人不在一起吃饭,而是在一起饮酒。他们不会相对而坐,而是并肩而坐,不会互相进行目光的交流。还有吃蛋糕本身——异性恋男人唯恐它带有女人气。男同性恋者不会那么心神不宁。"

马库斯若有所思地眯起眼睛。"可是你瞧,艾什林,他俩身穿皮夹克,头盔放在地上。我能不能告诉你我的猜测是,骑车环游爱尔兰的两个荷兰人或德国人?"

"当然可以!"艾什林恍然大悟,"他们是外国人。两个外国男人在一起吃蛋糕,不会有人认为他们是同性恋。"几年前,她曾跟一个来爱尔兰旅游的瑞士小伙子共同度过一个周末,他当众吃下一个紫莓蛋白酥,那种若无其事的姿态很是迷人。

"这是爱尔兰男人的悲哀。"马库斯说。

"谁说不是。"两人笑出声来,她胸口泛起热流的同时,他眼中也透出暖意。

就在眼下这一刻,生活并不是那样糟糕,艾什林暗暗承认。

周六早晨八时三十分,艾什林出现在摄影室门口,费力地提着两大箱昨晚从弗丽达·基利新闻办公室收集的服装。她以前从未正式参加拍摄时装照片的工作。因此,她虽然心里暗怀怨恨,但还是忍不住有些兴奋和好奇。

摄影师尼尔和他的助手已经到场。女化妆师也已到位。甚至时装模特达尼也在那儿。丽莎扭歪了脸,做出一副轻蔑的表情——真正的模特应当总是至少迟到半天才对。

"造型由谁设计?"尼尔问。

"我。"丽莎说。

梅塞德斯眼里流露出恨不得立刻将她杀死的神色。她是时装编辑,造型应该由她设计。

丽莎、尼尔和女化妆师在达尼旁边商议了一阵,丽莎利用这个时机阐明了自己的想法。虽然尼尔声称她们是"天才",等到达尼最终准备就绪时,艾什林和特丽克丝还是互递了几个茫然不解的眼色。只见达尼穿着弗丽达设计的过于轻薄的连衣裙,脸蛋上抹了几道泥印,黑色长发里黏了好些稻草,稍后整个人给安置到一张铬黄纯白两色相间的真皮长沙发上。一块吃了一半的比萨放在身边,双手握着一只铬黄色遥控器,显然她应当是在看电视。电视上正在大谈"讽刺"和"反差"。

"瞧她那个傻样。"特丽克丝跟艾什林悄声嘀咕。

"可不,我根本看不懂这是什么意思。"

布置场景的工作似乎永无完结之时——机器,灯光,达尼从什么角度重重跌坐在长沙发上,裙褶垂落造成的效果。

"达尼,宝贝,遥控器挡住了连衣裙上身的饰物。把它放低些。不成,再低些。不成,再稍稍抬高些……"

终于,他们终于准备停当。

"摆出厌烦的表情。"

"我是很厌烦。"

艾什林和特丽克丝也开始厌烦起来。天晓得这样下去会无聊到什么地步。

检查了几遍所谓的"水准"之后,尼尔宣布对场景感到满意。眼看他就要开始拍摄了,谁知梅塞德斯疾步上前,捏了捏达尼的裙子。

"裙子有点皱。"她有意找了个借口。梅塞德斯十分讨厌丽莎强行包揽摄影任务的做法,故而不断有意找些事做,以便制造出自己在这一工作中也很重要的印象。

又过去了十五分钟,尼尔再次准备停当。就在众人以为他即将按下快门、真正拍摄出一张照片之际,他却停了下来,从三脚架后走到前面,将一缕毫不显眼的秀发从达尼脸上抹开。艾什林竭力憋住一声尖叫。他到底想不想拍这张该死的照片?

"我正在渐渐丧失活下去的意志。"特丽克丝从牙缝里挤出一句话。

终于尼尔拍出一张照片。稍后他换上另外的镜头又拍了几张。随即他又换上黑白胶片。接着他又换了另一部相机。很快整支队伍又拔营开赴一家超市拍摄另外一组照片。超市里那些推着满载食品杂货的手推车的顾客,瞧见他们在给这位瘦若小鸡、满脸泥污、弯腰瞅着一只只冻鸡的模特拍照,全都笑得前俯后仰。艾什林极度尴尬之余,又开始担忧起来。"这些照片洗出来以后会显得特别滑稽可笑,根本不能用。"

等到丽莎和尼尔完全认可超市拍摄的这些照片时,已经是下午四点钟了。

"我们拍了一些相当不错的照片,"尼尔说,"绝妙的对比,绝妙的讽刺。"

"请问我们现在可以走了吗?"特丽克丝绝望地轻轻咕哝了一句。这话说到了艾什林的心上。她因长时间捧着弗丽达·基利设计的那些宝贝服装而感到双臂酸痛,她讨厌没完没了地替达尼接听她那响个不停的手机,她讨厌人家把她当成女佣一样任意使唤。一会儿跑着去取尼尔相机闪光灯用的电池,一会儿去给每个人端来咖啡,一会儿又去寻找那只装有稻草的衣箱。

"还有街头场景。"丽莎提醒尼尔。

"我看咱们现在甭指望回去啰。"艾什林咬着牙恨恨地说。

一行人情绪低落地走到南威廉姆街,尼尔在一家印度餐馆门口的人行道上停下脚步,支起他的相机,这已经好像是当天不知多少回了。

"我们让达尼在一只垃圾箱里翻找东西,扮成一个无家可归的女人,你看如何?"丽莎建议道。

尼尔极力赞成这个主意。

"不行!"达尼几欲落泪,"绝对不行。"

"可这是在城市里,"丽莎坚持道,"我们需要特征鲜明的城市风情,这样才能跟这些服装相协调。"

"这不关我的事,我绝对不干。你硬要这样,那就让我走人好了。"

丽莎冷冷地盯着她。空气变得越发紧张。幸好鸣鸣跟长毛戴夫碰巧路经此地,否则,艾什林真不敢想象双方这样对峙下去将如何收场。

"你好,艾什林。"鸣鸣兴致勃勃地喊道。

"唔,你好。"她稍稍有些发窘。鸣鸣那搭在肩头的肮脏的橘黄色毛毯,以及身边站着的长毛戴夫,都在表明他显然是一个无家可归的流浪汉。

"我看完了《铁匠的妻子》,"鸣鸣告诉艾什林,"看了就舍不得放手,不过结尾完全是个败笔。我怎么也不相信那家伙居然是她同父异母的兄弟。"

"说得好!"艾什林紧张地说,心里巴不得他俩赶紧走得远远的。这时她突然发现丽莎正在饶有兴致地打量着鸣鸣,心里着实吃了一惊。

"丽莎·爱德华兹。"丽莎笑容可掬地伸出一只手,当鸣鸣和长毛戴夫相继握住这只手时,她几乎打了个哆嗦,这对她而言还是公平的。丽莎扫视了一眼呈马蹄形散开一旁等候的人们。"嗯,"她说,脸上浮现出一丝狡黠的微笑,"忘了垃圾箱吧。我有一个更好的主意。"

她转向鸣鸣和长毛戴夫。"不知二位可有兴趣跟这位美女合影?"她用力将一脸怒容的达尼推到前面。

艾什林惊得浑身颤抖。这不对头,这好像是……像是变相的剥削。她张口表示反对,但是鸣鸣却似乎被这一提议深深打动了,其兴奋之状简直不可思议。"这是时装照?你想让我们在上面出现?太好了!"

"可是……"达尼想提出异议。

"要么这个,要么就是垃圾箱。"丽莎斩钉截铁地说。

达尼心怀怨恨稍顿片刻,然后站在鸣鸣和长毛戴夫之间。

"天才!"尼尔嚷道,"好极了!不需要微笑,呃,戴夫,别拘谨。还有你,鸣鸣,是否可以把你的毯子,交给达尼。棒极了!达尼,宝贝,你能不能把它披到肩上。把它想象成一条山羊绒披巾,宝贝,显得松弛一些。我们需要一只塑料杯!特丽克丝,赶紧跑到麦当劳去拿几只杯子过来……"

艾什林转向梅塞德斯无比惊讶地问,"这些照片肯定都不能用吧?"

"那是,"梅塞德斯说,一双黑眼睛露出抑郁的目光,"他们怕是得到什么灵感了。他们大概还可能赢得什么狗屁大奖吧!"

他们忙到八点过后才终于结束。艾什林匆匆赶回住处做准备,闩上门时电话铃响了——克洛达赫一整天都在忙着理发、染发,弄出一种跟以往截然不同的惊世骇俗的发型,气得迪兰不愿跟她搭话。接着她买了一条包臀显瘦毛边短裤——自从怀上克雷格至今她一直没有穿过这种短裤。鞋子问题总算得到解决(小猫高跟拖鞋[①]),她心急火燎地想要出门。

[①]小猫高跟拖鞋:一种尖头细跟凉拖鞋。

但是她刚要倾吐满腹苦衷,艾什林已经抢先轻声说道:"我从来没有哪回像今天这样疲劳。一整天都在忙着拍时装照片。"

克洛达赫闻言一怔,涌到唇边的话骤然缩了回去,心里生出深深的哀怨。这个女人真有运气。既有运气又有面子。艾什林这样说完全是有意的,是为了显示出她克洛达赫的生活是多么枯燥乏味。

"我真的不能跟你聊天,"艾什林表示歉意,"我得做好出门的准备。五分钟之前我就该跟马库斯见面了。"

克洛达赫快要崩溃。她只能梳着新式发型身穿新衣脚穿新鞋坐在家里看电视。她觉得自己很傻,过了好几秒,才终于憋出一句问话:"他最近怎么样?"

艾什林并未觉察克洛达赫苦闷绝望的情绪。她的心思放在马库斯身上,考虑的是她是否应该试试运气。"很好,"她答道,"确实好极了。"

"听起来像是一段认真的恋爱关系啊。"克洛达赫刺了她一下。

艾什林又犹豫起来。"也许吧,"转而觉得意犹未尽,遂补充道,"不过才刚开始呢。"

说起来也并不像刚开始。他俩至少每周见面三次,在一起的时候表现得极为自然而又亲昵,只有相处很久的人才可能建立起这样的关系。做爱的方式也大有改进……最近一段时间,她懒得看一眼她的塔罗牌,对她那只小小的幸运佛也完全视而不见。

"噢,特德来过电话。他下周六有演出。"克洛达赫说。

艾什林稍顿了顿,使劲压下心头即将窜出的一口恶气。她不愿怂恿克洛达赫跟特德走得太近。

"哦,他要演出。"她尽量说得漫不经意。"他在给马库斯当配角。"

"下周给我来电话,我们定下时间和其他细节。"

"好的。我们一定得去。"

她刚刚来到马库斯这里,便知道大事不妙。马库斯没有像平时那样吻她,而是绷着脸,一副心事重重的样子。

"出什么事了?"她问,"对不起我来晚了,刚才我在上班……"

"看看这个吧。"他把报纸扔到她面前。

她迫不及待地读起来。原来是自行车王比利刚刚做成一笔出版交易。某出版社跟这位所谓的"爱尔兰第一流的喜剧演员"签订了两本书的出版协议,并向他提供了一笔"六位数的预付版税。"按照该出版社一位发言人的说法，比尔的小说"极其阴暗，极其冷酷，迥异于他以往的搞笑单人秀风格"。

"可你还没有写完过一本书呢。"艾什林竭力劝慰他。

"他们把他说成是爱尔兰第一流的喜剧演员。"

"可你比他好多了。肯定如此，"她毫不含糊地说，"这一点谁都知道。"

"可是我为什么上不了报纸呢？"

"因为你还没有写过一本书。"

"说下去，"他冷冷地说，"好好跟我说一下。"

"可是……"她茫然不知所措。她此前已经隐约窥见他内心惶惶不安的情绪，但当时远未到达目前这样的程度。她虽不能理解这种情绪，但却急于让他放宽心。"你是最好的，"她真诚地重复道，"你必须知道这一点。为什么丽莎想让你写专栏呢？除了你之外，其他任何人她都没提。你想想人家是多么喜欢你。"

他闷闷不乐地耸耸肩膀，艾什林看出这番话正在开始对他产生作用。

"我从没见过他们对谁的滑稽表演会表现出这么热心的态度。"她又挖空心思想出一句。

"丽莎真的担心我会拒绝写专栏吗？"他绷着脸问。

"担心得要死！"

他没有吭声。

"她说你会成为明星！"

马库斯抓起她的一只手，吻了吻，今天艾什林来到这里以后，还没有被他吻过呢。"对不起。这不是你的错。喜剧表演是一项残酷无情的职业，你永远无法保证你的下一场演出会取得成功。有时，我吓得胆战心惊。"

时装照拍过之后，丽莎的心情好到了极点。她的直觉——总是十分可靠——告诉她，这些照片别具一格，极有可能引起轰动。

她已经设法使自己在过去的一个月里保持异常忙碌的状态。她在来到都柏林后的最初几周里，抑郁感时常莫名其妙地猝然袭来，眼下这种情况似乎已经大有好转。每当阴霾悄然笼罩心头、抑郁症状初显之际，她便开始构思一篇可供杂志发表的稿子，或是考虑某个他们准备采访的人物，或是他们打算宣传的产品。她可没有时间听任自己消沉颓丧下去。眼看着当期杂志渐露雏形，她已经从中体验到些许满足。虽然广告收入仍然差强人意，但她觉得今天的这些照片将大大触动那最后几个依旧拒不合作的美容店。杰克会很满意的。

转瞬之间，她那安详纯洁的心境又蒙上一层阴影。杰克和麦继续相处下去，俨然是一对最佳情侣。上个月他俩没有当众吵过一次架，仅仅一夜的功夫，杰克和丽莎之间的些许男女之间的暧昧便彻底消失了，至少杰克身上的已经不复存在了。原先他们之间的暧昧情愫说到底并没有多少，丽莎承认，但足以给她带来希望。每当她试图借助微妙的调情姿态重新争取主动，都没能引起杰克的任何反应。见他对自己依然那样客气，那样生分，丽莎知道她只能听任杰克和麦的这种关系继续发展下去。但愿发展到头终将陷入困境。

与此同时，她渴望找到一个兼有正经和几分流气的男人。今晚她准备与尼克·斯里特一起喝酒，这位画家之所以小有名气，主要靠的是他英俊的外表，而在艺术创作方面委实乏善可陈。丽莎觉得他是一个虚无缥缈的人物，而不是一个活在现实世界中的真人，不过性爱就是性爱，眼下也只能如此了。

丽莎到家时，凯西正好出门。她的头发卷得很厉害，像是被深度油炸过一样。

"嗨哟丽莎，我全都收拾好了，熨烫衣裳什么的，所有事情，呃，谢谢你的指甲油。"凯西平时并不怎么需要指甲油，但是弗朗辛肯定喜欢它，"你看我下周还得照常来吗？"

"是的，请你照常来。"

到了下周六，这里又会变得很脏，凯西在回家的路上独自想道。床底下的几只苹果核发出腐烂的气味，盥洗间里黏糊糊的东西泼得到处都是，洗涤槽里乱糟糟地塞满一周累积起来的杯碟。真的不敢相信。想不到丽莎这么一个有模有样的姑娘，会把住处搞得这么脏。

林森德面朝大海的一个阴暗角落，一座房子里的餐桌上，摆放着几只锡纸盒和吃剩的外卖印度饭菜。坐在桌边的麦转向杰克，终于说出一直难以启齿的话。

"你再也没心思跟我吵架了。"

杰克用两只抑郁的眼睛一动不动地盯着她，等了许久，才吐出一句无可辩驳的真话。"可是，如果两个人真正互相体贴，就不应该总是吵个没完。"

"胡扯，"麦情绪激动地说，"要是你不跟我吵架，你就不会想办法事后做出弥补。用力摔门，大声嚷嚷，都会使我们的激情保持一股活力。"

杰克用心斟酌了一番准备说的话。他用那种令人无法容忍的温柔语气说，"要么这也许掩盖了一个真相，其实从一开始就没什么大不了的。"

麦的眼眶里顿时盈满泪水。"你真该死，杰克，你真该死，杰克。"话虽这样说，心里可没这样想。

他将她搂在怀里，她倚着他的胸脯悄声啜泣，但又发现自己不会真的变得过于激动。

"你这个坏蛋。"她喘息着骂了他一声。

"我是坏蛋。"他不无哀怨地附和道。

"结束了吗？"她终于问道。

他松开手，仔细瞅着她。他微微点了点头。"你知道已经结束了。"

她又抽噎了一会。"我想，"她坦率地说，"我还从来没跟谁这么吵过。"

她这样说，仿佛是在表示自己干了一件好事。

"我们吵架又和好的次数比弗兰克·西纳特拉①还多。"他说，虽然他从不喜欢跟人吵架。

他们笑得浑身颤动，两个脑袋又靠到了一起。

"你是一个了不起的女人，麦。"他说着，两只乌黑的眼睛含情脉脉地瞅着她。

"你自个儿也不坏嘛，"她轻蔑地说，"你会让有些好姑娘伤透了心。也许就有那个丽莎。"

"丽莎？"

"作风强硬、光彩照人的那位？天呐。"麦嘴里倏地冒出一串不合时宜的咯咯笑声。"这么说起来，她倒像是酷女郎了。她应该完全适合你。就算她不合适，其他哪个女人也可以嘛。"

"其他哪个女人？"

"那个拉丁美洲俏妞。"

"噢，梅赛德斯。别的不谈，她已经结婚了。"

"嘿。"麦用生硬的语气掩饰她内心的不安，"你特别与众不同，兴许能看中她呢。开车送我回去，可以吗？"

"哦，再多待一会吧。"

---

①弗兰克·辛纳特拉（1915～1998）：美国著名男歌手和演员，意大利裔，共有四段婚姻。

"不行,我在你身上已经浪费了不少时间。"她朝杰克咧嘴一笑,让他得到稍许安慰。

两人默默无言地驱车经过夜幕笼罩下的一条条街道。麦的失落感渐渐得到缓解,情绪也趋于稳定。杰克是一个非同寻常的男人:高大、强硬、聪明、富有魅力。起初她喜欢跟他逢场作戏,但后来的确对他动了真情,而且认为一旦杰克知道她痴迷于他,准会把她甩得远远的。

她觉得自己能够驾驭他的唯一途径,便是令其永无休止地处在惶惶不安的状态下。只有在他因为什么而表达歉意且行为举止带有对她的愚忠之后,她才能享受一阵舒心愉快的短暂时光。可是这本身很难——而且正在变得越发困难。由于再也不愿意跟自己吵架,她唯一的本钱便是她那富有异国风韵的神秘色彩。而她却为刻意显示出这种异国风韵和神秘色彩弄得身心交瘁。

很快他俩到达她的住所。杰克把车子停在门外,熄了火,而不是让它空转。可是麦却没有逗留。

"再见。"她咕哝了一声,两条腿轻快地先后跨出车门。

"我会打电话给你的。"他承诺道。

"不要。"

杰克心里暗自一阵酸楚,两眼瞅着她从自己身边走开,一个性子倔强身材娇小、貌似小姑娘的女人,脚上穿着那双滑稽可笑的高跟鞋。她将钥匙喀嚓喀嚓地捅进锁孔,开门之后走了进去。

她没有回头。

第四十章

丽莎吃完午饭回来上班,走出电梯时碰见特丽克丝。她拖着沉重的步子走向洗手间,准备再往脸上补一层妆。

"哎唷,"特丽克丝说,"有个男人等着见你。"

有个男人,丽莎气恼地想道。特丽克丝就不能先打探出此人是谁,来此何干?

换了娜塔莎,自己在《佳人》的私人助理,她肯定会仔细盘查来客,甚至硬要人家说出他祖母的婚前姓氏,否则别想跟丽莎见面。

看来是躲不过去了。

就在她准备掉头走过接待区进办公室之际,她见到了这个世界上她最不想见到的人。

奥利弗。

她仿佛猛地撞上一堵无形的墙壁,心里大吃一惊,顿时慌得六神无主,耳朵骤然变聋似的嗡嗡作响。她上次见到他是在新年——今天是7月13日。两人分别了那么长时间,却好像只有短短的一秒钟。

"嗨,宝贝儿。"他仰脸瞅着她,一派气定神闲的样子。

她忍不住哆嗦起来。脑袋瓜里倏地同时冒出几个念头。她身上穿的是什么?气色好吗?瘦吗?他干吗要找到自己上班的地方来?他该不会以为她现在干的是些无关紧要微不足道的小事?

"你来这儿做什么?"她不知不觉地问道。

她情不自禁地盯着对方,琢磨不透他为什么看起来既熟悉又陌生。因为受到惊吓,她的体态语言变得笨拙而刻板,见到他时蓦然停下的脚步一时无法挪动。迟疑许久,她才收拢两条腿,缩回原先偏向一侧的肩膀。这费了不少劲。

"我们需要认真谈一谈。"他面带微笑,两眼闪亮,他的牙齿、耳环和厚重的银表链全都发出耀眼的光芒。他抽回原先稳稳地跷在右膝上的左脚,坐直了身体。每个动作都透出一股优雅的气派。

"谈什么?"她喃喃地问。

他笑出声来。他那惯常的、几乎震得窗玻璃哐啷直响的纵声大笑。"谈什么?"他大声反问,随即露齿而笑的表情不带幽默的意味,"你说呢?"

离——婚……

"我忙着呢,奥利弗。"

"还是那样忙得不可开交,姑娘?"

"我在上班,奥利弗。有话跟我说,可以打电话到我住处。"

"嗨,最好是面谈。"

"我下班后见你。"不妨先这样应付一下。

"太好了……我住在克莱伦斯酒店。"

"还是蛮上档次的。"

"我是来拍照片的。"

不知何故她被这话刺痛了。"这么说你不是特地来看我的?"

"不妨说是凑巧吧。"

丽莎浑身颤抖着,很想继续工作下去,但她很难集中心思:她已经忘了奥利弗对她有多大影响力。

"你的邮件!"

特丽克丝将一只大牛皮纸袋扔到丽莎桌上,她蓦地站起身子。这是星期六拍的照片,丽莎的直觉得到了应验。这些照片拍得很好,可惜她几乎无法看清,只觉得眼前一片朦胧昏暗。她满脑子只想着奥利弗。他俩刚才分手时情绪严重对立,带有不少怨气。他太厉害了,说出的话是那么可怕。

"喂,艾什林。"她努力恢复镇静,"这张照片……不……,这张……"她挑出最好的照片,一张新闻报道式照片,上面的达尼绷着脸儿却依然是那么漂亮,两边分别站着呜呜和长毛戴夫。"让尼尔加洗二十张,寄到各大时装公司。再加上说明'弗丽达·基利的秋季新款时装。《妙龄女郎》九月号'……准会引起轰动。"她小声说着,完全没有留意艾什林脸上惊诧的表情。

过了一会儿,她才意识到艾什林仍然站在办公桌旁,一副欲言又止的样子。

"嗯?!"

"我们能不能……我想……呜呜和长毛戴夫——"

"谁?!"

"两个无家可归的男人,照片上的,"艾什林解释道,因为她明显看出丽莎完全不知道她说的是什么人,"我们能不能给他们一点东西?"

"比方说?"

"一份礼物或者……别的什么。照片上有他俩,而且效果也很好。"

若是换在平时,丽莎准会吩咐艾什林走开,赶紧做自个儿的事,可她眼下心神不宁,完全乱了方寸。

"去问杰克,"她厉声说,"我很忙。"

* * *

手中紧捏着照片,艾什林惴惴不安地叩响杰克·迪瓦恩办公室的门。听见他大声吩咐"进来",她硬着头皮走进房间,态度谦卑地说明来意。"他们这么做,没有任何怨言,也没有索要任何报酬,我觉得,我们应该聊表谢意……"

"有道理。"杰克打断他的话。

"真的?"她谨慎地问。她原以为他准会对自己的这个请求嘲笑一番。

"当然。他们参加了拍摄。你看他们会喜欢什么?"

"某个栖身之处。"她半开玩笑当真地说。

"这大大超出了我的预算标准,"杰克说。接着他又充满歉意地问,"还有什么主意?"

她思索片刻答道。"给钱行不?"

"每人三十镑如何?恐怕我只能给这么多。"

"呃,太好了。"虽然数目不大,可毕竟超出她的心里预期。有了这些钱,呜呜和戴夫可以吃几顿热饭了。

"喏,"杰克在一张现金支付条上签了名字,"把它交给伯纳德。"

"谢谢你。"

他听任自己两只乌黑的眼睛对着她的脸凝视了足有两三秒钟。"不客气。"

七点钟,丽莎按照约定来到克莱伦斯酒店的酒吧间。奥利弗看见她,立即站起身来。

"你想喝点什么?白葡萄酒怎么样?"

白葡萄酒她很爱喝,至少他俩以前在一起时是这样,他还记得。

"不要,"她这样说是在有意跟他较劲,"来杯'四海为家'。"

"我也许应该知道的。"

她凝视着奥利弗,这个高大粗壮、招摇而直率的汉子正在跟吧台上的服务员兴致勃勃地说笑。他的气场为什么总比他实际占据的空间要大呢?她头抬得老高,脑袋瓜里紧张地转动着念头——这人她太熟悉了,几乎到了她认不出来的程度。

他端着酒回到座位上,直接把谈话引入正题。"你有没有聘请一名律师,宝贝儿?"

"这个……"

"我们需要各自聘请一名律师。"他耐心解释道。

"准备离婚?"她竭力装出无所谓的样子,但毕竟第一次真真切切毫不含糊地说出"离婚"这个词。

"没错。"他显得既爽快又慎重,"现在,你清楚……"

她其实并不清楚。

"我们的婚姻已经破裂,无法挽回,但还没到非离婚不可的地步。我们得有离婚的理由。如果我们分居两年就可以离婚。不过即便如此,我们两人也得由哪一方起诉另一方。理由是遗弃、无理行为①或通奸。"

"通奸!"丽莎被激怒了。她跟他在一起的时候,对他可谓绝对忠诚,"我从没……"

"我也一样。"奥利弗同样加重了语气,"至于说遗弃——"

"对了,是你离开了我。"她赶紧指责对方。

"你让我别无选择,宝贝儿。不过你可以控告我遗弃。可是,我们只有分居满两年,你才能以此为由起诉我,我们不是想快点做个了断吗?"他朝她投以探询的目光,等着她作出赞同的表示。

"是呀,"她尖刻地说,"越快越好。"

"这样一来我们只能考虑不当行为了。我们需要举出五个例子。"

"不当行为?那是什么?"她差点笑出声来,一时间居然忘了这与她有关,"比方说凌晨三时使用吸尘器打扫房间。"

"或者是在每个周末和银行假日加班。"他用痛苦的腔调说,"或者是一面谎称你想怀孕,一面继续服用避孕药。"

"诸如此类。"她脸上的表情开始含有敌意。

"我们可以做出选择。或者我起诉你,或者你起诉我。"

"这么说你承认自己有不当行为啰?"

他重重叹了口气。"这只不过是形式而已,并不是为了确定谁有过错。遭到起诉的当事人绝对不会受到惩罚。你看怎么办?你起诉我?"

"你拿主意,既然你了解很多这方面的知识。"丽莎不客气地说。

他久久注视着她,似乎想要猜透她的心思,随后又转变话题。"但愿这是你

---

①无理行为:指配偶一方的除遗弃外在法律上足以作出婚姻破裂已无法挽回结论的不正当行为。

的真实想法。还有费用问题。我们各付各的律师费,但是庭审费应该由两人均摊,对不对?"

"我们为什么要请律师?我们当年能飞到拉斯维加斯匆匆举行婚礼,为什么不能飞到雷诺①闪电般的离婚呢?"

"没那么简单,宝贝儿。想想看,我们两人拥有共同的财产。"

"不错,可是我们都知道各自对这笔财产的贡献份额……好吧,我请一名律师好了。"她不想再花任何时间讨论这一问题,于是她在椅子上调整了一下坐姿,用愉快而又有些冷淡的腔调问道,"最近工作怎么样?"

"到处奔波。刚刚从法国回来,之前我人在巴厘岛②。"

这个幸运的家伙。

"这边忙完之后,我在时装展开幕前有一段比较清闲的时间。"他朝丽莎那身定做的套装点了点头,"我没见过这种套装。"

她低头打量了一下自己。"尼科尔·法伊③。"这是她去年一月份利用拍摄时装照的机会偷来的,事后她还想把偷窃的罪名加在凯特·莫斯头上。

"我不喜欢它。"奥利弗说。

"有什么问题?"丽莎过去一向重视奥利弗对她的服饰和发型做出的评价。

"没什么。我只是对自己以前没有见过这种套装感到遗憾。"

丽莎知道他的话是什么意思。如今他蓄起长发,手表换了新的。自从两人上次见面以来,他已经去过许多国家,而她居然对此毫不知情。她觉得自己受到了冒犯,心里隐隐作痛。

"你看上去跟以前不同了。"他说。

"是吗?"

"不。"他摇摇头,笑出声来,伴随着一阵古怪的喘息,"我真的说不准。"

她完全听出了他的意思。极度的熟悉和情感的疏离,处在一种奇怪的共存状态之下。两种不同的现实同时存在,彼此并无妨碍,因此令人觉得经过人为的修整,并且不恰当地重新拼凑在一起。

"对不起!"他骤然打住,一把握住她的手腕,另一只手捏住她的指头猛地扳

---

① 雷诺:美国一城市,是著名的"离婚城市"。
② 巴厘岛:位于印度尼西亚东南部,是知名热带度假岛屿。
③ 尼科尔·法伊(Nicole Farhi):法国高级成衣品牌。

转过来，其用力之猛、幅度之大，令她疼痛难忍。"你不戴结婚戒指了？"他厉声责问，两只褐色眼睛里射出轻蔑的目光。

她使劲挣脱他的手，朝他怒目而视，接着揉了揉酸胀的手腕，不满地说："你把我弄伤了！"

"是你让我受伤了。"

"你干吗用戒指大做文章？"她气得脸颊绯红，"是你刚才说要离婚的。"

"是你首先提出离婚的！"

"那是因为你离开了我。"

"那是因为你让我别无选择。"

他俩互相瞪眼逼视对方，心里怒潮翻涌，大口喘着粗气。

"你可愿意，"他问，声音响若雷鸣，两眼久久地盯着她的脸，"到我房间里来？"

"走吧。"她毫不迟疑地拔脚朝外走去。

久别之后首次接吻，两人都带着一股把牙齿咬得格格直响的狂热劲头。奥利弗想立即进入状态，只顾揪她的头发，拽她的外衣，用力吻她，然后迅速褪去自己身上的衬衫。

"等等，等等，等等。"他赤裸的脊背倚在门上，看上去疲惫之极。

"怎么啦？"她喃喃地问，瞅着对方光滑结实的胸脯，一时竟愣住了。

"我们从头再来一遍。"奥利弗用特别轻柔的动作挨近她，将她搂入怀里。她把脸颊紧紧贴住他的胸口。奥利弗特有的气味。虽已久违，眼下经过接触，却生出这样一种溢满心田、令她神思恍惚的作用。辛辣的、甜中带辣的气味，某种绝无仅有、难以名状的气味，并非源自香皂、饮酒或者他的衣服。一种他独有的气味。

嗅到他那熟悉的气味，丽莎不禁潸然泪下。

奥利弗微微颤抖的嘴唇照着她的嘴角轻轻碰了一下，他那虚弱的样子令人不堪忍受。仿佛是生平第一次跟她接吻。然后哆嗦着嘴唇又吻了一下。稍后又是一下。他的嘴缓缓朝下移动，心里产生了些许几乎与痛苦并无区别的快感。

丽莎一动不动，几乎完全屏住了呼吸，任由他接连亲吻自己。

跟奥利弗做爱之时，也正是丽莎在生活中扮演被动角色之际。这时她不会控制对方，不会强人所难，不会过于活跃，也不会心生贪恋。她总是让奥利弗处于主导地位，他也乐意这样。

"我注意观察你的眼神，发现你心不在焉，"他过去经常这样说，"你就是一个爱哭鼻子没有主见的小姑娘。"

丽莎知道，平时喜欢支配别人，在卧室却显得消极被动，这种相反的表现能让奥利弗兴致高昂，但她如此表现，并非为了讨他的欢心。跟奥利弗在一起，无需她掌握主动。他完全知道该做什么，没有人做得比他好。

奥利弗的连续亲吻，从她的嘴唇移到脖颈，再移到前额。她闭起眼睛，快活地哼出了声。她现在可以死了，她真的可以死了。她耳畔响起奥利弗喃喃的说话声，飘来他嘴里那股热乎乎的气息，"来吧，宝贝儿。"

丽莎像梦游者似的被奥利弗领到床边。她乖乖地伸出两条胳膊，让奥利弗脱掉她的外衣，然后抬起臀部，褪去裙子。平滑凉爽的被单迅速摊开，她赤裸的脊背躺在上面。她的整个身子都在瑟瑟颤抖，但她一动不动地躺着。当他用嘴唇轻轻蹭她的乳头之时，她犹如猝遭电击似的感到一阵痉挛。如此美妙的感觉，她又怎么能忘？

亲吻她的嘴唇继续朝下移动，不断下移，稍稍吻了吻她的腹部，极其轻柔的一吻，几乎没有揿动腹部上面的绒毛，但却让她的那种快感陡然膨胀起来。

"奥利弗，我想我就要……"

"等等！"

安全套是一个暂缓作乐的信号，提醒她如今不比从前了。但她拒绝听任自己继续考虑这一问题。他大概也在跟其他人保持性关系？管它呢，她也同样如此。

奥利弗进入她的身体时，她的心里顿时充满了平静。她痛快地长舒了一口气，原先所有的紧张全部烟消云散。有一刻，她充分体验到心灵的安宁，直到奥利弗再度开始缓缓进入她的身体。她准备好好享受这一刻。她知道自己准会如此。

事后她流下眼泪。

"你怎么哭了，宝贝？"奥利弗将她搂在怀里。

"这仅仅是一种生理需要，"她说着，已经完全恢复了特立独行的本色。她不想再听他摆布了。"人们经常情不自禁地流泪。"

瞬间涌起的激情，已经驱散了两人原先各自的愤懑和不悦。他们躺在床上，轻松地聊着闲话，紧紧地搂在一起，因为心里生出的爱慕而感到异乎寻常地舒适。仿佛两人从未分离，从未恶语相向，从未彼此心怀夙怨。他俩没有谁会过于天真，以为一次做爱意味着他们有可能重修旧好。过去即便是在闹得不可开交时,他们也照样发生性关系。绝妙的性关系,似乎给他俩纯属多余的亢奋情绪提供了一个宣泄的渠道。

她漫不经意地用手摸了摸他那鼓胀的三头肌。"看得出,你还在练呐。你现在可以做多少个俯卧撑?"

"一百三十个。"

"我算服了你了。"

午夜过后,两人聊天的兴致渐趋低落,撑到最后他打着呵欠说:"我们去睡吧,宝贝。"

"好吧,"丽莎睡眼蒙眬地说。她不可能离开,对此他俩都心知肚明,"我去洗一下。"

洗完脸后,丽莎开始用他的牙刷刷牙。她刷着牙,却没有想到自己用的是别人的牙刷,直到刷完牙,她才注意到这一点。

从盥洗间回到卧室之后,她将自己冰凉的双脚插到奥利弗的两条大腿之间取暖,这是她以前惯常的做法。接着他们上床睡觉,而且像连续四年几乎每晚一样,两人面对背地贴身而卧。她的身子蜷缩成一个半圆,奥利弗的身子紧贴她的背部,形成一个将她裹住的更大的半圆,他那温暖的手掌摁住她的肚子。

"晚安。"

"晚安。"

一阵沉默。

奥利弗对着黑暗说,"这可真怪。"她能从话里听出他的苦闷和困惑,"我正在跟我的妻子偷情。"

丽莎闭起双眼,弓起背脊紧紧靠着他的腹部。原先始终迫使自己咬住牙关的那股紧张劲儿渐渐松弛减弱以致完全消失。她很久没有睡得这么踏实了。

早晨,他俩以一种几乎招致莫名惊恐的镇定姿态恢复了以往惯常的做法。他俩连续四年每天早晨共同经历的居家生活程序。奥利弗先起床,忙着煮咖啡。然后丽莎长时间占用盥洗间,奥利弗在门外催促她早点结束,憋了一肚子火。他用拳头捶着门,大声嚷道:"快点宝贝,我要迟到了!"这似曾经历的情景她太熟悉了,有好一阵她感到眩晕,竟忘了自己置身何处。她知道这不是家里,但……

终于她身上裹着几条浴巾出现在门口，咧嘴笑道："对不起。"

"你最好给我留几条干浴巾。"他提醒道。

"当然留了。"她赶紧奔过去，匆匆吞下几口咖啡，然后等在那里。

她听到淋浴器龙头打开水流涌出的声音，少顷，哗哗的水声蓦然止住。他马上就要……

"哎呀，丽莎。"不出所料，奥利弗在盥洗间里大声抱怨起来，"宝贝。你只给我留下一条洗面巾！你总是这样。"

"它可不是洗面巾哟，"丽莎忍不住笑弯了腰，走进盥洗间，"它比洗面巾大多了。"

奥利弗对丽莎拿给他的擦手巾不屑一顾，"用这都不能擦干我的下身！"

"对不起，"她换上柔声调侃的口吻，解开裹在身上的一条浴巾，"喏，我就差要把贴身穿的衬衣脱给你了。"

"你是一个懒婆娘。"他咕哝道。

"噢，我知道。"她点点头。

"你他妈的真是不可思议。"

"哦，我知道。"她附和道，带着完全发自内心的真诚。

出于戏弄和抚慰的双重目的，丽莎开始擦拭他那结实而又发亮的身躯。这是一件她一向喜欢做的事情，虽说他身上的某些部位比其他部位更加引人注目。

"嗨，丽莎。"奥利弗终于开口说了一声。

"唔？"

"我的大腿大概已经干了吧。"

"噢……没错。"他俩互相斜睨了对方一眼。

就在他俩穿衣的同时，丽莎忽然注意到屋子那头有一样她极为熟悉的东西。她情不自禁地失声嚷道："嗬，那可是我的旅行手提箱！"

确实不假。奥利弗在离她而去的当天将自己的部分衣物装进这只手提箱。

屋里顿时弥漫着当天那种剑拔弩张的可怕气氛。奥利弗再度勃然大怒。丽莎再度气愤地处于守势。奥利弗称他们之间正常的婚姻关系早已不复存在，丽莎语气讥诮地让奥利弗立即跟她离婚。

"我把手提箱还给你。"奥利弗怀着希望主动提及衣箱，但却无济于事。两人心绪恶劣、默然无语地做完上班前的准备工作。

挨到再也不能拖延的时候，丽莎说："好吧，再见。"

"再见。"他答道。她吃惊地发现自己满眼含泪。

"哎，别哭哇。"他将丽莎揽入怀里，"别这样，编辑姑娘，否则你脸上化的妆就会给糟蹋了。"

她勉强挤出一阵咯咯咯的沉闷笑声，但又喉头发痛，仿佛堵了一块圆圆的石头。"我很遗憾，闹到这一步，我们之间已是无可挽回了。"她低声承认道。

"噢，"他耸耸肩，"没关系。你可知道——"

"三分之二的婚姻以破裂而告终。"

他俩使劲发出一阵大笑，然后挪开身子。

"何况至少我俩现在彼此不伤和气，"她有些唐突地说，"比方说，我们眼下还在交谈呢。"

"谁说不是呢。"他愉快地附和道。她一时间有些分神，只顾盯着他看，他那件淡雪青亚麻布衬衫的领子，将他柔软的深褐色喉部衬托得愈发醒目。天呐，此人可真知道应该如何着装打扮！

就在她要关上门时，他叫道："喂，宝贝儿，可别忘了。"

她心里扑通一跳，重又推开门。别忘了什么？我爱你？

"请一名律师！"他晃了晃一根手指，咧开嘴笑着。

早晨，天空晴朗，景色绚丽。她沐浴着金色的霞光步行上班。她的心情糟透了。

第四十一章

丽莎忽然想起，这里还没有谁提到过时装秀。或者应该说，不容错过的时装秀！每次想起它们，那些精彩纷呈的情景便清晰地浮现在眼前。一年两度，她乘坐喷气式客机赶赴荟萃各类艺术之精华的米兰或者巴黎（她经常乘坐普通客机去其他地方，但是时装展极富魅力，理应乘坐喷气式客机，以免贻误时机），下榻于乔治五世酒店和普林西比迪·萨伏依酒店，受到王室成员般的特殊优待，在范思哲、迪奥、杜嘉班纳和香奈儿①的新品发布会上被奉为上宾，莅临现场即可获得鲜花和礼品。四天连轴转的活动集中了各种人物：目空一切的时装设计师，高度敏感的时装模特，迅速蹿红的演艺明星，影坛偶像，珠光宝气、居心叵测的阔佬，当然，少不了各家杂志的编辑——满怀嫉恨彼此互相窥视，暗暗盘算自己在主办方的尊卑排序表上名列第几。一场又一场聚会，安排在美术馆、夜总会、仓库和角斗场。你只要付出努力，便很容易成为世人瞩目的中心。

当然，注定而无法改变的是，你依然满腹牢骚，声称有些时装是根本不能穿的蹩脚货，因为设计者本身就是憎恶女性的卑鄙小人；你抱怨说今年时装展举办后派送的礼品不如往年精美丰厚；令你叫苦不迭的还有，你得在市郊走一英里来到一家已遭废弃的青豆加工厂，单单为了看某个自命不凡的新人展示他首度推出的时装。话虽如此，不去是无法想象的。在《妙龄女郎》杂志社所有人都对时装秀闭口不提，她对此深感震惊，犹如见到一大堆库尔特·吉格②休闲鞋骤然塌落。见到奥利弗，无疑激起了她对时装秀的向往。

大概一切都不成问题，她暗暗宽慰自己。兴许他们有一笔专款足够她和梅塞德斯成行。可是倘若没有又当如何？分配给她的独立预算经费少得可怜。大概仅够在乔治五世酒店购买一只羊角面包。

丽莎惶惶不安地敲响杰克办公室的门，不等他应声便昂然直入。"秀。"她说，同时本能地激动得直喘。

杰克吃惊地抬起头来，弯腰俯伏在厚厚一堆法律文件上的身姿一动不动。"什么秀？"

"时装秀。米兰，巴黎。今年九月份。我去行吗？"她那嘭嘭狂跳的心儿似乎眼看就要迸出胸腔。

"请坐。"杰克彬彬有礼地给丽莎让座，她顿时明白自己将要听到坏消息。

"我在担任《佳人》编辑期间逢会必到。这对提升杂志的整体形象极为重要，因此我们从不缺席。广告啦，所有的一切，"她滔滔不绝、口不择言地说着，"我们永远不可能得到别人的重视，如果我们不露面……"

---

①范思哲等：均为世界著名时装品牌。
②库尔特·吉格（Kurt Gieger）：著名英国鞋履品牌。

杰克注视着她，等待她把话讲完。他眼里流露出同情的目光，表明她是在白费口舌，可她怎肯轻言放弃。

深深地吐出一口气后，她的情绪稳定下来："我去好吗？"

"我很抱歉，"杰克叹息道，"我们没有这笔预算。今年肯定没有。杂志走上正轨、广告收入增加以后大概可以考虑。"

"不过我当然——？"

他遗憾地摇摇头。"我们没有钱。"

看见对方眼里同情的神色，听到他说出这样的话，丽莎终于恍然大悟。她完全明白了自己面临的可怕现实。其他所有人士都将与会。业内其他每一个人。他们将注意到她没在场，她将成为众人嘲笑的对象。随即她脑瓜里又冒出一个更加可怕的念头。也许他们根本不屑注意她。

事情糟到这个地步，杰克还要火上浇油，好像这跟他毫无干系。他承诺将通过任何渠道购买那些准备在多家报刊上同时发表的时装秀照片，说什么即便不派人赴会，《妙龄女郎》仍能作出全面翔实的报道，《妙龄女郎》的读者绝不可能知道该杂志编辑其实并未……

就在这时，丽莎意识到自己流下了眼泪。不是由于愤怒和任性，而是由于内心深处一阵无法控制的悲哀。声声抽泣，诉说着她心里天大的委屈。

只不过是几场无聊的时装秀罢了，她暗暗想道。

但她无法止住哭泣，而且不知不觉地想起了往昔的情景，虽说它跟自己眼下的处境毫无关联。大约十五岁那年的一天，她与另外两个姑娘在海默尔镇中心闲逛，她们抽着烟，抱怨周围的一切都是那样无聊。

"全是一帮蠢货。"油嘴滑舌的卡洛尔厌恶而又轻蔑地撇了撇嘴，一边瞅着她们所在的这条大街。

"一帮蠢货，穿着难看的衣裳，过着糟糕透顶的日子。"丽莎语气尖刻地附和道。

"快瞧，那是你妈，对吧？"睫毛涂成蓝色、头发往后梳理的卡洛尔，朝着街对面的一个女人点了点头，两眼透出阴毒而又顽皮的目光。

丽莎很不高兴地转过身去，瞧见她妈妈，浑身邋遢，模样古怪，穿着那件"最好的"外衣。"她？"丽莎鄙视地说，喷出一个长长的烟圈，"她不是我妈。"

她的思绪又回到现实中来，开始张口说话。一遍又一遍，嗓音压得很低。"我工作这么卖力，"她冲着自己的双手反复说，"我工作这么卖力。"

她几乎没有察觉到杰克正在衣裳口袋里乱摸一气，被他捏在手里的烟盒窸窣作响，随着打火机的喀嚓声，屋里飘起一缕辛辣刺鼻的烟味。

"我能抽一根吗？"她陡然仰起泪渍斑斑的脸。

"这根就是给你的。"他递上点燃的烟，她温顺地接过来，大口吸着，仿佛指望它救命似的。她连续猛吸了六大口。

杰克又在口袋里摸索起来。丽莎无奈而又颇觉无聊地瞅着他从口袋里掏出一张刮刮乐彩票，从另一只口袋里掏出一张发票。终于，他在办公桌抽屉里发现了要找的东西。一叠印有苏帕梅克①字样的纸巾，他拿起来塞到她手上。

"我多么希望身上有一块整洁的大号手帕，遇到这种情况就能派上用场了。"他柔声说道。

"这样很好。"她用闪闪发亮的纸巾揩拭被咸涩的泪水灼疼的面颊。每吸一口烟，哭声便减弱两分，最后她仅仅发出一阵断断续续隐约可闻的啜泣。

"对不起。"她终于说道。一切都已放慢了节奏，她的心跳，她的反应，她的思维。她可以永远坐在他的办公室里，神思恍惚以致不觉得尴尬，昏昏欲睡不想询问自己到底是怎么了。

"再来一支？"看到她掐灭烟头，杰克问。她点点头。

"你知道，他们单单挑中你承担这项工作，是因为你最优秀的缘故，"杰克说着，递给她一支点燃的香烟，同时给自己点燃一支，"其他没有谁能够白手起家创办一份杂志。"

"你这样奖赏我倒是很有意思。"她说，接着又是一阵呼哧呼哧的喘息。

"你很了不起，"杰克真诚地说，"你的精力，你的眼光，你鼓动手下员工的能力。无论遇到什么问题，你都能想出一个点子。我真心希望你能看出我们对你是何等器重。时装秀肯定有你的份。也许今年不行，但用不了多久。"

"我心情不佳，倒不单单是为了工作或是时装秀。"她急忙甩出这句话。

"噢？"杰克的两只黑眼睛陡然来了神。

"我见到我丈夫……"

"你的……呣？"看到杰克脸上稍稍流露出一点内心的情绪，她觉得很有意思。她

---

①苏帕梅克：爱尔兰最大的快餐连锁集团。——编者注

知道这是一件好事，虽然对此还没有真切的感受。"我不知道你已经结了婚。"他说。

"我没有结婚。噢，我结了婚，但是已经跟他分居了。"她痛苦地补充道，"我们正在闹离婚。"

杰克立刻表现出很不自在的样子。"我自己还没完全摆脱这种事情的影响，因此不能向你提出任何有益的建议或看法……我是说，我也跟人闹翻了，这种滋味可真够呛，但跟你不完全一样，我想。不管怎么说，呃，这听起来……"他思索片刻，想寻找一个合适的词儿，但未能发现任何稍有新意的说法，"挺够呛，听起来挺够呛。"

她点点头。"嗯。你瞧，我不明白干吗要跟你说这个。"她忽然显示出一种有效控制情绪的利索劲，擤擤鼻子，在手提包里一阵翻找，随即"咯"的一声打开一面化妆镜。"我这样子真吓人。"她尖刻地说。

"我看蛮好……"

她用娇韵诗晶莹亮丽美颜霜和倩碧全效眼霜快速补妆之后说，"我最好赶紧回去。艾什林那样的女人，我得朝她们大声嚷嚷，杰里那样的男人，我还得跟他们费一番口舌。"

"你其实不必……"

她定了定神，暂时抛弃了她那令人生畏的个人形象。"你一直对我非常关照，"她说，"谢谢你。"

第四十二章

"他，那儿，个头高的那位。"艾什林指着大河夜总会人群以外的某个人。

"那是你的男朋友？"克洛达赫有些怀疑地问，"他挺可爱，有点像丹尼斯·利里[①]。"

[①] 丹尼斯·利里（1957~ ）：爱尔兰著名喜剧演员，编剧。

"哦，那倒未必。"艾什林故作正经地说，心里却是一阵窃喜。

艾什林突然生出几乎和克洛达赫同样好的心情。没错，克洛达赫需要戴上眼镜，可是瞧吧！还是等她看到马库斯表演再说！

这是周六晚上，大河夜总会排出了全明星豪华阵容。马库斯、特德、自行车王比利、马克·迪格南和吉米·邦德全部登台亮相。

"快点，用你的外衣和手提包尽量多占几个位子。"艾什林匆匆走向一张空桌。喜剧演员们将和他们坐在一起，以表现自己对观众的热情。乔伊和丽莎待会儿过来。就连杰克·迪瓦恩也说他可能来这儿转转。

特德在屋子那头见到克洛达赫，赶紧跑过来。"你好，"他大声说，两眼炯炯闪亮，充满了感情，"谢谢你的光临。"

"我一直想来这里。"克洛达赫亲切地说。

特德拖过一张椅子，坐在克洛达赫身边，摆出一副他俩交情"非同一般"的姿态。

艾什林焦急地瞅着这一幕。街上的狗儿也都晓得特德喜欢克洛达赫。可是克洛达赫哩？她硬是坚持一个人独来，不要迪兰的陪伴。

特德兴致勃勃地聊着，忽然生出恶心欲呕的感觉。他平时就有的神经过敏症，因为克洛达赫在场骤然加剧。他面色苍白，找了个借口，急步朝盥洗间走去。

艾什林注视着两个人的动静。克洛达赫的目光没有追随歪歪扭扭地走向盥洗间的特德。很好。她总算克服了她那无缘无故动辄发愁的毛病。克洛达赫和特德，怎么可能！

"你好。"乔伊到场以后，朝克洛达赫谨慎地点了点头。

"你好。"克洛达赫紧张地试图露出一丝微笑。乔伊让她觉得自己的精神状态还不如平时。不过按照艾什林的说法，乔伊最近被男友甩了，应当对她多加体贴才是。

接着，克洛达赫的目光牢牢盯住一个正朝她们桌子走来的女人。一个时髦、性感、艳丽无比的女人，令克洛达赫自叹不如。克洛达赫此前曾经绞尽脑汁，反复考虑应以怎样的装束打扮现身这场她向往已久的盛会。但是乍一见到这女人质地考究的衣裳和新颖别致的装饰，她顿时觉得相形之下自己有多么寒酸。她设计自己外形的思路又是何等肤浅和幼稚。看样子这女人将要和她们待在一起。她脱掉外面的外衣，跟艾什林打着招呼。她准是……

"我的头儿，丽莎。"艾什林介绍道。

克洛达赫朝她无声地微微点了点头，接着又不无嫉妒地瞅着丽莎像老朋友似的跟乔伊打招呼。"迈克尔·温纳、爱德华王子或者安得鲁·劳埃德·韦伯[①]。你必须跟他们当中的一个人上床！"

"我想应该是爱德华王子。"乔伊显得特别顺从。"大卫·科波菲尔[②]，罗宾·库克或者沃尔兹·古米治[③]呢？"

"啐！"丽莎皱起眉头。"沃尔兹·古米治——拜托！罗宾·库克——不行。大卫·科波菲尔——不行，我不能。我想应该是沃尔兹·古米治。嗯呃。"

克洛达赫很想插两句话，她转向艾什林，大声逼问："布拉德·皮特，汤姆·克鲁斯和约瑟夫·费因斯[③]，你得跟他们当中哪一个上床！"

丽莎和乔伊面面相觑。克洛达赫没有听懂他们的意思，对吧？

克洛达赫意识到自己刚才说错了话，可惜为时已晚。"噢，"她为自己愚蠢失言而懊悔不迭。"应该选他们的确没有魅力的男人，对不对？哪位想喝点什么？"

"克洛达赫，能否允许我把你介绍给——"艾什林说话的当儿，马库斯已经来到她们的桌子旁边。"马库斯，这是我最好的朋友克洛达赫。"

握着马库斯伸过来的手，克洛达赫心里稍稍觉得舒服一些。他为人热情友善，不像乔伊和丽莎这两个讨厌的婆娘。

"我正要替在座各位买酒，"克洛达赫朝马库斯微笑着说，"给你带一份可以吗？"

"只要一杯红牛，上台前我是不喝酒的。"他好心解释道。

"那好，过后我给你买你要的饮料。"她生硬地问乔伊，"你想喝什么呢？"

"红场。"

"红……嗯？"克洛达赫从未听说过这种饮料。

"红牛饮料和伏特加掺在一起喝，"艾什林解释说，"也给我来一杯。"

我也喝这个，克洛达赫拿定主意。随大流……嗨，他是谁？眼前出现了一个身材高大、衣衫不整的男人，在她们身边局促不安地转悠。好啊！跟她不是一类

[①]迈克尔·温纳（1935~　），爱德华王子（1964~　），安德鲁·劳埃德·韦伯（1914~1982）；迈克尔·温纳是英国电影导演及制片人；爱德华王子是英国女王的第三个儿子，电视制片人；安德鲁·劳埃德·韦伯是享誉世界的英国音乐剧大师，赢得五项英国劳伦斯·奥利弗奖和六项美国托尼奖。
[②]大卫·科波菲尔，罗宾·库克（1946~2005），沃尔兹·古米治：大卫·科波菲尔是狄更斯同名小说中的主人公；罗宾·库克是英国工党政治家；沃尔兹·古米治是英国儿童小说中的虚构人物，一个丑陋的稻草人。
[③]约瑟夫·费因斯（1970~　）：是英国著名男演员，以英俊小生形象著称。

人——有点过于不修边幅——不过这也无妨……随后她注意到丽莎过去跟他待在一起,像是被他迷住似的。

"那个,呃,丽莎的男朋友,他可想喝一杯?"克洛达赫问艾什林。

"谁?噢,他呀,他可不是丽莎的男朋友,他是我们的头儿。"

"那好,你们的头儿想不想喝一杯?"

艾什林咽下一声叹息,勉强问道:"迪瓦恩先生,这是我的朋友克洛达赫,她马上要去买酒。"

杰克朝克洛达赫微微一笑,跟她握了握手。"叫我杰克。"然后他执意要去买酒请大家喝。

艾什林忍不住心头窜起一股妒火。他为什么不能善待她呢?接着她将注意力转移到马库斯身上,顿时感到舒坦些了。演出尚未开始,许多崇拜者已经纷纷来到他身边。其中大多为姑娘。她瞅着姑娘们络绎不绝地朝他走去,心里为他是自己的男朋友而感到无比骄傲,为自己拥有他感到由衷的喜悦,他本来可以选择任何一个女人,可他偏偏挑中了我。

今晚克洛达赫非常受欢迎得宠,对此无可置疑。那些搞笑艺人——慑于丽莎的威严有意避开她,讨厌看到乔伊,知道艾什林是马库斯的女朋友对她敬而远之——于是全都聚拢到刚刚梳了个时髦的新式发型、脸蛋妩媚动人、身穿白色紧身包腿裤的克洛达赫周围。特德那张黝黑瘦小的脸上露出一副苦相,可他一个人奈何不了这么多人,只有失望的份。

克洛达赫连续将一杯杯"红场"灌进肚里,不禁有些飘飘然起来。就在她喝完一杯歇息之际,艾什林无意间听到她对一帮男人说,"我结婚前是个处女。"她还眨眨眼补充了一句,"听好了,婚前很长时间一直都是。"

在场的所有人听了这话全都开怀大笑,艾什林忍不住臊得慌,犯起一阵嘀咕,这可不怎么有趣。很快她又打消了这个念头——克洛达赫人长得漂亮又不是她本人的过错。看到她这么舒心畅快,也的确是一件好事。

接着,克洛达赫跷起二郎腿,旁边的人全都目光炯炯地注视着她的动作。只见她毫无顾忌地松开一只脚上的绣花拖鞋,将其勾在大脚趾上轻轻地摇来晃去。艾什林瞧见好几双眼睛——男人的眼睛——顺着绣花鞋左右晃荡的节奏骨碌碌一阵转悠,露出几分陶醉的神色。

特德的演出引起极大的轰动，当他带着成功的喜悦回到桌边时，艾什林瞅见克洛达赫脸带微笑瞅着迪瓦恩，顽皮地从两排牙齿之间探出自己的舌尖。稍后自行车王比利也得到同样的待遇。哦，不对！这是她"我知道我很迷人"的那种微笑，至少她心里是这么想的。可是借用费利姆的话，她那副样子其实像是在模仿本尼·希尔①抛媚眼斜眼挑逗的表情，而她眨眼睛的样子很是骇人。

艾什林再次见到克洛达赫时，她的举止越发轻佻放荡。她像一只格外受宠的猫儿那样撒娇发嗲，脸蛋儿贴着人们的肩膀蹭来蹭去，带着恍惚而迷人的表情向每个人解释，"我有两个孩子，因此难得出门。"她搂住丽莎，认真地说，"我喝醉了！你知道，我难得出门。"随后她瞧见艾什林在看着自己，便大声嚷道，"噢，艾什林，我喝醉了。你生我的气了吧？"

但是，还没等到艾什林提出异议，她已转过身子，用自己刚才的话对马克·迪格南解释说："我有两个孩子，因此不常出门。"

马库斯在节目单上排名最末，他上场时，克洛达赫跟杰克·迪瓦恩咯咯笑着悄声耳语。艾什林见状十分恼怒，她一直很想向别人炫耀自己的男朋友是多么出色。

"嘘。"她用胳膊肘捅了捅克洛达赫，示意台上正在演出。

"对不起。"克洛达赫高声说——嗓音高得出奇。接着，不管听到马库斯说什么，她照样毫无顾忌地纵声大笑。当马库斯在观众狂热的鼓掌喝彩声中返回桌边时，克洛达赫猛地站起身，扑进他的怀里，加重语气说："你真逗！"

马库斯轻轻挣脱克洛达赫的拥抱，领着她回到艾什林身边她的座位上。他坐下时，特意捏着艾什林的手，朝她偷偷微笑了一下。

"她说得对，"艾什林喃喃地说，"你真逗。"

"谢谢。"他说，然后两人热情地相互对视，时间之长，远远超出了合理的程度。

"到此为止了吗？"克洛达赫问道，"再没有什么有趣的东西看了？我们是不是得回家了？"

"那可不行！"吉米·邦德好像给吓呆了，"这里的酒吧一直开到两点呢。"

"太好了！"克洛达赫一声欢呼，不小心碰翻了什么人的酒杯，只听它哐啷一声倒在桌上，杯里的啤酒统统泼在自行车王比利的裤腿上。"对不起对不起对不起，"克洛达赫口齿不清地连连说道，"实在太对不起了。"

---

①本尼·希尔（1924~1992）：英国著名喜剧演员，1991年荣获卓别林喜剧奖。

"咳，不怪你，"特德体谅地说。随即，桌上的大多数人异口同声地说："她难得出门。"

马克·迪格南刚刚重新坐过来，正好将这一幕瞧在眼里，自行车王比利用他外衣的一只袖子使劲揩拭两条湿漉漉的裤腿，克洛达赫继续口齿不清地道歉。不等谁开口数落她，马克已经开始向众人发布一条消息。"她有两个孩子，"他在吐露这个秘密的同时，还特意蹙起眉头，以期获得在座各位的怜悯。"因此她难得出门。"

接下来，克洛达赫又跟邻桌的女人紧挨着说起了悄悄话。瞧她俩那副神气，活像是在议论天下大事。艾什林竖起耳朵偷听，觉得她们只是在说，"你要是没孩子，就不可能理解。""没错，你要是没孩子，就不可能理解。"

随后，克洛达赫起身去盥洗室，可是过了十分钟，还没见她回来。艾什林焦急地环视整个屋子，却发现她跟三个姑娘聊得正欢。很快，克洛达赫又跟两个小伙子聊上了，两只手还认真地比划着，很像是在向他俩显示应该如何表达"母乳"这个意思。但她看上去很高兴，那两个小伙子也很高兴——于是艾什林决定不去打搅她。过了一会，艾什林去吧台买酒的时候，瞧见克洛达赫歪歪扭扭地穿行在许多桌子之间，冷不防一个趔趄撞到一个男人身上，他手中托着的五六杯酒猛然一晃。"哎哟！"她失声嚷道。

两个倚在吧台上的男人也在观察克洛达赫的动静。

"真玄哟。"一个说，看着这些倾斜欲倒的酒杯重又平稳直立。

"呃，可不是嘛，"另一个附和道，"不过她有两个孩子，难得出门。"

"对不起，麻烦你把这些红场换成一杯红牛好吗？"艾什林情急之中对吧台招待说。克洛达赫确实喝多了。

可是说也奇怪，尽管克洛达赫喝得醉醺醺的，却居然知道有人做了手脚，给她换了一杯不含酒精的饮料，而且还有些生气。"一定以为我是一个蠢货，"她不满地说，"准以为我是一个大大的蠢货。"

"我们应该把她送回家吧？"马库斯轻声问。

艾什林非常感激地点点头。

"我不走，除非你让我再喝一杯。"克洛达赫用好斗的口吻坚定地说。

马库斯语气温婉地跟她说话，仿佛是在开导一个顽皮的孩子。"你瞧，我跟艾什林都要回家，顺便跟你同行，应该是个不错的主意。"

"那好，回家去。"克洛达赫吩咐道。

"可是我们真的很想让你跟我们一起打的回去。"

"我也想,"克洛达赫绷着脸说,"但这仅仅是因为我喜欢你的缘故。"

"你们需要人帮忙吗?"特德满怀希望地问道。

"不需要。"艾什林断然答道,"我们把她送回家交给她丈夫就可以了。"

克洛达赫将特德用力搂在怀里,然后嘟起双唇——艾什林躲开了回避不及——吻了吻他的额头。"你很可爱,"她亲昵地说,"别忘了来看我。"

"不会忘的!"

"走吧。"艾什林抓住她的一只胳膊,可她转过身去,想投入另一个人的怀抱。

"再见,杰克。"克洛达赫说。

"再见,克洛达赫,很高兴见到你。"杰克微笑着说。

"我也很高兴见到你。"克洛达赫的声音就像奶油那样甜腻,"但愿很快再见到——喔哟!艾什林!你要把我的胳膊拽掉了!"

艾什林不由分说用力拽着她向出口走去。

坐在出租车的后座上,克洛达赫满腹怨恨絮絮叨叨地发着牢骚,说艾什林和马库斯是多么让人扫兴,说她根本不想回家,说她玩得有多尽兴,说她有两个孩子,因此难得出门……说得正起劲时忽然不吭声了。只见她下巴耷拉在胸脯上,安详地进入了梦乡。

迪兰出来打开前门以后,马库斯兴致勃勃地说:"送上醉酒女人一名,请在此处签名。"三个人手忙脚乱跌跌绊绊搀扶着克洛达赫走进屋里,然后马库斯和艾什林走出门,又坐上出租车回家。

"你有笔吗?"马库斯问艾什林,车子载着他俩飞快地穿过一条条幽暗的街道,驶向艾什林的住处。

"有。"

"有一张纸吗?"

话音刚落,艾什林便在包里摸索起来。

借着眼角余光,她瞥见马库斯匆匆写着什么,很像是"送上醉酒女人一名,请在此处签名"。只是没等她进一步核实,他已折叠起纸条。

第二天早晨八时三十分,艾什林的电话铃声响起。这么早来电话,一定是克洛达赫,而且是处于惶恐之中,果然如此。

"我六点半就醒了,在床上睡不着,"她恭顺地说,"我想就昨夜自己的行为道歉。真的对不起,实在对不起。我是不是出丑了?我觉得问题出在我有两个孩子,难得有出门的时候。"

"你没什么不好,"艾什林睡眼蒙眬地说,"我们大家全都认为你挺不错。"

克洛达赫?马库斯不出声地问她。艾什林点点头。

"你挺可爱,"马库斯头靠在枕头上说,"非常可爱。"

"那是谁?马库斯吗?他这样说真是太好了。告诉他,我认为他非常出色。"

"她认为你非常出色。"艾什林转过身对马库斯说。

克洛达赫轻松的情绪只持续了短暂的瞬间。"我没法告诉你我是多么巴望着出门,我玩得有多尽兴,可是现在你再也不会让我一起跟你出去了。这是我多年来最快乐的一个夜晚,可惜后来我却出尽了洋相。"

"别说疯话,你可以跟我们一起外出去玩,任何时候,只要你乐意。"

"任何时候。"马库斯附和道。

"嗯,艾什林,你可知道我是怎样到家的吗?"

"我和马库斯用出租车送你到家的。"

"噢,对了,"克洛达赫满有把握地说,"我想起来了……说真的,我记不起来了,"她嘟囔着说,"我记得那些搞笑艺人在台上演出的情景,但那之后就没什么印象了。我好像碰翻了什么人的酒杯,当时把我吓坏了,可是现在我觉得这只是自己的想象。"

"呣,没错。"

"但我居然记不得是怎样到家的,这可太糟了。"克洛达赫开始满怀歉疚地谴责自己。"噢,我的上帝,"她的嗓音降低了好几度,成为难以置信的呻吟哼哼。她突然想起了什么特别可怕的事情:"我有一个可怕的感觉……哦,不,我不可能有这种感觉。"

"什么?"

"我跟几个姑娘在盥洗间聊天,她们当中有一人是孕妇。我觉得我好像给她看了我外阴切开术的伤口愈合得有多好。我真该死,对我说我没这样做,"她哼哼唧唧哀叫着说,"这是我的想象。肯定是我的想象。"

"肯定是你的想象。"艾什林硬着头皮撒了个谎。

"呃,就算真有其事,我现在也不妨认为是我的想象。都怨那个该死的红牛,"她嚷道,"我再也不会碰它了!"

克洛达赫挂上电话之后,马库斯吻了吻艾什林,柔声问道,"我昨晚还好吧?"

"呃……不好。"艾什林吃了一惊。他俩进屋来以后还没做爱呢。

"不好?"他的声音里分明透出痛苦。

噢,上帝!艾什林现在才意识到他在说什么。"台上?我还以为你说的是床上呐。你在台上的表演实在太棒了,我当时就跟你说了。"

"超过'爱尔兰第一流的喜剧演员'自行车王比利?"

"你知道你比他强。"

"我要是知道,就用不着问你了。"

"超过比利,超过特德,超过马克,超过吉米,超过每个人。"艾什林很想继续睡觉。

"真的吗?"

"真的。"

"不过,吉米那个足球迷的段子说得可是精彩极了。"

"还好吧。"艾什林谨慎地说。

"怎么个好法?"马库斯突然问,"最高分十分能得几分?"

"一分,"艾什林打着呵欠说,"它很蹩脚。我们还是接着睡吧。"

第四十三章

奥利弗的到来,打破了丽莎脆弱的心理平衡。白天上班时,她的目光黯然无神,恶语伤人的次数也减少了许多。她原本希望,奥利弗至少会给她留下"谢谢你跟我睡觉"这样一条纯属搞笑的信息,尤其是他现在已经有了她的电话号码。但是,时间一天天过去,她的希望也逐渐渺茫。

等到第五天,她越发按捺不住急迫的心情,拨通了他的电话,谁知立即转成人工台信息服务。他出去了,她暗自猜想,去过好日子了,去过那种她曾经历过的生活。她气恼之余更觉凄凉,随即挂上电话。她心绪极度恶劣,不想留下一条信息。

她本来就该知道奥利弗不愿与她保持联系。一切都结束了,他俩都明白这一点。而且一旦主意拿定,他就不再改变。她心里既郁闷又困惑,忍不住开始思考早在半年、九个月乃至一年之前她就该思考的问题。她的婚姻状况如何?出了什么问题?与其他许多人的婚姻一样,他们的婚姻走到尽头,也是因为孩子问题。只不过现在与当初正好相反,他想要孩子,她却不想要。

她本以为自己是一心想要孩子的。曾几何时,所有算个人物的女人都以腹中怀胎为荣。各种各样的辣妹,许许多多的女模特,为数不少的女演员。高高隆起的腹部成为时尚的象征,就像羊绒制品或是古琦手提包一样。怀孕之风极为流行。她甚至在自拟的时尚排行榜上注明:怀孕"时尚",宝石"过时"。

在那之后不久,时髦的女人出现在人们面前时,一定得推着一辆黑色婴儿车缓缓前行,车里躺着一个小娃娃——不然不能出门。丽莎呢,她犀利的目光能够准确捕捉所有时尚潮流最微小的起落变化,自然清楚怀孕时尚的这些发展趋势。

"我想要一个孩子。"她对奥利弗说。

奥利弗却不大感兴趣。他喜欢他们这种独具一格的社交型生活,知道一旦有了孩子,这种生活必将随之终结。再也没有通宵达旦的聚会,家里无法再用不耐脏的白色沙发,再也不能心血来潮似的仓促出行,去米兰,去拉斯维加斯,甚至不能去布赖顿[①]。整夜整夜地无眠,再也不是因为吸食极品可卡因,而是因为孩子啼哭不止。所有可支配收入原本能够用以添置杜嘉班纳牛仔裤,现在只能用在成捆成捆的一次性尿布上。

但是丽莎着手实施自己的计划,开始逐渐说服他。她想利用男子汉的自尊使他回心转意:"你难道不想让你的血脉一代代传承下去吗?"

"不想。"

后来有一天,他躺在床上说:"好吧。"

"好什么?"

[①]布赖顿:英格兰东南部旅游城市。

"好吧,让我们要一个孩子。"不等丽莎发出高兴的欢呼,他赶紧拔出插在床头架上的几纸板避孕药片,大模大样地将其冲进抽水马桶里。

丽莎有时会产生初为人母的幻觉,仿佛正在抚摸一个棕色宝宝娇嫩的小屁股。"这可不是一只玩偶,"菲菲向她指出,"这是一个活生生的人,得费不少工夫才能造出来。"

"我知道。"丽莎厉声说道。其实她并不真的知道。

很快,她的某个同事开始怀孕了。阿拉贝拉,一位性格泼辣、聪明伶俐、稍稍有些危险的女人,平时总是穿着洁净无垢的衣裳。一夜之间她就完全变了个人,时常恶心反胃,令人相当讨厌。有一天她甚至对着废纸篓不停地呕吐。她要么蹲在盥洗间里撒尿或者呕吐,要么俯身趴在办公桌上,竭力忍住不呕,一点一点地咬生姜,累得没法工作。看看她的饮食情况!她虽然无时不感到恶心欲呕,但食量却大得吓人。"只有食物才能止住我的胃泛酸。"她咕哝着,随即吞下另一块菜肉烘饼。没多时,她就像是身陷沙坑只露出头来一样难受。情况变得越来越糟。她那原先富有光泽的一头秀发,突然毫无缘由地变得蓬乱卷曲。她的皮肤上长出一片片的牛皮癣,两手的指甲破损绽裂。以丽莎无比挑剔的眼光看来,她不像是一个怀孕的母亲,倒更像是一个鼠疫患者。

更加要命的是,阿拉贝拉已经无法集中注意力。采访进行到一半,她居然忘了受访者名叫妮可·基德曼[1],只记得办公室同事给她起的绰号妮可·斯基德马克[2]。阿拉贝拉想不起受访者那约翰·罗恰[3]尼龙搭扣裹身式裙子是上季还是上上季流行的。这些事情非同小可。丽莎看在眼里,越发替她担忧。终于有一天,丽莎对阿拉贝拉彻底绝望了,因为她居然分辨不出白梦龙冰淇淋和刚刚掉在她身上的经典梦龙冰淇淋[4]。"白——,经——不,不,等等。白色。绝对是白色。不,经典……"就算是为国家大事做出重要决策,也用不着如此犹豫吧。"我已经成为一个脑瓜不开窍的傻姑娘啦。"她唉声叹气。

丽莎被她吓坏了,就去看另一个已经有一个孩子的女人,《小俏妞》(*Chic Girly*)的专栏编辑埃洛伊丝。

---

[1] 妮可·基德曼(1967~):好莱坞著名澳大利亚籍女演员。
[2] 斯基德马克:俚语,指道路上因猛烈刹车留下的轮胎印或形似轮胎印的内裤上的污渍。
[3] 约翰·罗恰(John Rocha):出生于香港的设计师约翰·罗恰创建的女装品牌。
[4] 白梦龙和经典梦龙:都是和路雪公司生产的巧克力脆皮冰淇淋。

"你身体怎么样?"丽莎问道。

"失眠引起了神经官能症。"

情况很糟。尽管埃洛伊丝孩子出生已有半年,她仍然一副身陷沙坑只露出头来的难受样。

其他方面也很不妙。她再也不关心工作的进展,再也没有原先那种强硬的做派。以前她作为编辑可是人所共知的阿提拉①哟。她毫不手软地解雇手下人——或者至少她曾经是这样。但她现在却染上了虽不明显但却不可忽略的和稀泥的毛病。

丽莎开始改变原先的想法,仿佛她心目中已经全然没有明天这个概念。千万别要孩子,孩子会毁了你的一生。抚养孩子对时装模特和辣妹们十分容易。她们花钱雇许多人,有保姆保证她们睡好觉,有私人教练坚持让她们恢复原来的体型;即使没有精力去理发店,也自有私人美发师替她们打理头发。

然而,此时奥利弗已经坚定了自己的想法。而且他这人一旦拿定什么主意,就很难让他改变。

她又开始悄悄服用避孕药片。她绝对不愿毁掉她那宝贵的职业。

哦,对了,丽莎的职业。奥利弗也开始对它说三道四了,不是吗?

"你是一个工作狂。"他一遍遍地指责她,语气里含有越来越多的绝望和愤怒。

"男人总是这样指责成功女人。"

"不,我并不是说你工作太卖力,当然你工作是很努力。宝贝儿,你已经走火入魔了。你口口声声谈的是办公室里的权术和手腕,要不就是同行之间怎样明争暗斗。'至少我们的广告收益排名靠前……那篇专稿我们半年前就做过了……艾丽·本恩在整我。'"

"没错,她就是这样。"

"不对,她不是这样。"

丽莎因遭到误解而气得发疯,狠狠地瞪着奥利弗。"你压根不知道这里面的情况,他们全都想学我的样,这帮二十几岁的年轻人。只要稍有机会,他们就会朝我背后捅刀子。"

"单单因为你那么想,并不见得别人都是那么做的。你太多疑了。"

"我没多疑,我只是在讲事实。他们仅仅忠于他们自己。"

---

①阿提拉(406~453):古代欧亚大陆匈奴人最著名的领袖和皇帝,以强悍而著称。史学家称其为"上帝之鞭"。

"就说你吧，宝贝儿。你太狠了，你把很多人都解雇了。你真不该解雇凯莉，她性格温柔，跟你很贴心。"

她隐约生出的羞耻感瞬间便消失了。"她不能大刀阔斧地删改文章，她没有足够的魄力。我需要一个做事不怕碰硬的专栏作者。像凯莉那样的人心肠太软，只能拖杂志的后腿。"她转身朝向奥利弗。"我并不想解雇她，也许你认为我存心要这样做。我觉得她还不错，可我别无选择。"

"丽莎，照我看你是一个事业型女人。我以前一直这么认为。我……"他停顿片刻，寻找一个合适的词儿。"我佩服你，我尊敬你……"

"不过？"丽莎严厉地逼问。

"不过，除了做出一流业绩以外，生活中还有其他许多内容。"

一声轻蔑的冷笑。"不，没有。"

"可你已经做到了最好。你这么年轻，又有这么多成就，为什么还不知足呢？"

"这就是成功带来的烦恼，"丽莎小声说，"你必须争取做得更好。"

她得到的越多，期望值也就越高，她如何能说清这个道理呢？每一次出色的行动过后，她都觉得心灵空虚，从而开始追寻下一个行动目标，并且希望自己接着就能产生已经实现目标的感觉。满足感倏忽即逝，成功只能驱使她越发贪得无厌地索取和追求。

"它怎么就这么重要哩？"奥利弗失望地问道，"不过是一份工作而已。"

丽莎对此不以为然。噢，他这样说可是大错特错。"不那么简单。它是……一切。"

"等你怀上孩子就不会这么想了。"

顷刻间，她吓出一身冷汗。她绝对不能怀孕。她得这样告诉他。可是她以前试过几次，他却根本听不进去。

"这个周末咱俩出去散散心吧，宝贝儿，"奥利弗提议时眉飞色舞的色彩，连他自己都没有察觉。"你我二人，出去兜兜风，就像过去那样。"

"星期六我得去办公室加两个钟头的班。杂志复印前还得检查一遍版面编排。"

"艾丽能做这个。"

"不成！她会把这事搞砸了，好有意出我的洋相。"

"明白我的意思了吧？"他不满地说，"你已经走火入魔了，我平时从来不去找你，除非碰到你们在开庆功会……还有你再也不像以前那样活泼那样风趣了。"

两人又会继续像往常那样各自诉说郁积心中的种种沮丧和失望，越来越多的愤懑和怨恨，以及相互之间的冷漠和疏远。两个本已融为一体的人又重新变成两个人，截然不同、相互独立的两个人。

　　他们总得为此付出代价。终于，他们为此付出了代价。

　　新年第一天，奥利弗在丽莎的手提包里发现一盒避孕药。两人为此狠狠地吵了一架之后，全都陷入沉默。奥利弗把衣物装进几只旅行箱（其中一只是丽莎的），独自出门远行。

第四十四章

　　"今天轮到谁去买午饭？"丽莎问道。

　　"我。"特丽克丝赶紧答道。答得太快了。

　　特丽克丝喜欢出去买午饭，这并不是因为她乐意为同事们效劳，而是因为出去她就能有两小时的自由时间。走到三明治店花去四分钟，再花六分钟点餐、付账、等待他们把三明治做好、包装好。然后她就有整整四十五分钟的时间在圣殿酒吧街的小店闲逛，回到办公室自然是尖声抱怨排在她前面的一大群人东挑西拣，磨磨蹭蹭，不知道买什么，说那些英国佬连鸡肉和牛油果都分不清楚，还说她看见个人心脏病发作，赶紧帮他松开衣服，一直等到救护车来……

　　尽管每个人都被工作压得透不过气来，《妙龄女郎》还有一个月就要投放市场，但大家发现自己还是巴不得听到她那些越来越离奇的借口。

　　然后，她就坐在那里吃她的那份三明治，十五分钟以后她会看看钟，向大家宣布："一点五十七了，我要去吃饭了，两点五十七再见。"

　　"我今天中午想换点花样。"丽莎对特丽克丝说。

　　"哦，那就买个超级汉堡吧。"特丽克丝心领神会。

　　"不好。"

"不好？"

"午餐除了三明治和汉堡，还有很多别的选择。"

特丽克丝满脸困惑的神情。

"你是想吃水果吗？"她化了浓妆的前额微微皱起，似乎疑惑不解。她知道丽莎有时会吃苹果、葡萄等等之类。特丽克丝是从不吃水果的。绝对是从没吃过。她以此为荣。

"我想吃寿司。"

这个提议简直让特丽克丝作呕，一下子说不出话来。"寿司？"她终于憎恶地吐了口唾沫，"你是说生鱼？"

周末的时候丽莎在报上看到，一家寿司店在都柏林开张了。她想，去寿司店尝尝鲜，或许能为她排遣奥利弗引起的苦闷。她也曾希望星期六晚上的搞笑表演能够起到相同的效果，但实际情况并非如此：尽管杰克来了，和她也谈了大半个晚上——他那晚没有同那个极其令人讨厌的克洛达赫谈话。

"你有一些好朋友就是鱼啊。"丽莎疲倦地说道。

"我跟你们说过多少次了，我坐在货车上的时候，车里是一条鱼也不准有的！"

"好了，我给你画了一幅地图，"丽莎说，"记得问他们要个便当盒。"

"便当盒？这词儿是你编的吧？"特丽克丝扯着嗓门问，她想自己一定是被糊弄了。

"不，外卖寿司都是那么包装的。到店里一讲他们就明白了。"

"便当盒。"特丽克丝重复了一句，仍不免心存疑惑。

"谁要便当盒？"杰克突然出现在办公室里。

"她要，"特丽克丝嘀咕了一声，同时丽莎说道，"是我要。"

特丽克丝开始大声指责丽莎，说丽莎怎样强迫她穿街过巷去买令人作呕的生鱼，还得带回来，想到这个就几乎要让她呕吐……

"如果你不想买午饭，别人可以代劳。"杰克温和地提议道。

"不，没事儿。"特丽克丝声音沉闷——但语速极快。

然后，出乎所有人的意料，杰克说："也给我买一份吧。"

丽莎张大了嘴，看着他把手伸进裤子口袋找钱，他的手在袋里仔细搜寻，下颌抵在自己的肩膀上。由于某种原因，她曾认定杰克属于那种只会点"一份肉外加两份蔬菜"的男人，这种男人会说："不认识叫啥名的菜，我不会吃。"但是他曾旅居美国……

杰克的手从裤袋里掏了出来，握着一张停车券，他失望地看了看："这可不行。"他又重新开始了寻找，这次找到了一张五英镑的票子，而且破旧不堪，他把钱递给特丽克丝。

"这钱别人可能都不肯收的，"特丽克丝抱怨道，"你是怎么搞的？看上去就像在战场上服过役一样。"

"估计是洗衣服的时候忘记掏出来了，"杰克说，"我把它忘在衬衫口袋里了。"

特丽克丝觉得很反感，怎么可能有人把钱忘在口袋里？无论何时，她都能准确地知道自己身上有多少钱，哪怕是十便士。钱可太宝贵了，怎能忘在衬衫口袋里。

杰克回到自己的办公室，他刚走，卡尔文就进来了，那是他这天第一次走进办公室。他刚刚参加完一个新闻发布会。

"你们猜猜有啥事？"他激动得直喘气。

"怎么了？"

"杰克和麦彻底分手了。"

"别扯淡了，福尔摩斯。"特丽克丝鄙夷地说道。

"不，我说的可是真的。他们的确真的分手了。不是像影片《灵欲春宵》[①]里的人物那样分手。而是正式的拜拜，连架都不打了，他们都整整一个多星期不见面了。"

"你是怎么知道的？"

"我，呃，周末看见麦了，在环球那里。相信我，"他在办公室里踱着步子，脑袋一顿一顿的，似乎在强调什么，"真的分手了。"

"天啊，你真可怜，"特丽克丝嘲笑道，"还打算假装和她睡过觉。"

"不，我——哦，好吧，我是很可怜。但他们真的分手了。"

"为什么分手呢？"艾什林问道。

卡尔文耸耸肩。"也许是自然而然的吧。"

丽莎感到自己一下子因这个消息而改变了，这让她自己都感到吃惊。忽然间希望不再那样渺茫。杰克又单身了，而她知道自己是有机会的。他一直喜欢她的

[①]《灵欲春宵》：美国1966年的黑白影片，讲述两对大学教授夫妇的一次晚间聚会，整场聚会都在夫妻间的漫骂吵闹中进行。

容貌，而上周自从她在他的办公室哭过以后，他们之间的关系已经发生了微妙的变化。她的脆弱和他的温柔已将他们彼此的距离拉近。

而且她还意识到了其他一些情况。她喜欢他。而且喜欢他的方式，也不再像她初来都柏林时那样怀有敌意，咄咄逼人，那样为达目的不择手段。那时，她喜欢他的容貌和他的工作，追求他只是一种不再让自己感到痛苦的方式而已。

当他出来使用复印机的时候，她悄悄地走近他，两眼闪烁着光芒，说道，"我真的从未想到。"

"想到什么？"

"你。一个寿司社会主义者。"她戏谑道，甩了甩头发。

他的瞳孔张开了，一瞬间眼球看上去就像全黑了一样，突然他俩之间擦出了火花。

五十分钟以后，特丽克丝拖着沉重的脚步走进办公室，小拇指上吊着一个寿司的包装袋，尽量让袋子远离身体。

"今天怎么了？"杰克问道，"有人抢银行被劫为人质了？还是被外星人绑架了？"

"不，"特丽克丝开始诉起苦来，"我中途在奥耐尔停下来吐了个够。就为这个。"她正要把袋子扔给丽莎，却又把它推得远远的，"呃，"她故意浑身颤抖了一阵。

丽莎满心指望杰克能提议他俩在他的办公室里关起门来吃寿司。她甚至大胆地想到他们彼此喂食，分享更多的东西，而不仅仅是生鱼片。没料到他拖了一张椅子到丽莎的办公桌边，她看着他有力的大手从纸袋里掏出筷子、餐巾纸和塑料盒。他将一个便当盒放在丽莎面前，嘭的一声打开塑料盒盖，一下子就把整齐排列精美无比的寿司展现在她面前。"夫人，您的午餐好了，"他兴高采烈地说道，"小心不要吐了！"

她无法准确形容他这些动作在她心里引起的感觉。她正想找出几个合适的词儿来描述时，心里的感觉已然消失。但这都是些美好的感受：她感到安全，感到特别，感到自己置身于一种被人拥有的氛围。办公室其他所有人都看着他俩。丽莎和杰克吃着他们的寿司，就像成年人一样。

艾什林尤其吓得不轻，但又觉得无法走开。她不时偷偷看着他俩，就像偷偷看着一场严重的交通事故似的。看到她不愿看到的情景，她脸上立即显出不安的神情。

她看到的东西可不仅仅是生鱼片，还有裹着生鱼的小饭团，并伴有一个精巧的仪式：青色的糊状物融入酱油，他们将寿司浅浅地蘸着酱吃。杰克轻轻用筷子将一片粉红透明的薄片夹起，然后熟练地将其搁在鱼和饭团上面。艾什林简直看得入迷了。

　　她忍不住问道，"这是什么呀？"

　　"醋渍生姜。"

　　"为什么吃这个？"

　　"这个好吃啊。"

　　艾什林又好奇地看了会儿，然后突然问道："这些东西味道怎么样？"

　　"美味极了！有生姜的辛辣，芥末——青色的那玩意——的灼热，还有鱼肉的甜味，"杰克解释道，"这是种非常奇特的味道，叫你吃了还想吃。"

　　艾什林的内心被触动了，她极度渴望品尝、尝试这种食物，但是，哦……天啊，这可是生鱼……是生的鱼呀！

　　"尝尝这个。"杰克将筷子伸向她，筷子上夹着一个寿司。

　　艾什林连忙弯下身子，然后，忽然间脸颊滚烫涨得通红，"呃，不了，谢谢！"

　　"为什么不呢？"他那双深邃的眼睛似乎在嘲弄她。又一次地嘲弄她。

　　"因为鱼是生的。"

　　"你不是还吃烟熏三文鱼吗？"杰克询问道，无法掩饰调皮的神情。

　　"我可不吃，"特丽克丝突然从办公室的那头执拗地说，"我宁愿刺戳到眼睛里，也不吃那玩意。"

　　"再问最后一次，真的不想尝尝？"杰克温柔地劝道，目光不愿离开她的眼睛。艾什林生硬地摇了摇头，继续啃她的火腿奶酪三明治，她一下子感到轻松了许多，又觉得失去了什么，这真是一种奇怪的感觉。

　　看见艾什林拒绝，丽莎感到欣慰。她此时能跟杰克如此亲热，心里真是乐坏了，杰克使用筷子的灵巧劲儿更令她钦佩不已。既专业又有派，似乎他天生就是个使用筷子的好手。完全可以把他带到诺布料理①，他可不会向招待要一副刀叉从而让你觉得难堪。她自己筷子也用得很熟练。她应当会用筷子。她曾经躲在自己家里花了很多晚上的时间练习使用筷子，奥利弗都笑她："宝贝，你准备表演给

---

①诺布料理：全球连锁的著名日本料理店。

谁看呢？"

想起奥利弗让她心中绞痛，但那都是过去了。现在杰克可以帮她。

"我想用我的鳗鱼寿司换你的加州卷。"丽莎提议道。

"鳗鱼不好吃吗？"杰克问道。

丽莎一开始不置可否，稍后还是微笑着承认："是啊。"

如她所料，杰克很爱吃他的生鳗鱼片寿司。生鳗鱼片的味道太重了，像她这样经常吃寿司的都不习惯。但男人们——他们什么都愿意吃，越是令人作呕的就越是对他们胃口。兔肉、鸸鹋肉、鳄鱼肉、袋鼠肉……

"我们下次一定得再买寿司吃。"丽莎建议道。

"是啊，"杰克倚在椅子上，若有所思地点点头，"我们一定得再吃。"

第四十五章

"你一定没法相信！"星期四晚上，马库斯推开艾什林的门，胳膊下夹着一盘影碟，眼里闪烁着激动的神色，"星期六晚上我要去给埃迪·伊扎德[①]当配角。"

"怎——怎么了？"

"史蒂夫·布雷南本来要去做这事的，但他可能患了克雅氏病[②]，去医院检查身体了。真没想到！这可是个超大型的搞笑演出啊！"

艾什林失望地脸色一沉，"我不能去。"

"什么？"马库斯大声问。

"之前不是跟你讲过了吗，你不记得了，这个周末我得去科克郡看望我的父母。"

"取消。"

"我不能这样，"她抗议道，"这事已经拖了很久了，这次不能再拖了。"

[①] 埃迪·伊扎德（1962～）：英国著名搞笑单人秀男艺人，演员。
[②] 克雅氏病：与疯牛病类似的传染性脑神经恶性疾病。

当她跟父母最终说定她会回去时，他们非常激动，现在想到要跟他们说去不了，急得她冒出一身冷汗。

"下周末回去。"

"真的不行，下周末我得工作。得给模特拍照。"

"你在那儿对我很重要，"马库斯平静地说，"这可是重大表演，我还得尝试一些新的素材，我需要你在我身边。"

艾什林的内心陷入激烈的情感冲突之中。"对不起，可我好不容易做好心理准备去看他们，都已经好几年了……火车票都已经买好了。"她接着说。

他缄口不言，脸上显出受伤的神情，而她肚里愁肠百结。她其实不想让他失望，她讨厌这么做，但这会儿不得罪他就是得罪自己的父母。她喜欢按照别人的要求来做事，但这是她遇到的最糟糕的情况，不管她怎么做，都要得罪什么人。

"真的抱歉，"她真诚地说道，"但我和我父母之间的事已经够糟糕的了，如果我不去，关系只会更糟。"

她等着他问她和父母之间的事情有多糟糕。她已经决定告诉他。但他只是瞅着她，眼里流露出受伤的神情。

"我很抱歉。"她又说了一遍。

"没事。"他说。

但事情并不是这样。尽管他们开了一瓶葡萄酒，然后坐下来看他买的影碟，气氛却是平静得让人窒息。酒尝起来犹如白开水一样索然无味，阿道·欧汉隆①从未像现在这样无趣。艾什林心里满是愧疚，不论她提起什么话题，马库斯都缄口不言。自打她和马库斯约会以来，这可是第一次，她想不出说什么好。

好容易挨到十点，马库斯站起身来，假装伸了伸懒腰。"我得走了。"

艾什林突然一阵惊恐。他从来都留下来过夜的。

她突然想到一个可怕的可能：也许这不仅仅是吵架，也许这就是结束。她惊恐地看着马库斯加快脚步向门口走去，心里匆忙地再次考虑她的选择。也许她可以改变去科克郡访问的时间。再等几个星期又怎么样呢？她和马库斯之间的关系要重要得多……

"马库斯，让我再想想，"她的声音由于惊慌而颤抖，"也许我还是可以过几个

---

① 阿道·欧汉隆（1965～　）：爱尔兰搞笑艺人，演员。

星期再去看他们。"

"嗯，没事，"他勉强露出一丝微笑，"我能对付得了。不过，我会想你的。"

宽慰倏忽即逝。也许他们之间并没有结束，但他还是让她很失落。"我们明晚可以见面，"她提议道，她急切地想做一些弥补，"我星期六早晨才走。"

"啊，不了，"他耸耸肩，"还是等你回来再说吧。"

"好吧，"她极不情愿地同意了，她害怕如果再劝，反而会产生更大的裂痕，"我星期天晚上回来。"

"到家给我打电话。"

"一定的。如果不出意外，火车应该八点进站，然后通常要排队等出租车，所以我也不知道几点到家，不过我一到家就会打电话给你。"顺从的愿望让她开始喋喋不休起来。

迅速地吻了一下——短暂而冷淡的一吻，她还没有平静下来——他已经走了。

就像酒鬼遇到不顺心的事首先想到喝酒一样，艾什林此时首先做的是拿她的塔罗牌算命。她最近早就把这副牌忘得一干二净了，如果不是半人半貛男离去之后乔伊不断地怂恿她，她压根也不会想起它来。但算出的牌面意义含糊不清，没有给她带来任何安慰。

艾什林既紧张又焦虑，像往常一样，她又开始憎恨自己的家人。如果她出生在一个正常的家庭，这些事就不会发生。有一会儿，她又想到了马库斯。她也并非责备他没有安全感，他能在演艺圈一步步取得不少成绩，这可是她所做不到的。

心里的宿怨和懊悔交织在一起，令她辗转难眠：她得找个人谈谈。但乔伊不会和她谈的，这可不仅仅是因为她最近的话题都是"所有半人半貛的家伙都是王八蛋"。要么和克洛达赫谈，要么就找费利姆，因为他俩都了解艾什林家里的情况。他们能够理解，并最终给予艾什林想要的同情。但费利姆在悉尼的电话答录机总是处于忙碌状态，所以，尽管已经比较迟了，艾什林没有办法，只能打电话给克洛达赫。艾什林先说把她吵醒了很抱歉，然后，艾什林怀着满腹怨气把她的伤心事讲完，临了还说："我真的不在乎，但我讨厌去看他们。"

然而，克洛达赫并没有说出艾什林想听到的安慰话。她只是打着呵欠说："如果你觉得可以，我去找马库斯。"

"不，我意思不是……"

"我可以和特德一起去，"听声音克洛达赫似乎是醒过来了，因为她准备将自己的提议付诸实施。"你就不要去了,我和特德去,我们给你提供精神支持。"

这让艾什林感到更糟,她不想让克洛达赫和特德待在一起。"迪兰怎么办呢?"

"总得有人在家带小孩吧。"

"我连自己的父母都不想去看。"艾什林再次说道,希望克洛达赫说些同情的话。

"你妈现在身体好多了,不去也没事。"

在那个奇怪而可怕的夏天结束以前,九岁的艾什林意识到,这儿没有人管。她开始喜欢星期五晚上站在路尽头的街角,遥望着远方,等着她父亲的汽车出现,她的胃里不时地绞痛。当她等待的时候,她努力按捺住这样的恐惧——他再也不会来和她玩游戏了。如果下一辆车是红色的,一切都将好起来。如果下一辆车红色的车牌是偶数结尾,一切就都好了。

终于,星期一早晨来了,她央求她的父亲不要离开。

"我必须离开,"他简单地说,"如果我失业,我不知道我们的日子该怎么过。好好照顾她。"

艾什林闷闷不乐地点点头,心里想,他不该对我说这些,我只是一个小女孩儿。

"……当然了,艾什林是很负责任的。她只有九岁,但她已经算得上个大人了。"

那些成年人叽叽喳喳地议论。他们来到艾什林的家,压低嗓门说着什么,但只要见到艾什林走进来就全都沉默不语。"……他爸妈老了,也照顾不来三个活蹦乱跳的小孩……"还听到一些从没听说过的奇怪词语。忧伤。焦虑。崩溃。还讲到她妈妈"进了什么地方去了"。

终于,她妈妈真的"进去"了,自此她爸爸工作时总得带上他们几个小孩。他们总是坐在父亲的车上,长途跋涉,又是晕车,又是心烦。詹妮特和欧文坐在后排,旁边放着一个吸尘器的样品,艾什林就像大人似的坐在前排座位上。他们在全国各地往返奔波,在一些小镇上的小电器商店门口停下来。第一次看到迈克和人谈生意,艾什林就感到了迈克的焦急不安。

"祝我好运吧,"他说,他拿起装着宣传册的文件夹,"瞧我这个家伙,连圣诞节都不过。什么都别碰啊!"

隔着车窗,艾什林看见他的父亲在前院和他的顾客打招呼,看见他突然从担心和急躁变得随意而健谈。突然之间他仿佛成了世界上时间最多的人,和人家聊个没完。他也不管那天还有八个人没有联系,而且由于出发晚,早就已经落后很多了。他走上前去观赏那个人的新车，他不停地仰起脑袋，从各个角度仔细察看，然后祝贺似的拍着那人的肩膀。当他神采奕奕地和他的顾客讲话时，脸上溢满笑意和温情。艾什林意识到自己太小了，根本不能做这个。这对他也很难。

迈克一钻进汽车，那无忧无虑的微笑立刻消失了，他又恢复了粗鲁而直率的本性。

"爸爸，他订货了吗？"

"没有。"他抿着嘴唇快速倒车，将车开到路上，车子呼啸着驶向下一个目标。

有时候，人们也订货，但数量总是不尽如人意，每次他爬进汽车，将车开走，似乎又变得更加渺小了。

一个星期结束的时候，詹妮特和欧文几乎总是在哭，闹着要回家。艾什林耳朵发炎了，后来只要处在压力较大的状态下，耳朵都会再度流脓。

在被关了三个星期以后，莫妮卡出来了，但看不出她有什么明显的改善。由于服用了抗抑郁药，她变得神情恍惚，动作迟缓，让人烦躁不安；她是换了一副样子，但也没比原来好一些。

尽管她定期去医生那里检查，尽管艾什林渐渐养成了越发细致谨慎的习惯，情况从来没有真正好转过。不论是大的自然灾害，还是随意做出的很小的残忍行为，任何事都可能引起莫妮卡的悲伤。一个小学生被抢走零花钱，或是造成数千人死亡的伊朗大地震，都会让她泪如泉涌。她整天默默地躺在床上流泪，不停地大声尖叫，脾气暴躁起来，大骂丈夫和小孩，但更多的是骂自己。

"我不想要这样的感觉！"她通常会尖声叫道，"谁想要这样的感觉？艾什林，你真幸运，你永远不会像我这样痛苦，因为你没有想象力。"

艾什林一直守住这个事实，仿佛这是可以保护她的盾牌一样。缺乏想象是一件了不起的事情，它能保护你，使你不会发疯。

莫妮卡情绪失控，不时发作，因此艾什林小时候大部分时间都住在克洛达赫家里。

虽说莫妮卡时常处在麻木迟钝和歇斯底里的精神状态之下，但她偶尔也会有正常的行为。其实这种行为根本就不能算是正常。每当莫妮卡烫出一件平整的衬衫，六点整做好一顿饭菜，艾什林的神经都会稍稍绷紧，等待莫妮卡老毛病复发的那一瞬间。而当那个时刻到来之际，艾什林几乎觉得一阵轻松。

十七岁那年，艾什林离开家，搬进了一所公寓。三年后，迈克在一百英里以外的科克郡找到一份工作，后来他们也搬了家，艾什林从此很少和父母见面。最近七年，莫妮卡的病情逐渐稳定下来：抑郁和狂怒在大家没想到、也不知道的情况下竟悄然消失，就和她当初得病时大家没有思想准备一样。医生说这和她更年期的结束有关。

"她现在不像以前那么糟糕了。"克洛达赫的声音把她拉回到现实。

"我知道，"艾什林疲惫地叹了口气，"但我真的不想靠近她。我知道，这事真是糟糕得没法说出口。我爱她，但我发现见她的时候却又很难过。"

第四十六章

艾什林预备赶在周六中午饭点的当口先到科克郡，再坐周日五点的火车回家。"周末"其实也就是二十八个小时。其中睡觉占去八小时。如此一来，和父母谈心只剩下区区二十个小时。她倒也省心了。

二十个小时！她一下又慌了神，琢磨着烟带得够不够，杂志呢？手机呢？当时她说要过来，想必一定是疯了。

艾什林注视着车窗外掠过的破败萧条的乡村景象，一边暗自祈祷火车能帮帮忙，出个故障什么的。但是没有。当然不会啦。火车只在你急得要命的时候出故障。接着它在铁路侧轨上磨蹭上好几个小时，不给你任何解释。接着你只好去换乘其他班次，接着你走下换乘的这班火车，还得瑟瑟发抖地等公交。原本三小时的行程结果用了八个小时。

使艾什林大为光火的是，她所乘的这趟班车反而提前了十分钟抵达科克郡。父母自然已是早早等候在那儿，看似绝对正常。她的妈妈大概可以被看做任何一位上了年纪的爱尔兰母亲：那难看的卷发，那表示欢迎的做作的微笑，还有那裹在她肩上的腈纶针织衫。

"看见你，真叫人高兴哪。"莫妮卡眼看就要落下骄傲的眼泪。

"你也是呀。"艾什林不由得心生愧疚。

紧接着是拥抱——莫妮卡犹豫着和她到底是淑女似的碰碰脸颊，还是豪放地紧紧相拥，结果两人倒更像是扭打在了一起。

"嗨，爸爸。"

"呃，欢迎，欢迎，欢迎！"迈克的神情极不自然——叫他尽情表露自己的情感，是不是也太苛求于他了呢？幸好他可以抓过艾什林的行李，自然也就无需和女儿拥抱了。

驱车来到父母的住处，聊了聊艾什林在火车上吃了些什么，争论着她到底是要一杯茶外加三明治还是就只一杯茶，就这，花了足有四十分钟。

"来杯茶就好。"

"有小企鹅哦，"莫妮卡诱惑道，"还有蝴蝶小面包。我自个儿做的。"

"不，我……噢……"听说有自家做的蝴蝶小面包，艾什林惊得说不出话来。莫妮卡打开一筒饼干盒，倒出一些奇形怪状的小面包来。每个小面包上有两个发面做的"翅膀"，翅尖上点了一滴黏稠的奶油，其他地方星星点点缀满了奶油，艾什林吞下一口——哦，一只翅膀——这时她生出一种如鲠在喉的感觉。

"我要进城一趟。"迈克说道。

"我和你一起去。"艾什林连忙站起身来。

"哦，你也要去？"莫妮卡看起来很是失望。"那，一定要赶回来吃晚饭啊。"

"我们吃什么呢？"

"肉排。"

肉排！艾什林几乎要笑出声来——想不到居然还有这东西。

"进城干什么？"就在他们把车倒上正路时，艾什林问父亲。

"去买电热毯。"

"在这七月天？"

"很快就是冬天了。"

"未雨绸缪总是好的。"

他俩相视一笑。然后，迈克像是存心让她扫兴似的说道："我们难得见到你啊，艾什林。"

噢，又来了。

"你妈妈看到你很高兴。"

总要有个表态吧，于是艾什林只好问："妈妈她，嗯，还好么？"

"好极了。你应该多来看看我们的，她又成为当初我娶的那个女人啦。"

又是一阵沉默，接着艾什林听到自己在问一个不记得自己曾经提过的问题："那些恐怖的时候，那是怎么回事儿？那又是为什么？"

迈克收回正在凝视前方道路的目光，看着她。脸上露出兼有戒备和绝对无辜的表情，一时间竟有些吓人——他从来就不是个坏爸爸。"没什么。"他的故作轻松听起来却是意想不到的可怜。"抑郁是一种病，这你都是知道的。"

父亲在他们兄妹三个小的时候曾经解释说，妈妈成了废人并不是他们的错。他们自然谁都不信。

"我知道，可是一个人怎么会得抑郁症呢？"她极力想要弄明白。

"有的时候，失意或者——你们是怎么说来着？——精神创伤，都会引发抑郁。"他小声咕哝着，车里充满他那极度不安的情绪。"不过这也不一定啰，"他又继续说，"他们说也可以是遗传。"

这个"快乐"的想法顿时打消了艾什林说话的兴致。她开始翻找起手机来。

"你要打电话给谁？"

"没有谁。"

父亲看着艾什林继续在手机键盘上狂摁一气。他感到自己受到了冒犯，质问道："你以为我瞎了不成？"

"我没有要打给谁，我这是在查看手机短信呢。"

自从周四晚上离开她的寓所，马库斯便再也没有打过电话给她。他们交往的这两个月里——并不是她在计数——电话交谈已经渐渐成为每天的例行事务。她真切地感觉到了他的离开。她屏住呼吸，她是多么渴望收到他的只言片语啊，但是，还是一条信息也没有。她失望之极，啪的一声关了手机。

当天晚上，吃过肉排、土豆泥还有罐装豌豆这顿穿越时空的晚饭过后，她决定给他打电话。她想好了一个充分的理由：预祝他与埃迪·伊扎德的联合演出取得成功。但是转到了电话答录机——又来了。她出现了可怕的幻觉：他站在房间里，听着她的留言，却不愿拿起话筒。她不由自主地又去打他的手机，却直接转到了语音信箱。她告诉自己，这是水星在逆行①。而后她又很不情愿地承认，也许是我的

---

① 水星在逆行：根据占星学，代表水星的神赫尔墨斯是希腊传说中的信使之神，负责所有信息的传递和交流，因此水星逆行时期通常是文书错误、信息丢失等相关问题频发的时段。

男朋友厌烦我了呢。

显然，她来看望父母伤了他的心，不过这能有多大伤害呢？有那么一会儿，她想这段关系是不是无法挽回了，再加上随之而来的恐惧的逼迫，致使她心力交瘁。她是真的，真的，真的喜欢马库斯。他是她这么长时间以来遇见的男人里最接近真命天子的一位。她渴望着周日晚上快点到来，因为他叫她那时打电话给他。倘若他还是不接电话又当如何……？天啊！

"我们通常都会在周六晚上看一部录像。"母亲告诉她说。

《乱世忠魂》[1]——真是巧啊，艾什林心想。黑夜漫漫，像是被拉长了的口香糖。孤独似寒气一般逼人，她多想待在都柏林，身边有男友相伴。这边伯特·兰卡斯特和黛博拉·蔻儿卿卿我我的同时，那边艾什林在琢磨马库斯的演出进展如何，克洛达赫和特德是不是也去观看滑稽表演。她心里非常羞愧，因为她希望他俩没去，否则她会更加感到遭人遗忘。

爸妈真是非常、非常用心，还做了一个袋子，里面装着专门买给她的五花八门的东西。他们喝着茶，试探性地问她要不要来"一杯"。十点二十分她暗怀愧疚早早地上了床，母亲执意要充个热水袋给她。

"这七月的天，会把我烤熟的。"

"啊，可晚上会冷的。再说还有两天就是八月了，也就是真正的秋天了。"

"噢，别啊，都快八月了。"艾什林一阵心慌气短，紧紧阖上眼睛。八月的最后一天，《妙龄女郎》就该发行了，如今手头却还有一大堆的事要去做——除了杂志还有该死的杂志推介会。七月的头几天，她一直宽慰自己说时间还很充裕。眼下八月越来越靠近，她再也无从寻求心理上的安慰了。

她伸手从书架上抓过一本已经翻烂了的阿加莎·克里斯蒂的小说，读了十五分钟，然后熄掉那盏配有桃形灯罩的灯。她在桃红色的羽绒被下美美地睡了一觉，早上醒来的第一件事便是打开手机，暗暗盼着能有一条马库斯发来的短消息。什么也没有——这是最黑暗的时刻。映入眼帘的粉红雪白双色条纹墙纸，无法使她的心情稍稍开朗一些。她摸索着点了支烟，把一小碗百花香[2]倒扣过来。桃花的香味，谁又会在意呢。

---

[1]《乱世忠魂》：1953年的好莱坞电影，讲述珍珠港空袭前的美军生活中的阴暗面。下文的伯特·兰卡斯特在片中饰演士官，与黛博拉·蔻儿饰演的上司之妻陷入婚外恋情。
[2] 百花香：又译作扑扑莉，是一种意大利佛罗伦萨出产的装在陶罐中的居家香氛。

她不能再给他打电话了。他会认为她过于急迫。是的，她是很急迫，可她不愿他也这么想。她给克洛达赫打了电话，一面想探听消息，一面又希望克洛达赫不在场，提供不了什么信息。

"你去看过马库斯吗？"艾什林一只手紧紧地攥着话筒，满心指望她说没有。

"去了——"

"你和特德一道去的？"

"当然了。"听到这话，艾什林越发惶惑。她并不真正以为克洛达赫有可能再和特德保持任何关系，只是这……

克洛达赫继续喋喋不休。"我们玩得可开心了，马库斯真是太了不起啦。说起女装来，那真是如数家珍。他能分出衬衫、上衣、马甲、T恤——"

"他能什么？"别再管那特德和克洛达赫了！艾什林突然开始关心起自个儿来。

"他居然还知道什么是外搭罩衫呢。"克洛达赫高声说。

"那还用说。"艾什林知道她本该感到得意，可却产生了被人利用的感觉。马库斯从未说过他打算把他俩的谈话用作自己的表演素材。

"他对女装的见地，真叫人刮目相看哪。"克洛达赫说。

因为那压根不是他的看法。

"后来呢？"艾什林诚惶诚恐地问，唯恐她说出什么让人不快的消息来。"你们就回家了？"

"哪儿呀，我们去了后台，见着了埃迪·伊扎德，心旌那个荡漾啊。美死了！"

和父母道别，即使在心情最好的情况下都令人难受，此刻的感觉则比平常更糟糕。

"你究竟有没有男朋友？"迈克关切地问，无意间在艾什林新生的伤口上又搓了一把盐。"下次带他一起来。"

噢，还是别了。

每一节车厢都挤满了人。三小时后火车驶进都柏林站时她又困又乏，周日夜晚抑郁综合征再度发作。她朝出租车的候车处奔去，但愿等车的队伍不要长得让人发疯。经过大厅，透过熙攘的人群，她看见了那熟悉的身影……

"马库斯！"看见他站在出口附近，一脸腼腆的笑容，她顿时笑逐颜开。"你怎么来了？！"

"接我的女朋友喽。我听说，等出租车通常得排很长的队呢。"

她高兴得乐不可支，忽然觉得无比幸福。

他一手接过她的包，一手揽过她。"嘿，我很抱歉……"

"没事儿！我也很抱歉。"

我们的第一次争吵，她出神地想。他把她领到车前。我们的第一次严格意义上的争吵。这下我们就是真正意义上的一对儿了。

第四十七章

克洛达赫的床上，被她否决的衣服堆得愈来愈高。紧身黑裙？太性感。阔腿裤配紧身短上衣？太艳。透视连衣裙？太透。这条白色裤子如何？可惜他见过了。工装裤和跑鞋？不行，她穿了总感觉太傻气。过去两个月里购买的所有这些时髦衣服，如今却成了她最大的败笔。

有那么一会儿，为穿衣而担忧的愁云渐渐消散，她被一个突如其来的恼人的想法生生灼痛了。我这是在干吗？

没什么，她暗暗宽慰自己。她什么也没做。她只是和人约好喝杯咖啡而已。一个朋友。碰巧是位异性罢了。哪儿有什么不妥的呢？这儿又不是什么穆斯林国家，被人瞧见跟不是自己丈夫或兄长的男人见面，就得乱石砸死。[①]再说了，他又不是她喜欢的类型。她只是寻寻开心罢了。开心无罪。

她只将满头秀发朝后一甩，便重又欢欣雀跃起来。

她最终选定黑色裤子和亮粉色紧身T恤。她照着镜子，仿佛看到了他眼前的那个自己。在他毫不掩饰的充满爱慕的注视下，她感觉到了自己的美丽和无法抗拒的魅力。

[①] 克洛达赫此处的想法是一种误解。根据伊斯兰教教法，石刑仅针对已婚通奸者，而未婚通奸和不构成通奸的单独见面等情形不适用石刑。——编者注

她晃晃悠悠地出门走在街上，一面特别提醒自己：只是去喝杯咖啡。一杯咖啡而已。能有什么害处呢？她努力排遣心里泛起的几许令她作呕的歉疚和期盼。

艾什林快步走进酒吧。她迟到了，再一次迟到了。

"马库斯，"她上气不接下气地说，"对不起喔。都最后一分钟了，那一脸贱相的丽莎让我把马术专题的内容输进电脑。说是她要对十一月期有个'感觉'。"艾什林不屑地翻翻白眼，好在马库斯和她站在了同一战线上。这样，留他一个人在托马斯·里德酒吧坐了将近有半个小时，想来他也不好再为这事大发雷霆了。

"我先喝杯四倍金汤力，然后我们去吃饭，好不好？要不你再喝杯啤酒？"

马库斯站了起来。"坐好，杂志界顶顶用功的女人，我来拿酒去。你当真要杯四倍的？"

艾什林感激地一屁股跌坐在椅子上。"谢谢，双倍的也行。"

马库斯拿了酒回来，晃荡着身子坐回到原位上，说道："听着，我刚想提醒你，十六号我要去爱丁堡了。为爱丁堡国际艺术节助兴。"

"八月的十六号？"艾什林慌忙问。她隐约记得很久之前他提起过。"可是就只有两个星期了……听着，"她怯懦而又焦急地说，"真对不起，马库斯，我是不能和你一起去了。真的，你不会相信我处在什么样的工作状态。我们拼死拼活的，可单是这杂志推介会就还有一大堆事要做，更别提杂志本身了……"

马库斯摆出一副心灵受伤的表情。

"我可以争取请一个周末假，"艾什林屏住呼吸说，"虽说丽莎要求我们每个周末都得加班，可如果我好好跟她说，兴许她会同意……"

"不必麻烦了。"

艾什林最见不得他这个样子。多数时候他挺可爱，可一旦他觉得失去安全感或是不被人宠着，就会变得冷若冰霜，盛气凌人。而她又忍受不了他这种做派。

"我会尽力争取的，"艾什林急切地说，"真的，我会尽力的。"

"不必麻烦了。"

"嗳，"她颤声说道，"我呢，八月底一过，工作也就全都安顿好啦。甚至我们还能一起外出，抓住最近一次机会去希腊啊什么的玩上一个星期。笑一个嘛！"她用温柔的嗓音极力劝慰，指望他那刻板的面孔能够露出一点笑容。还是没有反应。"啊，来嘛！搞笑大师，"她诱哄道，"爱尔兰第一流的喜剧演员，给咱说个笑话吧。"

马库斯几乎要从座位上跳起来。"给你说个笑话!"他不由分说,怒气冲冲地质问道,"他妈的今晚我心情不好。你晚上不在状态的时候,我可曾叫你去写一篇伪性高潮的杂志稿吗,有吗?"

艾什林怔住了。

马库斯一手抚着脑门。"嘿,对不起,"他疲惫地说,"真的对不起。"

"知道了,"丽莎冷淡而客气地说道,"好,我过会儿再打过来。"接着,砰的一声摔下电话,尖声叫道,"混蛋,混蛋,混蛋!"

伯纳德咂吧着嘴。"污言秽语。"而其他人甚至都不带眨一下眼睛的。

"罗南·基汀①的经纪人,"丽莎冲着办公室里其他不相干的人大声吼道,"还他妈的在开会。开了无数次了。还有差不多三个星期就到最后期限了,而我们到现在一封名人来信也没搞到。"

丽莎绝望地趴在电话机上,随即又瞥见杰克正注视着她。他扬起眉毛似乎关切地问:你还好吗?他经常这样。自从上次在他的办公室里哭过之后,她就一直感受到他传来的坚定而又无声的支持。彼此心照不宣的亲密关系,外人既无从得知,也无缘享受。

不过说真的,扬起眉毛于她又有何用呢?她恼怒地想。不过谢了,她更愿意他身体的其他部位对她昂起。倒也是,他刚刚失恋,或许还需要一段时间来恢复。但是已经有,喔!起码两个星期了,他还需要多长时间呢?

她惨然一笑。自己又何尝不是呢,跟奥利弗了断这段感情之后,状态也是一直不太好。她也曾经想过立刻返回伦敦,和他重修旧好,永不分离。他呢,还是没有来过电话,显然他是不会打来的了,然而生活还得要继续……

"很有压力?"杰克走了过来,在她的办公桌上坐下。

丽莎气极了。"没,只是,你也知道,"她叹息道,"混账名人。"

"你是绝对不会认输的。"他流露出的爱慕,要是能定格在照片上该有多好。"想不想出去走走?午饭一起去吃寿司?我请客。"

"很想啊。"话刚出口,自知无法收回,都是她在想象着享用杰克的裸体寿司宴惹下的祸。

---

①罗南·基汀(1977~):爱尔兰著名男歌手,Boyzone乐队的主唱。

"嗯，什么？"他笑问，令人愉悦的坏坏的笑。

"没什么。"她斜睨了他一眼，却又忍不住会心地一笑。他们闭上眼睛足有好一会儿，随即，调情引起的紧张情绪顿时松弛下来，同时发出响亮的笑声。

"你的意思，是要带我出去吃饭啰？"她问道。

"噢！不，抱歉啊，我是抽不出时间了。买回来吃吧，就像上次那样？"

"叫别人为你做这苦差事吧。"特丽克丝气恼地说。

"我自己去。"杰克让所有的人全都吃了一惊。"还有谁要吗？艾什林，你呢？"

"不了，谢谢。"艾什林气鼓鼓地说，心想自己的那份大概不过是顺带的施舍罢了。

"确定？"

"非常确定。"

"我挑点不那么吓人的给你，还全都让你先过目，这你也不要？"

"不要。"

"好吧，我走啦。"杰克说道。"慢慢来，"他又劝慰丽莎说，"一切都会好起来的。"

尽管丽莎骂了所有人，说他们做事垃圾，杂志也是"狗屎"，但她不能否认这里的工作正在取得进展。书籍、电影、音乐、视频和网页全都一一就绪。特丽克丝的"普通姑娘"专栏，酒店客房的暧昧照片，艾什林的萨尔萨舞专稿，加斯珀·弗伦奇主持的一页美食版面，一位曾主演了一部颇有争议的激情戏而名声大噪的爱尔兰艳星的人物小传，《我的一天》的作者一天的真实生活，还有马库斯的一篇《男人的世界》，就像是十二宫图，星罗棋布，深受大家喜爱。当然，还有贯穿其中的时尚这一主线。

杂志的前八页浓墨重彩地介绍了四位炙手可热的爱尔兰新生代人气偶像——一名手袋设计师，一名DJ，一名私人教练，以及一位妙语连珠、性感迷人的环保斗士。"热门—非热门"排行榜也基本就绪。丽莎五分钟内敲定了一大半，剩下的交由艾什林完成。依据丽莎的分类法，山地健走是"热门"，而希尔菲格则归入"非热门"之列。

"山地健走算是热门？"艾什林诧异地问。

丽莎耸了耸肩。"谁知道。只是把它和希尔菲格放在一起挺相称的。"

不单内容，杂志的样子也很好看。色彩、图片和排版均和其他同类女性杂志稍有不同，《妙龄女郎》看起来似乎更前卫，更新潮。丽莎已经挑战了杰里耐性的底线，直到她拿到满意的版式设计才罢休。

"你是在哪儿驾船出海的呢？"丽莎问，这时杰克正将寿司摆在她办公桌上。
"邓·莱里轮船码头。"
"邓·莱里，"丽莎若有所思地沉吟道，"我还从未去过那儿呢。"
"你会喜欢那儿的。"
"有机会我一定去。"
"一定的。"
噢，真是岂有此理！一个姑娘都暗示到这份儿上了？
她想，也许他是在留意她举手投足的活力和完美的外表吧。这也不会是第一次了。他们是同事，从而增加了事情本身的复杂程度，还有她有夫之妇的身份，加之他现在还处在失恋的心灰意冷当中……

好吧！她知道她别无选择，只有自己开口问："下次，你可以带我一起去。"
"你要去吗？"他的热切是那么——怎么说呢——热切。丽莎便立刻知道她已经掌握了主动权。"星期五晚上如何？"他提议道，"我们可以在码头上走一走，带你看一看船。成天困在办公室里，出来走走，也是很惬意的一件事。"

嗯……漫步码头，漫步码头。她想的可不只是"漫步"这么简单哦。"我去！"

第四十八章

克洛达赫的脚后跟紧紧抵着他的臀，他更加猛烈地进入她。随着他的每一次深入，她的胸腔深处便发出嘶哑的呜咽声，随着一阵呻吟缓缓吐出一个词：
"天哪！"
他再次猛烈地进入她。

"用力!"

又一次。

床头有节奏地撞击着墙板,汗水浸湿她凌乱的发丝。一波接一波的快感在聚积,她将他搂得更紧。她在眩晕的漩涡中飘然欲仙。每一次的颤动,她都以为那就是了,直到下一次的悸动,更加美妙,更加酥骨地袭来。她在快乐的巅峰战栗,一直抵到她的每一个指尖,她的每一个毛囊,她的脚底心。

"哦,天哪!"她娇喘连连。

他也一定是到达了极乐的巅峰,呼吸粗重,大汗淋漓,他趴在她身上,压得她动弹不得。他们静静地躺着,气喘吁吁,筋疲力尽。直到她感觉两人的热汗开始冷却,她扭动着从他身下抽出来,一把将他推开。

"衣服穿上,"她命令道,"快点,我得去幼儿游戏组接莫莉。"

这是他们第三次做爱,而她总是骤然冷淡下来,几乎就在结束的一刹那间。

"我冲个澡,可以吗?"

"那就快点。"她不客气地回答说。

他从洗澡间走了出来,她已经穿戴整齐了,并一直回避着他的目光。然后,她怔怔地瞪着他,吸了吸鼻子,狐疑地问:"这,是迪兰的须后水的味道吗?"

"我想是吧。"他咕哝着说,为这一失误懊恨不已。

"在他的床上,干他的老婆,难道这还不够?麻烦你自重一点好吗?"

"对不起。"

他歉疚之余一时无语,将一小时前她刚从他身上扯下来的衣服穿上。"什么时候我能再来见你?"他痛恨自己这么问,只是他别无选择。他已经深深地迷恋上她了。

"我会打电话告诉你。"

"只要你愿意,我随时都可以在上班时抽空溜过来。"

"周围都是邻居。"她紧抿着嘴唇。"他们一定会看到的。"

"那,你可以到我那边去。"

"我想算了。"

接着沉默了一会。

"你这样子,像是在讨厌我。"他怪罪道。

"我结婚了。"她提高了嗓门,"还有了孩子。你这是在毁灭我的一切。"

到了前门，他俯身亲吻她时，她恼怒地说："我的天哪，会被人看见的。"

"对不起。"他喃喃地说。

但是，他将要转过身去时，她一把抓住他衬衫的前襟，把他拉了回来。他们贪婪地、不顾一切地吻了起来。他们的身体刚刚分开，他的一只手便滑进她的衬衣，揉捏着她的胸部。他也又硬了。

"快啊。"她急迫地催促道，一只手摸索着到了他的拉链门，她把它解放了出来，握在手心，俘获它。她赶紧躺在门厅的地板上，褪下牛仔裤，顺势拉他压上自己。"快点，我们没多少时间啦。"

她紧绷的臀部抬了起来，迎合着他，渴望着他。他进入她，一阵疾风骤雨般的疯狂动作。顷刻间，愉悦的碎波如潮水般在她体内涌动，一阵紧似一阵，于周身的每一个细胞蔓延开来，到达几乎无以承受的极乐之巅。

他高潮过后，脸埋在她的金发里，抽泣起来。

第四十九章

星期五晚上，丽莎穿着一双跑鞋，一条丝质工装裤配上她的普拉达无袖丝质上衣，在自家的前门来回踱步。她和杰克有个约会，内心免不了一阵久违的怦然心动。

一辆轿车停了下来，车里的男子俯身为她打开车门，丽莎上了车，稍稍感到自己像是被沿街过来的嫖客接走的风尘女子。弗朗辛和一帮孩子一唱一和地大声叫道："喔嘀嘀嘀！"，"哇——噻！"，"丽——莎有男朋友啦！"丽莎掩着耳朵，杰克驱车载着她向前驶去。

"嘿，你总算露面啦。"杰克一脸笑容地说。

"是呀。"她望向窗外，忍着没有傻笑起来。他一直很紧张。好吧，大概他们两个都有点儿紧张吧。

车行途中，出城前还是艳阳朗照的晴空，骤然变成沉沉低垂的灰蓝色天穹。等他们到达邓·莱里码头，下了车，杰克感到天气看来还真保不准。"可能要下雨了，散步要取消吗？"

丽莎心里却充满盲目乐观的情绪。哼，谅它也不敢下雨。"不，我们走吧。"就这样，他们出发了。

耀眼的阳光透过吸饱了水的云层洒下来，造成一种令天地万物仿佛失真的效果；零星散布的一丛丛小草，绿意盎然，过于鲜亮，仿佛生在虚无缥缈的梦幻世界。映在码头灰白色石面上的一道紫色霞光，投射到她身上。傻瓜都知道大雨就要来了。只是丽莎认定天不会下雨。

他们信步走着，丽莎心想，这就是散步啦。嗯，也倒不坏。只是这空气闻着怪怪的。

"真清新。"杰克为她解开心里的疑惑。"看那儿，"他指着一只船骄傲地说，"我的。"

"那个？"丽莎激动万分地指着一艘雪白锃亮的豪华巨轮问。

"不，是那个。"

"噢。"丽莎这才注意到巨轮边上的那只小破船。她原以为那是漂着的一片浮木呢。"太棒啦！"她强颜欢笑道。好吧，既然他喜欢，我何不假装一下呢？天哪，丽莎心想，我一定是喜欢上他了。

他们开始走下码头，还未走到半中央，天就渐渐沥沥地下起雨来。丽莎的这身行头，足能应付许多出乎意料的情况，唯独下雨除外。她裸露的胳膊上起满了鸡皮疙瘩。

"来，穿上这个。"杰克转身脱下身上长及臀部的皮夹克。

"我不能要啊。"她当然能——而且巴不得如此——只不过，故作姿态，矫情一下也无妨嘛。

"怎么不能。"他说着，同时将这件窸窣作响的皮衣披在她肩上，皮衣携来的他的体温裹住她的身躯。她把手伸进留有体温的袖子里，袖口没过她的手背，整个人便埋在这宽大的衣服里。衣服大得离谱，穿在身上却很舒服。

"我们还是回去吧。"他提议道。这时，雨点儿急急地砸下来，他俩拔腿就跑。此时牵手似乎是世界上再自然不过的事。"怕是你再也不会和我来这儿了。"一路狂奔之时他喘着气说道。

"太对啦。"丽莎冲着他嫣然一笑,一边仔细感受着他掌心的干爽温热,以及手指被这高个男人的手指紧紧攥住的滋味。

跑到停车的地方时,杰克浑身透湿。乌黑油亮的头发耷拉在脑袋上,湿透的衣衫半透明地贴在身上,撩人地透出里面的胸毛。她也没好到哪里去。

"上帝啊!"他懊恼地大笑,开始打量起自个儿来。

丽莎乐开了花,气喘吁吁说:"开门哪,快点儿!"

她跑着绕到汽车的另一侧,等他转动车钥匙开门,却一抬眼看见他……

后来,再回想起此事,她也记不起到底是谁迈出的第一步。是他?还是她?她只知道,他们忽然互相扑向对方的怀抱,接着,她的脸便抵上他坚实的胸膛,她感觉到他湿漉漉的大腿贴着她的大腿。雨水打在他脸上,头发上凝成的小水珠顺着发梢落下,滴在他深邃的黑色眼睛里。然后,他俯下身,覆上她的唇。

丽莎清醒地意识到当时的很多细节:大雨滂沱的海面散发着的咸湿味道,落在脸上的冰凉的雨滴,他唇间的热烈还有她内裤里的悸动。浓浓的情色味儿。有点CK[①]广告里的感觉。

这个吻并不长,在真正的缠绵到来前就结束了。求质不求量嘛。轻轻地,他的唇离开她柔软的唇瓣。杰克领她到了车前,低声耳语道:"上车吧。"

他们开车回到城里,去了一家咖啡吧,丽莎在卫生间的干手器底下吹干了头发。她补完妆,笑意盈盈地回到座位上。一杯葡萄酒加一杯啤酒,两人低声软语地攀谈起来,聊的大都是班上同事的闲话。

"快跟我说说,马库斯·瓦伦丁是不是和咱们的艾什林好上了?"杰克问道。

"嗯。有没有想过卡尔文和特丽克丝?"

"别告诉我他们也是一对!"杰克看上去相当震惊。"我还以为她是和那个——那个她怎么称呼来着?——鱼杂儿?"

"是没错,但我就是有一种感觉,她最终可能会和卡尔文走到一起。"

"他们不是都有点恨对方的吗?——噢,我明白了。"杰克点点头。"那种的。"

"听你的口气,好像不赞同嘛。"丽莎十分好奇。

杰克很是尴尬。"各有各的相处之道,怎么样都行。但是,"他刚才婉转地提到他和麦在大庭广众下屡屡争吵,而现在确实有些难为情,"事实上,我并不喜欢

---

① CK:全名卡尔文·克莱恩,美国著名时装品牌,其男女内衣产品尤其出名。

两个人动不动斗嘴。我知道，说出来，可能大家都不大相信。"

"那你和麦怎么会……？"

杰克换了个姿势。"不知道，真的。我想，是习惯吧。一开始还觉着挺逗的，后来才意识到，除了吵架，我们都不知道还能用什么方法来表达自己的心意。好啦！"他不想再深究下去，因为心里仍存有些许对麦的依恋，继而他转向丽莎笑着问道："再喝一杯？"

"不，酒还是算了——"

可是，就在她准备饶有意味地将手放在他的大腿上，问他要不要再喝杯咖啡的时候，杰克说："那好吧，我送你回家。"而她也知道，他嘴上这么说心里也是这么想的。不过没关系啦，一向乐观的她心想，他是喜欢她的。他一定是喜欢她的：他都吻她了。他也不好对她再过分。她竭力不去理会在她心灵深处轻轻响起的声音：他可以对你再过分点的，他可以要了你的。

克洛达赫神情恍惚地在厨房里走来走去，想着当天早些时候的那场性爱。美妙得不可思议，如此销魂……

她把糖放进了微波炉，转身又把牛奶倒进洗衣机，迪兰盯着她看，心里暗自纳闷。接连产生好几个可怕的念头，难以启齿的念头。

"我不要吃这个饭。"当啷一声，克雷格用力掼下匙子。"我要吃糖果果。"

"糖果果，"克洛达赫嘴里哼哼着小调，一面在橱柜里翻找，然后拎出一袋麦提莎[①]。"喏，糖。"

她轻快地移步走过去，仿佛是踩着只有她才能听到的音乐节拍。

"我也要吃糖。"莫莉吼道。

"我也要吃糖。"克洛达赫甜甜地轻声自语，一面又翻出一袋糖来。

迪兰看着，一脸愕然。

她做了个顽皮的手势，撕开莫莉的那袋糖，拇指和食指并拢伸进袋内取出一颗。"给你？"她两眼忽闪忽闪地瞅着莫莉。"不，是我的啦。"不顾莫莉大发脾气连声抗议，她夹着这颗麦提莎，放在嘟起的唇上，轻轻吮吸着，然后整个儿吸溜进嘴里，与舌头缠绵共舞，仿佛尝到了那蚀骨销魂的滋味。

[①]麦提莎：美国玛氏公司生产的糖果，内层为膨化麦芽糊精小球，外层裹巧克力脆皮，与更常见的糖果麦丽素很相似。

"克洛达赫?"迪兰的嗓音有些嘶哑。

"嗯?"

"克洛达赫?"

她立即回过神来,嘎吱嘎吱三下两下嚼了麦提莎。"怎么了?"

"你没事儿吧?"

"挺好的啊。"

"刚才你好像有点儿走神。"

"是吗?"

"在想什么呢?"他听见自己在问。

她立即神情自若地答道:"我在想我有多爱你呀。"

"真的吗?"迪兰小心翼翼地问。他的心都碎了。他犹豫着,不该真的相信她,可他却又急切地想要……

"真的啊,我是真的,真的爱你。"她逼迫自己伸出手臂搂住他。

"当真?"他直视着她。

她平静地迎接他的凝视。"当真。"

第五十章

随着八月一天天过去,杂志社的气氛越发紧张起来。第一期杂志仍有一些编辑事务尚未完成,而为完成这些事务所做的努力又全都纯属徒劳。对本·阿弗莱克[①]的专访,因其食物中毒不得不临时取消;对一家鞋店的评论,又因其冷不丁地关门歇业而遭到枪毙;一篇探讨修女性事的文章,从法律层面来看,又被视为有伤风化。

[①]本·阿弗莱克(1972~):美国著名男演员,编剧。

这天，是特别的一天，特别令人沮丧，特别困难重重，艾什林和梅赛德斯都哭了。就连特丽克丝眼里好像也泛起了泪光。(然后她冲出办公室，闯进附近的一家店铺，偷了人家一副耳环，回来之后就好多了。)

雪上加霜的是，一心一意做首期也就罢了，可是他们没那福气。手头上还有十月和十一月两期同时在做。而且，就在这火烧眉毛的当儿，丽莎召开了一次编辑会议，规划十二月那期的制作。

不过，她不是——虽说遭到下属竭力反对——一个"只知逼迫手下人卖力干活的恶婆娘"。十二月上映的电影，八月份就要试映。如果该片的主演目前在都柏林，那就得当即对其做出专访，而不是等到两星期后《妙龄女郎》的工作减轻之际，因为这位影星那时早已去了另一个国家。

此外，当然还有杂志推介会，这也是丽莎一直念念不忘的事儿。"一定要大造声势，引起轰动。我要让那些没被邀请的人哭鼻子。要有强大的来宾阵容，精美的礼物，还要美酒配佳肴。大家想想看，"说着，她的手指头不停地叩击着桌面，"用什么食物好呢？"

"寿司怎么样？"特丽克丝用讥讽的口吻提议道。

"太好了。"丽莎舒了口气，跟着眼睛都亮了。"当然了，还有其他什么要补充的？"

指派给艾什林的任务是，列出一份爱尔兰各界一千位举足轻重的人物的名单。

"我可没把握，爱尔兰能有一千位这样的大人物，"艾什林信心不足地说。"你要给他们每人都发礼品，我们到哪去弄这笔钱来啊？"

"找人赞助啊，可以是某家化妆品牌啦。"丽莎厉声说。

丽莎脾气之暴躁更甚于往常。杰克给了她一个小小的吻过后的第三天，就动身去新奥尔良参加兰道夫媒体公司全球大会。整整十天！这么忙的时候弃大家而去，他已为此表达歉意。丽莎气愤之极，主要是因为他俩的浪漫情缘刚开了个头就中断了。

"瞧瞧这请柬。"丽莎扔给艾什林、梅赛德斯一人一张普通的银色卡片。

"嗯，不错喔。"艾什林说。

"要是写上字就好啦。"梅赛德斯嗤之一笑，不以为然。

丽莎恼怒地叹了口气："写着字呢。"

"能不能让肉眼看清上面的字？"

艾什林和梅赛德斯横过来竖过去一阵摆弄，直到光线定格在某个特定的角度，卡片上的字才显现出来——同样是银色，若干小小的字挤在卡片的一角。

"那一定会激起他们的好奇心。"丽莎肯定地说。

艾什林很担心。不就是要的一个小聪明嘛。要是她的信箱里有这么一张卡片，那她早就扔垃圾桶了。

丽莎飞赴伦敦，去和一位"调酒大师"商讨那个大日子的派对用酒相关事宜。

"什么是调酒大师啊？"艾什林问。

"酒吧男招待嘛，"梅赛德斯不动声色地说，"此地最不缺的大概就是这号人物。"

梅赛德斯无意中听到丽莎的电话预约，说她准备在伦敦公干期间去美容院注射肉毒杆菌。梅赛德斯认为这才是丽莎此行的真正目的。一点不假，丽莎第二天回来，便有了装甲车护板一般平整的额头。不过她手上也握有一份新式前卫的酒样详单。迎接客人的首先是香槟鸡尾酒，接着上柠檬马提尼，然后是四海为家，曼哈顿，香艳朗姆酒，最后是浓咖啡伏特加。

"哦，对了。礼物的事，我也一并解决了。"丽莎的话里带有责怪的意味。难不成这大大小小的事情，都指望她来包办？"客人走的时候，我们会每人赠送一瓶尿。"

"一瓶啥？"艾什林一头雾水，不耐烦地问——如果丽莎存心要说个笑话，那这笑话真是蹩脚到家了。

"尿，一瓶尿啊。"

"你真准备给爱尔兰一千位大人物每人发瓶尿？"艾什林就连笑的力气也没了。"那得要多少的量啊。你从哪弄那么多尿来啊？是不是我们每个人都得贡献点啊？"

丽莎惊讶地张着嘴，仔细地打量艾什林。"兰蔻供应的，这还用问哪。"

艾什林的脑子里立即闪现出这样一个画面：数百号兰蔻员工，专门为了丽莎，一齐往瓶子里头尿尿。"哦，他们可真够大方的。"这丽莎到底演的是哪一出呀？

"一瓶不过就五十毫升嘛。"丽莎真是语不惊人死不休。"不过看着够大个的，是不是？"说着，手里举着一小瓶尼奥。

"噢，"艾什林恍然大悟，舒了一口气。"你说的是尼奥[①]啊。"

"对呀，尿啊，怎么了，你以为我说的是什么啊？"

[①]尿和尼奥：原文是 wee（俚语，尿）和 Oui（法语，是我；兰蔻公司的香水品牌），两者同音。

我需要歇一下,艾什林清醒地知道。

她打电话给马库斯,他上来就是一句:"你好啊,陌生人。"

"呃,好,哈哈哈。午饭见?"

"您能百忙之中抽出空来?荣幸之至啊。"

"十二点半,尼尔瑞餐厅。"她匆匆挂了电话,真受不了他这样。

"过来,告诉你一件特别搞笑的事。"艾什林铆足了劲儿准备开始说那尿和尼奥的事儿,马库斯却存心要她难堪似的说:"听着,我才是搞笑行家,没错吧?"

艾什林满脸错愕张口结舌地看着他。"你这是怎么啦?"

"没什么。"马库斯忽然又低声下气地说,"天哪,对不起。"

"是因为我工作太投入了,是吧?"艾什林直奔问题的核心。最近他俩经常发生小吵小闹,因为马库斯觉得自己被艾什林轻视。"马库斯,但愿下面我说的话能让你舒服一点,我跟你说,今天我只跟你一人出来玩,你是我唯一一起玩的人。克洛达赫,特德,乔伊或任何其他人,我一概都还没见呢,我也很久没去跳萨尔萨了。不过,再过两个星期,这本杂志就要发行了,一切都会回到正常的轨道上来的。"

"嗯。"他轻声说。

"今晚过来吧,"她劝诱道,"求你了。没有几天,你就要去爱丁堡了,人家一个星期都见不着你了呢。我保证,绝对不会睡着的。"

他勉强挤出一点笑容。"你准会在当中什么时候睡着的。"

"我会保持清醒的,久到足够,嗯——我会清醒足够长的时间。"她若有所指地保证说。

她一直都在冷落他。事实上,她已经记不起上次做爱是什么时候。也许只有一个星期左右吧,但那也太久了。她是心有余而力不足:她压力太大了,她太累了。他要走了,她反倒觉得轻松了。

"你太累了的话,我也不想给你增加压力。"他的眼里满含关切。

"也不是太累。"应付一晚上,她也还是可以的,是吧?

日子一晃,很快就到八月的最后一天。之后,一切都将恢复到正常的状态。

克洛达赫红着眼睛,心神不定地扫视着餐桌。没有什么可熨的了。她已经熨了所有的衣物：迪兰的 T 恤，他的衬衫，他的内裤，甚至还有他的袜子。

罪恶感，罪恶感，痛彻心扉、极其可怕的罪恶感。她几乎无法忍受自己，她憎恨自己，痛恨自己，恨不得撕烂自己的这张皮。

她要为此加倍补偿丈夫和孩子。她要成为最最忠诚的妻子，最最称职的母亲。克雷格和莫莉一定要吃光盘子里的东西才行。她轻声呜咽着——我都成了什么样的妈妈哪？饼干，随时随地给他们吃；晚上，他们想玩多久玩多久。嗯，再不能这样下去了。她要变得非常严格才行。事实上，放松就是放纵。还有可怜的迪兰。可怜那辛苦工作体贴家人的迪兰，他不该受这种折磨。背叛，极度无情，冷酷地收回她的爱情：自从她开始了这段婚外情，就再也没让他碰过自己。

婚外情。她胸口憋闷，呼吸急促——她这是在搞婚外情呐。她意识到事情的严重，头脑一阵眩晕，身子也摇摇晃晃起来。被捉到了怎么办？迪兰发现了怎么办？这样的想法撕扯着她的心。她现在就要了结它，立刻，马上。

她恨自己，恨自己做的这些事。如果在没人发现之前，结束它，她还可以一切照旧，就像什么事也没发生一样。她拿定主意，一阵激动，赶紧抓起电话。"是我。"

"你好，是我。"

"我想结束了。"

他叹了口气。"又来了？"

"我是认真的，我不会再见你了。不要再打电话给我，也不要往我家里打电话。我爱我的两个孩子，我爱我的丈夫。"

他顿了顿，说："好的。"

"好的？"

"好的。我明白。再见。"

"再见？"

"不然还要说什么？"

她放回电话，竟然出乎意料地产生一种上当的感觉。做了对的事情之后，那种该有的温暖哪里去了？相反，她现在感到不满，感到空虚——感到心痛。他都没有怎么争取。而他应当为她着迷，为她痴狂的啊。混蛋！

先前，她还抱有一个愚蠢的想法，她要补好迪兰袜子上所有的洞，用这种极端卖力的方式来表明自己对他的爱。但是，她刚刚魂不守舍地回到厨房，她那做贤妻良母的决心便彻底动摇了。去他妈的,她冷冷地想,迪兰大不了买几双新的得了。

她几乎有些违心地跑回客厅,一把抓起电话,摁下重拨键。

"喂。"他的声音响起。

"现在过来吧。"她的声音既带着哭腔,又透出愤懑。"孩子们都出去了,从现在到四点,都是我们的。"

"我马上就到。"

艾什林八点半过后才离开办公室。她疲惫不堪,感到恶心,实在不能步行十分钟回到住处,于是叫了一辆出租车。她无力地倒在椅子上,查看手机里的短消息。只有一条,马库斯发来的。说他今晚来不了了,有一场演出必须要去。谢天谢地,她松了一口气。现在,她可以给克洛达赫打个电话,然后直接倒头就睡。再等两个星期,等这一切都结束了,再好好补偿马库斯……

她刚下出租车,就看见了呜呜,他脸上一只淤青的眼睛格外醒目。

"你怎么啦!"

"星期六晚上真合适干上一架。"他俏皮地说道,"几天前的一个晚上,布洛克,喝高了,找刺激。噢,流浪街头的人生乐趣啊!"

"真恐怖!"

话已出口,艾什林想收回也来不及了。"不介意的话,能问一下,你怎么会,呃,没有家呢?"

"为了事业到处流浪,"呜呜面无表情地说,"我一天赚两百块,乞讨要来的,我们这些无家可归的人,都干这一行,你在报纸上没看过吗?"

"真的啊?"

"假的啦,"他存心嘲弄她说,"一天净赚两百便士,就叫很幸运了。说来话长。没工作没家,没家没工作。"

艾什林对这还是有些了解的,只是她从来没有真的相信这种事情确实会发生。

"难道你没有一个,你知道的,嗯,家里人来帮你吗?比如说,你的父母。"

"有,没有。"他淡淡一笑,解释道,"我可怜的妈妈,一直不怎么健康,精神上有毛病。而我爸,自打我五岁的时候,印象里他就是个隐身人,没有见过他。我是在孤儿院长大的。"

"噢，天哪。"艾什林很难受，她不该提起这个话头的。

"是的，我就是一具行尸走肉，"鸣鸣悲伤地说，"说起来真丢人。当时我真的没办法在任何一家孤儿院生活，因为我想要和妈妈在一起，所以我就打教育制度的主意，考试门门不及格，最后我如愿以偿。所以即便我有一个住的地方，大概还是找不着工作。"

"为什么区委会不给解决住房呢？"

"妇女小孩优先。如果我能怀孕，那机会就更多了。但是，一个没有小孩的大男人，照道理应该是能养活自己的，所以我们是他们最后考虑的照顾对象。"

"慈善收容所呢？"艾什林曾经听说过类似的机构。

"没地方了。在这城里头，无家可归的人多得你数也数不清。"

"哦，噢，真可怕。所有这些。"

"对不起，艾什林，现在我毁了你的心情，是不是？"

"没有啦，"她叹了一口气。"反正本来也没好到哪里去。"

"喂，《不祥之日》我看完啦，"鸣鸣在她身后喊道，"那些连环杀手当然最清楚怎样肢解尸体。我看了一半《如何做整理》了，我数了一下，有一页里面，'粗毛绳'这个词出现了十三次。"

"真是想不到。"她已经没有力气听鸣鸣的"书评"了。

艾什林吃力地走上楼梯，进屋后给自己倒了一杯酒，一边听电话里的留言。一段长长的沉默之后，跳出了考迈克的留言。看样子，风信子下周就能送到，但是郁金香，还要再等上一阵子。

接着，她怯怯地拨通克洛达赫的电话。几星期过去了，她还没有同克洛达赫说过话哩，也就是从她还在科克郡的那个周末开始直到现在。

"真的，真的太抱歉啦，"艾什林显得低声下气的。"这要人命的杂志没发行之前，恐怕我是没有机会去看你了。基本上天天晚上加班到九点钟，人都累瘫了，我都快要不知道自己姓甚名谁了。"

"没关系，反正我也打算出去一阵子呢。"

"度假？"

"下个星期，想一个人出去几天，透透气。温泉水疗所，维克罗郡的……我现在压力太大，人也劳累过度。"克洛达赫说道。她声音里带有一种自我辩解的腔调，听起来令人心悸。

艾什林突然清晰而又有些害怕地记起初夏时节她和迪兰的一次谈话,迪兰表现出对克洛达赫的担忧。一种非常非常不好的感觉随即袭上心头。一种不祥的感觉。克洛达赫一定是遇上了什么麻烦,而且徘徊在即将崩溃的边缘。

艾什林又是内疚,又是害怕。"克洛达赫,事情总会好起来的,啊?一直都没能陪在你身边,我也非常、非常难过。让我帮你吧,求求你让我来帮你吧,事情说出来会好些的。"

克洛达赫小声抽泣起来,一种真正的恐惧攫住艾什林。真的出事了。

"快跟我说说。"艾什林催她。

但是,克洛达赫兀自哭泣,"不,不行,我太可恶了。"

"你不是,你是个了不起的好女人。"

"你不知道,我太坏了,你根本都不知道,你又是这么好……"她哭得很厉害,开始语无伦次。

"我这就过去。"艾什林强烈要求。

"不要!不,求你不要过来。"克洛达赫又哭了一会,吸了吸鼻子,说道,"没事了,现在我好啦。真的。"

"我知道你还没好。"艾什林感觉出她是在找托词,想开溜。

"真的,我真没事啦。"语气似乎真的很坚定。

一挂上电话,艾什林便开始气得浑身发抖。特德。该死的特德。她就是有这样一种感觉……她手指颤抖着拨了他的号码,责问道:"最近没怎么看见你嘛。"

"那是谁的错啊?"听起来很受伤的样子。或者可以说是狡辩?

"是是是,听着,对不起啦,都是我工作太忙了。要不,咱俩出来喝个痛快,不醉不归,怎样?"

"好啊!今晚?"

"呃,下个星期,怎么样?"

"哦,我不行啊。"

"怎么不行啊?"

千万别说,千万别说是……

"我要出去几天呢。"

噢,天哪。她连呼吸也停止了,仿佛腹部受到重重的一击。"和谁去啊?"

"没有人。我要去参加爱丁堡国际艺术节,有我的表演。"

"就你？真的啊？"

"没错，就是我，千真万确。"电话里的声音分明透出敌意。

"好吧，那就祝你一个人的爱丁堡之行一切顺利。"艾什林反唇相讥，挂了电话。她要让马库斯留点神，一看到特德和克洛达赫，随时汇报，或者更准确地说，看不见特德，随时汇报。

第五十一章

多少个歇斯底里的日子，多少个无眠的夜晚，在这压力重重、寝食难安中，迎来了八月三十一日，《妙龄女郎》正式发行的日子。时间过得太快，太快了。

艾什林被一阵熟悉的剧痛惊醒，像是有一根帽针，在她的耳朵里不停地戳来戳去。可能她也料到了。这只没出息的耳朵，总会挑准时机，就是要赶在最不合时宜的时候出毛病——在她毕业会考的第一场考试，在她参加工作的头一天。倘若它今天不出毛病，在今天——借用丽莎的话说，"你职业生涯里最重要的一天"——没准她会失望的。

没准，可也没说一定哪，艾什林郁闷地想，服了四片扑热息痛，然后又往耳朵里塞了一团棉絮。这只耳朵真是祸害不浅哪。油腻腻的头发，自己是洗不了了，怕水会溅进耳朵里。上班之前必须先去看医生。然后还要预约去洗头发，必须是约在吃午饭的当儿，也只有午餐时间她还没有打算另派他用。

艾什林只好纠缠着麦克德维特医生的助理，再三央求之后，拿到一个早一点的号。接着，她又得软磨硬泡，乞求医生给她一些速效止痛片。"抗生素起药效，要等两三天呢，"她哀求道，"疼得我都没法思考了。"

"你压根就不该思考，"他责备道，"你应该待在家里，躺在床上才对。"

好像她不想似的！一拿上处方，她就得去赶赴一场电影试映会。每一个见到她的人，都会用她那油腻腻的头发引出话题。三个小时的电影，似乎没完没了。看得她焦躁不安，如坐针毡，想着这个时候在办公室的话，有多少的事情都做好了。亏她还一度以为，干这一行有多么荣耀体面呢！

大屏幕上开始滚动播映致谢名单，艾什林一下子从宣传员手中夺过影片简报，拔腿就跑。在以生平最快的速度狂奔十分钟后，她冲进《妙龄女郎》杂志社一片狼藉的办公室，磕磕绊绊地走过满地乱扔的派对专用凉鞋，穿过门上和橱柜上悬挂的两排衣裳。丽莎的电话铃声骤然响起，她刚要伸手去接，对方已经挂了。她朝自己的话机猛扑过去，抓起话筒，却发现人家根本不可能接受她周三午餐时间的美发预约。她试着逐一联系受过《妙龄女郎》关照的几家美发厅，结果也是一样。

第一家："紧急啊？是，今晚的事，我们也都知道的，丽莎在这边呢。"

得，这一家是没戏了。丽莎要的，虽说是免费服务，但也一定极为考究很上档次，需要一次性用完所有免费额度。她相继又打了几个美发师的电话，一一证实梅赛德斯、特丽克丝、德乌拉，甚至莫利太太和蜂蜜岛沼泽怪肖娜都以《妙龄女郎》的名义，各自作了预约。

搞什么嘛？该死的我怎么这么白痴啊？

但是，她已经没有时间自责——她开始慌了。头发竟然好像开始发出怪怪的味道了。只好就在这儿洗了。幸好办公室里的护发品多得是——甚至连最基本的香波也有，一应俱全。不过，她要人帮忙才行，偌大的办公室里就只有伯纳德一个人，穿着他最好的一件菱形格纹背心来庆祝杂志首期的出版。

"伯纳德，你愿意做我可爱的小助手，帮我洗头吗？"

伯纳德显然是给吓坏了。

"我的一只耳朵发炎了，"她耐心地解释道，"我需要人帮忙，这样可以确保水不会流进耳朵里。"

他痛苦地扭动着身子。"随便去叫她们中的哪个姑娘帮你好了。"

"你四下看看，这儿不是没人了嘛。我还要赶去采访尼亚芙·库萨克[①]，都不到一个小时了，现在必须要洗。"

"那你什么时候回来？"

"我必须直接去酒店，帮着打点一切。求你了，伯纳德！"

---

①尼亚芙·库萨克（1959～）：爱尔兰女演员。

"啊，不，"他面露难色。"我不行，这也不合适啊。"

上帝啊！这一天半可真是倒了八辈子穷霉！不过，她能指望什么呢？伯纳德今年四十有五，还和他妈妈住在一起。

"好了，我得去信用社了。"他撒了个谎，便急忙开溜了。

艾什林无力地倚在桌沿上，委屈的泪水眼看就要落下来。耳朵生生地疼，人又累得个半死，还要顶着一头软塌塌、脏兮兮、油腻腻的头发去参加宴会，而其他人呢，个个都是光彩照人，魅力四射。她一只手捂着隐隐抽痛的耳朵，泪水顺着她的脸庞无声地落下。

"你怎么了？"

她吓了一跳。杰克·迪瓦恩，正在仔细打量着她，似乎还透着些许关切。

"没什么。"她含糊地说。

"到底怎么了？"

"宴会就在今天晚上，"她愤愤不平啰啰嗦嗦地说，"我头发脏了，想尽了办法，还是预约不到一个美发师，我自己又不能洗，因为一只耳朵发炎了，这儿也没人愿意帮我。"

"没人愿意？谁啊？伯纳德？他那么急匆匆地离开就为这个？我正要出电梯，他差一点把我撞倒。"

"他是去信用社。"

"哪儿啊，才不是的。他只在星期五去信用社。天哪，你一定是真的把他吓坏了。"

说完这话，杰克纵声大笑，艾什林有些愠怒地瞅着他。少顷，杰克放下手中的一摞文件，突然行动起来。"那好，来吧！"

"来干吗？"

"来洗手间，给你洗头啊。"

她抬起那张愁眉不展的脸，看着他。"您正忙着呢。"声音里透出些许责怪的意味。他总是在忙。

"洗一下头，用不了多长时间的。走吧！"

"哪个洗手间啊？"最后，她开口问道。

"男——"他欲言又止。两人看着对方，四目相对，默默地较量着。"但是——"

"不去男洗手间。"她尽可能坚决地说。

"但是——"

"不行。"不得不让杰克·迪瓦恩给她洗头发就够倒霉了,如果还非要让她面对那沿墙一溜儿的小便池——那可不行。

"那好吧,也罢。"他认输地叹了一口气。

"一点也不像我们的嘛。"杰克在门口犹豫不前,探头朝里打量着这个普普通通的洗手间,却觉得自己看到了什么非同寻常甚或令人惧怕的东西。

"进来呀。"艾什林急躁地说,想竭力掩饰自己的尴尬。她拽出一根某家洗发香波公司免费馈赠的橡胶淋浴软管,想要把它套在阀门上。可是管子扭成一捆,已经没了韧性。"一堆没用的垃圾。"她恼怒地收紧下巴。今天还会有比这更倒霉的吗?

"拿来。"他弯下身子,她灵巧地闪开。他使劲朝上一拽,管子就套在了阀门上。

"谢谢。"她小声说。

"现在做什么?"他看着她把手放在细细的水流下,一边调节着水龙头,直到感觉温度合适。

她俯身向前把头歪向一侧,伸进白色陶瓷面盆里。"先将头发打湿。小心我的耳朵哦。"天哪,她根本用不着多此一举!

他犹犹豫豫地拿起咝咝作响的淋蓬头,将从中喷出的水流试探性地浇到她头上。她的棕色发丝立即变得乌黑湿亮。

"必须要全都浸湿了。"她在下面喊道,自下而上传来的声音听起来有些发闷。

"知道啦!"她感到他是从左耳开始——好的那只——提着头发,分成一缕一缕,逐一浸湿,再转到她的前额,然后冲一下脖子。有点痒,但不讨厌。

他伸长了身体,以便能够到所有的头发。他弯着腰,俯在她弓起的背上,他的大腿紧贴着她身体的一侧。就在这时,她知道自己可以感受到他的体温,她开始清醒地意识到门是关上的。孤男寡女独处一室。她开始冒汗了。

但是,就在一股水柱缓缓流向她的右耳,她觉得有点痒的时候,她一慌神,立即警觉起来。"小心!"

"知道了!"杰克有些失望。他本以为自己作为一个男人,已经做得非常好了,因为他以前从未替其他任何人洗过头发。

"对不起啊。"她喃喃地说,"只是,万一有水进去,就会造成耳膜穿孔。已经有两次了。"

"好的,我知道了。"他立即放慢了速度,用他的手指温柔地轻抚她的绺绺发丝,避开那危险区域,小心冲洗着。让他惊讶的是,她耳朵后面那片弧状肌肤轻轻触碰着他,感觉有些怪怪的。前额的发际线平滑光洁,充满生气,那么楚楚动人,那么可爱迷人,自有一种难以言说的魅力。还有一大团样子傻乎乎的棉絮,在她脑袋的一侧很是显眼……他努力抑制住自己的情绪。

"洗发水,"她打断了他的思绪。"倒一点在头发上,然后揉成泡沫——"

"艾什林,我知道洗发水怎么用。"

"噢,当然。"

手指在她的头皮上轻轻地旋转,充分搅匀香波。有一种意想不到的舒适与惬意。她闭上眼睛,沉浸在这愉悦里,让过去一个月的疲惫和沉重的工作负担统统成为遥远的回忆。

"我的手法如何?"他问道。

"不错。"

"我一直想要有门好手艺。"他坦率直言的语气听来有些怅然。

"你成不了美发师的,"她小声说,心里既有此话非说不可的那种懊恼,又有吐出真言后的欣慰。"你还不够女人。"

随着他的手指有力地一点一点往前按压,她的头皮生出一阵麻酥酥的、无比愉悦的快感。看来要让尼亚芙·库萨克久等了,老实说,她也压根没把这当回事儿。一阵阵令她稍稍战栗的细微快感,沿着她的发际蔓延开来,不安和紧张统统离开她疲惫不堪的身体,在这昏暗的空间里,只听见杰克呼吸的声音。她俯在水池边上,沉浸在他的温暖里,昏昏欲睡。好舒服啊……突然间,她感到一阵痛楚,从心底四下散开,开始害怕起来。他现在给她的,绝不仅仅是洗发香波。她明白,他也一定知道。他们之间实在太亲密了。

还有呢。姿势。只是想想杰克·迪瓦恩的下身在什么位置,一种直立竖挺的形象便在她心里挥之不去。或者,只是她在想象……?

"大概现在可以冲洗了吧,"她小声地说,"然后再抹些护发素,不过动作要快,我要迟到了。"

这可是杰克·迪瓦恩啊,她上司的上司。她不清楚到底是怎么回事,不管是什么，这也太怪异了。

他刚刚帮她把头发冲洗干净，她便将头发拧干，随即看见他拿着一条毛巾靠过来。"我自己来就好，谢谢。"她快喘不过气来了。

镜子里，他俩视线相交。只一瞬间，她的目光便游移不定，想要逃离他那深邃的黑色眸子的注视。她很窘迫，很困惑……在他身旁，她总有这样的感觉，不过此刻却是异常强烈。

"谢谢你啊，"她努力维持着表面的客套。"你真是帮了我大忙。"

"没什么。"他笑了，神情也完全变了，弄得艾什林事后忍不住凝神思索了一番，想知道他们之间那彼此心照不宣、为之感到陶醉的某种情愫，是否源自她一个人的幻想。"我可不像你们想象的那么凶悍可怕。"

"不是的，我们没——"

"我只是做事果断罢了。"

"呃，是！"

"哎，你赌多少钱？我这一出去，就会被特丽克丝抓个现形。"

艾什林想了一会，回答说："十块。"

第五十二章

杰克到达赫伯特公园大酒店时，杂志发行招待会已经进行了好一阵。现场挤满了人，许多桌子上堆满了厚厚几摞簇新的《妙龄女郎》。姑娘们各就各位，犹如一条条高效的人工传送带，有序地引导那些人们期盼许久的各界名流。

站在最前面的是丽莎，光鲜亮丽，风采照人，漂亮得不能再漂亮了。后面是艾什林，身穿套裙，足蹬细高跟鞋，姿态稍显别扭，正在对照名单查看来宾请柬。纤细若蛇的梅赛德斯，穿一件黑色闪亮礼服，在给来宾贴姓名标签，然后是特丽克丝，身着轻薄暴露的时装，正领着人们往衣帽间走去。年轻漂亮的男男女女，托着托盘穿梭在人群中,托盘上摆放的是成人化的鸡尾酒——不插小花伞。

"编辑女士。"杰克在丽莎面前停了下来。

"嘿,我是迎宾女士!"她咧嘴一笑。

"喔,那就来恭迎我吧。"

她吻了吻他的面颊,模仿着那娇滴滴的令人不寒而栗的腔调,夸张地说:"哦,亲爱的,见到你,真是太激动、太兴奋啦!呃,您是哪位呀?"

杰克笑了起来,移步来到艾什林跟前,见她正在查对那份打印好的名单。"噢,你好啊,"她寒暄道,出人意料地透着一些顽皮。"迪瓦恩,杰克,名单上没有你嘛,您哪位呀?达官呢,还是显贵?"

"都不是。"他赞美她的一身黑色套裙。"好看。"不过,他真正想说的是,"跟以往判若两人。"

"我几乎没穿过裙子,"艾什林实话实说。"我的连裤袜已经抽丝了。"

"头发洗后效果如何?"

"自己看嘛。"她有点不稳地原地转了一圈。

换作其他女人,一头清爽利索的短发,会使她格外时尚,活泼娇柔。她呢,却表现出一种惹人爱怜的质朴本色。他看在眼里,心中隐隐有些伤感。

"耳朵呢?"

"什么耳朵啊?"艾什林笑盈盈地问,然后举起手中的香槟鸡尾酒。"干杯!感觉不到痛啦。好了,请往里走。"

整个晚上,丽莎不停地接受众人的道贺。招待会很成功:该来的都来了。经过细致的调查之后,他们发现爱尔兰仅有六百一十四位大人物,不过好像每一位都到场了。一阵阵如雷贯耳的祝愿和赞美之声,在屋子里久久回荡。这场面真是叹为观止!

尽管从最初策划直到开机印刷,他们事故频发,屡屡受挫,但这并不影响《妙龄女郎》取得令人瞩目的成就。掀开杂志一张张印刷精美的纸页,扑面而来的分明是杂志业这个后起之秀的澎湃激情。丽莎甚至是在最后关头,弄到一封名人来信。这支新的男子乐队拉德兹已崭露头角,他们的主唱肖恩·多克里,是好几个月前丽莎曾在摩洛哥新品推介会上见过的一个有点神经质的年轻人。此时他已蜕变为一个地地道道的万人迷,引得少女们个个像猴子一样,攀在他们家的墙上。

肖恩记得丽莎。他怎会忘记在他漂泊无依的那几个月里，这个唯一对自己友善的人呢？要是他可以把那些少女歌迷统统赶出他的文具抽屉，那他会很乐意写这封信的。大家都一致认为，出自他手的文章，有一股沁人心脾的清新和活力，是那些垂垂老矣的老摇滚人所无法比拟的。

丽莎抑制不住地微笑着：看眼前这恰如其分、震耳欲聋的呼声。四个月前，谁又曾想过她会一举成功？她会感觉如此美好？

甚至连广告的事也都解决了——一组身着弗丽达·基利的时装流浪街头的模特儿照片，让事情变得峰回路转。各大时装品牌公司的人也都意识到，《妙龄女郎》绝不是什么乡里乡气、一文不值的货色，而是不容小觑的一股新生力量。他们不但登出大量篇幅收费不菲的广告，还要求未来几期也接连刊登他们新近推出的时装。

"嗨，丽莎。"丽莎一转身看到了凯西，她的这位邻居正托着摆满了寿司的托盘。

"噢，嗨，凯西。"

"谢谢你给我安排这个活儿。"

"没什么啦。"

"可是，不停地有人来问香肠卷放哪儿了？"

丽莎笑了笑。"那只能说，他们不该来这里。"

"我也尝了一块寿司，"凯西吐露秘密似的说，"嗯，你知道吗，味道还不错呢。"

马库斯·瓦伦丁，一副疲倦的样子，脚底打飘地走了过去。丽莎不禁朝他粲然一笑。加斯珀·弗伦奇跟跟跄跄地走在他身后，更加显得疲惫不堪。再后面，是凯尔文·卡特，他是专程从纽约飞过来的。

凯尔文上来就是一阵耐人寻味的握手，并直呼其名。

"太好了，丽莎。"他边说边扫视着眼前花花绿绿的人群。"太好了。好啦，丽莎，我们来致辞吧！"

他一跃跳上了那小小的舞台，一开口，迸出一句爱尔兰语，那是他事先让艾什林标上读音的。

"凯德-米拉-福-彻！[①]"他一声高呼，惹来全场哄堂大笑，似乎很受大家

[①] 凯德-米拉-福-彻：爱尔兰语 Céad Míle Fáilte（成千上万次的欢迎）的谐音，在爱尔兰是常用的开幕式祝辞。——编者注

欢迎。只是，当然啰，凯尔文始终分不清大家到底是同他欢笑，还是因他发笑。

接下来，他说到都柏林，说到杂志，还说到《妙龄女郎》如何如何完美。

"有这样一位女性，是她，让这一切成为了可能……"他伸出一只胳膊搂住了丽莎。"女士们，先生们，请允许我向在座诸位隆重推出这位最优秀的编辑，丽莎·爱德华兹！"

在一片热烈的掌声中，丽莎站在演讲台前。

"鼓掌，"艾什林压低嗓门对梅赛德斯说，"不然她以后会让你滚蛋的。"

梅赛德斯似笑非笑地两臂交叉于胸前。艾什林担忧地瞅了她一眼，只是不能稍稍多看片刻。艾什林负责献花，同样神思恍惚带有几分醉意——在疲劳困顿，止痛片和酒精的混合作用下，当然啰——她但愿自己能够站稳脚跟，直到捧着花走上一段不长的台阶。

就在丽莎神采飞扬地致辞之时，她的目光不期然落在杰克身上——或者用她暗自给他取的名字：今夜最馋人的诱惑。他抄着胳膊倚在墙上，脸上是淡淡的微笑，丽莎沉醉在这微笑里，沉醉在浓浓的暖意和深深的欣赏中。

她陶然若醉，飘飘欲飞。就是今晚了。自他从新奥尔良回来之后，他们一直都太忙，无暇寻欢作乐，就连和他打情骂俏的时间几乎都没有。今晚过后，他们就可以枕着荣誉安然入睡了，并且她十分愿意让他睡在身边。她扫视着台下的人群，脸上带着似笑非笑的表情。该死的，艾什林在哪儿呢？啊，看到了。丽莎朝她颔首示意——该献花了。

致辞之后，现场的气氛掀起了又一个高潮。凯尔文看上去十分惊慌——他们在纽约可不是这样喝酒的。那杰克躲到哪里去了？

不停地握手寒暄之后，杰克已累得几近虚脱。好在他总算发现了一个安静的角落，整个人舒服地坐在椅子上。桌子上，有几块没人要的寿司——显然，是有人被难住了，不知该如何下口。

这时，近旁的双开式弹簧门突然猛地被人推开，打破了他独处一隅的宁静。恰在此时，音乐响起，艾什林随之翩翩起舞，手里举着酒杯，指间夹着一支烟。她跳得出奇地好，身体的每一个部位，灵活而有节奏地舞动着，酷似满满一大袋动作一致的狗崽。他恍然意识到，也许这是因为她已经喝得烂醉的缘故。

艾什林走到杰克跟前，借着酒劲，用力甩掉手里的包，然后，一低头注意到自己的膝盖。"不好,抽丝了!"她大声说道,"我的包,快拿来。"她嘴里叼着烟,烟雾熏得她眯起眼睛。然后,她摸出一罐发胶,顺着小腿肚,一路轻巧地抹到大腿上。

杰克一旁看得入神。"涂发胶做什么?"

"以防抽丝。"她一边说着,深吸了一口烟,嘴唇动了一下,香烟便稳稳当当地挪到了嘴角。他见状惊叹不已。

看着她把罐子放回包里,他突然生出这样一个念头:他可以将自己的生活托付给她。

她惊呼一声,像是刚刚想到什么重要的事,接着又埋头在包里一阵搜寻,随后掏出一个小小的玻璃瓶,突然扑哧一笑,抑制不住乐了,她抓起瓶子照准手腕喷了一下,然后拿到杰克面前。"猜猜这是什么?尿的味道。"

那一直难以掩饰的笑意,已经表明她认为这是极可笑的一件事。他发现自己也跟着笑了起来,尽管他并没有领会这其中有什么可笑之处。

她给他看尼奥的瓶子。"尼奥,尿,懂吗?今晚的赠品。可惜啊,不到结束,是不会发的,不然,我们就可以到处走走,然后逢人便说:'你有尿的味道呢'……喂,"她显然注意到了什么。"你咬指甲呀。"她捉住他的手,仔细察看起来。

"嗯,是啊。"他坦白说。

"为什么?"

"不知道。"他努力要想出一个理由,却好像怎么也想不出。

"你太爱操心啦。"她说着,一边轻轻拍了拍他指节突兀的手指,隐约带有几分怜意。"嘿,"她看着他,陡然换了一副急迫的表情。"有烟么?加斯珀·弗伦奇偷了我的烟。"

"我还以为你会留着一包备用呢。"他努力用开玩笑的口吻说道,可惜他笨嘴拙舌、口齿不清,仿佛刚刚接受了牙医的诊疗。

"是留了,不过也被他偷了。"

杰克注意到,就在对面,丽莎朝他举起了手中的酒杯。她的体态语言明确无误地向他发出了邀请信号。他开始胡乱摸索着找自己的香烟,脑袋瓜晕晕乎乎,无法集中思绪。丽莎是个漂亮女人。她精明,有魄力,她独到的见地和旺盛的精力,令他佩服之极。不仅如此,他还真心喜欢她。一定是这样的——他不是已经吻了她吗?尽管他依然不能确定那到底是怎么发生的。

今晚，丽莎已经为他安排好了一切，只是他内心突然无情地确信，自己并不想服从她的安排。为什么不呢？是因为丽莎有夫之妇的身份？是因为他们是同事？是因为他对麦还没有忘怀？还是因为他依然留恋那个迪伊？这些都不是。是因为艾什林。这个此前被自己称为"全能修理小姐"的女人。

究竟这是怎么了？会不会是时差还没倒过来？他头昏脑胀地想。但是，他出国回来已经有十二天了，不可能会是时差的问题。

好了，看来他只得出一个结论。唯一且无法回避的结论。

他是得了神经衰弱症。

第五十三章

艾什林一觉醒来，感觉像是夜里有一辆重型货车从身上碾过一般。耳朵一阵阵的抽痛，骨头隐隐作痛，浑身疲乏无力，不过，谁在乎呢？昨晚真是美妙无比。晚会不仅取得了巨大的成功，而且还很有趣。

有一阵，她竟然不清楚躺在床上的是不是只她一个人。后来，她记起昨晚什么时候，她弄丢了马库斯，然后独自回到住处。没关系。既然杂志已经步入正轨，那么生活也可以回归正常了。

她忍住透入骨髓的疼痛，拖着身子靠在沙发上，点了一支烟，一边看着早间的电视节目。脑袋像是受了伤一般。她这样迟迟不去上班，真可谓肆无忌惮，可她不在乎。大家早就达成一种默契，今天何时到公司上班，人人都可以完全听凭自己的意愿。最后，她勉强洗漱，换上衣服，上街时已是十一点钟的光景。天上飘起了雨。九月污浊的云层低低笼罩在这座城市的上空，天空中的光线是暗淡的青灰色。艾什林家门外不远处，呜呜正坐在被雨水打湿的人行道上。抱着膝，蜷缩成一团，湿漉漉的头发紧贴着头皮，雨水顺着他的脸庞流下来。走近一些，艾什林觉得心头猝然遭到重击，她看出浸湿他脸庞的不是雨水。他是在哭。

"呜呜,怎么啦?发生什么事了?"

他抬起头,看着她,嘴巴张得老大,同时难以自抑地默默号哭着。"看看我。"他一只手捂着眼睛,另一只手指了指他自己:一身湿透的脏衣服,脑袋上方没有遮风避雨的屋顶。"真他妈的丢人现眼。"他激动地颤声说道。

艾什林怔住了。呜呜一向是那么乐观。

"我饿,我冷,身上湿透了,还脏死了,我烦死了,孤零零的一个人,我害怕!"他哭着说,脸也扭歪了。"我受够了那些一直跟我作对的警察,受够了那帮喝醉了酒拿我寻开心的街头混混,受够了总拿我当一坨屎的家伙。他们甚至还不让我进对面的那家咖啡店,买杯茶。一杯买了在外面喝的茶啊。"

艾什林此前从不当真以为流浪街头的生活像他说的那样逍遥自在,但是,她怎么也没有料到,他对这种生活痛恨到如此地步。

"我受了太多的白眼。他们说我是懒鬼,说我应当找个工作。我他妈的当然爱工作了。我恨伸手乞讨,太丢人了。"

"是不是发生什么事啦?"艾什林问,"是什么让你这个样子?"

"没有,"他口齿不清地说,"只是今天心情不好罢了。"

艾什林开始思索自己该怎么做,雨水顺着伞骨滚落下来,打在她的后背上,溅起一滴滴湿冷的水花。她突然觉得一阵沮丧。呜呜不应该由她负责照顾。她交了税,应该由政府来照顾像他这样的人。要不让他先在公寓楼的门厅里避避雨?可是她不能:今年初夏时节一次暴雨骤降,她就这样做的,结果惹来一些居民大吵大闹。所以是不是该让他进自己家?她真的有必要这么做,再说,他是讨她喜欢的,尽管她还是、还是有些不情愿。可是,他这么可怜……

她心软了。"起来,去我家。冲个澡,再弄点吃的。还能把衣服放洗衣机洗一洗。"

她暗自希望他能拒绝,这样,她就可以心安理得地继续赶路,但是,他看着她,脸上浮现出既有哀凄又有感激的表情。"谢谢。"他喉头哽塞住了,然后又是泪流满面。

"我不会老是这样的。"他保证道,一边跟着艾什林走上楼梯。

和她窗明几净的房间一对比,她才意识到他到底有多脏。一条脏得不堪入目的牛仔裤,松松垮垮地套在他瘦骨伶仃的腰上,一张酷似顽童的脸,苍白得几无血色,却又满是污垢,指关节上净是一道道嵌满尘土的裂口。

"我身上有味道了,"他满面羞愧地承认道,"对不起。"

艾什林的心头泛起一股难言的滋味。是悲痛,是愤怒。

"毛巾。"她紧咬着牙根,将一叠柔软的毛巾重重地放进他的臂弯里。"洗发水,备用牙刷。这儿,洗衣机,洗衣粉。这里,水壶,茶,咖啡。冰箱里有什么可以吃的,尽管拿去吃。"说完,塞给他一张五英镑的钞票。"我得去上班了,呜呜。回头见。"

"我这一辈子都不会忘的。"

她带上门,眼角瞥见呜呜站在她家的厅堂里,那件湿透了的裤子显出查理·卓别林式的腿弯,还有那一叠柔软蓬松的毛巾,闪着耀眼的白色,有着棉花糖一样的松软。

艾什林一进办公室,杰克·迪瓦恩便告诉她说:"有人找。"他指了指那个正无力地瘫坐在她办公桌前的男人。

艾什林一看是迪兰,便知道是有什么可怕的事发生了。一件真正骇人的事情。他的五官因震惊而扭曲,她几乎没认出他来,这个她已认识十一年的男人。他面如死灰,满脸颓色,他的皮肤、头发和眼睛全都了无生气。他那不知所措、受了伤的眼神一直跟着她在转,然后,用在场的所有人都能听到的声调大声说:"克洛达赫出轨了。"

这个消息对于艾什林不啻晴天霹雳。她相信他说的话。一个念头在她脑海中久久挥之不去:人们对自己所爱的人,都做了些什么可怕的事啊。

艾什林觉得自己有责任说些什么,或做点什么。可是对迪兰她又说不出口"说真的,我想过她可能有别的男人了"。相反,她不得不佯称他是否搞错了。于是她问:"你怎么会这样想呢?"

"被我看见了。"

"什么时候,在哪里?"

"就今天上午,我十点钟提前下班回家。是因为我一直都在担心她。"他自我辩解似的说。

更像是在怀疑她。不过艾什林能够理解他。

"就这样,被我捉奸在床。"迪兰突然开始号啕起来,这是艾什林一个上午第二次看着一个大男人哭得像个孩子。"我还知道那家伙是谁,"迪兰说道。"你也认识的。"

艾什林先是恐惧继而又明白了一切。她知道迪兰要说的是谁了。

"是那个该死的小丑。"

我就知道是他。

"你的那个朋友。"

特德!

"马库斯,这个淫贼,"迪兰哽咽着,"管他妈该死的是个什么名字。瓦伦丁什么的——马库斯·瓦伦丁。"

"不,你说的是特德,又小又黑的特德。"

"不,我说的是你那个又高又瘦的朋友,马库斯·瓦伦丁。"

艾什林眼前浮现的可怕情景陡然换成另一副画面。

"他不是我的一般朋友,"她的声音仿佛是从遥远的地方飘来。"他是我的男朋友。"

在场的几个人——杰克,莫利太太,还有伯纳德——都听得惊呆了,一动也不动。只剩下迪兰的抽泣声。

"我想,这不奇怪吧,"迪兰压低嗓音说道,"她偷你的男朋友,也不是头一回了。"

他两眼直勾勾地瞅了她很久,然后开口说:"我本来应该跟你好下去的,艾什林……我还是走好了。"说完,拎起一只手提箱。

"哎,那是什么?"艾什林喃喃地问。

"衣服,行李。"

"你要离开她了?"

"当然是了。"

"可你准备去哪儿呢?"

"去我母亲那儿,先呆上一阵子。"

她呆呆地瞅着他离开。

有一股重力压上她的肩头。一只手臂,杰克·迪瓦恩的手臂。"到我办公室来。"

丽莎一觉醒来,仍对昨晚高潮过后那空虚冷落令人扫兴的结局耿耿于怀。先前所有的美好幻想全都破灭了,消散了。是啊,杂志表现确实不俗,庆祝会也相当成功,可在这么闭塞落后的地方,充其量也就是三万册的发行量。有什么了不起的呢?

她的失落带来了更深的失望。那是因为杰克。她原来确定他会和她一起回家。她觉得这是自己应得的待遇,是对她的一种回报,为了她如此卖命工作,促使所有目标如期实现。

虽说,自他从新奥尔良回来之后,他们便再也没有一起出去过。她以为他们已经形成了一种默契,那就是一起等待,等到杂志推介会开始之后。但是,昨晚,就在她准备邀功请赏之时,却不见了他的身影。

正午时分,丽莎步行上班的路上,心情极为低落。到达办公室后,她径直走向杰克的办公室,既是为了要对这次推介会做一个总结,又是想观察杰克的情绪变化。她推开门……

一眼便看见那让她最为错愕的情景。随即,一探究竟的原始欲望牢牢攫住了她,她站定了。

令她吃惊的,不是艾什林和杰克独处一室,也不是杰克轻拥着艾什林,像是搂着世界上最珍贵的瓷娃娃一般。真正令她惊讶不已的,是杰克脸上的表情。丽莎从来不曾见过如此温柔的神情。

她悄悄退了出来,带着满腹的疑惑,恍惚中,办公室也像梦境一般不真实。
特丽克丝走了过来,手里拿着一张便条。"有电话找你——"
"现在不接。"
几分钟过后,艾什林出现了,面色苍白,眼神躲躲闪闪。她很快离开了办公室。
跟着,杰克也走了出来,一副疲惫不堪的样子。"丽莎!"他大声叫道,"艾什林精神上受了很大的刺激,我让她回去了。"
丽莎需要努力稳住自己来和他说话。"她怎么了?"
"她刚才,哦,发现她的男友和她最要好的闺蜜搞在一起了。"
"不会吧?马库斯·瓦伦丁和那个克洛达赫?"
"正是。"
丽莎突然生出一种歇斯底里般的冲动,很想放声大笑。
"能到我办公室来一下吗?"杰克问道,"有些事要和你谈谈。"
他这是要道歉吗?解释他刚才只是在安慰艾什林,而他真正在意的人是她丽莎？可惜，他想谈的全都是工作。

"首先，我想就昨晚的活动，就首期杂志发行赢得开门红，祝贺你。你做出的成绩，远远高于我们的期望，全体董事向你道贺。"

丽莎点点头，一颗心不住地往下沉。他们之间的从容自如，全都不见了，全都从她的脚底抽离了出去。跟她在一起，杰克也明显感觉到不自在。

"此时你理当沉浸在成功的喜悦之中，可是，我很抱歉，"他继续说道，"有个不好的消息。"

你爱上艾什林了？

"今天早上，梅赛德斯辞职了。"

"哦，噢。为什么？"

"她要离开爱尔兰。"

贱人，丽莎恨恨地想。就直说是因为她丽莎既专权又霸道，她不能再干下去了呗。咳，这点气度都没有。

"她在纽约已经找着工作了，"杰克又说，"很显然，离不开她丈夫的后台支持。"

"纽约？"丽莎想起来了，梅赛德斯六月份的那次旅行。脑海里突然闪现出一个最最可怕的念头。"她的这份新差事，不会……不会……是在《曼哈顿》吧？"

"具体哪家杂志，我倒不清楚，她也没说。"

"她人呢？"丽莎厉声咆哮道，脾气陡然暴躁起来。

"走了。她休了一周的假，那也是她该休的，她没有声张。"

丽莎双手掩面。"我想回家，可以吗？"

叫了一辆的士，十五分钟过后，丽莎不知不觉来到家门口，仍然恍若梦中一般。她掏出钥匙，摸索着插进前门的锁孔里，开门之后走进去。邮递员已经来过——一个马尼拉纸大信封平躺在门厅里。她心不在焉地随手捡了起来，一边踢掉脚上的鞋，撕开信封。她把手提包扔在厨房长桌上，打开信封里头那张硬纸。最后，她的注意力全都集中在手里的这几页纸上。

只瞟了一眼，她便缓缓地瘫坐在地板上，身体蜷缩成一团，不相信这是真的。

那是一份离婚申请书。

克洛达赫打开自家前门，对方劈头盖脸的一句"臭婊子！"惊得她连连后退。

"艾什林！"

"你是不是在等着我找上门啊？"

她并没有。她心里能够想到的只有迪兰，想到迪兰已经发现了她的丑事离她而去。也许，内心深处，她隐隐觉得自己该找艾什林谈一谈，只是现在还没能考虑这件事。

"我问你，我最亲爱的好朋友，"艾什林快步走进厨房。"你在跟我男朋友上床的时候，想过我没有？啊？"

克洛达赫十分痛苦。让她袒露自己的罪孽，还有良心所受的煎熬，叫她情何以堪？"我想到过你，艾什林，"她低声下气地说，"我真的想过，你不知道这样有多揪心。可是你以为只有肥皂剧中的人才会有外遇。其实普通人也可能有，事实就是如此。"

"但是对我？你怎么做得出来？"

"我不知道。只是你有很长时间没和他约会了，你们又不是结了婚怎么的，我一直都很不快乐，感觉像是身陷绝境，像是随时要疯掉一样——"

"休想让我替你感到难过。他妈的要什么有什么，"艾什林发疯似的打断她说，"为什么？为什么你非要去偷他呢？所有的一切你都有了。"

克洛达赫只能说："有时候，一切并不够。"

"你跟马库斯，是什么时候搞上的？"

"你人在科克郡的时候，"克洛达赫费力地说，"他给了我一个便条，上面有他的电话号码——"

"'给我打电话。'"看见克洛达赫脸上诧异的表情，艾什林很是满意。"你，还有都柏林的多数人都有这么一个便条。我问你，那他周末干吗还去火车站接我？"

克洛达赫无力地耸耸肩。"兴许，他感到内疚吧。"

"后来呢？"

"之后的那个星期一，他来过这里，我们什么都没发生。只是喝了一杯茶，然后，走的时候，他洗了自己的那只杯子。虽说这只是微不足道的小事，但是——"

"他说，'是我妈妈教导有方'，"艾什林打断她道，"是啊，我他妈的也是被这句话给迷惑了。"

"他是爱我的。"克洛达赫急忙辩白道。

大概是吧，艾什林心想。一阵阵芒刺穿心般的疼痛，正在消除出于保护本能滞留在心里的愤懑。"后来呢？"

"他约我出去喝咖啡……"

"然后呢？"

"然后……第二天他又来了这里。"

"就是那个时候，他不只是洗洗杯子这么简单了？"我们此刻不是在进行这种交谈，这是我的幻觉。

克洛达赫点点头，避开对方的目光。

"是不是你和他一起去的爱丁堡？"

克洛达赫又一次卑怯地点点头。

"真没想到，他居然会是你喜欢的类型。"艾什林说，她知道自己那张因痛苦而扭歪了的脸一定很难看。她多想有一副面具，可以恢复她的体面和尊严。

"本来我也不会想到他是我喜欢的那种类型，"克洛达赫承认说，"可是我在喜剧演出场地，第一眼看到他，便开始真正喜欢上他。我也不想这样，可就是控制不了。"

"迪兰怎么办？"

克洛达赫垂下了头。"我不知道，我不知道啊……现在，我背叛了你，背叛了我们的友谊，而且由此对你造成的伤害，超出了你和他的，嗯，恋情的结束。"

"你错了，"艾什林恼火地反驳说道，"我更在乎的，是我男朋友被人抢了。"

克洛达赫怔怔地盯着艾什林气得苍白的脸，犹犹豫豫地说："以前，还没见过你这个样子呢。"

"哪个样子？气愤？吓，我可是忍了很久的。"

"你这是什么意思？"

"你这么对我，也不是第一次了，"艾什林平静地说，"迪兰起先可是我的男朋友。"

"不错，可是……他爱上了我。"

"是你偷走了他。"

"行了，之前你怎么什么都不说？"克洛达赫突然粗野地说，"你总是这样一副遭人欺负的可怜相。"

"敢情还是我的不对了？"艾什林愤愤地说，"话说白了吧，迪兰的事，我原谅了你。但这一次，你休想。"

第五十四章

"糟糕,"她心里暗忖,"看来我要精神崩溃了。"

她四下打量着她刚刚一头扑上去的这张床。她的身体迟迟未经洗浴,手足摊开、倦怠乏力地躺在早该换洗的床单上。羽绒被上到处都扔着一团团黏糊糊的卫生纸。五斗橱里一大堆久遭遗弃的巧克力沾满了灰尘。横七竖八地摊在地板上的,是一本本她早已不能凝神阅读的杂志。角落里的那台电视机,无情地对着她的床头播放白天的节目。哎,整个地方都让人精神崩溃。

但是有什么地方不对劲。是什么呢?

"我一向以为……"她想,"你知道,我总是期待……"

她恍然大悟。"我一向以为事情终将发生转机……"

第五十五章

克洛达赫感到自己非垮掉不可。不过，她仍得穿上衣裳，去幼儿游戏组接回莫莉。一回到家，她便回到床上，想要继续赖在她之前挪了窝的地方。那边莫莉却开始吵着闹着，要妈妈用微波炉热一下面条给她吃。无奈，克洛达赫又爬了起来。

她并不喜欢这样——这来得也太突然了。小时候，看见艾什林的妈妈总爱躺在床上，她就觉得像这样无拘无束该有多美好。可真的轮到她了，躺在床上，感到自己无力应付这一切，心里充满自责和困惑，一点都不如她想象的那般美好。

她从今天早上十点开始——真的只是今天早上开始的吗？——整个人便一直魂不守舍。从听到迪兰的钥匙插进锁孔的那一刻起，她就知道，该来的就要来了。

她发疯似的从马库斯身下一跃钻了出来，忽又顿住，拢起一只耳朵认真地听。"嘘！"一连串的动作之后，马库斯已从她身上滚落下来，惊得目瞪口呆，这时，他们听到了迪兰上楼的脚步声。

本来，她完全可以跳下床，抓起睡袍披在身上，然后迅速将马库斯塞进衣橱。马库斯确实也企图滑下床来，只是，被她紧紧地抓着手腕，给拦了下来。然后，她一脸骇人的平静，等待着这即将改变她整个人生的一幕。

一连五个星期，多少个夜晚她辗转无眠，思索着她和马库斯的情事该何去何从。她举棋不定，究竟是该斩断情丝，重新和迪兰过着平凡的生活，还是幻想有朝一日迪兰奇迹般地自行消失，无需自己亲口对他说他俩缘分已尽。

只是当迪兰的脚步声越来越近的时候，她意识到，命运已经为她做出了决定。突然，她不能确定自己是否已经准备好了。

卧室的门开了，虽然她已经知道来人必是迪兰无疑，可是他的出现还是让她吓得不知所措。

他的脸。他脸上的表情比她想象的要难看得多。她几乎要对其中痛苦成分之多感到惊讶。他说话的时候嗓音也变了。带着痛苦的呻吟,像是腹部忽遭重击一般。"你最好别说的像唱的一样好听,"他努力稳住气息,维持着那点可怜的尊严,"这个有多长时间了?"

"迪兰……"

"多长时间了?"

"一个月。"

迪兰转向正急忙扯过床单捂在胸前的马库斯。"请你回避一下好吗?我有话要和我太太说。"

马库斯难为情地捂住羞处,赶紧侧身横着下床,一手抓起衣裤,小声地对克洛达赫说:"等会打电话给你。"

迪兰看着他走了,回过头对克洛达赫轻声问:"为什么?"他心中的一万个问题全都凝结在这一个词上。

她竭力寻找合适的词儿。"我,不太清楚。"

"求你告诉我为什么,跟我说说,哪里不好,我们可以共同弥补,让我怎么都行。"

她能说什么呢?她忽然确信自己并不想要跟他共同弥补。不过她应该向他说实话。"我觉得好寂寞……"

"寂寞?怎么会?"

"不清楚,我也说不上来。就是一直都觉得寂寞,无聊。"

"无聊?因为我?"

她心里踌躇着。她不能那么狠心。"因为一切。"

"你还想挽回么?"

"我不知道。"

他痛苦而又无声地久久审视着她。"你是说'不想'。你爱,呃……他?"

可怜地点点头。"我想是吧。"

"很好。"

"很好?"

迪兰没有做声。而是从衣柜上头拖出一只旅行包,重重地扔在床上,接着乒乒乓乓地拉开复又关上一只只抽屉,往包里塞他的内衣和衬衫。惊得她有些不知所措。

"可……"她嗫嚅着,眼睛随着他的动作飞快地转动,瞅着他的领带、剃须用品和几双袜子相继飞进旅行包。一切都发生得那么快。

眨眼间,包已经给塞得鼓鼓囊囊。接着,嗞啦一声,迪兰拉上拉链。"剩下的我以后回来取。"

他转身离开房间。一愣神儿之后,克洛达赫慌忙披上一件睡袍,急匆匆追着他下了楼梯。

"迪兰,我还是爱你的。"她哀求道。

"那刚才又算是哪门子事?"他猝然抬头朝着站在楼梯上的她质问道。

"我还是爱你的,"她小声重复道,声音压得更低了。"只不过……"

"只不过你对我不再热恋了?"迪兰接过她的话,厉声说。

她犹豫了。不过,她必须说实话。"我想……"

迪兰脸色一沉。"我晚上回来跟孩子们解释。你暂时可以住在房子里。"

"暂时?"

"这房子得卖掉。"

"一定要卖吗?"

"再加一套房子,我可付不起房贷。你要是以为,我去住拉斯曼斯①那臭气熏天巴掌大的地儿,还会让你住在这儿,你可就大错而特错了。"

说完,头也不回地走了。

她站立不稳,身子打晃,心里感到震惊,觉得这一切发生得太快了。她还曾经幻想迪兰从她的生命里自行消失。可是现在呢,等到真的成为现实,却越发暴露出她那丑恶的嘴脸。十一年的夫妻情分,半小时便了结了。迪兰是那么痛苦,还说什么要卖掉房子!没错,她是疯狂地恋着马库斯,只是事情没那么简单。

震惊,让她忘记了哭泣;恐惧,令她感觉不到悲伤,她呆呆地坐在厨房里,过了很久。前门响起的一阵门铃声,猛然将她拉回到现实世界里。大概是马库斯吧。

可惜不是。是艾什林。

克洛达赫没料到会是她,确实没做好面对她的准备。艾什林一反常态的愤怒

---

①拉斯曼斯:都柏林南郊一地名。

和敌意更是雪上加霜。克洛达赫一直生活在充满爱的氛围里,却突然间每个人都恨她,包括她自己。是她越了规矩,她是贱人,是垃圾,永世得不到宽恕。

艾什林一走,克洛达赫便失声痛哭。她慢慢爬回到床上,被褥间还残留着她和马库斯纵情之后的味道。她一辈子洗的床单被套,也抵不上这五个星期的。好了,今天用不着洗了,没什么好遮遮掩掩的了。

她伸手拿过话筒,拨通了马库斯的电话。马库斯会提醒说他们没有做错什么。说他们彼此疯狂爱着对方,他们也只是情难自禁,说他们之间如此情意绵绵,实属难能可贵。然而,他不在公司,手机也不接。于是,她只好独自一人默默忍受内心的痛楚。

不是我的错,她一遍又一遍反复说着,像是在吟诵咒语。我也是没有办法哪。然而,犹如通往地狱的入口出现一道裂缝,她忽然窥见自己犯下的罪行。她背着迪兰做了不可饶恕的坏事。难以相信哪。她哆嗦着抓起手边那本杂志,开始读一篇有关模板印制图案的文章,努力地想要忘掉自己。只是那道裂缝又出现了——这一次更糟糕。因为她而蒙羞的,不只迪兰,还有她的一双儿女,还有艾什林。

她的心跳得更快,她用一只掌心汗津津的手不停地摁着遥控器,直到看见杰瑞·斯普林格[①]为止。可是,他还不足以令她到达忘我的境界——通常,上他节目的人看起来像是一群卡通人物,过着曲折复杂荒唐可笑的私人生活,可是今天,她感到自己和他们没什么两样。

她换台看《小麦河谷》[②],再调到《离家千万里》[③],还是无济于事。不敢相信,都是自己的做过的事,作下的孽,她激动得竟有些颤抖。随后她想起还要去幼儿游戏组接莫莉。她慌了神,人整个儿动弹不得。她不能出去,真的不能出门,她做不到。

她受不了独自一人,也受不了有人陪伴。有一刻,她想知道自己是否已经精神崩溃,心里越发害怕。这难以言说的感觉,噩梦一般紧紧地攫住她,随后,

---

[①]杰瑞·斯普林格(1944~):美国脱口秀节目主持人,节目内容多为邀请普通人担任嘉宾,现场在亲友面前坦白自己不为人知的丑事,以达到当场引发冲突的节目效果。该节目以充满脏话和色情闻名。BBC决定公开放映其节目时曾引起争议。
[②]《小麦河谷》:长播不衰的英国肥皂剧。
[③]《离家千万里》:很受欢迎的澳大利亚肥皂剧。

她挣扎着下了床。比起还要硬着头皮面对外面的世界,这精神崩溃的感觉更叫人难受。

下午马库斯打来电话。尽管发生了这一切,一听到他的声音,她身上的每一个细胞又活跃起来。她为他而疯狂,多年来她对迪兰从未有过这种感觉。爱情征服一切。

"你还好么?"他问,语气里满是关爱。

"好个屁!"她半笑半哭地说,"迪兰搬走了,个个都恨我,简直就是大祸临头了。"

"会好起来的。"他安慰说。

"你确定?"

"确定。"

"喂,之前我打你电话,你手机关机。"

"是省电模式。"

"艾什林知道了。迪兰告诉她的。"

"不出我所料。"

"你要和她谈谈吗?"

"没什么好谈的,"他说,试图掩饰他的羞愧。"我想和你在一起。她都已经知道了,我还有什么好跟她说的?"

过去这五个星期里,马库斯一直强调艾什林冷落自己,以此为他和克洛达赫有染而开脱。然而,其实他内心的真实想法相当复杂。能和克洛达赫交往,不能不说是他的运气。她那么漂亮,比起艾什林,他当然更欣赏她了。但是,他曾经也是那么喜欢过艾什林,做了这不光彩的事,他也感到良心不安。此时他最讨厌做的事情,莫过于回答艾什林的问题,同时反省自己的所作所为。

凡事还是往好处想吧。他语气急迫充满渴望地问克洛达赫:"能见面么?"

"迪兰下了班过来,他要跟孩子们说。天哪,真不敢相信……"

"等他走了以后呢?我可以整晚地在你身边。毕竟,现在没什么好担心的了,不是吗?"

她的心情顿时开朗起来。"等他一走,我给你电话。"

"好,打我家里电话。响三声,挂掉,然后再打。这样,我就知道是你了。"

＊　＊　＊

迪兰下班回到家。他变了。已经看不出明显的痛苦，只是阴沉着脸。

"你是等着让我捉奸的，是吧？"

"哪有！"她有么？

"没错，就是的。你最近一直特别古怪。"

也许是吧，她承认。

"你和那厮上床，被孩子们撞见没有？"

"没，当然没！"

"行了，最好是没有。你要是还想接近他们，就最好不要。"

"你什么意思啊？"

"我会取得他们的监护权，你是没有机会了。都这个样子了。"他厌恶地添了一句。

听到他回家以后说的每一句话，看到他那冰冷的神情，克洛达赫蓦然意识到事态是何等严重。这样的迪兰，是她所不熟悉的。

"天啊，迪兰，"她简直是气炸了。"你怎么这么——！"卑鄙，她没有说出口。出了这些事，他有什么理由不卑鄙呢？

他似乎被她那挫败的样子逗乐了——挫败，怕是免不了要遭人嘲讽和耻笑的吧。

她想起了，迪兰是个生意人。一个非常成功的生意人。一个不择手段的人。也许，他之所以没有大吵大闹，跟她争个鱼死网破，就是因为揣摩到她想让他这样吧。多年以来，迪兰一向爱着她，对她备加呵护。现在，霎时间一切都变了，她觉得难以接受，虽然这都是她咎由自取。

"我会取得孩子的监护权。"他又重复了一遍。

"好吧。"她低声下气地说。但是，虽然她表面平静，脑袋里已是嗡嗡乱作一团。他不会得到我的孩子，不可能。

"那好，我去和孩子们说。"迪兰进了房间，克雷格和莫莉在看电视。很明显，他们感觉到出什么事了，整个下午，他们都出奇的乖。

迪兰走出房间，冷冷地说："我跟他们说了，我要离开一阵子。我需要时间考虑，解决这个长远的问题，有什么最好的方法。"他一只手摸着嘴巴，忽然显得很憔悴。

不过,克洛达赫对他痛惜之余生出的怜意却很快消失殆尽,因为他跟着又说了一番话。他说:"我本可以告诉他们,他们的妈妈是一个不守妇道的骚女人,是她毁了这一切。只是有人跟我说,这么做只会更坏事。好了,我要走了。我住我父母家。打我电话——"

"我会——"

"如果孩子们有什么事的话。"

她看着他紧紧闭上眼睛用力和孩子们拥抱。该死的太揪心了。昨天这个时候,一切还是再正常不过。晚餐她做的炒菜,克雷格吃了以后全都吐在他的餐盘上。她看了《加冕街》①,她催着迪兰换灯泡,莫莉往她卧室的墙上抹花生酱。回想起来,那可真是既无痛苦又无烦恼的幸福时刻。谁料想,一眨眼,他们原先的生活便被彻底葬送,犹如陷入痛苦的泥淖?

"再见。"迪兰关上前门。她是看着他收拾东西,他也说了要走的,可她一直无法相信,直到事实摆在眼前。

这不是真的,她站在门厅里,满脑子只有一个念头。这不是真的。

她转过身,发现克雷格和莫莉站在那儿默默看着她。一阵羞愧驱使她背过身去,避开他们那探询的眼神,伸手拿起电话。

她听到马库斯那头的电话铃响,一声,两声,然后咔嗒一声跳到语音模式。人呢?想起来了,他是叫她打一遍,挂掉,然后再打。她照着做了,很是不情愿——仿佛是在干什么见不得人的非法勾当。

第二遍铃响,是马库斯接的电话。她的痛苦立刻得到释放,随之而来的是满心的高兴和激动。

"迪兰走了?"他问。

"是——"

"好,我马上到。"

"不,等一下!"

"干什么?"他的声音立刻变得很不客气。

"我很想见你,"她解释道,"不过今晚不行。这样也太急了。我不想让孩子们误会。再说,迪兰已经放出狠话,说我休想得到他们的监护权。"

---

①《加冕街》:源自六十年代,以酒馆为背景的英国电视节目。

那头一直沉默，然后，马库斯低声问："难道你就不想见我吗？"

"马库斯，我什么都愿意！你是知道的，只不过我觉得咱们还是明天再说为好。嗳，我敢打赌，你一定后悔自己掺和进来。"她吸了吸鼻子，同时发出轻轻的笑声。

"别发神经了。"他仍要坚持，她就知道他会这样。

"明天下午你过来，"她羞涩地邀请说，"另外两个人，想让你认识一下。"

第二天下午，马库斯如约而至。他带了一个芭比娃娃给莫莉，一辆红色玩具卡车给克雷格。尽管得到礼物，两个孩子跟他打招呼时还是怀有戒心。他们都感觉到，正是眼前的这位陌生人，可怕地打扰了他们家的生活，使他们更加不安宁。为了打消他们的抵触情绪，马库斯耐心地和他们玩耍。他郑重其事地给芭比娃娃梳头发，不厌其烦地将卡车沿着地毯来回推到克雷格跟前。整整一个小时，马库斯使出浑身解数，还做了满满一袋波西小猪橡皮糖，弄到这个分上，两个孩子才渐渐消除了拘谨。

克洛达赫静静地看着他们，大气几乎都不敢出，因心怀希望而战栗。或许事情会有转机，或许船到桥头自然直。她的脑海里不停地闪现出未来的画面。或许马库斯会搬进来，他可以付房贷，她会拿到孩子的监护权，迪兰被人揭穿了真面目，他是个恋童癖，或者是个毒贩子，从此人人都恨他，故而原谅了她……

趁着克雷格和莫莉稍稍走神的当儿，马库斯温柔地摸了摸她。"你没事吧？"他轻声问，"能行吗？"

"每个人都恨我们，"她含着泪笑道，"但是至少我们俩在一起。"

"是啊。还要多久才能请你上床啊？"他悄悄说着，一只手已滑进她的T恤，捂住离孩子较远的那只乳房，随即又揉捏着她的乳头。她朱唇微启，充满了渴求。

"妈——咪——"克雷格忽然大声哭喊着，努力爬起来，使劲要将马库斯从他妈妈身上推开。他一只手举起那辆崭新的红色卡车疯狂地朝马库斯连连猛击，另一只手差点捏住他那左侧的睾丸。虽不至于造成任何实质性伤害，但也足以令他的腹部泛起阵阵恶心。

"亲爱的，你可要学会与人分享喔。"克洛达赫温柔地说。

"不要！"

片刻尴尬的沉默之后，克洛达赫说："马库斯，我这话是对克雷格说的。"

第五十六章

丽莎抱膝蹲在地板上,手里捏着那份离婚申请书。自从她首次踏上都柏林土地的那一刻起便涨而又落、落而复涨的绝望的潮水,终于漫过头顶,将她彻底吞噬。

我输了,她知道大局已定。我是彻头彻尾地输了。我的婚姻完啦。

想想也真怪,她竟然从未真以为会有这么一天。现在,她看着那一纸离婚申请,心生生地疼。这就是她为什么一直都没有为自己聘请律师的原因。回想和奥利弗分手的整个过程,她的表现却是一反常态:她做事从来都是积极主动,速战速决,果断而又干练。可是不知何故,此次她却不是这样。

好啦,她最好还是去请个律师算了。

不过,要是她一直拖着不同意,那么奥利弗便会乖乖就范,一定是这样,哎,快别这么……这么……傻。一月份的时候他离开她,在别的地方租了房子,但是他们的房贷,他还继续付着他那一半。一个急于要跟她断绝关系的男人,断不至于如此行事。

她忽然瞥见自己蹲在地板上,一副凄楚可怜的样子。感觉真傻,她费力地站起来——忽然一点力气也没有。她强撑着进了卧室,一头栽倒在床上,拉过羽绒被蒙上身子。

羽绒被轻抚着她,温柔地包裹着她,不知怎的,让她贮满心田的感情骤然释放出来,她流下泪水,为她的失意,为她的失败——对了!——为她的自怜自哀。她是完全有理由自怜自哀的,可恶啊。看看都是些什么破事儿嘛。遭到杰克拒绝——虽说没有失去奥利弗那么心痛——可也真够添堵的。还有梅赛德斯,要是她果真进了《曼哈顿》,我就,我就……算了吧,她能怎样呢?一点办法没有。她从来都没有这么强烈地感觉到自己是如此无力。还有,让特丽克丝打了不下一千个电话到店里,可她的木质百叶窗窗帘还是没做好,照这样的速度,怕是永远也做不好了吧。

这就是她要的宣泄。先是矜持地小声哭泣，渐渐地又像个婴儿似的，她哇哇大哭起来。

"……无论疾病还是健康……"

"……艾什林受了不小的打击……"

"……你可以吻新娘了……"

"……她在纽约找到工作了……"

"……该厂因暑期而停产了……"

号啕大哭的同时，她伸出一只手，不小心碰翻一盒纸巾，掉在了床上，落在她身边。

随着时间的流逝，窗外的天色渐渐褪成了粉红。不久，墨蓝色的夜幕罩住她的房间，然后便是漫漫长夜的漆黑，略带城市霓虹的些许光晕。等到天那边偷偷地泛起暗淡的珍珠白，她还不时地号啕几声。晨雾散尽，现出九月湛蓝的天穹。屋外，喧闹的一天刚刚拉开序幕，不过丽莎决定躺着不动，谢天谢地。

不知什么时候，大概已是午后时分，有人闯进了她拥衾自眠的世界。门厅有了动静，随着一阵脚步声，凯西那顶着一头细密的发卷儿的脑袋从卧室门后探了进来，丽莎连忙从床上跳起来。

"你来干什么？"丽莎一双眼圈红红的眼睛看着她。

"今天周六啦，"凯西说道，"我一直都是周六过来帮你搞卫生的啊。"

被子上扔得到处都是一团团的纸巾，房间里显然弥漫着一股阴郁惨淡的气氛，丽莎现在依旧和衣而卧，凯西见状不免担心起来，"你还好吧？"

"嗯。"

凯西显然并不相信她的话。身心交瘁的丽莎忽然灵机一动："我病了，得了流感。"

凯西转而立即露出满脸的关切。问她要不要喝放了气的七喜，要不要吃感冒药，要不要来一杯热的威士忌。

丽莎摇摇头，便又发起呆来。这是她一天的工作。

流感？凯西将信将疑。她还没听说过有被流感折磨成这样的呢。不过会不会是丽莎住在这脏地方感染了什么东西？她先从厨房开始清理，擦着那黏糊糊的台面——丽莎是怎么搞的啊？——她随手拿开那份碍事的文件。不经意地瞟了一眼——你当她是谁,圣人?——立即便什么都明白了。流感?丽莎不是得了流感。上帝爱她,要是流感就太好了。

不知过了多久,凯西回到卧室。"我这就来清理这儿。"

"不要,拜托了。"

"可这些床单都已经脏了呀,丽莎。"

"没关系。"

凯西退了出去,紧接着丽莎听到大门砰的一声关上了。谢天谢地。终于又可以一个人了。

没过几分钟,前门再次打开,凯西走进来,手里拎着一只塑料购物袋。"烟,糖果,一张刮刮乐彩票还有一本《实时企业指南》[①]。有什么需要买的,喊一声就行。我不在的话,弗朗辛会去。而且她还说了,她会免费帮你跑腿的。"

通常弗朗辛为丽莎跑一趟腿要收她一英镑。

"现在我要去上班了,"凯西说道,"我走之前,你要喝杯茶吗?"

丽莎摇摇头。凯西还是去泡了一杯。

"甜甜的浓茶。"她走到丽莎身边,一面放下茶杯,一面意味深长地说道。

丽莎发觉自己在打量凯西脚上的那双球鞋。这双灰白色的塑料鞋已经磨破了,鞋面上弯曲的地方也已裂开。丽莎飞快地抽出一张纸巾,捂住眼睛。

艾什林撂下一句狠话,说她一辈子都不会原谅克洛达赫,之后她便离开了,心里仍然愤懑不已。下一站,马库斯。

她紧绷着脸,疾速而行,几乎一路小跑着,径直奔向市里马库斯的办公室。她飞快地穿过里森大街熙攘的人群,迎面走来一个男人,同样脚步急促,冷不丁身子碰到她,肩膀重重地撞了她一下。男人已经走开,艾什林却踉跄着慢慢倒退一步,觉得刚才那重重的一击不停地撞向她。顿时,郁积心中的所有愤怒猝然迸裂,犹如一只分文不值的玻璃小瓶猝遭重击,碎了一地。城市喧嚣的声浪朝她扑面而来。路上过往的车辆使劲鸣着喇叭,一张张冷酷而又扭曲了的脸。蓦然间,她无处可以安身。

因为恐惧,她的身体不住地瑟瑟发抖,忘了去找马库斯决一雌雄。现在就算

[①]《实时企业指南》:爱尔兰销量最大的周刊,主要内容是各企业的最新产品信息。

是棉花糖，她也没有力气与之较量了。

她这么生气要干什么？生气，一直不是她的风格。和克洛达赫对峙不过就是在二十分钟之前。她现在不敢相信那是她做过的事。

她加快了步子往家赶，那是她心灵脆弱之时唯一可以栖身的地方。眼前的一切成了希罗尼穆斯·博斯①画笔下的世界：一群脏兮兮的孩子在街上晃荡着，嘴里唱着他们也不知道词儿的歌；几对情侣歇斯底里地互相吼叫着，责怪对方没有填补他们的空虚寂寞；一个嘴里没牙的醉酒女人冲着假想的对手说大话；几个无家可归的人睡在门廊上，一张张的嘴，是一个个绝望的无底洞。

无家可归的人！

但愿呜呜已经走了。但愿家里没有被他洗劫一空。

当时她还真没想过这事儿，不过，经过这一天之后，她已做好出现任何意外的准备。

呜呜没有那么做。家里还是她离开时的样子，除了桌子上多出来的一张表达谢意的便条。她爬上床。她只需要稍稍休息一下，缓缓神。

直到周五晚上乔伊用艾什林的备用钥匙开门进来的时候，她还是没有缓过劲来。乔伊大大咧咧地闯进卧室，满脸的担忧和恐惧。"白天上班的时候，我给你去了电话，杰克·迪瓦恩接的电话，他告诉我出了这种事。我真的好难过。"乔伊一把将她搂在怀里。艾什林却毫无反应一动也不动，像是一捆卷起的毯子。

半个小时过后，特德赔着小心过来了。自从艾什林盘问他去爱丁堡的事之后，他俩已有三个多星期没说过话了。

"特德，真对不起，"艾什林有气无力地道歉说，"我还以为你和克洛达赫之间另有隐情呐。"

"是吗？"他那张黝黑的瘦脸顿时喜形于色，旋又黯然无光，现出一本正经的模样来。"我给你带了些面巾纸过来，"他说，"上面写着'时髦女孩'"。

"放着吧，就放在乔伊带来的纸巾旁边。"

丽莎迷迷瞪瞪，半睡半醒的时候，听见一阵钥匙开门的声音。又是凯西。不过这次来的不是凯西，而是弗朗辛。

---

① 希罗尼穆斯·博斯（1450～1516）：十五至十六世纪的多产荷兰画家，以善于描绘地狱和罪恶景象著称，被认为是二十世纪超现实主义的启发者之一。

"嗨。"弗朗辛晃着圆而胖的身子一摇一摆地进了卧室。"我妈说了,要我和你做个伴儿。"

"我不需要什么伴儿。"丽莎虚弱得几乎无法将脑袋从枕头上抬起。

"我试试这个行吗?"弗朗辛盯着一件粉色披肩问道。

"不行。"

她不顾主人的反对,仍然将披肩围在身上,站在穿衣镜前兀自欣赏起来,矮墩墩的身架上套着一件黄色T恤,下面是一条紧身花裤。

"你不是应该呆在学校的吗?"丽莎有气无力地问。

"没有啦。"弗朗辛轻蔑地撇撇嘴,"今天星期六。"

啊呀!丽莎任自己思绪飘远。这日子过得,都不知道是星期几了。

"就算不是星期六,只要我不想上学,我就不会去。"弗朗辛吹嘘说。

"但是不好好念书,你就找不到好工作。"丽莎才不关心弗朗辛是否用功念书呢,她只想惹恼她,让她赶紧走人。

"我才不需要念书呢。我马上就会进一个少女乐队组合,我爸说了,她们真是蠢得叫人吃不消。嘿!我给你跳一段吧。"

"不,赶紧走,也让我清静清静。"

"有音响吗?"弗朗辛完全不理会丽莎的冷漠。"没有?好吧,我来哼好了。对了,你要想象一下哦,我站最中间,这边有两个女孩儿,那边也有两个。等一下。"弗朗辛飞快地卷起T恤,成了一件临时的露脐装,露出她那孩子特有的圆滚滚的肚子。

"你肚子上那金色的是什么东西?"丽莎好奇地问,全然忘了和她计较。

"这是我的脐环。"弗朗辛挺有把握地说。

"啐,才不是呢。"

"喂,我是不得已才画上去的好吧,"弗朗辛加重了语气说道,"我妈说了,等我长到十三岁,就能戴一个真正的脐环了——可是,到了那个时候,我就要死掉了。"她沮丧地补充道。

很快她又雀跃起来。"二,三,四。"她嘴里哼着节拍,同时一只脚啪嗒啪嗒轻轻踩着地板,随即跳起她自编的一套动作。右肘朝右甩两下,左肘朝左甩两下。右跳跳,左跳跳,忽然照着屁股蛋"啪"地一巴掌,一转身背对丽莎。她不停地哼着曲子,一边摇摆,屁股扭着扭着,朝下越来越靠近地板。这分明就是一段艳舞嘛。她舞动着摇摆着直起身子,接着又重重地往前一跃,脸上是一副极为专注的表情。"这个最酷了。"她打着包票说,"咿——呀——"她扭动着肩膀,两只手臂尽力朝两侧伸开,冲着丽莎抖动着胸脯。"哒当!"她做了一个劈叉,结束了最后一个动作。她的两条腿紧紧贴着地面,严丝合缝。

"了不起啊。"丽莎赞叹道。的确了不起啊。

"谢谢。"弗朗辛气喘吁吁,兴奋得满脸潮红。"当然啦,我是要边舞边唱的。我要当主唱,那样就会赚更多的钱了。还有哦,我要自己写歌,那样可以赚更多更多钱。"

听到她说出自己的宏伟计划,丽莎赞同地点点头。

"还有市场销售,我也要负责那一块。"弗朗辛肯定地说,"那都是真金白银哪。"她盯了丽莎一眼。"你的感冒怎么样了?好些了吗?"

"没有。你快走吧。"

"那块奇巧巧克力,你要吃吗?"

"不吃。"

"我可以吃吗?"

星期一早晨,丽莎没能钻出被窝去上班,这时她才突然意识到要请假。除了周五早退一会儿,她记不起上一次缺勤是什么时候。她有过吗?无论是痛经、感冒、宿醉,还是发型难看的时候,她一直都去上班。节假日的时候,她去上班。丈夫离开她的时候,她还是去上班。那么此刻她在做什么?

为什么上班的感觉不好了呢?

她一直是控制欲极强的人,所以她永远也不能理解那些意志软弱的人,那些哭着从办公桌旁跑开便再也没有回来的人。但她始终有一种怪异的好奇心理,想知道自己无力控制的时候会是怎样,想必那时会有些许慰藉吧。如果哪一天她完全没有了自理能力,只好任由别人掌控,岂不也是一种解脱么?

哎,显然不是这样。凡事由不得她说了算,而她痛恨这一点。

她应该去上班,那里需要她。《妙龄女郎》团队人手太少,一旦有人缺勤便无法正常运转,特别是眼下梅赛德斯走了,艾什林又倒下了。不过,她不管了。想管也管不了了。身子太沉,心又太累。

后来,她开始意识到要小便了。她先是假装没有尿意,一番思想斗争之后,还是敌不过强烈的欲望,只好起身去了卫生间。折回的时候,经过厨房,她注意到了那份离婚申请书，静静地躺在桌台上。自从星期五过后，她就再没有瞟过一眼，她永远也不想再看见它。但是她清楚，这由不得她。

她拿着离婚申请书回到床上，逼着自己仔细地研读起来。她该恨奥利弗的。这个王八羔子神经病，要跟她离婚！不过她有什么好指望的呢？他们的婚姻走不下去了，用专业的话说就是"婚姻破裂无法挽回"。面对现实吧，而他做到了。

申请书上的用词晦涩难懂。她再次意识到自己多么需要一个律师，感到自己内心是多么惶恐。她很想知道个究竟，草草看了这几页艰涩难懂的文字。她看懂的第一个意思是：奥利弗要求离婚是因为丽莎的"无理行为"。这几个字跃然纸上，刺痛了她。她痛恨别人指责她做错事情。她气愤地想，婚姻破裂又不是她的错。只不过是各自的追求不一样罢了。该死的王八蛋。如果用心寻思，她倒是能够想出自己的几件事情，符合"无理行为"的罪名。就差她赤着脚，挺着个大肚子，被铐在厨房的水槽上——那才叫真正的无理。

当她想起这个指控仅仅是说辞而已时，心里的怒气随之平息下来。他来都柏林的时候都已经解释过了——他们好歹要向法庭陈述一个理由，而她照样也可以起诉他。

再往下看是五个实例，如他所说，非有不可。连续加班九个周末；因为工作，错过了他父母亲结婚三十周年庆典；因为工作，在最后一刻取消了他们的圣卢西亚度假计划；假装她想怀孕；拥有太多的衣服。除了说她有太多的衣服之外，每个例子犹如一把刀戳向她的心扉。她估计举出第五个例子后，他就没什么真正可抱怨的了。他们说好了，费用平摊，不得向另一方提出赡养要求。

看来她还得签个什么"送达回执"，再寄还奥利弗的律师。不过，她可没签字。不单是因为她不想拿起笔。还有她强烈的自我保护本能在起作用。

门口有人敲门。她竟无声地笑了。要她从床上起来去开门，这样的想法未免有些荒唐可笑。又是一阵敲门声。她丝毫不为所动。她是绝不会理睬的。门外一阵嘈杂。又响起一阵敲门声——实际上更像是在擂门。接着喀哒一声，投信口的封门被人撩起。

"丽莎？"一个声音问道。

她懒得搭理。

"丽莎。"这个声音不依不饶地叫道。

充耳不闻根本就不是个问题。

"丽——莎——"声音开始吼道。她认出了这个声音。是贝克。不过这不是他的真名。但他确实是那些活跃在马路上的曼联球迷的一员。也是嗓门特别大的那一个。"我晓得你在里面哪。我也逃课啦。这儿有好大一束花呦,你要吗?"

"不要。"丽莎声音微弱地答道。

"什么?"

"不要。"

"我听不见你说什么哎。是说要吗?"

丽莎一下子怒不可遏,拖着身子从床上爬起来。妈的!她这一辈子就没软弱过。经期焦虑的时候也好,神经衰弱的日子也罢,任何时候,她都不曾屈服过。可就这么一次她决定要软弱一回,偏偏有人不停地上门搅扰。她猛地拉开门,冲着贝克劈头盖脸的一声大吼:"我说了,不要!"

"给。"说着,他将一大束玻璃纸包裹的花塞进她怀里,从她身边溜进门厅。"快点,趁我没被人发现。这会儿我应该是在上课呢。"

丽莎怔怔地看着花。每一朵都很精致漂亮。没有康乃馨,也没有那些蹩脚的便宜货,而是极为奇特的稀罕物——紫蓟花,还有兰花,宛若来自另一个星球。是谁送的呢?她的手忽然颤抖起来,哆嗦着撕开信封。会是奥利弗吗?

是杰克。

上面只写道:"大家都觉得你很了不起,请你回来上班吧。"但她转念一想,明白这是一封道歉信。杰克知道了她对他有意思,而他对她没兴趣。他知道她知道这一点。她也知道他知道她知道,突然,这些都不再重要了。杰克身材健硕,相貌英俊,原本是会让她为他而狂的。但她极为珍视的东西,他却并不怎么在意。她不过是在对他想入非非并以此自娱罢了——奥利弗才是那个真正让她黯然神伤的男人。

贝克正极力要引起她的注意。"我想求你点儿事。"

"什么?"她的声音细弱飘忽,像是从脚底钻出来似的。

"帮我把这个抹到头发上?"说着,从裤兜里掏出一小袋东西来。是染发剂。

"别跟我说,你这是要参加什么少男乐队组合。"丽莎说道。

贝克的脸上浮现出复杂的表情,苦于一时找不出合适的词儿。终于,他知道了。"你说话靠点谱好不好?"他大声说道,"我就要在曼联打边锋了。"

"就为了这,你要漂染头发?"

"哼,"他对丽莎的无知嗤之以鼻。"那还用说。"

"现在不行，贝克，我得了流感。"

"不对，你才没有咧。"他径自进了卫生间，回过头来，冲着丽莎眨了一眼，仿佛是在表示你旷工我逃课咱俩彼此彼此。"不过呢，你不出卖我，我也不会出卖你。"

她倚着墙，胡乱吼了一通，便乖乖就范了。

一个小时过后，头发漂染成亚麻色的贝克起身离开。"谢了，丽莎，你是那种酷毙了的女生。"

他走之后，丽莎坐在餐桌上，抽着烟。她感觉有些冷，一再想掐灭烟，但每掐一根，却又点燃另一根。

安静的屋子里骤然响起电话铃声，她的心几乎要跳出胸膛——神经几近崩溃！电话转至语音信箱：她并不想用大段的语音留言来过滤来电。不过，当奥利弗的声音回荡在整个房间的时候，她身体的每一个细胞都活跃了起来。

"宝贝儿，是我。呃，奥利弗，是啊。想想还是提醒你——"

她一把抓起听筒。"是我，我在的。"

"嗨，"他温和地打着招呼。"知道你可能在。我给你办公室打了电话，他们说你在家。那个，嗯……你收到了吗？"

"收到了。"

"周四周五的时候，我一直打你办公室的电话，想让你知道这个寄过去了，但是没能联系上你。我给你留了言，让你给我回电话，你没收到么？"

"没。"也许收到了吧。她隐约记得星期五一大早，特丽克丝想要告诉她什么。

"本来呢，我想周末再打电话过来，可我一直在工作。在格拉斯哥狂拍一群神经兮兮的模特儿的照片，每天二十个小时。"

"没关系。"

"那，嗯……虽说我们都知道这事躲不了，不过还是很煎熬，是吧？"

"是啊。"她有些哽咽。

"不过，我们当中总有一个人要来做。"听起来，他很是不自在。"老实说，宝贝儿，我以为那个人会是你。我在想是什么让你迟迟不提呢？"

"忙呗，"她倒吸了一口气，"新办的杂志，那么多琐事。"

"可不是吗！不过，嘿，我虽然在离婚申请书上列举了五个实例说明你有过错，心里却很不是滋味。我不是想要说你坏话，你知道的，是吧？我当时是不高兴，不过现在不了，你懂我的意思吧？但那是规矩。我们分居还不满两年，我们分手又不是因为有谁出轨，这不，我们总得要给法院一个理由。"

丽莎还没做好开口的准备。她正在等待自己隐秘的心灵深处一阵雷霆般的吼声渐渐停歇。倘若她此时开口，准会一发不可收拾。

"丽兹。"他催促道，声音满含关切。

"我……"丽莎努力开口说。

"哎——"他温柔地轻声说。

"这事真叫人伤心。"她颤声说道。

"我知道，我知道。谁说不是呢！"顿了一会儿，奥利弗像是自言自语地说，"我干吗不到你那儿去呢？问题我们能自己解决，当面说清楚嘛。"

"你疯啦。"

"我不是疯了。你看啊，要是事情我们自个儿处理好了，比如说吧，房子的事，我们当面谈清楚，那我们就都能省下一笔律师费。知道我的律师每次发函给你的律师要花多少钱吗？跟你说，价钱不菲哪，丽兹。"

"就这么着吧，宝贝儿。"他一个劲地劝道，"咱俩完全可以做得到，那个，心平气和地谈一谈。一对一的。就像两个男人一样认真谈谈。"见她没有吱声，他又劝诱道："就像两个哥们一样。"

她轻轻笑出声，说道："好吧。"

"啊？真的？什么时候？"

"本周末？"

"你不用加班了？"

"不用。"

"好啊，好啊，好啊，"奥利弗用她捉摸不出的语气连连说。接着他的心情又开朗起来，"我尽量争取买到周六的飞机票，我把所有的文件都带来。"

"我去机场接你。"

就一个晚上，她跟自己保证说。就一个晚上，和他紧紧相拥，然后便各奔东西。

她挂上电话，不知道接下来该做什么。她可以继续回到床上，可是忍不住一阵心血来潮，她决定打电话给杰克。

"谢谢你送的花。"

"那些不值一提。只是表达大家……我……对你的深深的敬意，还有——"

"杰克，你的道歉我接受。"丽莎打断道。

"呃？说什么哪你——"杰克蓦然打住，舒了一口气。"好吧，谢谢你。"

"那边情况怎么样？"她差点流露出饶有兴趣的口吻。

杰克的语气活泛起来。"真的可以说好事不断啊。杂志已经在重印了。不知道你看到没有，不过这个周末，我们晚宴的照片占了整整五大张版面，还有，国家电台几次联系我们请你去做节目。梅赛德斯的职务空缺，也有四人主动前来应聘。都柏林真是个小地方。我还打听到梅赛德斯去的哪家杂志社。不是《曼哈顿》，是一家青少年周刊，叫什么《梦幻》。"

也许是奥利弗快要来了，也许是《妙龄女郎》受到了好评，当然也许是梅赛德斯的消息，总之丽莎的情绪有了某种改变，因为随后杰克问她："你可以回来上班吗？"她能够答道："我想可以。"

"很好。"他说。"那意味着我就不用再写这篇男性护肤品的文章了。"

"？"

"特丽克丝逼我写的。你和艾什林不在，梅赛德斯又走了，她现在可就是咱们《妙龄女郎》编辑部里资格最老的人了。权力冲昏了她的头脑。现在她扬言让伯纳德去做面部护理，就是为了看看使出这一招能不能把他弄哭。"

"我一小时之内到。"

丽莎随即去卫生间冲一个刻不容缓的淋浴，经过卧室时，看到里面如此之乱着实吃了一惊。她之前一直在想什么哪？她可不会轻易认输。其他人会，愿他们好运。但丽莎不会——无论如何，她都能撑过难关。不是说她感觉不到伤痛与不幸。她也有这样的感觉。但是，精神崩溃就像是彩色隐形眼镜一样——适合其他人，却不适合她。

第五十七章

艾什林躺在床上换了个姿势，找到了压在身下的手机。她带着手机睡觉整四天了。她拨过无数次马库斯家里的电话。答录机。又拨了他的办公电话。留言箱。最后拨了他的手机。

"还是不接？"乔伊同情地问。此时她和特德正窝在艾什林散发着异味的床上。

"不接。上帝啊，但愿他接吧。我只要个答复就好。"

"他是个卑鄙的懦夫。去他工作的地方找他。趁他演出时跟他闹。真的，那样才解恨呢。"乔伊凶巴巴地说，"你可以由着性子，狠狠地教训他一次。冲他大声说他的床上功夫糟得无可救药，还有他那玩意儿实在——"

"——实在很小。"艾什林疲倦地接过她的话说。

"我想说的是长满了雀斑。"乔伊说，"不过'很小'我觉得也行。"

"不，不行。都不行。"

"好吧，不提去闹的事了。可你干吗不找他去？如果你要他回来，那就得努力去争取呀。"

"我不知道想不想要他回来。再说，我也争不过。那可是克洛达赫啊。"

"她也没那么美嘛。"乔伊恶狠狠地说。

两人都不由自主地转向特德，他顿时涨红了脸。"一点都不美。"他撒了个很拙劣的谎。

"瞧见了？"艾什林冲着乔伊喊道，"他就觉得她美。"

三人陷入一阵尴尬的沉默。艾什林面无表情地打量着四周。周五下午开始她就一直待在这个房间里，现在已经是周一晚上，其间她只下过几次床去卫生间。她本来打算蒙头大睡直到心情平复下来，接着再去找马库斯看看有什么她可以挽回的。但不知何故，她根本下不了床。现在她喜欢躺在那里，她觉得她可以一直躺下去。

她出神地盯着一包尚未开封的纸巾。为什么她不哭呢？她心头压着如此沉重的悲恸，本该哭到抽搐不止，无法自制。可她的眼睛就那么固执地拒绝落泪。甚至没有一丁点想哭的意思：嗓音没有停顿，喉咙没有胀痛，颊骨没有发肿。

可这不代表她麻木了。噢，要是麻木就好了。

她缓缓开口，对着那两个人，更像是自言自语。"我一直在琢磨自己做错了什么，又觉得错不在我。我一直让他尝试新鲜元素，他的每场演出我都去看。嗯，差不多每场。"看看她没去的那次他都干了什么吧。他勾搭上她最要好的朋友。"一天十次，我每次说话都要顺着他的心思：他是最好的喜剧演员，其他人统统都是垃圾。"

"连我也是?"特德迟疑地问,"他认为我是垃圾?"

"没有。"艾什林撒了谎。她初遇马库斯的那天晚上他对特德极尽褒扬,但只是——她事后才意识到——因为他并没把特德放在眼里。当特德明显赢得了一批人数虽少却十分忠诚的追随者时,马库斯开始不露痕迹地贬低他。他很识趣,明白艾什林不会容许过于露骨的侮蔑,便满足于说些暗含讥讽的话,诸如"有特德·马林斯在真不错,这种比赛我们需要一两个轻量级选手"之类。当艾什林听出他其实是在贬低特德时,她已经认定自己和马库斯是关系牢靠的一对儿,无法再向他提出异议。

"都是这个马库斯·瓦伦丁。"乔伊说出了她的看法。"他说起话来,一副自私而又愚蠢的腔调。"

"不是那样的。那时给他帮忙我很开心。我们亲近过。我们曾经是一对儿。"所以才会那么难过。但他遇到了他更加喜欢的人,这种事情太多了。

"你当时察觉到出事了吗?"乔伊问,"他的行为有什么异常没有?"

在发现马库斯的背叛后再去回想最近发生的事,艾什林觉得十分痛苦,但她不得不承认:"过去几周我非常忙的时候,他的脾气很糟糕。我还以为是他想我了。你想想!"

"那个,呃——"乔伊稍稍做了点努力,想把话说得委婉些,结果发现自己办不到。"房事也和往常一样吗?"

特德伸手捂住耳朵。

"不是。"艾什林叹了口气。"少了很多。我当时又以为是我的错。但我从科克郡回来以后我们的确做过。所以有一段时间他在同时跟我们两个上床。"

"克洛达赫怎么能容忍得了呢?"她不解地问,仿佛在谈论肥皂剧里的某个人。

"她大概不知道。"乔伊说道,"他可能骗了她,或者在利用你刺激她尽快离开迪兰。"乔伊意识到自己的话有多残忍,可为时已晚。"对不起,"她低声下气地说,"我不是说……还有克洛达赫是怎么想的?要是让我在马库斯和迪兰之间选一个,我肯定知道该选谁!哦,主啊。再次抱歉。我说,想吃点炸薯条吗?"

艾什林摇摇头。

"有什么想吃的?巧克力?爆米花?别的什么?"乔伊将艾什林衣柜上放着的一堆各式各样的零食指给她看。

"没有。另外,别再给我买了。"

"你还想不想起床了?"

"不。"艾什林说,"我觉得好……丢人。"

"可别称了他们的心。"乔伊坚决地说。

"我觉得所有人都恨我。"

"为什么?你又没做错事!"

"我觉得整个世界都在跟我作对。好像没有安全的地方。我好难过。"她又添了一句。

"你当然难过了。"

"不,我是在为一些不相干的事情难过。我一直在想呜呜的事,在想他那样是多么悲惨。还有其他所有无家可归的人,又冷又饿。丧失尊严,真是泯灭人性……"

她没有往下说。她察觉到乔伊和特德彼此交换了一个"她已完全神志不清了"的眼神。他们觉得这个打击让她有些失常了。她本人明明正在遭受现实生活中的巨大痛苦,如何还能够关心无家可归的人,关心素未谋面的人呢?他们不懂。但有一个人会懂。

如果不是那么麻木,她一定会恐惧得颤抖。这就是我妈妈当年的感觉。直到此时,她才发现这个令人震惊的关联。见鬼,我想我要精神崩溃了。

不管送没送花,丽莎上班遇到杰克时想起他对自己的拒绝,还是忍不住心头窜出一股无名火。

"你还好吧?"他小心翼翼地打量着她。

"还好。"她气鼓鼓地说。

"大家都很想你。"他眼神温和——却不带怜悯——于是她的怒火便消失得无影无踪。她只是在耍耍小孩子脾气罢了。

"要看看我做的护肤品介绍吗?"他递过一份打印稿,上面写着艾凡达系列"很好",契尔氏系列"很好",三宅一生系列"很好"。

丽莎把文稿丢回桌上,忠告似的眨了眨眼,催促道:"可别丢了你的正事。"如果像杰克这样的人都来写文章,那些人肯定要对《妙龄女郎》团队怵上三分。"另外,艾什林还没来?"她抑制不住的自得。嘿,她都在办离婚了,还过来上班呢。

直到现在她回来工作的时候，她才意识到这期杂志引起了多大的轰动，她为它的出版发行付出的所有努力有了怎样的回报。当她躺在床上，自以为是有史以来最大的输家时，她其实已差不多成了明星——当然仅限于爱尔兰，但再怎么说也是明星哪。

本是竞争对手的一家爱尔兰杂志已经向她抛来了橄榄枝，有好几位记者也打来了电话，有的想给她做正儿八经的人物专访，更多的则是想在补白类的栏目里将她用作素材，诸如"我最喜欢的假日"和"我理想中的约会对象"。

她觉得心里热乎乎的，但比起杂志取得的成功，更重要的是这个周末和奥利弗的约会。她必须以惊世美艳的形象出现——得弄来一大堆华美的衣裳，头发也要去做，还有指甲。还有腿。当然，她要事先不吃东西，好正常和他吃饭……

"是《星期日时报》。"特丽克丝朝丽莎挥了挥手中的电话。"他们想知道你穿什么颜色的内裤。"

"白色。"丽莎心不在焉地说。卡尔文闻言激动不已。

"我只是开玩笑，"特丽克丝可怜地小声说，"他们只是想了解你头发护理的情况……"

丽莎没在听她说。她正给DKNY伦敦宣传办公室打电话。"我们想给圣诞专刊做宣传，但需要周五之前就把衣服送来。"

"丽莎，我们能谈谈接替梅赛德斯的人选吗？"杰克问。

一想到梅赛德斯在危难时刻弃他们而去，丽莎心中又升起另一股怒火，她不得不花些力气平息下去。"特丽克丝，打电话给魅影，芬迪，普拉达，保罗·史密斯和古琦！跟他们说我们会给他们安排些版面，但他们得赶在周五前把衣服送过来。来吧。"她抢在杰克前头向他的办公室走去。

"她一定在密谋什么。"特丽克丝说——对着空气。她想念艾什林和梅赛德斯。没有人玩的感觉真难受。

杰克和丽莎看着四份应聘时尚编辑的求职申请，决定对四名求职者全都面试一遍。

"如果他们不行，我们就登个广告。"丽莎说，"能问个问题吗？律师该怎么找？"

杰克思索片刻。"我们有家律师事务所。干吗不去问问他们？就算他们处理不了你的，嗯，事情，也会为你推荐能够胜任的人。"

"多谢。"

"而且我也会尽我所能帮你的。"杰克承诺道。

丽莎怀疑地打量着他。他还是那么亲切。她喜欢他。不久前她曾因为不能去看时装秀而在他的办公室失声痛哭,自那以来,他一直和她保持着这样的关系,给她温暖和支持。是她误以为他别有深意,那不是他的错。

星期二下午,艾什林的电话响了,她一把抓起话筒。是马库斯,她暗自祈祷。是马库斯。

但她听到一个女人的声音,心便沉了下去。是她的妈妈。"艾什林宝贝,我不晓得你的推介会办得怎么样了,我给你的公司打了电话。他们说你没有上班。出什么事了,病了?"

"没有。"

"那你是怎么了?"

"我……"艾什林想到那个犯忌的词儿略一踌躇,继而又不再犹豫,心里既害怕又觉得一阵释然。"我很抑郁。"

莫妮卡立刻明白事情不是"我很抑郁,因为我没录下昨晚的《老友记》"这么简单。以前为照顾莫妮卡的感受,艾什林一向都极其小心,从没也决不会使用"抑郁"这个词。情况很严重。历史在重演。

"我的男朋友和克洛达赫好上了。"艾什林无力地解释。

"克洛达赫·纽金特?"莫妮卡听上去很恼火。

"过去十年里她是克洛达赫·凯利。不过话说回来,也不止那么简单。"

莫妮卡紧张地思索着。"你的情况有多糟?"

"我在床上。躺了五天了。目前还不想起床。"

"吃东西了吗?"

"没有。"

"梳洗过吗?"

"没有。"

"想自杀吗?"

"现在还没。"好啊,她有自杀当盼头了。

"明天一早我就上火车,宝贝,我来照顾你一阵子。"

莫妮卡等着艾什林像往常一样叫她一边去,艾什林却只疲倦地说了句"好吧"。

恐惧用它冰冷的手紧紧攥住了她的心。艾什林的情况一定真的是非常糟糕了。

"别担心，宝贝，我们会找人来帮你。我不会再让你吃我受过的苦。"莫妮卡激动地说，"如今的情况可不一样了。"

"没那么丢人了。"艾什林的嘴唇无力地翕动着。

"药效更好了。"莫妮卡反驳道。

乔伊和特德正在设法用刚送来的巧克力和周二的几本杂志哄艾什林开心。乍一听见门铃声，他们全都愣住了。

艾什林持续数日一直黯然无神的脸上第一次泛出光彩。"也许是马库斯！"

"我去叫他滚蛋。"说话时乔伊已经朝门口走去。

"别！"艾什林激动地说，"别。我想跟他谈谈。"

几秒钟过后，乔伊回来了。"不是马库斯……"她轻声说。

艾什林立即又是一副无精打采的样子。

"杰克·迪瓦恩。"

杰克的唐突造访使艾什林疲惫的精神稍稍振作了一些。他要做什么？以缺勤为由将她解雇吗？

"快去洗洗，看在天主的份上！"乔伊催促道，"你难闻死了。"

"不能。"艾什林语气沉重地说。这沉重的语气令乔伊明白自己是在白费工夫。作为妥协，她坚持让艾什林换了套干净睡衣，梳了头，刷了牙。随后，乔伊考虑两瓶香水该用哪瓶。"'快乐'还是'是我'？'快乐'吧。"她决定了。"咱们来试试暗示的力量。"她用'快乐'照准艾什林猛喷一阵，然后将她猛地推向客厅，仿佛她是发条玩具一般。"去吧。"

杰克坐在客厅的蓝色沙发上，两手搭在双膝之间。此情此景真是再奇怪不过。虽说心情抑郁，但她还是恍恍惚惚地生出这个念头。整天置身于工作环境的他，眼下待在这里，使她原来就不大的住所越发显得狭小。

深色的衬衫，凌乱的头发，歪斜的领带，他看上去颇有些忧虑和困惑。她在门口迟疑片刻，看着他出神地瞅着枫木地板。然后他脑袋一歪，看见了她，脸上微微一笑。

他立即站起身，客厅里的光线也随之一变。

"你好。"艾什林说，"很抱歉今天和昨天没去上班。"

"我只是来看望你，不是催你回去工作的。"

艾什林记起来了。迪兰对她说出那个可怕的消息后，杰克表现得出乎意料地温柔和善。

"我尽量明天去上班。"她主动说。她明天上班的可能性和她去爬乞力马扎罗山一样十分渺茫。

"为什么不歇息一周呢？"他建议道，"下周一再来？"

"好的。谢谢。"想到自己不必努力面对现实世界，她顿觉如释重负，一时间竟没有表示任何异议。"我妈妈要过来住几天。如果有什么能促使我去工作的话，那准是这个，我很肯定。"

"哦，是吗？"杰克善解人意地笑了。"那你哪天真得好好跟我说说。"

"行。"她无法想象自己还有任何力气，即便是告诉他几点了所需的一丁点力气。

"你现在怎么样了？"他问。

她犹豫了。这不是该和老板讨论的事，但是去他的，这有什么关系？这一切又有什么关系？"我感到非常悲哀。"

"这是自然。既结束了恋情，又失去了友情。"

"但还不止这些。"她想使对方理解她心中无尽的哀痛。"我为整个世界感到悲哀。"

她看着杰克。他是不是觉得她疯了？

"说下去。"他温和地催促道。

"我只看见悲哀的事情。而且无处不在。我们带着伤痛前行，整个人类都是。"

"Weltschmerz。"他说。

"长命百岁①。"她不经意地说。

"不。"他轻轻地笑出声来，"Weltschmerz。德语'厌世主义'的意思。"

"还有词表达这个意思？"

她知道她不是第一个有这种感觉的人。她知道她的母亲曾经有过。但如果为描述这种感觉专门造出个词来，那许许多多的其他人肯定也是感同身受。这是一种安慰。杰克窸窸窣窣地掏出一只白色纸袋。"我，嗯，给你带了些东西。"

"是什么？纸巾？我纸巾多得都能开个店了。还是葡萄？我又没生病。只是，

---

① 西方人在自己或别人打喷嚏时说"长命百岁"。此处杰克说的 Weltschmerz 与打喷嚏的声音相似。

只是……感到耻辱。"

"不是,是……嗯,其实是寿司。"

她愣住了,像是被蝎子蜇了一下。"你是在取笑我吗?"

"不是!只是以前我们在办公室吃寿司时,你似乎很感兴趣。"见艾什林没有回答,他吃力地继续解释:"我估摸你会喜欢。没什么吓人的东西,连生鱼片都没有。大多是素的——黄瓜,鳄梨,一点点蟹肉。是给初尝寿司者的套餐。我可以帮你习惯……"

但是看到艾什林怀疑的表情,他作出让步。"嗯,好吧,那我就把它留给你了。希望你能好起来。周一见。"

他离开以后,特德和乔伊走进客厅。

"纸袋里装的是什么?"

"寿司。"

"寿司!带这么个奇怪的东西来。"

他们警惕地围绕白色纸袋兜了一圈,好像那是什么带有放射性的东西。

"我们能看看吗?"特德最后问。

听见艾什林说"想看就看呗",他抽出黑色漆盒,对着里面整齐排列很是耐看的几只小小米饭卷看得入了神。

"我没想到寿司会是这个样子。"乔伊说。

"其他这些玩意儿是什么?"特德指着一个银色小袋问。

"酱油。"艾什林淡淡地说。

"这个呢?"特德打开一个塑料盒的盖子。

"腌生姜。"

"还有这个?"他指了指一团绿色糊状物。

"我忘了那叫什么了,"艾什林绷着脸坦白说,"不过这东西很呛人的。"

继续好奇地探究一阵之后,特德鼓足勇气说:"我想尝一尝。"

艾什林耸了耸肩。

"这个好像是个黄瓜的。"他将寿司丢进嘴里。"现在我要吃片生姜,好去除口腔里的异味,然后我再——"

"不是你这样的吃法。"艾什林不耐烦地说。

"好啊,那你示范一下呗。"

第五十八章

听到一阵轻轻的敲窗声,克洛达赫一下子跳起来。幸福的暖流在心中涌动。他来了。她奔到前门口,轻轻地打开门。

"半夜鸡叫。"马库斯带着浓重的俄罗斯口音说。

"嘘……"她夸张地将手指抵在唇上,两人却都一齐笑得乐不可支。

"他们睡着了?"马库斯轻声问。

"睡着了。"

"感谢上帝!"他几乎忘了该放低声音。"现在我可以对你尽情非礼啦。"他跨进门厅,将她一把抓住,两个人咯咯地笑着撞上了衣帽架,他开始脱她的衣服。

"到前屋去吧。"她邀请道。

"我要在这里做。"他顽皮地说,"就在这长筒靴和书包上做。"

"狠哪,不行!"看着他佯装生气的脸,她笑得花枝乱颤。"你倒像是克雷格了。"

他的下嘴唇撅得更长了,惹得她笑得更厉害。

"说真的,"她轻声说,"要是他们哪个起来去卫生间,撞见我们正在门厅地板上忙乎,那可怎么办呢?来吧,进屋去嘛!"

他顺从地拾起衬衫,跟着她走进去。"这让我想起十几岁的时候,也是这样偷偷摸摸,很性感。"

迪兰曾威胁克洛达赫要剥夺她的监护权,因此她决意不让莫莉和克雷格撞见她和马库斯上床。但马库斯本周工作繁忙,不可能白天做爱了。他们只能指望莫莉和克雷格睡着的时候。每天大约有二十分钟。

沙发上,他们扯下彼此身上的衣物,然后,暂停片刻,相互凝视对方。克洛达赫对他轻叹一声:"见到你我好开心。"

迪兰离开以来的这五天是一段她未曾经历过的噩梦一般的时光。愧疚使她的良心一刻不得安宁,尤其是孩子们口口声声地问爸爸什么时候回家,她更是觉得无地自容。她越来越感到孤立无助:就连她的亲生母亲也对她大发雷霆。而且她也感到了失控的恐惧——惊讶于她一手造成的毁灭。

只有和马库斯在一起的时候,恐惧才会减轻几分。他就是她垃圾般的生活顶端那颗璀璨的钻石。她在什么地方读过这句话——在一本小说里,书中有个女人开着一家二手名牌服装店——而她一眼就看到这句话。

"比不上我见到你开心。"马库斯扫视着她赤裸的身体,然后手伸到她身下,将她翻转成俯卧的姿势。在进入之前,他等了一会儿,态度近乎虔诚。他们差不多有一星期没亲热了。周六下午丝毫没有机会。自从用红色玩具卡车砸了马库斯之后,克雷格就不让他挨近克洛达赫。

"来吧。"克洛达赫祈求着,声音低沉而压抑。

马库斯先用手抚弄了自己一下,两下,然后直直地抵上她的入口。第一次进入的感觉美妙得无与伦比。他们相聚的时候总是如此短暂,因而他们的性爱带着燃烧般的狂热:他喜欢在第一次就直接进入到最深处,突破那半带阻碍的柔软屏障,一头扎进令人眩晕的狂喜之中。如果能诱出克洛达赫半是愉悦半是痛苦的呻吟,那会刺激他更加卖力地挺进。

但是这一次,他的绵长完美而有节奏的挺进被中途打断了。克洛达赫绷紧身体,半坐起身来小声说:"嘘。"她将头转向天花板,身体一动不动。"我还以为我听见……不是,"她又松弛下来。"一定是我的错觉。"

他第二次完全进入,却总觉得自己被夺去了什么似的。简短而粗暴地做过一次之后,他们又做了一次,这次稍稍不那么疯狂,她在上面。

她大汗淋漓地趴在他身上,喃喃道:"你让我好开心啊。"

"你也让我好开心哪。"他回答说,"可你知道怎样才能让我更开心吗?上楼到床上去。这沙发弄得我背疼。"

"真的不应该。万一他们看到你呢?"

"可以把卧室的门锁上啊。快点,"他咧嘴笑着,"今晚还没和你做够呢。"

"也对,但……哦,好吧,但你不能过夜。好吧?"

"好。"

麦克德维特医生有些惊慌地瞅着一个女人昂然直入他的诊所,威胁着要他开百忧解。"不给的话，我们是不会走的！"

"您是——"他翻看着预约单，"啊，肯尼迪夫人，我总不能就这样把药方给了你……"

"叫我莫妮卡，还有药不是给我的，是给我女儿的。"莫妮卡把他的注意引向艾什林。

"哦，艾什林，我刚刚没看见你。怎么啦？"他很喜欢艾什林。

她无助地挪挪身子，母亲用胳膊肘捣了捣她之后，她才开口说话。"我感到很难受。"

"她男朋友甩了她，跟她最要好的朋友好上了。"莫妮卡意识到艾什林显然不打算诉说原委，于是便由自己代劳。

麦克德维特医生叹了口气。被男友抛弃，好吧，这就是生活，不是吗？但人们碰上什么事都想要用百忧解来解决——丢了耳环啊，被乐高玩具磕了膝盖啊。

"不只是男朋友的问题。"莫妮卡继续提供艾什林的有关情况。"她还有家庭方面的问题。"

麦克德维特医生完全相信。大概是脾气乖戾的母亲？

"我曾经被抑郁症纠缠了十五年。住院治疗了好几次——"

"没必要拿来炫耀吧。"他轻轻地说。

"——而艾什林的表现和我以前一样。卧床不起，不肯吃饭，满脑子都是无家可归的人。"

麦克德维特医生振奋了起来。这还比较像样。"无家可归的人是怎么回事？"

莫妮卡又捅了女儿一下，小声吩咐"告诉他！"艾什林这才抬起她苍白而绷紧的脸，嘟囔着说："我认识一个无家可归的青年。以前我总是担心他一人，但现在他们每一个人都让我觉得难过。甚至连我从没见过的人也是。"

这番话足以使麦克德维特医生确信她有抑郁症。

"为什么我会有这种感觉？"艾什林不解地问，"我是不是快要疯了？"

"不，你不会，但是，嗯，抑郁症是一头难以捉摸的野兽。"他模棱两可地说。换句话说，他了解的也不太多。"但据我的推测，从你的，呃，你母亲提供的情况来看，你可能有这样的倾向，而失去，失去男朋友，则成了导火索。"

他给她开了一张最小剂量的药方。"作为附加条件，"他在便笺本上潦草地写了几个字，"你还必须去做心理咨询。"

他很赞同心理咨询。如果人们想要得到快乐，那就请他们稍微用心地去争取吧。

走出诊所时艾什林问："我现在可以回家了吗？"

莫妮卡此前费尽全力也只能哄她坐上出租车去看医生。"和我再去一趟药店，然后我们就回家。"

艾什林郁郁寡欢地让莫妮卡挽起她的胳膊。她一直被逼着去做自己不想做的事，又因为性格温顺而不敢反抗。问题是莫妮卡已经把艾什林的快乐当成了自己的目标，她多年来一直迫于无奈冷落自己的女儿，现在能对此做些补偿，她真是太高兴了。

这是早秋的一个下午，她们在温暖的阳光下缓缓而行，艾什林倚在母亲的胳膊上，隔着几层衣料仍能感觉到她的胳膊是那么厚实而柔软。

去过药店之后，艾什林发现自己被领着走进了斯蒂芬格林公园。她被逼着坐在长凳上，透过倾泻的阳光眺望湖面。鸟儿们在水面上嬉戏着，而她在想自己什么时候才能回家。

"马上。"莫妮卡承诺道。

"马上吗？很好。"然后她开始看鸟。"鸭子。"她呆呆地说。

"对了！鸭子！"莫妮卡陡然来了兴致，好像艾什林是个两岁半的小孩。"正准备飞到南方去过冬呢……那里更暖和。"她添了一句。

"我知道。"

"收拾起它们的比基尼和防晒霜。"

又是一阵沉默。

"预定它们的旅行支票。"莫妮卡不厌其烦地说。

艾什林依然直直地瞪着前方。

"涂脚趾甲，"莫妮卡试探性地说，"买墨镜还有草帽……"

墨镜起了作用。想象着鸭子如同黑手党成员戴着墨镜的滑稽模样，艾什林不由露出了一丝笑意。直到这时，莫妮卡才允许她回家。

星期六早上，利亚姆开着他的出租车来接丽莎，送她去机场。他毫不掩饰自己对她的爱慕。

"老天在上，丽莎，"他慈爱地大声说，"你看上去真是迷死人啦！"

是能骗死人才对。"那是当然啦，利亚姆，我从七点就开始准备了。"

她得承认她胜利完成了一项浩大的工程。一切都堪称完美：头发，皮肤，眉毛，指甲。还有衣着。周三和周四，快递员给她送来一些世界上最华美的服装，她精挑细选了其中最出色的一件，此刻正穿在身上。

坐在往前行驶的出租车上，丽莎简单说了一下最近发生的事情，利亚姆听了很难过。

"要离婚，"他小声咕哝道，"你家男人准是疯了。而且还瞎了。"

为了离大门近一些，利亚姆把车停在一个既违章又危险的地方。"我就在这儿等你。"

没等跑进入境大厅，丽莎已经是上气不接下气。尽管大屏幕上显示奥利弗的航班已经抵达，可还是看不到他的人影，因此她站在会客处，朝着双层玻璃门的方向张望，静静等待着。她的心怦怦直跳，舌头不住地紧紧粘上干渴的上颚。她又等了一会儿。一波波的人潮涌进大厅，拖着疲惫的步子有些扭捏地从等待的人群中穿过。还是没有奥利弗的身影。过了一会，她提心吊胆地拨通家里的电话，看他是否留言说他耽搁了，但是什么也没有。

丽莎几乎已经认定他不会来了。蓦地，她看到他优雅地朝玻璃门走来。她感到一阵眩晕，脚下的地面也开始微微上下颤动起来。他上下一身黑。黑色高领衬衫外罩一件黑色长款皮夹克，穿一条黑色紧身长裤。然后他看见了她，露出千米之外都能看到的灿烂笑容。那是从太空俯瞰地球唯一能看到的人造物品，过去在另一种生活状态下她常这么对他说。

她急步奔上前去。"我差点就不等你了。"

"抱歉，宝贝儿。"他弯起嘴角，露出一口闪亮洁白的牙齿。"我是被移民局检查站给拦下了。整架飞机就我一个人。"他一手叉腰，夸张而好奇地说："现在，我在琢磨那究竟是为什么。"

"那些混蛋！"

"是啊，我就是说服不了他们我是一名英国公民。即便我有一本英国护照也不行。"

她关切地咂咂嘴。"扫兴了吧？"

"不，我习惯了。上次我来也碰到了同样的事。你看上去美极了，宝贝儿。"

"你也是。"

利亚姆把他们送到家时，凯西刚刚完成大扫除。她正要小心翼翼地悄悄离开，丽莎叫住了她。

"奥利弗,这是凯西,她就住在对面。凯西,这是奥利弗,我的丈——朋友。"

"你好。"凯西说,心里琢磨着"丈朋友"到底是个什么东西。大概跟小姐妹差不多意思吧。

凯西走后,他们渐渐进入一种格外舒适、无比愉悦的尴尬状态——虽说两人互有好感,这点是毫无疑问,但这样一种极其古怪的处境,还是叫人无所适从。奥利弗过于热情地夸奖着房子,丽莎则描绘着她的宏伟蓝图,特别提到了木质百叶窗窗帘。

最后他们终于都平静下来,举止也正常了一些。"我们该开始了,宝贝儿。"奥利弗说着,从包里取出某件东西。一阵心跳加速,她以为那是给她的礼物,后来意识到那是一个装着文件的盒子:契据、银行账目、信用卡对账单、抵押公文。他戴上一副银框眼镜,尽管那一副专业的模样十分诱人,她所有的忐忑、焦虑和小女人的期待全都烟消云散。她刚才在想什么?这不是约会,他们在此会面是为了商议离婚。

她的情绪骤然跌到谷底。她重重地在餐桌旁坐下来,开始着手切断两人之间的财务关系,好让他们真正而又完全地回到单身状态。这个过程微妙复杂的程度不亚于连体双胞胎的分离手术。

和过去五年的银行账目玩起捉迷藏游戏,他们试图列出各自在房子上交付的各种款项。在涉及押金、人寿保险和律师费时,两种截然不同的说法不时会让事实变得模糊不清。

有几次情况变得很难堪,谈到钱的问题时常常如此。丽莎一再坚称自己付了所有的律师费,但奥利弗认定他也出过一部分费用。

"看这里。"他翻着文件,找到由他们的律师出具的一张发票,"一张五百一十二英镑十六便士的票据。还有这里,"手指用力点了点他的银行账单,"一张五百一十二英镑十六便士的支票,三周之后开出的。是巧合吗?我看不是!"

"给我看看!"她检查了支票和账单,然后嘟囔道,"对不起啊。"

门铃响了,弗朗辛大摇大摆地走了进来。"嗨,丽——莎。呃,你好呀。"她冲奥利弗点了点头,原本的自信不见了,取而代之的是腼腆和羞赧。她转过头看着丽莎。"今晚我们有个睡衣派对。我还有克洛伊还有茱蒂还有菲比。你要来吗?"

"多谢,可我已经有安排了。"

"好吧。嗯,你有没有多余的面膜让我们用用?"

丽莎忍住了没有发作。"对不起奥利弗，一会就好。到我房间来吧，弗朗辛。"

"天呀！"奥利弗大声惊呼道。弗朗辛拎着满满一塑料袋的面膜、指甲油、去角质霜和睡衣派对需要的其他一些杂七杂八的用品离开了。

丽莎不耐烦地抽动了一下。"她来就是为了看你的。"

他们又回到"捉迷藏"的游戏中，两个人的记忆不时发生碰撞。

"我们用空运买了什么鬼东西，花了那么多钱？"

"咱俩的床。"奥利弗简短地回答道。

寂静降临了，因为无法言说的情感而显得越发凝重。

"给探索旅游频道的支票呢？"

"塞浦路斯。"

这个字眼饱含深情地击中她。令人昏眩的温暖，肢体交缠的那个午后黄昏，阳光倾泻在他们的床单上，投射下朦胧的图案：她热切地爱恋着，在她的第一个"婚后"假期，无法想象没有奥利弗的生活。

看看现在的他们，在准备离婚时偶然发现了这张支票。生活不就是古怪无常的吗？

几小时后，再次响起了门铃声。这一次是贝克。"丽莎，你想出来吗？我们正在踢球呢。"

"我正忙呢，贝克。"

"嗨。"贝克向奥利弗点点头，努力想摆出男人对男人的架势，却依然掩盖不住显而易见的敬畏。"你呢，忙不忙？"

"他也忙。"丽莎越来越不耐烦。他们都把奥利弗当成了怪物。

"其实，"奥利弗放下笔，摘下眼镜。"我也可以放松一下。这事把我累坏了。半个小时怎样？"他动作潇洒地舒展着身体，丽莎注视着他充满阳刚气质的优雅姿态。

"你来吗，丽莎？"

"来就来吧。"

"开始时她会使诈，"贝克向奥利弗透露说，"不过她现在不这么干了。"

"她和你们一起踢足球？"奥利弗听上去十分惊讶。

"当然啦。"现在轮到贝克惊讶了。"她踢得不错呢。作为一个女人来说。"

奥利弗惊愕地张大嘴巴——几乎带着责备的语气说："你变了。"

"我没有变。"丽莎平静地说。

在死胡同口追着一个球摸爬滚打三十分钟，这个主意挺不错。他们气喘吁吁、兴高采烈地回到家里，回到了散放着一堆文件的餐桌旁。

"噢——咿呀，"奥利弗看到不禁蹙起了眉头。"我都把它给忘了。"

"嘿，今晚就别管它了吧。"

"最好不要，宝贝儿。还有很多事要处理呢。"

丽莎碰了个钉子，但她不露声色，打电话叫了两份比萨，然后两人继续苦干起来。直到半夜才收工。

"所有这些按照什么样的程序？"丽莎问。

"一旦在财产分割上达成一致意见，我们就把它提交给法院，两三个月后会下达暂时性离婚判决。六周之后，下达最终判决书。"

"哦，挺快的啊。"丽莎想不出还有什么可说的了。

这一天下来，她感到筋疲力尽，肮脏不堪，且伤心难过。她脖子痛，心也痛，现在到了上床的时间，可她一点做爱的心情都没有。

他也一样。两个人都太伤心了。

他机械而疲倦地脱着衣服，随手扔下衣服，然后爬上了丽莎的床，好像他已经在上面睡了一百万次。他向她伸出胳膊，她靠进了他的怀里。肌肤相亲，是他们往常的睡觉姿势——她的后背紧贴着他的胸膛，她的脚放在他的双腿之间。比做爱时还要温柔和亲热。她在黑暗中抽泣起来。他听见了，却不知道该怎样来安慰她。

第二天他们又坐到了桌旁，一直干到下午三点钟奥利弗该离开的时候。她同他一起打的去机场。之后回到她那洞穴般幽暗空寂的屋子里，她的床挑逗般地向她发出召唤。她很沮丧，但她强忍着没有爬回床上去，而是把白天发生的事情在心里重新梳理了一遍。生活还得继续。

第五十九章

星期一早晨，莫妮卡陪着艾什林步行去上班。"乖孩子，快去吧。"很像是她第一天去上学的情景。艾什林穿过正门，正欲转回身，莫妮卡隔着玻璃示意她"快去！"她极不情愿地拖着脚步走向电梯。

当她在办公桌旁坐定时，所有的人都怪模怪样地瞅着她。接着，他们突然变得过分热情起来，让她觉得很是难堪。

"想要喝杯茶吗？"特丽克丝笨拙地提议说。

"特丽克丝，你这样让我浑身发毛。"艾什林说完，努力将视线转向她办公桌上的东西。一秒钟后她再抬起头时，特丽克丝正对着莫利太太摇摇头，用唇形示意说艾什林不想喝茶。

杰克快步走了进来，胳膊下夹着一大叠文件。他看上去忧心忡忡，一副情绪不佳的模样，可是当他注意到艾什林的时候，却放慢脚步，神色也开朗了一些。"你好吗？"他温柔地问。

"嗯，至少可以下床啦。"她说。但她那张脸绷得紧紧的，表明此时没什么事让她高兴。"嗨，那天你去我公寓的时候……谢谢你的寿司，我那时有些，呃，情绪不好。"

"没关系。抑郁症好些了？"

"活着，而且好好的。"

他没有说话，带着鼓励却爱莫能助的神色点了点头。

"我最好找些事来做。"她说。

"你心里感到的悲伤，"杰克缓缓地问，"是那种捉摸不定的呢，还是有具体的表现形式？"

艾什林沉思了一会，然后开口说，"我想，是有具体表现形式的吧。有个我认识的流浪青年。呜呜，照片里的那个，还记得吗？是他让我真正明白了无家可归是什么感觉，我觉得心都碎了。"

一阵沉默后，杰克若有所思地说，"我看，我们可以给他找个工作。开始时可以让他干些简单的事，比如在电视台跑跑腿什么的。"

"可你总不能给一个素未谋面的人安排工作吧。"

"我认识呜呜。"

"你怎么会认识？"

"有天我在街上看到他。我是根据照片认出他的，还跟他聊了几句。我想谢谢他，那些照片给《妙龄女郎》带来了完全不同的风格。我觉得他好像非常聪明，也非常热心。"

"哦,的确是,他对什么都很感兴——等等,你是认真的吧?"

"当然了。为什么不呢?老天知道,我们欠他的人情。瞧瞧那些照片给我们拉来了多少广告。"

艾什林的心情立刻开朗起来,但转眼间又换成一副苦闷的表情。"可是其他无家可归的人呢?那些没有拍进照片的?"

杰克难过地笑笑。"我也没法给他们每个人一份工作呀。"

哐当一声,门开了,走进来一位衣冠楚楚的年轻小伙,笑容满面地环视着整个办公室。"早啊,伙计们!"他大声说。

"那是谁?"艾什林惊讶地问,打量着他花哨的头发,剪裁考究的洋红色长裤,薄得透明的T恤和他正忙着脱去的那件小皮夹克。

"罗比,我们新来的小伙子。梅赛德斯的接班人。"杰克说,"他是周四开始上班的。罗比!来见见艾什林。"

罗比一手拍着几乎赤裸的胸口,装出一副惊讶的样子。"是叫在下我吗?"

"我觉得他是同性恋。"卡尔文轻声说。

"别扯淡,大侦探。"特丽克丝的话里带着尖刻的嘲弄味道。

罗比庄重地和艾什林握了握手,接着,蓦地见到她的手提包,嘴里不禁发出一声喘息。"正宗古琦!这一刻我感受到了时尚的无穷魅力。"

艾什林居然真能工作了——出人意料。平心而论,她并没有接到任何稍有难度的工作。而且有一样东西绝不可能出现在她桌上来让她编辑、校对或者录入,那就是马库斯·瓦伦丁的月刊专稿。

一天结束了,她母亲来接她下班,到家之后同意她直接上床睡觉。

星期二早晨,经过她母亲多次连捣带戳的催促和真诚的鼓励,她总算爬起来又去上班了。周三早晨如此。周四也是。

周五,莫妮卡要返回科克郡。"我应该回去了。我不在的话,你爸爸可能会把房子烧光了。现在,你要坚持吃药——别管是吃了会让你头晕还是恶心——再去寻求一些心理咨询,你就会活蹦乱跳的了。"

"好。"艾什林去上班,感觉还很不错——直到中午迪兰走进了办公室。见到迪兰,她原先轻微的恶心欲呕的感觉骤然增强。他一定有了什么消息。某个她渴望了解、却又势必会让她心痛的消息。

"有空一起吃个饭？"他提议道。

他的到来在办公室引起了一阵骚动。那些没见过马库斯·瓦伦丁什么样子的人激动地用口形问那些知道的人，就是他吗？是不是他们想要见证一场浪漫而又充满激情的团聚呢？所以，当那些知情者再次以口形无声地回答说，不，是她那个朋友的丈夫时，他们感到失望之极。

就在艾什林去拿她的包的当儿，迪兰和丽莎目光相遇，眉宇间闪耀着俊男美女之间互生倾慕时的光辉。

迪兰看起来不一样了。他一向十分英俊，虽说稍显平淡。但一夜之间，他平添了几分令人目眩的强硬气质，一种放荡不羁的吸引力。他一只手搭在艾什林的腰上，领着她走出办公室，这一对为图快活不惧骂名的男女的背影，牵动了办公室所有人炽热的目光。

他们走进隔壁的一家酒馆，在角落里找了一张桌子。艾什林本来只想喝点健怡可乐，但迪兰还是要了一品脱拉格啤酒。

"喝了可以解醉，"他长出了一口气。"为了昨晚蒙受的奇耻大辱。"

"还住在你母亲家？"艾什林问。

"是啊。"他微微苦笑了一下。

这么说克洛达赫和马库斯还在一起。他们之间的激情尚未消退，这不是什么一场短暂的疯狂。她体内一阵翻江倒海，真的想要吐了。"现在情况怎么样了？"

"还没什么，只是决定了每个周末我去看孩子，周六晚上可以在那过夜。"他满脸羞愧地坦白说，"我已经跟克洛达赫说了我会等她，真心希望她能回心转意。但她居然告诉我说她爱那个淫贼。天知道为什么。"顿了顿，他忽然反应过来。"对不起。"

"没事的。"

"你呢，还好吗？"他关切地把注意力转到她身上，霎时间，他好像变成了当年的那个迪兰。

她犹豫着。该说什么呢？我讨厌这个世界，我讨厌活着，我在服用抗抑郁的药，每天早上必须是妈妈替我挤好牙膏，现在她回科克郡去了，而我不知道怎样才能刷牙。

"挺好的。"她说。

他看上去不大相信，于是她向他保证说："真的，我很好。说吧，跟我说说还发生了什么事。"

迪兰苦闷地长叹一声。"就是两个孩子,我真的放心不下。他们完全懵了,很严重。可他们年纪太小,听不懂这事。再说我也不能让他们仇恨自己的母亲,即使我恨她。"

"你不恨她。"

"噢,相信我,艾什林,我真恨她。"

艾什林觉得他的仇恨很可悲。他恨克洛达赫唯一的原因,就是他爱她太深。

"也许一切都会过去的。"艾什林说,心里既为自己也为迪兰怀有几分希望。

"是啊。我们静观其变吧。你跟他们两个谁谈过吗?"

"我两个星期前见过克洛达赫,就在……那个星期五。但我还没能联系上……"她迟疑了。说出他的名字也会叫她心痛。"……马库斯。我试着给他打电话,但他已经不接电话了。"

"你可以去他家找他。"

"不。"

"你是好样的。维护了自己的尊严。"

艾什林凄苦地换了个姿势。其实不是的。只是她没有那个勇气。

奥利弗回到伦敦以后没有给丽莎打电话,而她也没有打电话给他。没什么可说的了。他俩各自的财务状况都需经过双方律师的确认,然后只需几个月,法院即可作出中期裁定①。

丽莎安然无事地过了一周,但是虽说她在行使职责,却根本算不得舒心顺利。她勉强安排好了十月刊,但那感觉就像推着胶水球上山一样吃力。尤其是艾什林还像具僵尸一样在眼前晃来晃去。

罗比倒是不错。满脑子都是对下面几期的疯狂构想。其中大多过于不着边际,但至少有一个——采用类似 S&M② 的摄影风格——是绝对的天才想法。

周五晚上,一切都交付排版印刷之后,有几个人邀请她下班后去喝几杯。特丽克丝和罗比,甚至杰克都提议说要去个地方庆祝"十月的完结"。但她已经受够了他们那股闹腾劲,于是一个人直接回了家。

她刚一进门,凯西就过来敲门。凯西似乎常来。不是凯西就是弗朗辛,或者

---

① 中期裁定:离婚诉讼中的中期判决附有一定期限,如过此期限无人提出异议,离婚方可生效。
② S&M:性虐待狂与被性虐待狂的简称。

街上的其他几个人。

"今晚来我们家吃饭吧。"凯西邀请道。

丽莎听了几乎要大笑起来,凯西接着说:"我们烤了一只鸡。"丽莎突然发现自己同意了。为什么不呢?她暗暗思量着,试图给自己找个理由。她可以试试斯卡斯代尔节食法[①],她已经很久没这么吃了。烤鸡将会非常合适。

十分钟后她走进凯西家的厨房,水蒸气、电视机的噪音和孩子打架的吵闹声迎面朝她袭来。凯西看上去累坏了。"就快好了。搅肉汁去,你这没用的白痴。"这话是对约翰——她那和蔼的胖子丈夫说的。"喝饮料吗,丽莎?"

丽莎正想要一杯干白葡萄酒,凯西就已经报出了可供选择的几种饮品:"利宾纳[②]?茶?牛奶?"

"呃,哦,牛奶吧,我想。"

"给丽莎端牛奶去。"凯西对着杰西卡虚晃了一脚,她正和弗朗辛扭打在地板上。"用好杯子。围着桌子坐好,你们每一个人。"

丽莎发现给她的饭菜是其他人的三倍。她还来不及推辞说自己不吃土豆,凯西就已经将至少四个烤土豆堆在了她的盘子里。她想对它们视而不见,但它们的色香味又是如此诱人……她又稍稍地抵抗了一下它们的诱惑,然后投降了,十年来的第一次,她将一片烤土豆放进嘴里。明天再开始节食吧。

"不许踢桌腿!"凯西冲最小的孩子劳伦喝道。劳伦扮了个鬼脸,三秒钟后又开始踢起来。

"你胳膊肘伸到我这了。"弗朗辛对丽莎抱怨说。

"对不起。"

"别说对不起,"弗朗辛立刻就后悔了,"你应该反击说至少你吃东西时没出声。"

"好吧,明白。"

"或者说你不是一个又大又肥的馋鬼。"杰西卡热心帮她说。

"或者说我不是那个一直放屁的家伙。"丽莎说。

"耶!"

挤在一张小小的餐桌旁,听着电视里嘈杂的声音,每个人牛奶喝得满嘴都是,

[①]斯卡斯代尔节食法:一种节食减肥法,要求连续一至二周每天都只能吃含有碳水化合物和低脂肪的食物,并且食物中要含有丰富的蛋白质。
[②]利宾纳:一种英国的黑醋栗浓缩果汁。

像是粘上了白胡子，或许她自己也不例外，丽莎忽然有一种似曾相识的感觉。是什么呢？此情此景到底让她想起了什么？一个可怕的念头刺痛了她。这就像她在赫默尔亨普斯特德的家。拥挤，吵闹，善意的斗嘴，整个感觉一模一样。我究竟是怎么回到了这里？

"你还好吧，丽莎？"凯西问。

丽莎点点头。她强忍着内心的冲动，没有从椅子上一跃而起，赶紧逃离这个屋子。她是个来自劳动阶层的姑娘，穷尽一生想要让自己脱胎换骨。多年来她始终致力于编织一张于己有利的关系网，时而竭力奉承，时而拼命诋毁，永远小心翼翼，不曾有丝毫懈怠，日复一日费力劳神，形同苦役。虽然如此，她最终还是被毫不留情地带回到起点。

这让她说话的力气也没了。

她以前从未真正考虑过，她在个人地位迅速上升的同时究竟付出了怎样的代价。换来的回报似乎是值得的。可是现在，坐在凯西家的厨房里，她看不到半点自己创造的美好生活的影子。相反她却痛心于那些被她放弃的——朋友，家人，尤其是奥利弗，她放弃了他们，换来的却是一无所有。

第六十章

半夜时分，杰克·迪瓦恩感到极其疲惫和沮丧。为了找到呜呜，他已经在都柏林的几条街道上徘徊了两三个小时，却是一无所获。他觉得自己像是一名特别蹩脚的侦探。除了在邻近艾什林住所的几条街道一些人家的门口察看一番以外，他不知道该去哪儿找。流浪汉一般都喜欢出没于哪些地方呢？

他问过的流浪汉都说不知道呜呜。也许他们真的不认识呜呜，但杰克怀疑他们更像是在保护呜呜。他是不是该悄悄塞给他们一张十英镑的票子，对着他们的眼睛喷一口烟，然后说"也许这会帮你想起来"？雷蒙德·钱德勒侦探系列的书里不就是这么写的吗?

他暗暗责怪自己太不中用,竟然对街头智慧如此欠缺,一边继续走着。走过几条大街,走过昏暗的小巷道,来到卸货作业区……也许这就是他!一个压平了的硬纸盒上蜷缩着一个身子骨瘦伶伶的人,身上盖着一件大衣。

"打扰一下。"杰克在他身边蹲下来,一张又瘦又小,十分稚嫩的脸仰起来望着他。戒备而惊恐。不是呜呜。"抱歉。"杰克向后退去,"抱歉打扰了你。"

他又回到了大街上,一点力气也没有了。今晚就到这儿,还是明天再来吧。他正朝车子走去,这时突然听到有人在叫:"杰克!这边。"

那儿,坐在一家理发店的台阶上读书的,不是别人正是呜呜。

"出来喝酒?"朝他发问的呜呜咧嘴一笑,露出参差不齐的牙齿。

"呃,不是。"杰克大吃一惊,没料到居然是呜呜先看到他。"刚才几个钟头,我一直在找你。"

"那么说,是你咯。"早些时候约翰约翰警告他说有个家伙在打听他。他怀疑那是个便衣——不然还会是谁呢?——只是他并不十分确定。

"就是我。"杰克蹲在了呜呜的身边,顷刻间,呜呜身上的气味仿佛越过一条无形的界线,直如一把抡起的大锤冲他袭来。他以极大的意志力克制住自己,没有在脸上显现出任何厌恶的表情。

"有什么事?"呜呜小心翼翼地问。那次杰克停下来和他聊了一会时装照片的事,他很喜欢杰克。但平时一般没人来找呜呜,除非他惹了什么麻烦。

杰克一边屏息不去闻那浓烈的臭气,一边斟酌着合适的字眼,不想摆出高人一等的架势。他希望呜呜能比较体面地告别这样的生活。

"我遇到点麻烦。"杰克开口说。

呜呜的脸色渐渐开始阴沉起来。

"我工作的电视台里有个缺儿,我在物色一个合适的人来填补它。有位同事跟我提到了你的名字。"

"你是什么意思?"呜呜狐疑地眯起眼睛。

"我在向你提供一份工作。如果你愿意的话。"他赶紧补充了一句。

呜呜脸上显出一副凝神寻思难以释疑的表情。他这辈子都还没遇过这样的事。"为什么?"他终于憋出一句。有人会对他好,那是件稀罕事儿,他也不打算去相信。

"艾什林觉得你能够胜任，而我尊重她的意见。"

"艾什林……"如果这事和她有关，或许也不都是什么把戏。可不然又会是什么呢？突然，他问："你在耍我，是不是？"

"没有，真的没有。你干吗不来电视台找我们？那样你大概就会相信我了。"

"你会让我进去？"

听到这话，杰克觉得心往下一沉。"当然会让你进去了。不然你怎么工作呢？"

直到这时，呜呜才彻底抛开自己的直觉，开始相信杰克的话。"可是为什么……？"他两眼闪亮，满脸稚气，看上去像是个孩子。杰克感到自己的脸上饱含深情。"我之前从来没有过一份正式的工作。"呜呜咽了咽口水。

"好啊，现在不正好有了吗？"

"我不能游手好闲一辈子！"

"呃，没错。"杰克不知道自己是不是该笑。

"噢，放松一点。"呜呜用胳膊肘捅了捅他，咧开嘴笑了，眼睛里闪烁着泪光。"你是只要我写写书评呢，还是别的事情也需要做？"

"呃嗯——"杰克觉得自己被问了个措手不及。"我得说，别的事情也要做。"

第二天上班时，杰克把这个消息当做礼物一样告诉了艾什林。"我找到呜呜了，跟他说了在电视台上班的事。他看上去挺有兴趣。"

"太好了！"她兴高采烈的声音和那苍白的脸色十分不协调。

"他缺些衣服，所以我让他过来找卡尔文。'时装部'里有很多没人要的男装，他没准可以穿出去。"

艾什林变得十分安静。她仍然没有落下一滴眼泪，但却似乎为这句话动了真情。"你真是太好了。"她低着头说。

"问题是，"杰克的声音里流露出几分茫然，"呜呜一开始好像觉得我们想让他为《妙龄女郎》写书评。为什么会是这样？"

她直起身子，让肩胛部位得到放松。"我怎么知道。"她忽然希望自己能够收回这句话。闻听此言，杰克的脸上出现了一种倏忽即逝的微妙变化，令她停止了活动肩膀的动作。不管那是什么表情，她反正因此觉得自己还活着。同时感到了几分恐惧。"书评吗？"她努力集中精力，然后想了起来。"我常把校样稿给他看。都是别人不愿接的书。"她急忙加了一句。"他总是能跟我谈谈他的看法。"

"哦,好吧。那,让他周一过来先开始在台里跑跑腿吧。《妙龄女郎》的书评是丽莎负责的。不过我们随时可以问问她。"他高兴地说道。

克洛达赫泪流满面地打开了前门。
"怎么了?"马库斯喘着气问。
"是迪兰。他是个混蛋。"
"他干什么了?"马库斯追问道,跟着她进了厨房,气得一脸铁青。
"哦,是我咎由自取。"克洛达赫坐在桌旁,不停地擦着眼泪。"我不是说我没有错。但这真是太难受了。每次见到他,他都会带给我更多的坏消息,他让我难受极了。"
"他到底做了什么?"马库斯再次追问道。
"他逼我把所有的信用卡都交出去。他还注销了我们共有的银行账户,他打算每个月给我津贴。猜猜有多少?"
她又开始抽抽搭搭,说出了一个很低的数字。马库斯闻言大喊起来,"这是津贴?跟抢劫差不多!"
她报以一个颤巍巍的笑容。"唉,我是个坏女人,我还能指望什么呢?"
"但他有义务照顾你,你是他的妻子!"马库斯激动的话语和他的动作并不相称。他正在窗台下的柜子里胡乱翻找着什么。
"不过我想,他没有觉得自己应该照顾我……"她顿住了。"你在干什么?"
"找支笔。"
"这儿。"克雷格的文具盒里有一支。"你在干什么?"
"就是……"他在一张废纸片上草草写了什么。"写点东西。我们上床去吧。"他贴着她的脖子喃喃说。
"我还以为你不会提了呢。"她勉强挤出一丝笑容,眼里还泛着少许的泪光,领着他朝前屋走去。但马库斯站住了,不愿意进去。像毛头小伙子一样在沙发上做爱的新奇感已经开始失去了吸引力。
"我们上楼吧。"
"不行。"
"这样的偷偷摸摸还要多长时间啊?来吧,克洛达赫,"他哄劝着,"他们只是孩子。还不懂这个呢。"

"你这小坏蛋,"她格格地笑着说,"你最好别弄出声音来。"

"那样的话,你最好别太性感。"

"我尽量。"她咧嘴笑着说。

性爱总是令人神魂颠倒。她努力让自己迷失在马库斯一次次的进攻里,忘记了自己的羞耻和最近捉襟见肘的窘迫。直到她感觉对方的节奏断断续续慢了下来。

"快一点!"她小声说。

他的动作却变得更慢,最后完全停止了。

"怎么了?"

"克洛达赫。"他的声音里充满了警告的意味,他的目光牢牢盯住别的什么东西。她急忙从他身下钻出来。我忘记锁门了。

看到克雷格站在门口,痴痴地瞅着马库斯,这既在意料之外也在意料之中。

"爸爸?"他颤抖的声音里充满了困惑。

"妈,我是丽莎。"

"哈罗,宝贝。"波琳温和地说,"能听到你的声音真是太好了。"

"我也是。"听到母亲饱含慈爱的声音,丽莎的喉咙有些发痛。"嗨,我打算下个周末去看看你和爸。如果你们方便的话。"她赶紧补充了一句。

"你知道吗?"波琳若有所思地自语道,"我们根本想不出有什么事能比你回来更让人高兴的。我们太想见到你了。"

星期五晚上离开凯西家的时候,丽莎感觉自己赤身裸体,身无片缕,无遮无盖,就好像是她拥有的一切都被剥夺了一般。她突然毫无缘由地想见到妈妈。

这是她未曾料到的反应,接下来的也是一样——幡然醒悟之后的最初一阵冲击已经过去,似乎也不再那么可怕。你可以把女孩带出公寓,但你不能把公寓带出女孩,她边想边虚弱地冲自己笑笑。这并没有让她快乐起来,但也没有让她感到不快。

在最初的一段时间里,她极力想要逃跑,但是现在已经打消了这个念头,相反她想要回到自己出发的地方。

"真是太想见到你了,丽莎。这真是把我乐坏了。"听出波琳的声音里满含愉悦与温情,丽莎开始暗自寻思父母这种让她感到极不自在的敬畏态度,到底有多少是出自她的想象。难道这都是自己的凭空想象吗？

艾什林的日子一天天过去。世界依然充满了悲伤，每天早晨醒来，她都有一种喝得烂醉的感觉，即便她前一天晚上没喝也是如此。但几个星期后，她意识到有些琐事，比如说刷牙啦，洗澡啦，都不再像之前那样艰难到了荒唐的地步。

"那是因为抗抑郁的药起作用了。"多次给她打电话的莫妮卡有一次这样说。"五羟色胺选择性重吸收抑制剂真是及时雨啊。比以前那种三环什么的药好用多了。"

艾什林吃了一惊。她没想到抗抑郁药真会管用，然后她意识到自己对什么东西都不信任了。毕竟，她的母亲并没有痊愈。至少有很长时间一直没有痊愈。

除了保持个人卫生，她也能够应付工作，只要不是过于复杂的任务就行。尽职尽责的个性曾经常令她陷入窘境，但如今她模糊地意识到那大概正是她的救赎。

"十一月的星座运势出来了。"特丽克丝挥了挥手中的稿子。"把大家都叫过来，我来念。"

整个办公室的活动戛然而止。什么借口都行。甚至连杰克也停了下来，尽管意识到自己此时应该在看取缔闹事法案。他决定听完天秤座后再看。

"读天蝎座的。"艾什林催促着特丽克丝。

"可你是双鱼的呀。"

"读吧。天蝎。然后摩羯。"

克洛达赫是天蝎座，马库斯是摩羯座。艾什林想知道他们十一月的运势如何。杰克·迪瓦恩趁着与她视线相交之际，丢给她一个复杂的眼神——既有挑剔，也有忧虑。他知道她想干什么。她高傲地转过头去。她可以爱知道谁的星座运势就知道谁的星座运势，而且她这么做一点儿都不过分。毕竟，乔伊曾经建议她暗暗诅咒马库斯和克洛达赫。

据他们的星座运势说，克洛达赫和马库斯这个月会遇到一些波折。艾什林觉得不出所料。

"你是什么星座，JD？"特丽克丝问。

"迪瓦恩先生，该您的啦……"

"天秤座。"他叹着气答道，而她显然是在等着。"但我不相信星座这东西。天秤座的人从来都不信。"

艾什林觉得有点好笑。她从头发下面偷窥杰克。他已经在看她了。他们互相朝着对方浅浅一笑，随即艾什林发现自己藏到了办公桌下面。直起身时她带出了自己的手提包，但却稀里糊涂不知道要从里面拿什么东西。难道她只是为了避而不看杰克·迪瓦恩吗？然后她想到反正已经到了午餐时间，也该去见麦克德维特医生了。

去诊所的路程只需十分钟，但却犹如行走在狙击手的枪口之下。她害怕外出，害怕见到什么可能会令她痛苦的东西。她尽量低垂着眼睛，不去看别人膝盖以上的部分。就这样她一路平安无事，直到有个波斯尼亚难民想卖给她一本过期的《重大事件》。她顿时被无助的浪潮打得晕头转向。

还有更糟糕的呢——来自麦克德维特医生本人。

"百忧解吃得怎样？"他问

"很好。"她虚弱地微笑着说，"拜托，医生，可以再给我一些吗？"

"副作用？"

"只有一些恶心和颤抖。"

"没有食欲吗？"

"反正本来就没有。"

"另外，你知不知道这种药是不能和酒精混合服用的？"

"嗯，知道。"不让她喝酒就太过分了。

"心理咨询做得怎样？"

"呃，我没去。"

"但是我给了你一个电话号码的啊。"

"我知道，但我打不了。我太抑郁了。"

"啊，真是！"他听上去很生气，拿起话筒拨了一个电话，接着又拨了一通电话。他用手捂住话筒问，"你周二什么时候下班？"

"看情况……"

"五点？"他不耐烦地问，"还是六点？"

"六点。"如果走运的话。

他挂了电话，递给她一张纸。"每周二六点。你不去的话，那就没有百忧解。"

混蛋！

艾什林无精打采地路过圣殿酒馆时，听到有人大声喊："喂，艾什林！"一个盲目追求时尚的年轻人，脚穿一双模样古怪的鞋子，踩着重重的步子追了上来，她愣了一下，认出这人是呜呜。他的头发有了光泽，脸上也有了光彩。她突然大笑起来。

"瞧你这样子。"她开心地说。

"我正要去上班，我值的是两点到十点的班。"他说完便笑得浑身直颤。"你能相信那是我说的话吗？！"

然后他开始气喘吁吁热情洋溢地说了一通感激的话。"电视台里一切都很好。他们连薪水都给我提前支付了，好让我能住在旅馆里。"

"工作不是很难吧？"艾什林一直有些替呜呜担心，担心他过惯了无拘无束的生活，可能一时难以适应强调纪律和责任的工作环境。

呜呜满不在乎地笑了。"不就跑跑腿吗？小菜一碟！就算穿着这种鞋子也没关系。"

"衣服很酷嘛。"艾什林说道，打量着他那件裁剪过度的夹克，那件特大号的衬衫和那双相当古怪的鞋。它们看上去像是有"企业号"星舰①的两倍大。

"我这样子活像是个傻瓜。"呜呜又大笑起来，"鞋是最糟糕的。你们办公室的那个卡尔文，把所有他不想要的那些稀奇古怪的衣裳全都给了我，不过至少都是干净的，再说等我领了工资就可以买像模像样的衣服了。等等！我刚刚又说这种话啦。"他咂了咂嘴，带着惬意重复道，"等我领了工资。"

他的欢乐似乎能够传染对方。"看到你一切顺利我真是高兴。"艾什林真诚地说。

"是啊，这一切我要谢谁呢？只有你啦。"呜呜咧开缺了牙的嘴笑着说。看来卡尔文还是没能说服他去装上新牙。"还要感谢杰克，他可真是个大好人！"

呜呜等着艾什林说一句赞同的话，脸上充满了期盼。

"大好人。"不过她犯起了嘀咕。杰克·迪瓦恩到底是什么时候变得这么好？

"你听说了没有？我在考虑要不要帮他写书评。"呜呜激动地尖声说道。

---

① "企业号"星舰：科幻剧《星际迷航》里的宇宙飞船。

"呃……"

"我已经腻了，我甚至一辈子都不想再去写什么书评了。"

"嗯……"

"我想做摄影师。或者音效师。新闻播报也行！"

回到办公室，艾什林硬着头皮和丽莎商量往后周二晚上能不能让她早点走。"医生说了，我不去做心理咨询，他就不再给我开百忧解了。"

丽莎毫不掩饰她的不悦。"看在杰克的面上，我只能同意。你最好早点过来，补上这段时间。"她很不客气地说道。

不过，随即她又想开了。艾什林确实是个好姑娘。

而她完全可以大方一些。最起码我不用去做什么心理咨询，她沾沾自喜地想，还要吃什么百忧解。

第六十一章

事情过去大约一个月后，一个星期六的晚上，特德主办了一场滑稽表演，马库斯也在出场演员之列。

"希望你别介意，"艾什林的语气似有千斤重，"我就不过去给你捧场啦。"

"没有问题，没有关系，一点儿都不介意，谁会指望你去呢！"

"但你总有一天是要出去玩的吧。"乔伊怂恿着说道。

艾什林微微一颤。这话正说到她的痛处。

"没有生人，"特德一旁劝道，"就是一些你还没见面的朋友们。"

"说的再好听点，"乔伊接过话茬，"没有生人，就是一些你还没见面的男朋友们。"

艾什林闷声闷气地说："没有生人，就是我一些还没见面的前男友们。"

直到星期天下午再度见到特德，艾什林整个人始终处在高度紧张的状态之下。她竭力不去打听，可惜最终还是没能忍住。"特德，不好意思啊，有他在吗？"

特德表示了肯定，艾什林的声音压得更低："他问起过我吗？"

"我没和他说话。"特德急忙说。为什么他有一种正在穿越雷区的感觉呢？

艾什林生气了。特德真该跟他说话的，这样马库斯才有可能会问起她。不过如果特德果真跟他说过话，她又会觉得自己遭到了别人的背叛。

她又更加小声地忍不住打听道："那她在吗？"

特德肯定地点点头，负疚感油然而生。

艾什林陷入一阵抑郁引起的沉默。即便她盼望的是另一回事，她早知道克洛达赫会在演出现场，因为周六轮到迪兰陪伴两个孩子一起过夜，如此便有了一位现成的临时保姆。艾什林诅咒自己这该死的记忆力，这对恩爱夫妻的点点滴滴，凡是迪兰跟她说的，她都记住了。要是什么都不知道该有多好。可这就像是在抠伤口的结痂，根本无法抗拒。

死一般的沉寂，艾什林仿佛看见克洛达赫含情脉脉地凝视着马库斯，马库斯也含情脉脉地回望着她。艾什林一动也不动，过了很长时间，特德心想终于可以清静，不用再回答什么问题了。渐渐地，他开始放松下来——太早了！艾什林哽咽着问道："他们看起来是不是爱得死去活来的啊？"

"咳，哪儿的话。"他一声嗤笑，决定不提马库斯在表演开始时说了句"献给克洛达赫。"

他俩在床上被克雷格撞见之后，马库斯说服克洛达赫索性一不做，二不休。他现在几乎天天在此过夜，事情进展之顺利，超出了他们的预计。两个孩子似乎已经接受了他，某些时候——好比此时此刻——克洛达赫感到一切都那么和谐。

大家围拢在餐桌旁，莫莉画着朵朵小花（实际都画在了桌上），克雷格在克洛达赫的指导下写着他的家庭作业，马库斯在构思一些逗乐的笑话。

好一派真诚帮助、其乐融融的景象。

"嘿，克洛达赫，能过来看下这个吗？"马库斯问道。

"过十分钟叫我。我先帮助克雷格完成作业。"

过了一会，马库斯打断了他们，问道："克洛达赫，现在能看一下吗？"这是克洛达赫第无数遍示范克雷格怎么写一个大写的Q。

"再等十分钟吧,亲爱的,到时就去看你的。"

厨房的门砰的一声用力关上,克洛达赫猛地抬起头。怎么回事?

快速扫视了一遍依然留在厨房里的人,她知道马库斯已经夺门而出。

十月下旬一个星期四的晚上七点半钟,办公室里只剩下艾什林和杰克。杰克灭了灯,带上门,来到艾什林的办公桌前。

"你现在还好吧?"他试探着问道。

"好极了,这篇写妓女的稿子就要完成了。"

"不,我是说……你的整体情况。心理咨询什么的,有用吗?"

"我不知道,也许吧。"

"我母亲常说,时间是一剂良方。"他安慰道,"我记得,每当我心灵破碎感到恢复无望的时候——"

艾什林打断他道:"你有过心碎的时候?"

"你认为我压根儿就没心是吧!"

"不是啦,不过……"

"说吧,你就认了吧,你肯定这样想过。"

"我没有。"发烫的面颊上漾开一抹微笑,她只好转过视线。"是因为麦的缘故?"她好奇地问。

"在麦之前的一个女人。迪伊。我们曾经在一起很长时间,后来她甩了我,最终我释怀了,你也会的。"

"是啊,不过詹妮弗——就是那个心理咨询师——她说我要修补的不仅仅是一颗破碎的心。"

"那你有什么要修补的?"他的语气是那么温柔亲切。她不禁跟他讲起她妈妈的抑郁症,讲她是怎么养成这套处世方法的。

"全能修理小姐。"临了她说。

杰克的表情痛苦极了。"对不起。"他急忙说道,"对不起,我竟然——"

"没关系,事实嘛。"

"真是吗?你为什么要在自个儿包里放那么多东西?为什么你这么乐于助人?"

"似乎詹妮弗也这么想。"

"那你怎么想?"

"我想是吧。"她叹了口气说。

她没有继续说，詹妮弗其实已经委婉地指出，正因如此她总是选择那些能让她照顾的男人。一阵连珠炮似的激烈否认之后，艾什林实际上已经同意詹妮弗的看法：对于她交往的大多数男友而言，她一直是个顶梁柱，从早先温柔的小呆瓜费利姆，一直到现在黏人的搞笑艺人马库斯，关键是她自得其乐。

"那你的悲观厌世呢，这个詹妮弗怎么说？"

"她说这个比之前好多了，尽管我自己没看出来。她说今后我可能还会反复，不过我可以做些事来控制它。比如说做些志愿工作，帮助其他的呜呜……那些运气差的、没有杰克·迪瓦恩帮忙的人！"她又调侃道。

"去去去。"杰克有些难为情，睫毛下的眼睛眨巴着偷偷打量艾什林——接着，他们的目光交织在一起。

他们高涨的情绪瞬间便消沉下来，只有嘴角在惶惑中依然残留几分笑意。

杰克第一个回过神来。"天啊，艾什林，"他大声说，声音快活得有些过了头。"我现在太激动啦！呜呜现在在台里干得相当出色，你知道吧。"

"你真好，什么事情都给解决了。"她这才意识到过去两个月里自己也太犯浑了，还没有正式向他道声谢。

"哪里哪里！"他俩的目光险些再一次暧昧相遇。没有合适话题，不妨聊聊天气。"外面下大雨了，需要搭我的车回去么？"他的两只手掌撑在桌上，她忽然想起他给自己洗头的事。他轻轻触摸着她的肌肤，宽大的双手所到之处，引来阵阵令她心痒难熬的美妙感觉，他温暖的身体紧紧地贴着她……嗯——

"哦，不了。"她赶紧收回思绪正色道，"我最好还是先写完这个。"

她惊讶地听见他又问道："你后来又去学萨尔萨舞了吗？"

她摇摇头。她对这个没胃口。"大概以后再去吧，你也知道的，等事情都……"

"什么时候做几个最简单的动作给我看看？"

说实话，她眼下实在想不出还有哪件事比这更不靠谱。"下次我们来个寿司伴萨尔萨之夜。"她开玩笑地说。

"一言为定。"

杰克正要走，艾什林问道："麦现在怎么样？"

"挺好，偶尔会遇见她。"

"替我问她好，之前觉得她人很好。"

"会带到的。她现在正和一个园艺师在交往。"

"是叫考迈克?"艾什林不经大脑脱口而出。

杰克一脸的错愕加惊恐。"你怎么知道?!"

半夜时分,丽莎的电话响了。她立即惊醒了,心儿怦怦直跳。难道是爸爸出了什么事?还是妈妈?她还没抓起电话,语音信箱已经接通了,有人开始留言。

是奥利弗。嗓门甚至比往常还要大。"对不起了,丽莎·爱德华兹,"他指名道姓地嚷嚷道,"你已经变啦。"

她接起电话。"什么?"

"喂,你好啊。就是那天,在都柏林,你和那些孩子踢足球的时候,我跟你说你变了,你说你没有。你没跟我说实话,宝贝儿。"

"奥利弗,现在才是凌晨五点二十。"

"我知道这说明不了什么问题,可自那时起,这就一直憋在心里。只是我一下子想明白了而已。你跟从前不一样了,宝贝儿——工作起来不再是那么卖命,对那些孩子又是那么温柔——为什么对我说没有呢?"

她知道为什么,她已经知道是在哪一天,她发生了这些变化。不过,要告诉他吗?哦,干吗不呢,能有什么关系呢?

"因为太迟了……我们之间的关系已无可挽回了,"她说了一大通,而他什么也没说。"还不如说,我还是原先那个古板而又控制欲极强的女人呢,是吧?"

奥利弗逐渐适应了她这奇怪的逻辑。"这就是你的最终答复?"

"是的。"

"好吧,宝贝儿。随便你了。"

特德和乔伊在逛录像出租店。

"《推拉门》?"特德提议道。

"不行,里面不是有人搞外遇的吗?"

"《我最好朋友的婚礼》如何?"

"光这名字就是自找麻烦。"乔伊提醒道。

最终,他们挑了《低俗小说》。

"选得好。"乔伊很满意。"不行!不好,很不好。有人搞婚外恋!乌玛·瑟曼?"

"您说得太对了。"特德颤声说道。就差那么一点啊。"要不我们就拿《天线宝宝》,拿了赶紧走人。"

"不好。这才是我们想要的。"乔伊兴奋地尖叫一声,猛地一把抓住《驱魔人》。"这个不会叫人难过,不管是谁。"

"好吧。"特德说,"这样挑来拣去我真受不了。"

事后想来,乔伊不得不承认给艾什林看《毁灭》真是失策。从她发现马库斯和克洛达赫搞在一起至今已有两个月的时间,但她对偷情这档子事依然很反感。

回到艾什林的公寓,三个人便围坐在电视机前,四周到处是酒瓶子、开塞钻、爆米花,还有厚厚的巧克力块。大伙儿松了一口气,艾什林似乎看电影看得入了神——直到门铃声响起。她的脸上骤然闪现出一种不由自主的期待:她仍在盼望久未露面的马库斯此刻能够登门。

"我去。"她费力地站起身,打开门。

她吃惊地发现这位不速之客竟然是迪兰。过去两个月间,她平均每周与他共进一次午餐。不过,这种突然造访倒是第一次。

"希望你别介意我的不请自来。"他微笑着说,不过根据他说话的腔调和慵懒的眼神,她看出他已经喝醉了。"瞧瞧你,多美的姑娘啊!"他伸出一只手,摩挲着她的头发,一股热流从她的头顶蔓延到脖颈儿。"真香。"他拖长了调子说。

"谢谢。进来吧,乔伊、特德都在呢。"

他给自己满上一杯酒。艾什林在一旁看着他毫不费力地迷倒了乔伊。他放荡而慵懒,却无损他的魅力,只是不一样的味道。

电影放完了,迪兰不停地换着频道,一直等到他喜欢的节目出现。"太好了!《卡萨布兰卡》。"

"我不要看狗屁的爱情剧。"艾什林坚决说,惹得迪兰哈哈大笑。

"你太完美了,是吧?"迪兰热切地说。

"也许吧,不过还是不要看这个。"

"太完美了。"他又说了一遍。虽说他平时总是对艾什林赞不绝口,可她还是感到今晚的气氛稍稍有些异样。

"还是不要看这个。"

"好啦,遥控器可是在我手里呢!"

"等着瞧吧,你这家伙。"

在接下来的这场争夺遥控器的混战中，一瓶红酒给打翻了。

"对不起，我去拿块抹布。"迪兰说着，进了厨房，只听他大声喊道，"一块都没有。"

"我已经在浴室里放了几条用过的毛巾。"说话时，艾什林已经离开了房间，正在浴室的橱柜里翻找着，冷不防在她身后突然响起迪兰的说话声，吓了她一跳。她吃惊地转过身。

"艾什林。"他叫着她的名字。

"什么事？"她已经知道了有事要发生。他的眼神，他的音调，他又挨得这么近，这些无不流露出性的渴求。

"亲爱的艾什林，"他近乎耳语似的说道，"我本来应该跟你待在一起的。"这完全不同于过去十一年里他像长辈一样时时对她表现出的慈爱。他用一根手指轻轻触碰她的脸颊。

我现在可以拥有他了，她认识到了这一点。十一年了，他可以是我的了。

为什么不呢？他让她感觉到了自己的美丽。他一直如此，甚至在他准备娶她最好的女友时也是如此。而她一直认为他魅力四射。她对他很好奇，很想知道跟他睡觉会是什么感觉。很早之前，这种饥渴就被激发了出来，只是从未得到满足。

她的脑海里闪现出一些画面。她已经用蜡褪去腿毛。她瘦得叫人心疼。她想要一些激情。一次性爱也不错。

随即，转眼之间，她没了兴致。

她塞给他一条毛巾。"擦一擦。"

柔软的金发下面，一双眼睛满是惊讶。不过，他照她的话做了。然后，他坐在乔伊身边，跟她讲述下面要放的电影的主要情节。

"闭嘴吧。"乔伊咯咯地笑着说。电影结束时，她转向迪兰说道："现在我要回去睡觉了，欢迎您一块儿去。"

他那淡褐色的眼睛扫了她一眼，站起身，带着一丝勉强挤出的微笑说，"荣幸之至。"

特德和艾什林惊讶地看着他们俩。艾什林都快认定这是个玩笑了。可是过了几分钟，还是不见他俩回转，她知道这是真的了。

第二天早晨，艾什林在办公室里给乔伊打电话。

"你和迪兰一起睡的?"她以为自己声音很轻,谁料办公室里的其他人立刻齐刷刷地抬起头来。

"没错啊,睡啦。"

"我的意思,你俩做爱了?"

"是啊,当然了!"

艾什林用力咽了一口气。"什么感觉?"

"太棒啦。他帅呆啦。苦的都是女人,他不可能会打电话给我——"乔伊突然打住话头,胆战心惊地问,"我的天哪,你不介意的,是吧?我都没想……我就想到你对马库斯从无二心,还有我太恨那个克洛达赫了……"

"我才不在乎呢。"艾什林强调说。

真不在乎吗?

你真不在乎?办公室多数人的心里打了个大大的问号。

确实,我想我是真不在乎。

十二月初,一位买家相中了丽莎和奥利弗位于伦敦的公寓。连带家具一起买,因此丽莎只需要拿走自己的私人物品。

在她为此番伦敦之行特意选择的这个周末,奥利弗得去外地拍摄照片。她本来可以等到他人在伦敦期间再去。不过她考虑再三,决定不等了。她必须给他充分的自由。

整理他们共同生活留下的物品是一个痛苦的过程。好在她爸妈从赫默尔亨普斯特德赶来帮她。其实,他们也没起多大作用,不过他们略显生疏的温暖让她感觉好多了。完事之后,他们将丽莎连同她的东西一齐塞进用了二十一年的路虎车里,驾车回到赫默尔。晚上,他们在当地的哈维斯特餐厅订了一桌饭菜,盛情款待丽莎。她其实压根不想去那地方,不过她又真的无所谓。

艾什林到达酒吧时,特德已经等在那儿了。

"嗨,"他打过招呼。"当时他就在那儿,她在那儿。他们看起来不像是爱得死去活来的样子。"前一天晚上他就在演出现场,加上艾什林一再追问马库斯和克洛达赫的事,于是特德用现场播报新闻的方式,设法保全她的尊严。

"他讲了几个有关孩子的新段子。照我看,他用这些素材只是为了当场奚落克洛达赫。"特德神气活现地说。看他如此毫无顾忌地撒谎，艾什林的心里难免有些触动。

"而且显然，"看出艾什林似乎乐于听到这个，特德更加起劲地说，"听他那意思，迪兰没给克洛达赫什么钱，因为马库斯说了一个段子，讲他女朋友的——对不起啊。"他顿了一下，使得艾什林皱了皱眉头。"讲他女朋友的前夫给她的赡养费更像是一笔少得可怜的罚款。"

乔伊到了跟前。"说什么哪？"

"马库斯昨晚的表演。"

"这个阉人。"乔伊撇撇嘴，拿腔捏调地说，"我要将这献给克雷格和莫莉。多恶心啊？"

艾什林的脸色一下子变得青灰。"他将演出献给克洛达赫的孩子？"

乔伊一脸困惑地看着特德。"我还以为你们说的就是这个呢……噢，该死！我怎么总是哪壶不开提哪壶啊。"

艾什林感到莫大的耻辱，犹如第一次感到的羞辱一般刻骨铭心。"幸福的一家子。"她努力地笑着说道。

"长久不了的。"乔伊肯定地说。

"不会，他们会在一起的。"艾什林固执地说，"男人总是愿意跟克洛达赫待在一起。"

接着，乔伊提出一个古怪的问题："你想马库斯吗？"

艾什林开始考虑起来。心里涌起万千思绪，都是些不愉快的念头，不过其中不再有对马库斯的眷念。是愤怒，没错。还有悲伤，羞辱和怅然若失。但是她并不想念他，并不留恋他的陪伴、他的身影，并不留恋他们以前的生活。

"我当然关心你的孩子了！"马库斯一再表示。"昨天晚上，我不是还说演出是献给他们两个的吗？"

"那你干吗不给莫莉念个睡前故事呢？"

"因为忙。我一个人干两份全职工作。"

"可是我都累得虚脱了。全靠我一个人，根本应付不了两个孩子啊。"

"再说了，你不是说迪兰一天到晚不着家总是工作嘛。"

"他没有总是工作，"克洛达赫不高兴地说，"他经常在家的。"

她递给马库斯一本图画版的《小红帽》,他没有伸手去接。"对不起,我得去写一个钟头的小说。"

她狠狠地盯着他看了很久。"就是因为你,我的婚姻才最终破裂。"

"就是因为你,我和艾什林的关系才最终破裂。所以,我们扯平了。"

克洛达赫怒不可遏。她不相信马库斯会那么喜欢艾什林,可是他坚称他非常喜欢。她能怎么办呢?

第六十二章

接着,圣诞节来了,来得叫人措手不及,就像每年圣诞节的一样。这个月的大部分时间大伙儿全都喝得神志不清。十二月二十三号起,《妙龄女郎》杂志社关门十一天。卡尔文谓之曰:"同情假。"

费利姆从澳大利亚回到家。艾什林不愿和他睡觉这事多少让他有些吃惊。不过,他没跟她计较,照样把原先给她买的一根迪吉里杜管①交到她手上。艾什林回到父母身边过圣诞节——这是值得一说的事儿。因为过去五年里,她都是留在都柏林,和费利姆的家人一起过圣诞。艾什林的弟弟欧文从亚马逊流域赶回家,让他母亲的圣诞节不再有任何缺憾。艾什林的妹妹詹妮特从加利福尼亚飞回家。艾什林记忆中的那个詹妮特个头更高,身材更加苗条,肤色更加白皙。她吃了许多新鲜水果,拒绝步行到任何一个地方。

克洛达赫形单影孤地度过圣诞节当天。迪兰带着孩子去他父母家。自己的爸妈又不允许她带马库斯回家,她也拒绝回家陪伴他们。可就在最后一刻,马库斯又决定和他的爸妈一起过圣诞。

丽莎去了赫默尔。对于父母的关爱有加,她很是感激。几个星期前,她签了

---

①迪吉里杜管:澳大利亚土著的一种乐器。

字,并且寄出最终的离婚协议,现在仍然感到神情恍惚,身体虚弱。下一步就是法院的离婚判决。

从科克郡回来的当天晚上,艾什林发现来了一位新邻居。一个金发碧眼、精瘦结实的小伙子蜷缩着身子蹲在她家门口,大口地啃着一块三明治,同时大口地喝着一罐百威啤酒。

"你好,"她打着招呼,"我是艾什林。"

"乔治。"他注意到她看着那罐百威啤酒。"今天是除夕夜,"他为自己辩解道,"我只是和大家一样,喝点酒庆祝。"

"我不介意。"她温柔地说。

"不能因为我在街头流浪,就说我有酗酒的问题,"他解释道,脸色稍稍缓和了一些。"我只是在社交的场合饮酒。"

她递给他一英镑,然后走进屋里,极度绝望的情绪眼看就要让她精神崩溃。流浪就像是一只多头怪兽——砍掉一个脑袋,立即又长出两个脑袋。呜呜现在好了,有了一份工作,有房子住,甚至还交了一个女朋友。但他只是为数极其有限的一个幸运儿:聪明,长相也说得过去,又还年轻,完全有能力适应主流生活。有太多的人,一无所有,也将是永远一无所有——他们先是被生活所击垮,被迫流落街头,接着是饥饿、绝望、恐惧、厌倦,还有他人的憎恶。

门铃响了。来人是特德,得意地领着一个白净娇小的姑娘。"你回来了。"他嚷道,转过头将姑娘搂到身边,"这是希妮德。"

希妮德伸出一只洁净的小手。"很高兴见到你。"她的声音里透出几分庄重和自信。

"进来吧。"艾什林很是诧异。希妮德不像是为这帮搞笑艺人着迷的女人啊。

特德大摇大摆地进了屋,抚平沙发垫,方才关切地邀希妮德坐下。

她双膝和脚踝成一条直线,斯文地坐在沙发上,优雅地接过艾什林递上的一杯酒。特德一直注视着她,像是一头情意绵绵的苍鹰。

"你,嗯,是在演出时认识的特德?"艾什林试着和她攀谈起来,一面在地上找开瓶器。她清楚地记得,回科克郡的前一天晚上,开瓶器明明就搁在那儿的呀……

"演出?"希妮德的语气像是从没听说过这个词儿一样。

"喜剧演出。"

"噢,不是!"希妮德的声音像风铃一般悦耳。

"她从没看过我表演,说她永远不想看。"特德凝视着她,眼里满是欢喜和欣赏。

原来希妮德和特德以前是同事,他们曾在农业部一起并肩苦干。在单位举办的圣诞晚会上,他们踩着《昼夜摇滚》那支曲子的拍子,醉醺醺地跳着摇摆舞,两人目光相遇,那便是——爱情。

艾什林有种奇怪的疑虑,希妮德的出现预示着特德的搞笑单人秀表演生涯开始走向终结。不过,他当初干上喜剧表演这一行,就是为了弄到一个漂亮姑娘。或许他无所谓吧。他看来确实一点儿事也没有。

"今天晚上?你又想出去?"克洛达赫问,"可是你昨晚刚出去的啊,还有前天晚上,还有星期三晚上。"

马库斯耐心地解释道:"那些新来的演员,我得要看着点儿。这是我的工作,不得不去啊。"

"哪个对你更重要?我,还是工作?"

"两个都重要。"

回答错误。

"好了,你现在才告诉我,我上哪儿找保姆去?"

"好吧。"

克洛达赫心想这还差不多。九点一到,马库斯站起身来,说道:"我要去了。很晚才会结束,我回自个儿家里,就不过来了。"

克洛达赫吃了一惊。"你要走?"

"我说了啊。"

"不。我说找不到保姆,你答应说'好吧'。我以为你是说我不去,你就不去了呢。"

"不,我是说你不去,我还是要去的。"

"艾什林,跟你说件事儿。"特德说道。

"什么事?"一月里一个天寒地冻的夜晚,特德和乔伊出现在她眼前,两人像是谁派来的慰问代表团,衣领上落满了雪花。

"你最好先坐下。"乔伊建议道。

"我这不坐着吗。"艾什林嘭嘭地拍了拍她屁股下面的那张沙发。

"很好。我不知道你会不会感到难过。"特德又道。

"什么?"

"我很伤脑筋,不知道应不应该跟你说。"

"说啊!"

"你知道马库斯。"

"可能听说过吧。得,特德,直说吧。"

"是,对不起。是这样的,我看见他,在酒吧里,和一个姑娘,不是克洛达赫。"

一阵沉默,接着,艾什林开口道:"那又怎样?他和别的女人在一起,这有什么呀。"

"我懂,我懂。那他舌头伸进她嘴里也没什么吗?"

艾什林的脸上闪现出一种古怪的神情。震惊——还有别的意味。乔伊向她投去担忧的一瞥。

"你见过这个女孩。"特德继续说道,"苏茜。一天晚上,在拉斯曼斯的晚会上,我跟她说着话,后来我就跟你走了。有印象吗?"

艾什林点点头。印象中有这么一个红色头发、个子非常娇小的干净女孩。特德管她叫喜剧迷。

"所以我,呃,打听了一下。"特德又道。

"然后呢?"

"他伸进去的不只是舌头,你懂我的意思吧。"

"噢,我的天哪。"

"麻脸杂种,生儿子没屁眼。"乔伊一本正经地说。

"噢,我的天哪。"艾什林重复道。

"千万别同情那个克洛达赫,也别为她感到难过。"乔伊央求道,"求你千万不要火急火燎地跑去安慰她。"

"别傻了吧唧的,"艾什林说道,"我高兴还来不及呢。"

"我过来拿我的东西。"马库斯说。

"等下就好。"克洛达赫火气十足答道。

她火冒三丈,在屋里嘭嘭地收拾着,胡乱将马库斯的东西塞进一只黑色垃圾袋。她不敢相信,这么快,一切就已破碎不堪。他们从互相迷恋到几近憎恨也就几个星期的时间,从生活不再只是做爱,而是真正过日子的那一刻起,他们就如同陷入了一个顺流急下的漩涡。

她曾经以为她是爱他的,但她不是。他是个讨厌鬼,最叫人讨厌的讨厌鬼。成天只知道说他的表演如何如何好,其他的演员全都如何如何不及他。

还有,他太需要别人的关注了。只要她将心思放在克雷格和莫莉身上,他顿时表现出一副忿忿不已的样子,对此,她反感极了。有时就像是养了三个孩子。

更别提他刚刚动笔写的那该死的小说了。垃圾!难以置信地压抑。他太经不起批评了,就连一些建设性的意见他也不能容忍。她仅仅说了句女主角可以开创自己的事业,比如烘焙蛋糕啦,手工制作陶艺啦,他却居然因此发疯。

最近他又天天晚上想出去。一点都不理解她,她不能总是留两个孩子在家吧。雇个人照看多困难啊,靠迪兰给的这点钱来雇人更是难上加难。不过,另一方面,她也不想天天晚上出去。只要一离开孩子,她便会想念他们。

待在家里挺好的。至少不用看《加冕街》,喝杯酒,还要心存愧疚。

还有性爱。她不再想要一晚上折腾三次。是她不该有这样的期待。最初的激情消退之后,没人还这样。就他还念念不忘这个,叫人精疲力竭。

但是,同他刚刚抖出的猛料——他已经"有人了"相比,所有这些都可谓小事一桩。

她怒火中烧,感到莫大的羞辱。特别是由于在她内心深处,一直怀有这样的念头,她委身于他,是在向他赐予恩惠,她竭力摆脱平淡的婚姻,一头扑进他怀抱的那天,是他这辈子最幸运的日子。她绝望地意识到她已经被甩了。自打那个叫戈雷格的美国运动员在回国前一个月对她开始失去兴趣,她再没产生过这种感觉。

她正将最后一条内裤塞进袋子时,门铃响了。她快步走过去,打开门,将垃圾袋狠狠地丢给他。"拿去。"

"我的小说在里面?"

"哦,在啊,《黑狗》啊,您老的杰作,就在里头呢。垃圾袋就是它最好的归宿。"她小声说道,其实音量压根不能算小。

他阴沉的面容表明他听到了，而且准备发起反击。

"哦，顺便说一下，"他正欲转身离开，又回过头来说，"她二十二岁，还没生过孩子哦。"言毕，他眨了眨眼。他知道克洛达赫特别在意她肚子上的妊娠纹。

她忍住内心剧烈的痛楚，踉跄着走回屋里。终于，随着第一阵催人欲吐的狂怒渐渐平息，她努力说服自己想想好的一面。至少，她摆脱了马库斯，摆脱了他的笑话，他的小说，还有他的喜怒无常——这需要付出一定的代价。

就在这时，她意识到自己的处境有些不妙。没有丈夫，也没有男朋友。

哦，去他的。

杰克·迪瓦恩的几个崇拜者情绪特别高涨。罗比、蜂蜜岛沼泽怪肖娜和莫利太太强强联合，正聊得起劲。

最近这段时间，杰克经过办公室的时候，气色比往常好些了。用特丽克丝的话说，不再绷着个脸了。

"我想啊，"她常常若有所思地自语道，"要是有人在大街上，走到他跟前，给他十个便士，让他给自己买杯茶会怎样呢？"

但是今天早上，他容光焕发，穿得干净又整洁，挺括的西装，雪白的棉质衬衫。甚至他那一头乱发也无伤大雅——有时他只梳了梳脑袋两侧的头发就赶来上班，脑后完全还是刚起床时那乱糟糟的样子。

他清新光鲜的形象不容置疑。只是当他停下脚步，从莫利太太手里接过便条的时候，衬衫敞开了一个口，胸前的那粒纽扣不见了。

这一来更加激发了那几个崇拜者的热情。

"一个历经磨难的男人可以拯救世界，但是需要一个贤惠的女人来照顾他。"蜂蜜岛沼泽怪肖娜说道。她又看言情小说看得想入非非了。

"没错，不然他一定会将那波西米亚式时髦进行到底。"罗比断言道。

"那是肯定的。"莫利太太赞同道。她对波西米亚式时髦有所了解，不可能仅仅通过一块肥皂。

"看见他，是不是就想骑上去啊？"罗比问道，"艾什林？"

几个人开始紧张万分地议论起来，为的是表达清楚"别问她"这个意思。

但是太晚了。听话的艾什林已经在想象自己骑在杰克·迪瓦恩身上的情景，她的脸上依次掠过几种不同的神情，没有一种能宽慰那些焦急不安的同事。

"她太受打击了。"莫利太太小声说,"要我看,她对男人彻底死心了。"

"我就不该问她!"罗比嚷道,"不行,我要吃颗安定片。"什么都可以成为他吃药的借口。他一直在服用安定片,利眠宁,还有β-受体阻滞药来安抚他的"神经"。

"来一片?"他问莫利太太。"今天我都已经吃了三片了。"

她眼睛一亮。"我想吃一片也不至于有什么妨害吧。"

接下来的一整天,莫利太太活像是一具还魂尸,摇摇晃晃地走来走去,一会身子撞上旁人的桌子,一会手指又卡进计算机的键盘。一旁的罗比早已有了很强的耐受力,他快乐的心情丝毫没有受到影响。

此时,艾什林几乎和莫利太太一样昏昏沉沉。罗比提出的问题在她心里产生了极大的震撼。她无法不想杰克·迪瓦恩。她想起他的火爆脾气和他的友好善良,他皱巴巴的西装和他的犀利睿智,他交易场上的冷酷和他平时的温柔,他握有实权的职位和他那粒不见了的纽扣。想到这些,她的心,如同一只正在充气的气球,急速膨胀起来。

他没有时间,却还给她洗头。呜呜,一个卑微似尘埃的小人物,他一样正眼看待。蜂蜜岛沼泽怪肖娜在《盖尔编织艺术》杂志里不慎多加了一个零,结果织出的洗礼围巾不是三英尺,而是足有十七英尺长,他却不肯开除她。

她认识到了,罗比说的没错。看见他,我是想要骑在他身上。

"艾什林!"丽莎粗暴地打断了她的思绪。"第五次了啊,这篇介绍写得又臭又长!你怎么一回事啊?莫非你也吃了安定片?"

她俩不约而同地将视线投向莫利太太。她无精打采地瘫坐在椅子上,出神地往指甲上涂抹修正液。

"没有。"

丽莎叹了口气。她应该友善一些。艾什林刚被马库斯甩了的那几周以后,她已有很长一段时间没有这样了。或许她刚发现了什么新的不愉快——比如说克洛达赫怀孕了。"是不是马库斯和你那女朋友闹僵了?"

艾什林努力不让自己只一味关注杰克·迪瓦恩。"是啊,没错。马库斯又跟别人好上了。"

"一点都不奇怪。"丽莎不屑地说,"你也知道的,他那种男人。"

丽莎有本事让艾什林感到自己很愚蠢。

"哪种男人啊?"

"你知道——不是坏人,只是没有安全感。一心只想着要别人爱他,却空有一副好皮囊。"哎呀,她竟然还嘴上积德了。"因为他是名人,女人们一下全都喜欢他,而他就像是糖果店里任性胡为的小孩。"

这几句睿智妙语并没有让艾什林立刻警醒过来。如果说有什么作用,那也是恰恰产生了相反的效果。她似乎不知不觉地更加远离现实世界,吓了一跳似的喃喃道:"噢,我的天哪。"继而脸色又舒展开来。

"真相的显露就像是公交车,不是吗?"她惊叹道,"迟迟等不来一辆,然后一下又来了好几辆。"

丽莎发出憋在喉咙口的一声尖叫,扭着身子走开了。

与此同时,艾什林开始心烦意乱,坐立不安,一直等到下了班约见乔伊。她需要有人分享她的一些惊人的见解。好啦,先说其中一个好了。另一个要再等等,等她自己搞明白了再说。

乔伊刚刚走进莫里森的那家酒吧,就得被迫倾听艾什林滔滔不绝的诉说。

"……就算马库斯没有遇见克洛达赫,他迟早还是会瞄上别的女人。他太没安全感也太黏人了,我早该注意到这些蛛丝马迹的。"

"哦?什么蛛丝马迹?"乔伊用力扯下外套,尽力打起精神来。

"我知道他也给了另外一个女孩一张'给我打电话'的便条。你说说,什么样的男人才会到处散发电话号码啊?他要是对你有兴趣,会主动跟你要号码的,对吧?不去拉网捞……捞……这话怎么说的来着?他是到处发号码看谁会上钩,我想,这样主动权就在他手里了。"

"还有吗?"

"嗯,我给了他两次电话号码,第一次他没有打。现在明白了,他是在跟我玩游戏呢。想知道我喜欢他,是不是到了愿意给他电话的程度。他其实并不是对我感兴趣——他感兴趣的是我对他有什么想法。我去看了他演出以后,他才屈尊给我打了电话。"

"还有最初我不肯和他同床的时候。满脸的不高兴!真是幼稚。还有那什么'我是不是最棒的?……所有的这些人当中谁最搞笑啊?'你知道吗?乔伊,我也不是真的一点错都没有。我和他交往,一半就是看在他是名人的份上。所以,如果发生什么意外，也只能怨我自己。"

"但是照你说话的口气，这就是一个彻头彻尾的悲剧。"乔伊提出异议。"你俩相处得挺好。我知道你喜欢他，而你也能感觉到他有多么喜欢你。"

"他是喜欢我，"艾什林承认说，"这我知道，但是他更喜欢他自己。而我喜欢他，部分却是出于错误的原因。"她小声地说，"克洛达赫说过，我就是个受欺负的可怜虫。"

"那个贱人！"

"不，只能说我现在是个可怜虫。更确切地说，过去是。"她纠正道，"将来再也不会是了。"

"就因为这都怪马库斯不牢靠，那也不至于说你打算和克洛达赫继续做朋友吧？"乔伊问道。

一种若有所失的痛苦骤然袭上心头，短暂而强烈，又硬生生地消失了。终于，艾什林耸耸肩："当然不是。"

第六十三章

情人节这一天，一只醒目的大号信封轻轻滑过投信口，落入丽莎住所的门厅。明信片？谁寄的呢？她撕开信封，激动得热血沸腾，随即怔住了……噢。

是一张暂准离婚的通知单。

她想要放声大笑，却怎么也笑不起来。法院发函给她律师的速度如此之快，使她觉得自己估计有误。只用了两个多月的时间，而在她的潜意识里，她一直认为最起码得三个月呢。

她清楚而又惊慌地意识到，她和奥利弗正站在分道扬镳的路口。自由自在地一路前行，直走下去，离婚姻的终点仅有一步之遥。

距离下达最终的判决书只剩下短短六周的时间了。

接着她感觉好些了，是解脱吧。

那天晚上她和迪兰出去了一次。过去两个月里，他不停地约她——每次都是他来办公室看望艾什林的时候——她以为这也许会让她自己高兴起来。特别是在奥利弗音信全无的时候。

下班了，迪兰来接她，开车带她前往都柏林山脉的一家酒吧，下面是一片城市的灯海，如同一粒粒璀璨的宝石闪耀着光芒。为找到这样的地方，她给他打了一个最高分。一头秀发，十分里头他能得七分。长相好看，得八分。而且严格地说，他十分迷人，善于捕捉美且有一肚子赞美人的话，这个他能得个七八分。但她就是对他热情不起来。她发觉他圆滑，苛刻。从他彬彬有礼的谈话里，她察觉到一种源自偏见的嘲讽意味，而她在这方面却是自愧不如。

或者问题出在她身上。她还不能摆脱终日笼罩着她的失败的阴影。

她喝了很多，却怎么也不醉。这次碰面，压根不能使她的精神稍稍振作一些，相反只能令她心情沮丧。而当迪兰明确提出想和她睡觉的时候，她更是感到无比沮丧。

她咕哝着说她不是"那种女人。"

"哦？真的吗？"迪兰嘴角一撇，透出些许遗憾和轻蔑，忽然间，她提出要回家。

迪兰开车送她回城里，沿着狭窄的山道一路呼啸疾驰，谁也没有说话。

到了家门口，丽莎总算能够优雅地向他道谢，但在下车时却费了老大的劲。一躲进厨房，她便吃了一块核桃酥，同时心里暗自琢磨，等到哪天连一夜情也不再有诱惑力，这个世界会是什么样子呢？

克洛达赫坐在椅子上，跷起二郎腿，一只脚搁在地板上使劲不停地抖动。迪兰下午就带着孩子出去了，应当随时就会回来。尽管他现在还没有准备，不过他们马上就要认真谈一谈了。

他们每次见面，不是恶语相向也不是友好愉快。他愁眉苦脸，她小心翼翼，但是一切都将不同了。

她当初怎么会认为马库斯能行呢？迪兰多好：有耐性，和善，大方，专一，能吃苦，远比他有魅力。她想恢复原来的生活。她料到迪兰对她有一定的怨恨和排斥，不过她可不希望低声下气地让他回心转意。

门口响起一阵孩子的吵闹声,表明是他们回来了。她连忙把他们让进屋,还朝迪兰友好地微微一笑,却像种子落在石头地里,没有丝毫的回应。

"能和你聊一下吗?"她故作轻松地说。

他耸耸肩,面无表情地说了声"好吧",她便把克雷格和莫莉带到电视机前,关上门,然后走进厨房,迪兰在那等着呢。

她用力倒抽一口冷气。"迪兰,过去的这几个月……我错了,我真的非常抱歉。我还爱着你,我想要你——"她哽住了,"我想要你回家。"

她注视着他的脸,等着他脸上绽现幸福的神采,一扫自危机出现以来一直笼罩在他脸上的阴霾。他只是狐疑地两眼瞪着她。

"我知道,要想一切恢复正常,要你再次信任我,这需要一段时间。但是我们可以求助于心理咨询啊。"她语气坚定地说,"我当时真是疯了,那样对你,但是我们可以重新来过……好吗?"她问,而他还是没有回应。

终于他开了口,只一个字:"不。"

"不……什么?"

"不,我不会回头的。"

她没有想到会是这样。完全不是她预想的那样。"可是为什么呢?"她并不当真相信他。

"就是不想。"

"但是因为我……嗯……做过的事,你一度伤心欲绝。"

"是啊,我以为这会要了我的命。"他若有所思地点点头。"不过我想我一定是熬过来了,因为我已经认真考虑过这事,我再也不想和你做夫妻了。"

她全身颤抖起来。这不是真的。"那孩子呢?"

他被问住了。"我爱我的孩子。"

那就好。

"但是我不会因为孩子而回到你身边。我做不到。"

她的心一点点沉下去。事实正在表明,她以前觉得自己具有的那些能耐其实是完全靠不住的。然后她忽然冒出一个荒唐透顶近乎惹人嗤笑的念头。"是不是你……你是不是……遇到了别人啊。"

他毫不客气地大笑起来。是我造成的,她心里想着,突然感到羞愧,是我将他变成这样的。

"我遇到了许许多多的别人。"他说。

"你的意思是……你是说……你睡了女人？"

"嗯，也没睡多少啦。"

她的心里咯噔一下，生出嫉妒与遭到背叛和欺骗的感觉。而他那种会意而又暗含嘲讽的语气则引起她可怕的猜疑。"有我认识的吗？"

他残忍地笑道："有。"

心里又是咯噔一下。"是谁？"

"你问的这是什么问题啊。"他嗤笑道。

"你说过的，你会等我。"她轻声地说。

"有吗？那我是说着玩的。"

伦道夫传媒的主要竞争对手纷纷抛来橄榄枝的时候，丽莎开始用心思考起自己的未来。在她任职《妙龄女郎》的十个月里，杂志的发行量和广告收入已经达到了她的期望值。到了该离开的时候了。

她已经明白自己应该回到伦敦——那儿才是她的归宿，而且她也希望离父母近一点儿。但是就在她思量何去何从的当儿，她意识到她并不能完全确定自己是否还有胃口再去编辑一本通俗月刊。一个劲儿吃力地往上爬，贬损羞辱他人，将别人的功劳据为己有，这些做法于她已经全然没有往昔的那种吸引力。杂志之间的恶性竞争也好，同事当中的互相残杀也罢，都同样毫无意义。这样的竞争环境，也曾令她无比兴奋，甚至激情燃烧。但现在不会了，这样的大彻大悟令她心生惶恐——她是不是已经变得怯懦，无能，庸碌了？但是她并没感到软弱无能。不能仅仅因为有些事她不想再去做就说她软弱无能，只能说她变了。

显然，她的变化并不太大，她有些固执地承认：她仍然爱着杂志里那些肤浅的东西。服饰、化妆，以及人际关系咨询。所以，通过这次势在必行的转行，她希望找到一份咨询类工作。

艾什林意识到了事有蹊跷。起初，她并没在意，还以为是不相干的偶发事件，跟着又一个偶发事件，然后便是接二连三。从什么时候开始，一连串互不相干的偶发事件变得有规律可循了呢？

她害怕自己对这一现象作出过多的解释，因为她是那么渴望其中另有别的意思。他可是杰克·迪瓦恩哪。此前他曾领她出去喝了一杯，说是庆祝她戒掉了百忧解。接着，一星期过后她显然不再失魂落魄的时候，他又以同样的理由带她喝了一杯。后来他又领她喝了一杯，还吃了一块比萨，说是庆祝她重新开始学习萨尔萨课程。后来他又领着她在烹调大师餐馆吃了一顿正餐，说是庆祝呜呜首次住进了公寓。但是，当艾什林提议应该邀呜呜一起去比较合适的时候，杰克似乎一点不感兴趣。"我明天晚上，要和他还有台里的其他几个小伙子一起出去喝几杯。"他补充道。

而此时，他悄悄走到她的桌前，提议再一次出去吃个饭。

"这次是要庆祝什么呢？"她狐疑地问。

他顿了顿。"呃，为今天是星期四？"

"好吧。"她说。就因为今天是星期四。她一头雾水。为什么他要对她这么好呢？是他还在为那场闹剧替她感到难过吗？可那都已经过去了。还有什么原因让他对自己殷勤到一反常态的地步呢。

还是丽莎及时开导了她。

"你和杰克终于走到一起啦？"她尽力装作漫不经心地问。对自己被人忽视这回事，她仍然不会完全超脱。这不是她的作风，大概永远也不会是。

"你说什么？"

"你和杰克啊。你喜欢他，不是吗？"她揶揄道，"就是喜欢他的喜欢他。"

作为回答，艾什林的脸上飞起一片红晕。

"他也喜欢你。"丽莎一语道破。

"错啦，他不是。"

"没错，他就是。"

"他不是。"

"哦，别这么天真啦。"丽莎气恼地说。

艾什林惊恐地看着她，一阵静默过后，她怯怯地说："嗯，不会了。"

那天晚上，他们在餐厅吃饭，艾什林打算说说这事。她一点儿都不想说，但她觉得必须要这么做。为了替自己壮胆，她点了一支烟。杰克一直看着她抽，就好像她在做什么不寻常的事一样。

不要那样看着我啊。我都没法好好思考了。

"杰克，我能问你件事吗？我们出来，一起吃饭。这是……"她愣在了那儿。

她或许不该说，如果不是怎么办？

"这是……？"杰克追问道，一脸急切地想要知道。

她深深地吐出一口气。去他的，不如豁出去了。"这是约会吗？"

他热切地凝视着她。"你想不想它是呢？"

她装模作样地想了想。"嗯。"

"那这就是约会。"

他俩同时开始环顾整个餐厅。"想不想下次再出来？"杰克特别漫不经心地问。

"嗯。"

"星期六晚上？"

耶！第一次在非工作日约会。破天荒头一遭啊。"嗯。"

他们的目光又开始扫视着这间屋子，左顾右盼，上看下瞧，就是避而不看对方。

艾什林再次听到自己开口说话。"杰克，能问一下为什么你想和我……你懂的……约会呢？"

她抬眼看向他。与此同时，他收回的目光落在了她身上。四目相对，两人的视线有力地交织在一起。她几乎忘记了呼吸，心里按捺不住地激动，像是一群小鱼儿在她体内轻快地游来游去。"因为，艾什林，"杰克温柔地说，"你妨碍了我统治世界的计划啊。"

那是什么意思？

"我满脑子想的都是你。"他说话的语气相当认真。"不管做什么都受到影响。"

她的脑袋慢慢变得一片空白，一句话也说不出。她找不出一个恰当的字眼来。她本来猜测过他喜欢她，不过现在他亲口说出来了……

"你倒是说句话呀。"杰克紧张地催促道。

她咕哝着说："有多长时间了？"听起来仿佛是麦克德维特医生的腔调。

"很久了。"他叹了口气说，"就在杂志推介会的那天晚上。"

"那么久？"

"是啊。"又是一声叹息。

"已经有几个月了！"

"六个月。"

"那段时间一直……"她回想着这过去的半年，往事一幕幕浮现在眼前。她的生活剧本被改写得面目全非。他是认真的吗？好啦，他都已经说了，只是她不敢

433

相信。至少现在是。

"难怪你对我这么好啊。"她好不容易才挤出这么一句。

"就算没有喜欢上你,我也会一样对你好的。"

"真的吗?"

"当然。"他有些难为情地说,"嗯,也许吧。可能会……那么你呢?"

"我?"

"你又是什么,呃,感觉?"

她仍然不知道说什么好,结果她绞尽脑汁也只能说出一句:"我觉得我愿意继续和你在周六晚上约会。"

"好的。"他点点头,咀嚼着她的回应。"也许你愿意来我家坐坐?你说过想教我跳舞的。"

其实她从来都没说过这种话,但她没有深究。

"而且我还是觉得你会喜欢寿司,如果你愿意相信我。"他有些伤感地补充道。

"我的确相信你。"

第二天,丽莎交上她的辞职报告,同时宣布自己打算在一个月内返回伦敦,杰克通情达理地说:"你能为我们工作这么久,我们深感幸运。"但她敏锐地注意到他的话有所保留。

"你可以让特丽克丝接替我。"她坦率地提议道。

"我们当然会考——啊哈哈,不错的建议!"他紧张地笑起来。

第六十四章

在林森德一个面朝大海的阴暗角落里的一座住宅内,一男一女紧张地互相打过招呼。透过拉开窗帘的窗户,寂静而又漆黑的大海看着他把她领进早晨他花了好几个小时打扫过的房间里。大海认识杰克·迪瓦恩已经很长时间了,却从未见他迸发出如此之多的激情。其实,只要他认真动一番心思,就能够熨烫他的法兰绒衬衫,也能穿上完好无损的牛仔裤。

那个女人坐在一张刚刚经过吸尘清洁的沙发上,抬起一只手抚摸着刚刚用吹风机吹过的头发。她稍稍调整了一下坐姿,抚摸着新买的内衣上清爽的花边和棉布料子,方才想起自己身上穿着这件内衣。

"饿吗?"杰克边问边递给她一杯葡萄酒。

"饿坏了。"她撒谎说。

在一张小茶几上,杰克放好筷子、酱油、生姜和其他吃寿司需要的配件,接着,他又以极其细致体贴的动作,给艾什林准备好寿司。"里面没什么太奇怪的东西,"他保证说,"这种寿司是给——"

"初尝寿司的人预备的,我知道。"她从灵魂深处受到了触动,在那灵魂脱轨的六个月里,她无法感受到如此的触动。

"我吃第一个时不蘸芥末好吗?慢慢适应?"她问。

"好。"但她看到他脸上掠过一丝失望的神色,这让她心里很不好受。他正在付出极大的努力。

"我来冒个险吧。"她设法弥补自己刚才的过失。"最好连着芥末一起吃,对吗?不同的滋味混在一起,吃起来感觉更好。"

"你得自己拿定主意才行,"他说,"我可不想把你吓跑。"

他小心翼翼地把一小片透明的姜片放在寿司正中间。接着他拿起筷子,细致地理平姜片不规则的边缘。她惊讶于他竟能如此不厌其烦,为了她的缘故。

"准备好了吗?"他问,夹起一个寿司朝她递过来。

顷刻之间,她觉得慌乱无措。她不知道自己是不是准备好了。她让他把小小的饭团放在她的舌上,感觉自己张开的不仅是嘴,还有其他东西。

他紧张地看着她,等着她的反应。

"美味,"她终于开口了,唇边带着微笑。"有点吓人,但是很好吃。"倒是有些像你呢。

她尝了一个黄瓜寿司,一个豆腐寿司,一个蟹肉鳄梨寿司,然后豁出去尝了一个鲑鱼寿司。

"你真是棒极了,"杰克热情地说,好像她刚做了什么真正值得瞩目的事情,比如通过了驾照考试之类。"太了不起了。那么,你是否可以教我跳萨尔萨舞……"

哦不。

"啊,很难让我给你做示范,"她急促地说,"因为需要男方领舞。"

"不管怎样试试吧。"他鼓励道。

"可是……"

"只要大致了解一下就行。"他咧嘴笑着说。

"我们没有合适的音乐。"

"要什么样的音乐?古巴风格的?"

"是……的。"她慢吞吞地回答,发觉自己犯了个错误。她以为他不可能有如此冷门的音乐,但她忘了他是个男人。

她不得不对付接下来的一切了。

"好吧,别在意音乐了。音响里的东西就成。好,我们两个都站起来。"

他立即站起身。看到他高大的身影直立在面前,她不由得一阵恐慌。

"然后我们面对面。"

他们转身面朝对方,但中间隔了约有十英尺。

"再稍微挨近一些。"艾什林说。

他上前一步,她也上前一步。最终她走到了他的面前,不愿和他靠得太近。但她已经能嗅到他身上的气味。

"胳膊搂住我。如果你愿意的话。"她急忙又加了一句。

他用胳膊箍住她的腰背,她的手犹豫不决地悬在他的肩膀上方。稍后她作出小小的让步,将手搭了上去。她能隔着他的衬衫感觉到他炽热的体温。

"这只手呢?"他伸出那只空着的手。

"握住我的手。"

"好吧。"他全然不动声色,所以当他干燥的大手抓住她的手时,她决定松弛下来。她在教他如何跳舞,两人之间的肢体接触是再自然不过的事情。

"我的腿后退时,你的腿就跟上来,明白?"

"做给我看。"

"好。"她的一条腿滑向后方,同时他跟进了一步。

"现在反过来。"艾什林说,"你的腿退后,我跟进。然后再来一次。"

他们练习了几次,动作越来越流畅,越来越优雅。直到在某个动作做到一半时杰克不动了,艾什林继续向前,于是她猛然发现自己的大腿紧紧贴住了他的大腿。她急忙停下,却没有退开。他们一动也不动,做出一个静止的舞蹈造型。她瞅着他那与自己视线齐平的下巴颏儿,模模糊糊地想着,他该刮脸了。此时,很有必要考虑这些再寻常不过的事情。因为她在脑海中同时转着某些不普通的念头。

"艾什林,能请你抬头看着我吗?"杰克紧贴着她的头发说,声音里满含苦恼。

"我办不到。"

稍后突然间她能办到了。她仰起脸,他用一双炽热的墨黑色眼睛俯视着她,接着他们的嘴唇紧贴在一起用力吻了一下。几个月来的等待全都融进了这个吻中。艾什林胸中再次产生了动人的一幕即将开始的感觉:通常这种感觉是慢慢加深的,但这一次,它却挟裹突如其来的渴望迅猛而至。

他双手捧着她的脸,他们一直吻到弄疼了对方。他们贪婪而绝望,怎么也不能满足对彼此的渴求。

"对不起。"杰克轻声说。

"没事的。"她同样轻声地回答。

渐渐地,热吻平息了下来,变得恬静而温柔,最后他的嘴唇犹如羽毛一般轻拂着她柔软的嘴。音响仍在播放着音乐,而他们似乎在缓缓地转着圈。

大海看着屋中情景暗暗寻思,在他的客厅里跳慢步舞,我可全都看到了。

艾什林将双手插进杰克的衬衫,沿着他陌生而美好的背部曲线滑下去。他们的身体彼此紧紧靠在一起,他手掌托着她的臀部把她揽得更近,而她感到甜蜜,幸福,飘然欲仙。她不知道他们这样待了多久。可能是十分钟,也可能是两小时,但艾什林突然脱下杰克的衬衫。好吧,其实她只要解开一颗纽扣就可以了。

"你这轻佻姑娘,"他说。"我要看你一件衬衫,还要抬你一双靴子。"

"好。"她的心在胸腔中怦怦直跳。"那究竟是什么意思?要我脱靴子?"

"还有你的衬衫。我看得出你不会玩牌,所以我得把规则教给你。把衬衫脱了。"他已经在帮她脱衬衫了。"现在你说,'我要抬起你的一条牛仔裤。'"

"我要抬起你的一条牛仔裤。"当杰克缓缓解开他裤子上的纽扣时,她既紧张又兴奋地咽着口水。她双手颤抖,难耐地等待了片刻,然后拉开自己黑色裤子上的拉链,扭着身体把它脱了下来。

"袜子!"他大声说,虽然听起来不乏调侃的意味,但他那双眼睛却分明充满热切的神色。她的喉咙仿佛堵住了,渴望使她既迷乱又痛楚,他们站在对方面前,杰克穿着白色 CK 内裤，艾什林穿着新买的托胸紧身内衣（能凸显腰身）。

"明白规则了吗？"杰克声音沙哑地问。

她缓缓点头，注视着他形状完美的双腿，雕塑般粗壮的胳膊，胸膛上生着黑毛的平坦部位，然后视线蜿蜒着落到他的腹部。"应该明白了。谁不守规则？"

"你？"

她笑了出来，这令她自己也感到吃惊。不管有没有腰，现在的她比以往任何一次不穿衣服时都要自信。

她伸出手抚摸着被困在白色棉布下的勃起，引得他一阵战栗。然后她把手指伸进他的裤腰轻轻一扯。没有说话的必要。她想要什么已经非常清楚了。

他伸手把自己解放了出来，露出了黑色的阴毛。他一边褪下内裤一边用手握着自己的勃起。这情景看得艾什林呆住了。

在楼上杰克刚刚洗熨过的床单上，他用慢动作脱下她的内衣，将它一点一点地剥离她的身体，动作轻柔从容得让她想要尖叫。终于，两人之间再没有衣物的阻隔。

"你真的想做这个吗？"杰克急切地问。

"你怎么想呢？"她冲着他懒洋洋地微笑。

"你可能还在消沉期。"

"我没有消沉，"她温柔地说，"真的。"

他突然僵住了。"你做这个不是因为跟谁打了赌吧？"

她哈哈大笑，真心地觉得快乐。

"不是吗？我只是在幻觉中看到特丽克丝出了一本关于我和你的书。"

他们纠缠在一起，每一个触碰，每一个动作都带着好奇与温情。他们的呼吸短促起来，然后，随着加剧的动作和积累的欲望，他们不再温柔，变得狂野、恣意、粗鲁起来。她的指甲嵌进了他的臀部，他噬咬着她的胸脯。他们搂抱在一起翻滚着，身体互相契合，他进入她的身体，然后她紧紧地伏在他的身上。

之后，他们相拥着躺在一起，因为刚刚的结合而心满意足。但艾什林猛然间又失去了把握。万一他改主意了怎么办？万一他和她上过床，却又要离开她了怎么办？

少顷杰克轻柔地说，"艾什林，我最大的幸福就是遇见了你。"于是她所有的疑虑都消失了。

"当然，问题是，"杰克在黑暗中说，"早晨你还会尊敬我吗？"

艾什林睡眼蒙眬地说："别担心。反正我对你本来也不怎么尊敬。"

他拧了她一把。

"我早晨当然会尊敬你，"她承诺道，"记着，我在下午可能会稍稍有些轻视你，"她加了一句。"但我保证你在早晨会得到我毫无保留的尊敬。"

第六十五章

四月的第一个周一，回伦敦的前一周，丽莎收到了邮递来的最终判决通知。没打开信封她就知道那里面装着什么——虽然好像有点傻，但她确信自己闻到信封里散发着淡淡的不愉快的气味。

她本能地想避开它，把它塞到电话本下面假装它根本没被送来。然后她叹了口气，迅速撕开了信封。她在实际生活中必须去做很多不愉快的事情。如果不能直面这些不愉快，那她就什么事情也做不成了。但要做得快，就像扯掉一块胶布一样。

她的头脑异常清醒。扯出文件时她注意到自己的手指在发抖，然后看着字句一行行从眼前掠过，速度快得她无法阅读。当那些文字慢了下来，最后完全静止的时候，她强迫自己去细读白色纸张上那些冷酷的黑色字母。她一字字地读着，直到拼凑出那个她已经知道了的意思——结束了。再也不用忍受半死不活的婚姻，一切都干净利落地清理完了。终止了。完结了。到此为止，伙计们。

她越来越清晰地认识到，自己并没有因为挣脱婚姻的樊笼而在门厅里欢呼雀跃。相反，她发觉自己的体温上升了——她是在流汗吗？——而且也没有感受到快乐和自由。

在整个离婚的过程中，她一直希望到下一个阶段自己就会奇迹般地好起来。但如今他们已经走到了最后一步，她却没有寻回以往的幸福。事实上，她感觉比以前还要糟糕。

她意识到，也许离婚带来的悲伤是不会消失的。相反你得学会接纳它，和它共存——听上去是个十分艰巨的任务，她想继续睡觉。

菲菲最终离婚的时候办了个庆祝会，那为什么她不能和她一样开心呢？她有些勉强地承认，不同之处在于她不恨奥利弗。真遗憾啊，她嘲笑着自己。她有一堆尖酸刻薄的话可以用来自嘲呢。

她把文件折叠起来握在手里，强迫自己看到一点希望。一切都会好的。总有一天。伦敦是她该去的地方。她在那里会遇到另一个男人。然而有时候，其他男人的粗劣蹩脚真是让她十分不快。只是相对而言，她承认。也许不用奥利弗做衡量标准会好一些。

一旦回到伦敦，她就要尽量避开他。在工作中他们可能还会偶尔相遇，会客气地彼此相视而笑。直到最后他们可以见面，合作而不去想事情本来会怎样发展，他们本来能过上怎样的生活。时间流逝，总有一天，某一天，这些会变得无足轻重。

但我失败了，她承认，胸中涌起一阵真诚的自责。我失败了，是因为我自己不好。我无法对此作出弥补，无法使它消失，于是只能一生与它共存。

她赢得的所有胜利就是她存在的意义。一个接一个的胜利造就了如今的丽莎。那么，她该把这个失败置于何处呢？她不能不把它安放进自己的生活，因为她已经明白，生活是由一次次经验串联而成的，破碎的经验与完美的经验一样会在其中占一个位置。

这一次的痛苦改变了我，她承认。这次的痛苦将会延续很长时间，会将我改造成更好的人。即使不愿意也罢，她有些哭笑不得地接受了现实。即使我将其视为比死亡更加糟糕的命运，我也已经成为比从前更温和，更平易，更出色的人。

而且我很高兴曾与奥利弗结为夫妇，她不服输地想。我很内疚，很难过，而且该死的我把事情搞得一团糟，但我会从中得到教训，以后保证不再犯同样的错误。

这是她能够争取的最好结果。

她沉重地叹了口气，拿起包，像一个劫后余生的人一样去上班了。

来到办公室时，同事们正纷纷议论着周五丽莎的欢送会。欢送会精心安排的程度几乎与新刊推介会不相上下。丽莎计划披着荣耀的光环离开都柏林。丽莎已经和特丽克丝说过，由她负责准备自己的离别礼物，如果他们敢给她送耐克斯特①的代金券，那就一定要肢解特丽克丝。

"丽莎，"特丽克丝递给她话筒。"是亨豪德商店窗帘部的汤姆·瑟依。你的木质百叶窗窗帘终于做好啦！"

那天下班以后，丽莎在乘电梯下行去前厅时堵住了艾什林。她急于向艾什林说清楚一些事情。

"我希望你知道，"丽莎强调说，"我推荐你担任下任编辑，并且在董事会面前对你称赞有加。你没能成为编辑我很遗憾。"

"没关系，我也根本不想当编辑。"艾什林坚持道，"我是那种天生就适合做副手的人，我们的角色和领导者一样重要。"

丽莎被艾什林淡定自若的回答逗笑了。"他们任命的那个姑娘看上去不错。本来会更糟糕呢，他们说不定会选特丽克丝！"

丽莎毫不怀疑特丽克丝总有一天会主编一家杂志——而且她无情的领导风格会让丽莎相比之下温柔得像特蕾莎修女。但此时丽莎在琢磨别的事。鱼贩子被炒了鱿鱼，卡尔文接替了他的位置，一场热烈的办公室恋情已经展开。这是一个"秘密"。

电梯门打开时，丽莎猛地用手肘推了艾什林一下，冷笑道："好啊，看看是谁来了。"

不是别人——正是克洛达赫，她看上去紧张极了。

"她想要什么？"丽莎气冲冲地问，"想来把杰克从你身边偷走吗？贱人！要我去对她说她丈夫想勾引我吗？"

"不错的建议，"艾什林觉得自己的声音似乎是从远处传来，"但是不需要，谢谢了。"

"确定吗？那就明天见。"

丽莎离开后，克洛达赫向前走了一步。"你可以叫我滚开，但我希望能和你谈谈。"

艾什林惊得手足无措，过了一会才说出话来："我们去隔壁的酒馆吧。"她们

---

①耐克斯特：英国中档服装和家居产品品牌。

找了个座位,点了饮料,其间艾什林不由自主地一直盯着克洛达赫看。她看上去很漂亮,头发剪短了很多,很适合她。

"我是来道歉的。"克洛达赫尴尬地说,"过去几个月里,我成熟了很多。现在我已经不一样了。"

艾什林僵硬地点了点头。

"我知道自己过去是多么自私,多么自以为是,一直以来又是多么残忍。"克洛达赫一口气说了出来。"我已经受到了惩罚,今后我得默默忍受自己造成的伤害。你恨我,另外不知道你最近有没有见过迪兰,他已经毁了。他现在很愤怒,很……冷酷。"

艾什林表示同意。她再也不想接近他了。

"你知道吗,我曾经请求他回来,他拒绝了?"

艾什林点点头。迪兰到处宣扬此事,就差在国家频道放启事了。

"我活该,是吧?"克洛达赫勉强挤出一丝微笑。

艾什林没有回答。

"我们卖掉了唐尼布鲁克的房子,我和孩子们现在住在格雷斯通斯①。非常远,但我们住不起别的房子。现在我是个单身母亲,因为迪兰认为他不适合做孩子的监护人。教训真是非常惨痛……"

"这些话都是什么意思?"艾什林尖锐地打断了她的话。

听到艾什林愤怒的嗓音,克洛达赫不安地扭了扭身子。"这些是我经常向自己提出的问题。"

"那又怎样?有什么结论吗?婚姻不幸?人人都会遇到这种事,你知道的。"

克洛达赫紧张地倒吸了一口冷气。"我想我的情况还不止这些。我一开始就不该嫁给迪兰。说来可能难以置信,但我想我甚至都没喜欢过他。我当时只是觉得他是适合做丈夫的那种男人——他那么英俊,迷人,有份好工作,又很可靠……"她紧张地瞥了一眼艾什林,后者阴沉刻板的面容并不鼓励她说下去。"那时我才二十岁,很自私,而且也很无知。"克洛达赫渴望艾什林能理解她。

"那马库斯又是怎么回事?"

"我当时很想要找些有趣刺激的事情。"

---

①格雷斯通斯:爱尔兰东部沿海一城市,在都柏林南边。——编者注

"你本来可以去学蹦极的。"

克洛达赫痛苦地点点头。"或者去学激流漂流。"但艾什林没有笑。她本来满以为艾什林会笑的。"我那时很空虚，很沮丧，"克洛达赫说，"有时候我以为自己快要窒息了——"

"很多母亲都会觉得无聊沮丧，"艾什林不客气地说，"很多人都会有这种感觉。但她们不会跟其他男人偷情。尤其不会跟自己最好的朋友的男友偷情。"

"我知道，我知道，我知道！现在我懂了，但那时候我还不明白。我很抱歉，当时我只觉得无论想要什么东西就都该弄到手，因为我实在是太难受了。"

"但为什么是马库斯？为什么是我的男朋友？"

克洛达赫脸红了，低头看着自己的腿。承认这种事真是冒了很大的风险。"也许任何人都可以。"

"但你却选中了我的男朋友。因为你根本不尊重我。"艾什林一语击中要害。

克洛达赫满脸羞愧地承认，"我的确不够尊重你。所以我也恨自己。过去几个月我一直感到愧疚，觉得自己让人恶心。如果你能原谅我，让我割掉自己的左乳房我都愿意。"

经过一段漫长压抑的沉默，艾什林长叹一声。"我原谅你。我又有什么权利去指责别人呢？我自己的生活很难算得上圆满，就像你说过的，我是个不折不扣的受欺负的可怜虫。"

"噢，对不起！"

"别对不起了，你说得对。"

克洛达赫的神情开朗了一些。"你的意思是我们还可以做好朋友吗？"

又是好一阵沉默，艾什林独自思索着。她和克洛达赫从五岁起就是朋友了。最好的朋友。她们一起度过了童年，少年和青年时代。她们有着共同的经历，没有人能像克洛达赫这么了解她。这样的友谊非常珍贵难得。然而……

"不。"艾什林打破了紧张的寂静。"我原谅你，但我不信任你。被人夺走一个男朋友是运气不好，被夺走两个男友就只能怨自己不小心。"

"但我改了。我真的改了。"

"这无关紧要。"艾什林悲伤地说。

"但……"克洛达赫还想为自己辩解。

"别说了！"

克洛达赫清楚这是白费工夫。"好吧。"她轻声说,"我该走了。只是希望你能知道,我真的非常抱歉……再见。"

她离开时发现自己在颤抖。事情的进展并不如她所愿。最近几个月克洛达赫一直很不好受。她发现自己的生活极其痛苦,心里感到吃惊,准确地说是感到震惊。不仅仅是因为她作为单身母亲陷入困境,同时也缘于她对自己利己行为的反省。

悔恨对她来说是一种陌生的感情,她原先以为只要能说清对自己自私行为的认识,强调自己是多么愧疚,艾什林就会原谅她。但她低估了艾什林,同时也得到了又一个教训:她感到内疚并不意味着别人就会原谅她,而别人原谅她也并不意味着她就能好受些。

悲伤,寂寞,一手造成的毁灭的恶果依然压在身上,她在想她到底还能不能修复那些被自己打碎的东西。所有的一切到底还能不能走上正轨呢?

路过霍根酒吧时,一群男孩注意到了她,开始向她吹口哨,大声说起恭维她的话。一开始她没理睬他们,接着她一时心血来潮,一甩秀发,扭头朝他们粲然一笑,惹得他们一阵喧哗,放肆地高声赞美她。她的心情立刻舒坦了一些。

咳,生活还是要继续的。

与此同时,丽莎在办公室前厅跟艾什林和克洛达赫分手后,便开始朝自己的住所走去。她一路步行是为了充分消化凯西逼她吃进肚里的所有美食。她一边走着,一边努力排遣悲伤的情绪。我是一个顶呱呱的女人。我有顶呱呱的父母。我有媒介顾问这样一份顶呱呱的职业。我有顶呱呱的鞋。

当她拐进自家所在的街道时,她看见一位邻居正坐在她家的台阶上等着她。他居然没有从凯西那里拿钥匙直接进门,她无聊地想道。

回伦敦后,她会想念他们所有人的。尽管弗朗辛一再对她说别牵挂他们,说他们会经常去看望她,让她感觉就像根本没有离开一样。

到底是谁在台阶上等着她呢?弗朗辛?贝克?要说是弗朗辛,那人可是个男的;要说是贝克,个头又太高大了。还有……丽莎停住脚步,发觉从肤色上看,他不可能是他俩中的任何一个。那是奥利弗。

"你在这里干什么?"她吃惊地喊道。

"我是来找你的。"他高声回答。

她走到前门边,他站起身,露出了一个满口白牙的灿烂笑容。"我是来夺回你的,宝贝儿。"

"为什么?"她把钥匙插进锁里,他跟着她走进门厅。她觉得很纳闷——既感到蹊跷,又感到一肚子怨气。因为她整整一天都在鼓励自己"继续前进",他却使她的努力泡汤了。

"因为你是最好的。"他简单地说。又一个炫目的微笑。

她哗啦一声把钥匙丢在餐桌上。"你这话说得太晚了。"她粗鲁地说,"我们刚刚离婚。"

"你知道吗,"他若有所思地说,"离婚这件事让我感觉糟透了。你肯定不相信,它把我的脑子搞得一团糟!反正,没人说我们不能复婚嘛。"他咧嘴笑着说。

"我是认真的。"他坚持说,因为她带着"你这混蛋疯子"的神色瞪了他一眼。

她又瞪了他一眼,但刹那之间,她的头脑突然有些过分活跃,不受控制起来。和奥利弗复婚是个荒唐的念头,然而却十分诱人——这个想法只维持了瞬间,然后她又回到了现实。

她语气轻快地问:"你记得当时的情况有多可怕吗?最后那段时间我们成天吵架,苦不堪言。你恨我,也恨我的工作。"

"不错,"他承认说,"但我也有错。我那时太苛刻了。当你改变主意决定不要小孩的时候,我本该好好听你解释。我知道你那时在努力想让我明白,宝贝儿,但我却不想知道。所以发现你仍然在避孕时,我才会那么震惊。但如果我听了你的话,那样……"

"你现在也远不如当初那么固执了。抱歉,宝贝儿,"见她动了怒,他又说,"但你真的变了。"

"这是好事吗?"

"当然。"

看着她怀疑的神色,他温柔地说:"丽莎,我们已经分开一年多了,可我却还是没能恢复过来。我从来没遇见过能和你相提并论的人。"

他带着探究的神情,等待着她的鼓励或是认可,但她未置可否。刚来时轻松乐观的态度消失了,他突然紧张起来。"除非你遇到了别的人。真是那样的话,我就立刻滚蛋,"他殷勤地说,"并且再也不提要夺回你的事。"

她的脸色难以捉摸。丽莎打量着他,寻思着要不要冲着他露出一种"也许有也许没有"的假笑。那样一来，这疯狂而危险的局面就可以告一段落。但她断然否定了这个念头。她以前从来没有捉弄过他，何必现在来这一手呢？"没有，奥利弗，没有别人。"

"那行。"他谨慎而又缓慢地点了点头。"好吧，我最好别在这里撕心裂肺了。"他紧张地沉默片刻，然后继续说，"我仍然爱着你。现在我们更成熟也更理智了，"他不安地轻笑一声，"我保证今后会一切顺利。"

"你能做到吗？"她问得很冷静。

"能。"他坚决地说，"如果你愿意，我也可以留在都柏林发展。"

"不必，我这个周末就回伦敦了。"她喃喃地说。

"那么，丽莎，"奥利弗说，他的脸色异常严峻，"只剩最后一个问题了，你愿意吗？"

一阵漫长而紧张的沉默之后，丽莎终于说："是的，我想我愿意。"她突然间害羞起来。

"你确定？"

"是。"她忍不住神经质地格格笑了一声。

"宝贝儿！"他佯装暴怒地大声说，"那你为什么刚才硬是不说话，害得我一身冷汗？"

她依然带有几分羞涩地向他承认："刚才我是害怕。现在我还在害怕。"

"怕什么呢？"

她耸了耸肩。"希望吧，我想。我不想抱着希望，万一你只是发疯了呢？我必须确定你是不是拿定主意，直到我有机会考虑为止。关键是，"她忸怩地承认说，"我爱你。"

"那就不必害怕。"他保证道。

"你什么时候变得这么有智慧了？"她牢骚似的说。

他开怀大笑，典型的奥利弗式大笑，而她的思绪就像被放出隔栏的赛狗，一路狂奔而收不回头。

得到一个重新来过的机会，她是多么幸运！这从天而降、纯粹美好的际遇充分展现在她眼前，她觉得飘飘欲仙，幸福得几乎失去了重量。不是任何人都能得到这样的机会，她难得地意识到了这一点，享受着当前这无比宝贵的时刻。

这一次我一定会不一样，她激动地下定决心。他们两个都会不一样。此外，还有其他一些锦上添花的事：如果理查德·伯顿和伊丽莎白·泰勒可以两次与同一个人喜结连理，那她也是一样。无法收住恣意而喜悦的思绪，她已经计划起第二次婚礼来，要把它办成一场顶级盛宴。这一次不用溜到拉斯维加斯去了——不，他们要正大光明地结婚。妈妈一定乐坏了。他们还要请"哈罗！"摄影公司的摄影师来拍照……

仿佛猜出了她的心思，奥利弗紧张地喊道："悠着点儿！"

尾　声

杰克和艾什林沿着码头漫步。五月的傍晚，天色还很亮。他们手挽着手，缓缓而行。

"要吃糖吗？"艾什林问。

"刚刚我在想，这一切再完美不过了。"杰克说。

艾什林伸手在包里摸索着。"糖去哪儿了？"她掏出一板安乃定，一瓶急救花精，最后才找到了糖。

"你还带着这么些东西？"杰克听上去很难过。"创可贴，外加所有这些？"

"习惯了吧，我想。"但她第一次感到带着这么多预防用品实在有一点点傻。

"你就不能考虑把它们都丢开吗？现在你根本不需要它们。一切已经完全不同了。"

艾什林久久地注视着他。他说得对，一切确实完全不同了。"好，回家后我就把它们都扔了。"

"现在就扔不好吗？来，把包丢到海里去。"

"把我的包丢进海里？是，遵命。"

"我是说真的。全都丢掉吧。"

"你疯了不成？我的信用卡怎么办？还有我的包怎么办？"

"把信用卡拿出来,我会给你买个新包。我保证。"

"哦,老天,你是认真的。"艾什林看了他一眼,一半是警惕,一半是兴奋。这个主意有一种古怪的诱惑力,虽说也让她感到毛骨悚然。

"全都丢掉吧。"他带着热切的神情重复道。

"我不能。"

"你能的。"

我能吗?

"如果这是我的蟒皮包,我可是压根都不会考虑。"她在故意拖延时间。

"可是这个包既旧又难看,"杰克催促道,"背带都要裂开了。我会给你再买一个的。噢,快扔啊!"

这其中的象征意义具有很强的诱惑力。可问题又来了,扔掉一个手提包,里面满满地装着她需要的东西,她怎么能办得到呢?可她真的需要这些吗?也许她不需要……这个念头清晰起来,越来越可信、可能、可行。

"好吧,我扔!我扔!拿着这些。"她将自己的皮夹,手机,香烟和糖盒依次递给她。

"真不敢相信我会做这种事。"随着一声兴奋的欢呼,她把包在头顶抡了一次,两次。接着,心里怀着恐惧与喜悦,她就这么放开了手。这只装满安全别针、创可贴和圆珠笔的包,在渐渐黯淡的天空中划出一道欢欣的弧线。然后它沿着形状优美的轨迹向下落去,溅起几朵涟漪,投进了海的怀抱。

Sushi for Beginners
By Marian Keyes
Copyright © 2000 by Marian Keyes
This edition arranged with Curtis Brown Group Ltd.
through Andrew Nurnberg Associates International Limited
Simplified Chinese edition copyright © 2012 New Star press
All rights reserved

图书在版编目（CIP）数据

恋爱的寿司 ／（爱尔兰）凯斯（Keyes, M.）著；朱建迅，潘稚萍译.
—北京：新星出版社，2012.10
ISBN 978-7-5133-0745-1

Ⅰ.①恋… Ⅱ.①凯… ②朱… ③潘… Ⅲ.①言情小说-爱尔兰-现代 Ⅳ.①I562.45

中国版本图书馆CIP数据核字（2012）第129303号

恋爱的寿司

（爱尔兰）玛丽安·凯斯 著；朱建迅 潘稚萍 译

图片来源：华盖创意
统筹编辑：高　磊
责任编辑：高微茗
责任印制：韦　舰
封面设计：天行健设计

出版发行：新星出版社
出 版 人：谢　刚
社　　址：北京市西城区车公庄大街丙3号楼　100044
网　　址：www.newstarpress.com
电　　话：010-88310888
传　　真：010-65270449
法律顾问：北京市大成律师事务所

读者服务：010-88310800　service@newstarpress.com
邮购地址：北京市西城区车公庄大街丙3号楼　100044

印　　刷：北京佳顺印务有限公司
开　　本：660mm×970mm　1/16
印　　张：28.5
字　　数：325千字
版　　次：2012年10月第一版　2012年10月第一次印刷
书　　号：ISBN 978-7-5133-0745-1
定　　价：39.00元

版权专有，侵权必究；如有质量问题，请与出版社联系更换。